Ein Buch aus dem Rowohlt-Pegasus-Programm

HOWARD FAST

MAX

Roman

Aus dem Amerikanischen
von Karl A. Klewer

Rowohlt

Die amerikanische Originalausgabe
erschien 1982 unter dem Titel «Max»
im Verlag Houghton Mifflin Company, Boston
Schutzumschlag- und Einbandgestaltung
Manfred Waller
unter Verwendung einer Zeichnung von
Joan Crawford und Clark Gable von Birnbaum.
Aus dem Buch «David O. Selznick's Hollywood».
Mit freundlicher Genehmigung
von Ronald Haver.

1. Auflage März 1985

Satz Baskerville (Linotron 202)
Gesamtherstellung Clausen & Bosse, Leck
Printed in Germany
ISBN 3 498 02045 5

Für Rachel und Avrum
mit Heil- und Segenswünschen

EINS

1891

Max mit zwölf Jahren

Wie alle Menschen wurde auch Max Britsky gewaltsam in diese Welt gestoßen, ohne Gelegenheit, sich dazu zu äußern. Als ihm Dr. Segal, der ihn an den Füßchen hochhielt, einen kräftigen Klaps auf das krebsrote Hinterteil gab, brüllte der Kleine seinen Zorn und seine Abneigung mit so kräftiger Stimme hinaus, daß der Arzt darüber baß erstaunt war.

«Donnerwetter», sagte er. «So eine halbe Portion und hat schon so viel Kraft. Ganz schön munter für seine knapp sechs Pfund.»

Es war der 15. November 1879. Da Frauen ihre Kinder seinerzeit in aller Regel noch nicht im Krankenhaus bekamen, hatte die Entbindung in Abraham Britskys Wohnung in New Yorks Lower East Side stattgefunden. So erblickte die zweiundzwanzigjährige Mutter das rosafarbene, froschähnliche Bündel, das Dr. Segal bei den Fersen hielt – ihren Erstgeborenen –, zum erstenmal von ihrem eigenen Bett aus. Obwohl sie jetzt bleich, schweißbedeckt, blutbespritzt und von den Anstrengungen der Geburt gezeichnet dalag, war sie doch ansonsten recht ansehnlich. Sie hatte gleichmäßige Züge und dichtes brünettes Haar. Ihr um fünf Jahre älterer Mann, Abe, hatte bei der Entbindung weit mehr Angst ausgestanden als sie. Er war Zuschneider in einer Kleiderfabrik und arbeitete, von diesem besonderen Tag abgesehen, zwölf Stunden täglich, und das an sechs Tagen in der Woche – für magere 7 Dollar die Woche.

Abe Britsky war ein kräftiger Mann, und so sorgte er dafür, daß auf Max mit geradezu kalendarischer Regelmäßigkeit Brüder und Schwestern folgten. So wurde 1880 Freida geboren, zwölf Monate darauf mußten die Britskys eine Totgeburt begraben, die namenlos blieb. Reuben kam 1883 zur Welt und Sheila 1886, nicht ganz drei

Jahre später. Esther wurde 1888 geboren, und vierzehn Monate darauf vergrößerte Benjamin Britsky die ohnehin anwachsende Bevölkerungsrate der Vereinigten Staaten.

Nichts nützte den Britskys die unendliche Weite des Landes – die winzige Wohnung in der Henry Street im Getto der Ärmsten, in der es nicht einmal heißes Wasser gab, ließ sich nicht vergrößern. Sie bestand aus zwei Schlafzimmern, beide kaum größer als ein Wandschrank, einem nicht besonders großen Wohnzimmer, einem kleinen Eßzimmer und einer engen Küche. Die Räume lagen wie die Abteile eines Eisenbahnwaggons hintereinander an einem Flur und bekamen Licht ausschließlich durch einen engen, dunklen Schacht. Nach der Geburt seines sechsten Kindes gelobte Abe Britsky ein ganzes Jahr lang, er werde nachdrücklich eine Lohnerhöhung verlangen. Doch all seine Männlichkeit schien sich auf die Zeugungsorgane zu beschränken, denn jedesmal, wenn er mit seinem Vorgesetzten sprechen wollte, verließ ihn der Mut. So wählte er den einzigen ihm möglichen und vernünftig erscheinenden Ausweg: unter Bruch der Sabbatruhe schrubbte er samstags, an seinem einzigen freien Tag, die Decks auf der Hudson-Fähre, die New York mit New Jersey verband, und verrichtete allerlei Aushilfsarbeiten. Doch erwiesen sich sieben Tage Arbeit in der Woche als zuviel für ihn, und so erlag er mit 40 Jahren an seinem Arbeitsplatz einem Herzanfall und hinterließ seine Frau Sarah mit sechs minderjährigen Kindern in der dunklen und viel zu kleinen Wohnung in der Henry Street. Max war zu diesem Zeitpunkt knapp zwölf Jahre alt.

Was an Bargeld im Haus war, pflegte die Familie Britsky in einem braunen Steingutkrug in der Küche aufzubewahren, der ihnen sozusagen als Bank diente, und da der Betrag seit mehreren Jahren erst ein einziges Mal über 50 Dollar und oft lediglich 2 Dollar ausgemacht hatte, durften rund 12 Dollar als durchaus üblicher Bestand gelten.

Die Britskys waren eingewandert: Abe aus Litauen und Sarah aus Polen. Nur dank der vereinten Bemühungen der zurückbleibenden Angehörigen hatten sie die lange Reise in die Ungewißheit und zu den Fährnissen der Neuen Welt anzutreten vermocht. All die Jahre über hatten sie gehofft, einige von ihnen nachholen zu können, da aber nichts daraus wurde, schwand diese Hoffnung schließlich dahin.

Die Gemeinde der Beth Sholom-Synagoge brachte das für ein

schlichtes Begräbnis erforderliche Geld auf, und als Sarah nach der Beerdigung mit den Kindern in ihre Wohnung zurückkehrte, dachte sie daran, sich das Leben zu nehmen. Zu jener Zeit gab es weder Sozialfürsorge noch eine staatliche Wohlfahrtspflege, und kein soziales Netz sicherte die Ärmsten der Armen. Was aber an privater Wohltätigkeit bis in New Yorks Lower East Side hineinwirkte, lag außerhalb von Sarahs Welt. So kam es, daß Max Britsky noch vor seinem zwölften Geburtstag Oberhaupt, Stütze und Stab einer siebenköpfigen Familie wurde – auf ihn richteten sich alle Hoffnungen.

Max stellte sich dieser Herausforderung mit klarem Kopf. Während die Mutter den fünf jüngeren Geschwistern mit ihrem hemmungslosen Jammern und Wehklagen Furcht und Schrecken einjagte, begann er, zu jenem Zeitpunkt noch Schüler der sechsten Klasse der Volksschule am East Broadway, zu handeln. Als erstes beendete er stillschweigend und aus eigener Machtvollkommenheit seine Schulzeit, eine Entscheidung, die er der Mutter gegenüber in die Worte faßte: «Mach dir keine Sorgen, das ist schon in Ordnung.»

«Was soll das heißen?» schrie Sarah ihn an. «Ich komme um, und du sagst mir, ich soll mir keine Sorgen machen?»

Da ihr Englisch, das sonst schon nicht besonders gut war, ihr unter solchem seelischen Druck den Dienst versagte, sagte sie es auf jiddisch und gab Max eine schallende Ohrfeige. Was hätte sie auch tun sollen? Obwohl man die Liebe zu einem jetzt dahingeschiedenen Mann, der dafür gesorgt hatte, daß sie den größten Teil der vergangenen dreizehn Jahre hindurch mit Schwangerschaften und Stillen verbracht hatte, nicht gerade als Himmelsmacht bezeichnen konnte, war doch das Ausmaß der Katastrophe, der sie sich gegenübersah, gar nicht zu übertreiben, und so verwandelte die Anmaßung dieses schmächtigen Zwölfjährigen Sarahs Kummer in Wut. Max verstand das auf seine Weise und nahm die Ohrfeige hin, ohne der Mutter zu grollen.

Als sich viele Jahre später zahlreiche Menschen mit seiner Stellung in der Gesellschaft und in der Welt des Films beschäftigten, bezog keiner in seine Überlegungen ein, welche Faktoren den Jungen geformt hatten – das Kind, das zum Vater geworden war. Man warf diesem Vater in späteren Jahren häufig Unredlichkeit vor, aber Max war weder unredlich noch ein Dieb. Nur ein einziges Mal hatte er gestohlen, einmal von Mundraub abgesehen. Dieser Mundraub sah so aus, daß er in den frühen Morgenstunden in der vornehmen und wohlhabenden Gegend um den im Norden Manhattans gelegenen Gramercy Park herum dem Milchwagen folgte (denn in der näheren Umgebung der Henry Street wurde wohl kaum Milch ausgefahren) und einige Flaschen an sich brachte. Obwohl Sarah die zwei bis drei Liter Milch, mit denen Max jeweils von diesen Raubzügen heimkehrte, voll Bitterkeit und Abscheu betrachtete, nahm sie sie doch stillschweigend entgegen. Seinem einzigen wirklichen Diebstahl jedoch folgte ein lautstarker Zornesausbruch der Mutter.

Es war am Tag nach der Beerdigung seines Vaters, eben jenem Tag, an dem Max seiner Mutter mitgeteilt hatte, alles werde in Ordnung kommen. Ihm war klar, daß sie unbedingt Bargeld brauchten. Alles, was sie hatten, waren einige Lebensmittel, die ihnen Gemeindeangehörige aus einem undeutlich empfundenen Gefühl der Zusammengehörigkeit heraus gebracht hatten. In Wirklichkeit waren sie Fremde, denn Abe Britsky hatte am gesellschaftlichen oder religiösen Leben der Gemeinde so gut wie nicht teilgenommen. Es war also etwas Brot und Käse im Haus sowie ein Sack Kartoffeln und eine Salami – bei dem Appetit der Britsky-Kinder allenfalls etwas mehr als eine Tagesration. Bargeld hatten sie keines. Als der Realist, der er trotz seiner Jugend war, sah Max, daß er nicht allzu viele Möglichkeiten hatte, etwas zu unternehmen. Die wenigen allerdings, die ihm offenstanden, vermochte er klar zu erkennen. Er saß auf der Vordertreppe des Hauses, in dem ihre Wohnung lag, und dachte nach: ein schmächtiger Knirps mit langem, schmalem Schädel, breitem, vollippigem Mund, einer scharfen Nase und blaßblauen Augen. Das dunkle Haar hing ihm unordentlich über die Ohren. Seine Schuhe wiesen an den Spitzen und Sohlen Löcher auf, seine ungestopften Strümpfe hingen unordentlich herab, die Hose war an den Knien durchgewetzt, ein ungewaschenes, abgetragenes Hemd und ein zerlumpter Pullover vervollständigten seine Bekleidung.

Man schrieb erst Ende September, und so war es noch nicht nötig, sich den Kopf über Winterbekleidung zu zerbrechen. Das war auch gut so, denn aus seinem Mantel war er herausgewachsen, den trug jetzt seine Schwester Freida. Kommt Zeit, kommt Rat. Momentan brauchte die Familie Geld für die dringendsten Bedürfnisse, und nachdem Max alle Möglichkeiten durchdacht hatte, die ihm einfielen, schritt er zur Tat.

Etwas mehr als eine Meile lag zwischen den Elendsquartieren der Henry Street und den düsteren Schluchten des Bankenviertels im Süden der Insel Manhattan. Max hätte das mit den Worten eines später tätigen Diebs begründen können, der auf die Frage, warum er Banken ausraube, erklärte: weil dort das Geld sei. Jedenfalls wandte er sich für seine einzige wirklich kriminelle Handlung aus einem ähnlichen Grund diesem Teil der Stadt zu. Als Opfer wählte er einen beleibten, untersetzten Herrn. Zwar waren wohlgenährte Männer auch in der näheren Umgebung der Henry Street zu finden, doch baumelten an Gettobäuchen keine Uhren mit schweren goldenen Ketten. Den richtigen Bauch fand Max schließlich an der Ecke Pine Street und Nassau Street. Ihn umschloß eine weiße Damastweste, über der sich eine schwere goldene Kette von zweifelsfreier Qualität spannte. Der Herr, dem der Bauch und alles übrige gehörte, war in ein Gespräch mit einem anderen Herrn vertieft, und keiner von beiden bemerkte, wie sich der schmächtige Junge an sie heranschlich, mit allen zehn Fingern nach der goldenen Kette griff und dann kräftig ruckte. Knöpfe flogen, das Knopfloch, an dem die Kette befestigt war, riß aus, und die schwere Zwiebel von Taschenuhr am anderen Ende der Kette sprang aus ihrer Tasche. Bevor einer der beiden gutgekleideten Herren richtig begriff, was vorging, und rufen konnte: «Haltet den Dieb», war Max schon in der Menge verschwunden.

Die Straße war sein Element. Auf ihr war er aufgewachsen und hatte fast alles gelernt, was er konnte und wußte. Als besagter Ruf schließlich doch ertönte, war Max schon in der nächsten Querstraße, von wo er unbemerkt in ein Gäßchen tauchte, denn wohl erregt ein rennender Erwachsener Aufmerksamkeit, nicht aber ein Junge. Den ganzen Weg bis zu Moe Splenskis Pfandleihe in der Rivington Street legte Max im Laufschritt zurück. Er war auch früher schon dort gewesen, mit Messingbeschlägen, Türknäufen, Scharnieren und Konsolen, lauter Dingen, die er in der South Street aus dem Müll gefischt hatte, aber im Unterschied zu der Uhr, die Max jetzt samt Kette durch das Gitter zu Splenski hinüberschob, war nichts davon je mehr als 10 Cent wert gewesen. Splenski besah das gute Stück gründlich, klappte den Deckel über dem Zifferblatt auf, drehte die Zeiger und bot Max dann 2 Dollar.

«Sie spinnen ja», sagte Max. «Gestern ist mein Vater gestorben. Meine Mutter muß sechs Kinder ernähren. Ich will 20 Dollar.» Damit war die Lage umrissen, und Splenski, der die kalten blauen Augen des Jungen sah, strich sich den Bart und nickte.

«10 Dollar», sagte er dann. Uhr und Kette waren mindestens 100 Dollar wert.

«Geben Sie sie wieder her», sagte Max und streckte die Hand danach aus.

Splenski schob die Uhr und Kette so zur Seite, daß Max sie nicht erreichen konnte. «Dein Vater ist gestern gestorben?»

«Ja.»

«12 Dollar.»

«Ich hab schon mal gesagt, Sie spinnen.»

«Und wenn ich die Polizei rufe?»

«Von mir aus. Sagen Sie denen erst, daß ich die Uhr meines gestorbenen Vaters versetzen will und dann, wo Sie Ihre anderen Sachen herhaben.»

«Frecher Rotzlöffel!»

«Na klar doch. In Ein-Dollar-Scheinen. Ich kann zählen.»

Seit jenem Tag war das Kapitel Schule für Max abgeschlossen. Er hatte genug damit zu tun, seine Angehörigen durchzubringen. Arbeitsplätze für Zwölfjährige waren dünn gesät, das wußte er – ganz davon abgesehen, daß man mit derartiger Arbeit unmöglich genug verdienen konnte, um eine siebenköpfige Familie zu ernähren. Was sechs Kinder mit einem gesunden Appetit allein schon aßen! Max kam zu dem Ergebnis, daß er auf eigene Rechnung würde arbeiten müssen. Da er dazu Startkapital brauchte, legte er, als er heimkam, seiner bekümmerten Mutter lediglich 18 Dollar auf den Tisch und behielt die beiden anderen.

«Was soll das?» wollte Sarah wissen.

«War der Dreckskerl von Himmelman schon hier?» Damit war der Hauswirt gemeint.

«Du sollst nicht so reden!» rief Sarah aus.

«War er?»

«Ja.»

«Und was hat er gesagt?»

«Was soll er schon gesagt haben!» schrie Sarah erbost und vergaß dabei ganz, daß sie so zu einem Kind sprach, wie sie zu ihrem Mann gesprochen hätte, mit einem wilden, nahezu drohenden Unterton.

«Was soll er schon gesagt haben, der Teufel, der *beheme*. Morgen will er die Miete. Wenn wir nicht zahlen, fliegen wir. Er riecht den Tod wie ein Aasgeier. Es heißt, er wohnt oben im Norden, wo die reichen, vornehmen Juden leben, und trotzdem hat er schon hier an meine Tür geklopft, bevor der arme Abe in seinem Grab kalt war. Raussetzen will er uns!» rief sie laut und mit weinerlicher Stimme.

Der kleine Benny, erst achtzehn Monate alt, lag in dem Kinderbettchen, das nacheinander allen Britsky-Kindern gedient hatte, die anderen vier standen in der Küche und bekamen in allen Einzelheiten das Drama mit, in das sie verwickelt waren; sie bemühten sich, die Drohung zu verstehen, die in dem lag, was sie hörten und sahen.

Max wies auf das Geld. «18 Dollar», sagte er, «9 für die Miete, mit dem Rest kannst du was zu essen kaufen. Wir fliegen also nicht raus.»

«Woher hast du das?» fragte sie, die Scheine in den Händen.

«Ist doch egal. Hauptsache, es ist da.»

«Gestohlen hast du es. Du Strolch!» Sie schlug ihn, aber der Schlag war kraftlos.

«Wir brauchen nicht zu verhungern», sagte Max, «und niemand setzt uns auf die Straße.»

Es hat schon schlimmere Absichtserklärungen gegeben.

Wenn Max in späteren Jahren erklärte, er sei im Showgeschäft groß geworden und habe es gleichsam mit der Muttermilch eingesogen, entsprach das nicht ganz der Wahrheit. Was er, wie zahlreiche andere, tat, hatte zwar nur wenig mit dem Showgeschäft zu tun, aber man brauchte, wie für seine späteren Unternehmungen, eine gewisse Phantasie dafür. Max kam auf Dinge, die andere nicht sahen, seine Vorstellungsgabe kreiste um etwas und richtete sich dann scharf gebündelt wie ein Laserstrahl auf ihr Ziel. Hätte man ihn aufgefordert zu erläutern, warum er die Verantwortung für das Überleben der sieben Britskys auf sich genommen hatte, er hätte es nicht gekonnt. Doch niemand stellte ihm diese Frage, schon gar nicht er selbst.

Im Jahre 1891 erlebte das Theater in New York eine wahre Blütezeit. Neben den englischen Bühnen gab es vier jiddische und zwei deutsche Truppen sowie je eine italienische und eine tschechische.

Da der Zar einige Jahre zuvor das jiddische Theater aus Rußland verbannt hatte, war es an der Lower East Side zu einer wahren Explosion jiddischer Bühnen gekommen. Hinzu kamen über vierzig englischsprachige Bühnen im Theaterbezirk der Stadt, die damit gut verdienten, daß sie schlechte Stücke aufführten, unter die sich hin und wieder ein Drama von Shaw, Ibsen, Barrie und Shakespeare oder auch von Strindberg, Hardy sowie anderen wichtigen europäischen Bühnenautoren verirrte. Die Epoche des von einheimischen Dramatikern dominierten amerikanischen Theaters lag noch in der Zukunft, doch leidenschaftliche Theaterbesucher gab es in New York schon damals. Jeder, der das Geld für eine Eintrittskarte aufbringen konnte, besuchte gelegentlich eine Aufführung – mit Ausnahme der aus Europa stammenden Ladeninhaber. Sie standen den englischsprachigen Bühnen, bedingt durch ihren langen Arbeitstag und mangelnde Vertrautheit mit der Sprache, mit einer gewissen Gleichgültigkeit gegenüber.

Das alles war Max bekannt, und hier wollte er mit seinen zurückbehaltenen 2 Dollar ansetzen. Nach dem Tod des Vaters verließ er allmorgendlich um halb sechs mit seinem achtjährigen Bruder Ruby das Haus. Sie waren die beiden einzigen männlichen Britskys, die alt genug waren, um *kádisch* zu sagen, das Totengebet, das der Sohn nach dem Tod seines Vaters ein Jahr lang jeden Morgen und jeden Abend verrichtet. Max ernannte Ruby zu seinem Stellvertreter und lieferte ihn an der Synagogentür mit der Bemerkung ab, vom Beten sei noch niemand satt geworden.

Satt wurden sie von *bejgls*, den harten, schwer verdaulichen, ringförmigen Broten, die osteuropäische jüdische Einwanderer in den siebziger Jahren des 19. Jahrhunderts mit nach Amerika gebracht hatten. Da es noch zu früh am Tag war, um mit dem beginnen zu können, was man später seinen Eintritt in das Showgeschäft nennen würde, ging Max zur *bejgl*-Bäckerei von Herrn Kurtz in der Broome Street. Er war an einem Sonntagmorgen schon einmal dort gewesen, zusammen mit dem siebzehnjährigen Shutzie Levine, der Max als Helfer duldete und ihm für diese Vormittagsarbeit 10 Cent zahlte. In den Ausbeuterbetrieben an der East Side wurde zwölf Stunden täglich an sechs Tagen in der Woche gearbeitet. Die jüdischen Arbeiter hatten nur samstags frei, um Sabbat halten zu können, sonntags arbeiteten sie. Da Shutzie noch zur Schule ging, war der Sonntag der einzige Tag, an dem er seinem Geschäft nachgehen konnte: er verkaufte ofenwarme *bejgls* an die Menschen, die in den großen Nähsälen Frondienst leisteten.

Da Max nicht mehr zur Schule ging, nahm er seine Tätigkeit an einem Werktag auf. Er betrat die Bäckerei nahezu unbemerkt, sog begierig ihre Düfte ein, sah zu, wie die Bäcker mit einer raschen, aber schwierigen Handbewegung die *bejgls* formten und sie dann in die Behälter mit kochendem Wasser warfen, aus denen das Gebäck in den Backofen wanderte, den es goldbraun wieder verließ.

Schließlich bemerkte jemand seine Anwesenheit und fragte, was er wolle.

«Hundert *bejgls*», sagte Max und strich einen Dollarschein auf der Theke glatt.

«Wieso bist du eigentlich nicht in der Schule?»

Erwachsene waren durch die Bank neugierig, anmaßend und mißtrauisch. Ladeninhaber kamen herein und verließen den Laden mit riesigen Säcken voller *bejgls* – sie fragte niemand, bei ihnen genügte es, daß sie Geld hatten.

«Die Schule fängt erst um neun an.»

Bei der Firma Stylish Shirtwaists, Inc., am East Broadway war es dasselbe. Ein beleibter Pförtner saß am Eingang zu dem alten Gemäuer und wollte wissen, warum Max nicht in der Schule war.

Im stillen dachte er, leck mich doch am Arsch, du alter Drecksack, erzählte dann aber seine Geschichte mit dem toten Vater und den vielen hungrigen Mäulern.

«Wenn du hier reinwillst, kostet dich das 20 Cent.» Gefühle drangen nicht zu dem Pförtner durch, und Mitleid war ihm fremd. Er lebte in einer Welt voll Lügnern und Lügen, und es hätte Max gewundert, wenn er seine Geschichte für bare Münze genommen hätte.

«10», erklärte Max.

Sie einigten sich auf 15 Cent, nachdem Max ihn hatte wissen lassen, es könne sich gegebenenfalls um eine tägliche Einnahmequelle handeln. Oben verkaufte Max zwischen den Reihen ratternder Nähmaschinen seine noch warmen *bejgls* für 2 Cent das Stück, also zum doppelten Einkaufspreis. Als ihn die Saalaufsicht an die Luft setzen wollte, machten sich die Frauen an den Nähmaschinen, die Mitleid mit ihm hatten, zu seinen Anwältinnen und erklärten, er habe ein Recht, seine Ware dort feilzubieten. Max konnte, wenn er wollte, sehr traurig dreinblicken und wirkte dann hilflos und mitleiderregend – daß er klein und schmächtig war, verstärkte diesen Eindruck noch. Wo immer er den Näherinnen seinen Fall vortrug, schlugen sie sich sofort auf seine Seite, und so setzte er in jenem Fabrikbezirk in den Nähsälen mehrerer Firmen seine hundert *bejgls* ab und machte sich mit einem um nahezu 50 Prozent auf 3 Dollar angewachsenen Kapital, von dem die 15 Cent Schmiergeld an den Pförtner abgingen, auf den Weg ins Showgeschäft.

Stand zu jener Zeit in New York eine Theaterpremiere bevor, wurde sie in den Schaufenstern Hunderter von Geschäften auf Werbeplakaten angezeigt, die gewöhnlich 45 mal 60 Zentimeter groß waren. Sie nannten den Titel des jeweiligen Stücks sowie die Namen der Hauptdarsteller und enthielten einige lobende Äußerungen über das Stück. Wer sein Schaufenster als Werbefläche zur Verfügung stellte, bekam dafür zwei Freikarten, doch da die meisten Ladeninhaber auf der Lower East Side mit dem englischsprachigen Theater nichts im Sinn hatten, unter anderem auch, weil sich die Bühnen in einem nördlich gelegenen Stadtbezirk befanden, der für sie eine andere Welt bedeutete, verschenkten sie häufig ihre Eintrittskarten oder verkauften sie billig weiter. Als Max einmal für seine Mutter eine Besorgung machte, sah er, daß eine Frau dem Gemischtwarenhändler 50 Cent für zwei Theaterkarten bezahlte. Normalerweise hätte dieser sie wohl umsonst hergegeben, doch da es sich um eine Prostituierte handelte, verlangte er Bezahlung, wohl als Tribut an seine moralische Entrüstung. Max, der noch nie im Theater gewesen war und auch nicht den Wunsch empfand hinzugehen, konnte nicht verstehen, warum jemand in dieser Umgebung, in der man sein Geld vorwiegend für Nahrung und Kleidung und kaum etwas anderes ausgab, sein gutes Geld für Theaterkarten hinauswarf. Er schloß aus diesem Vorfall, Prostituierte seien theatersüchtig. Zwar war das vom Standpunkt der formalen Logik her ein schwacher Schluß, doch hatte er richtig geraten, denn Theaterbesuche waren bei den zahlreichen Prostituierten, die in der Allen Street, der Orchard Street und der Ludlow Street ihrem Gewerbe nachgingen, überaus beliebt. Sie waren ihr gesellschaftlicher Rettungsanker, verliehen ihnen einen Firnis von Bildung und ermöglichten ihnen einen Blick auf das Leben außerhalb des Gettos.

Max wog also ein Bedürfnis gegen das andere ab und schritt unverzüglich zur Tat. Er betrat Sal Mariettas Schusterladen und fragte: «Was ist mit den Karten für die Plakate in Ihrem Fenster? Ich kauf sie Ihnen ab.»

Sal, der weder Zeit noch eine Vorliebe für das englischsprachige Theater hatte, erkundigte sich: «Ich höre, deine arme Mama ist gestorben?»

«Mein Papa.»

«Wie schrecklich.» Auf italienisch gab er zu verstehen, daß die Lower East Side eine abscheuliche Gegend, das Leben ein mieses Scheißhaus sei, und daß die Armen nichts zu lachen hätten. Max nickte zustimmend. Mit seinen groß aufgerissenen, feuchtblauen Kinderaugen wirkte er verletzlich und schwach. «Hier», sagte Sal und hielt Max einen Dollar hin. «Hilft vielleicht ein bißchen.»

«Ich möchte kein Geld», sagte Max. «Danke, Sal, wirklich nicht. Ich möchte die Theaterkarten.»

«Wozu? Deine Mama ist tot, und du gehst ins Theater?»

«Mein Papa. Ich kauf die Karten. Zwei für einen Vierteldollar.»

Er verließ Sals Laden mit zwei Karten für zwei Vorstellungen, eine davon eine Neuinszenierung der Operette *‹Der Mikado›* von Gilbert und Sullivan, die in New York rund sechs Jahre zuvor bei ihrer Erstaufführung schon einmal Triumphe gefeiert hatte. Er erklärte Sal, was er mit den Karten zu tun gedachte, weil er den Eindruck hatte, dieser werde ihn nicht betrügen. Schon damals war Max ein guter Menschenkenner. Sal versprach, ihm künftig die Karten aufzuheben. In gewisser Hinsicht verstand Max die Schranke zwischen diesen schwer arbeitenden Ladeninhabern und der glänzenden Welt der feinen Stadtbezirke mit ihren Theatern und teuren Restaurants, die von Herren und Damen in Abendkleidung besucht wurden. Die nächstgelegenen Theater waren in der Fourteenth Street, und zwischen ihr und der Henry Street lag eine gute Meile oder eine ganze Welt, je nachdem, wie man das sah, und die neueren Theater um die Twentieth und Fortieth Street lagen sozusagen auf dem Mond. Niemals wäre Sal Marietta auf den Gedanken gekommen, ein Theater zu besuchen, ebensowenig wie Max.

Max' Mutter, Sarah, war 1856 auf die Welt gekommen und mit sechzehn Jahren in die Lower East Side von New York verfrachtet worden. Viele Jahre später versuchte Max rückblickend zu begreifen, was für ein Leben seine Mutter gehabt hatte. Obwohl beim Tode ihres Mannes erst 35 Jahre alt, war sie bereits verbraucht und kraftlos, ohne jede Lebensfreude und ihrer einstigen jugendlichen Schönheit beraubt. Es kam ihr vor, als sei sie in einen Raum gesperrt, der keinen Ausgang hatte, und nichts lag ihr ferner als zu planen, zu hoffen oder zu träumen. Daß dieser seltsame, befremdliche, schmächtige Junge für sie und ihre Kinder zu sorgen vermochte, war ihr unerträglich. Da sie keine Zuneigung mehr empfinden konnte, traten an deren Stelle Angst und ohnmächtige Wut. Sich selbst überlassen, hätte sie möglicherweise gottergeben auf den Tod oder ein anderes Ende gewartet. Eine Frau in ihrer Lage hätte in einem anderen kulturellen Umfeld vielleicht ihre Kinder getötet und sich selbst das Leben genommen; wie viele andere mit ähnlichem Schicksal hätte Sarah vermutlich abgewartet, bis das Leben ihr und den ihren ein langsames Ende bescherte.

Doch Max brachte Geld ins Haus, und sie lebten weiter. Statt ihm für seinen Trotz und sein Aufbegehren gegenüber der Ungeheuerlichkeit dieses Lebens dankbar zu sein, schäumte Sarah, beschimpfte ihn und jammerte. Seltsamerweise brachte Max Verständnis dafür auf, wenn es auch tief in seinem Unbewußten verborgen lag und nahezu tierhaft war. Wie ein getretener Hund nicht von seinem Herrn läßt, so ließ Max nicht von Sarah. Nie fragte er sich, ob er diese verhärmte Frau liebte, und auf eigentümliche Weise verstand er sie. Er trug die Schuld daran, daß ihr das schreckliche Ende verwehrt blieb, mit dem sie sich am Leben und dessen Umständen hätte rächen können, er beschenkte sie in unnatürlicher Weise mit der Möglichkeit weiterzuleben. Daß sie ihm das nicht verzeihen konnte, war ebenso unglaublich wie natürlich. Er verweigerte ihr die kleine schreckliche Befriedigung ihres unausweichlichen Untergangs. Weder sie noch er machten sich das jemals mit Worten klar, aber im Laufe der Zeit wurde das zum Kernpunkt ihrer Beziehung. Bei seinen Geschwistern war das etwas anderes.

Nie ließ Max die sechs Menschen im Stich, die auf ihn angewiesen waren. Ihr Überleben war unauflöslich mit seinem verknüpft; und ihr Schicksal war sein Schicksal. Er dachte dabei nicht an Mitempfinden oder Pflichtgefühl, er sah nur die Realität, die einzige, die er kannte, und ebenso wie diesen Umstand nahm er auch die hilflose Wut seiner Mutter als gegeben hin. Er versuchte sie zu beschützen. Er fälschte Entschuldigungszettel für die Schule und gab sie seiner Schwester Freida mit, die dreizehn Monate jünger war als er. Der Mutter gegenüber bestritt er, daß er schwänzte, und als die Sache nach dem Besuch eines Behördenbeauftragten aufflog, ertrug er stillschweigend ihre Ohrfeigen und Beschimpfungen.

«Du bist ein Herumtreiber», sagte sie, «ein richtiger kleiner Herumtreiber.» Aber ihr anfängliche Wut war schon verraucht, sie tauchte aus dem Strudel der Verzweiflung wieder auf. Tage und Wochen waren seit dem Tod ihres Mannes verstrichen, sie lebten immer noch und hatten zu essen.

«Ich tu, was ich muß», erklärte Max. «Ich bin kein Herumtreiber, *mame*.»

«Zwölf Jahre alt und drückt sich schon bei den Huren herum!»

«Ich hab mit denen nichts zu tun, *mame*. Ich verkauf ihnen Theaterkarten.»

«Mr. Greenbaum sagt, daß du ihnen Freier heranschaffst.»

«Er lügt! Ich bin kein Lude.» Er mochte das Wort nicht. Verstanden hatte er seinen Sinn schon mit acht Jahren, und zu der Zeit wußte er auch schon, was es mit Prostitution und Zuhälterei auf sich hatte. Das gehörte zum Leben der Straße, und selbst wenn ihm weniger klargewesen wäre, um welche Triebe und Wünsche es bei diesem alten Gewerbe geht, so spielte sich doch alles in unmittelbarer Umgebung der elterlichen Wohnung ab, wo es von Zuhältern und Prostituierten wimmelte. Ein einziges Mal hatte er Suzie Brinkerhoff, einer stattlichen Frau mit üppigen Formen, Mitte Dreißig, die sich das Haar blondierte, einen Freier zugeführt und von ihr dafür einen Dollar bekommen. Da sie die Geschichte Sarah Britskys und ihrer sechs Kinder kannte, quoll sie über vor Mitgefühl und bewunderte Max rückhaltlos. Sie steigerte sich in ihre Empfindungen so sehr hinein, daß ihr die Tränen kamen, wenn Max ihr nur Theaterkarten brachte. In ihren Augen war er nicht das magere Bürschchen, er verkörperte für sie den aufmerksamen, hingebungsvollen Galan und darüber hinaus das schöne und kluge Kind, das sie sich immer, wenn auch vergeblich, gewünscht hatte. Sie hörte seine Gossensprache nicht, und statt seiner Lumpen trug er in ihren Vorstellungen und Träumen edle Gewänder. Was er ihr auch an Karten anbot, sie kaufte es und zahlte gern 2 Dollar für zwei Plätze. Machten andere Prostituierte in seiner Gegenwart obszöne Bemerkungen, so riet Suzie ihnen, das Maul zu halten, und sagte zu ihm: «Halt dich bloß von den säuischen Weibern weg! Jedes Wort, was die sagen, stinkt.» Dann erklärte sie ihm haarklein die einzelnen Geschlechtskrankheiten, ließ nichts aus und malte ihm deren Folgen drastisch und in allen Farben aus.

In gewisser Hinsicht war Max ihr Adoptivkind. Nachdem sie zu den anderen Prostituierten gesagt hatte, er sei ihr Maskottchen, erweiterte sich der Markt für seine Theaterkarten. Gleichzeitig vergrößerte Max auch seinen Handel mit *bejgls*, und obwohl ihm die meisten der gewöhnlich im Dachgeschoß großer Gebäudekomplexe untergebrachten Textilfabriken versperrt blieben, gelang es ihm, seinen Kundenstamm um zwei weitere Betriebe zu vergrößern. Auch dort mußte er die Pförtner bestechen, verkaufte aber nur wenige Monate nach dem Tod seines Vaters bereits tausend *bejgls* die Woche, was ihm nach Abzug seiner Auslagen einen Nettogewinn von rund 8 Dollar wöchentlich einbrachte. Abgesehen von dem Erlös für die gestohlene Uhr lieferte er seiner Mutter in der ersten Woche nach dem Tod des Vaters 9 Dollar ab, in der zweiten waren es bereits 12, und in der dritten brachte er 14 Dollar und 60 Cent mit – mehr, als sein Vater je verdient hatte. Bei alldem behielt er sein Kapital für das *bejgl*-Geschäft zurück. Wenn auch der Verdienst schwankte und nicht alle Wochen gleich einträglich waren, hatten Sarah und ihre sechs Kinder doch stets satt zu essen und konnten regelmäßig die Miete zahlen.

Sarah wurde ihrem Sohn gegenüber nachgiebiger. Das unverständliche Wunder, das darin bestand, daß ein aufgeweckter Zwölfjähriger sie und die ihren vor dem Verhungern bewahrte, mußte sie zwangsläufig beeindrucken. Sie schrie ihn seltener an als früher und dachte ihre Schläge und Wutausbrüche den anderen Kindern zu. Einmal brachte sie mit Tränen in den Augen heraus: «Danke, mein Junge, danke.»

Wohl war Max häufig Zeuge einer Liebe und Zärtlichkeit gewesen, wie man sie von einer Mutter erwarten kann, aber nur seinen Geschwistern gegenüber. Es gab für ihn keine Möglichkeit zu verstehen, was sich da abspielte, und er konnte sie auch nicht gut fragen, warum sie zu den anderen freundlich war und sich ihm gegenüber so abweisend verhielt. Wie hätte er auch auf den Gedanken kommen sollen, daß er sie, indem er als Ernährer der Familie an die Stelle ihres Mannes getreten war, nicht nur um ihre Mutterrolle brachte, sondern auch seine Stellung als ihr Kind aufgab? Da dem schmächtigen Bürschchen diese Erwägungen und Schlußfolgerungen nicht möglich waren, vermochte er auch nicht zu reagieren, als seine Mutter ihm ihre Dankbarkeit ausdrückte.

Daß er weder Freude noch Ärger erkennen ließ, hatte seinen Grund keineswegs in Gefühlskälte. Nur Heilige fahren fort zu lieben, wenn ihre Liebe unerwidert bleibt, doch ein Heiliger war Max bestimmt nicht. Mutter und Geschwistern gegenüber empfand er eine Art Stammesbindung, doch nicht Liebe und auch sonst keine Gefühle: Er hatte eine ihm von den Umständen zudiktierte Verpflichtung zu erfüllen, und zu keinem Zeitpunkt versuchte er, sich ihr zu entziehen. Daß die Mutter ihre Verbitterung herunterschluckte, um ihm danken zu können, hatte für ihn keine Bedeutung. Seine einzige Befriedigung entstand daraus, daß sie ihn jetzt mehr als zuvor in Ruhe ließ. Immer wenn er an sie dachte, empfand er den Wunsch, sie möge ihn zufriedenlassen; er war gern bereit, die Familie zu versorgen, wenn sie ihm diesen Wunsch erfüllte.

Alle anderen Kinder und Jugendliche, die Max kannte, verdienten sich etwas – die einen mehr, die anderen weniger. Wer in der Lower East Side aufwuchs, hatte keine glückliche und sorglose Kindheit. Statt zu spielen, verkauften die Kinder Zeitungen, machten Botengänge, sammelten für Schrotthändler verwertbares Altmaterial, verrichteten alle möglichen Aushilfstätigkeiten im Fischereihafen am East River, öffneten den Droschken in den feinen Stadtteilen die Türen, weil sie sich davon ein Trinkgeld erhofften, und all das nach der Schule, die erst gegen drei Uhr nachmittags aus war. Wer mit diesen und hundert anderen Tätigkeiten in der Woche einen Dollar verdiente, durfte zufrieden sein. Andere Kinder begingen kleine Diebereien, doch kam auch dabei kaum einmal mehr als ein Dollar pro Woche heraus. Sie wuchsen in einer durcheinanderwirbelnden, lauten, unüberschaubaren Welt auf, die so überbevölkert war, daß die Menschen in verfallenden Bruchbuden leben mußten, und über ihre mit Unrat bedeckten Straßen rollte eine endlose Prozession von Pferdefuhrwerken: Flach- und Planwagen, Kippkarren, Feuerspritzen, Grüne Minnas und gelegentlich auch einmal, wenn sich der Kutscher verfahren hatte, eine feine Kalesche. Der Harn von Tausenden von Pferden floß in den Rinnsteinen zu einer unaufhörlich strömenden, gelben Brühe zusammen, und ihre Roßäpfel sättigten Abertausende von Sperlingen und Tauben, die sich an dieser Stätte menschlichen Tuns und Treibens aufhielten.

Was die anderen Kinder taten, war nichts für Max. Er schuftete Tag für Tag, bis er vor Müdigkeit fast umfiel, aber seine Arbeitskraft verkaufte er niemandem. In seiner an den Gegebenheiten ausgerichteten Lebensphilosophie gab es zwei Möglichkeiten: seine Körperkraft für einen Dollar die Woche zu verkaufen – oder etwas anderes zu tun, das mehr einbrachte. Dazu aber mußte man sich seines Gehirns bedienen. Wer das tat, brachte andere Menschen zum Nachdenken, und das konnte schlimme Folgen haben. Geschäftsinhaber überlegten: war der Junge bereit, 25 Cent für Theaterkarten zu bezahlen, würde er wohl auch 35 oder 50 Cent herausrücken. Es war Max klar, daß dieser Bienenstock nicht auf alle Zeiten Honigseim spenden würde, und schon nach einem Jahr heuerte er andere Kinder als *bejgl*-Verkäufer an und erweiterte sein Angebot um heißen Kaffee. In der Zwischenzeit stieß er bei seinen Streifzügen auf der Suche nach Theaterkarten immer weiter nach Norden vor und gelangte eines Tages zu Rowdy Smiths Vergnügungspalast in der Second Avenue, gleich südlich der Fourteenth Street. In New York machte eine Entfernung von wenigen Nebenstraßen häufig schon so viel aus, daß man sich zehn Straßen weiter bereits wie in einer anderen Welt vorkam. Zwar war Max auch früher schon ein- oder zweimal bis zur Fourteenth Street nordwärts gewandert, doch lag diese Gegend weit außerhalb seiner gewohnten Welt. Von Rowdy Smiths Etablissement hatte er lediglich eine ungenaue Vorstellung gehabt, und so entdeckte er jetzt zu seiner unaussprechlichen Freude in dessen großen Schaufenstern ein Dutzend Theaterplakate nebeneinander. Keinen Blick hatte er für die hier angepriesenen Verlockungen: nicht für die Glücksräder, die zahlreichen anderen Spiele und nicht einmal für die Kinetoskope. Doch entging ihm keineswegs, daß Rowdy Smith Kinetoskope betrieb, und sehr viel später sagte er: «Weil ich zufällig auf Rowdys Vergnügungspalast gestoßen bin, habe ich die Welt verändert. Darüber muß man sich klar sein, denn da hat alles angefangen.» Bis es soweit war, sollten allerdings noch viele Jahre vergehen. Da aber existierte das Etablissement nicht mehr, und Rowdy Smith war längst zu seinen Ahnen gegangen.

Doch 1891 war er noch durchaus lebendig, ein breitschultriger, weißhaariger Ire von etwa 60 Jahren, mit von reichlichem Whiskeygenuß gerötetem Gesicht. Aus dem Kassenhäuschen am Eingang überwachte er sein Reich, kassierte von jedem, der sich zum Eintreten überreden ließ, 2 Cent und brüllte gelegentlich mit einer Stimme in sein Megaphon, die man mehrere Straßenzüge weit hören konnte. Seine Frau, die fast ebenso kräftig gebaut war wie er, wanderte mit einer Schürze, deren Taschen schwer von Wechselgeld waren, in dem riesigen Raum auf und ab. Smiths blaßblaue Augen fielen auf Max, dessen Kinn kaum über das Zahlbrett des Kassenhäuschens reichte, und irgend etwas in den wehrlosen Kinderaugen dieses Jungen ließ Smith freundlich lächeln.

«Was kann ich für dich tun, mein Sohn?» erkundigte er sich. «Wenn du keine 2 Cent für den Eintritt hast, mußt du es dir von draußen ansehen.»

«Sie haben so viele Theaterplakate in Ihrem Fenster», sagte Max. «Was machen Sie mit den Gratiskarten?»

«Was geht dich das an?»

«Ich würd sie kaufen. Ich zahl 'nen Viertel Dollar pro Stück.»

«Und verkaufst sie dann für das Doppelte?»

«Nöö. Ich verdien an jeder 5 oder 10 Cent. Aber dafür muß ich auch selber die Kunden auftreiben.»

«Die Sache hat so 'nen Bart, mein Junge, verschwinde.» Er scheuchte Max mit einer Handbewegung beiseite. «Weg da. Hinter dir steht Kundschaft.» Zwei Männer zahlten ihren Eintritt und gingen hinein, dann war Max wieder am Kassenhäuschen.

«Bist du immer noch da?» fragte Smith. «Wie alt bist du eigentlich?»

«Zwölf.»

«Es ist zwei Uhr. Wieso bist du nicht in der Schule?»

Max sah Smith lange und nachdenklich an und sagte ihm dann die Wahrheit. Smith lachte und schüttelte den Kopf. «Das ist doch alles Mumpitz, mein Junge. Du kannst mir nicht weismachen, daß du deine Mutter und fünf Geschwister durchbringst. Wie lange soll das schon gehen, sagst du?»

«Seit September.»

Smiths Frau kam herüber. Tagsüber ging das Geschäft nicht besonders gut. Smith berichtete ihr, was Max gesagt hatte.

«Armer Junge», sagte sie.

«Wenn das stimmt, was er sagt.»

«Was will er? Geld?»

«Er will die Gratiskarten für die Theaterplakate kaufen.»

«Ach so?» Sie wandte sich zu Max. «Und wozu, wenn es dir so dreckig geht?»

«Ich verkauf sie.»

«Und wieviel würdest zu zahlen?»

«'nen Viertel Dollar pro Karte.»

«Gib ihm schon die verdammten Dinger!» herrschte sie ihren Mann an. «Du verschenkst sie ja sowieso an jeden hergelaufenen Strolch, der welche haben will.»

«Stimmt, sogar an deinen Schwager.»

«Das ist der größte Strolch von allen. Verkauf sie dem Jungen.»

Von jenem Tag an stattete Max Rowdy allwöchentlich einen Besuch ab. Die beiden Eheleute mochten den Jungen, was etwas eigentümlich war, da Max nicht besonders einnehmend wirkte und sich eigentlich auch nicht kindlich gab. Auch in späteren Jahren war Kindheit für ihn nichts als ein verschwommener Begriff. Ihm stand das Wort für ein Land, das er nie wirklich betreten hatte, mithin eine Scheinwelt.

Smith hatte einen Hund in seinem Kassenhäuschen, eine Promenadenmischung; Max wirkte auf Smith wie ein menschliches Gegenstück dazu – zäh, gerissen, mit den Spielregeln der Straße vertraut und durchaus zur Boshaftigkeit fähig, wenn man ihn in die Ecke trieb. Er war einmal unbeteiligter Zuschauer, als Max unmittelbar vor seinem Etablissement von zwei irischen Straßenjungen angegriffen wurde, beide älter und größer als er. Max wehrte sich nicht einfach, sondern stürzte sich – provoziert von ihren Judenwitzen – mit der Wildheit eines Tiers auf sie. Dem einen rammte er einen Ellbogen in die Rippen, sprang dann den anderen an, umklammerte seinen Hals mit beiden Armen und biß ihn ins Ohr. In alldem lag eine Wildheit, die dennoch berechnend wirkte. Er prügelte sich nicht wie andere Kinder, sondern fügte bewußt Schmerzen zu und ging aufs Ganze. Die beiden jungen Iren rissen sich los und ergriffen die Flucht. Noch zitternd kam Max zu Smith und antwortete auf seinen fragenden Blick: «Kein verdammter Scheißire soll mich einen Saujuden nennen.»

«Du hast völlig recht», stimmte Smith zu.

Etwa zwei Monate nach Max' erstem Besuch sagte Smith zu ihm: «Du bist viel zu ernsthaft für ein Kind, Max. Warum amüsierst du dich hier nicht mal ein bißchen? Dafür ist der Laden ja schließlich da.»

«Für so was hab ich kein Geld», sagte Max.

«Na los, du bist doch noch ein Kind.»

«Schon.»

«Sieh dir doch mal das Kinetoskop an. Es ist ein Wunderding.»

«Mm.»

«Kostet auch nur 'nen Penny.»

«Mm.»

«Hier hast du 'nen Penny», sagte Smith und schob ihm die Münze hin. «Los, sieh's dir doch mal an.»

Die Kinetoskopen hatte Rowdy Smith erst vor wenigen Monaten bekommen, doch schon jetzt lief das Geschäft so gut, daß er eine Reklametafel mit der Aufschrift *Kinetoskoptheater* in Auftrag gegeben hatte, die über dem Eingang zu seiner Spiel- und Vergnügungshalle prangen sollte. Dabei handelte es sich allerdings nicht um Thomas A. Edisons berühmtes Kinetoskop, sondern um eine Imitation, was kein Wunder war, denn ein halbes Dutzend Nachahmer hatte sich des Marktes bemächtigt. Rund vier Jahre zuvor hatte Edison sich die Aufgabe gestellt, einen Apparat zu entwickeln, durch den man bewegte Bilder zu betrachten vermochte. Nachdem er ein Muster davon zusammengebaut hatte, zeigte sich, daß er ein geeignetes Trägermaterial für die zu projizierenden Bilder brauchte. Zu eben jener Zeit entdeckte George Eastman, der in Rochester damit beschäftigt war, Kodaks Kamera zu verbessern, ein neues Material, das sich aufspulen ließ und für Edisons Kinetoskop verwendbar war. Dieses war eine Art Kasten von etwa 30 mal 30 mal 100 Zentimetern, mit Gucklöchern, und wer hindurchsah und gleichzeitig die Kurbel drehte, hatte die Illusion, Bilder zu sehen, die sich bewegten. Nach der Fertigstellung des Geräts erlahmte Edisons Interesse daran, und als ihm später ein Geschäftsmann, ein gewisser Tom Lombard, die Erlaubnis abschwatzte, zehn dieser Gucklochtheater in Chicago vorzuführen, bedauerte Edison das bald – er war ursprünglich der Ansicht gewesen, es handle sich um eine unbedeutende Spielerei. Allmählich kamen, ohne daß die Hersteller Edisons Patent verletzten, Nachahmungen dieses Gucklochtheaters auf den Markt. Ihre einfachste Art war bei Rowdy Smith zu sehen. Durch das Drehen an der Kurbel wurden zahlreiche auf Karten angebrachte fotografische Bilder in rascher Folge durchgeblättert, wobei der Betrachter den Eindruck eines ruckartigen Bewegungsablaufs hatte: meist zog sich eine Frau zum Baden aus oder wurde von einem Liebhaber entkleidet oder dergleichen. Auf jeden Fall endete die Vorstellung immer unmittelbar, bevor die letzte Hülle fiel, und da das Ganze nur zehn Sekunden dauerte, kam in den meisten Fällen gar keine wirkliche Lüsternheit auf. Immerhin bot die Neuheit des bewegten Bildes zusammen mit einem Hauch von Pornographie vor allem den Jüngeren für nur einen Penny ein großes Maß an Sinnenkitzel.

In Max rief derlei keine sexuelle Begierde hervor. Da er seit Monaten Theaterkarten an Prostituierte verkaufte, die er in allen vorstellbaren Bekleidungszuständen gesehen hatte, barg die weibliche Anatomie für ihn keine Geheimnisse mehr, die er voyeurhaft hätte erforschen müssen. So drehte er die Kurbel des Kinetoskops mit einer eher kritischen als genießerischen Haltung. Auf Smiths Frage, wie es ihm gefallen habe, zuckte er die Schultern.

«Die bewegen sich ja gar nicht richtig», sagte Max.

«Was erwartest du eigentlich für einen Cent – echte nackte Weiber?»

«Keine Ahnung, jedenfalls nicht, daß einem 'ne dämliche Maschine weismachen will, man würde Bilder sehen, die sich bewegen.»

«Du bist ein schwieriger Kunde, Max, was?»

«Schon möglich. Jedenfalls schmeiß ich mein Geld nicht zum Fenster raus.»

«Das seh ich. Ich will dir was sagen, mein Junge. Ich hab gehört, Thomas Edison soll an einer Sache arbeiten, bei der sich die Bilder richtig bewegen. Wenn wir so eine Kiste hier stehen haben, spendier ich dir noch mal 'ne Runde.»

«Einverstanden», sagte Max. «Ist geritzt.»

ZWEI

1897

Max mit achtzehn Jahren

An einem schönen Märztag des Jahres 1897 aß Max mit Suzie Brinkerhoff im *Empire Dairy*-Restaurant an der Second Avenue zu Abend. Obwohl es dort schon für 30 Cent ein ausgezeichnetes Stammessen gab, hatte nicht etwa seine Sparsamkeit Max hierher gelockt, sondern die Kartoffelsuppe. Er erklärte Suzie, stolz auf das neue Wort: «Ich bin kein so 'n Gourmet, du weißt schon, so 'n Schmecklecker, der nur was ganz Besonderes ißt – kennst du ja wohl?»

«Keine Ahnung. Ich verkehre nicht mit solchen Leuten.»

«Ist ja auch egal. Jedenfalls, meine Mutter kocht grauenhaft, schlimmer geht's gar nicht, also hab ich 'ne Schwäche für gutes Essen. Leuchtet das ein?»

«Mir schon.»

«Und die Kartoffelsuppe hier – ich weiß ja nicht, vielleicht würden sich die Leute bei Delmonico die Nase zuhalten, wenn sie da auf den Tisch kommen würde, aber ich find sie einsame Spitze.»

Suzie schüttelte den Kopf und lächelte ihn zärtlich an. «Du bist ein seltsamer Junge, Maxie. Manchmal hab ich das Gefühl, du bist was Besseres, nicht nur beim Essen, auch sonst. Ich hab mich mit ein paar von den Mädchen darüber unterhalten, und die haben alle gemeint, sie würden lieber für dich arbeiten als für einen andern, wenn wir nur irgendwo ein paar Zimmer hätten. Es müßte gar nichts Besonderes sein, einfach ein paar Zimmer ...»

Max schüttelte den Kopf. «Kommt nicht in Frage.»

«Warum denn nicht?»

«Ich bin doch kein Zuhälter! Ich hab was gegen Luden. Am liebsten hätte ich allen die Fresse poliert, die ich bis jetzt so gesehen hab.»

«Es sind ja auch lauter verkommene Kerle.»

«Und so einer soll ich wohl werden?»

«Bei dir ist das was anderes.»

«Nein. Ein für allemal, Suzie. Laß es gut sein.» Er stand auf, nahm die Brieftasche heraus und legte lässig einen Dollarschein auf den Tisch. Das gefiel ihm, er gab gern großzügige Trinkgelder. Kellner erinnerten sich seiner, und auch das gefiel ihm. Sie überstürzten sich, ihn zu bedienen, wenn er ein Restaurant betrat.

«Wieso hast du es so eilig?» fragte Suzie. «Ich dachte, wir gingen zusammen aus.»

«Tun wir ja auch, aber jetzt ist Zeit für meinen Auftritt. Soll ich an der Kasse Bescheid sagen, daß sie dich reinlassen? Du siehst dir das Programm an, und anschließend gehen wir drei, du, ich und Bert, Kaffee trinken und Kuchen essen.»

«Ich hab's schon gesehen, und ohne deinen Freund Bert kann ich auch leben.»

«Wir haben aber heute abend 'ne neue Nummer, was Lustiges.»

«Weißt du, Maxie, wenn du dich mit mir und zwei oder drei anderen Mädchen zusammentust, kannst du jede Woche 300 bis 400 verdienen. Das ist doch kein Dreck, das ist gutes Geld.

«Ich hab dir gesagt, nein!»

«Schon gut, schon gut, reg dich nicht auf. Danke für die Einladung.» Als sie sich auf dem Absatz umwandte, fragte er sie erstaunt: «He, wo gehst du hin?»

«Ich hab auch 'nen Beruf, Maxie. Ich verdien nichts, wenn ich mich in dein verlaustes Bijou setze und zusehe, wie du dreckige Witze reißt.»

Das Bijou-Theater lag am West Broadway zwischen der Prince Street und der Spring Street. Es war eine Art Tingeltangel-Varieté, seine Besucher kamen aus Arbeiterkreisen, und es wandte sich eher an die englischsprechenden Eingesessenen als an Einwanderer. Es war 1823 errichtet worden, und der Fortschritt zeigte sich darin, daß die Rampenbeleuchtung, einst einfache Kerzen, jetzt aus Gasleuchten bestand. Die Art der dort gebotenen Unterhaltung stammte – wie, nebenbei gesagt, die der meisten Varietés in New York – ursprünglich aus britischen Varieté-Theatern. Man hatte sie nach und nach dem örtlichen Geschmack angepaßt, und so war die Abendvorstellung ein Gemisch aus etwas, das man später als Vaudeville und Burleske bezeichnen würde, nur waren die einzelnen

Szenen nie offen schamlos oder obszön. Das Varieté-Theater bezog seine Wirkung im wesentlichen aus billigen Wortspielen, bei denen die prüderen Besucher so tun konnten, als hätten sie sie nicht verstanden. Die Gesangsnummern bestanden vorwiegend aus Balladen, zum Teil stammten sie aus London und waren bearbeitet worden, denn internationale Abkommen über Urheberrechte gab es zu jener Zeit nicht. Das Bijou-Theater bot 540 Besuchern Platz, es gab täglich zwei Abendvorstellungen, montags und mittwochs jeweils zwei aufeinanderfolgende Nachmittagsvorstellungen und samstags zwei Nachmittags- und drei Abendvorstellungen. Max und sein Partner Bert Bellamy bekamen für ihren komischen Auftritt pro Woche 44 Dollar, also jeder 22. Das war eine recht beachtliche Gage, denn andere Varietés zahlten ihren Darstellern weit weniger.

Max hatte den hoch aufgeschossenen Bert Bellamy mit dem sommersprossigen Gesicht, der kurzen Stupsnase und den grauen Augen vier Jahre zuvor bei Rowdy Smith kennengelernt. Er arbeitete dort abends zwischen acht und zehn, der Zeit des größten Andrangs. Eingestellt hatte Smith ihn, als Mrs. Smith wegen ihrer Arthritis nicht mehr so lange wie früher arbeiten konnte. So zog Bert Bellamy, vor dem Bauch eine Schürze mit riesigen Taschen voller Ein-Cent-Stücke, allabendlich durch den Saal, wechselte den Besuchern Geld und hielt Ausschau nach Leuten, die sich ohne Bezahlung einschleichen wollten.

Er und Max freundeten sich an. In all den Jahren, in denen sich Max nach oben arbeitete, war Bert sein einziger Freund. Er, der aus ebenso elenden Verhältnissen wie Max stammte, faszinierte ihn, auch an ihm war die angeblich unbeschwerte Kindheit unbemerkt vorbeigeglitten, und wie Max hatte er gelernt, durch seinen Verstand und die auf der Straße geschulte Schlauheit zu überleben. Doch im Unterschied zu anderen Jugendlichen in Max' eng begrenzter Welt war Bert Bellamy kein Einwanderer, sondern ein «Original-Amerikaner», Nachkomme von mehr als zehn Generationen in Amerika geborener Protestanten, genauer gesagt, Presbyterianer. Alle anderen jungen Leute, mit denen Max je zu tun gehabt hatte, waren jüdischen oder katholischen Bekenntnisses und stets Abkömmlinge von Einwanderern. Daß Bellamy anders war, lag natürlich auch an seiner Herkunft. Der kulturelle Abstand zwischen beiden war so groß, daß man ebensogut hätte sagen können, Bert komme von einem anderen Stern. So jedenfalls sah und verstand Max den Freund. Dabei hatte dieser mit sechzehn Jahren den Vater verloren, ein Zimmermann, der ein Opfer übermäßigen Alkoholkonsums geworden war. An seine Mutter konnte er sich nicht erinnern – sie war eines Tages auf und davon gegangen, als Bert gerade zwei Jahre alt war. Nach dem Tod des Vaters verließ Bert das Kellerloch, das man kaum eine Wohnung nennen konnte, und schlief in einem winzigen Verschlag hinter dem Vergnügungspalast.

Da er, solange er zurückdenken konnte, ohnehin mehr oder weniger auf sich selbst gestellt gewesen war, bedeutete der Tod des Vaters keinen Einschnitt für ihn. Max und er hatten vieles gemeinsam: da beide durch die harte Schule der Straße gegangen waren, gaben sie nicht leicht auf, und sie wußten bei ihrem voller Zähigkeit geführten Kampf ums Überleben, ihren Verstand zu gebrauchen. Beide waren langgliedrig und von einer fast dürr zu nennenden Schlankheit, verfügten über eine gewisse schauspielerische Begabung und einen so ausgeprägten Bewegungssinn, daß sie komplizierte Tanzschritte minutenschnell lernen konnten. Als Max sechzehn Jahre alt war, überredete ihn Bert dazu, mit ihm gemeinsam eine Bühnenszene zu erarbeiten, und schleppte ihn dann von einem Varieté zum anderen. Eintritt bezahlten sie nie, sie sagten lediglich dem Portier am Bühneneingang, sie hätten einen Termin beim Direktor, dem sie eine neue Nummer zeigen wollten, und noch wenn man sie hinauswarf, nahmen sie sich die Zeit, von den Kulissen aus der Vorstellung zuzusehen. Nachdem sie fast ein Jahr lang geübt hatten, wurde ihnen eine erste Möglichkeit geboten, sich dem Publikum zu stellen, und danach errangen sie bald einen gewissen Erfolg als Sänger, Tänzer und Darsteller lustiger Szenen.

Als Max an diesem Abend in ihre gemeinsame Garderobe kam, hatte Bert sich schon zurechtgemacht und wartete. Er zeterte, weil es nur noch acht Minuten bis zur Vorstellung waren.

«Reg dich bloß nicht auf», sagte Max besänftigend. «Ich war mit Suzie essen.»

«Hängst du denn immer noch mit der dicken Nutte rum? Tempo, Tempo, umziehen.» Bert war bereits im Kostüm, das aus einer viel zu weiten karierten Hose, einem losen Zelluloidkragen, einer rosa Weste und einem schwarzen Frack bestand. Max seinerseits stieg in eine grüne Hose, über die er eine schreiend rote Jacke zog.

«Sie ist meine Freundin.»

«Ach so, du hast was mit ihr? Kann sie es so gut? Ich kann dir eines der knackigsten Weiber besorgen, die New York zu bieten hat – und du willst nichts von ihr wissen!»

«Du meinst, ich schlaf mit ihr – nein. Über knackige Weiber haben wir unterschiedliche Ansichten.»

«Na schön. Du lauschst eben dem Klang einer anderen Trommel.»

«Was?»

«Nichts, nichts. Hab ich mal irgendwo gelesen. Ich wollte mit dir die neue Nummer probieren, und jetzt haben wir keine Zeit, wir sind schon dran.»

Max schminkte sich und sagte: «Wieso, das kriegen wir doch so hin.»

«Meinst du?»

«Na klar doch.» Er versetzte Bert einen freundschaftlichen Stoß. «Vorwärts, glaub bloß nicht, ich hätt was gegen die Kleine, alter Freund, aber ich will mir auf keinen Fall was einfangen.»

«Bis jetzt hab ich Glück gehabt», sagte Bert. Als er aus der winzigen Garderobe heraustänzelte, stand er Joe Guttman, dem Direktor, gegenüber, der ihn heiser flüsternd fragte: «Wo zum Teufel wart ihr so lange?»

«Von den blauen Bergen kommen wir», improvisierte Bert ein Lied.

«Sehr komisch.»

Jetzt war Bert auf der Bühne. Leichter Applaus ertönte, niemand erwartete besonders viel von einer Zwei-Mann-Gesang- und Tanznummer. Sie gehörten einfach zum Dekor.

Bert verbeugte sich: «Bellamy und …» er sah sich um, war bestürzt. «Bellamy und …» begann er erneut. Er war immer noch allein auf der Bühne. Das wiederholte Steckenbleiben rief leichtes Gelächter im Zuschauerraum hervor. «Da wäre ich also», sagte Bert und breitete verzweifelt die Arme aus, «die einzige Ein-Mann-zwei-Mann-Tanz- und Gesangsnummer in ganz New York.»

Das war nicht die übliche Einleitung. Bert konnte den Direktor ungeduldig in der Kulisse stehen und auf seiner kalten Zigarre kauen sehen. Er wußte, daß er den Bogen überspannte, bald würde sein Auftritt in sich zusammenbrechen. Wo zum Teufel blieb Max? Warum ließ er sich nur immer von diesem jüdischen Klugscheißer zu etwas überreden? Endlich kam Max auf die

Bühne geschlichen, ein Bild des Jammers. Als Bert ihn anfuhr: «Wo zum Teufel kommst du her?», war das kein gespielter Ausbruch.

«Man will doch um seiner selbst willen geliebt werden ...»

«Laß den Quatsch! Hier stehe ich auf der Bühne des Bijou-Theaters und versuche eine Tanz- und Gesangsnummer anzusagen, zu der ich gehöre. Ich sage, ich bin Bellamy und ... ja, und was denn?» An Max vorbei sah Bert Guttmans grimmiges Gesicht. Der Direktor nahm den Vorfall ernst, er hatte keine Ahnung, daß sie eine neue Einleitung probierten. Doof wie Bohnenstroh, der Mann, aber das hätten sie bedenken und ihm einen Hinweis geben müssen, denn man mußte damit rechnen, daß er den Vorhang herunterließ. «Und nichts», sagte Bert verzweifelt.

«Na schön, dann bin ich eben zu spät gekommen. Weißt du auch warum?»

«Woher soll ich das wissen? Ich bin doch hier im Bijou.»

«Na, ich erzähl's dir. Nun reg dich schon ab. Also zwei Straßen von hier, genau an der Ecke West Broadway und Canal Street spricht mich ein hinreißend schönes Mädchen an.»

«Hm, schönes Mädchen. Wie heißt sie?»

«Woher soll ich das wissen? Man hat uns nicht vorgestellt. Ich hab sie nicht nach Hause gebracht. Sie hat mich angesprochen.»

«Sie hat dich angesprochen. Canal Street / Ecke Broadway. Und dann?» Bert stieß einen Seufzer der Erleichterung aus. Der flotte Ablauf ihres Dialogs war in dem Augenblick zu Guttman durchgedrungen, als er den Vorhang herunterlassen wollte. Er wartete ab, hörte zu.

«Ich hab ihr gesagt: ‹Meine Dame, so etwas tue ich nicht.›»

«Du flunkerst. Und was hat sie gesagt?»

«Sie hat gesagt, versuch's doch mal, du weißt ja überhaupt nicht, was dir entgeht. Dann hab ich ihr gesagt, ich würd ja gern, aber ich bin auf dem Weg zur Arbeit.»

Bert leckte sich die Lippen. «Und dann hat sie gesagt: ‹Was für ein Zufall, dann könnten wir doch zusammenarbeiten.›»

«Woher weißt du das?»

«Hat sie das gesagt?»

«Ich hab doch gesagt, daß sie das gesagt hat. Sie sagte: ‹Dann könnten wir doch zusammenarbeiten.›»

«Und dabei bist du nicht mal schön.»

«Das hab ich ihr auch gesagt. Sie hat gesagt, das ist egal.»

«Hast du ihr auch gesagt, daß du vorn und hinten, Mädchen und Jungs, nicht unterscheiden kannst?»

«Hab ich. Sie hat gesagt, das spielt keine Rolle.»

«Nun, und wie ging's weiter?»

«Ich hab ihr gesagt, daß ich kein Geld hab.»

«Hast du? Was hat sie dann gesagt?»

«Sie hat gesagt: ‹Zieh Leine, verdammter Strolch, sonst hol ich 'nen Polypen.›»

Einen Augenblick lang herrschte Schweigen, und dann prasselte der Beifall los. Es war ein kräftiger Beifall. Die neue Einleitung zog.

Jedesmal wenn Max ein Schulgebäude sah, hatte er das Gefühl, ihm sei etwas entgangen. Er empfand Trauer, ohne zu wissen warum, war niedergeschlagen und fühlte sich in die Ecke getrieben. Wie beim Wiedersehen mit einer alten, längst verlorenen Freundin, deren Liebe erkaltet war, konnte man der Sache nicht mit Vernunftkategorien beikommen, und seine Haßliebe zur Schule war viel zu verwickelt, als daß er sie zu durchschauen vermocht hätte. Dank seiner Vorstellungskraft hätte er die Zusammenhänge instinktiv erfassen können, doch barg diese Möglichkeit Schrecken für ihn, da sie seinem einfachen und alltagstauglichen Glaubenssatz entgegenstand: er tat, was er tun mußte.

Heute mußte er zur Schule. Rubys Lehrerin hatte die Mutter Britsky zu sich gebeten, um gewisse Schwierigkeiten in bezug auf Reuben mit ihr zu besprechen, der inzwischen vierzehn Jahre alt war und in die achte Klasse ging. Max las den Brief und faßte sein Urteil über den Bruder in die knappen Worte: «Er ist ein richtiger kleiner Herumtreiber. Das war er immer schon.»

«Warum sagst du das? Du hast es nötig!» jammerte Sarah auf jiddisch. «Wenn du zu Hause bist, ist er in der Schule, und wenn er hier ist, arbeitest du.»

«Ich bin also schuld?»

«Das hab ich nicht gesagt. Aber keiner hält ihn kurz. Er ist jetzt schon so groß, und auf mich hört er nicht mehr.»

«Der soll auf dich hören, sonst prügel ich ihn windelweich. Du kannst Gift drauf nehmen, der wird auf dich hören.»

«Ich kann nicht in die Schule gehen.»

«Warum nicht?»

«Max, was verlangst du da?» klagte sie. «Ich kann doch kaum

Englisch sprechen. Soll ich etwa in die Schule gehen und mit der Lehrerin reden? Wie kann ich das? Wenn dein seliger Vater ...»

«Schon gut, ich gehe!» Er konnte diese Hinweise auf den Vater nicht mehr hören. «Ich gehe!» Er stürmte wütend aus der Küche. Es war immer noch dieselbe Küche, dieselbe von Ungeziefer wimmelnde dunkle Wohnung, derselbe Uringestank im Flur vor der Wohnungstür, dieselbe laute und schmutzige Straße vor dem Haus – alles war wie immer, stank zum Himmel, stank nach Armut und Elend. Nichts änderte sich, nicht einmal die Schule, die auch er einst besucht hatte, wenn auch nur bis zur sechsten Klasse.

Eine Straßenecke von der Schule entfernt, auf der gegenüberliegenden Seite, aber so, daß er das Gebäude im Auge behalten konnte, blieb Max stehen und sah nachdenklich hinüber. Ihm wurde bewußt, daß er seit Jahren einen Bogen um seine frühere Schule gemacht hatte und jeder Auseinandersetzung mit dem Thema ausgewichen war. Nun also stand er dem vierstöckigen roten Backsteinbau gegenüber, der hier seit fünfzig Jahren seinen Platz behauptete. Max sah das Innere des Gebäudes förmlich vor sich, dafür brauchte er nicht hineinzugehen. Da es bald nach seiner Fertigstellung in ein Lazarett für Soldaten des amerikanischen Bürgerkrieges umgewandelt worden war, nannten die Schüler es spöttisch noch das «Lazarett». In den Klassenzimmern des ersten Stocks waren die Wände in Abschnitten von jeweils zwei Meter fünfzig Breite und drei Meter Höhe auf Rollen verschiebbar, so daß für besondere Veranstaltungen alle Wände beiseite geschoben und der ganze erste Stock als Aula benutzt werden konnte. Jeweils vier Kinder schoben einen Wandabschnitt, und Max hatte in den letzten Monaten seines schulischen Lebens den ehrenvollen Auftrag bekommen, an einem davon mitzuschieben. Voll Zorn und Verachtung fiel ihm jetzt ein, mit welchem Stolz ihn das damals erfüllt hatte. Auch schon was, dachte er, ein tolles Vorrecht, an einer Wand mitschieben zu dürfen. Dann überquerte er die Straße und betrat die Schule.

Das Sekretariat lag im Erdgeschoß, und auf einer Bank vor der Tür saßen drei Kinder und sahen trübsinnig zu Boden. Zu jener Zeit war die kostenlose öffentliche Schule eine Art nationales Heiligtum, das Wort des Lehrers war dem Schüler Gesetz, und den Einwanderern wie auch ihren Kindern erschien ein solches Schulsystem als ein Segen des Himmels. Verstöße gegen die Disziplin waren selten, kam es aber doch einmal dazu, wurde die Schule eine Art

Gefängnis, und der Übeltäter mußte nachmittags Stunden um Stunden nachsitzen und sich die Art seiner Übertretung viele Male schreibend klarmachen. Doch weniger darin lag der Ursprung von Ordnung und Gehorsam in den Schulen begründet als in der Ansicht der Einwanderer, ganz gleich, ob Iren, Juden oder Italiener, daß die Möglichkeit des kostenlosen Schulbesuchs ein ganz und gar unglaubliches Geschenk war, das man ihren Kindern machte. Was auch immer sie selbst litten und ertrugen: Schmutz, Armut, Kälte und Hunger – diese Schule war ein Versprechen für die Zukunft ihrer Kinder. Jeden, der in diesem System aufmuckte und gegen die Ordnung verstieß, schickte der Lehrer zum Sekretariat, und dort mußte der arme Sünder vor der Tür warten, bis er an die Reihe kam und man ihm sein Urteil verkündete, so wie jetzt die drei armen Burschen.

Max warf einen raschen Blick auf sie. Zumindest diesmal war Ruby nicht unter ihnen. Im Sekretariat sah ihn eine mütterlich wirkende Frau fragend an.

«Ich hab hier 'nen Brief von Miss Sally Levine, sie will mit mir sprechen», erklärte Max.

«Sie sind zu jung für einen Vater», sagte sie mißtrauisch.

«Stimmt», gab Max zu. «Es ist wegen meinem Bruder Ruby. Er geht in Miss Levines Klasse. Meine Mutter hat 'nen Brief gekriegt, sie soll zu ihr kommen. Das geht aber nicht.»

«Warum nicht?»

«Sie ist krank», sagte Max, indem er die kürzeste Erklärung wählte.

«Wie bedauerlich. Ja, Sie sollten wohl mit Miss Levine sprechen. Sie finden sie in Raum 322, zwei Treppen rechts.»

Max dankte ihr und ging hinaus. Vor der Tür nickte er den dreien auf dem Arme-Sünder-Bänkchen freundlich zu und sagte leise: «Benehmt euch, ihr Strolche.» Auf seinem Weg zu Raum 322 machte er seinem Zorn auf Ruby im stillen Luft. «Verdammter Dreckskerl, jetzt muß ich deinetwegen hierher!» Auch die Atmosphäre der Schule verfehlte ihre Wirkung nicht, und er öffnete die Tür zu Raum 322 behutsam und leise.

Da sie am hinteren Ende des Klassenzimmers lag, sahen ihn nur eine Schülerin und die Lehrerin eintreten. Überrascht erkannte Max, daß sie noch sehr jung war. Als er selbst noch zur Schule ging, hatten auch ganz junge Lehrerinnen, die frisch vom Seminar kamen, einen recht erwachsenen Eindruck auf ihn gemacht; jetzt mit seinen achtzehn Jahren hätte er Miss Levine – später erfuhr er, daß sie 21 Jahre alt war – als junges Mädchen bezeichnen können. Sie sah gut aus, hatte braune Augen, einen kleinen, feingeschwungenen Mund und volles brünettes Haar, das sie im Nacken zu einem Knoten zusammengefaßt trug, denn es war in ihrem Beruf unerläßlich, streng zu wirken. Das war wohl auch der Grund, warum sie eine hochgeschlossene weiße Bluse mit langen Ärmeln und einen langen grauen Rock trug. Unter dieser abweisenden und nicht unbedingt farbenfrohen Kleidung erahnte Max jedoch einen schlanken und wohlgeformten Körper.

Miss Levine stand seitlich vor der Klasse. Zwischen ihr und Max lagen sechs Bankreihen, jeweils drei Bänke links und rechts von einem Mittelgang. Jede Bank war einzeln auf dem Fußboden festgeschraubt. Die beiden außen sitzenden Schüler konnten leicht aus der Bank heraus, aber der in der Mitte war gefangen, bis einer der beiden anderen ihm den Weg freigab. Schon als Kind war Max diese Anordnung töricht erschienen. Nahezu die gesamte vordere Wand des Klassenraums wurde von der Tafel bedeckt, und auf ihr stand in sauberer Kreideschrift: «Ein Sonett hat vierzehn Verse, die aus fünfhebigen Jamben bestehen. Das Reimschema kann unterschiedlich aussehen, muß aber gewisse Bedingungen erfüllen.»

Max hatte noch nie im Leben etwas von einem Sonett gehört und konnte sich unter fünfhebigen Jamben nicht das geringste vorstellen. Plötzlich überkam ihn Wut auf seinen verdammten Mistkerl von kleinem Bruder, der ihm diese Geschichte eingebrockt hatte und der seine Dankbarkeit für das, was man ihm hier bot, dadurch bewies, daß er sich nichts daraus machte. Während er das dachte, hörte er, wie ein vierzehnjähriges Mädchen, das Miss Levine gegenüber vor der Klasse stand, mit großem Ernst rezitierte:

> «Auf schweigsamen Lippen trag ein Gedicht für mich,
> Nur ein einzig Gebet zu den Sternen empor.
> Das Morgenlicht schlüpft, wenn die Sommernacht blich,
> So zag durch die Kronen der Espen –»

Das Mädchen bemerkte Max, stockte, hörte auf; jetzt folgten andere Schüler ihrem Blick, wandten sich auf ihren Plätzen um, um zu sehen, was es gab. Max versuchte einen Zusammenhang zwischen dem, was an der Tafel stand, dem Gedicht, das das Mädchen vortrug und von dem er nichts verstand, sowie Rubys Abwesenheit herzustellen. Inzwischen hatten sich ihm alle Gesichter zugewandt, und Miss Levine kam mit festen Schritten auf ihn zu.

«Wer sind Sie, und warum stören Sie meinen Unterricht?» Offensichtlich war sie nicht schüchtern, jedenfalls nicht in ihrem eigenen Revier.

«Ich heiße Max Britsky. Sie haben uns geschrieben, wegen meinem Bruder Ruby.»

Während er sprach, sagte sie: «Ruth, fahre doch bitte fort mit dem Vers: ‹So zag durch die Kronen der Espen –›.»

Ruth deklamierte:

> «– durch die Kronen der Espen, aus Wolken hervor,
> Die regungslos hüten der Dämmrung Verzug –»

Während das Mädchen tapfer weiter vortrug, sagte Miss Levine nicht ohne Schärfe: «Warten Sie bitte draußen, Mr. Britsky, ich komme in wenigen Minuten nach.» Sie öffnete die Tür und schob ihn förmlich auf den Korridor hinaus. Dort stand er, wütend, hilflos, im Bewußtsein dessen, daß er, gemessen am Maßstab einer achten Klasse, gänzlich unwissend war, und sagte zu sich selbst: Die blöde Kuh – die eingebildete, sture, blöde Kuh! Wie kommt die dazu, mich hier rumzuschubsen, als wär ich Dreck vor 'nem Besen? Ich sollte reingehen und ihr vor ihrer Klasse mal ein paar passende Worte sagen.

Das aber unterließ er. Er wartete vor der Tür, und als Miss Levine schließlich herauskam, murmelte er: «Entschuldigung – ich wollte nicht einfach so reinkommen. Im Büro haben sie mir gesagt, ich sollte hier raufgehen.»

«Selbstverständlich, und dann gleich hinein und den Unterricht stören.»

«Das wollte ich nicht», sagte Max. Erneut überkam ihn Zorn. «Was hätte ich denn tun sollen, Herrgott noch mal? Erst heißt es, ich soll hier hingehen, und dann kommen Sie her und reißen mir den Kopf ab, weil ich es tu!»

Sie sah ihn nachdenklich an und nickte dann. «Ja, ich war wohl etwas schroff. Ich weiß nicht, ob Sie das verstehen können, aber diese Lyrikstunde bedeutet mir von all meinem Unterricht am meisten. Daß dieses Kind, das aus einer Familie stammt, in der niemand Englisch spricht ... daß sie sich vor die ganze Klasse stellt und auswendig den ‹*Sommertagsmorgen*› von William Morris rezitiert, ist etwas nahezu Unfaßliches, und deshalb war ich Ihnen gegenüber so kurz angebunden, Mr. Britsky. Bitte nehmen Sie meine Entschuldigung an.»

Während er ihr zuhörte, überlegte Max, daß sie wirklich anziehend war und sich überhaupt in jeder Hinsicht von den Menschen unterschied, mit denen er bis dahin zu tun gehabt hatte. Sie benutzte andere Wörter, sprach in einer ganz anderen Weise, die er nicht einordnen konnte. Er dachte daran, wie zu seiner Schulzeit die Lehrerinnen gewesen waren, doch wer eine Frau als Frau betrachtet, kann keine Beziehung zwischen einer Beobachtung herstellen, die er mit elf Jahren gemacht hat und der, die er mit achtzehn Jahren macht. Der Name Levine ließ Max annehmen, daß sie Jüdin war, denn er hatte noch nie davon gehört, daß ein Nichtjude so hieß. Andererseits hatte er noch nie mit einem Juden zu tun gehabt, der nicht aus dem Getto der Lower East Side stammte. Falls auch sie von da kam, wieso sprach sie so und sah so aus? Und wieso war sie dann überhaupt Lehrerin? In den sechs Jahren seines Schulbesuchs hatte Max nie etwas davon gehört, daß Juden Lehrer sein könnten.

Er sah sie stumm an, und Miss Levine erklärte ihm, daß sie die Klasse nur für kurze Zeit sich allein überlassen könne. «Ich hatte gebeten, daß Reubens Mutter kommt», fügte sie hinzu.

«Ja», sagte er unsicher, «unsere *mame* ...» Dann fiel ihm ein, daß er das jiddische Wort für Mutter benutzt hatte und versuchte beim Weitersprechen auf seine Worte zu achten. «Unsere Mutter kommt aus Europa und kann nicht viel Englisch. Sie hat Angst, hierherzukommen.»

Nicht daß er die Absicht gehabt hätte, diese Erklärung abzugeben, denn er war davon ausgegangen, daß keine erforderlich sein würde. Er hatte einfach sagen wollen, seine Mutter sei krank, und wußte nun selbst nicht, warum er das alles gesagt hatte. Miss Levine aber nickte einfach und sagte, sie verstehe.

«Die meisten Einwandererfrauen leben in einem Zustand der Angst. Das ist zwar ganz schlimm, aber man muß es sehen, wie es ist.» Max hörte ihr zu und nickte, obwohl er keineswegs sicher war, daß er sie verstand. «Immerhin sind Sie der Bruder und haben dafür einen Tag Urlaub genommen. Offensichtlich bedeutet Ihrer Familie Reubens schulische Bildung etwas.»

«Ach, eigentlich nicht. Ich muß keinen Urlaub nehmen, ich bin am Varieté.» Hilflos zappelte er im Netz seiner Bemühungen herum, eine vernünftige Erklärung zu liefern. «Ich meine, natürlich bin ich an seiner Schulbildung interessiert. Aber heute ist keine Nachmittagsvorstellung.»

«Ach so?»

Was mochte dies «Ach so?» wohl bedeuten? Verachtung, Herablassung? «Was ist mit Ruby?» sagte er fast zornig.

«Nun, Sie sehen, daß er nicht hier ist. Ist er krank?»

«Der schwänzt, der Mist ...» Er verschluckte, was er hatte sagen wollen.

«Es ist nicht nur sein Schwänzen, obwohl das mindestens einmal pro Woche vorkommt. Er fälscht auch die Unterschrift seiner Mutter auf Entschuldigungen – und nicht einmal ungeschickt. Er ist nämlich keineswegs dumm, ganz im Gegenteil. Aber er lehnt sich gegen Ordnung und Disziplin auf und stört die Klassenkameraden. Fast bin ich erleichtert, wenn er schwänzt.»

«Hätte ich das nur vorher gewußt», sagte Max voll Ingrimm, und Miss Levine lächelte beim Anblick des finsteren und entschlossen wirkenden jungen Mannes ihr gegenüber. «Der schwänzt nicht mehr, verlassen Sie sich drauf. Und Menkenke macht er Ihnen auch keine mehr. Der spurt von jetzt ab.»

«Es würde der allgemeinen Klassendisziplin wirklich zugute kommen, Mr. Britsky.»

«Schon gut, ich kümmre mich drum.»

«Vielen Dank, ich muß jetzt in die Klasse zurück.»

Erst am späten Nachmittag kehrte Max nach Hause zurück. Es war kurz vor fünf, und gerade, als er die Küche betrat, kam Ruby heraus, und Sarah keifte ihn an: «Schon fünf Uhr, und du gehst, dabei gibt's gleich Essen.»

«Ich hab keinen Hunger, *mame*.»

«Was heißt, du hast keinen Hunger?»

Sie waren alle in der Küche und wurden Zeugen des Auftritts zwischen Ruby und seiner Mutter: die mit ihren fünfzehn Jahren voll erblühte Freida, die von ihrem Kleid umschlossen wurde wie eine reife Pflaume von ihrer Schale, und die beiden anderen Mädchen, die rothaarige Esther und die dürre und langbeinige Sheila, die Max am ähnlichsten sah, außerdem der Jüngste, Benny, der auch schon fast acht Jahre alt war. Daß sie lebten und gesund waren, verdankten sie Max, und sie alle wirkten in diesem spannenden Drama mit, das sich aus ihrem gemeinsamen Leben entwickelt hatte. Es fand in der drangvollen Enge dieser winzigen Wohnung statt, in der sie so dicht aufeinandersaßen, daß sie sich gegenseitig bekämpften, anschrien, angifteten, sich die Butter aufs Brot nicht gönnten, weil niemand für sich sein konnte und es keinen ihrem Leben angemessenen Rahmen gab. Sie alle waren sich vollauf der Spannung dieses Dramas bewußt, wie auch der Härte, mit der sie gegeneinander vorgingen.

«Du willst also ausgehen?» fragte Max seinen Bruder.

«So ist es.»

«Zum Essen?»

«Schon möglich.»

«Sag's ihm!» schrie Sarah. «Sag ihm, daß er ruhig zu Hause essen kann!» Max fragte den Bruder, ohne von Sarahs Worten Notiz zu nehmen: «Womöglich bei Delmonico?»

«Kenn ich nicht. Ich eß vielleicht was an der Wurstbude.»

«Hast du denn Kies?»

«30 Cent. Ist doch 'ne Masse, nich?»

«Da hast du verdammt recht!» barst es aus Max heraus. «Du verdammter kleiner Scheißkerl hast recht, es ist eine Masse. Leg's hier auf den Tisch. *Mame* kann Essen dafür kaufen. Du hast das Geld gestohlen, du verdammter Scheißkerl.»

«Max, das habe ich ...»

«Halt die Schnauze! Leg's auf den Tisch, sonst kannst du zum Abendessen deine Zähne runterschlucken!»

«Bitte, Max», legte sich Sarah ins Mittel, doch Ruby, der merkte, daß es seinem Bruder ernst war, holte ein Viertel-Dollar-Stück und fünf einzelne Cents aus der Tasche und legte alles auf den Tisch.

«Und jetzt verschwinde, mach deine Hausaufgaben», bestimmte Max.

«Hab keine.»

«Stimmt auffallend. Und weißt du auch warum? Weil du schon wieder geschwänzt hast. Wie oft machst du das eigentlich so? Eines sag ich dir: wenn du noch ein einziges Mal nicht in die Schule gehst oder mit deiner Lehrerin faule Tricks machst, kriegst du Prügel von mir, daß du in keinen Sarg mehr paßt. Jetzt verschwinde und mach deine Hausaufgaben, und wenn du keine hast, dann denk dir gefälligst welche aus!»

In den nächsten drei Tagen dachte Max an nicht viel anderes als an Miss Levine. Er führte imaginäre Gespräche mit ihr, in denen er geheimnisvollerweise als Yale- oder Harvard-Student auftrat, beides Orte, von denen er außer dem Namen nichts kannte und mit denen er gewisse ungenaue Vorstellungen verband. Oder er war ein Großfinanzier, ein unermeßlich reicher Eisenbahnzar oder Herr über zahlreiche Fabriken, der mit Miss Levine im offenen Zweispänner spazierenfuhr. Max und Bert hatten einmal vor Delmonicos Restaurant an der Ecke der Fifth Avenue und der Twenty-sixth Street «Zügelhalten» versucht. Dabei ergriff man das Zaumzeug der Pferde, wenn die Kutschen vorfuhren, in denen die feinen Leute zum Diner kamen, und tat so, als verhindere man damit, daß die Pferde scheuten. Bisweilen bekam man dafür einen halben Dollar Trinkgeld, doch war die Konkurrenz enorm, und die Türsteher waren nicht zimperlich. Bekamen sie einen der Jungen zu fassen, wurde er unnachsichtig verdroschen, und nachdem Bert ihnen einmal nicht rechtzeitig hatte entwischen können und eine bemerkenswerte Tracht Prügel bezogen hatte, mieden er und Max den Ort. Doch oft dachte Max an die Kutschen, die Männer im Gesellschaftsanzug, die Damen behängt mit Perlen und Diamanten, in ihren teuren und unglaublich kostbar verzierten spitzenbesetzten Abendkleidern aus Taft und raschelnder Seide. Auf Max wirkte das weder übertrieben noch ordinär, es weckte lediglich seinen Neid, und er stellte sich vor, wie er und Miss Levine aus einer dieser Kutschen stiegen. Schließlich wurde sein Tagtraum an der schlichten Tatsache zuschanden, daß er ihren Vornamen nicht wußte.

Bestimmt hatte er unter dem Brief gestanden – wo war der bloß? Er hatte ihn so flüchtig gelesen, daß er nicht weiter auf den Namen geachtet hatte. Er suchte überall in der Wohnung nach dem Brief, was die anderen mit neugierigen Fragen untermalten, doch er blieb verschwunden. Max erwog sogar, Ruby nach Miss Levines Vornamen zu fragen, verwarf das aber wieder. Als er Bert seine Sorgen berichtete, sagte dieser ungeduldig: «Frag sie doch, blöder Hammel.»

Max hielt mitten im Schminken inne und fragte: «Bist du meschugge?»

«Ich nicht, mein Junge. Aber du scheinst über deiner Trulla den Verstand verloren zu haben.»

«Red nicht so von ihr!»

«Jesus, Maria und Josef, verzeih mir!»

«Ich kann sie nicht fragen.»

«Warum nicht? Sie ist wohl keine Trulla, sondern eine feine Dame?»

«Ja.»

«Und?»

«Sie ist älter wie ich.»

«Wenn's weiter nichts ist! Ich war immer mit welchen im Bett, die älter waren wie ich – sonst hätte man ja dauernd den Staatsanwalt am Hals.»

«So eine ist das nicht.»

«Oho!»

«Ich möchte nicht darüber reden. Also hör schon auf.»

Es blieb nicht bei diesem einen Besuch in seiner früheren Schule. Eines Nachmittags verbarg sich Max genau um zehn nach drei im Eingang eines großen Wohnblocks gegenüber und redete sich ein, er tue das nur, um zu sehen, ob Ruby schwänze. Warum dann aber nach drei? Die Schule war schon aus und die meisten Schüler nach Hause gegangen. Wäre es da nicht vernünftiger gewesen, kurz vor drei zu kommen? Hol's der Teufel, sagte er sich. Jetzt bin ich nun mal da. Ich hab mich eben verspätet.

Erst um zehn vor vier kam Miss Levine heraus, flankiert von zwei Kolleginnen, mit denen sie entschwand. In der Sicherheit des dunklen Hauseingangs konnte Max sie durch das Glas der Haustür beobachten. Am nächsten Tag gestand er sich ein, daß er hinging, um Miss Levine aus der Schule kommen zu sehen, aber wieder, wie auch an den beiden folgenden Tagen, verließ sie die Schule in Begleitung der beiden Kolleginnen. Erst am fünften Tag, nachdem Max seinen Posten bezogen hatte, trat sie allein und unbegleitet auf die Straße.

Erst als sie schon ein ganzes Stück gegangen war, brachte Max den Mut auf, ihr zu folgen. Mit langen Schritten gehend, halb rennend rief er hinter ihr her: «Hallo, Miss Levine!»

Sein Rufen klang wie ein jämmerliches Piepsen, und Miss Levine, die sich umgewandt hatte, sah ihn erstaunt an, wie er mit törichtem Lächeln vor ihr stand.

«Nanu, Mr. Britsky.»

Er nickte.

«Was wünschen Sie? Die Schule ist längst aus, das müßten Sie doch wissen.»

«Nein ... ich meine, ja. Führt sich der Kleine jetzt manierlich auf?»

«Welcher Kleine?»

«Mein Bruder Ruby.»

«Ach ja. Nun, ich glaube, er gibt sich Mühe.» Sie sah ihn mit einem seltsamem Blick an. «Doch, das tut er. Es war nett, Sie zu sehen.»

Mit diesen Worten ließ sie ihn stehen.

Max holte sie ein, ging neben ihr her und sagte: «Macht es Ihnen was aus, wenn ich Sie begleite?»

Wieder blieb sie stehen und sah ihn nachdenklich an.

«Sicher meinen Sie, ich bin nicht ganz richtig im Kopf», sagte Max. Diesmal wußte Miss Levine nicht, was sie sagen sollte.

«Vielleicht stimmt es ja auch. Ich wußte nicht, wie ich es anstellen sollte, mit Ihnen zu sprechen.»

«Aber Sie haben doch schon mit mir gesprochen, Mr. Britsky, und wenn Sie eine erneute Unterredung wünschten, hätten Sie doch lediglich eine Mitteilung an die Schule zu senden brauchen.»

«So mein ich das doch nich. Ich meine, das meine ich doch nicht.» Er bemerkte, daß sie etwas lächelte, als er sich hastig verbesserte. Er wußte selbst nicht, warum ihn das beruhigte. «Ich meine, mit Ihnen sprechen – nur so –, nicht weil mein kleiner Bruder sich in der Schule schlecht benimmt. Verstehen Sie, was ich meine?»

«Ja, ich glaube, ich verstehe Sie.»

«Darf ich Sie dann zu einer Tasse Kaffee einladen? Können wir uns irgendwo hinsetzen und uns ein bißchen unterhalten?»

«Ich fürchte nein.»

«Warum nicht?»

«Nun, ich bin auf dem Heimweg, und ich habe zu Hause noch verschiedenes zu erledigen.»

«Sind Sie verheiratet?» wollte er wissen.

«Das geht Sie nun wirklich nichts an, Mr. Britsky.»

«Wieso nicht?»

«Dafür gibt es eine Reihe von Gründen», sagte sie. «Aber wenn Sie es unbedingt wissen wollen, ich bin nicht verheiratet.» Mit ihren dunkelbraunen Augen sah sie ihn forschend an. «Sprechen Sie immer Menschen auf der Straße an und fragen sie nach persönlichen Dingen?»

«Sie wissen genau, daß ich das nicht tue. Sie machen sich über mich lustig.»

«Nein, aber Sie fordern das heraus, wenn Sie so unsicher und ängstlich sind.»

«Ich?» begehrte Max gekränkt auf. «Ich soll ängstlich sein?»

«Ich wohne in Greenwich Village in der Tenth Street», sagte Miss Levine. «Das ist ziemlich weit, aber bei gutem Wetter gehe ich gern zu Fuß nach Hause.»

«Darf ich Sie begleiten?»

«Wenn Sie das wünschen und Ihre Zeit Ihnen das erlaubt.»

Sie gingen nebeneinander her. Für Max war es etwas völlig Neues, er empfand das Gefühl tiefer Zufriedenheit, als hätte er etwas Bedeutendes damit erreicht, daß er neben einer jungen Frau herging. Zugleich war ihm klar, daß sie ihn noch vor wenigen Augenblicken fast fortgeschickt hätte. Er mußte sie einfach fragen, warum sie es sich anders überlegt hatte.

«Das habe ich Ihnen doch schon gesagt: Sie wirkten so ängstlich.»

«Ach, Unsinn», sagte Max. «Ich bin nicht ängstlich. Ich bin – ich weiß nur nicht, wie ich mit so jemand wie Ihnen reden soll.»

«Sie reden doch mit mir, Mr. Britsky.»

«Ja, schon. Sie sind wohl nicht von hier, was?»

«Von hier?»

«Von der East Side.»

«Nein, ich stamme aus Brooklyn. Das ist zwar nicht weit, aber zu weit, um die Strecke, jeden Tag zu fahren, und so wohne ich hier, seit ich Lehrerin bin.»

«Aha, ja. Ich komme Ihnen sicher wie eine Art Straßenrabauke vor.»

«Nein. Ich würde gern mehr über Sie erfahren. Sie sagten, daß Sie beim Varieté tätig sind, dabei sind Sie noch sehr jung ...»

«Achtzehn. Das ist nicht jung.»

«Aber Sie können dann doch erst vor kurzem die Schule verlassen haben.»

Er schwieg eine Weile und berichtete ihr dann, daß er das bereits mit zwölf Jahren getan hatte.

«Warum?»

«Zum Geldverdienen.»

«Das tun viele Kinder, aber Sie hätten doch trotzdem zur Schule gehen können.»

«Mein Vater ist damals gestorben», sagte Max. «Meine Mutter war mit uns sechs Kindern allein, ohne Verwandte oder sonst jemand, der sich um uns kümmerte. Aber irgend jemand mußte sich ja kümmern.»

«Eine Frau und sechs Kinder?»

«Ja.»

Miss Levine verlangsamte ihren Schritt, blieb stehen und sah Max dann mit einem Blick an, als sehe sie ihn zum erstenmal. «Und das haben Sie getan – mit zwölf Jahren?»

«Ich lüge nicht», sagte Max, als müsse er sich gegen einen Vorwurf verteidigen. «Sonst hat es keiner getan, und sie leben ja noch alle.»

«Ich wollte damit keineswegs Ihre Worte in Zweifel ziehen. Es ist nur so unglaublich, wirklich unglaublich.»

An jenem Abend sagte Bert zu Max: «Willst du mir erzählen, du bist nur so mit ihr rumgezogen und dann einfach abgehauen? Maxie, du hast doch Verstand. Soll ich dir mal sagen, wo du ihn hast? In der Hose.»

«Hör doch bloß damit auf. Hier geht's nicht ums Vögeln. Das ist eine Dame.»

«Die wollen auch nichts anderes. Stell mich ihr vor – ich garantier dir, daß ich sie in 24 Stunden rumkriege.»

«Ich würd dir den Schädel einschlagen, du alte Drecksau!»

«Ah, dem jungen Mann ist es ernst. Du bist verliebt, mein Guter.»

Max' Vorstellung von jeder Form von Liebe, sei sie nun romantisch oder nicht, war sehr verschwommen. Er war unlösbar mit seinen Angehörigen verbunden, doch was er für sie empfand, war nicht Liebe. Da er seit Verlassen der Schule kein einziges Buch gelesen hatte, war die Liebe auch nicht auf dem Weg über die Literatur in seiner Gedankenwelt heimisch. Zeitungen überflog er nur, denn Politik interessierte ihn nicht, Berichte über Rennen und Hahnenkämpfe las er schon eher, außerdem gewisse Magazine mit handfest pornographischem Inhalt. Insgesamt spielte in seinem Leben das Lesen eine sehr untergeordnete Rolle, und Vorstellungen von Liebe, wie Varieté-Theater sie verbreiteten, waren nur wenig dazu angetan, ihn für das Phänomen zu erwärmen. Immerhin hatte ihn etwas in einer Weise bewegt und angerührt, wie ihm das noch nie zuvor widerfahren war, und er ging erneut zur Schule, um Miss Levines Dienstschluß abzuwarten.

Wohl war Max' Welt sehr eingegrenzt, doch er kannte sie gründlich, erforschte sie und nahm Erweiterungen seines Horizonts mit weit offenen Sinnen auf. Er wußte, wie sich Straßenmädchen und die jungen Frauen in seiner eigenen Umgebung kleideten, und er wußte auch, was die feinen Damen der Gesellschaft trugen. Wenn sich nun Miss Levine in ihrer Kleidung von diesen drei Gruppen unterschied, war Max in der Lage, das alles in Beziehung zueinander zu setzen, Miss Levines Art zu akzeptieren und etwas daraus zu lernen. Ihr knöchellanger grauer Wollrock war gut geschnitten, saß bei allen Bewegungen tadellos und schien immer anmutig zu fließen. Unter ihrem dunkelblauen Übergangsmantel hatte sie eine weiße Bluse an, deren Spitzeneinsatz gerade eben sichtbar war. In der Hand trug sie eine Aktentasche und über der Schulter eine Handtasche. Diesmal übersah Max geflissentlich die sie begleitende Kollegin, er ging einfach neben ihr her und nahm ihr mit den Worten: «Lassen Sie mich das tragen» die Aktentasche aus der Hand, bevor sie den Mund auftun konnte.

Sie wirkte leicht verlegen, als sie sagte: «Miss MacClintock, darf ich Ihnen Mr. Britsky vorstellen?»

Max lüftete den Hut, nickte und sagte: «Angenehm, Ma'am.» Er hatte noch nie zuvor jemanden auf diese Weise gegrüßt, und er fand, es sei ihm recht gut gelungen.

An der nächsten Straßenecke ging Miss MacClintock geradeaus weiter, während sie in Richtung Greenwich Village abbogen. Miss Levine sagte mit unüberhörbarem Vorwurf in der Stimme: «Wirklich, Mr. Britsky, so darf das nicht weitergehen. Ich möchte nicht jedesmal, wenn ich die Schule verlasse, von Ihnen angesprochen werden.»

«Ich bin doch erst zweimal gekommen, da können Sie doch nicht sagen, jedesmal wenn Sie aus der Schule gehen.»

«Zweimal genügt. Was wollen Sie eigentlich von mir?»

«Ich möchte Sie näher kennenlernen, möchte Ihr Freund sein.»

«Also so was!» Ihre Überraschung und Entrüstung trafen Max wie eine fürchterliche Ohrfeige. Offensichtlich merkte sie das, denn als Max unvermittelt stehenblieb, ging sie nur wenige Schritte weiter, blieb dann ebenfalls stehen und kehrte zu ihm zurück.

«Es tut mir leid», sagte sie.

«Warum? Sie haben doch nichts getan. Ein Straßenlümmel von der East Side belästigt Sie, und Sie wollen, daß er verduftet. Da ist doch nichts dabei – wir leben ja schließlich in einem freien Land.»

«Das habe ich nicht gemeint.»

«Doch. Glauben Sie etwa, ich weiß nicht, wie Sie mich sehen? Ich bin Britsky, über den sich nicht viel Gutes sagen läßt. Ich bin ungebildet und ungehobelt, und von gutem Aussehen kann ja auch keine Rede sein.»

«Sie sehen durchaus ansprechend aus, Mr. Britsky, und Sie messen der ganzen Sache zuviel Gewicht bei. Ich bin vier Jahre älter als Sie, und ich dächte, daß Sie besser zu einem jungen Mädchen Ihres eigenen Alters passen würden.»

«Klar, ich hab's verstanden.»

Nun lächelte Miss Levine ein wenig und sagte: «Wissen Sie, noch vor einem Augenblick wollte ich einfach davongehen und Sie mit meiner Aktentasche hier stehenlassen. Immerhin beweist das, daß ich Ihnen vertraue. Es ist sehr freundlich von Ihnen, sie zu tragen. Wollen Sie mich nach Hause begleiten?»

«Gern.»

«Den ganzen Weg bis zur Tenth Steet? Es ist aber ziemlich weit.»

«Wenn es Ihnen nichts ausmacht?»

«Ich habe Sie gefragt, weil es mich freuen würde.»

«Dann vorwärts.»

Schweigend gingen sie eine Weile nebeneinander her, dann fragte sie ihn: «Wie heißen Sie mit Vornamen, Mr. Britsky? Sie haben doch einen?»

«Sie machen sich wohl schon wieder über mich lustig? Klar hab ich einen, Max.»

«Max?»

«Ja, und Ihrer?»

«Sally.»

«Wenn Sie mich also Max nennen und ich Sie Sally, geht die Welt deswegen nicht unter, oder?»

«Ich vermute nein.»

«Also?»

«Also was?»

«Wollen Sie Max zu mir sagen, und ich nenne Sie Sally?»

Inzwischen waren sie an der Houston Street angekommen und wandten sich westwärts zum Broadway. Erneut hielt Miss Levine inne und sah ihn an. «Und wozu, Mr. Britsky?» fragte sie ihn.

«Wozu, wozu!» entfuhr es ihm. «Ich will, daß wir Freunde sind! Ich möchte mit Ihnen herumgehen, wie ein Junge das mit einem Mädchen tut. Ich möchte Sie wiedersehen, ohne wie ein Hornochse vor der dämlichen Schule warten zu müssen. Ich möchte mit Ihnen zum Essen ausgehen.»

«Das ist ganz und gar unmöglich», sagte Miss Levine geziert.

«Wieso?»

«Ich glaube nicht, daß wir das zu diskutieren brauchen. Sie sind noch sehr jung, und da ich weit älter bin als Sie, dürften wir nur sehr wenig miteinander gemeinsam haben, wenn überhaupt etwas.»

«Vier Jahre, wenn man so rechnet. Aber wenn Sie überlegen, wie man in dieser Miststadt aufwächst, bin ich bestimmt zehn Jahre älter wie Sie. Vielleicht bin ich für Sie nur ein Herumtreiber, dann haben wir nichts gemeinsam, weil ich ja nich zur Schule gegangen bin und nich rede wie Sie, aber ...» und jetzt lächelte er sie breit an.

«Aber was?»

«Aber ich werd mir schon was abschauen, da wette ich drauf. Lassen Sie mich heute abend mit Ihnen essen gehen, und ich wette 20 Dollar, Sie finden mich so nett, daß Sie es wieder tun.»

«So? Nun gut. Aber nicht heute, morgen abend.»

«Warum? Ist das ehrliches Spiel?»

«Ja. Ich habe gesagt, daß ich bereit bin, morgen abend mit Ihnen essen zu gehen. Allerdings habe ich dabei gewisse Bedenken, denn wir sind einander bisher nicht offiziell vorgestellt worden.»

Da es Max in keiner Weise klar war, was es mit einer solchen offiziellen Vorstellung auf sich hatte, nahm er frohgemut an, daß sie mit einer Verabredung für den folgenden Abend einverstanden sei. «Prima! In Ordnung! Ich stell mich also vor.» Er verbeugte sich und nahm den Hut ab. «Mein Name ist Max Britsky. Jetzt bin ich noch niemand, will aber jemand werden. Mit mir liegen Sie richtig, glauben Sie mir das. Max Britsky stellt sich vor!»

Sein Überschwang riß Miss Levine so mit, daß sie lachen mußte.

«Sally?» sagte er.
«Ja?»
«Sie sehen – ich nenne Sie Sally. Probieren Sie mal Max.»
«Bitte?»
«Sagen Sie mal Max zu mir, versuchen Sie's.»
«Max.»
«Sehen Sie, tut gar nich weh.»
«*Es* tut nich*t* ...» Sie verschluckte den Rest.
«Weiter», sagte Max.
«Nein, das ist ungehörig. Ich mäkle an Ihrer Ausdrucksweise herum.»
«Machen Sie ruhig, ich muß es ja doch lernen.»
Am Washington Square waren sie einander schon viel vertrauter, und Sally wies auf die Häuser nördlich des Parks. «Wenn Sie eines Tages der bedeutende Millionär Max Britsky sind, können Sie mir eines jener Gebäude kaufen.»
«So?» Der Ausruf war von einem scharfen Blick auf sie begleitet.
«Einfach als Geschenk. Wir werden nach wie vor nette Bekannte sein, aber Sie wissen doch, kleine Geschenke erhalten die Freundschaft.» Nachdem sie erst einmal die förmliche Lehrerinnenmaske abgelegt hatte, war sie wie ausgewechselt.
«Wo wohnen Sie?»
«Nehmen wir das da», sagte sie leichthin und wies auf ein hübsches Backsteinhaus.
«Ich werd's mir merken.»

Max stand in dem winzigen Zimmer, in dem er und sein Bruder Ruby zu zweit in einem alten, viel zu kleinen Bett schliefen, und in dem seine beiden Anzüge von einem Haken an der Wand hingen, während die Leibwäsche in die Schubladen einer wackligen Kommode gezwängt war, und versuchte aufgeregt und mit mehr Schwung als Geschick vergeblich, einen Knoten in seinen Schlips zu schlingen. Schließlich förderte er aus den Tiefen einer der Schubladen ein zerknittertes Halstuch hervor, das dringend gebügelt werden mußte. Allerdings hatte die Mutter anderes zu tun. Max hörte, wie sie seine Schwester Freida anschrie. In der Enge der Wohnung, in der man der Heerscharen von Ungeziefer nicht Herr zu werden vermochte, konnte es gar nicht ausbleiben, daß man sich aneinander rieb. Sie wüteten gegeneinander, und während Max seine Mutter keifen hörte, stellte er sich vor, wie er Sally Levine in dies Irrenhaus mitbrachte. «Bitte treten Sie ein, Miss Levine. Ich darf Ihnen meine Mutter und meine Geschwister vorstellen.» Die Mutter war verstummt, offenbar meinte sie, ihrer fünfzehneinhalbjährigen Tochter hinreichend klargemacht zu haben, was für eine Schlampe und Herumtreiberin sie sei.

Freida setzte sich auf die einzige Weise zur Wehr, die sie kannte: sie versuchte, ihre Mutter zu überschreien. «Bin ich kein Mensch?» wollte sie wissen. «Darf ich nicht unter Leute? Wir sind hier nicht in deinem alten Europa! Ich bin nicht deine Gefangene, und du kannst nicht darüber bestimmen, mit wem ich mich treff und wen ich mal heirate!»

«Das könnte dir so passen!» keifte Sarah zurück.

«Kaum sieht mich ein Junge an, schon bin ich eine Schlampe. Sonst hast du mir nichts zu sagen, immer heißt es Schlampe. Wirklich freundlich!»

«Du führst dich wie eine Schlampe auf, ziehst dich wie eine an, also bist du eine!» erklärte Sarah. «Du treibst dich mit Strolchen vor dem Süßwarenladen herum! Das tun doch nur Schlampen! Oder nicht?»

«Na schön, ab heute geh ich auf die großen Bälle. Natürlich im *Waldorf*. Du kannst ja dafür sorgen, daß man mich in die Gesellschaft einführt! Oder soll ich etwa jeden Abend mit dir hier herumsitzen und mir vor Langeweile die Nägel abkauen?»

Unfähig, das Gekeif länger zu ertragen, stürmte Max in die Küche und brüllte: «Wollt ihr zwei wohl aufhören! Immer wenn ich nach Hause komme, schreit ihr euch an.»

«Ihr zwei! Ihr zwei!» brach es aus Sarah heraus. «Immerhin bin ich immer noch deine Mutter! Du kannst mich doch nicht einfach ihr zwei nennen! Ich bin nichts, ich bin Dreck!» Mit einem Geschirrtuch versuchte sie das wenige Rouge abzuwischen, das Freida aufgelegt hatte. Freida wehrte sich. Max trennte die beiden.

«Ihr seid ja beide total meschugge.»

Sarah begann zu weinen. «Meschugge sagt er zu seiner Mutter», schluchzte sie. «Ein Lump ist er, treibt sich mit Schauspielern und Nutten herum, meine Tochter ist selbst bald eine, und zum Dank für alles, was man getan hat, sagt einem der eigene Sohn ins Gesicht, man ist meschugge.»

Max legte seinen Arm um sie. «*Mame*, so mein ich das nicht, aber du machst mich ganz meschugge.» Er bedeutete Freida, den Raum zu verlassen, und sie schloß die Tür hinter sich. «Ich mein das nicht so, aber warum mußt du dir jede Kleinigkeit gleich zu Herzen nehmen.»

«Kleinigkeit, Schmeinigkeit! Was soll das, ein frisches Hemd mitten in der Woche?» fragte sie.

«Ich geh aus.»

«Jeden Abend gehst du aus ...»

«*Mame*, du weißt, ich arbeite im Varieté.»

«Um fünf Uhr am Nachmittag? Und ein frisches Hemd brauchst du auf einmal zum Arbeiten? Ist mein Essen nicht mehr gut genug für dich? Muß es der italienische oder chinesische Schlangenfraß sein?»

«Es ist kein Schlangenfraß, *mame*.»

Auf einmal fiel Sarah auf, daß Freida nicht mehr da war. «Wo ist sie hin?»

«Laß doch, sie ist ein bißchen weggegangen, *mame*. In einer Stunde ist sie wieder da», und dachte: arme Kleine, das reinste Irrenhaus.

Für Freida war es jedesmal eine wahre Erleichterung, der Wohnung in der Henry Street entronnen zu sein. Was für romantische Wunschvorstellungen auch immer sie hegen mochte, die einzige ihr bekannte Realität war die Straße draußen und die Menschen, die dort lebten. Der Süßwarenladen, von dem die Mutter gesprochen hatte, gehörte Mr. Rabinowitz und lag an der Ecke der Pike Street. Zu jener Zeit war Rauschgift noch kein gesellschaftliches Problem, und wer die Sorgen dieser Welt vergessen wollte, konnte völlig legal mindestens ein Dutzend Mittel kaufen, die Opium enthielten und in jedem Gemischtwarenladen zu haben waren. Doch waren diese Abkömmlinge der letzten Einwandererwelle, die sich nach ihrem Weg über den Atlantik auf der East Side von New York niedergelassen hatte, nicht rauschgift- oder alkoholsüchtig. Diese Heranwachsenden taten den Schritt ins 20. Jahrhundert mit nichts Aufregenderem als Süßigkeiten, wenn man einmal von ihren Bandenkriegen und Kleindiebstählen absieht. Auf Mr. Rabinowitz' Ladentheke prangten Dutzende von Leckereien, was es damals so gab: Bonbons, Pfefferminzplätzchen, Kaupapier, Kamellen, saure Drops, saure Fritzen, Lakritzstangen und -schnecken, Liebesperlen und weitere Köstlichkeiten, deren Namen heutzutage niemand mehr kennt. In den warmen Sommermonaten stand ein riesiger Eisklotz im Laden, und für 2 Cent kratzte Mr. Rabinowitz eine ziemlich große Menge davon auf ein Papptellerchen. Anschließend sprenkelte er aus einer Reihe von bunten Flaschen, die Haarwasserflaschen im Friseurladen ähnelten, ein paar Tropfen darüber und verlieh ihm so Geschmack. Außerdem verkaufte er Zeitungen, Zeitschriften, Zigarren sowie Schreibhefte, Blei- und Buntstifte – alles, was man für die Schule brauchte. Mr. Rabinowitz und seine Frau, grauhaarige, graugesichtige Menschen, duldeten es, daß ihr Laden den jungen Leuten als Treffpunkt diente. Hier fand man, wen man suchte, einfach deshalb, weil es dafür keinen anderen Ort gab. Wenn es Mrs. Rabinowitz zuviel wurde, sei es, daß sich zu viele Jugendliche in ihrem Laden drängten, Unsinn machten, sich gegenseitig schubsten und anschrien, sei es, daß sie anfingen zu stibitzen, scheuchte sie sie mit geschwungenem Besen auf den Bürgersteig hinaus.

Das aber war eine reine Formsache. Gerade waren sie wieder einmal draußen, als Freida zu ihnen stieß: Rocky, Joe, Shutzie, Stumphead, Izzy und auch Lizzie. Sie war immer da und schien gar kein Zuhause zu haben. Man nannte sie die leichte Lizzie, weil sie jeden ranließ, bis hin zu «Bandennummern», was so viel bedeutete, daß sie sich allen Jungen der Gruppe hingab, einem nach dem anderen. Miriam wehrte, wie Freida, die Jungen ab, vielleicht tat sie auch nur so. Drei weitere Mädchen gehörten noch dazu: Josie, Becky und Clara, doch nur bei Lizzie erreichten die Jungen mehr als tapsige Zärtlichkeiten und ein bißchen Geknutsche. Wurde es den jungen Leuten zu fade, im oder vor dem Laden herumzualbern, zog die ganze Clique zur South Street am East River, zu den Docks und den Fischerbooten. Als Juden mußten sie auf dem Weg dorthin in der Nähe irischen und italienischen Gebiets achtgeben, mehr noch aber mußten sie vor Polizisten auf der Hut sein, die sich ein Vergnügen daraus machten, sie mit ihren Knüppeln durchzuprügeln.

Das also war Freidas Zuflucht und Traumland, ihre Erlösung aus der Enge und dem Gestank der Wohnung in der Henry Street, und sie sah es als Belohnung dafür an, daß sie dieses Leben ertrug. Einen anderen Ausweg gab es für sie nicht, doch gelegentlich, wenn die jungen Leute alle am Fluß waren und sich an das Ende eines Kais schlichen, die Beine baumeln ließen und zu den Sternen am Himmel hinauf- und den sich spiegelnden Lichtern der Stadt auf dem Wasser und den vorbeifahrenden Schiffen zusahen, fühlte sich

Freida von einer anderen Welt angerührt. Doch waren das immer nur kurze Augenblicke.

Viele Jahre nach ihrer ersten Verabredung mit Max Britsky sagte Sally zu einem Journalisten, der sie interviewte: «So war er nun einmal. Er hatte etwas Nobles an sich, wenn Sie sich vorstellen können, daß ein Achtzehnjähriger, dessen Welt auf das Getto der Lower East Side begrenzt war, etwas Nobles an sich haben kann. Ich meine nicht seine Manieren – die hatte er nicht, ungehobelt, wie er war –, ich meine die Art und Weise, wie er sich gab. Max fühlte sich nie minderwertig, und vielleicht war das sein Geheimnis. Wo wir an dem Abend waren? Ich weiß es nicht mehr, aber es dürfte ein italienisches Restaurant gewesen sein ...

Das Restaurant hieß *Mamma Maria* und lag in der Elizabeth Street, am Rande des gerade im Entstehen begriffenen italienischen Viertels. Das aus mehreren Gängen bestehende Gericht von der Tageskarte kostete 30 Cent: *antipasto*, Teigwaren und ein Hauptgang – Kalb oder Huhn –, zum Schluß gab es Nachtisch und Kaffee. Die Flasche Rotwein, die Max weltmännisch bestellte, kostete weitere 25 Cent.

Doch nicht auf den Preis kam es an, sondern auf die Art und Weise, wie man sich gab. An jenem Abend erlebte Sally einen neuen und in rätselhafter Weise anderen Max Britsky, und im Schein der Kerze, die auf dem rot-weiß gewürfelten Tischtuch stand, sah er nicht einmal schlecht aus. Mit seinem schmalen Gesicht und dem spitzen Kinn, der Adlernase und den hellblauen Augen erinnerte er Sally an Abbildungen von Freibeutern und spanischen Konquistadoren. Dies Bild vermittelte ihr zusammen mit seinem Selbstvertrauen und seiner Lebhaftigkeit ein Gefühl der Erregung, das sie bis dahin im Umgang mit Männern nicht gekannt hatte, ein Gefühl, in das sich zugleich Furcht mischte. Statt des schmächtigen Jünglings saß ihr jetzt ein eindrucksvoller und einschmeichelnder junger Mann gegenüber, und sie erschien ihm als eine gänzlich gewandelte Miss Levine. An Stelle der weißen Bluse und des geradezu puritanisch wirkenden Lehrerinnenrocks trug sie ein hübsches Kleid aus blauem Crêpe de Chine, und obwohl auf ihrem Gesicht keine Spur von Make-up zu sehen war, vermutete Max, daß sie etwas Rouge aufgelegt hatte. Sie fand das kleine italienische Restaurant «entzükkend» und die Mahlzeit «wirklich köstlich». «Allerdings gehe ich nicht so oft mit jungen Männern aus, Mr. Britsky», fügte sie mit bezaubernd wirkender Offenheit hinzu, «als daß ich mich für ein solches Urteil als kompetent ansehen könnte. Aber vielleicht laden Sie mich eines Tages, wenn Sie erst einmal Ihren Olymp erklommen haben, in ein Feinschmeckerparadies wie Delmonico ein.»

Max erkannte durchaus, daß sie ihr Bestes tat, ihn zu beeindrukken. Zwar wußte er nicht genau, was kompetent hieß und hatte auch keine Vorstellung davon, was sie mit Olymp meinte, doch merkte er, daß er einer gänzlich weltunerfahrenen und im Grunde naiven jungen Frau gegenübersaß. Das machte ihm Mut, und er bestand darauf, daß sie ihn Max nannte.

«Schluß mit Mr. Britsky», erinnerte er sie. «Sie heißen Sally und ich heiße Max. Und glauben Sie bloß nicht, daß ich bei allen Mädchen so bin, Sie sind nämlich die erste, mit der ich mich so verabredet habe.»

Sie sah lange auf ihren Teller und fragte dann, was er mit «so verabredet» meine.

«Nun ja ...» Er verstummte wieder, weil er zu dem Ergebnis gekommen war, daß man einer Sally Levine nicht erläutern konnte, was man mit «so verabredet» meinte. Er lenkte die Unterhaltung auf seine Arbeit und erfuhr dabei, daß Sally noch nie in einem Varieté-Theater gewesen war.

«Warum denn nicht?»

«Das wissen Sie ja wohl», sagte sie. «An einen solchen Ort geht eine junge Dame nicht.»

Max versuchte nicht, dieser Behauptung entgegenzuhalten, daß jeden Abend sehr viele junge Mädchen dorthin kamen. Sein Interesse an Sally Levine hing vor allem damit zusammen, daß sie in seinen Augen aus einer gänzlich anderen Welt stammte. Wenn in jener Welt junge Frauen keine Varietés besuchten, war das etwas, das Max nicht in Frage stellen wollte. Auf der anderen Seite verdiente er seinen Lebensunterhalt in einem solchen Varieté.

«Nur ein einziges Mal», sagte er. «Ich meine, vielleicht würden Sie gern aus Neugier mal hinkommen. Das wär doch nicht weiter schlimm.»

«Vielleicht ein andermal.»

«Aber ich habe für heute eine Karte, der beste Platz im Saal.»

«Nein, das geht nicht.»

«Warum nicht?»

«Etwa allein? Max, ich kann unmöglich allein dort hingehen.»

«Sie sind doch nicht allein. Ich meine, ich sitz zwar nicht neben Ihnen, weil ich oben auf der Bühne bin, aber Ihnen tut keiner was. Vielleicht meinen Sie, ein Varieté is was Schlimmes, aber das stimmt nich. Da nehmen Leute sogar ihre Kinder mit hin.»

Sie schüttelte den Kopf.

«Ach bitte. Sehn Sie mal, ich und Bert sind ungefähr nach einer Viertelstunde dran. Erst kommt eine lange Hundenummer, und dann wir. Sie sind also höchstens 'ne Dreiviertelstunde allein. Ich zieh mich schnell um und hol Sie wieder ab. Sie haben doch selbst gesagt, Sie würden gern wissen, wie ich das gelernt hab, was ich mach, ohne Ausbildung und so.»

«Nun ...» Sie schwankte. «Und Sie würden mich begleiten? Ich müßte nicht allein dorthin gehen?»

«Genau. Und dann komm ich zu Ihnen, und wir gehn zusammen wieder raus. Sie sitzen in der vierten Reihe, gleich am Gang, also kein Problem. Bis zur nächsten Vorstellung sind es dann zweieinhalb Stunden, wir können in Ruhe eine Tasse Kaffee trinken, und wenn Sie wollen, bring ich meinen Kumpel Bert mit, und dann bring ich Sie nach Haus.»

Sie schwankte zwischen Neugier und dem ihr anerzogenen Sinn für schickliches Verhalten. Seit sie den sicheren Hort des Elternhauses in Flatbush verlassen hatte, wo sie seit ihrer Geburt gelebt hatte, war ihr dies anerzogene schickliche Verhalten Schutz und Schirm gewesen. Ihre Eltern waren Anfang der siebziger Jahre aus Wien nach Amerika gekommen, und obwohl auch sie Juden waren, sahen sie sich als etwas ganz anderes an als die Ostjuden, die zu Tausenden nach Amerika strömten und als wimmelnde Masse die Elendsviertel von New Yorks Lower East Side bevölkerten. Ängstlich und zögernd hatte Sally dies Getto betreten. Hier war der Dschungel, zugleich aber auch ein Wunderland, in dem nichts unmöglich war. Obwohl die Lower East Side nur wenige Meilen von Flatbush entfernt lag, war es eine andere Welt. In Brooklyn gab es nichts, das man im entferntesten mit dem Washington Square oder dem Madison Square hätte vergleichen können, den beiden unglaublichen und atemberaubenden Mittelpunkten von Reichtum, Kultur und pulsierendem Leben, die aus New York eine Konkurrenz für London gemacht hatten.

Sally war trotz der Konventionen, in denen sie befangen war, und trotz ihrer daraus entstandenen Unsicherheit keineswegs ein verängstigtes Häschen, und als sie am Bijou-Theater ankamen, empfand sie sogar ein angenehmes Prickeln. Gelegentlich hatten junge Männer sie im Elternhaus in Flatbush besucht, spießige und schwerfällige Burschen, die, wie das bei Juden deutscher Abstammung üblich war, Arzt oder Bankier werden wollten. Keiner von ihnen war wie Max gewesen, hatte so wagemutig und ungebärdig gewirkt. Bevor Sally Max kennenlernte, war sie nicht mit jungen Männern ausgegangen. Wohl gab es in New York mehr als genug davon, doch hätte sie nicht gewußt, wie sie ihre Bekanntschaft hätte machen sollen – und an ihrer Schule unterrichteten ohnehin fast nur Frauen. So war es für sie etwas Besonderes, am späten Abend im Lichterglanz und der Geschäftigkeit des West Broadway hier zu sein, rings umgeben von unübersehbar geschminkten Frauen – die sie als Dirnen einstufte – und elegant gekleideten Männern. Hinzu kamen die Straßenverkäufer, die zahlreichen Wagen und die Kartentrick-Betrüger. Alles vibrierte vor Leben, und es kam Sally, die Émile Zola gelesen hatte, vor, als habe man die Straßen von Paris in die Neue Welt verpflanzt. Sie, Sally Levine, ging mit einem Varieté-Darsteller in ein solches Theater, Max' kräftige Hand hielt ihren Arm.

Bert hatte bereits sein Polizisten-Kostüm an und schminkte sich, als Max in die Garderobe kam und fragte: «Was soll der Quatsch?»

«Ich mach mich für den Auftritt fertig. Was hast du denn gedacht?»

«Aber wieso mit den Polypenklamotten?»

«Heute machen wir ‹Landstreicher und Polizist›. Unten sitzt einer von den Alderman-Theatern. Wenn ihm die Nummer gefällt, haben wir für ein Vierteljahr ausgesorgt und können auf Tournee gehen: nach Philadelphia, Boston, Chicago, Kansas City. Weißt du, was wir für drei Abende in Kansas City kriegen würden? 300 Piepen! Guttman hat nichts dagegen, er gibt uns das Vierteljahr frei, wenn wir dem Heini von Alderman gefallen. Anschließend können wir wieder hier in seinem Drecksloch anfangen. Ist vielleicht gar nicht nötig. Guttman meint, es ist gute Reklame für seinen Laden, wenn eine Nummer aus dem Bijou in Chicago oder sonstwo gespielt wird. Aber was weiß man? Vielleicht gelingt uns der Sprung zum Madison Square.»

«Ach du grünes Radieschen!»

«Was hast du denn?» wollte Bert wissen. «Ist doch 'ne gute Nummer, weißt du auch.»
«Sally sitzt unten im Saal.»
«Sally?»
«Du weißt doch, die Lehrerin.»
«Na und? Zeigst du ihr eben was, was sie noch nicht kennt.»
«Sie ist keine Schlampe, sie ist eine Dame.»
«Das ist doch nicht die Möglichkeit. Du mit deinen Rosinen im Kopf.»
«Wir können doch was anderes machen.»
«Kommt überhaupt nicht in Frage. Das ist *die* Chance für uns – versau sie uns nicht, Maxie. Guttman hat dem Mann von den Alderman-Theatern gesagt, daß wir unsere drei Nummern ‹Polizist und Landstreicher› machen, und die will er sehen.»
«Ach, du dicke Scheiße», stöhnte Max.

Der Mann, der neben Sally saß, sah sie unverwandt an. Ihr Entschluß, ihn nicht zur Kenntnis zu nehmen, geriet ins Wanken, als sich sein Knie ganz sachte an ihres schob. Sie zog ihre Beine mit einem Ruck fort und war froh, daß sie unmittelbar am Gang saß. Mit angespannter Aufmerksamkeit verfolgte sie die Hundedressur, doch als sich schließlich der Vorhang für die Zwei-Mann-Nummer Bellamy und Britsky hob, war sie nicht mehr unbeteiligte Zuschauerin, sondern sah aufmerksam und mit zusammengepreßten Lippen zur Bühne hin.

Von der Kulisse, die einen Park andeutete, war an einigen Stellen die Farbe abgeblättert, und hier und da sah man Flicken, so alt und brüchig war sie. Auf einer Bank vor dem Bühnenhintergrund saßen ein Landstreicher und eine schlampig wirkende, nicht mehr ganz junge Frau, deren Handtasche zwischen beiden stand. Anfangs fiel es Sally schwer, Max in dem Landstreicher mit der roten krummen Clownsnase wiederzuerkennen, der dank der Kunst des Maskenbildners aussah, als habe er sich seit mindestens einer Woche nicht rasiert. Er trug eine viel zu weite, an ihm herabhängende Hose, die an zahlreichen Stellen geflickt war, und eine uralte, ebenfalls geflickte Jacke. Als der Vorhang sich hob, saßen er und die Frau schweigend und bewegungslos nebeneinander auf der Bank – allein das schon löste beim Publikum eine gewisse nervöse Reaktion aus, die sich in leichtem Beifall entlud.

Dann nahm die Frau ihre Tasche, öffnete sie und sah angestrengt-kurzsichtig hinein. Auf einmal schrie sie auf, mit jammervoller, schriller Stimme. Der Landstreicher blieb ungerührt sitzen. Sally verstand nicht, warum das Publikum in lautes Gelächter ausbrach, das sich noch steigerte, als ein Polizist auf der Bühne erschien. Das also war Bert Bellamy, von dem sie schon so viel gehört hatte! Er wies mit einem unmäßig großen Schlagstock auf die Frau und sagte: «Sie brauchen jetzt nicht mehr zu schreien.» Sie befolgte diese Aufforderung und wies fragend auf den Stock.

«Was denn! Das? Das ist mein Knüppel», erklärte Bert. «Haben Sie noch nie einen gesehen?»

«Nicht so ein Mordsding.»

«Das kann natürlich sein», erklärte er mit deutlich irischem Akzent. Das Publikum bog sich inzwischen vor Lachen. «Was zum Teufel gab es denn zu kreischen?»

«Er hat mich bestohlen! Mein Geld!» sagte sie und wies anklagend auf Max.

«Was? Geld?» rief Max empört aus.

Bert stieß ihn mit dem Knüppel an. «Gib's ihr sofort zurück, du Lumpenhund, sonst gibt's Saures.»

«Ich hab doch gar nichts genommen. Die Alte ist nicht bei Trost.»

«Und was ist das da in deiner Hosentasche?»

«Was für 'ne Hosentasche?» Max stand auf und sah erstaunt an sich hinunter, wo sich deutlich etwas wölbte.

«Mein Geld! Er hat es», rief die Frau aus. Kaum hatte sie Max die Hand in die Tasche gesteckt, fiel sie wie vom Schlag gerührt um.

«Was hast du Schweinehund mit ihr gemacht?» brüllte ihn der Polizist an.

«Ich? Nichts.»

«Zeig sofort, was du in der Tasche hast!»

«Ich hör immer Tasche», sagte Max und drehte die zerfetzten Stoffränder nach außen, die kläglichen Reste seiner ehemaligen Hosentaschen.

Als der Vorhang unter dröhnendem Applaus und johlendem Gelächter fiel, stand Sally auf und verließ eilig das Theater. Ohne nachzudenken, ob ihr Geld reichte, winkte sie eine Pferdedroschke herbei. Sie entlohnte den Kutscher vor der Tür ihres Hauses, und während sie die Stufen zur Eingangstür emporstieg, seufzte sie erleichtert auf und dachte: Damit wäre der Fall Britsky ausgestanden.

Diese Vermutung erwies sich bald als Irrtum, denn schon eineinhalb Stunden später klopfte Max an ihre Tür.

«Was ist denn noch?» fragte sie ihn zornschnaubend. Sie hatte es sich bequem gemacht. Sie trug einen langen, gesteppten Hausmantel, und das gelöste Haar fiel ihr fast bis zu den Hüften.

Von unten hörte man die Stimme ihrer Wirtin: «Ist etwas, Miss Levine?»

«Nein, Mrs. Schwartz.»

«Es ist schon elf, da dürfen Sie keinen Herrenbesuch mehr empfangen. Ich hatte gedacht, ich hätte das Zimmer an eine anständige junge Frau vermietet.»

«Es ist mein Bruder, Mrs. Schwartz», rief Sally nach unten und flüsterte dann Max zu: «Bitte, gehen Sie, bevor Sie meinen Ruf endgültig zuschanden gemacht haben.»

«Ich wär ja eher gekommen, aber ich hatte doch noch die zweite Vorstellung.»

«Bitte, gehen Sie!»

«Ich muß mit Ihnen reden», drängte Max, «unbedingt.»

«Nein. Wir haben uns nichts mehr zu sagen.»

«Nur fünf Minuten, bitte.»

Da sie zu zögern schien, drängte er: «Es dauert bestimmt nur fünf Minuten. Wenn Sie mich sowieso nie wieder sehen wollen, kann das doch nicht so schlimm sein.»

«Na schön, aber wirklich nur fünf Minuten.»

Sie ließ ihn ein und schloß die Tür hinter ihm. Der Raum wirkte trotz seiner geringen Größe wohnlich, er schien Max lebendiger und behaglicher zu sein als jeder andere, den er bis dahin betreten hatte. An den Wänden hingen drei riesige Plakate von Max Parrish und Alfons Mucha. Das Mucha-Plakat war aus seiner Serie für die gefeierte Schauspielerin Sarah Bernhardt, während die Jugendstilplakate von Max Parrish Menschen zeigten, die in langwallenden Gewändern geradezu unwahrscheinliche Bewegungen vollführten. Die Plakate verliehen dem Zimmer, ebenso wie die in hellen Farben gehaltene Tagesdecke auf dem Bett und der Flickenteppich auf dem Boden, einen freundlichen und lebendigen Eindruck. Max nahm an, daß all das nicht zur Einrichtung des möblierten Zimmers gehörte, sondern den Geschmack seiner Bewohnerin spiegelte. Nur zögernd trat er ein, er war bedrückter und gehemmter als je zuvor in Sallys Gegenwart.

«Mir ist klar, daß Sie das gekränkt hat», sagte er. «Was für ein Schlamassel! Dabei wollte ich doch so einen guten Eindruck machen. Glauben Sie bloß nicht, daß ich nicht weiß, was für ein Stuß die Nummer ist. Ich schwör Ihnen, ich wollte sie heute auf keinen Fall spielen. Aber dann ist einer von den Alderman-Theatern gekommen, die haben immerhin elf Häuser überall im Land, Bert und Guttman – das ist unser Chef – haben dem Mann versprochen, daß wir heute abend die Nummer mit dem Landstreicher und dem Polizisten bringen – was hätte ich dagegen machen können, und wenn Sie jetzt denken, daß ich ein mieser Dreckskerl bin, kann ich nichts weiter sagen – was gibt's denn da zu lachen?»

«Nun ja», jetzt brach ihr unterdrücktes Gelächter erst richtig aus ihr hervor, «das war der längste Satz, den ich in meinem ganzen Leben gehört habe, und wohl auch der unverständlichste.»

Schweigend stand er ihr mit aufeinandergepreßten Lippen gegenüber.

«Ich habe Ihnen weh getan. Oh, Max, wie dumm ich war. Es tut mir wirklich leid.»

«Warum sagen Sie nicht einfach, ich bin ein Strolch und nicht gut genug für Sie, und schmeißen mich dann einfach raus? Wissen Sie, was meine Mutter über euch deutsche Juden sagt? Sie sagt, für euch sind wir keine Menschen, sondern so was wie Tiere.»

«Max, Max, meine Eltern sind keine deutschen Juden; wir stammen aus Österreich.»

«Das ist doch Jacke wie Hose.»

«Aber Max, ich habe Ihnen wirklich weh getan.» Mit diesen Worten trat sie auf ihn zu, faßte seinen Kopf mit beiden Händen und drückte ihm einen flüchtigen Kuß auf die Lippen. «Verzeihen Sie mir jetzt?»

«Großer Gott! Mannometer! Sie haben mir ja einen richtigen Kuß gegeben!»

«Ja.»

«Jetzt wasch ich mir das Gesicht bestimmt ein paar Wochen lang nicht.»

Sie schürzte die Lippen. «Iiih.»

«Sie haben mir einen Kuß gegeben – stimmt doch?»

«Ja, es stimmt.» Sie drehte ihn herum und schob ihn zur Tür. «Jetzt müssen Sie aber gehen. Wir können uns Montag treffen, wenn Sie möchten.»

«Möchten schon, aber wir sind engagiert – zwölf Wochen lang, in Buffalo, Chicago, Kansas City, New Orleans und Philadelphia. Aber ich komme wieder. Darauf können Sie Gift nehmen, Max Britsky kommt wieder.»

DREI

1898

Max mit neunzehn Jahren

Noch nie hatte Max seine Schwester Freida geschlagen. Ruby bekam von ihm Schläge, wenn er sie brauchte, und falls er sich über die Züchtigung durch den älteren Bruder beschwerte, hielt ihm dieser entgegen: «Wenn ich es dir nicht rechtzeitig einbleue, wer dann?» Zwischen ihnen bestand eine gewisse Bereitschaft zum gegenseitigen Verständnis, wie auch zwischen Max und dem neunjährigen Benny, den er gelegentlich auf diese Weise zur Ordnung rufen mußte. Freida aber jammerte: «Hör auf! Hör auf! Du hast kein Recht, mich zu schlagen!» Max hatte sie kräftig links und rechts geohrfeigt, und sie giftete ihn an: «Du bist nicht mein Vater, du darfst das nicht.»

«Ich zeig dir schon, was ich darf – du Schlampe!»

«Ich bin keine Schlampe, das ist einfach so passiert.»

«Quatsch – so was passiert nich einfach so!»

«Ich hab doch nicht gewußt, wie ich aufhören sollte, ich konnte einfach nicht.»

«Sieh mal an, du konntest nich aufhören», knurrte Max. «Du bist ein selten dämliches Stück, hast für keine zwei Cent Verstand. Mit deinen fast achtzehn Jahren läßt du dir einen aufdrücken und willst mir dann erzählen, du konntest nichts dazu.»

Freida warf sich schluchzend über das Bett. Max stand mit schlagbereit erhobener Hand vor ihr und brüllte mit drohendem Unterton: «Eines laß dir gesagt sein: du heiratest den Kerl!»

Freidas Schluchzen hörte abrupt auf, und sie erhob sich vom Bett, auf dem sie gelegen hatte. «Was?»

«Du heiratest ihn.»

«Bist du bekloppt?»

«Ich? Wenn du eine Bekloppte sehen willst, halt dir 'nen Spiegel vor die Nase.»

«Er ist doch noch ein halbes Kind.»

«Ach ja? Und du wohl nicht?»

«Eher sterb ich. Ich schwör dir, ich bring mich um.» Dann trat an die Stelle trotziger Auflehnung flehentliche Unterwerfung. «Lieber Maxie, bitte hilf mir, bitte, bitte.»

«Wie denn? Soll ich dir vielleicht noch 'ne Mitgift besorgen oder 'ne Bank überfallen, damit du mit dem Idioten, der dir das Balg aufgebrummt hat, in aller Gemütsruhe 'ne Familie gründen kannst?»

«Dann bring ich mich um.»

«Jetzt reicht's aber.»

«Bitte, bitte, bitte hilf mir doch.»

Max musterte seine Schwester. Vielleicht hatte er sie noch nie so bewußt angesehen: er erkannte, daß ihre Augen vom Weinen verquollen waren, sah die rosig behauchten Wangen, den verlockend geschwungenen Mund und den kräftig entwickelten festen Busen, der ihre Bluse wölbte. Sie war eine voll erblühte junge Frau, und irgend etwas von dieser Erkenntnis drang zu ihm durch.

«Bitte, sag's *mame* nicht», schluchzte Freida.

«Na gut.»

«Hilfst du mir, Max?»

«Mal sehn, was sich tun läßt. Aber wehe, das passiert noch mal –»

«Bestimmt nicht!»

«Wer's glaubt!»

Ruckartig drehte er sich auf dem Absatz um und riß die Tür zum Gang so heftig auf, daß Ruby fast ins Zimmer stolperte. Max packte ihn beim Kragen, würgte ihn und zischte: «Du verdammter Schnüffler!»

«Ich hab doch gar nichts gehört, Max», winselte Ruby. Mit seinen vierzehn Jahren war er schon recht breitschultrig und fast so groß wie Max.

«Ein Wort zu *mame*, und du kannst deine Knochen numerieren. Verstanden, Schnüffler?»

«Ja, Max. Aua, du drückst mir ja die Luft ab.»

«Das wäre überhaupt das Beste. Ich sag's dir, wenn du nur ein Wort verrätst –»

«Ich schwör's.»

«Verpiß dich und halt die Fresse!»

Max warf die Tür hinter Ruby ins Schloß und wandte sich erneut der Schwester zu, die ihn mit einem Hoffnungsschimmer in den Augen ansah.

«Wie weit ist es denn schon?» erkundigte sich Max. «Im wievielten Monat bist du?»

«Ich glaube – im dritten.»

«Mein Gott, bist du ein selten dämliches Stück – du weißt es nicht mal genau!»

Freida fing wieder an zu weinen, und Max befahl: «Schluß damit! Das hätte uns noch gefehlt, wenn *mame* hier reinkommt und dich heulen sieht.»

«Tust du was für mich, Max?»

«Keine Sorge, ich helf dir schon.»

«Du hilfst mir bestimmt?»

«Hab ich dir doch gesagt.»

Er hätte längst fort sein müssen, erkannte er beim Blick auf seine Taschenuhr, deren Gehäuse aus vierzehnkarätigem Gold bestand und deren vorderer Deckel nicht nur auf Knopfdruck aufsprang, sondern mit der getriebenen Darstellung eines Hirsches versehen war. Die Uhr hatte er von einem Hehler namens Louis Hasenscharte erworben, der sein Geschäft in einem Kellerladen in der Pearl Street betrieb und heilige Eide schwor, es handle sich um europäische Ware. Vermutlich hieß das, man hatte die Uhr in Europa gestohlen und hier an den Mann gebracht. Max war das gleich – ihn erfüllte der Besitz der Uhr mit Stolz. Sie zeigte auf Viertel vor sechs.

«Immer mit der Ruhe», sagte er.

Um das Haus zu verlassen, mußte er durch die Küche, wo die Mutter weinend am Küchentisch saß, ihr gegenüber bemühten sich, offensichtlich bedrückt von den mütterlichen Tränen, der kleine Benny, die zehnjährige Esther und die zwölfjährige Sheila, ihre Hausaufgaben zu erledigen. Den Tränen ihrer Mutter gegenüber waren sie hilflos, und Sarah, die das wußte, setzte dieses letzte Mittel seit einiger Zeit immer häufiger als erstes ein.

«*Mame*, was weinst du?» erkundigte sich Max, den der Zustand der Mutter zögern ließ, sich stillschweigend aus dem Haus zu schleichen, was eigentlich seine Absicht gewesen war.

«Soll ich etwa lachen?» schluchzte Sarah.

«Sag ich das? Aber was zum Teufel gibt es zu weinen?»

«Fluch nicht mit deinen feinen amerikanischen Ausdrücken hier herum. Soll ich nicht weinen, wenn ich mit ansehen muß, wie du deine Schwester verprügelst? Hab ich Tiere großgezogen?»

Ohne darauf einzugehen, aber dennoch nicht völlig unempfänglich gegenüber dem Schluchzen und Jammern seiner Mutter, ging Max zur Tür.

«Wo gehst du hin?»

«Weg.»

«Ich bemüh mich, was Anständiges auf den Tisch zu bringen, und mein Sohn muß in irgendeiner schmuddeligen Kaschemme essen gehen.»

Max ergriff die Flucht. Laut krachend schlug er die Wohnungstür ins Schloß und rannte die dunkle Treppe hinab, immer zwei und drei Stufen auf einmal nehmend. Unten angekommen, stürzte er sich, als komme er aus einem Gefängnis, in die Freiheit der Straße. Nur selten dachte er über seine von der Gesellschaft als «Verantwortung» bezeichnete Unterjochung nach, die auf familiäre und religiöse Bindungen und auf Forderungen zurückging, deren Ursprung in den Tiefen der Zeiten lag. Da sein Partner Bert Bellamy von angelsächsischen Protestanten abstammte, waren solche geheimnisvollen Bürden ihm fremd, und er hatte einmal zu Max gesagt: «Der Teufel soll mich holen, wenn ich verstehe, warum du dich mit der Bagage rumschlägst. Als ob du der Vater wärst! Ich an deiner Stelle, mein Junge, würde die Fliege machen und zu der Affenbande sagen, seht doch selber zu. Würde ihnen ganz recht geschehen, dann hätten sie ihren Dreck.» So konnte nur Bert sprechen, der die tausend Fäden der Knechtschaft nicht sah. Doch in einem Augenblick wie diesem vermochte Max sich eine solche Handlungsweise beinahe vorstellen.

Noch als Sally Levine ihn einließ, lagen auf seinem Gesicht Spuren des zu Hause Erlebten, und so fragte sie ihn, was es gegeben habe.

«Ach, nichts.»

«Du hast dir also vorgenommen, dich heute abend elend zu fühlen.»

«Einverstanden. Sagen wir es so.»

Sally beugte sich über den Sessel, in den er sich hatte fallen lassen, und küßte ihn auf die Stirn. «Maxie», sagte sie, «wenn wir so weitermachen, werden wir uns streiten, und das wollen wir doch nicht, oder? Also fangen wir lieber von vorn an. Vergiß einfach, was ich dich gefragt habe.»

Da er in ihrer Gegenwart nicht lange grollen konnte, fragte er sie lächelnd, ob er hinausgehen und noch einmal hereinkommen solle.

«Wenn du das möchtest.»

«Gott im Himmel», stöhnte er, «ich bin noch nicht zwanzig und habe fünf Gören und eine Mutter am Hals, und manchmal hab ich einfach den Eindruck, daß ich reif bin für die Klapsmühle.»

«Warum denkst du nicht daran, daß du damit etwas Edles und Rühmliches tust?»

«Edel?»

«Ich denke schon. Aber wir müssen nicht weiter darüber reden. Ich habe uns Hammel-Eintopf gemacht, damit du auch siehst, daß ich kochen kann. Du brauchst mich nicht jedesmal zum Abendessen auszuführen, wenn wir uns treffen. Das ist natürlich nichts Besonderes mit dieser einen Kochplatte hier. Aber ich glaube, es ist ganz ordentlich, und wir können in aller Ruhe essen. Der Vortrag findet in der Cooper Union statt, hier ganz in der Nähe.»

«Was für ein Vortrag?»

«Hast du vergessen, daß ich dir davon erzählt hatte? Alle Lehrer unserer Schule werden dort sein –»

«O Gott, kommt überhaupt nicht in Frage! Ich mach mich doch nicht vor diesen gebildeten feinen Pinkels lächerlich –»

«Hör bitte auf, Max. Ich habe dir das schon vor langer Zeit gesagt, und du wolltest selbst gern hingehen. Wenn du nicht möchtest, stelle ich dich niemandem vor, außerdem ist es nicht einfach ein Vortrag, sondern eher eine Vorführung.»

«Von was?»

«Weißt du noch, wie du mir erzählt hast, daß du es als Kind ganz aufregend gefunden hast, einmal durch ein Kinetoskop zu sehen?»

«Ja, beim alten Rowdy Smith. Ich würde gern wissen, ob der noch lebt.»

«Nun, heute abend zeigt der Lehrerverband von New York in der Cooper Union etwas völlig Neues und Spannendes. Es ähnelt einem Kinetoskopen, ist aber viel besser, und alle Welt redet schon davon. Es heißt ‹laufende Bilder›.»

«Was?»

«Wie ich dir sage – laufende Bilder.» Während Sally sprach,

stellte sie zwei Tischchen vor die Sessel, legte auf jedes einen geflochtenen Untersetzer und stellte einen Teller mit Hammeleintopf und ein Glas Wein darauf. «Es ist eine sehr einfache Mahlzeit, aber unter so beengten Umständen – möchtest du ein Brötchen dazu?»

Max war schon seit langem davon überzeugt, daß alles richtig war, was Sally tat. Dies möblierte Zimmer, in dem sie lebte, war seine Gegenwelt. Hätte er seine Empfindungen in angemessener Weise auszudrücken vermocht, hätte er wohl gesagt, daß sie geschmackssicher war. In der Welt, aus der er kam, gab es keinen Geschmack. Er dachte zwar nicht in diesen Kategorien, aber so sah er die Dinge um Sally.

«Hm, schmeckt», sagte Max, nachdem er gekostet hatte. «Was ist das mit den laufenden Bildern?»

«Eine neue Erfindung von Thomas Alva Edison, der auch die elektrische Glühlampe erfunden hat.»

«Du mußt mich nicht für einen totalen Idioten halten. Ich weiß schon, wer Edison ist.»

«Das tue ich doch auch nicht. Im Gegenteil, du bist so klug, daß mir manchmal angst wird, das weißt du selbst. Nur neige ich als Lehrerin dazu, alles genau zu erklären.»

«Sag mir lieber, was laufende Bilder sind.»

«Im Kinetoskop hast du doch Bilder gesehen, die sich bewegten, nicht wahr?»

«Ach so. Kenn ich schon, alter Hut. Taugt nicht viel.»

«Nun sei doch einmal einen Augenblick lang nicht der mit allen Wassern gewaschene und allwissende Straßenjunge, wie soll ich es dir denn sonst erklären?»

«Nun schön, erkläre», gestattete er ihr mit großzügiger Armbewegung.

«Ich werde versuchen, das ohne lehrerhafte Allüren zu tun, wenn du versprichst, nicht den gerissenen Juden von der East Side herauszukehren.»

Er kannte das Wort «Allüren» nicht und konterte mit der Erklärung, er sei nun einmal ein Jude von der East Side, ob ihr das passe oder nicht.

«Ach, Max», sagte sie, «warum kommt es nur immer dahin? Du bist so empfindlich und meinst immer, alle fühlten sich dir überlegen. Ich bestimmt nicht. Ich wollte dir nur eine Freude machen, weil ich weiß, daß dich dergleichen interessiert. Es ist ganz neu. Du kennst die Laterna magica aus unserer Schule – so ähnlich funktioniert auch das Vitaskop, hat man mir gesagt, nur daß sich die Bilder richtig bewegen, nicht wie in einem Kinetoskopen. Sie werden auf einer riesigen Leinwand gezeigt.»

«Das glaub ich erst, wenn ich es gesehen hab.»

Auf dem ganzen Weg zur Cooper Union schmollte er, machte abfällige Bemerkungen über ihre Kolleginnen und murrte über Wörter wie «Allüren». Was glaubte Sally wohl, wie er sich fühlte, wenn sie Wörter benutzte, die kein Mensch je gehört hatte?

«Allüren, Max, bedeutet eine Haltung, die Art und Weise, wie man etwas tut. Es hat einen tadelnden Beigeschmack.»

«Dann sag doch einfach ‹fieses Benehmen›.»

«Das wäre nicht dasselbe. Das ist ja das Schöne bei Wörtern, daß es ganz feine Bedeutungsunterschiede gibt. Sei nicht ungeduldig, Max. Du lernst so schnell, du bist wie ein Chamäleon –»

«Da, es geht schon wieder los!»

Zum Glück für Sally, der es leid tat, Max mit einer Eidechse verglichen zu haben, die ihre Farbe jeweils ihrer Umgebung anpaßt, waren sie an ihrem Ziel angekommen, und Sally stellte eifrig hierhin und dorthin vor. Max lächelte, nickte und sagte wenig. Nachdem er Sallys Kolleginnen eine Weile beobachtet hatte, wuchs seine Achtung vor ihr. Keine von ihnen schien eine Jüdin zu sein, die meisten waren so, wie er Lehrerinnen aus seiner eigenen Schulzeit in Erinnerung hatte: enggeschnürte protestantische «Damen», die meisten von ihnen späte Mädchen mit verkniffenen Mündern. Ihn beeindruckte die Leichtigkeit und Selbstverständlichkeit, mit der Sally sie begrüßte und sich unter ihnen bewegte. Er merkte, daß er eine eigentümliche Welt betrat, die sich von allem unterschied, was er kannte, und neugierig nahm er in sich auf, was er sah.

Er folgte Sally mit ihren Kollegen und Kolleginnen zu einem im ersten Stock gelegenen Saal, der offensichtlich sonst dem Kunstunterricht diente, denn an einer Wand lehnten mehrere Staffeleien und ganze Stapel von Malleinwand. Jetzt hatte man sechs Reihen von Klappstühlen darin aufgestellt, zwölf in jeder Reihe, und an einer der Schmalseiten ein großes Stück weißen Stoff von etwa zweieinhalb mal zweieinhalb Metern aufgespannt. Hinten im Saal machten sich zwei Männer an einer eigentümlichen Maschine zu schaffen, die Max wie eine übergroße Kamera mit drei großen kreisförmigen Gebilden und einer Kurbel erschien. Ein Leitungsgewirr führte über einen Umformer zu einem eigens hergestellten elektrischen Anschluß.

Max war so fasziniert von dem, was er sah, daß er seine Augen nicht abwenden konnte. Schließlich flüsterte Sally ihm zu, es werde bald keine freien Plätze mehr geben, und zog ihn zu einem Sitz in der letzten Reihe.

«Das kannst du dir später noch ansehen», sagte sie. «Da vorn ist Mr. Benton», erklärte sie und nickte zu einem untersetzten Mann mit gelichtetem Haar hin, der vor der Leinwand stand, seinen Zwikker putzte und darauf wartete, daß das Stimmengewirr verstummte. «Er unterrichtet Sachkunde in der Abschlußklasse. Die meisten Sachkundelehrer sind Männer. Vermutlich hält man uns Frauen für ungeeignet, dieses Fach zu unterrichten.»

Als hätte er Sallys Worte gehört, nickte Mr. Benton mit leichtem Lächeln und hörte auf, an seinem Zwicker zu putzen. Statt ihn wieder auf die Nase zu setzen, steckte er ihn in ein Etui, das er in einer Brusttasche verstaute. Dann rieb er sich die Hände, warf einen befriedigten Blick auf seine Zuhörerschaft, offensichtlich voller Freude darüber, daß er schon etwas von der Welt wußte, in die einzutreten sie soeben im Begriff standen. «Guten Abend und willkommen», sagte er dann.

Es gab ein wenig höflichen Applaus, und Mr. Benton fuhr fort. «Mein Name ist Benton, und ich unterrichte Sachkunde, also naturwissenschaftliche Fächer, hier an der Neunten Volksschule. Diejenigen unter ihnen, die gleichfalls dort arbeiten, kennen mich und meine bisweilen ungewöhnlichen Methoden. Den anderen muß ich erklären, daß ich versuche, in meinen Unterricht die neuesten Entwicklungen auf naturwissenschaftlichem Gebiet einzubringen. Ich bin jedoch nicht sicher, daß meine Schüler für diese spezielle Entwicklung schon bereit sind, es sei denn, man könnte sie im Hinblick auf pädagogischen Fortschritt erweitern und nutzen, eine Möglichkeit, die Mr. Enoch Rector gegeben sieht, weshalb er so freundlich war, uns diese Veranstaltung zu ermöglichen. Er wird gern auf Ihre Fragen und Anregungen eingehen –»

«Wie lange dauert das Geseire noch?» erkundigte Max sich ungeduldig. Mißbilligende Gesichter wandten sich zu ihm um. Sally drückte seinen Arm und flüsterte: «Hab noch einen Augenblick Geduld.»

Mr. Benton bat seine Zuhörer um Verständnis. Er forderte sie auf, das Gezeigte nicht nach seinem bloßen Inhalt zu beurteilen, sondern die Bedeutung des Ganzen im Auge zu haben. «Auch uns wäre eine andere Handlung lieber», erklärte er, «aber leider stehen uns keine anderen laufenden Bilder zur Verfügung. Außer diesem Filmband gibt es im ganzen Land nur noch ein oder zwei weitere. Es ist denkbar, daß Sie den Begriff ‹laufende Bilder› noch nicht kennen, denn er bezeichnet eine völlig neue Sache, etwas gänzlich anderes, als was wir von den Kinetoskopen her kennen, sofern Sie sich so etwas schon einmal angesehen haben. Heute werden Sie eine Laterna magica mit lebenden Bildern sehen, und es ist wirklich Magie im Spiel.» Er legte eine Pause ein, um seine Worte auf die Zuhörer wirken zu lassen.

«Mein Gott, hat der Quasselwasser gesoffen? Der hört ja überhaupt nicht wieder auf.»

Benton breitete die Arme aus, und Max drehte sich zu den Männern am Projektor um. Sie standen da, schüttelten den Kopf und blickten gelangweilt drein.

«Ich kann mich», fuhr Benton fort, «nur immer wieder bei den anwesenden Damen für die Handlung entschuldigen, die Sie heute abend sehen werden. Diese laufenden Bilder wurden beim Boxkampf zwischen James Corbett und Bob Fitzsimmons in Carson City in Nevada aufgenommen –»

Er wartete, bis sich Erregung, ungläubiges Staunen und erwartungsvolle Mißbilligung gelegt hatten. An allen Ecken des Saals wurde jetzt getuschelt, und Sally flüsterte Max zu: «Unfaßlich – ein Boxkampf! Ich wäre wohl kaum hergekommen, wenn ich das vorher gewußt hätte.»

Als Max sah, wie hier und da insgesamt wohl ein rundes Dutzend Damen, meist schon ältere, aufstanden und empört den Raum verließen, lehnte er sich mit genüßlichem Lächeln zurück. Da diejenigen, die Anstoß nahmen, mit unverhohlenem Abscheu auf den Gesichtern durch die Reihen derer drängten, die blieben, konnten diese deutlich erkennen, was die Davoneilenden von ihnen hielten.

Vergebens bat Benton: «Meine Damen, wir sind doch gar nicht selbst Zeugen eines Boxkampfs, den auch ich für roh und eines Christen unwürdig erachte. Sie befinden sich in der Cooper Union, einer unserer bedeutendsten pädagogischen Einrichtungen, und haben das Privileg, es ist wirklich eines, eine wissenschaftliche Entdeckung, eine bahnbrechende Erfindung Thomas Alva Edisons zu sehen, der ein ebenso aufrechter Christ ist wie nur einer von uns.»

Doch es half nichts. Also fügte sich Benton in das Unvermeidliche und ließ die aufgebrachten Damen ohne weitere rhetorische Bemühungen ziehen. Denen, die blieben, und das war die Mehrheit, erklärte er mit deutlich gedämpfter Begeisterung, man habe über dreitausend Meter Rohfilm in Form von Filmband belichtet. «Aber Sie können sich denken, daß es Stunden dauern würde, das gesamte Material anzusehen, und ich zweifle, daß selbst diejenigen unter ihnen, die ausschließlich aus Liebe zur Wissenschaft ausharren, etwas so Blutrünstiges und Brutales vollständig anzusehen bereit wären. Wir werden zwei Rollen zeigen, das sind knapp fünfhundert Meter, und die Vorführung wird etwa zwanzig Minuten dauern. Anschließend besteht Gelegenheit zur Diskussion. Jetzt werde ich die Lichter im Saal löschen, denn es muß dunkel sein, damit der Projektor die Bilder auf die Leinwand werfen kann.»

Dann löschte Benton die Beleuchtung im Saal, und in den wenigen Augenblicken Dunkelheit wurde nervös gekichert und geflüstert – doch als es auf der Leinwand hell wurde, trat mit einem Schlag verblüffte Stille ein. Man erkannte zwei Männer im Boxring, die mit blutverschmierten Gesichtern erbarmungslos und wild aufeinander eindroschen. Die völlige Lebensechtheit des Gezeigten riß Max mit sich. Hier wurde nicht mit Tricks oder Illusionen gearbeitet – man sah Szene für Szene den berühmten Kampf zwischen Fitzsimmons und Corbett, bei dem der als «Stier von Neuseeland» apostrophierte Bob Fitzsimmons, seines Zeichens Grobschmied, durch k. o. Amerikas behenden Publikumsliebling «Gentleman Jim» besiegt hatte, der in keiner Weise dem Bild entsprach, das man sich gemeinhin von einem Berufsboxer machte – nicht etwa mit einem sauberen Kinnhaken, wie in Amerika üblich, sondern mit einem typisch britischen heimtückisch gewischten Schlag auf den Solarplexus, als der gut aussehende anständige Gentleman Jim nicht mehr in der Lage war, sich gegen den wüst auf ihn einhämmernden Neuseeländer zur Wehr zu setzen. Max hatte seinerzeit Geld auf den Kampf gesetzt und es verloren, hatte seither wohl hundertmal mit anderen darüber gesprochen und dabei nie auch nur die Spur einer Vorstellung davon gehabt, wo Carson City in Nevada liegen könnte. Und jetzt sah er, Wunder aller Wunder, die beiden Schwergewichtler vor seinen Augen aufeinander losgehen. Die hinreißende, unvorstellbare und unglaubliche Unmöglichkeit des Ganzen schlug ihn in ihren Bann, wie nie zuvor etwas ihn gefesselt hatte, und seine Augen sogen sich förmlich an der Leinwand fest.

Er hörte nichts von den Protestrufen aus dem Kreis der Lehrerschaft und sagte später zu Sally: «Ein selten dämlicher Verein! Da sehen sie ein Wunder und schreien, es soll aufhören.»

Und das wollten sie tatsächlich. Ihnen war es völlig gleichgültig, daß sie Zeugen von etwas wurden, was nur wenigen Menschen vor ihnen zu sehen vergönnt gewesen war, und noch weniger wußten sie es zu schätzen, daß sie hier eine Gelegenheit hatten, den wohl leichtfüßigsten, schnellsten und geschicktesten Boxer zu sehen, der je seinen Fuß in einen Ring gesetzt hatte. Nichts davon zählte angesichts ihres Entsetzens vor diesem grausamen Sport, der aus England herübergekommen und noch fast überall in den Vereinigten Staaten verboten war. «Aufhören! Aufhören!» hörte man rufen, und andere Stimmen sagten: «Wie abscheulich!» und «Wie die Tiere! Wie können sie nur?»

Benton hätte es sich denken müssen. Nicht einmal in Hoboken und den westlichen Bezirken von New York, wo man verbotene Boxkämpfe arrangieren konnte, hatte jemand im Traum daran gedacht, eine Frau zum Zuschauen mitzunehmen. Eine hochgewachsene dürre Dame erinnerte Benton mit lauter Stimme an das Unziemliche seines Tuns, stand auf und erklärte unumwunden: «Das dürfte genügen, Mr. Benton.»

«Aber, meine Dame», legte sich Benton ins Mittel. «Uns geht es doch hier um das Verfahren und nicht um den Boxkampf.»

«Sie zeigen uns aber einen Boxkampf, Mr. Benton, und wenn Ihr gepriesener wissenschaftlicher Fortschritt für dergleichen herhalten soll, erscheint mir das beklagenswert!»

Da immer mehr Leute durch die Stuhlreihen zum Ausgang drängten, fügte sich Benton dieser Entscheidung und schaltete das Licht ein. Die Vorführer hörten auf zu kurbeln, und bis auf wenige Getreue, die sich um Mr. Benton scharten, verließen alle Anwesenden den Saal oder standen in heftig aufeinander einredenden und gestikulierenden Gruppen beieinander. Max saß bewegungslos und stocksteif da. Er merkte nicht, daß Leute sich an ihm vorbeidrängten und hörte auch nicht Sallys geflüsterte Aufforderung, er möge aufstehen und die Leute vorbeilassen.

«Max –»

Jetzt stand er auf und sah, daß sich Mr. Benton mit Verve gegen einige heftig auf ihn Einredende zur Wehr setzte. Ohne das Wort an Sally zu richten, ging Max nach hinten, wo die beiden Männer den Film zurückspulten. Er sah ihnen zu, und einer der beiden Vorführer sprach ihn an, wohl weil er einer der wenigen Männer im Saal war. «Was für seltsame Heilige sind das eigentlich – Temperenzler oder so was?»

«Pauker.»

«Ach so, hätte man sich denken können.»

Max trat näher an den Projektor heran. «Darf ich mir den mal ansehen?»

«Nur zu, junger Mann.»

Der andere sagte zu Max: «Beeilung, wir müssen zusammenpakken.»

Sally sah von einer der Schmalseiten des Raums aus zu, wie Max den Projektor umschlich – wie ein Raubtier seine Beute, dachte sie. Unvermittelt wandte er sich an die beiden Vorführer und erkundigte sich: «Wie funktioniert das? Wie kriegt ihr das laufende Bild da an die Wand?»

«Junger Mann, es funktioniert. Man zahlt Eintritt und sieht es sich an. Wir sind Techniker, keine Lehrer.»

«Wir müssen zusammenpacken», wiederholte der andere.

Max zählte fünf Dollarscheine ab. «Fünf Piepen», sagte er knurrend. «Das müßte Ihnen doch zehn Minuten wert sein. Sie brauchen sich für mich kein Bein auszureißen. Mir genügt, wenn Sie mir zeigen, wie das verdammte Ding funktioniert.»

«Nicht so hastig, junger Mann.»

«Und nennen Sie mich nicht junger Mann!»

Der Raum war jetzt leer bis auf Mr. Benton, zwei junge Lehrerinnen, die sich offensichtlich für dessen Interesse an der Wissenschaft einsetzten, sowie Sally, Max und die Vorführer. Benton und die beiden Lehrerinnen traten zu Sally, einer der beiden Vorführer nahm die fünf Dollar und sagte: «Ich wußte gar nicht, daß wir heute abend noch so hohen Besuch bekommen. Gut, mein Junge, du hast bezahlt und du kriegst, was du haben willst. Das Ding hier heißt Filmprojektor, und Mr. Edisons Firma draußen in New Jersey hat es zusammengebaut. Hier drin ist eine Linse, wir nennen sie Objektiv. Jetzt sieh dir mal die Bilder auf dem Zelluloidstreifen an. Man sollte denken, es wären Negative – ich meine, wenn man etwas von

Fotografie versteht. Das ist aber nicht so: es sind Positive. Jetzt mal das Rad hier, da fassen die Zähne in die Perforation im Filmstreifen. Das Zahnrad wird von dieser Kurbel angetrieben. Aufgepaßt! Ich drehe die Kurbel, und dabei fährt dieser Verschluß hin und her. Ohne ihn sähe man alles ganz undeutlich und verschwommen. Er trennt die Bilder voneinander, und so trifft jedes einzeln auf das Auge des Zuschauers. Vielleicht warst du schon mal in so 'nem Amüsierbetrieb mit Kinetoskopen, wo die Puppen sich ausziehen. Schon mal gesehen?»

Max nickte.

«Gut. Man kann ein primitives Kinetoskop machen, statt des raffinierten hier, das Edison erfunden hat, indem man einfach eine Reihe von Bildern zu einem Handlungsablauf zusammensetzt und sie eines nach dem anderen herunterblättert. Beleuchte das Ganze, und es sieht aus, als ob es sich bewegte. Das ist kein so großer Unterschied. Den Boxkampf hat man mit einer neuartigen Kamera aufgenommen. Sie arbeitet nicht mit einer Glasplatte oder einem Planfilm, die bei Drücken des Verschlusses belichtet werden, sondern mit demselben Material, das du hier auf dem Projektor siehst: einem Filmband aus Zelluloid, das auf eine Spule gewickelt ist. Der Verschluß öffnet und schließt sich in einem bestimmten zeitlichen Verhältnis zum vorbeilaufenden Film, und so bekommt man eine fortlaufende Reihe von Bildern. In je kürzeren Abständen der Verschluß betätigt wird, desto mehr Bilder hat man – immer in Abhängigkeit von der Umdrehungsgeschwindigkeit der Kurbel.»

«Es ist aber nicht so einfach, wie es klingt», mischte sich der andere Vorführer ein. «Beispielsweise können wir den Projektor hier keinesfalls eine ganze Stunde lang betreiben, das wäre zu lang. Realistisch sind etwa zwanzig Minuten, dann wird er zu heiß, weil er ein sehr helles Licht braucht, um das Bild klar auf die Leinwand zu werfen, und weil die Frage der Wärmeabfuhr noch nicht richtig gelöst ist. Die helle Lampe hat Mr. Edison entwickelt, das ist kein Problem, aber wohin mit der Wärme? Dieser kleine Ventilator ist schon ganz nützlich, trotzdem wird der Projektor noch höllisch heiß.»

«Ganz davon zu schweigen», fügte der erste hinzu, «daß man die Kurbel ununterbrochen drehen muß, und zwar mit derselben Geschwindigkeit, mit der der Film aufgenommen wurde. Man kann nur hoffen, daß der Aufnehmende sich an die vorgegebene Geschwindigkeit hält. Es ist aber verdammt schwer, sie genau einzuhalten, und deshalb rucken die Bilder so.» Er wies auf die kleinen Perforationslöcher zu beiden Seiten des Filmstreifens. «Auch die machen uns Schwierigkeiten, weil wir immer noch keine Möglichkeit haben, sie mit völlig gleichen Abständen herzustellen. Wir arbeiten aber an einer Lösung.»

«Sie arbeiten also für Mr. Edison?» erkundigte sich Max.

«So ist es.»

«Macht er die Filme selbst?»

«Nein, aber er kümmert sich drum. Er läßt das Material nach seinen genauen Angaben herstellen. Ohne Kamera wäre das alles wertlos, und man braucht eine ganz spezielle Kamera. Davon gibt es wohl höchstens ein halbes Dutzend. Na, wie gefällt dir das, mein Junge? War es fünf Dollar wert?»

«War es fünf Dollar wert?» wollte auch Sally wissen, als sie auf der Straße standen.

«Das kannst du wohl sagen, Mädchen.»

«Aber warum nur? Zwar bin ich der Ansicht, daß es außergewöhnlich ist, aber ich muß sagen, ich kann auch leben, ohne daß ich sehe, wie sich zwei Männer gegenseitig die Köpfe einschlagen.»

«Ach was, damit hat das doch nichts zu tun. Der Boxkampf ist nicht so wichtig. Es geht um die Kamera und den Projektor. Die sind der Anfang von etwas völlig Neuem, siehst du das nicht?»

«Das ist nur ein Trick, Max. Die Laterna magica hatten wir schon immer. Das ist nichts anderes als eine Laterna magica, bei der sich die Bilder bewegen.»

«Ja, nichts anderes.»

«Was ist mit dir?» wollte sie wissen, als er sich ostwärts wandte. «Du gehst in die falsche Richtung.»

«Ach ja?»

«Max, wo hast du deine Gedanken?»

«Ich weiß nicht –»

«Du bist verrückt», sagte Bert zu Max. «Nun hast du schon Grips im Kopf und benutzt ihn nicht.»

«Es geht um meine Schwester.»

«Gut und schön, aber sie ist doch nicht die Königin von England. Da ist doch nichts dabei, wenn ein Weib sich einen reinschieben läßt. Was hast du davon, wenn du ihn verprügelst?»

«Sonst merkt er es sich nicht. Ich hab keine andre Wahl.»

«Manchmal», sagte Bert, «kannst du richtig widerlich und gemein sein.»

«Genauso fühl ich mich auch.»

«Soll er sie doch heiraten.»

«Das hat mir noch gefehlt. Mir liegen schon sechs auf der Tasche. Noch einen kann ich nicht brauchen. Außerdem sagt sie, eher würde sie sich umbringen.»

Der Junge hieß Joe Greenthal, erfuhr Max von seiner Schwester, als er ihr drohte, sie ihrem Schicksal zu überlassen, wenn sie den Namen verschweige oder versuche, den Jungen sonstwie aus der Sache herauszuhalten. Max fragte im Süßwarenladen in der Pike Street nach Joe Greenthal. Er war kein ausgesprochen mitleidiger Mensch, doch tat ihm der etwas schwammige Junge mit dem Vollmondgesicht und den sanften braunen Kuhaugen fast leid, als er jetzt vor ihm stand. Vielleicht hätte er ihn zufrieden gelassen, wenn er sich nicht Bert gegenüber genau festgelegt hätte. Was er gesagt hatte, konnte er nicht anders sagen: das komplexe Geflecht aus Stolz, Familienehre, seiner eigenen Männlichkeit, seine Empfindungen angesichts der Dummheit und Stumpfheit seiner Angehörigen, denen nur er in etwa einen Stempel von Wert und Bedeutung aufzudrücken vermochte, all das vermochte er nicht in Worte zu fassen.

Es trieb ihn zu Taten, die nicht unbedingt seinem Wesen entsprachen. Im tiefsten Innern trug er eine Abneigung gegen diese Gewalttätigkeit, die fast ererbt war, zumindest aber in seinen kulturellen und familiären Bindungen wurzelte, dennoch erklärte er Joe Greenthal, er müsse unter vier Augen mit ihm über Freida sprechen, und ging mit ihm ein Stück in Richtung auf den East River. Es war deutlich zu sehen, daß der Junge Angst hatte. «Glaub mir», winselte er, «ich wußte nicht, daß das passieren würde. Ich hab es nicht bös gemeint, ich mag Freida.»

«Und weil du sie magst, mußtest du ihr ein Kind machen?»

«Ich konnte doch nicht wissen, daß so etwas passieren würde, ich schwöre es.»

«Ach, du meinst wohl, der Storch bringt die Kinder? Dann wird es höchste Zeit, daß ich dir das mal verklickere. Das machen nämlich so rotznäsige Schleimscheißer wie du und nicht der Storch.» Mit diesen Worten stieß Max ihm eine Faust in den Unterleib, und als sich der Junge krümmte, zog er das Knie hoch, so daß Joe vor Schmerz aufbrüllend rückwärts taumelte. Während er sich wimmernd auf dem Gehweg wand, brüllte Max ihn an: «Wenn du verdammter Saukerl nicht deine dreckigen Pfoten von meiner Schwester läßt, brech ich dir sämtliche Gräten.»

Am folgenden Tag fauchte Freida ihn an: «Du Widerling, hast dem armen Joe zwei Zähne ausgeschlagen. Ich verabscheue dich.»

«Ich kann's nicht ändern. Der mußte das lernen, und das hat er. Du lernst es auch noch.»

In Wirklichkeit ekelte es Max vor sich selbst, eine für ihn neue Empfindung. Immer wieder mußte er an die Kuhaugen des Jungen denken. Einige Tage später sagte er besänftigend zu Freida: «Ich habe ihm nicht weh tun wollen, ich wollte ihm nur was lernen.»

«Wie reizend!» rief Freida aus. «Seit du mit deiner hochnäsigen Zimtzicke von Lehrerin rumziehst, kommst du dir vor wie Graf Koks von der Gasanstalt – lern lieber erst mal richtig sprechen. Von wegen ‹Ich wollte ihm was lernen!› ‹Ich wollte ihm was beibringen› heißt das. Ach, was ist mein großer Bruder doch so klug! Erzähl mal deiner Lehrerin, wie du einen armen Jungen fertiggemacht hast, weil er deine Schwester mag!»

Max war zutiefst beeindruckt. Nie hätte er für möglich gehalten, daß Freida den Mut aufbringen könnte, sich gegen ihn aufzulehnen.

Freidas Zorn wandelte sich in Selbstmitleid, und sie begann zu weinen. «O Max», jammerte sie, «was soll ich nur tun? Was soll aus mir werden? Mir bleibt gar nichts übrig als mich umzubringen.»

«Laß den Blödsinn», sagte Max.

«Du hast gut reden! Was soll ich denn machen?»

«Ich kümmer mich schon drum.»

«Was heißt, du kümmerst dich drum? Du meinst wohl, du kannst alles? Du willst die ganze Welt herumkommandieren, du bist so verdammt selbstsicher und eingebildet.»

«Ich hab gesagt, ich kümmer mich drum, und dabei bleibt's.»

Als Max an jenem Abend vor seinem Garderobenspiegel saß und in sein schmales Raubvogelgesicht sah, quoll in ihm eine Welle des Selbstekels empor. Er galt allem, was Max tat, um für den Unterhalt seiner Angehörigen zu sorgen: daß er hier mit Schminke sein Gesicht bearbeitete, in der albernen karierten Sackhose gemeinsam mit Bert immer die gleiche Szene zu spielen hatte, sobald der Vorhang hochging. Einmal hatte ihm Sally, die sich unablässig bemühte, seine ungeschliffenen Kanten zu glätten, Gedichte vorgelesen in der Hoffnung, er könne Gefallen daran finden. Eines davon war eine lange Ballade über einen alten Seemann, dem man statt eines Kreuzes einen Albatros um den Hals hängte. Max' Angehörige waren sein Albatros.

«Du weißt doch, was Lösegeld ist?» wandte er sich an Bert, der gerade mit Lippenstift den Umriß seines Mundes vergrößerte.

«Du meinst, so für Entführungen?»

«Genau. 'ne Million Dollar Lösegeld wäre das Richtige.»

«Wieso? Hat jemand Rockefeller entführt?»

«Nein, mich. Mich kotzt das Ganze hier an. Es kotzt mich an, daß mir jeder sein *peckl* aufládt.»

«Was ist das?»

«Jiddisch für ‹eine schwere Last›.»

«Deine Schwester hat dich ja richtig rangekriegt, was?»

«Ach was, das hat mit der dummen Göre nichts zu tun. Ich hab jemanden gefunden, der das in Ordnung bringt, aber es kostet mich 50 Piepen.»

«Wie bist du denn da rangekommen?»

«Durch Suzie. Das muß man den Nutten lassen, wenn es dir drekkig geht, helfen sie dir. Auf die kann man sich verlassen. Aber 50 Piepen in den Schornstein schreiben – das tut weh.»

«Bist du pleite?»

«Nee, das nich.»

«Warum heulst du dann deinem Geld hinterher? Läppische 50 Mäuse sind doch kein Weltuntergang. Wenn du was brauchst –»

«Ja, ich brauch Geld, aber nich für Freida. Das krieg ich schon hin, Kleinigkeit. Aber grade jetzt brauch ich so dringend Geld wie noch nie, und woher nehmen? 200 Dollar hab ich auf der hohen Kante, und ich weiß selbst nich, wie ich das geschafft hab, wo immer alle nach Futter schrein. Na schön, ich hab's getan, und es hat eben nicht genügt, was soll's?»

«Wofür hat es nicht genügt?»

Max wandte sich zu Bert um und maß ihn mit den Blicken, als sähe er ihn zum erstenmal. «Du bist doch nich mal verheiratet, was machst du überhaupt mit deinem ganzen Moos?»

«Ich geb's aus.»

«Erzähl mir nichts. Du hältst es genauso zusammen wie ich. Wieviel hast du zurückgelegt, Bert?»

«Wozu willst du das wissen?»

«Ich hätt da 'ne Idee. Schon seit ein paar Wochen überleg ich hin und her – wenn die Sache klappt, können wir Millionäre werden.» Er stieß mit einem Finger nach Bert. «Tu dich mit mir zusammen. In diesem beschissenen Laden hier gehst du doch auf die Dauer ein. Das ist nichts für unsereinen.»

«Wieso soll es nichts für uns sein?»

«Der ganze Zinnober, den wir hier jeden Abend veranstalten, Stück Besenstiel in die Hose geschoben, damit die Leute lachen, billige Zoten und dreckige Witze, der ganze Klamauk – das steht mir alles bis hier! Wenn ich 1000 Dollar zusammenkriege, brauchen wir nie wieder dran zu denken, daß wir mal in 'nem Varieté gearbeitet haben.»

«Max, du brauchst 50 Dollar für deine Schwester, und die hast du. Laß mich bloß zufrieden mit Sprüchen über schnell reich werden. Ich komm von der Straße wie du. Dir gefällt nicht, was wir tun – aber der Mist hier ist besser als Arbeit in einem Ausbeuterbetrieb oder als Bürobote. Ich fühl mich wohl.»

«Du fühlst dich wohl?»

«O ja.»

«Dann fühl dich weiter wohl», sagte Max mit Leichenbittermiene. «Aber eines laß dir sagen, und merk's dir gut. Du hast nicht die Bohne Mumm in den Knochen – ich sag's dir in aller Freundschaft, weil wir alte Kumpel sind – nicht die Spur von Mumm. Bei so was wie dem Kram mach ich nicht mehr mit. Aber weißt du, was du tun könntest?»

«Na?» erkundigte sich Bert gelassen.

«Du könntest für mich arbeiten.»

«Wenn du gut zahlst», war Berts Antwort darauf.

Wie immer, wenn er in Schwierigkeiten war, hatte sich Max an seine alte Freundin Suzie Brinkerhoff gewandt, Strich-Suzie, wie die Kinder hinter ihr herriefen. Als er fünfzehn war, hatte sie ihn in die Welt der Männer eingeführt. Weil sie Max liebte – soweit sie dazu in der Lage war, und vielleicht hatte es auch damit zu tun, daß er eher wie ein Junge als wie ein Mann wirkte –, teilte sie ihm mit: «Halt dich von den Huren weg, sonst dreh ich dir den Hals rum. Wenn du dir die Syph holst, bist du verratzt und dein ganzes Leben ist im Eimer. So was ist nämlich unheilbar, und wer was anderes behauptet, bindet dir 'nen Bären auf. In jedem Puff hier kannst du dir so was einfangen, und glaub ja nicht an Ausnahmen.» Sie gab ihm ein Präservativ und erläuterte: «Nur damit kannst du sauber bleiben. Mit allem anderen fängst du dir was, das wirst du nie wieder los, und zum Schluß landest du in der Klapsmühle.»

«Aber du bist doch sauber?» erkundigte sich Max.

«Denkste, Herzchen. Ich könnt es sein, aber ich tauge nichts und hab mein Leben versaut. Die Brinkerhoffs sind genauso gut wie die Kuhns, die Lehmans und die Straußens oder wie die feinen Juden in den besseren Vierteln auch heißen. Ich hätte mein ganzes Leben lang in Samt und Seide rumlaufen, bei Delmonico essen, mit einer Kutsche die Fifth Avenue rauf- und runterfahren können, aber ich mußte mir unbedingt alles versauen und auf'n Strich gehen. Aber trotzdem werde ich 'nen netten Jungen wie dich nicht reinlegen. Ich geb dir nur ein bißchen Liebe, weil du nett bist und weil ich dich mag.»

Was sie sagte, stimmte. Schon oft hatte Max von anderen Dirnen gehört, Suzie sei die Tochter eines jener Fabelwesen, als die die reichen deutschen Juden in New York galten, die zwei oder drei Generationen bevor die ostjüdischen Einwanderer Amerika überfluteten, ins Land gekommen waren und Reichtum und Einfluß gewonnen hatten. Ihnen gehörten Großbanken und Industriebetriebe, und sie residierten in prunkvollen Palästen an der Fifth Avenue und der Madison Avenue. Max wußte nicht, wie aus Suzie eine Gettohure geworden war, und den Mut, sie danach zu fragen, brachte er nicht auf. Inzwischen war er kein fünfzehnjähriger Junge mehr, und Suzie war eine aufgeschwemmte, alternde Prostituierte von Mitte Vierzig, die vor Mitempfinden überquoll.

«Ich hätte ihr den Arsch grün und blau schlagen sollen», sagte Max.

«Wozu, du dämlicher Kerl?» fragte Suzie mit plötzlichem Zorn. «Bloß weil du ein Kerl bist, der 'nen Pimmel hat und nichts kann als vögeln? Stell dir vor, du wärst ein Mädchen. Hast du sie schon mal gefragt, wie sie sich fühlt, was sie braucht, wie ihr in dem Stinkloch in der Henry Street zumute ist?» Sie schüttelte hilflos den Kopf. «Was weißt du schon! Was wißt ihr Männer schon! Ich hab noch nie einen kennengelernt, der mehr war als ein riesiger steifer Schwanz und sonst nichts. Aber ich helf dir. Ich sag Mrs. Kaner Bescheid.»

«Wer ist das?»

«Im alten Europa war sie Hebamme, und jetzt kümmert sie sich um Mädchen wie deine Schwester. Es kostet aber.»

«Wieviel?»

«50 Dollar.»

Das schmerzte, und er machte seiner Schwester gegenüber kein Hehl daraus. «Hör zu», sagte er, «mein ganzes Leben lang hab ich mich abgestrampelt, um euch verdammte Fresser durchzufüttern und vielleicht ein paar Dollar zur Seite zu legen. Es hat ein ganzes Jahr gedauert, bis ich 50 zusammen hatte.»

«Es tut mir ja so leid», jammerte Freida. «Es tut mir so leid, und ich hab solche Angst. Was machen die mit mir, Max? Schneiden die mich auf?»

«Halt bloß die Luft an! Es ist nur Mrs. Kaner. Sie war mal Hebamme. Die versteht was von ihrem Geschäft, laß also das Geheule. Schließlich bist du selbst schuld.»

«Ich glaub, *mame* weiß es», jammerte Freida weiter.

«Nichts weiß sie. Stell um Gottes willen das Gejammer ab!»

Mrs. Kaner wohnte in der Orchard Street, und auf ihrem Weg dorthin mußten Max und Freida durch ein Gewirr von Flachwagen, kreischenden Kindern, Wagenpferden, die von fluchenden Kutschern angetrieben wurden, Abfällen, Passanten, Hunden und Katzen. Als sie das Haut betraten, folgten ihnen viele Blicke – offensichtlich war Mrs. Kaners Gewerbe kein Geheimnis. Max führte seine zitternde Schwester durch einen Gang, der noch mehr nach Urin stank als der vor ihrer eigenen Wohnung, zu einer nach hinten hinaus liegenden Erdgeschoßwohnung. Auf Max' Klopfen öffnete sich die Tür einen Spalt weit, und eine Frau, deren Stimme deutlich die europäische Herkunft verriet, erkundigte sich, wer da sei.

«Max Britsky. Suzie Brinkerhoff schickt mich.»

Die Tür öffnete sich etwas weiter, und zwei mißtrauische blaue Augen in einem rundlichen Gesicht musterten die Besucher. «Ist das Ihre Schwester?»

«Ja.»

«Hat Suzie Ihnen gesagt, daß es 50 Dollar kostet?»

«Hat sie.»

«Haben Sie das Geld da?»

Als Max nickte, öffnete Mrs. Kaner die Tür ganz, ließ die Geschwister eintreten und schloß die Tür sogleich wieder. Die Küche, in dieser Art Wohnung stets der erste Raum, in den man kam, wirkte vergleichsweise sauber.

«Erst das Geld», forderte Mrs. Kaner.

Max nahm seine Brieftasche heraus und zählte zehn Fünf-Dollar-Scheine vor Mrs. Kaner hin. Sie zählte nach, faltete die Scheine, hob ihren Rock, so daß man ein dürres Bein in einem schwarzen Strumpf sah und schob das Geld unter den Rand des Strumpfes, den ein etwas unmotiviert wirkendes rosa Strumpfband hielt. Dann tätschelte sie beruhigend Freidas Schulter.

«Nicht weinen», sagte sie, «alles wird wieder gut. Ich hab das bestimmt schon fünfhundertmal gemacht, und noch nie ist eine dran gestorben.»

Diese Behauptung war höchstwahrscheinlich unwahr, Freida jedenfalls kostete der Eingriff fast das Leben. Sie bekam eine Sepsis und lag drei Wochen lang mit hohem Fieber in der heißen, luftlosen Wohnung in der Henry Street im Bett. Max machte sich Vorwürfe. «Werd nur wieder gesund, Freida», sagte er, «ich mach das wieder gut, ich schwör's dir.»

«Schon gut, Maxie», flüsterte sie. «Du kannst ja nichts dazu, du wolltest mir helfen. Und ich wäre wirklich lieber gestorben, als daß ich den blöden Sack geheiratet hätte.»

Doch sie starb nicht, und noch nach Jahren erinnerte sie sich mit einer Mischung aus Bitterkeit, Wut und Dankbarkeit an diesen Abschnitt ihres Lebens. Die Mutter, die Max ihr ganzes Leben lang immer neue Rätsel aufgab, zeigte sich in jener Zeit von einer ihm gänzlich unbekannten Seite. Wohl nahm er es als gegeben hin, daß Sarah ihm vorwarf, die Schuld an Freidas Zustand zu tragen – obwohl sie nie genau erfuhr, was eigentlich vorgefallen war –, doch verblüffte ihn die hingebungsvolle Fürsorge, mit der sie Freida während ihrer Bettlägerigkeit pflegte.

Max hätte nicht zu sagen vermocht, ob Sarah die wahren Zusammenhänge erriet. Falls sie einen Verdacht in dieser Richtung hatte, äußerte sie ihn nicht, und die drei Wochen hindurch, die Freida im Bett lag, umhegte ihre Mutter sie geduldig und aufopfernd. Bei aller Armut der Familie Britsky waren die Kinder, von seinerzeit üblichen und nicht vermeidbaren Kinderkrankheiten wie Windpocken, Masern und Mumps abgesehen, stets kerngesund gewesen, und so war Freidas Ringen mit dem Tod etwas gänzlich Neues. Doch meisterte Sarah diese Situation ohne Hysterie. Stunde um Stunde saß sie am Bett ihrer Tochter, wusch ihr Arme und Beine mit kaltem Wasser ab, damit sie in der Hitze des winzigen Raums etwas Abkühlung hatte, machte ihr immer wieder kalte Umschläge, kochte Brei, fütterte sie und legte ein Maß an Zärtlichkeit und Mitempfinden an den Tag, wie Max das nie zuvor bei ihr gesehen hatte. Zwar glich sie das durch eine immer ausgeprägtere Bitterkeit gegenüber Max aus, doch erkannte er in seiner Mutter einen ihm bisher völlig unbekannten Menschen, was zwar zu seiner Verwirrung beitrug, ihm das Verstehen aber nicht erleichterte.

VIER

1899

Max mit zwanzig Jahren

Was Geschichte und Kultur betrifft, so gibt es zwei einander entgegengesetzte Lehrmeinungen: Während die eine die Ansicht vertritt, einzelne beeinflußten Ereignisse, leugnet die andere das strikt und erklärt, alles werde von Mächten gesteuert, denen der Mensch nicht in den Arm fallen dürfe. Ganz gewiß war Isaac Schimmelmeyer, ein frommer Jude, keine solche Macht, und möglicherweise nicht einmal ein einzelner im hier gemeinten Sinn, denn seine Gedanken hatten keinen besonderen Tiefgang, und seine Vorstellungskraft war begrenzt. Dennoch spielte er bei der Entstehung dessen, was man die Kultur des 20. Jahrhunderts nennt, eine eigentümliche und nicht gänzlich unbedeutende Rolle, auch wenn sie völlig im dunkeln liegt. Nie hatte er sich bewußt gemacht, daß er mit seinen sechzig Jahren an der Schwelle zum 20. Jahrhundert stand, er wußte weder etwas von der Haager Friedenskonferenz, die ein Jahrhundert ohne Kriege bewirken wollte, noch von den philippinischen Guerilleros, die in jenem Jahr 1899 den Kampf gegen die amerikanischen Eindringlinge aufnahmen. Daß die Buren in Südafrika den Briten erbitterten Widerstand leisteten und die gegen sie entsandten Truppen aufrieben, war ihm ebensowenig bekannt wie die Gründung der antiimperialistischen Liga in seiner Vaterstadt New York, hinter der Vertreter aller politischen Parteien standen, weil man nicht wollte, daß die amerikanische Nation noch einmal an anderen Völkern schuldig wurde.

Doch eines war Isaac Schimmelmeyer so schmerzlich bewußt, daß es ihn fast lähmte: der Tod seiner Frau Sadie, denn sie war die Seele und treibende Kraft seines recht großen Ladens für Schneidereizubehör am West Broadway, unmittelbar südlich der Broome

Street, gewesen. Wie sich denken läßt, ist ein solcher Laden ein weites, schwer überschaubares Feld. Immerhin führte Schimmelmeyer gut und gern tausend verschiedene Artikel, darunter Knöpfe in Dutzenden von Größen, Litzen, Futterstoffe, Einlagen- und Besatzmaterial, Stoßbänder, Nähgarn, Nähnadeln, Ösen- und Hakenverschlüsse, Kopierrädchen, Scheren, Maßbänder, Schneiderkreide und so weiter und so weiter. In einer Zeit, in der die meisten Frauen die Kleidung für ihre Kinder und sich selbst mit eigener Hand nähten, war ein solcher Laden unerläßlich, und da der Computer noch nicht erfunden war, brauchte man zu seiner Führung einen Kopf, der wie ein Computer funktionierte, und eben den hatte Sadie Schimmelmeyer besessen. Da der Witwer diesem Gewirr und Dikkicht ohne jeden Überblick völlig hilflos gegenüberstand, beschloß er, das Geschäft zu verkaufen und zu seiner Tochter nach Philadelphia zu ziehen – und gerade damit leistete er seinen Beitrag dazu, daß das 20. Jahrhundert so und nicht anders wurde. Er brachte im Schaufenster ein großes Schild an, auf dem es hieß: RÄUMUNGSVERKAUF WEGEN GESCHÄFTSAUFGABE, und verkündete in kleineren Buchstaben darunter: ALLE ARTIKEL ZUM HALBEN PREIS.

Da Max jeden Tag, oft zwei- bis dreimal, an Schimmelmeyers Laden vorbeikam, konnte er das Schild kaum übersehen. Zuerst erkannte er keinen Zusammenhang, denn Schimmelmeyer hatte einen Laden und kein Theater, doch dann rückte ein weiteres Steinchen in diesem Mosaik an seinen Platz. Max hatte nach dem Tod seines Vaters einige Male in der *Beth-Sholom-Schul* für dessen Seele gebetet – nicht etwa, weil er an die Wirkung solcher Gebete geglaubt hätte, sondern einem Wunsch seiner Mutter folgend. Eine solche *schul* war eine Mischung aus Synagoge und Talmudschule und diente orthodoxen Juden schon seit undenklichen Zeiten als Gemeindezentrum. Als sich gegen Ende des 19. Jahrhunderts der große Strom von Ostjuden nach Amerika ergoß, brauchten sie als erstes, ebenso dringend wie Nahrung und Obdach, einen Ort des Gebets und der Lehre. Zwar hatten die reichen deutschen Juden aus den vornehmen Vierteln, die ein halbes Jahrhundert zuvor nach Amerika gekommen waren, große Gotteshäuser erbaut, die sie Tempel nannten, doch war einem orthodoxen Juden ein solcher Tempel ein Greuel und das Reformjudentum jener Glaubensgenossen nahezu ebenso fremd wie das Christentum.

Da sie alle gleichermaßen arm waren und ihnen das Geld für den Bau von wie auch immer gearteten gottesdienstlichen Stätten fehlte, legten sie ihre geringen Mittel zusammen und mieteten an verschiedenen Stellen der East Side Ladengeschäfte. Jedes von ihnen bekam einen passenden Namen, wurde mit selbst hergestellten Bänken und einem Pult ausgestattet und war damit ein Bethaus. Sie wußten nicht, daß Quäker und andere mehr oder weniger dasselbe schon rund zweihundert Jahre vor ihnen getan hatten. Die Erinnerung an diese Zweckentfremdung von Räumen brachte Max zusammen mit Schimmelmeyers Geschäftsaufgabeschild dazu, den Schritt zu tun, der den weiteren Lauf seines Lebens bestimmen sollte.

Der Film, der den Boxkampf Fitzsimmons gegen Corbett zeigte, hatte Max keinen Augenblick lang losgelassen, so sehr faszinierte ihn die Vorstellung, daß man bewegte Abbildungen von Menschen auf eine Leinwand projizieren konnte. Er vermochte sich nichts Packenderes vorzustellen und hatte im stillen bereits eine endlose Zahl von Dingen erwogen, die man auf die Leinwand bringen könnte.

«Siehst du denn nicht?» bestürmte er Sally, «daß es so etwas noch nie gegeben hat?»

«Max, das Kinetoskop gibt es seit Jahren.»

«Das ist aber kein Kinetoskop.»

«Max», sagte sie mit geduldiger Sanftmut, «niemand wollte dableiben und sich den gräßlichen Boxkampf ansehen. Die Hälfte der Zuschauer hat den Saal verlassen.»

«Weil es ein Boxkampf war. Außerdem waren es Lehrerinnen. Aber die Sache selbst – kribbelt es dich da nicht in den Fingern?»

«Kribbelt es *dir*», verbesserte sie. «Nein, Max, nicht übermäßig.»

Doch er ließ sich durch Sallys gleichgültige Haltung nicht irremachen. Was ihn derart begeisterte und mitriß, konnte auch andere mitreißen und begeistern. Wenn Menschen Geld dafür ausgaben, sich den geistlosen Mumpitz anzusehen, den er und Bert allabendlich im Bijou vorführten, was würden sie dann erst dafür zahlen, daß man ihnen «laufende Bilder» zeigte? Diese Vorstellung ließ Max keine Ruhe, und er überlegte und verwarf monatelang allerlei Projekte in dieser Richtung.

Er machte sich sachkundig, lernte alles, was er über Kameras und Projektoren erfahren konnte, und stellte dabei fest, daß es zwar schwierig sein würde, die von Edison verwendeten Geräte zu erwerben, aber nicht unmöglich. Französische Projektoren waren etwas einfacher zu bekommen, und ein gewisser Dickson, ein früherer Mitarbeiter Edisons, hatte sich einen eigenen Projektor patentieren lassen. Eines Sonntags fuhr Max zum erstenmal in seinem Leben mit der Hudson-Fähre hinüber nach New Jersey, ein Erlebnis, das ihn geradezu aufwühlte. Das müßte Sally sehen, dachte er, doch kaum hatte er sein Ziel West Orange und damit den Ort erreicht, an dem Edison seine laufenden Bilder herstellte, vergaß er den auf der Fähre gefaßten Entschluß, die Überfahrt gemeinsam mit Sally zu wiederholen. Einer von Edisons Mitarbeitern, ein gewisser Sam Snyder, ein Mann von 27 Jahren mit einem Mondgesicht, hatte in Max' Gegenwart einmal erwähnt, daß in Frankreich Louis Lumière, völlig auf sich allein gestellt, ein Kamera- und Projektorsystem entwickelt hatte. Mit nichts als diesem Namen, den er kaum aussprechen konnte, hatte sich Max bei den Im- und Exportfirmen in der Pearl Street erkundigt, wie man aus Frankreich etwas beschaffen oder überhaupt mit Menschen oder Unternehmen dort Verbindung aufnehmen konnte – wie hätte er das mit seiner abgebrochenen Schulbildung und ohne jede darauf folgende Ausbildung auch wissen sollen? Seltsamerweise kam von allen, mit denen er sprach, niemandem der Gedanke, daß die laufenden Bilder etwas sein könnten, wofür andere Menschen Eintritt zu zahlen gewillt waren.

In New Jersey sah sich Max einige von Edisons zwischen drei und sechs Minuten langen Streifen an. Einer zeigte eine Tänzerin, ein anderer zwei verspielte Welpen, und der dritte schließlich zwei Akrobaten und zwei Jongleure. Es kostete Max 10 Dollar, ins Studio zu gelangen und die Filme zu sehen, und nach dem Film über den Boxkampf enttäuschte ihn sehr, was er sah. Eben jener Sam Snyder ließ sich zu einem Bier einladen und erklärte Max, das Verfahren sei bereits seit drei Jahren bekannt.

«Kennen Sie das Varieté-Theater von Koster und Bial?»

«Zwar wußte ich gestern noch nicht, wo West Orange liegt», sagte Max, «aber ich freß 'nen Besen mit Putzfrau, wenn ich nicht jedes Varieté in New York kenn. Das da ist an der Thirty-fourth Street. Mit meinem Partner bin ich mal fünf Abende dort aufgetreten. Sonst arbeiten wir im Bijou.»

«Ach, Sie sind vom Varieté?» erkundigte sich Snyder interessiert.

«So ist es.»

«Nun, ich wollte sagen, daß Edison dort vor drei Jahren eine öffentliche Vorstellung mit einer großen Leinwand gemacht hat, angeblich die erste ihrer Art. Das ist aber nicht ganz richtig, denn in Deutschland haben die Brüder Skladanowsky ein paar Monate vorher schon so etwas gezeigt. Die Jungs sollen ziemlich gut sein. Edisons Vorführung war übrigens ein Reinfall. Wieso sind Sie eigentlich so scharf auf Filme?»

«Weil ich meine, daß die Leute Geld dafür zahlen würden, die laufenden Bilder zu sehen, wenn man ein Theater für so etwas aufmachte. Ich würde sagen, damit ist 'ne Menge Geld zu machen.»

«Das hab ich schon mal gehört», gab Snyder zu, «aber niemand glaubt, daß es klappt.»

«Würden Sie für mich arbeiten, falls ich es schaffe?» wollte Max wissen.

Snyder sagte mit breitem Lächeln: «Klar, wenn Sie genug zahlen. Aber ich glaube, Sie geben sich da Träumen hin, und Träume sind Schäume.»

«Das Ganze hängt am Theater», sagte Max. «Wissen Sie, was es kostet, ein Theater zu mieten? Ich glaube, wenn ich eines hätte, könnte ich den Rest hinkriegen. Nur gehen die Leute, an die ich denke, nie ins Theater», fügte er hinzu. «Sie können sich's nicht leisten, und wenn sie es könnten, würden die meisten nicht verstehen, was los ist.»

«Und deshalb sitzen Sie –»

«– in der Tinte, ich weiß», knurrte Max.

Als er eine Woche später den West Broadway entlangging, sah er das Schild, mit dem Schimmelmeyer seine Geschäftsaufgabe ankündigte. Ihm fielen seine Besuche in der *Beth Sholom-Schul* ein, wo er für die Seele seines Vaters gebetet hatte.

Gerade überlegte er, was sich aus dieser Kombination machen ließe – ein Schneidereizubehörladen, der geschlossen wird, und eine Synagoge in einem ehemaligen Laden in der Hester Street – als Joe Guttman, der Direktor des Bijou-Theaters, ihn nach seiner Meinung über die laufenden Bilder fragte. «Bert sagt mir, daß du nichts anderes mehr im Kopf hast, vielleicht bist du ein *maw*, ein Fachmann?»

«Es interessiert mich eben», sagte Max zurückhaltend.

«Ach ja? Mich auch.»

«Wollen Sie etwa aus dem Bijou ein Theater für laufende Bilder machen?» erkundigte sich Max beklommen.

«Seh ich so aus? So weit kommt's noch! Aber in den Häusern von Keith und von der Procter-Kette haben sie Projektoren aufgestellt. Sie zeigen Drei-Minuten-Filme zwischen den Nummern.»

«Ist bekannt», sagte Max angewidert. «Die haben keinen Schimmer von laufenden Bildern!»

«Aha, ich seh schon – alle anderen haben keine Ahnung, und du bist der große Experte.»

«Glauben Sie, man kann nur eine Eintrittskarte für 35 Cent verkaufen und ein Varieté mit Zuschauern füllen? Vonwegen! Ich sag Ihnen, es gibt Millionen von Leuten, die noch nie in einem Varieté waren, weil sie nie 35 Cent übrig hatten. Vielleicht hatten sie auch Angst, in so was reinzugehen, vor allem mit kleinen Kindern.»

«Ach, so ist das! Ei, so sagt mir doch, o großer Gelehrter, wieviel Eintritt sollte ich Eurer Ansicht nach verlangen?»

«Einen Nickel, 5 Cent – und drei für Kinder.»

«Soso, einen Nickel. Du bist ja nicht bei Trost, Max. Kümmer du dich um deine Nummer und überlaß mir das Finanzielle.»

Nach seinem Auftritt ging Max zu Schimmelmeyers Laden am West Broadway, blieb mindestens eine halbe Stunde lang gedankenvoll davor stehen und rechnete hin und her.

Am nächsten Morgen war er schon um sieben auf den Beinen, statt wie sonst bis halb neun oder neun zu schlafen. Als er sich an den Frühstückstisch setzte, sagte Sarah: «Nanu, wen haben wir denn da? Unser Schauspieler gibt uns die Ehre.» Allerdings war er wirklich zum erstenmal seit Wochen beim gemeinsamen Frühstück anwesend, doch war diese Bemerkung typisch für seine Mutter. Er konnte sich kaum an ein freundliches Wort von ihr erinnern, und er hatte beständig den Eindruck, daß sie ihm die Schuld am Tod seines Vaters gab, und ihm, auch wenn das unvernünftig war, das Überleben der Familie eher vorwarf als dankte.

Die vier jüngsten Geschwister beendeten ihr lärmendes Frühstück und gingen zur Schule. Freida war genesen und sah wieder so blühend aus wie zuvor, war allerdings nicht mehr so unbeschwert wie früher. Gerade als sie zu ihrer Arbeitsstelle in einer Hemdenfabrik in der Houston Street aufbrechen wollte, sagte Max, während Sarah den Tisch abräumte: «*Mame,* laß das Geschirr einen Augenblick. Ich möchte mit dir sprechen.»

«Natürlich, laß es nur. Es wäscht sich von selbst.»

«Nur ein paar Augenblicke.»

Sie sah ihn ausdruckslos an, eine Tasse und eine Untertasse in den Händen, und sagte: «Also schön.» Freida blieb an der Tür stehen und hörte, die Klinke in der Hand, neugierig zu.

«*Mame,* ich hab dir doch all die Jahre Geld gegeben ... und du hast doch sicher etwas davon gespart?»

«Und wenn?»

«Ich frag dich, *mame.*»

«Wen geht das was an? Wer wird sich um mich kümmern?»

«Laß das meine Sorge sein, *mame.* Ich kümmere mich um die ganze Familie, das hab ich doch immer schon getan. Ich brauch aber jetzt Geld, und wenn du mir ein paar hundert Dollar geben könntest –»

«Ja, bin ich denn meschugge?»

«Nur für ein paar Monate, ich zahl es dir bestimmt zurück.»

«Und dann machst du dich aus dem Staub, und wir können verhungern.»

«*Mame,* warum sollte ich das tun?»

«Du bist keine Spur besser wie die Herumtreiber, mit denen du zu tun hast, die Schauspieler und die Huren –»

«Max», sagte Freida, «ich hab 60 Dollar gespart, die kannst du haben.»

«Wieso hast du 60 Dollar?» kreischte Sarah.

«Laß gut sein», sagte Max.

«Alle haben Geheimnisse vor mir», klagte Sarah. «Ich schind mich für euch, und dann lohnt ihr es mir mit Geheimnissen und mit Geld, das ich nie zu sehen kriege.»

«Tut mir leid, *mame.* Ist schon gut», sagte Max und ging hinaus.

«Du kannst mein Geld haben, *mame*», sagte Freida. «Du warst so lieb zu mir, ich hab es sowieso nur gespart, um dir was dafür zu kaufen.»

Schimmelmeyer lud all seine Sorgen bei Max ab. «Die Lage ist es nicht», erklärte er. «Hier am West Broadway kommt jeder vorbei. Aber sehen Sie nur, wie groß das hier ist. Schneidereizubehör. Über tausend Artikel, vielleicht ein paar tausend – man müßte das mal zählen. Meine Frau, sie ruhe in Frieden, kannte sich aus: sie wußte, wo alles war und was es kostete. Wo soll ich je wieder so jemanden finden? Ich werde verrückt dabei. Heute ist der 20., und noch eine Monatsmiete will ich nicht zahlen. Wenn am Letzten nicht alles verkauft ist, geht der ganze Warenbestand an den *ganew* Meyers drüben in der Orchard Street. 500 Dollar hat er mir dafür geboten, keinen Cent mehr. Dabei ist das mindestens 5000 wert. Aber was bleibt mir übrig – soll ich mich etwa umbringen?»

«Natürlich nicht», sagte Max. «Es tut mir wirklich leid, daß es nicht besser läuft. Wem gehört eigentlich der Laden?»

«Adolf Schmidt. Ein *goj*, und er hält alle Juden für reich. Eines sag ich Ihnen, wenn einer reich ist, dann er. Wissen Sie, wie man so ein Gebäude hier nennt, eine Ladenfront mit einem bewohnten Stockwerk darüber? Einen Steuerzahler. Schmidt hat es einem alten Yankee namens Culbertson für 'nen Appel und 'n Ei abgekauft. Von wegen Steuerzahler – Schmidt zahlt ganze 300 an Steuern im Jahr und bekommt allein jeden Monat 100 Dollar Miete. Das macht im Jahr 1200 Dollar. Oben hat er drei Wohnungen, von denen er zwei für insgesamt 40 Dollar pro Monat vermietet hat, und in der dritten wohnt er. Er macht keinen Finger krumm und nimmt jeden Monat 140 Dollar ein. Meine Frau und ich haben uns dumm und dämlich geschuftet und damit 60, vielleicht 70 Dollar im Monat verdient. Lassen Sie sich von ihm ja nicht weismachen, wie schlecht es ihm geht und wie reich die Juden sind.»

Genau das aber teilte Adolf Schmidt Max mit. «Ihr Juden», sagte er, «seid alle reich. Ich bin ein armer Mann und muß schwer kämpfen. Für 1800 Dollar im Jahr können Sie den Laden haben.» Schmidt aß gerade zu Mittag. Wie seine Frau war er sehr korpulent, und er lud Max als Zeichen guten Willens oder als Investition in ein gutes Geschäft ein, mit ihnen zu essen. Allerdings schlug Max die Einladung angesichts der Speisen ab – es gab Wurst und Rotkohl – und akzeptierte statt dessen eine Flasche Bier.

«Ich weiß», sagte Schmidt, «Wurst ist nicht koscher.»

«Ihre Mietforderung auch nicht», gab Max zurück. «Von Schimmelmeyer haben Sie 100 im Monat bekommen.»

«Ich sehe, Sie haben schon mit ihm gesprochen. Über den will ich Ihnen mal was stecken: er zieht Nutzen aus einem alten Pachtvertrag von dem blöden Yankee Culbertson; dabei ist der Laden doppelt so viel wert wie er zahlt.»

«In den Pachtvertrag könnte ich ja einsteigen», sagte Max aufs Geratewohl.

«Dann hätten Sie die drei Monate lang was davon, die er noch läuft, und wir wären Feinde. Wir sollten Freunde sein.»

«1600 Dollar im Jahr», sagte Max.

«1700.»

«1600, und ich unterschreib für fünf Jahre.»

«Sieben.»

«Sechs.»

«Sieben.»

«Na schön, also sieben Jahre», stimmte Max zu. «Sie sind hart, Mr. Schmidt.»

«Das muß man sein, wenn man mit Juden Geschäfte macht, sonst ist man der Dumme. Wenn Sie einen Monat im voraus zahlen, können Sie am nächsten Ersten aufmachen. Hilda», rief er seiner Frau zu, «bring mal meinen Quittungsblock.»

Nachdem Max eine Vorauszahlung von 134 Dollar geleistet hatte, blieben ihm noch genau 61 Dollar. Schmidt zählte nach, stellte die Quittung aus und unterschrieb sie. Als Max sie zusammenfaltete und einsteckte, sondierte Schmidt: «Ich hoffe nur, Schimmelmeyer hat Sie mit seinen Waren nicht übers Ohr gehauen. Er tut so, als ob er kein Wässerlein trüben könnte, dabei ist er ein ganz geriebener alter Fuchs, das können Sie mir glauben.»

«Ich kauf sie nicht», gab Max zur Antwort.

«Sie wollen völlig neue Ware kaufen? Was paßt Ihnen denn an seiner nicht? Sie können sie billig kriegen.»

«Ich handle nicht mit Schneidereizubehör.»

«Ach so? Sagten Sie nicht –»

«Nein.»

«Und was für ein Geschäft wollen Sie in dem Laden betreiben?»

Max widerstand der Versuchung, ihm zu erklären, er wolle aus dem Laden eine Synagoge machen, und sagte lapidar: «Ein Theater für laufende Bilder.»

«Ein was?»

«Ein Theater für laufende Bilder.»

«Was ist denn das?»

«Wir zeigen laufende Bilder.»

«Davon hab ich noch nie was gehört.»

«Sie sind nicht der einzige. Wir sind die ersten auf dem Markt, Mr. Schmidt.»

«Sie müssen verrückt sein. Ein Laden ist doch kein Theater.»

«Der hier schon.»

«Hier ist Ihr Geld. Ich will mit Ihnen nichts zu tun haben.»

«Sie haben mein Geld genommen und mir eine Quittung gegeben», sagte Max mit größerer Sicherheit, als er empfand. «Das ist so gut wie ein Mietvertrag. Wenn Sie sich da rausziehen wollen, haben Sie 'nen Prozeß am Hals.»

«Reingelegt haben Sie mich», beschwerte sich Schmidt. «Ich hätte es wissen sollen: man kann mit einem Juden keine Geschäfte machen.»

«So ist das nun mal», gab Max zurück. «Vielleicht geht's beim nächstenmal besser.»

In der Lower East Side hießen unangenehme Zeitgenossen Yankees. Hatte man mit jemandem zu tun, der ganz offensichtlich weder jüdischer noch polnischer, weder ungarischer noch deutscher, weder russischer noch rumänischer Abstammung war oder irgendeiner der zahlreichen Gruppen des bunten Völkergemischs angehörte, das hier lebte, dann war er ein Yankee. Auch Mr. Hodgkins gehörte dieser Kategorie an. Er saß hinter seinem Pult in der Rivington National Bank und maß Max mit zweifelndem Blick, während er ihm mitteilte: «In der Tat gibt eine Bank Darlehen, Mr. Britsky. Mit dieser Annahme haben Sie durchaus recht. Mir scheint jedoch, daß Ihre Erfahrung mit Banken eher begrenzt ist. Vertrauenswürdige Unternehmer können Darlehen bekommen, vorausgesetzt, sie leisten Sicherheit.»

Max erkundigte sich, was Mr. Hodgkins unter «Sicherheit leisten» verstand.

Dieser konnte ein belustigtes Lächeln nicht unterdrücken und erklärte, das könnten Immobilien sein, Aktien, was auch immer, sofern ihr Wert den Betrag des von der Bank gewährten Darlehens um mindestens 30 Prozent überstiege. Die Bank würde dann diese Sicherheit bis zur vollständigen Tilgung des Darlehens einbehalten.

«Mein Gott», sagte Max, «das ist ja wie beim Pfandleiher.»

«Bitte?»

«Nun ja. Ich habe Ihnen eine Idee vorgetragen, auf die womöglich noch niemand außer mir gekommen ist, und jetzt wollen Sie Ihr Geld zurückhaben, bevor Sie mir überhaupt was gegeben haben. Wenn ich was hätte, das tausend Flöhe wert wäre, hätte ich's längst versetzt, statt Ihnen hier in den Arsch zu kriechen.»

Die Erfahrungen, die er bei drei weiteren Banken machte, waren nicht ermutigender. Er saß am Abend in Sallys Zimmer und schlug vor: «Laß uns 'n bißchen rausgehen, ich erstick hier drin. Ich hab das Gefühl, die ganze verdammte Welt drückt mir die Gurgel zu.»

«Wohin möchtest du denn, Max?»

«Egal. Nur raus aus dieser verfluchten möblierten Puppenstube.»

«Ich beklage mich nicht, es ist mein Heim.»

«Was ist schon ein Heim? Ich hab mein ganzes Leben in dem Scheißkasten in der Henry Street gewohnt, wo es von Ungeziefer wimmelt. Zu siebt haben wir uns da die Ohren vollgefurzt –»

«Max», rief sie aus, «du sollst so nicht reden! Ich will hier solche Wörter nicht hören, und wenn dir das Zimmer nicht paßt, brauchst du es nur zu verlassen und zu deinesgleichen zurückzukehren!»

Sallys unerwarteter Wutausbruch, ihr Pochen auf Unabhängigkeit, verblüffte Max. Eine Weile sah er sie wortlos an und sagte dann: «Sie haben recht, Miss Levine. Ich gehör nicht hierher. Ein Gossenlümmel wie ich paßt nun mal nicht zu 'ner Lehrerin – das wär ja noch schöner!» Mit diesen Worten stürmte er hinaus, schlug die Tür krachend hinter sich ins Schloß und ließ eine verängstigte und fassungslose Sally zurück. Es war ihre Schuld: sie hatte den Zwischenfall heraufbeschworen, und nun war Max fort. Nie hatte sie sich eingestehen mögen, daß sie ihn brauchte, doch jetzt erschauderte sie förmlich vor Angst. Wußte sie denn, ob er jemals wiederkommen würde?

Im Erdgeschoß des Mietshauses, das sie bewohnte, stand eines dieser neumodischen Geräte, die man «Telefon» nannte. Die Vermieterin, Mrs. Schwartz, hatte es ein Jahr zuvor anschließen lassen, nicht ohne sich dem Drängen und den Schmeichelreden ihrer Mieter einige Monate lang zu widersetzen. Eineinhalb Stunden nachdem Max aus ihrem Zimmer davongerannt war, klopfte Mrs. Schwartz bei Sally und beklagte sich, daß sie für dies verwünschte Telefon treppauf und treppab laufen müsse: es war ein Anruf für Sally. Sie eilte hinunter, doch nicht Max war am Apparat, sondern Bert. Er rief aus dem Bijou an und wollte wissen, wo zum Teufel Max stecke.

«Ich weiß es nicht», sagte Sally, den Tränen nahe.

«Hat es was gegeben?»

«Nein. Ja, ich glaube.»

«Haben Sie sich gestritten?»

«Ich fürchte ja.»

«So was Blödes!» brüllte Bert in die Muschel. «Max ist nicht einfach Max! Er gehört zu einer Nummer, und was soll ich jetzt tun? Etwa allein auftreten?»

«Ich habe es nicht mit Absicht getan.»

«Wo ist er?»

«Ich weiß es nicht.»

Sally warf sich auf ihr Bett und schluchzte ungehemmt. Jeden Freitag aß sie bei ihren Eltern in Brooklyn zu Abend. Als einziges Kind von Lillian und Arthur Levine war sie der bewunderte Mittelpunkt im Leben dieser beiden Menschen, die einen Kolonialwarenladen betrieben. Sie hatte ihren Eltern, nachdem sie sich einige Monate lang regelmäßig mit Max getroffen hatte, von ihm berichtet. Sie wollten mit ihrem Urteil warten, bis Sally ihnen den jungen Mann vorstellte, konnten allerdings Anspielungen nicht unterdrükken, aus denen ihre Ansicht hervorging, daß ein mittelloser Varieté-Darsteller, der mit zwölf Jahren die Schule verlassen hatte, kaum das Richtige für eine junge Dame aus einer ordentlichen Mittelschichtfamilie sein dürfte, die in Flatbush ihr eigenes Haus bewohnte, zumal diese junge Dame eine abgeschlossene Schulbildung hatte und an einer New Yorker Schule fest angestellt war. Sie äußerten sich in sehr zurückhaltender Weise, zeigten lediglich auf, was man ohnehin mit Händen greifen konnte, doch das genügte, um Sally zu dem stillen Gelöbnis zu veranlassen, sie werde der Beziehung zu Max ein Ende bereiten. Das aber tat sie nicht, zumal sich auch kein anderer um sie bewarb. Die wenigen jungen Männer aus dem Bekanntenkreis ihrer Eltern, die sich mit ihr verabreden wollten, verblaßten angesichts des Schwungs und der Begeisterungsfähigkeit von Max, so daß Sally eine Wahl nicht einmal schwerfiel.

Also traf sie sich weiterhin mit Max und war nun, bei dem Gedanken, alles sei vorbei, und sie selbst habe den letzten Keil zwischen ihn und sie getrieben, völlig zerstört. Jetzt fielen ihr Max' gute Seiten ein: seine geistige Wachheit, seine unerschütterliche Zuversicht, sein ausgeprägter Sinn dafür, was in welcher Situation zu tun war – und sie vergaß seine Unwissenheit, seine ordinäre Ausdrucksweise und natürlich auch den Ort seiner Herkunft, die schreckliche Wohnung in der Henry Street, in die sie nie einen Fuß gesetzt hatte. Noch einmal verklärte Sally ihn vor ihrem inneren Auge mit Hilfe von Versatzstücken aus ihrer Jungmädchenlektüre und schlief schließlich erschöpft ein. Sie erwachte davon, daß es klopfte. Es war fast Mitternacht, und vor der Tür stand Max.

«Die Alte unten hat mich erst reingelassen, als ich gesagt hab, ich tret ihr sonst die Tür ein.»

Sally umschlang ihn.

«Glaub bloß nich, daß ich nich mehr sauer bin», sagte Max.

«Bert hat angerufen.»

«Denk ich mir. Ich hab ihn versetzt, beide Vorstellungen platzen lassen – zum erstenmal.» Er ließ sich in einen Sessel fallen. «Es war mir egal. Ohne dich kann mich die ganze Welt am Arsch lecken.»

«Max!» So weit war er mit seinen Ausdrücken vor ihr noch nie gegangen.

«Entschuldige. Es ist mir so rausgerutscht. Schlimm genug, daß ich nicht anständig reden kann, jetzt muß ich auch noch vor dir fluchen.»

«Schon gut.»

«Wozu saus ich da oben auf der Bühne eigentlich wie ein Affe rum, erzähl dreckige Witze und führ mich auf wie ein Hampelmann? Meinst du, ich will ewig so weitermachen? Ich muß was haben. Ich kann nicht den Rest meines Lebens in dem verdammten Dreckloch in der Henry Street bleiben. Ich hab's dir noch nie erzählt, aber einmal haben Ruby und ich – wir schlafen auch jetzt noch im selben Bett – vor vielleicht sechs, sieben Jahren, das Bettzeug war ganz voll Blut von den verdammten Wanzen, die uns verrückt machten, einfach Kerosin genommen, es drübergekippt und angesteckt. Gott im Himmel, ein Wunder, daß nicht die ganze Bruchbude abgebrannt ist. Vielleicht wär's das Beste gewesen, so wie meine Mutter uns angeschrien hat – ach, was soll's?»

«Wie kannst du nur so mutlos sein?» tadelte Sally ihn, deren Lebensgeister, jetzt, da Max wieder bei ihr war, aufs neue geweckt waren.

«Wie? Wie? Das will ich dir sagen. Endlich hab ich was, eine tolle Idee, willst du wissen, was für eine? Hör nur zu, Sally! Hörst du mir überhaupt zu?»

«Selbstverständlich. Ich bin doch so froh, daß du wieder da bist. Nur ist es schon so spät.»

«Das ist egal. Wenn ich nicht mit jemand über das hier rede, werd ich verrückt. Erinnerst du dich, wie wir damals in der Cooper Union waren und die bewegten Bilder vom Kampf Fitzsimmons gegen Corbett gesehen haben? Deine Kolleginnen sind damals vor Schreck fast aus ihren Unterröcken gekippt, und ich hab mir beinah in die Hose gemacht, so aufgeregt war ich. Jetzt red ich schon wieder so. Entschuldige, soll nicht wieder vorkommen. Aber ich hab seitdem immer an die Sache denken müssen: stell dir mal vor, all die vielen Tausende von Menschen hier auf der East Side und woanders. Sie gehen nicht ins Varieté, weil die meisten meinen, daß es nicht ganz koscher ist, und außerdem ist es ihnen zu teuer. Das Theater können sie sich auch nicht leisten, und dann verstehen die meisten nicht gut Englisch, also würden sie nicht mal dann viel mitkriegen, wenn sie das Geld hätten. Aber die bewegten Bilder. Bilder! Ich könnte einen Saal mieten, von Erwachsenen einen Nickel und von Kindern 3 Cent Eintritt nehmen und dabei verdienen – ach, ein Vermögen.» Seine hellblauen Augen blitzten, vor Erregung zitterte sein hagerer Körper.

«Aber Max, wie stellst du dir das vor? Ich will dir deine Illusionen nicht rauben, aber das sind doch Träume –»

«Nein! Nein, sind es nicht! Hör doch zu! Ich hatte 195 Dollar und 60 Cent auf einem Sparkonto in der Bowery Bank. Davon hab ich 150 Dollar runtergenommen und bin zum West Broadway gegangen. Da hat ein Bursche namens Schimmelmeyer seinen Schneiderbedarfsladen zugemacht. Ich also zu seinem Vermieter, er heißt Schmidt, und hab den Laden auf sieben Jahre gemietet. Da siehst du, wie sicher ich bin. Ich hab dem Deutschen dann gleich 134 Dollar Miete für den ersten Monat gegeben, deswegen kann er aus dem Vertrag auch nicht mehr raus. Und weißt du auch, was ich da mach? Ich stell zweihundert Klappstühle in den Laden, da ist reichlich Platz. Mit Sam Snyder, der arbeitet drüben in New Jersey für 30 Dollar in der Woche bei Edison, hab ich abgesprochen, von mir bekommt er 50 Dollar, das sind 5 Prozent von meinem Gewinn. Er hält mich nicht für verrückt. Er ist Vorführer und weiß, wo wir einen Projektor für 10 Dollar die Woche mieten können. Er hat auch schon sechs verschiedene Filme mit laufenden Bildern an der Hand – auf einem sind Affen, sieht prima aus, und auf einem anderen ist ein Kerl, der von einem Scheunendach aus mit angeschnallten Flügeln fliegen will, und dann haben wir noch einen mit einem Zauberkünstler – das ist der längste, der dauert sechs Minuten. Alles zusammen haben wir zwanzig Minuten mit bewegten Bildern. Willst du mir erzählen, es gibt irgendeinen Erwachsenen, der nicht einen Nickel zahlt, um das zu sehen? Nun stell dir vor, er hat fünf kleine Kinder, dann zahlt er 15 Cent, und einen Nickel für sich selbst, für eine anständige und saubere Sache. Die Rabbis und Priester werden sich nicht drüber aufregen und sagen, es ist sündhaft und Schund, bleibt also weg, Leute. Weißt du, wieviel ich einnehme – nur in dem einen Laden am West Broadway? Frag mich mal.»

«Nun gut, Max, wieviel?»

«Ich schwör dir, das ist nicht geschätzt, ich hab das ganz genau ausgerechnet und mir auch überlegt, wie viele wohl zweimal hingehen. Wenn ich mittags um zwölf auf – und abends um elf zumach, nehm ich unter der Woche 200 Dollar ein und samstags und sonntags vielleicht sogar 400 Dollar – am Tag! Das ist nicht verrückt, das stimmt. Warum also mach ich's nicht? Weil sie mich aus jeder Bank im südlichen Manhattan rausgeschmissen haben. 1000 Dollar. Wenn du Geld leihen willst, Maxie, mein Junge, mußt du uns eine Sicherheit geben. Verstehst du was davon?»

Sally nickte.

«Ihre 9 Prozent Zinsen genügen den Blutsaugern nicht, sie wollen auch noch Sicherheit. Würde ich denn hingehen, wenn ich Sicherheit hätte? Ach, was soll's?» Hoffnungslos schüttelte er den Kopf.

«Gibst du etwa auf?»

«Was bleibt mir anderes übrig, Sally? Ich hab's versucht. Ich möchte dich heiraten.»

«Du hast mir noch keinen Antrag gemacht. Wie kommst du auf den Gedanken, daß ich dich heiraten würde?»

«Wieso, würdest du nicht? Du bist die einzige, die ich heiraten will.»

«Max, Max, du bist erst zwanzig Jahre alt.»

Er sprang auf die Beine und fuchtelte mit den Armen in der Luft herum. «Zum Teufel damit! Und wennschon! Soll ich mich in einen Schrank einsperren und warten, bis ich fünfzig bin? Ich war nie ein Kind. Ich war mit zwölf schon zwanzig.» Plötzlich sanken ihm die Arme herab, und er richtete den Blick hoffnungslos auf Sally. Er wirkte wie ein kleiner Junge, der gleich in Tränen ausbrechen wird.

«Max», sagte sie zärtlich.

«Ja?»

«Max, ich habe vom ersten Gehalt an gespart und besitze nahezu 1400 Dollar, wenn ich die 300 mitrechne, die Tante Lucy mir einmal geschenkt hat. Es ist mein Geld, ich kann damit tun, was mir beliebt. Wenn du 1000 Dollar brauchst und so fest an die laufenden Bilder glaubst, kann ich sie dir leihen.»

«Was?» fragte Max mit törichtem Gesichtsausdruck.

«Du hast richtig gehört. Ich kann dir 1000 Dollar leihen.»

«Du hast mir noch nie gesagt, daß du so viel Geld hast», beschwerte er sich.

«Du hast mich nicht danach gefragt.»

«Und du glaubst, ich nehm dein Geld? Ich bin doch kein Zuhälter.»

«Max, natürlich nicht. Ich würde nie so etwas Abscheuliches von dir denken. Als du heute abend davongerannt bist, war ich so unglücklich, daß ich am liebsten gestorben wäre.»

«Heißt das, du hast mich vermißt?»

«Selbstverständlich habe ich dich vermißt. Es kommt mir vor, als wärst du Teil meines Lebens geworden.»

«Dann liebst du mich also?»

«Es scheint so. Es muß wohl so sein. Ja.»

Er trat zu ihr und umarmte sie. Nie zuvor hatte er sie auf diese Weise in die Arme genommen, sie an sich gedrückt und ihr einen richtigen Kuß gegeben. Sie tauschten zum erstenmal einen tiefen, langen Kuß, bei dem sich beider Atem vermischte. Nachdem die Leidenschaft Max erst einmal überkommen hatte, konnte er nicht mehr an sich halten. Zwar war er nicht groß, wohl aber sehnig und kräftig, und so trug er sie zu ihrem Bett, legte sich neben sie, betastete ihren Leib, berührte zum erstenmal ihre Brüste und öffnete ihre Bluse. Doch sie flehte ihn an: «Nein, Max, laß uns warten. Wir müssen unbedingt warten, es würde sonst alles verderben.»

Es fiel ihm schwer, aber er brachte es fertig, sich zu fragen, was zum Teufel er da eigentlich tat. Sally war rein und keusch, liebte er sie nicht gerade deshalb? Sie war keines von den Straßenmädchen, war nicht wie seine Schwester Freida, die sich von jedem hergelaufenen Stromer ein Kind machen ließ; sie war die Frau, die er heiraten würde. Er stellte also seine Versuche ein, sie zu entkleiden, berührte aber erneut ihre Brüste, diesmal sanft und zärtlich. Er küßte Sally, und sie lagen auf dem Bett, küßten und liebkosten einander, bis sich seine Erregung schließlich in seine Hose entlud. Sally begriff und lächelte verständnisvoll. Ihm erschien es seltsam, daß seine Zuneigung für sie nach dieser Entladung unvermindert anhielt und er nichts von dem Selbstekel und der Abscheu empfand, die er von früheren Erlebnissen mit Dirnen kannte. Diese Erfahrung war völlig neu für ihn.

«Wir machen die Sache gemeinsam», sagte er später zu Sally, bevor er sich verabschiedete. «Du leihst mir nicht nur Geld, wir sind Teilhaber. Ab jetzt machen wir alles zusammen.»

«Und was wird aus mir?» fragte Bert ihn. «Ich soll wohl tot umfallen oder mir die Kehle durchschneiden? Oder soll ich vom Dach auf die Straße springen?»

«Steig doch bei mir ein», schlug Max ihm vor. «Was soll denn das dumme Gelaber, du würdest für mich arbeiten. Das mußt du überhaupt nicht. Wir haben so lange zusammengearbeitet, das können wir doch weiter tun. Du sollst kein Geld dazutun, Bert, dich brauch ich. Mir fehlt das richtige Auftreten, und du hast es. Du bist ein richtiger Amerikaner und nicht wie ich ein Saujude aus der Henry Street. Wenn wir uns zusammentun, können wir die Welt erobern.»

«Ich verstehe – mit meinem amerikanischen Aussehen und deinem klugen jüdischen Köpfchen», sagte Bert verbittert.

«Du weißt, daß ich das so nicht gemeint hab.»

«Sondern wie?»

«Du bist mit 50 Prozent an allem beteiligt.»

«Die Hälfte von nichts ist nichts. Wenn du so verdammt großzügig und mein Freund sein willst, mach noch ein paar Monate bei der Nummer mit. Wir suchen dann einen Ersatzmann und arbeiten ihn ein.»

«Bert, das geht nicht. Mein Theater spielt den ganzen Tag, und ich muß tausend Sachen machen, muß jedes Stückchen Film auftreiben, das es gibt, rauskriegen, wann es neue gibt, und es hat mich allein schon zwei Tage gekostet, bis ich jemand gefunden hatte, der mir zweihundert Klappstühle verkauft. Normalerweise kann man die nur mieten, also mußte ich welche machen lassen.»

«Laß gut sein. Mir blutet das Herz.»

«Bert, ich hör auf, endgültig.»

«Ja, endgültig», sagte Bert bitter. «Laß mich nur sitzen. Soll mich doch der Teufel holen! Du bist mir ein feiner Freund, Max, das muß ich schon sagen.»

Auch Sally war in eine fruchtlose Auseinandersetzung verwickelt. Sie war, wie jeden Freitagabend, nach Brooklyn gefahren, um bei ihren Eltern zu essen. Das auf drei Seiten von einer Veranda umgebene Haus der Levines stand in einer freundlichen baumbestandenen Straße in Flatbush. Zwar war Max ebensowenig dort gewesen wie Sally die Wohnung in der Henry Street gesehen hatte, doch darüber hatte Max ihr genug berichtet, so daß sie sich ein Bild machen konnte. Unwillkürlich verglich sie das mit der sauberen und freundlichen Wohlachtbarkeit des elterlichen Anwesens. Wenn auch zwischen einem besonnten, freundlichen und beinahe wie eine Vorstadt wirkenden Stadtteil wie Flatbush und dem Hexenkessel des schmutzstarrenden, lauten und von Menschen wimmelnden Gettos in der East Side Welten lagen, so bestanden durch das ihnen gemeinsame Judentum so viele Stammesbande zwischen ihnen, daß es Sally gelegentlich schauderte und sie vor sich hin flüsterte: «Wenn ich mir vorstelle, ich wäre dort zur Welt gekommen ...» Solche trüben Gedanken nahmen ihr jeden Mut. Erst nach dem köstlichen Mahl aus Fischauflauf und Hähnchen wagte sie ihren Eltern die Neuigkeit mitzuteilen – daß sie jetzt mit jenem Max Britsky verlobt war und ihm 1000 Dollar geliehen hatte, damit er in einem Geschäftszweig tätig werden konnte, der zwar noch nicht existierte, den er aber gerade begründete und den man später das Filmgeschäft nennen würde. Jetzt war die Katze also aus dem Sack und stand auf ihren vier riesigen Beinen vor den Levines. Sally wartete. Die Mutter äußerte sich nicht, beide blickten auf Arthur Levine, und dieser versuchte Haltung zu bewahren.

Das fiel ihm nicht leicht. Zu einer Zeit, da Kinderreichtum die Regel war, hatten sie nur ein Kind, und so war Sally ihr ein und alles. Nie hatte es böse Worte gegeben, nie war sie geschlagen oder sonstwie bestraft worden. Sie war, wie die Eltern immer betonten, stets brav gewesen, und die Levines waren sehr stolz auf ihre Tochter. Und nun dieser Max Britsky ...

«Ich möchte nicht unangemessen reagieren», begann Arthur Levine. «Deine Mutter und ich achten deine Entscheidung, aber hast du dir das wirklich gut überlegt? Ein Varieté-Darsteller, ein junger Mann, der dir, wie du selbst sagst, nie seine Angehörigen vorzustellen wagen würde, und der nur bis zum zwölften Lebensjahr die Schule besucht hat. Sally, denk an deine Zukunft. Du bist eine hübsche und begabte junge Dame. Der junge Goldman würde dir auf Knien einen Heiratsantrag machen, und hat er nicht schon sein eigenes Textilgeschäft? Auch Jack Kanter oder Richard Cohen könnten dir etwas bieten. Mrs. Cohen sagte zu deiner Mutter, ihr Sohn wünscht sich nichts sehnlicher als eine Gelegenheit, mit dir auszugehen, und immerhin hat er das Anwaltsexamen bestanden.

Kanter ist fertiger Arzt und arbeitet im Krankenhaus. Warum also willst du dich wegwerfen?»

«Ich werfe mich nicht weg, Papa. Ihr kennt Max nicht. Es war schließlich nicht seine Schuld, daß er mit zwölf Jahren die Schule verlassen mußte. Er ist nicht etwa dumm, sondern einer der klügsten jungen Männer, denen ich je begegnet bin. Es war eine wahrhaft edle Handlungsweise. Ich habe euch doch berichtet, wie er für seine Mutter und seine jüngeren Geschwister sorgt –»

«Das hast du», sagte Lillian Levine schroff. «Außerdem ist er vier Jahre jünger als du. Paßt das zueinander?»

«Du weißt selbst, wie schwer du gearbeitet und wie mühevoll du dein Geld gespart hast», sagte Sallys Vater. «Und jetzt gibst du es einfach weg. Was soll ich nur dazu sagen, sag selbst?»

«Du hast ihn noch nie mitgebracht. Sag mir doch, Sally, was für ein junger Mann ist das, der mit unserer Tochter Umgang hat und sich den Eltern nicht vorstellt?»

Sallys Augen verschleierten sich. Sie war den Tränen nahe, und ihr Vater, der nicht mitansehen konnte, wenn sie weinte, sagte: «Schluß jetzt. Wir dürfen nicht so reden, solange wir ihn nicht kennen. Bring ihn also mit. Danach sehen wir weiter.»

Nach langen inneren Kämpfen beschloß Adolf Schmidt, es nicht auf einen Prozeß ankommen zu lassen, um den Mietvertrag mit Max anzufechten. Wie er seiner Frau erklärte, bekam man nicht jeden Tag einen Sieben-Jahres-Mietvertrag angeboten, und außerdem würde Max mehr Miete zahlen als Schimmelmeyer. Insgeheim hatte Schmidt schon befürchtet, er werde nach dessen Geschäftsaufgabe seine Mietforderung herabsetzen müssen, denn der Laden war sehr groß. Zu jener Zeit war aber, im Unterschied zu späteren Jahrzehnten mit ihren Supermärkten, eine große Verkaufsfläche schwerer an den Mann zu bringen als eine kleine. So sah Schmidt neugierig und mürrisch zu, wie Max den Laden für Schneidereibedarf übernahm und daraus etwas machte, was auf ihn wie das Chaos wirkte. Ungeachtet seines Protestgeschreis ließ Max die Regale und Verkaufstheken herausnehmen und auf einem Fuhrwerk abtransportieren.

«In sieben Jahren kriegen Sie neue», versprach Max. Er hatte das Ganze für 20 Dollar verkauft. Anschließend ließ er auf eine Anregung Sallys hin die Wände hellgrau und den Boden dunkelgrau streichen. Obwohl ihre Eltern den Teufel an die Wand malten und obwohl ihr selbst nicht ganz wohl bei der Sache war, riß Max' Projekt sie mit. Zumindest beeindruckte sie seine Energie. Er tat alles, überwachte alles, sah alles. Er mußte eine Vorführkabine entwerfen, in die er den Apparat stellen konnte, der die laufenden Bilder auf eine Leinwand projizierte. Bis zwei Uhr nachts saß er in Sallys Zimmer, während sie Entwurf auf Entwurf zeichnete, bis schließlich das auf dem Papier stand, was er sich vorgestellt hatte. Als er merkte, daß die Klappstühle zu leicht waren und nicht nebeneinander stehenbleiben würden, erdachte er eine Vorrichtung, mit deren Hilfe er sie aneinander befestigen könnte. Eines Abends nahm er den Nachtzug nach Rochester im Staat New York, sparte sich die zusätzlichen Kosten für einen Schlafwagen und brachte es fertig, bei George Eastman vorgelassen zu werden. Dieser trat dem dürren, frechen Juden mit seiner Gettoaussprache anfänglich voller Verachtung gegenüber, doch veranlaßte etwas an Max, war es nun seine Energie oder eine gewisse Ausstrahlung, ihn dazu, ihm zuzuhören, statt ihn einfach hinauszuwerfen. Daß er einem bedeutenden Erfinder und Industriellen gegenüberstand, beeindruckte Max in keiner Weise, und Eastman seinerseits erkannte, was hinter Max' Träumen steckte. Er nahm sich die Zeit, ihm die neuesten Entwicklungen auf dem Gebiet des Rollfilms zu erläutern und zeigte ihm eine Vorführleinwand, mit der er experimentierte und die nicht einfach weiß, sondern silberbeschichtet war.

«So eine möchte ich», sagte Max. «Wie teuer?»

«Ich stelle Sie Ihnen kostenlos zur Verfügung. Ich lasse Ihnen eine silberbeschichtete und eine weiße schicken, dann sehen wir, welche die besten Ergebnisse liefert.»

Auf der Rückfahrt nach New York saß Max die ganze Nacht in seinem Abteil und genoß die Hochstimmung, in die ihn das Zusammentreffen mit George Eastman versetzt hatte. Eastman mochte keine genaue Vorstellung davon haben, wer Max war, doch dieser war sich seines Werts durchaus bewußt und sagte am folgenden Tag zu Sally: «Da saß ich also, der kleine Max Britsky, bei einem der bedeutendsten Männer in Amerika, einem richtigen Yankee, und statt mich in meinen *toches* zu treten und rauszuwerfen, hat er sich meine Pläne angehört.»

«Natürlich!» rief Sally aus. «Er hat gleich gemerkt, daß du der hellste Kopf bist, der je in seinem Büro gesessen hat.»

«Und wie sollte er das?»
«Ich sehe es ja auch, und wenn er so klug ist, muß er das einfach merken. Überleg dir nur einmal, wieviel Rohfilm er verkaufen kann, wenn du deinen Traum verwirklichst!»
«Daran hab ich auch schon denken müssen.»
«Aber hast du überhaupt genug Geld? Wenn du mehr brauchst, kann ich dir noch –»
«Nein, nein», sagte Max, die Handflächen nach oben gedreht. «Ich schaff es schon. Nächste Woche ist Eröffnung, und ich habe noch 85 Dollar. Ich mußte Sam Snyder seinen ersten Wochenlohn im voraus zahlen, er ist jetzt in Philadelphia und sieht sich zwei andere Streifen an, von denen wir erfahren haben. Einer ist über einen Cowboy, so'n finsterer Typ aus dem Westen –»
«Nicht so 'n, *so ein*», warf Sally ein. «Versuch es bitte. Du kannst richtig sprechen, wenn du dir Mühe gibst.»
«Sicher, sicher. Glaub mir, ich geb mir Mühe. Weißt du, so ein Revolverheld, der wegen jedem Dreck drauflosballert.»
«Kann man sehen, worauf er schießt?»
«Nein, es dauert nur drei Minuten. Ich glaub, er trinkt erst 'ne Flasche Schnaps. Im anderen Film krabbelt ein Säugling durch ein Zimmer und reißt ein Tischtuch runter, und von dem Kram auf dem Tisch fällt ihm was auf den Kopf, ich glaub, ein Stück Obst, dann fängt die Kleine an zu heulen und die Mutter hebt sie auf. Sehr niedlich. Sam sagt, es ist gut, und wir können es billig kriegen. Wir zahlen nicht sofort, ich unterschreib, daß wir nächsten Monat zahlen. Wenn es nicht klappt, bring ich mich um.»
«So darfst du nicht reden. Mir bleibt immer noch etwas Geld.»
«Klar, und ich hab 85 Dollar, nur brauch ich 50 davon für den Schildermaler, ich muß ihn morgen bezahlen.»
Max hätte auch für 5 Dollar ein Schild haben können, aber daran wollte er nicht knausern. Unter keinen Umständen würde sein Laden so etwas sein können wie das Bijou oder eines der anderen etablierten Varieté-Theater, ein Laden blieb nun einmal ein Laden, auch wenn dieser vielleicht etwas besser wirkte als die kleinen Synagogen, die man allenthalben auf der East Side in Geschäftslokalen eingerichtet hatte. Nur gut, daß der Eingang zum ehemaligen Schneiderbedarfsgeschäft aus einer doppelflügeligen Tür bestand, die sich zur Straße hin öffnete. Drinnen richtete Max ein kleines Foyer ein, von dem aus eine Pendeltür in sein improvisiertes Thea-

ter führte. Rechts stand eine niedrige, verglaste Theke. Hinter sie setzte er Freida als Kassiererin. Ihm war klar, daß sein Unternehmen auf Gedeih und Verderb von der Ehrlichkeit dessen abhing, der die Karten verkaufte, und Freida konnte er vertrauen. Da der Laden trotz alldem immer noch ein Laden blieb, beschloß Max, den größten Teil seines letzten Geldes in das Schild zu investieren. Es nahm mit seinen zwölf Meter Länge die ganze Breite der Ladenfront ein und trug in gelben Großbuchstaben vor schreiend rotem Hintergrund die Aufschrift: MAX BRITSKYS ORPHEON.

Punkt zwölf Uhr mittags an einem kalten, nieselig-trüben Tag Ende November 1899 wurde das Schild angebracht. Dieses Ereignis fand keinen Eingang in die Annalen der Geschichte, wohl aber wurden andere darin verzeichnet: der Kampf auf Leben und Tod, den die Buren in Südafrika gegen die Briten führten; die Geburt von Charles Laughton und Noel Coward, deren Leben eng mit dem verflochten sein würde, was aus dem Schild über Max Britskys Laden erwuchs, und schließlich – auch wenn die meisten der damals lebenden Menschen nichts von dem Ereignis merkten – die erste magnetische Tonaufzeichnung. Wer an einem kalten Tag seinen Geschäften nachgeht, hat mit Geschichte nichts im Sinn, und so fluchten die Arbeiter lediglich darüber, wie groß das Schild und wie schlecht es zu handhaben sei, während Mr. Schmidt, der griesgrämig zusah, Max mitteilte, es ruinierte das Aussehen seines Eigentums.

«Was soll das überhaupt sein», brummelte er, «ein Orpheon?»

«Sie haben sicher von Guttmans oder Keiths Orpheon gehört. So was ist das hier auch.»

«Sie eröffnen morgen?»

«Darauf können Sie wetten.»

«Morgen schneit's.»

Schmidt behielt recht. Am nächsten Vormittag begann es zu schneien, schwere, nasse Flocken, die schmolzen, sobald sie auf den Bürgersteig fielen. Für richtigen Schnee war es viel zu früh im Jahr, doch als Max zum grauen Himmel emporsah, sank ihm das Herz.

«Soll ich immer noch kommen? Machst du trotzdem auf?» wollte Freida wissen.

«Auf jeden Fall.»

Sam Snyder hatte ein Programm aus sechs Filmen zusammengestellt. Wie bei richtigen Theatern wollte Max eine Staffelei vor der

Tür auf den Bürgersteig stellen. Auf ein großes Stück glatten Kartons hatte er schreiben lassen: *‹Affenstreiche›*, *‹Der Akrobat›*, *‹Die lieben Kleinen›*, *‹Das Pferdefuhrwerk›*, *‹Hundekinder›* und zum Schluß *‹Der Zauberkünstler›*. *‹Der Zauberkünstler›* war der beste Film, den Max bis dahin gesehen hatte. Er dauerte fast fünf Minuten und zeigte den international berühmten Zauberkünstler Harvey Eddelson, ohne alle Kameratricks, von denen Sam Snyder so begeistert war, und die allen, die mit dem Medium Film experimentierten, so am Herzen lagen. Die Kamera war einfach auf Eddelson gerichtet, der, eines nach dem andern, seine verblüffenden Zauberkunststücke zeigte. Alle sechs Filme zusammen hatten eine Vorführdauer von 19 Minuten und 33 Sekunden. Snyder hatte sie aneinandergeklebt, so daß eine ununterbrochene Projektion möglich war. Als Sally die Filme zum erstenmal sah, schlug sie vor, jedem eine Art Titel und vielleicht einen kurzen beschreibenden Text voranzustellen. Außerdem meinte sie, solle man den Mann, der den Film aufgenommen hatte, in irgendeiner Weise nennen, so wie man es bei einem Bild mit dem Namen des Malers und bei einem Buch mit dem des Autors hält. Weder Max noch Snyder erschien das besonders wichtig – Snyder erklärte sogar, daß er bei zwei Filmen überhaupt nicht wisse, von wem sie stammten. Aber der Vorschlag bezüglich der Titeltafeln wurde gebilligt, und so formulierte Sally für *‹Affenstreiche›*: *«Sind Affen klüger als Menschen? Wer weiß? Sehen Sie selbst.»* Bei *‹Der Akrobat›* schrieb sie: *«Wer ist dieser Mann, der wie ein Vogel fliegt? Ein Akrobat. Lassen Sie sich von der spannenden Handlung gefangennehmen.»* Zu *‹Die lieben Kleinen›* hieß es: *«Alle mögen Babies. Nichts ist süßer als diese kleinen Lieblinge.»* Der Vorspann zu *‹Das Pferdefuhrwerk›* lautete: *«Werden Pferde bald aussterben wie die Dinosaurier? Wir wissen es nicht.»* Bei *‹Hundekinder›* hieß es: *«Sehen Sie nur die niedlichen Welpen. Schade, daß man keinen davon mit heimnehmen kann …»* Zum *‹Zauberkünstler›* schließlich war ihr eingefallen: *«Auf der ganzen weiten Welt gibt es nur einen Eddelson, er ist ein Meister der Illusion.»*

Das gefiel Max, und Sally ließ von einer Bekannten, die Kunst studierte, für 5 Dollar die Titel und Einleitungstexte schreiben. Dann nahm Snyder die Tafeln mit nach New Jersey, wo sie in Edisons Studio fotografiert wurden. Als Sally, die sich unter der ganzen Sache immer noch nichts Rechtes vorstellen konnte, ihre eigenen Worte in einem Film sah, war sie ganz aufgeregt.

Doch es schneite.

«Trotzdem wird heute eröffnet», sagte Max zu seinen um den Frühstückstisch versammelten Angehörigen. «Und wenn es junge Hunde schneit.»

Sie hingen an seinen Lippen. Nicht einmal seine Mutter hatte eine ihrer schneidenden und kränkenden Äußerungen bereit. Seit Jahren brüllte sie ihn an, machte ihn für jedes Mißgeschick verantwortlich und hielt im tiefsten Herzen nichts von ihm. In einer Weise, die sie nicht verstand, schien er ihr verantwortlich dafür, daß sie ohne Mann, ohne Hoffnung, ohne Zukunft war. Er trug in ihren Augen die Schuld an ihrem Elend – und da sie die ganze Situation nicht recht durchschaute, brachen sich diese Empfindungen in unbeherrschten Wutausbrüchen Bahn. Doch heute war diese Wut gedämpft. Ihr Sohn Max war Eigentümer von einer Art Theater, das heute eröffnet werden sollte, und so lenkte sie ihren Zorn in eine andere Richtung und verwünschte das schlechte Wetter. Die Geschwister erkundigten sich aufgeregt und lautstark, ob auch sie die laufenden Bilder sehen dürften.

Mit der Erklärung, sie könnten nach der Schule kommen, kühlte Max ihre Erregung ein wenig ab. «*Mame* kann euch alle rüberbringen.» Er legte einen Dollar vor seine Mutter hin. «Aber du mußt für sie bezahlen. Hier ist das Geld. Freida sitzt zwar an der Kasse, aber du zahlst ihr. Einen Nickel für dich selbst und 3 Cent für die Kleinen, außer Ruby. Ruby ist alt genug, er zahlt voll. Die Grenze ist zwölf Jahre. Ich weiß, Sheila ist auch schon dreizehn, aber sie sieht nicht so aus.»

Kichernd sagte Freida: «Du bescheißt dich ja selbst, Max.»

«War ein Witz.» Er lächelte breit.

«Aber *ich* weiß, daß Sheila dreizehn ist.»

«Wieso sollen wir überhaupt zahlen?» wollte Sarah wissen. «Immerhin bin ich deine Mutter. Du willst doch deine Mutter nicht zahlen lassen?»

«Alle müssen zahlen», sagte Max mit einem Ton, der keinen Widerspruch duldete. «Nassauern gibt's nicht.» Das galt selbstverständlich nicht für die Freikarten, die er auf dem zuständigen Polizeirevier verteilte und die es sämtlichen dort diensttuenden Beamten ermöglichten, seinen Filmladen mit ihren Angehörigen zu besuchen, so oft sie wollten.

Er hatte sich mit Sally zum Abendessen verabredet. Da er anschließend mit ihr die Abendvorstellung ansehen wollte, lag ein hinreichender Abstand zwischen dem Besuch seiner Angehörigen und dem Sallys.

Um elf Uhr, eine Stunde vor der Eröffnung, ging Max, von seiner Schwester Freida begleitet, zu seinem Laden. Dort erwartete ihn bereits Sam Snyder, das sonst so fröhliche Mondgesicht voll trüber Sorgenfalten. Er schüttelte angesichts des scheußlichen Wetters den Kopf. «Sieht böse aus», sagte er. «Wenn das nur nicht schiefgeht!»

«Wird schon klappen», antwortete Max mit einer Zuversicht, die er nicht wirklich empfand. «Geh an deinen Platz», gebot er Freida.

«Es ist kalt.»

«Dann laß den Mantel an. Eines versprech ich dir, Schwesterchen. Wenn wir nicht gleich heute pleite machen, kriegst du nächsten Monat 'nen Pelzmantel von mir.»

«Mach nicht solche Scherze.»

«Ehrlich – ich versprech's dir.» Er griff in seine Jackentasche und holte zwei Rollen mit Centstücken und einen Beutel Fünf-Cent- und Zehn-Cent-Stücke sowie Vierteldollars heraus. «Hier ist das Wechselgeld, 7 Dollar.» Er unterließ es hinzuzufügen, daß er jetzt noch genau 85 Cent besaß.

«Ist das mit dem Pelzmantel Ihr Ernst?» erkundigte sich Snyder. «Wollen Sie Ihrer Schwester tatsächlich einen kaufen, oder machen Sie sich über sie lustig?»

«Was meinen Sie denn?»

«Ich weiß nicht recht, Mr. Britsky. Ich arbeite zum erstenmal für einen –» Er unterbrach sich.

«Für einen Juden – das wollten Sie doch sagen?»

«Nicht eigentlich», murmelte Snyder unbehaglich.

«Also machen wir das klar: Sie nennen mich Max, ich nenn Sie Sam. Sie arbeiten für einen Juden, stehen Sie dazu. Entweder bin ich für Sie ein Mensch wie jeder andere, oder Sie schmeißen den Kram hin.»

«So habe ich das nicht gemeint», sagte Snyder mit rotem Gesicht. Er war ein breitschultriger, wohlgenährter junger Mann, der zwar nicht besonders rasch, sondern eher bedächtig arbeitete, doch, wie Max instinktiv erfaßt hatte und später auch formulierte, «verdammt auf Draht» war. Über seinen wasserblauen Augen lag ein sandfarbener Haarschopf. «Wissen Sie», fuhr er fort, «ich glaube schon, daß Sie hier etwas ganz Großes aufbauen, sonst hätte ich nie meine Arbeitsstelle aufgegeben, um für Sie zu arbeiten. Ich achte

Sie. Ich weiß, viele hassen die Juden, aber so einer bin ich nicht. Mich hat man als Kind ‹Sauerkrautfresser› gerufen, weil mein Vater aus Deutschland kam und man es seiner Sprechweise anhörte. Übrigens sind wir Lutheraner – wie stehen Sie zu Lutheranern?»

«Ich weiß nicht. Ich hab noch nie mit einem zu tun gehabt.»

«Mir geht's mit Juden genauso.»

«Wir kriegen das schon hin», lächelte Max. «Sind Sie verheiratet, Sam?»

«Ich habe zwei Kinder. Meine Frau kann gut kochen. Wollen Sie nicht mal zum Abendessen zu uns kommen?»

«Klar, gelegentlich. Zu Freidas Pelzmantel – ich mach keine leeren Versprechungen. Sie kriegt ihn. Bleiben Sie bei mir, und ich versprech Ihnen auch was.»

«Ich will's versuchen», sagte Snyder. Er streckte eine Hand aus und ließ die nassen Novemberflocken darauf fallen. «Es läßt nach.»

Max nickte. Snyder verdeckte das Plakat, auf dem stand: ERÖFFNUNGSGALA. Max zog ihn beiseite. Ein oder zwei Menschen waren vor dem Laden stehengeblieben. Es war ein Wochentag. «Vielleicht hättest du an einem Samstag eröffnen sollen», sagte Freida. Auf dem Plakat, das die Eröffnungsgala ankündigte, stand: «Eine neue Unterhaltung. BEWEGTE BILDER. Sehen Sie für 5 Cent das Neueste auf dem Gebiet der Unterhaltung, eine spannende und mitreißende Mischung aus Wissenschaft und Kunst. Ein Erlebnis, das Sie nie vergessen werden.»

Freida hatte die Rolle mit den Eintrittskarten ausgepackt. Es waren alte, ungebrauchte Eintrittskarten des Bijou-Theaters, die Max Guttman billig abgekauft hatte, weil dieser seine Eintrittspreise erhöht und daher keine Verwendung mehr für die Karten hatte, tausend auf jeder Rolle. «Da steht ja ‹Bijou Palace› drauf, ‹35 Cent›», sagte Freida besorgt.

«Kein Aas liest das. Wenn aber doch, denken sie, sie kriegen was günstig. Auf jeden Fall sind wir besser als das Bijou.»

«Solltest jemanden hinstellen, der die Karten abreißt, Max. Drinnen, wie im Bijou.»

«Ach was, reiß sie einfach in der Mitte durch, wenn du sie verkaufst. Behalt die eine Hälfte für die Abrechnung. Du hast doch die Zigarrenkiste mitgebracht?»

«Hier ist sie.» Sie hielt sie hoch.

«Gut, gut.»

Snyder seufzte und ging hinein, um seinen Projektor vorführfertig zu machen. Um Viertel vor zwölf verkaufte Freida die ersten Karten an vier Straßendirnen, die so früh am Tag wenig Kundschaft hatten und sich von den laufenden Bildern eine Abwechslung versprachen. Max kannte sie nicht. Ihnen folgten ein Mann und eine Frau – Touristen, entschied Max; dann kam Silverman, der auf der anderen Straßenseite einen Lebensmittelladen betrieb und zu Max sagte: «Für einen Nickel. Ich hab 'ne halbe Stunde Zeit. Meine Frau ist im Laden und kommt rüber, wenn ich sie ablösen kann.»

Eine mit vier Personen besetzte Kutsche hielt am Straßenrand. «Was ist das?» rief ein Mann aus der Kutsche zu Max hinüber.

«Laufende Bilder.»

«Was ist das?»

«So was Ähnliches wie das Kinetoskop!»

«Vincent, das spielt doch keine Rolle», erklärte energisch eine Frau aus dem Inneren der Kutsche. «Auf jeden Fall will ich aus dieser Fuhre hier raus.»

Sie entlohnten den Kutscher und kauften vier Eintrittskarten. Inzwischen schneite es fast gar nicht mehr, und eine kleine Menschenmenge sammelte sich vor Britskys Orpheon an. Um fünf Minuten vor zwölf hatte Freida 111 Karten verkauft. Sogar Schmidt kam mit seiner Frau. Als er erklärte, ihm als dem Hauswirt stünden Freikarten zu, nahm Max ein Zehn-Cent-Stück aus der Tasche, kaufte Freida zwei Karten ab und gab sie den Schmidts.

Schlag zwölf ging Max hinein. Er steckte den Kopf in die Vorführkabine und fragte Sam Snyder: «Fertig?»

«Fertig.»

«Also los», sagte Max übermütig. Snyder legte einen Schalter um, drehte die Kurbel und am anderen Ende des Ladens, auf Eastmans silberbeschichteter Leinwand, erschien die Schrift *Max Britsky zeigt laufende Bilder.*

Um Punkt vier Uhr kam Sarah Britsky mit den Kindern. Sie hatte Jahre hindurch sorgfältig Cent auf Cent gelegt, gelegentlich auch einen Nickel hinzugefügt und ihren Schatz in einem Steingut-Milchkrug vor den anderen verborgen gehalten. So waren im Laufe der Zeit 53 Dollar zusammengekommen. Von diesem Geld hatte sie 4 Dollar 50 für Stoff zu einem neuen Kleid aus schwerem grünem Samt ausgegeben, 6 Dollar für einen Tuchmantel, den ersten, den sie seit dem Tode ihres Mannes gekauft hatte, und zwar nicht etwa vom Kleidertrödler, sondern neu. Als sie, gefolgt von Benny, Esther, Sheila und Reuben an die Kasse trat, trug sie ihren ganzen Putz, zu dem auch ein Hut mit bunten Federn gehörte. Für Sarah war es ein großer Augenblick. Unbewegten Gesichts fragte Freida: «Wie viele bitte?» und Sarah antwortete darauf: «Zwei Erwachsene und drei Kinder.» Dann fügte sie hinzu: «Aber man hätte mich nicht in der Schlange warten lassen sollen.»

«*Mame*, es läuft großartig», erklärte Freida. «Wir verkaufen Karten wie heiße *bejgls*.»

«Trotzdem. Ich bin immer noch seine Mutter.»

Drinnen erwartete Max sie. «Ich hab euch fünf Plätze freigehalten», flüsterte er.

«Vorn?»

«Nein, *mame*. Vorn ist es nicht so gut, hinten sieht man besser.»

Brummelnd nahm Sarah das zur Kenntnis, fest davon überzeugt, daß er die vorderen Sitze bevorzugten Besuchern reserviert hatte. Dann nahm die Leinwand ihre Aufmerksamkeit und die der anderen Britskys so gefangen, daß sie die nächsten zwanzig Minuten hindurch wie verzaubert dasaßen. Max' Vorschlag, sich das Programm ruhig noch einmal anzusehen, nahmen sie nur allzu gern an.

Anschließend sagte Sarah, gänzlich aufgelöst und für einen Augenblick ohne all ihren Zorn und ihre Enttäuschungen, fast zärtlich zu Max: «Mein lieber Junge, es war wunderschön, so schön, daß ich meinen Augen nicht getraut habe.»

Dafür glaubte Max, seinen Ohren nicht trauen zu können. Seine Mutter war nicht nur freundlich zu ihm – sie lobte ihn sogar. Falls das früher schon einmal vorgekommen war, konnte er sich nicht daran erinnern.

Sally ging mit sich zu Rate. Es stimmte, Max hatte getan, worauf noch niemand vor ihm gekommen war, zumindest nicht in den Vereinigten Staaten. Er hatte ein Programm aus bewegten Bildern zusammengestellt und eine Art Theater eingerichtet, in dem man sie zeigen konnte. Doch bis er sie am Eröffnungstag abends um sieben Uhr abholte, war sie keineswegs sicher, daß Menschen bereit sein würden, Geld auszugeben, um sich die laufenden Bilder anzusehen. Einmal von der ganz unglaublichen Tatsache abgesehen, daß sie sich tatsächlich bewegten, interessierten sie Sally nicht besonders, und obwohl Max sie darauf hinwies, daß die Mehrzahl der Bewohner New Yorks – wie auch die anderer Großstädte des Landes – nie in ihrem Leben einen Fuß in ein Theater oder Varieté setzten, fragte Sally sich, ob sie wohl für das, was Max ihnen bot, zu zahlen gewillt waren, und sei es auch nur einen Nickel. Doch an jenem Abend betrat ein Max ihr Zimmer, der wie auf Wolken ging.

«Um sechs Uhr», teilte er Sally mit, «hatten wir 52 Dollar und 24 Cent in der Kasse. Ist dir klar, was das bedeutet – am hellichten Tag mitten in der Woche? Wir kriegen heute bestimmt noch um die 150 Dollar zusammen. Du solltest die Leute sehen, sie sind begeistert. Sie gehen raus und kommen mit ihren Bekannten wieder. Ich mußte Ruby als Platzanweiser einstellen – das hatte ich vorher nicht bedacht. Er kriegt fünf Mücken die Woche und arbeitet nach Schulschluß. Dabei ist heute erst der Eröffnungstag. Ich bin gar nicht auf den Gedanken gekommen, 'ne Anzeige aufzugeben, aber Sam Snyder kennt einen, der für die *Tribune* schreibt, und er sagt, der will 'nen Artikel über uns bringen. Sally, ich kann heute nicht mit dir essen gehen. Ich würde sowieso nichts runterkriegen, so aufgeregt bin ich, und ich muß unbedingt zum Laden zurück. ‹Theater› gefällt mir besser. Was heißt ‹Orpheon› eigentlich?»

Zwar hatte Sally ihn noch nie still oder in sich gekehrt erlebt, aber dieser Zustand hochgradiger Erregung war ihr völlig neu. Max durchmaß ihr Zimmerchen wie ein Tiger seinen Käfig und setzte sich nicht einmal hin, als sie ihn dazu aufforderte.

«Was willst du wissen?»

«Was das Wort Orpheon bedeutet.»

«Theater.»

«Ach so, natürlich. Kannst du mich nachher abholen?»

«Bist du sicher, daß du das heute abend möchtest, Max?»

«Aber ja. Ich weiß, du kennst die Filme schon, aber ich möchte, daß du sie siehst, wenn der Saal voll ist – das ist was ganz anderes.»

Daß es in der Tat etwas anderes war, merkte Sally, als sie mit Max neben der Vorführkabine stand und über die Köpfe der gedrängten Menge zur Leinwand hinsah. «Es fehlt etwas», flüsterte sie Max zu.

«Was soll fehlen?»

«Es ist zu still.»

«Still? Hör doch nur, wie sie lachen.»

«Das meine ich nicht. Max, du müßtest einen Klavierspieler einstellen, er könnte dann zu den Bildern eine passende Musik spielen.»

Er zog sie mit sich hinaus und dachte: so was Verrücktes. Andererseits hatte Sally das gesagt, und Sally war klug. In seinen Augen war sie der einzige Mensch, der möglicherweise klüger war als er selbst, denn seine eigene Intelligenz hatte Max noch nie in Zweifel gezogen. Von der Kasse zog sich eine Menschenschlange bis weit auf den Bürgersteig hin. Da Max niemanden unnötig lange warten lassen wollte, hatte er im Verlauf des Tages ein System der Platzanweisung improvisiert: Ruby mußte nach freien Plätzen Ausschau halten und sie an Freida weitermelden. Freida klagte über Müdigkeit. «Ich bin schon den ganzen Tag da, Max. Nicht mal austreten kann ich.»

«Doch, sie ist schon mal raus», sagte Ruby. «Außerdem hab ich ihr ein belegtes Brot und Kaffee gebracht.»

«Von meinem Geld», sagte Freida.

«Nimm's aus der Kasse. Das spielt sich schon ein», sagte Max. «Wir haben ja erst angefangen.»

Nachdem Freida Sally gesehen hatte, fragte sie Ruby: «Was findet Max denn bloß an seiner Lehrerin so toll? Dürr ist sie, aber vielleicht mag er das ja.»

Max, der mit Sally ein Stück beiseite gegangen war, schlug vor: «Wollen wir eine Tasse Kaffee trinken?»

«Das war deine Schwester, ja?»

«Ja, sie –»

«Sie ist hübsch. Warum hast du mich ihr nicht vorgestellt, Max? Deinen Bruder Reuben kannte ich ja schon. Warum soll ich eigentlich deine anderen Angehörigen nicht kennenlernen?»

«Das kommt schon noch. Alles zu seiner Zeit.» Er wechselte den Gesprächsgegenstand. «Hier können wir 'ne Tasse Kaffee trinken. Ich bin ganz durchgefroren. Weißt du, ich hab meinen Mantel zu Hause gelassen und bin den ganzen Tag in Hose und Jacke rumgelaufen.»

«Du hast meine Frage nicht beantwortet.»

Er winkte den Kellner herbei, weil er plötzlich hungrig war, denn er hatte nichts zu Mittag gegessen, und bestellte Schinken mit Ei, und dazu noch Schweinefleisch mit Bohnen. Wenn er besonders guter Stimmung war, aß er gern Schweinefleisch. Er vergaß dann alle

Bitterkeit und allen Ärger seiner Mutter gegenüber, denen er sonst keinen freien Lauf lassen konnte, für einen Augenblick, er brach die Speisevorschrift, um seine Unabhängigkeit von der Mutter zu manifestieren und auch seinen Trotz ihr gegenüber, die koscher kochte. Vor sich selbst erklärte er das damit, daß ihm die Vorschriften des orthodoxen Judentums ebenso gleichgültig waren wie der westlich erzogenen Sally. «Weißt du», sagte er zu ihr, «du hast doch gesagt, du findest es zu still. Ich hab mir das durch den Kopf gehen lassen. Wie meinst du das, ein Klavierspieler könnte so spielen, wie die Handlung läuft?»

«Nun, er könnte bei der Szene mit den Kindern etwas Leichtes und Hübsches spielen wie Debussys *‹Children's Corner›*, und für den Zauberkünstler käme vielleicht etwas aus Griegs *‹Halle des Bergkönigs›* in Frage.»

«Worum geht es bei diesem Deh Büssi?»

«Es ist einfach ein hübsches, niedliches Musikstück. Es gibt so viel Klaviermusik und so viele Lieder, daß ein geschickter Pianist immer etwas finden könnte, was zur Stimmung der jeweiligen bewegten Bilder paßt. Trotzdem muß ich noch einmal auf deine Angehörigen zurückkommen. Ich möchte sie kennenlernen, und du mußt mit mir meine Eltern besuchen.»

«Na klar. Laß uns noch 'n bißchen warten.»

«Ist es wegen der schrecklichen Wohnung in der Henry Street? Schämst du dich ihrer, Max? Du hast mir doch alles erzählt, ich weiß es doch.»

«Du weißt nichts», sagte Max. «Du kannst es dir nicht vorstellen.»

Am nächsten Tag sprach Max mit Isadore Lubel, der als Ersatzmann für den Pianisten bereitstand, der gewöhnlich im Bijou-Theater die Pausen zwischen den einzelnen Nummern mit Klaviermusik füllte. Max fragte ihn: «Was verdienst du hier eigentlich?»

«4 Dollar am Tag – wenn ich Arbeit habe.»

«Bei mir bekommst du 5 Dollar, und spielen mußt du jeden Tag.»

«Ich bin dein Mann. Für so ein regelmäßiges Einkommen küß ich dir sogar jeden Tag die Füße.»

«Nicht nötig. Mir genügt's, wenn du ordentlich spielst. Ich muß jetzt ein Klavier mieten, komm in zwei Stunden zu meinem Theater, da erklär ich dir dann, was ich von dir will.»

Fünf Wochen nach dem Orpheon eröffnete Max an der First Avenue unmittelbar nördlich der Houston Street seinen zweiten Laden in einem zweistöckigen Haus. Es stand auf einem Grundstück, auf dem ursprünglich obdachlose Ungarn in mit Teerpappe gedeckten primitiven Schuppen gewohnt und etwas Gemüse gezogen hatten. Als das Grundstück bebaut wurde, mußten sie dem Fortschritt weichen. Max mietete zwei nebeneinander liegende Läden und ließ die Trennwand zwischen ihnen niederreißen. Die Erfahrungen, die er mit dem Orpheon gemacht hatte, zahlten sich jetzt aus. Sam Snyder warb Edison zwei weitere Männer für Britsky ab – er selbst war als Vorführer viel zu schade. Er konnte dem Unternehmen weit besser damit dienen, daß er im ganzen Land herumreiste und Filmszenen aufspürte, um damit den unersättlichen Materialhunger zweier Filmtheater zu stillen.

«Du mußt verstehen, warum ich dir die 1000 Dollar nicht sofort zurückzahlen kann», sagte Max zu Sally.

«Ich habe es doch gar nicht verlangt, Max.»

«Ich weiß. Aber ich möchte es dir zurückzahlen. Das ist mir sehr wichtig. Doch jetzt steck ich jeden Cent, den ich verdien, in das Haus an der First Avenue. Es ist größer, 340 Plätze.»

«Ich brauche das Geld wirklich nicht. Aber warum hast du es so eilig? Du bist doch noch jung.»

«Jung! Ich weiß überhaupt nicht, was das Wort bedeutet. Laß mir Zeit und bleib bei mir, Mädchen.»

«Max, fahr bitte mit zu meinen Eltern nach Flatbush. Sie geben nicht eher Ruhe, als bis sie dich kennengelernt haben. Und sei bitte nett zu ihnen, denn sie sollen dich mögen.»

«Du kannst dir nicht vorstellen, was gerade jetzt alles los ist, und zu allem Überfluß hab ich noch Ärger mit Clancy.»

«Max, du hast kein Wort von dem gehört, was ich gesagt habe. Wer ist dieser Clancy?»

«Ein dicker irischer Hurensohn von Polizist auf der Wache in der Houston Street.»

«Du achtest mich nicht!» rief Sally aus. «Wie redest du in meiner Gegenwart!»

«Es tut mir leid. Ehrenwort – es tut mir leid, Sally.»

«Ich möchte, daß du meine Eltern kennenlernst. Woher soll ich wissen, daß du bei ihnen nicht auch so redest?»

«Bestimmt nicht. Das ist nur, weil ich so sauer bin. Dieser Captain Clancy will 30 Dollar die Woche – damit ein Bulle draußen vor der Tür Wache steht.»

«Wozu brauchst du denn einen Polizisten vor der Tür?»

«Brauch ich ja nicht. Aber wenn ich nich zahl, drücken die mich da raus. Du kommst in dieser Stadt auf keinen grünen Zweig, wenn du die Bullen nicht schmierst.»

Das stimmte sogar mehr oder weniger. «Sie verlangen mein Herzblut», hatte Max zu Captain Clancy gesagt.

«Ach was, Maxie, für dich ist das doch 'ne Kleinigkeit. Du willst doch sicher in meinem Bezirk noch mehr Häuser aufmachen, was?»

«Im Augenblick hab ich keine Pläne.»

«Das kommt schon noch, mein Junge. Ein anderer Jude hat ein Damenbekleidungsgeschäft in der Rivington Street aufgemacht und uns nicht die paar Dollar für unseren Schutz gegönnt. Dabei setzen meine Jungs jeden Tag für die Sicherheit der Bürger ihr Leben aufs Spiel. Der arme Kerl. Seinen Laden hat man ausgeplündert, ihn selbst halb tot geprügelt, und es sieht nicht gut aus. Schon möglich, daß er nie wieder auf die Beine kommt.»

«Um so was muß ich mich kümmern, und noch um ein paar Dutzend andere Sachen», sagte Max zu Sally. «Natürlich hab ich gehört, was du gesagt hast. Willst du denn überhaupt, daß deine Eltern mich kennenlernen?»

«Aber selbstverständlich.»

Max zuckte die Schultern. «Na schön.»

«Also wann?»

«Sobald ich das Theater an der First Avenue eröffnet habe.»

Bei allen Forderungen, die sein zweites Theater an ihn stellte, konnte er seinen Angehörigen nicht aus dem Weg gehen. Jetzt, da zumindest ein Teil von ihnen für ihn arbeitete, waren sie jederzeit und überall um ihn. Außerdem hatte sich das Verhältnis zwischen ihnen und ihm geändert. Sarah hatte stets Forderungen an ihn gestellt, die anderen hingegen hatten recht bescheiden genommen, was sie bekamen. Mit dieser Bescheidenheit war es nun vorbei. Alle trugen Forderungen vor, denn Max war jetzt in ihren Augen ein reicher Mann. Sie verlangten, er solle mit ihnen einen Picknickausflug machen. Wenn andere Familien das konnten, warum dann nicht die Britskys? Schließlich gab er nach, und eines Sonntagmorgens im Dezember brachen sie nach Washington Heights im Norden der Stadt auf. Obwohl der Tag ungewöhnlich mild und sonnig war, war es doch schon recht kühl, und niemand, der auch nur die geringste Erfahrung mit Picknickausflügen hatte, würde diesen Zeitpunkt gewählt haben. Für die Britskys aber wäre es sogar noch im Schnee ein großartiges Erlebnis gewesen.

Max war als einziger von ihnen schon einmal über die Twenty-third Street hinausgekommen, die unsichtbare Demarkationslinie zwischen den Elendsquartieren im Süden Manhattans und den besseren Vierteln im Norden. Die Welt jenseits dieser Linie war den jeweils anderen so unbekannt wie das finsterste Afrika. Für 3 Dollar fuhr Shecky Blum die ganze Familie mit seiner alten Pferdedroschke zur Hochbahnstation an der Ninth Avenue, wobei es in dem offenen vierrädrigen Einspänner recht eng zuging: zu drei und drei saßen sie sich gegenüber, Benny hockte ihnen zu Füßen. Max kaufte Fahrkarten erster Klasse für die Hochbahn, und so sahen sie jetzt hoch über der Straße die Wunder der Insel Manhattan an sich vorüberziehen. Sie bemerkten die mißbilligenden und kalten Blicke der anderen Fahrgäste nicht, die die Anwesenheit so lauter und lebhafter Menschen in der ersten Klasse nicht gewohnt waren. Was scherte das die Britskys! Sie hatten nur Augen für das, was sich ihren Augen bot, während der Zug die Ninth Avenue in Richtung Columbus Avenue entlangdonnerte. Max spielte den Fremdenführer, wies auf die grünen Hügel und Wäldchen des Central Park rechts von ihnen hin und machte sie auf alles aufmerksam, was sie zur Linken am Hudson sehen konnten. Dazu kamen die neuen Errungenschaften dieser unglaublichen und sinnenverwirrenden Stadt namens New York – die großen Wohnblocks, das berühmte Dakota-Hochhaus und dann das ganz und gar unwahrscheinliche Gebäude, das riesige Museum für Naturgeschichte, das nach seiner Fertigstellung jedes andere Museum seiner Art auf der ganzen Welt in den Schatten stellen würde. Als krönender Abschluß schwang sich dann das Hochbahngleis um das Nordende des Central Parks herum, so hoch über dem Tal, daß der Zug – zumindest den Britsky-Kindern – frei in der Luft zu fliegen schien wie ein Vogel, und so war es auch nur zu verständlich, daß sie vor Furcht und Entzücken schrien, bis sie heiser waren.

Von der Endstation an der Hundred and Fifty-fifth Street schleppten sie ihre Picknickkörbe den Berg hinauf zum öffentlichen Picknickgelände, das jetzt im Dezember verlassen dalag. Was tat es, daß sie durchgefroren waren, bis sie ankamen? Endlich waren sie draußen auf dem Land und hatten einen herrlichen Blick über die großen Herrensitze, die das ganze Harlem-Tal entlang bis zum East River verstreut waren. Viele von ihnen hatten ihren eigenen Anleger und eigene Yachten, die aber jetzt zum Überwintern aufs Trokkene gesetzt worden waren. Auf dem East River sahen sie Schleppzüge fahren, teils zum Kanal und teils über den Fluß, sie sahen sich ausbreitende Wiesenflächen, Hecken, Bäume, die Felder und Bauernhöfe und die Landhäuser in der Bronx. Es war ganz gewiß ein denkwürdiger Tag.

Denkwürdig war auch der Tag, an dem Max sich endlich bereit erklärte, mit Sally zu ihren Eltern nach Flatbush hinauszufahren. Als er ihr gestand, daß er noch nie auf der anderen Seite des East River gewesen war, sagte sie: «Max, wie kannst du nur? Du hast doch diese phantastische Brooklyn Bridge gleich vor der Haustür! So etwas gibt es auf der ganzen Welt nicht noch einmal. Viele Menschen kommen eigens aus Europa hergereist, um sie zu sehen und darüberzugehen. Und du müßtest nur ein paar Schritte tun und warst trotzdem noch nie auf der anderen Seite.»

«Ich hatte keine Zeit –»

«Immer kommst du mir damit – du redest über nichts anderes als Zeit, und nie hast du Zeit. Du bist erst zwanzig Jahre alt, wenn du aber so weiter machst, wird dir das Leben entgleiten, ohne daß du etwas von deiner Jugend hast.»

So fügte sich Max an einem der darauffolgenden Sonntage Sallys Wunsch. Sie war so glücklich, daß sie vor lauter Freude ins Lehrerhafte verfiel. Während sie in Shecky Blums Droschke, die Max für den Tag gemietet hatte, dahinrollten, erklärte sie Max, daß Flatbush einst eine eigene Stadt mit einer bewegten Geschichte war, bis Brooklyn es, übrigens erst im Vorjahr, eingemeindet hatte. Generationen lang war es eine ruhige kleine holländische Siedlung gewesen. Der Name, erklärte Sally, kam im übrigen vom holländischen *vlakke bos,* was «Wäldchen in der Ebene» bedeutet. Nachdem der Ursprung des Namens erst einmal in Vergessenheit geraten war, wurde im Laufe der Zeit Flatbush daraus. Hier übrigens, sagte sie, habe General Sullivan mit seinen tapferen Truppen vor mehr als hundert Jahren die völlige Auflösung des amerikanischen Heeres verhindert. Max ahnte nicht im entferntesten, wer dieser General gewesen sein könnte, und er hatte nur eine ganz undeutliche Vorstellung von dem, was sich hundert Jahre zuvor dort abgespielt hatte. Geschichte war nicht gerade seine Stärke, doch es gefiel ihm ungemein zu sehen, wie Shecky Blum jedes Wort, das Sally sagte, so begierig aufsog, daß er ganz vergaß, sein Pferd anzutreiben, das dann auch prompt im Schritt dahinzockelte.

«Vorwärts, Shecky!» sagte Max nicht ohne Schärfe. «Das ist hier keine Schule.»

«Eine kluge junge Dame», erklärte Shecky.

Flatbush war weit hübscher, als Max es sich vorgestellt hatte. Obwohl es Winter war, vermittelten ihm die hohen Bäume, die sauberen, anheimelnden Häuser, hie und da ins Stadtbild eingesprengte Bauernhöfe, das zusammengekehrte Laub, mit dem der Wind munter sein Spiel trieb, das köstliche Aroma des Holzrauchs – und all das nur zwei Fahrstunden von der Henry Street mit ihrem Gestank und ihrer wimmelnden Beengtheit entfernt – den Eindruck, in einem unwirklichen Traum zu leben. Er versuchte sich vorzustellen, wie seine Kindheit hätte aussehen und sein Leben verlaufen können, wäre er an einem so idyllischen Ort aufgewachsen, und er sagte zu Sally: «Mein Gott, hast du ein Glück.»

Er trug seinen guten blauen Sergeanzug, und als sie das kleine gelbgestrichene und weiß abgesetzte Holzhaus erreichten, in dem Sally zur Welt gekommen war und den größten Teil ihres Lebens verbracht hatte, sprang Max aus der Droschke und half Sally beim Aussteigen. Er war ganz sicher, daß man sie von irgendeinem Fenster aus beobachtete, und er wollte nicht, daß die Levines ihn für einen ungehobelten Flegel hielten, der ihrer Tochter nicht würdig war. Doch fühlte er sich fehl am Platz und war gedämpfter Stimmung. Noch nie hatte er ein so elegantes Wohngebäude betreten – und überhaupt noch kein Einfamilienhaus. Er sah Sally jetzt in einem neuen Zusammenhang und betrachtete sie losgelöst von ihrem winzigen möblierten Zimmer. Die Levines waren einfache Leute, Ladeninhaber, aber durch die Wohlachtbarkeit, die aus ihrer Zugehörigkeit zur Mittelschicht entsprang, rangierten sie unendlich weit oberhalb der verächtlichen Klasse, der Max entstammte. Er trat zurückhaltend und höflich auf und sprach leise. Er war nicht nur Eindrücken gegenüber empfänglich, sondern besaß, wie Sally schon angemerkt hatte, die Fähigkeit, sich, wie ein Chamäleon, blitzschnell neuen Gegebenheiten anzupassen. Statt des Wilden aus dem Getto, den die Levines erwartet hatten, sahen sie einen schlanken gutaussehenden jungen Mann vor sich, der nicht nur Mrs. Levines Kochkunst lobte, sondern auch die Zigarre, die Mr. Levine ihm angeboten hatte. Max rauchte nicht regelmäßig, er selbst kaufte nie Zigarren, aber er rauchte mit Genuß, wenn man ihm eine anbot, und ließ den Rauch behaglich seinem Mund entströmen. Die Männer mußten sich zum Rauchen in die Kälte der hinteren Veranda zurückziehen, da Mrs. Levine nicht zuließ, daß Zigarrenrauch die Luft in ihrem Haus verpestete. Während sie in ihre Mäntel gehüllt dort saßen und Sally mit ihrer Mutter in der Küche abwusch, versuchte Mr. Levine Max auf den Zahn zu fühlen. Dieser erteilte freimütig die gewünschten Auskünfte: er besaß zwei Lichtspieltheater, die beim Publikum unglaublichen Widerhall fanden, und er hatte eine Option auf ein drittes genommen.

«Und Sie haben hinsichtlich meiner Tochter ehrenhafte Absichten?» erkundigte sich Mr. Levine. Er war nicht gesonnen, um den heißen Brei herumzureden, wo es um die Zukunft seines einzigen Kindes ging.

«Selbstverständlich. Aber das heißt nicht, daß Sally mich heiraten möchte. Sie hat ihren eigenen Kopf.»

«Das stimmt», bestätigte der Vater. «Wie alt sind Sie eigentlich, Max?»

«Im November werd ich einundzwanzig.»

«Also sind Sie jetzt zwanzig, denn wir haben erst Januar. Sally ist nahezu vier Jahre älter. Sie ist eine reizende und kluge junge Frau, und es bricht uns das Herz zu sehen, wie sie Bewerber ausschlägt. Nahezu alle ihre Freundinnen sind bereits verheiratet. Wenn sie wartet, bis ein junger Mann wie Sie die nötige Grundlage schafft, um eine Familie zu ernähren, muß sie sicher sein, daß er dazu auch einmal in der Lage sein wird. Dafür aber braucht man ein gesichertes Einkommen. Bitte, entschuldigen Sie die offene Frage: wann dürfen Sie damit rechnen, über ein solches Einkommen zu verfügen?»

«Offenheit gegen Offenheit, Mr. Levine. Ich liebe Ihre Tochter. Sie ist die erste, aus der ich mir etwas mache. Aber ich erhebe keine Ansprüche auf sie, und das weiß sie. Ich muß meine Mutter und meine fünf Geschwister versorgen, also brauche ich mehr als nur ein Einkommen, von dem man leben kann. Ich brauche viel Geld, und ich bin sicher, daß ich es verdienen werde.»

Diese Auskunft vermochte Mr. Levine nicht zu beruhigen, doch erklärte Sally auf dem Rückweg, Max habe auf ihre Eltern einen günstigen Eindruck gemacht, und ihre Mutter halte ihn für einen anständigen und verantwortungsbewußten jungen Mann. Max aber, dem etwas anderes nachhaltiger in Erinnerung geblieben war als die Meinung von Sallys Eltern über ihn, mietete einige Tage später erneut Shecky Blums Droschke und ließ sich zum Flatbush Turnpike fahren. Dort hatte er an einem Schuppen ein Schild ZU VERKAUFEN gesehen. Der Schuppen lag an der Hauptstraße, inmitten zahlreicher Geschäfte, eine letzte Erinnerung an die nicht besonders lange zurückliegende Zeit, als das ganze Gelände Ackerland gewesen war. Max besichtigte den Schuppen gründlich, versuchte zu erkennen, wie gut die Holzkonstruktion erhalten war, maß ihn der Länge und Breite nach aus und kam zu dem Ergebnis, man brauchte das Gebäude lediglich zu säubern und anzustreichen und könne dann, nach Ausführung einiger unbedeutender Zimmermannsarbeiten, 400 Klappstühle darin aufstellen. Da Flatbush nicht die Lower East Side war, würde hier der Eintritt für Erwachsene 10 und für Kinder 5 Cent kosten. Selbst wenn einige Plätze frei blieben, schätzte Max den Umsatz auf 150 Dollar pro Tag, und möglicherweise 250 an Samstagen und Sonntagen. Den größten Teil des Tages verhandelte er mit einem Mr. Hixby vom Immobilienbüro Hixby und Collins in New Brooklyn und unterschrieb schließlich den Kaufvertrag für den Schuppen. Er übernahm eine Hypothek von 1300 Dollar und legte 350 Dollar zusätzlich bar auf den Tisch. So entstand Britskys Theater in Flatbush.

Wohl war das Lichtspieltheater in Flatbush nahezu vom ersten Tag an ein voller Erfolg, doch es riß auch ein großes Loch in Max' Barreserve. Als er genug eingenommen hatte, um seine Schulden zu tilgen, stieß Sam Snyder in Philadelphia auf ein kleines Unternehmen, das Filme von zehn Minuten Spieldauer herstellte. Sie zeigten zum Beispiel von verschiedenen Gesichtswinkeln aus in voller Fahrt gefilmte Eisenbahnzüge, die auf die Kamera zurasten, sich von ihr entfernten oder eine beängstigend hohe hölzerne Brücke überquerten. Außerdem sah man Lokomotiven im Lokschuppen. Andere Filme zeigten zahlreiche verschiedene Tiere im Zoo. Dann wieder hatte man die Kamera an einer bestimmten Stelle in der Stadt aufgestellt und sie das Leben und Treiben um sie herum filmen lassen. Max fuhr mit Sam nach Philadelphia und nahm eine Kaufoption auf den gesamten Filmbestand des Unternehmens, siebzehn Streifen. Darüber hinaus sicherte er sich das alleinige Vorkaufsrecht auf alle Filme, die es in Zukunft herstellen würde. Obwohl Max seine Filme in drei Theatern zeigen und sie verschieden miteinander kombinieren konnte, war sein Bedarf an immer neuem Material ungeheuer.

Da er im Juni einen vierten Standort in der nähe des Tomkins Square fand, konnte er erst im Oktober Sally ihre 1000 Dollar zurückgeben. Er lud sie eines Abends zum Essen ein, kam in einem Smoking, den er bei der Firma Wormser in der Orchard Street geliehen hatte, und kaufte ihr ein kleines rosa-violettes Sträußchen, das sie an ihr malvenfarbenes Kleid aus Crêpe de Chine steckte. Sie trug ihr Haar in einer Hochfrisur und hatte etwas Rouge und Lippenstift aufgelegt. Obwohl Max noch nicht genug Lebensart besaß, um sich in Delmonicos Restaurant zu wagen, so hatte er doch einen Tisch im Holland House an der Fifth Avenue reserviert, und sie fuhren in einem Hansom dorthin. Max bestellte Champagner und als Hauptgang Filet. Unmittelbar, bevor das Dessert serviert wurde, überreichte er Sally einen Scheck über 1000 Dollar und machte ihr gleichzeitig einen Heiratsantrag.

«Lieber Max, du bist der großartigste und reizendste Mensch auf der Erde.»

«Ich will nicht großartig sein, sondern dein Mann.»

«Darüber können wir uns zu gegebener Zeit unterhalten.»

«Jetzt ist die gegebene Zeit.»

«Max», sagte Sally freundlich, «ich habe selten einen so wunderbaren Abend erlebt – wir wollen ihn bitte nicht mit einem Streit verderben.»

«Sag ja, und es gibt keinen Streit.»

«Nicht heute abend. Bitte, Max.»

Verletzt und zurückgewiesen sagte er den Rest des Abends kaum ein Wort. An der Tür zu ihrem Zimmer forderte Sally Max auf: «Bitte, sei nicht böse. Willst du mir keinen Gutenachtkuß geben?»

«Wozu?» wollte er wissen.

«Max –»

«Gute Nacht!» knurrte er, wandte sich auf dem Absatz um und stieg die Treppe hinab.

FÜNF

1902

Max mit dreiundzwanzig Jahren

Sally weinte haltlos.

«Das hilft jetzt auch nicht», sagte ihr Vater. «Sind wir deine Feinde oder die beiden Menschen, die dich mehr lieben als sonst jemand auf der Welt?»

«Hör auf deinen Vater», bat ihre Mutter, «er meint es gut mit dir, mein Liebling.»

«Aber ich weiß nicht, ob ich ihn überhaupt liebe», flüsterte Sally. «Ich weiß nicht einmal, ob ich ihn sehr gern habe.»

«Schon wieder redest du von Liebe.»

«Liebste Sally, mein Herzenskind», sagte Mrs. Levine, «früher in Europa haben die Eltern den Ehegatten ausgesucht, und nicht die Kinder. Wer sprach da von Liebe? Aber ob du es glaubst oder nicht, das hat mehr gute Ehen hervorgebracht als die Liebesheiraten hier in Amerika.»

«Fünf Jahre bist du schon mit ihm zusammen», sagte Mr. Levine, «und jetzt auf einmal meinst du, du liebst ihn nicht.»

«Ihr versteht das nicht», sagte Sally unter Tränen. «Es ist sehr schön, mit Max zusammen zu sein – jedenfalls meistens –, aber ich war nie sicher, ob ich ihn liebte. Manchmal, wenn er so richtig ordinär und ungehobelt ist, verabscheue ich ihn.»

«Du hast ihm 1000 Dollar gegeben und wußtest nicht einmal, ob du ihn liebtest?»

«Geliehen, und er hat es auf Heller und Pfennig zurückgezahlt.»

«Sally», sagte ihre Mutter, «du weißt doch, wie alt du bist?»

«Natürlich», sagte Sally kläglich.

«27 –»

«Noch nicht ganz.»

«In zwei Monaten», schloß ihr Vater die Erörterung ab. «Und du weißt doch, wie man eine Frau von 27 Jahren nennt, die, Gott behüte, nicht verheiratet ist? Wir müssen ganz offen reden, mein Kind – du würdest eine alte Jungfer sein! Und das meinem einzigen heißgeliebten Kind!»

Nach diesen Worten brach Sally in ungehemmtes Schluchzen aus. Ihre Mutter schloß sie in die Arme. «Sieh nur, was du dem Kind angetan hast», sagte sie vorwurfsvoll zu ihrem Mann.

«Ein Kind ist sie nun wirklich nicht mehr», erklärte Mr. Levine gelassen.

«Du bist herzlos.»

«Ich habe durchaus ein Herz», sagte Mr. Levine. «Lillian, du würdest dich wundern, wieviel Herz mir beim Gedanken daran brechen kann, daß meine Tochter eine alte Jungfer sein soll.»

«Auch wenn ich es wollte», schluchzte Sally, «weiß ich doch nicht, ob er mich heiraten würde. Ich habe ihn schon fast einen Monat nicht mehr gesehen.»

«Du weißt es nicht!» rief Mr. Levine aus. «Er würde das beste jüdische Mädchen auf der Welt bekommen ... Sag mir doch –» Seine Stimme erhob sich.

«Schrei nicht, bitte», bat ihn seine Frau.

«Schon gut.» Seine Stimme sank zu einem Flüstern. «Sag mir doch nur, wo er noch einmal ein Mädchen wie dich findet, aus guter Familie, die alles erbt, was ihr Vater und Mutter hinterlassen, und die noch dazu eine feste Anstellung als Lehrerin hat?»

«Ohne diesen verwünschten Beruf wäre sie längst verheiratet», sagte Mrs. Levine, die sich nicht mehr zurückhalten konnte.

«Ich kann ihn ja nicht gut zwingen, mich zu heiraten.»

«Zumindest könntest du ihn anrufen und ihm sagen, daß du mit ihm reden möchtest.»

«Und ihm einen Heiratsantrag machen? Wie stellst du dir das vor, Papa?»

«Nun, unauffällig. Zuerst seid ihr ein bißchen zusammen, und du mußt ihn natürlich ermutigen. Er wird dir einen Antrag machen, glaub mir, denn ich weiß schon jetzt, daß er sich nach dir verzehrt.»

«Das wäre mir neu. Warum sollte er? Ich bin nicht nett zu ihm. Ich verbessere seine Fehler und sage ihm, wie ordinär er ist –»

«Aber warum denn nur?»

«Weil er es ist, Papa! Du mußt es mir glauben. Ich soll dir glauben, jetzt glaube du *mir.* Wenn er mir einen Antrag macht und ich ihn annehme, darf ich alle Hoffnungen fahren lassen. Ich würde sterben. Wenn ihr das von mir verlangt, werde ich sterben.»

«Ach was», sagte Mr. Levine ungehalten. «Was für ein Gerede ist das, du wirst sterben. Warum solltest du? Seit Jahren bist du mit ihm zusammen, und mir hast du gesagt, du bist es gern.»

«Das heißt noch lange nicht, daß ich mit ihm verheiratet sein möchte.»

«So, heißt es nicht! Weißt du, was ich glaube? Ich glaube, du bist verzogen. Willst du mir und deiner Mutter das Herz brechen? Schön, werde nur eine verschrumpelte kinderlose alte Jungfer und enthalte uns die Enkel vor –»

Sallys Stimme versagte. Sie schluchzte wie ein kleines Mädchen.

«Laß sie zufrieden!» rief Mrs. Levine. «Laß das Kind um Gottes willen zufrieden! Sie wird schon tun, was wir ihr sagen. Sie war immer folgsam.»

Verwaltet wurden Max Britskys Theater vom Hobart Building aus, das auf der Südseite der Fourteenth Street zwischen der Fifth und der Sixth Avenue lag. Es war eines der von dem wagemutigen jungen Architekten Bradford Lee Gilbert entworfenen neuen Bürogebäude, die er nach einem von ihm als «Stahlkäfigprinzip» bezeichneten Verfahren errichtete. Es hatte zehn Stockwerke, zwischen denen mehrere hydraulisch betriebene Aufzüge verkehrten, jeder in einem stählernen Schacht, der so tief in den Boden reichte, wie das Gebäude hoch war. Diese Fahrstühle waren einer der Gründe dafür gewesen, daß Max dort Büroräume mietete. Er hatte irgendwo etwas über das Funktionsprinzip der Hydraulik gelesen und war davon so fasziniert, daß er unbedingt sein Büro in dem Gebäude haben wollte. Es lag im achten Stock, und so nahm Bert Bellamy den Aufzug, stieg im achten Stock aus, wandte sich links den Gang entlang und stand schließlich vor einer großen Glastür, auf der Blattgoldbuchstaben verkündeten: BRITSKY THEATER.

«Der Teufel soll mich holen», knurrte Bert anerkennend. «Der Teufel soll mich holen und seine Großmutter dazu.»

Hatten das Gebäude und die Aufzüge ihn bereits beeindruckt, so wirkten die Blattgoldbuchstaben überwältigend auf ihn. Blattgold zeugte von Stil.

Bert und Max waren ohne Groll voneinander geschieden. Im ersten Jahr nach ihrem Auseinandergehen trafen sie sich gelegentlich, doch dann verstrichen zwei Jahre, ohne daß der eine etwas vom anderen hörte. Vor drei Tagen aber hatte Bert in seiner Garderobe ein Telegramm vorgefunden, in dem es hieß, er möge sich sogleich in Max Britskys Büros im Hobart Building einfinden. Wohlgemerkt: nicht einfach Büro, sondern im Plural, Büros. Ein Büro hat alle Welt – aber «Büros», das klingt gewichtig.

Drinnen sah sich Bert einer molligen jungen Frau mit großen braunen Augen und üppiger Haarpracht gegenüber, die etwas zu viel Lippenstift aufgelegt hatte. Sie saß am Empfangstisch, auf dem eine der neuen Schreibmaschinen thronte, von denen man in der Geschäftswelt so viel hermachte. Gerade in der Vorwoche hatte Bert sich eine neue Nummer ausgedacht, in der es um die Tücken von Schreibmaschinen ging. Außer der jungen Frau und dem Empfangstisch gab es im Vorzimmer zwei Sessel, ein niedriges Tischchen mit verschiedenen Nummern der *Saturday Post* und einen Bastteppich auf dem Fußboden. In einer Ecke des Raums stand eine Grünpflanze.

Die junge Dame am Empfangstisch musterte Bert mit erfahrenem Blick, gewährte ihm ein nicht unfreundliches Lächeln und äußerte die Vermutung, er müsse Mr. Bellamy sein.

«Stimmt.»

«Mr. Britsky erwartet Sie bereits, gehen Sie also ruhig hinein.» Die Tür, auf die sie wies, trug die Aufschrift: *Privat.* Bert zögerte. «Nur zu.»

Bert tat, wie ihm geheißen war. Er befand sich jetzt in einem Eckzimmer mit zwei Fenstern, einem Schreibtisch, hinter dem Max saß, zwei Ledersesseln, einem Teppich auf dem Boden und Plakaten mit Filmszenen an den Wänden. Max, der genauso schlank und jugendlich wirkte wie eh und je, sprang auf, als er Bert erkannte, kam um den Tisch herum und schüttelte ihm kräftig die Hand. Bert sah ihn sprachlos an und blickte sich dann im Büro um.

«Laß dir Zeit», sagte Max.

«Das darf doch nicht wahr sein!»

«Das denke ich manchmal auch», sagte Max.

Eine Tür ging auf, ein nicht besonders großer, stämmiger, rundgesichtiger junger Mann trat ein und teilte mit: «Mr. Britsky, ich habe alles Material über die Sache mit der öffentlichen Ruhestörung zusammengestellt – Sie können sie jederzeit ansehen.»

«Das kann warten, Freddy. Hier ist mein alter Freund Bert Bellamy.» Zu Bert sagte er: «Ich stelle dir Freddy Feldman vor, meinen Rechtsberater.»

Freddy und Bert schüttelten einander die Hand, dann verließ Freddy mit einer Entschuldigung den Raum. Bert sah Max einen Augenblick lang sprachlos an und platzte dann heraus: «Was soll das heißen: dein Rechtsberater?»

«Er arbeitet für mich, ausschließlich für mich. Die Tür da geht zu seinem Büro, es liegt nebenan.»

«Seit wann denn?»

«Seitdem er seine Ausbildung abgeschlossen hat. Er kommt aus der Henry Street wie ich, nur war er klug und hat die Schule zu Ende gemacht, statt sich wie ich in Amüsierbetrieben herumzudrücken. Du glaubst wohl, ich brauch keinen Rechtsberater?»

«Über so was hab ich mir noch keine Gedanken gemacht.»

«Solltest du aber, alter Junge. Ich hab siebzehn Lichtspielhäuser. Meinst du, ich krieg alles mit, was da so passiert? Völlig unmöglich. Also habe ich Freddy eingestellt, der paßt auf, daß mich mein Buchhalter Jake Stein nicht beklaut und daß ich nicht in den Knast muß. Immerhin gibt's ungefähr fünfzig Gesetze, von denen man pausenlos welche übertritt, wenn man wie ich öffentliche Vergnügungsstätten betreibt, so heißt das amtlich.»

«Das reinste Wunder», sagte Bert kopfschüttelnd. «Ich weiß nicht wie, aber du hast es geschafft. Ich war ein Trottel, da beißt keine Maus 'nen Faden von ab. Du hast mir angeboten, bei dir mit einzusteigen, und ich hab gesagt, laß mich zufrieden.»

«Wir sind immer noch Kumpel», sagte Max. «Von klein auf–»

«Ich will kein Mitleid!» unterbrach ihn Bert wütend. «Ich hab nur gesagt, ich war ein Trottel, damit du es nicht zu sagen brauchst. Ich will nichts geschenkt.»

«Wer hat gesagt, du kriegst was geschenkt?»

«Du weißt, daß sie mich rausgeschmissen haben.»

«Ich hab davon gehört.»

«In Ordnung, verhungern werd ich nicht. Es gibt noch andere Varietés als das Bijou. Ich soll nächste Woche bei Carruthers vorsprechen, und der ist immerhin die Nummer eins bei den Keith-Häusern.»

«Ein Arschloch ist er. Laß das sausen! Weißt du, warum das Bijou zu ist?»

«Wahrscheinlich ist es verkauft worden.»

«So ist es. Dreimal darfst du raten, wer es gekauft hat: ich, Max Britsky.»

«Du? Und du hast uns entlassen?»

«Ruhig Blut. Niemand ist entlassen. Vorläufig wird nicht gespielt, das ist alles. Guttman ist ausgeschieden, also brauch ich 'nen neuen Geschäftsführer. Laß dir sagen, Bert, das Varieté ist am Ende. Dafür gibt's was Neues – Lichtspieltheater mit Musik zwischen den einzelnen Filmen. Das erste davon in New York soll das Bijou sein. Ich laß das Haus herrichten, die ollen Sitze neu beziehen und eine Vorführkabine einbauen. Ich hab noch zwei andere Häuser im Auge, eins in Brooklyn und eins an der Second Avenue – richtige Theater, keine umgebauten Läden – aber das muß noch warten. Ich bin jetzt schon halb verrückt, weil ich immer ein Dutzend Sachen gleichzeitig um die Ohren hab. Und glaub bloß nicht, daß es dabei bleibt. Ins Bijou geh ich nicht mit den kurzen Filmstreifen, die ich in den Läden gezeigt hab. Edison arbeitet an Filmen mit richtiger Handlung. Gesehen hab ich noch keine, aber sie sollen großartig sein, und schon ein einziger davon ist dann das ganze Programm. Sag mir, was du von der Sache hältst?»

«Was soll ich davon halten? Soll ich dir hinten reinkriechen, weil du im Geld schwimmst und ich auf der Straße liege?»

«Mann, bist du sauer!»

«Du hast mich um meine Arbeit gebracht, soll ich dir dafür noch danken?»

«Nein, aber zuhören könntest du.» Max nahm hinter seinem Schreibtisch Platz.

«Schön, ich höre.»

«Setz dich doch erst mal hin.»

Bert ging zu einem der Sessel und sagte: «Schieß los.» Innerlich kochte er. Er dachte nicht an den Max, der sein Freund von Jugend auf gewesen war, mit dem gemeinsam er Nummern vorgeführt hatte, an seinen Gefährten und Vertrauten. Zum erstenmal dachte er verbittert: für wen hält sich der hergelaufene verdammte kleine Judenlümmel eigentlich? Soll ich ihm den Stiefelputzer machen, den Handlanger, und von seinen milden Gaben leben?

Max las in Berts Gesicht, sah das Zucken seiner Lippen und sagte: «Nun gut, du haßt mich. Kannst du das mal fünf Minuten lang vergessen und mir zuhören?»

«Tu ich ja.»

«Nun schön. Noch vor Jahresende werd ich drei Theater haben. Ich sagte ja schon – keine Läden, richtige Theater. Glaub mir nur: das Bijou ist nicht mal das beste von ihnen. Das ist aber nur ein Anfang. Wie wär's – du leitest das Bijou, und später, wenn die anderen Häuser dazukommen, auch die. Das heißt, du stellst die Musiker ein, kümmerst dich um ihre Bezahlung, planst die Musikstücke, siehst den Kartenverkäufern auf die Finger – kurz, du mußt den ganzen Laden schmeißen. Ich hab auch ohne das genug um die Ohren: ich muß neue Häuser eröffnen, leite die, die ich schon hab, muß darauf achten, daß das Geld reinkommt, und neue Filme aufspüren. Sam Snyder kümmert sich um die Läden und die Programme, und damit hat er reichlich zu tun. Deine Aufgabe wäre es, ein Unternehmen zu leiten, das in der Woche mindestens 10000 Dollar bar umsetzt. Du kannst Gift darauf nehmen, daß es dabei nicht bleibt.

Allerdings soll das Bijou kein billiges Fünf-Cent-Lichtspielhaus sein, kein Nickel-Odeon. Erwachsene zahlen 25 Cent Eintritt, Kinder 15. Die Musikstücke und der Film zusammen dauern fünfzig Minuten, gespielt wird von elf bis elf, mit einer Pause, in der das Haus aufgeräumt wird. Die Fassade wird weiß mit gold, das sieht vornehm aus. Eines Tages werden wir in ganz Amerika hundert Häuser wie das Bijou haben, sogar noch bessere. Wer kümmert sich bis jetzt um diese Riesenfirma? Ich, Sammy Snyder und Freddy Feldman. Ich brauch dich. Ich zahl dir doppelt so viel, wie du am Bijou verdient hast, und leg jedesmal 10 Prozent drauf, wenn wieder ein richtiges Theater aufgemacht wird. Filme werden die heißeste Sache auf der Welt sein, glaub mir. Na, was sagst du?»

«Was soll ich sagen? Mir schwirrt der Kopf.»

«Versteh ich. Das geht uns allen so. Es ist kein Zuckerlecken, wir arbeiten achtzehn Stunden am Tag, aber eines Tages – was ist, machst du mit?»

«Max, steh mal auf.» Als dieser der Aufforderung folgte, ging Bert um den Tisch herum und umarmte ihn. Zwar war sein Zorn noch nicht verraucht, aber doch schon mit schlechtem Gewissen durchsetzt.

«Laß den Quatsch», sagte Max. «Wenn du Liebe suchst, sieh zu, daß du irgendwo 'ne Nummer schieben kannst. Wir treffen uns im Bijou, morgen früh neun Uhr.»

Nachdem Bert gegangen war, trat Max in Feldmans Büro und fragte: «Na, Freddy, was halten Sie von ihm?»
«Ich habe ihn nur kurz gesehen.»
«Aber Sie haben doch einen Eindruck.»
«Sieht nicht schlecht aus. Ist wohl kein Jude?»
«Sie wissen doch, Freddy, die Welt der Juden hört an der Rivingston Street auf. Es überrascht mich zwar jedesmal, wenn ich drüber nachdenke, aber so ist es.»
«Ja, Mr. Britsky.»
«Noch etwas, Freddy.»
«Ja.»
«Wenn Bert mit der Arbeit anfängt –»
«Haben Sie ihn eingestellt?»
«Na klar. Er hat fast so ein Köpfchen wie ich. Wir haben als junge Burschen gemeinsam angefangen. Ich schulde ihm was, und wenn ich schulde, zahl ich auch – das ist ein Geschäftsgrundsatz von mir. Vielleicht haben Sie gemeint, ich hätte keine Grundsätze. Es sind auch nicht besonders viele, aber zwei oder drei hab ich schon. Jedenfalls, was ich sagen wollte: wenn Bert hier anfängt, sagt er Max zu mir und ich Bert zu ihm. Also Schluß mit Mr. Britsky, ab heute heiße ich für Sie Max.»
«Gewiß, Mr. Britsky.»
«Max.»
«Max.»

Sally durchlebte einen inneren Aufruhr, bei dem Verwirrung, Furcht, Aufregung und Selbstekel miteinander abwechselten. Hinzu kam ein seltsames Vorgefühl. In einem Punkt hatten ihre Eltern recht: alle jungen Männer, die sie in Flatbush gekannt hatte oder denen sie einmal vorgestellt worden war, waren inzwischen verheiratet, und in den Augen der eng miteinander verbundenen jüdischen Gemeinde, der die Levines angehörten, galt sie nicht mehr als heiratsfähig. Ob sechs- oder siebenundzwanzig, war ziemlich unerheblich – sie war eine alte Schachtel, eine von vielen ledigen Lehrerinnen. Sie sprach wie diese, hatte deren absonderlichen Eigenheiten und teilte weitgehend deren Ansichten. Eben deshalb hatte sie auch den Gedanken an eine Ehe mit Max stets ebenso abgelehnt wie ihn selbst, obwohl er anfangs nicht bereit gewesen war, diese Zurückweisung hinzunehmen. Andererseits kannte sie niemanden, der Max das Wasser hätte reichen können. Er war erregend, und ein Abend mit ihm verlief nie ohne Überraschung. Er barst förmlich vor Dynamik und Vitalität, so daß neben ihm alle anderen Männer, die sie kannte, langweilig und fade wirkten – es schien, als lebten sie nur halb.

Die Zurückweisung durch Sally und Max' Weigerung, sie hinzunehmen, wiederholte sich so lange, bis Max des Spiels überdrüssig wurde.

Zwei Jahre zuvor hatte es geschienen, als sei Sally bereit, ihn zu akzeptieren und seine Frau zu werden, dann jedoch nahm diese Bereitschaft allmählich ab. Nachdem Sally jetzt mehr als einen Monat ohne Nachricht von Max geblieben war, schluckte sie die Kröte und rief ihn an: Sie lud ihn zu einem «Heißtopf» auf ihr Zimmer ein. Dabei handelte es sich um eine einfache Mahlzeit, die auf dem Spirituskocher zubereitet wurde. Der «Heißtopf» war seinerzeit in New York groß in Mode, denn die Tausende von jungen Männern und Frauen, die aus allen Teilen des Landes in die Großstadt strömten, mußten in möblierten Zimmern ohne Kochgelegenheit wohnen. So griffen sie begierig den Einfall auf, einen Tontopf auf ein Metallgestell zu setzen und über einer Spiritusflamme zu erhitzen. Die Zeitungen brachten regelmäßig Rezepte für den «Heißtopf». Sally hatte vor, ein Welsh Rabbit auf den Tisch zu bringen, also überbakkenen Toast in einer Soße aus Ei und Bier. Dazu sollte es eine gute Flasche französischen Weißwein geben. Mit Stücken von einem Eisklotz, den sie gekauft hatte, füllte sie den Weinkühler, legte eine Spitzendecke auf, ein Geschenk ihrer Mutter, stellte Kerzen darauf und besorgte Gebäck zum Nachtisch: in diesem Rahmen wollte sie Max in die Falle locken.

Das also stand hinter ihren Empfindungen: Furcht, Erregung und Vorgefühl. Irgendwie würde sie Max dazu bringen, daß er ihr einen Heiratsantrag machte, und diesmal würde sie zugreifen. Ihre Eltern hatten recht, sie mußte schleunigst unter die Haube. Im Unterschied zu ihren Kolleginnen gehörte sie nicht zu einer alteingesessenen Familie und war als Jüdin Angehörige einer Minderheit. Sie hätte als unverheiratete Frau keinen Platz auf der Welt – wenn sie aber ohnehin eine Ehe eingehen mußte, warum dann nicht mit Max? Immerhin war er bereits recht wohlhabend. Außerdem war er witzig und klug und sah nicht einmal übel aus. Was konnte sie mehr erwarten? Für Träume vom Märchenprinzen war sie zu alt.

«Ich hatte immer gehofft», sagte Max später, als sich in seinem Magen gratinierter Käse, Toastbrot, Wein und süßes Gebäck vermischt hatten, «daß wir eines Tages heiraten würden. Aber so, wie du mit mir gespielt hast –» Er schüttelte den Kopf.

«Du hältst das für ein Spiel?»

«Was soll es sonst gewesen sein? Einen Tag mochtest du mich, liebtest mich vielleicht sogar, und am nächsten Tag hieß es: nein, nein, Max, ich kann dich morgen unmöglich sehen. Oder sogar: die nächsten Wochen muß ich mit mir allein sein, ich muß mit mir ins reine kommen –»

«Aber nein!» rief Sally aus. «Hat das so auf dich gewirkt?»

«Mehr oder weniger. Immer willst du mit dir ins reine kommen, wie so 'ne Art seelischer Putzteufel.»

«Siehst du das in mir: einen seelischen Putzteufel?»

«So hab ich das nicht gemeint. Du drehst einem immer das Wort im Mund um.»

«Sag», fragte Sally, «hast du mir je einen richtigen Heiratsantrag gemacht?»

«Bestimmt fünfzig. Soll ich noch mal? Na, Sally, wie wär's mit uns beiden? Ich bin 23, also in etwa erwachsen. Ich entnehme meinem Unternehmen wöchentlich 400 Dollar, und ich hab acht Stunden am Tag meinen eigenen Einspänner zur Verfügung – heirate mich.»

«Das sieht dir ähnlich – genauso würdest du einen Heiratsantrag machen», sagte Sally.

«Spielt das denn 'ne Rolle? Du hast mich nicht gewollt, als ich nichts zu fressen und nichts zu scheißen hatte –»

«Das ist es ja – wegen deiner Ausdrucksweise!» schrie sie ihm ins Gesicht. «Du findest das vermutlich schick und männlich – fressen und scheißen! Kannst du eigentlich nie auf die Gefühle anderer Rücksicht nehmen? Kennst du keine Höflichkeit und keinen Anstand? Bist du überhaupt lernfähig? Ich versuche, diesem Abend mit dir einen kultivierten Rahmen zu geben, und dann kommst du her und benutzt Ausdrücke, deren sich ein Hafenarbeiter schämen würde –»

«Sally, das ist mir so rausgerutscht.»

«Du verdirbst einfach alles.» Sie brach in Tränen aus. Ihr war klar, daß sie ihren Plan hoffnungslos torpediert hatte. Am liebsten wäre sie ins Nebenzimmer gerannt und hätte die Tür hinter sich zugeschlagen. Da es aber kein Nebenzimmer gab, mußte sie in diesem Raum bleiben, der ihr plötzlich unerträglich und zum Erstikken klein erschien.

Max ging zu ihr und legte die Arme um sie. «Sally, liebste Sally, wein doch nicht, bitte. Du hast ja recht. Bitte, verzeih mir. Ich kann verstehen, warum du mich nicht heiraten willst.»

«Aber ich will doch», schluchzte sie.

«Was willst du?» Er ließ sie los, faßte ihr Kinn und drehte ihren Kopf so, daß er ihr Gesicht sehen konnte.

«Sieh mich nicht an, ich seh scheußlich aus, wenn ich heule.»

«Was hast du da eben gesagt?»

«Ich sagte –» sie atmete tief. «Ich sagte, ich möchte dich doch heiraten.»

«Das hast du gesagt?»

«Ja, Max, das habe ich gesagt.»

Auf seinem Weg zur Polizeiwache sagte sich Max im stillen: Mir stinkt das. Jedesmal wenn ich in so 'nen Bullenstall muß, ist was faul. Von klein auf hab ich bei denen blechen müssen. Das ist keine Polizeiwache, das ist 'ne gottverdammte Bank.

Der Diensthabende, Sergeant Carney, nickte ihm mit trübseligem Gesichtsausdruck zu.

«Was ist denn schon wieder?» fragte Max.

«Ihr Bruder Benny.»

«Ach, hier steckt er also. Meine Mutter rauft sich die Haare, und er sitzt hier im Knast. Haben Sie den Jungen eingebuchtet?»

«So ist es, Mr. Britsky.»

«Er ist erst dreizehn», gab Max entrüstet zu bedenken.

«Darüber reden Sie am besten mit Captain Clancy.»

«Geht's ihm gut?»

«Ihrem Bruder? Der beißt und strampelt um sich wie 'ne Wildkatze, der Mistkerl.»

«Ja, das denk ich mir», sagte Max und ging die Treppe zum Büro des Reviervorstehers Clancy hinauf. Dieser saß mit seinen gut hundert Kilo Lebendgewicht an einem mit Papieren übersäten Tisch, kaute an einem belegten Brot und trank dazu Bier aus einem Blechbecher.

«Grüß Sie, Max», sagte er und wandte das krebsrote Gesicht unter seinem schütteren Haar dem Besucher zu. «Sie haben mein Mitgefühl. Da reißt man sich ein Bein aus für seine Angehörigen, und wie dankt der kleine Scheißkerl es Ihnen?»

«Was hat er angestellt?» wollte Max wissen.

«Was er getan hat, ist nicht so wichtig, Max. Andere haben den armen Kerl für ihre Zwecke eingespannt. Die Slunsky-Zwillinge haben bei Cohen in der Division Street eingebrochen. Die wollten die Pelze rausholen. Wir haben ihnen die Tour vermasselt, den üblen Strolchen.»

«Und was hat Benny damit zu tun?»

«Er hat von ihnen einen Dollar bekommen, damit er für sie Schmiere stand. Als Delaney und Coogan auf ihrer Streife vorbeikamen, hat Ihr Bruder ‹Polente› gebrüllt, und wir haben ihn dann gleich mit den Slunskys zusammen eingesackt. Was soll ich bloß mit dem Kerl machen?»

«Überlassen Sie ihn mir», sagte Max. «Der soll mir eine Woche lang nur im Stehen essen können.»

«Wir haben ihn aber in flagranti bei einem Verbrechen ertappt, Max.»

Max holte ein Bündel Geldscheine aus der Hosentasche. «350 Dollar heute –»

In Clancys rotglänzendem Gesicht rührte sich kein Muskel.

«– und 150 Dollar morgen.»

Clancy lächelte. «In Ordnung, Max. Nehmen Sie den kleinen Scheißer mit nach Hause und bringen Sie ihm die Flötentöne bei.»

Ein Beamter holte Benny, dessen schmutziges Gesicht tränenverschmiert war. Als er Max' Gesichtsausdruck sah, wäre er am liebsten freiwillig in die Zelle zurückgegangen, in der er die letzten beiden Stunden verbracht hatte. Auf der Straße fragte er jammernd: «Was tust du mit mir? Bringst du mich um?»

«Verdient hättest du es, verdammte Rotznase.»

«Max, ich hab doch gar nichts getan. Die haben mir 'nen Dollar gegeben und gesagt, ich soll aufpassen.»

«Wenn deine Mutter es nicht rauskriegte, würde ich dir den Hintern versohlen, daß du 'ne ganze Woche nicht sitzen könntest. Für dich dämlichen Idioten hab ich Clancy 500 Dollar in den Rachen stecken müssen, mindestens fünfhundertmal mehr, als du wert bist. Eines sag ich dir, das stotterst du bei mir ab, bis auf den letzten Cent. Ab sofort arbeitest du nach der Schule für mich. Vielleicht rede ich wieder mit dir, wenn die 500 Dollar abgearbeitet sind.»

Zum Bijou-Theater zog es ihn immer wieder. Es war eine Sache, einen Laden zu mieten, Klappstühle hineinzustellen und eine Vorführkabine darin aufzubauen – doch es war etwas völlig anderes, Besitzer eines richtigen Theaters zu sein. Die *New York Times* widmete diesem Gegenstand einen Artikel, der die Überschrift trug: «Max Britsky plant erstes Lichtspiel-Theater». Noch nie hatte Max seinen Namen im Druck gesehen, und wenn es in dem Artikel auch weiter hieß: «Erfahrene Theaterfachleute billigen diesem Vorhaben nur geringe Erfolgsaussichten zu», konnte das Max' Hochgefühl in keiner Weise dämpfen. Reporter der *Times* und des *Herald* hatten ihn interviewt, und er hatte ihnen erklärt, er beabsichtige nicht, den Namen des Theaters zu ändern, da dieser ihn an seine Anfänge erinnerte – immerhin hatte er dort einmal in einer Varieté-Nummer gearbeitet. Gemeinsam mit Mr. Bellamy, fügte er rasch hinzu, dem jetzt die Leitung des Bijou übertragen sei. Mr. Bellamy folgte alldem aufmerksam aus dem Hintergrund und versuchte eine Verbindung zwischen diesem Max Britsky und seinem ehemaligen Partner auf der Bühne herzustellen. Das Theater würde BRITSKYS BIJOU heißen. Max fügte hinzu, er stehe in Verhandlungen um den Erwerb eines weiteren Theaters, des früheren Garrett-Theaters in Brooklyn. Es bedürfe gründlicher Sanierung und Renovierung, was jedoch keine Schwierigkeiten biete, und es werde später den Namen BRITSKYS ORPHEON bekommen. Er fragte die Zeitungsleute, ob ihnen bekannt sei, daß das Wort «Orpheon» nichts anderes bedeute als «Theater» und aus dem Griechischen stamme? Als erster Film solle in BRITSKYS BIJOU ein «völlig neues und atemberaubendes» Stück mit dem Titel *‹Der Autodieb›* gezeigt werden.

Zwei Männer, nämlich Frank Stanford und Jack Calvin, hatten sich in Plainfield im Staat New Jersey niedergelassen, wo laufende Bilder hergestellt wurden. Sie selbst hatten mit der Herstellung nichts zu tun, sondern vertrieben lediglich die Streifen von Philadelphia aus. Man munkelte, das Geld für diese Filme stamme nicht von ihnen und sie träten lediglich als Strohmänner für Edison, Eastman oder möglicherweise auch die Bell-Telefongesellschaft auf. Auch Sam Snyder, der geschäftlich mit ihnen zu tun gehabt hatte, vermochte nicht genau anzugeben, woher das Geld kam, doch erklärte er Max gegenüber: «Es spielt auch keine Rolle. Sie kümmern sich bloß um den Verleih, und deshalb haben wir immer noch prima Startchancen.» Also gab Max Sam den Auftrag, einen Leihvertrag für den Film abzuschließen.

Wenige Tage vor der geplanten Eröffnung des Bijou-Theaters sah Max sich zusammen mit einigen anderen den Film dort an. Allein der Anblick der im Vergleich zu den Vorführleinwänden in den zu Kinos umgewandelten Läden riesigen silberbeschichteten Leinwand war ein Genuß. Max hatte Sally mitgebracht, und außerdem Ruby, Sam Snyder, Bert Bellamy, Freddy Feldman und den Pianisten Isadore Lubel eingeladen, der für ihn jetzt zugleich als musikalischer Leiter tätig war. Das bedeutete, daß er nicht mehr nur Klavier spielte, sondern ständig weitere Klavierspieler für die Nickel-Odeons auftreiben mußte, die Max seiner Kette hinzufügte. Da Sam Snyder den Film schon mehrfach gesehen hatte, bediente er den Projektor. Max setzte sich mit seinen Gästen in die erste Reihe des Balkons, weil er annahm, man werde von dort die beste Sicht haben.

Der Film dauerte vierzehn Minuten und würde also für Max' Bedürfnisse mit mehreren kurzen Streifen ausgepolstert werden müssen. Im Vorspann folgten auf MAX BRITSKY ZEIGT die Namen der drei Männer, die den Film hergestellt hatten, ohne daß allerdings ihre genaue Funktion bezeichnet worden wäre. Die Namen der Schauspieler, des Drehbuchautors und der sonstigen an der Herstellung Beteiligten wurden nicht genannt. In der ersten Szene war die Kamera starr auf eine Straße gerichtet und nahm etwa eine halbe Minute lang den vorbeifließenden Verkehr auf. Zuerst waren das lediglich Einspänner, Droschken, Lastfuhrwerke und zweirädrige Karren. Dann kam ein Auto ins Bild, deutlich erkennbar einer von Ransom Eli Olds' Curved Dash Runabouts. Er war aber nicht offen, sondern hatte einen Aufbau, und statt des bei diesem Modell üblichen Steuerknüppels ein Lenkrad. Im Wagen saßen ein Mann und eine Frau, beide in bis zu den Knöcheln reichenden Staubmänteln. Das Fahrzeug hielt an der Bordsteinkante, der Mann stieg aus und half der Frau mit übertriebenen Gesten der Höflichkeit beim Aussteigen. Jetzt tauchten zwei zerlumpte Jungen mit schmutzigen Gesichtern auf, die den Wagen voller Neugier betrachteten und betasteten. Sie verhielten sich, als hätten sie noch nie zuvor ein Auto gesehen, und schienen nicht zu wissen, was sie davon halten sollten. Ihre Neugier ärgerte den Mann, der sie wegscheuchte und hinter ihnen herlief. Als die drei die Straße entlangrannten, schwenkte die Kamera und folgte ihnen.

Dann schwenkte sie zu der Frau zurück, die immer noch vor dem Wagen stand. Sie rang die Hände und bewegte den Oberkörper hin und her, was offensichtlich eine bestimmte Gefühlsbewegung ausdrücken sollte. Es war aber nicht klar welche, denn es geschah nichts weiter, als daß ihr Begleiter die kleinen Jungen fortjagte. Nachdem die Kamera die Empfindungen der Frau eine Weile gezeigt hatte, schwenkte sie wieder auf den Mann, der gerade zurückkehrte, dann zu einem Polizisten, der aus der Gegenrichtung kam und bei der Frau stehenblieb. Die beiden unterhielten sich wild gestikulierend. Dann stieß der Mann zu den beiden, und das Händegefuchtel ging weiter. Schließlich breitete der Polizist die Arme aus und schüttelte den Kopf, als wolle er damit sagen, er könne nichts weiter tun. Daraufhin beschloß die Dame, in Ohnmacht zu fallen, und die beiden Männer knieten neben ihr nieder, um sie ins Bewußtsein zurückzurufen. Als das schließlich gelungen war, gingen die drei fort, der Polizist in eine andere Richtung als das Paar, und das Fahrzeug blieb am Straßenrand stehen.

Jetzt folgte eine Einstellung in einem Raum, der durch zwei bemalte Flächen, die eine Ecke bildeten, angedeutet wurde. Ein Mann saß am Tisch und aß Suppe. Die beiden Jungen standen neben dem Tisch, redeten und gestikulierten. Zuerst schien der Mann nicht weiter darauf zu achten, dann stand er auf, nahm eine kleine Ledertasche zur Hand und folgte den Jungen. Die Kamera zeigte nun wieder den Olds und blieb etwa sechzig Sekunden lang starr darauf gerichtet, bis der Mann und die Jungen erschienen. Der Mann öffnete seine Tasche und entnahm ihr einige Einbrecherwerkzeuge.

Sam Snyder rief aus der Vorführkabine: «Max, die Idioten, die den Film gedreht haben, wußten entweder nicht, daß man dafür keine Einbrecherwerkzeuge braucht, oder sie haben es aus Effekthascherei getan. Die meisten Oldsmobile haben nicht mal ein Zündschloß. Wer Auto fahren kann, setzt sich rein und fährt los.»

«Ach was, ist doch egal!» rief Max ihm zu.

Als der Dieb mit den beiden Jungen in den Wagen stieg und davonfuhr, tauchte der Mann auf, der den Wagen gefahren hatte, schwenkte die Arme, riß den Mund auf, so daß man sah, daß er brüllte, und rannte hinter dem Wagen her. Dann kam die Dame und fiel erneut in Ohnmacht. Das schien sie am besten zu können, und sogar Sally quittierte den zweiten Ohnmachtsanfall mit lautem Gelächter. Auch der Polizist erschien wieder, ruderte mit den Armen, rief, ohne daß man es hörte, und lief hinter dem davonfahrenden Fahrzeug her. Es gelang dem Mann, die Frau wieder zu sich zu bringen, was ihn offensichtlich sehr erleichterte, und sie umarmten einander. Sie warteten vor der Kamera, und nach einer Weile kam der Wagen ins Bild und blieb stehen. Der Polizist saß am Steuer und neben ihm der Dieb in Handschellen. Der Wagenbesitzer bejubelte diesen Erfolg der Polizei, indem er dem Beamten heftig und mit pumpenden Armbewegungen die Hand schüttelte.

Nach dieser Vorführung ging Max mit Sally und seinen fünf Mitarbeitern in das Café *Coronet* an der Second Avenue, wo gewöhnlich nach den Vorstellungen jiddisch sprechende Schauspieler, Autoren und verschiedene andere Theaterleute und Intellektuelle zusammenkamen. Max, in seinen eigenen Augen selbst ein Theatermann, besuchte das Café häufig. Ihm gefiel die Atmosphäre, die, wie man ihm gesagt hatte, sehr ähnlich der von europäischen Kaffeehäusern war. Er hörte gern den Diskussionen und Streitgesprächen zu und war stolz darauf, daß er mit seinem dürftigen Bildungshintergrund an einem Ort verkehrte, wo Intellekt so viel galt. Von frühester Kindheit an hatte er Jiddisch gesprochen, doch obwohl er auch jetzt noch mit seiner Mutter vorwiegend in dieser Sprache verkehrte, war sie ihm stets eher als Makel und als Zeichen der Unterdrückung erschienen und nicht als Verständigungsmittel, so daß er das Jiddische in tiefster Seele verachtete. Im Café *Coronet* jedoch war es an den meisten Tischen die Hauptsprache, und hier genoß Max ganz plötzlich das wunderbare Bewußtsein, zweisprachig zu sein.

An jenem Abend wies Eli, der Besitzer des Lokals, den sieben Gästen einen großen runden Tisch an, gratulierte Max zur bevorstehenden Eröffnung des Bijou und hieß Sally willkommen, die er seit einigen Monaten nicht gesehen hatte. Bei der Besprechung des Films, den sie soeben angesehen hatten, war Sally bemerkenswert schweigsam. Nachdem alle ihre Bestellung aufgegeben hatten, sagte Max zu ihr: «Dir hat es nicht gefallen, das sehe ich.»

«Nein, das ist es nicht –»

«Warum hältst du mit deiner Meinung hinterm Berg? Sag doch einfach, der Film taugt nichts.»

«Warum läßt du Sally nicht selbst sagen, was sie denkt?» legte sich Sam Snyder ins Mittel.

«Max, du steigerst dich da zu sehr hinein», sagte Freddy Feldman. «Kein Wort von dem, was wir sagen, wird die Reaktion des Publikums beeinflussen.»

«Was soll das schon wieder heißen?»

«Ich glaube», sagte Sally, «daß das Publikum den Film gut aufnehmen wird, unabhängig davon, was ich oder jemand anders von ihm hält, und das meint Freddy wohl. Ganz gleich, was man sagt, es ist ein Fortschritt gegenüber den Film-Schnippelchen, die du bis jetzt gezeigt hast.»

«Und der *‹Große Eisenbahnraub›*, an dem Edwin S. Porter arbeitet, wird noch besser», sagte Snyder.

«Wenn das so ist», wandte sich Max an Sally, «warum bist du dann so sauer?»

«Das bin ich gar nicht. Ich denke nur über den Film nach. Das darf ich doch wohl?»

«Na schön, was also stimmt nicht?»

«Wenn du mich jetzt wieder anschnauzt ...»

«Laß gut sein, Sally», sagte Snyder. «Max ist kribbelig. Das muß man verstehen. Immerhin haben wir eine Menge Geld ins Bijou gesteckt.»

«Was ich sage, hat nichts mit dem zu tun, wie der Film im Bijou aufgenommen wird. Aber mir scheint das, was wir heute gesehen haben, nicht das Ergebnis wirklicher Intelligenz oder Begabung zu sein.» Zu Snyder gewandt, fuhr sie fort: «Ich meine nicht den Kameramann, Sam, oder die anderen Techniker. Die scheinen ihr Handwerk zu verstehen. Aber der Mensch, der sich den Film ausgedacht hat, wußte offenbar nicht so recht, was er eigentlich wollte – eine Geschichte erzählen, eine spannende Handlung zeigen? Er muß doch schon einmal ein Theaterstück gesehen oder ein Buch gelesen haben. Und wer hat den Schauspielern gezeigt, wie sie sich bewegen und mimen sollten? Sie haben sich aufgeführt wie Halbirre, ständig mit den Armen in der Luft herumgefuchtelt und völlig unnatürliche Grimassen geschnitten.» Sie fügte noch hinzu: «So kritisch wollte ich es nicht formulieren, aber ich sollte ja sagen, was ich davon halte.»

«Sally», gab Snyder zur Antwort, «ich muß Ihnen sagen, daß sich wahrscheinlich niemand diesen Film ausgedacht hat. Ich habe gesehen, wie das gemacht wird, in Rochester bei Edison und auch in Philadelphia. Die schreiben sich nicht mal ein Handlungsgerüst auf. Einer sagt, er hat eine Idee, und schon wird munter drauflosgedreht. Meist nehmen sie nicht mal Schauspieler – wie also soll man erwarten, daß sie etwas Vernünftiges darstellen können?»

«Soll das heißen, daß sie nicht einmal einen sinnvollen Zusammenhang herzustellen versuchen?» wollte Feldman wissen.

«Sicher, ich hab von Plänen in der Richtung gehört, und es gibt jemanden, der Shakespeare-Stücke als Film bringen will, aber andere sagen, daß das gar nicht geht, weil man keine Geschichte ohne Worte erzählen kann –»

«Da fällt mir ein», unterbrach Max, «wir hatten heute ja auch keine Klaviermusik.»

«Das stimmt in der Tat», sagte Lubel.

«Wir hätten ihn nicht ohne Klavierbegleitung vorführen sollen.»

«So ist es», sagte Lubel. «An den langen Stellen, wo man einfach sitzt und wartet, daß was passiert, würde etwas aus Rossinis Wilhelm Tell-Ouvertüre gut passen oder ein paar Takte aus Griegs *‹Halle des Bergkönigs›*. Dann werden die Leute auch nicht unruhig. Man kann den Film also ohne Musikbegleitung gar nicht richtig beurteilen.»

«Das Problem ist», ergänzte Snyder, «daß niemand genau weiß, was man mit den laufenden Bildern überhaupt machen soll.»

«Das kann ich euch sagen», sagte Max. «Man verkauft Eintrittskarten und zeigt die Dinger.»

«Aber mit *‹Der große Eisenbahnraub›* wollen sie wohl eine bessere Geschichte erzählen. So wie ich es gehört habe, muß man dafür sorgen, daß etwas passiert und niemand etwas sagt. Wahrscheinlich haben sie deswegen auch den *‹Autodieb›* gemacht.

Was die Aufnahme beim Publikum anging, hatte Sally recht. Die Eröffnung des Bijou war ein Triumph, und niemand erhob Einwände gegen den Aufbau des Films. Der *Herald* sagte in seinem Bericht über die Eröffnung – einen Filmkritiker hatte die Zeitschrift noch nicht –, der *‹Autodieb›* scheine einen großen Fortschritt auf dem Gebiet der bewegten Bilder darzustellen.

Die Nickel-Odeons konnten nicht annähernd so viel Geld einspielen, wie Max brauchte, der unermüdlich sein Imperium erweiterte. Diesmal bekam er mit Fred Feldmans Hilfe eine Kreditzusage über 50000 Dollar von der renommierten Chase Bank, deren eindrucksvolle Räume am Broadway 177 er nicht mit der Miene des Bittstellers betrat, sondern mit der gelassenen Selbstsicherheit eines Eroberers. Anschließend berichtete er Sally: «Es war ein großer Augenblick, und ich wäre nicht überrascht gewesen, wenn ich einen Herzschlag bekommen hätte.»

«Mit 23 Jahren bekommt man keinen Herzschlag. Wer hat dir denn den Floh ins Ohr gesetzt?»

«Es ist nur, weil alles wie geschmiert läuft. Wir im Getto nennen die feinen Juden aus dem Norden Manhattans *allrightniks,* weil ihnen alles glückt, was sie tun. Bei unsereinem folgt aber gewöhnlich ein Schicksalsschlag auf den anderen. Wie also kommt es, daß bei mir alles klappt?»

Bert Bellamy drückte es etwas anders aus. Er sagte: «Sei auf der Hut vor Gottes Finger, Max. Er ist hinter Leuten wie dir her.»

Der Kredit von der Chase Bank versetzte Max in die Lage zu tun, was er schon seit einiger Zeit geplant hatte, nämlich der Familie Britsky ein Haus zu kaufen. Da seine Hochzeit auf den Juni festgesetzt war, überlegte er, er könne ebensogut gleich zwei Häuser erwerben. Die Anwaltssozietät, bei der Freddy Feldman seine Ausbildung empfangen hatte, war auf Immobilien spezialisiert und hatte einen Mandanten, der in der Sixty-sixth Street zwischen dem Central Park und der Columbus Avenue zwölf Gebäude errichtete, Backsteinhäuser mit tragendem Balkenwerk, deren Fassaden in braunem Sandstein ausgeführt wurden, wie es dem Zeitgeschmack entsprach. Da diese Art Häuser zentral beheizt wurde, war die vordere Hälfte des Souterrains dem Brennerraum und der Heißwasserbereitung vorbehalten. Die nach hinten gelegene und meist auf einen kleinen Garten gehende Hälfte enthielt eine große Küche und Speisekammer. Im Erdgeschoß lagen zwei Räume: hinten ein Eßzimmer und vorn ein Wohnzimmer. Von der Straße führte eine Treppe zu einer doppelflügeligen Haustür, die sich auf ein kleines Entree öffnete. Die beiden über dem Erdgeschoß befindlichen weiteren Stockwerke enthielten je ein kleines und ein großes Schlafzimmer, während das Dachgeschoß in vier kleine Kammern für Dienstboten aufgeteilt war. Da sich der Bauherr finanziell übernommen hatte, konnte Max beide Häuser für insgesamt 22 000 Dollar erwerben – ein außerordentlich günstiger Kauf, wie Fred Feldman ihm versicherte. Zwar war es Max nicht ganz wohl bei der Vorstellung, Sally so nahe bei einer Familie wohnen zu lassen, die sich, gelinde gesagt, so kraß von ihrer eigenen unterschied, und die sie immer noch nicht vollständig kannte, doch er sah in einer so engen Nachbarschaft gewisse Vorteile, auch wenn er sie im Augenblick nicht hätte nennen können.

Die Vorstellung, Besitzer eines solchen Hauses zu sein, ängstigte und erregte ihn zugleich. Er verglich es zwar nicht mit den großen Granitbauten der reichen deutschen Juden, doch war es trotz allem etwas, das seine kühnsten Jugendträume übertraf. Als er die ganze Familie Britsky in der Küche der alten Wohnung in der Henry Street zusammenrief, um seinen Angehörigen den neuesten Triumph mitzuteilen, ging er davon aus, daß sie ebenso erregt jubeln würden, wie er es getan hatte.

Die Geschwister reagierten angenehm aufgeregt und ungläubig; Sarah hingegen begrüßte die Neuigkeit mit trüber Miene.

«*Mame,* freust du dich denn nicht wenigstens ein bißchen?» wollte Max wissen. «Du solltest das Haus sehen, ein einziger Raum ist so groß wie diese ganze stinkende Wohnung, und es gibt keine Wanzen und keine Kakerlaken – alles ist neu, ein richtiges Stadthaus, wie es die vornehmsten Juden von New York haben.»

«Ich bin keine vornehme Jüdin», sagte Sarah dumpf.

«Was heißt das?»

«Das heißt, daß ich mich hier wohl fühle.»

«Schlimmer als hier ist es im ganzen gottverdammten Getto nirgendwo. Es ist ein Saustall, ein erbärmlicher, stinkender Saustall.»

«So also siehst du deine Mutter! Sie lebt in deinen Augen in einem Schweinestall.»

«Es hat nichts damit zu tun, wie ich dich sehe. Zu siebt sind wir hier wie die Sardinen zusammengequetscht. Mir hängt das schon lange zum Hals raus.»

«Ich hab hier mein ganzes Leben gewohnt», sagte Sarah. «Meine Freunde leben hier, und ich habe meine Kinder hier aufgezogen.»

«Es wird dir gefallen.»

«Woher willst du wissen, was mir gefällt? War dir schon mal wichtig, was mir gefällt? Andere Söhne kümmern sich um ihre Mütter. Dich seh ich morgens ein paar Minuten, und dann bist du für den Rest des Tages weg.»

«In einem Monat ziehen wir um», sagte Max, «basta.»

«Kannst du dir das vorstellen?» fragte Max Sally. «Als ich wegging, hat sie sich die Augen ausgeheult. Ich kauf ihr ein Haus, wie sie es sich nie erträumen konnte, und zum Dank flennt sie.»

«Ich kann es mir vorstellen», sagte Sally. «Hast du sie vorher gefragt?»

«Wieso sollte ich das? Seit ich ein kleiner Junge war, kümmere ich mich um sie. Ich hab die ganze *mischpoche* ernährt und am Leben erhalten. Glaubst du, sie hat mir mal dafür gedankt?»

«Genau das ist es, Max. Kannst du das nicht verstehen? Sie hat nichts, was sie dir geben kann, und du hast ihr die einzige Rolle genommen, die sie hatte, nämlich die einer Mutter.»

«Wieso hab ich sie ihr weggenommen?»

«Warum hast du ihr das Haus nicht wenigstens gezeigt, bevor du es gekauft hast?»

«Sie hätte ja nicht mal verstanden, was sie da vor sich hatte.»

«Und was ist mit mir? Warum hast du mich nicht gefragt? Darf ich nicht mit darüber bestimmen, ob ich unmittelbar neben deiner Familie leben möchte? Wie soll ich zum Beispiel jeden Tag von der Sixthysixth Street zur Clinton Street und zurück kommen? Einmal fahre ich nicht gern mit der Hochbahn, und zum anderen ist es ein so langer Fußweg bis zur Station. Außerdem kann ich unmöglich ein vierstökkiges Haus in Ordnung halten.»

«Ach du liebes Lieschen, ihr habt euch wohl gegen mich verschworen. Das hat man davon, wenn man jemand mal 'ne Freude machen möchte. Sobald wir verheiratet sind, hörst du sowieso auf zu arbeiten.»

«Wie kommst du auf den Gedanken?»

«So was gehört sich nicht – schon gut, schon gut, *so etwas* gehört sich nicht. Wie könnte ich den Leuten in die Augen sehen? Soll ich denen vielleicht sagen, meine Frau muß arbeiten gehn, weil ich sie nich ernähren kann?»

«Ist dir je der Gedanke gekommen, daß eine Frau – sogar wenn ihr Mann reich ist – *gern* arbeiten möchte? Hast du je überlegt, daß vielleicht auch deine Mutter gern gearbeitet hätte? Du aber hast ihr diese Möglichkeit genommen. Weil du deiner Familie schon mit zwölf Jahren alles sein mußtest, durfte sie nicht einmal ihre Mutterrolle erfüllen!»

«Wovon zum Teufel redest du eigentlich?» brüllte Max sie an.

Er steigerte sich in seinen Zorn hinein. Sally nahm seinen Arm und drückte ihn zärtlich. «Max, Liebster, denke nicht, ich wollte dich demütigen, das sei fern von mir. Aber ich habe viele Jahre lang für meinen Beruf gelernt, und ich glaube, ich bin eine gute Lehrerin.»

«Du kannst mir ja was beibringen, das tust du sowieso dauernd. Ich will Kinder haben, meine eigenen Kinder. Bring denen was bei. Großer Gott, Sally, mein ganzes Leben lang hab ich davon geträumt, ein ordentliches Dach über dem Kopf zu haben, in einem Haus zu leben, wo es nicht nach Pisse stinkt und wo du nicht jeden Morgen das Bettlaken voll zerdrückter Wanzen hast. Mach mir jetzt, wo ich es hab, bloß kein schlechtes Gewissen.»

«Gut», stimmte Sally zu. «Aber ich will deine Mutter kennenlernen. In einem Monat ist die Hochzeit, und ich habe noch kein Wort mit deiner Mutter gewechselt.»

«Warum kann sie nicht hierherkommen?» wollte Sarah wissen. «Will sie mich kennenlernen, soll sie kommen, hier zu mir.»

Nur der kleinste Teil dessen, was Max seiner Mutter am liebsten gesagt hätte, kam ihm über die Lippen. Doch er dachte: wenn du dir nur mal einen Augenblick lang überlegtest, wie das hier aussieht und stinkt, wo wir zu siebt aufeinanderhocken, mitten in all dem Dreck und Ungeziefer, würdest du vielleicht verstehen, warum ich nicht will, daß sie herkommt.

«Hier habe ich meine Kinder großgezogen», fuhr Sarah fort.

Nein, widersprach Max im stillen, das hab ich getan. Laut sagte er: «Ich hab im Café *Coronet* den großen runden Ecktisch reserviert, an dem haben wir alle Platz. Wir können nett zu Abend essen, und Sally lernt alle auf einmal kennen.»

«Ich geh in kein Restaurant. Da gibt's *trefenes* Essen.»

«Das *Coronet* hat eine koschere Küche, *mame*», erklärte Max geduldig. «Der Chefkoch macht dir, was du haben willst. Das wär doch 'ne nette Abwechslung für dich. Und bitte geh mit Freida, ich hab ihr das Geld schon gegeben, und kauf dir ein neues Kleid.»

«Mußt du dich schämen, wie deine Mutter aussieht?»

«Nein, *mame,* aber ich möchte gern, daß du dich hübsch machst.»

Sally hatte Verständnis für die Entschlossenheit, mit der Max verhinderte, daß sie die Wohnung in der Henry Street betrat. Bei ihrer Arbeit in einer Schule auf der East Side hatte sie fast alle der übervölkerten, schmutzstarrenden und zum Himmel stinkenden Straßenschluchten des Gettos kennengelernt. Sie verstand Max nicht nur – sie bewunderte ihn, war für ihn stolz darauf, daß er es fertiggebracht hatte, sich aus dieser Umgebung zu lösen. Wer hätte zu tun vermocht, was er getan hatte: all die Jahre hindurch seit dem zwölften Lebensjahr diese große Familie zu erhalten und zu ernähren? Doch es gab eine Seite an Max, die sie abstieß, eine tierhafte Wildheit, die sich manchmal von einer Sekunde zur nächsten äußerte, eine beinahe krankhafte Antriebsstärke und eine Art barbarischer Unwissenheit, auf die er zu allem Überfluß stolz zu sein schien. Bei solchen Gelegenheiten haßte und fürchtete sie ihn, dann wieder tat er ihr leid. Aber sie war zu keinem Zeitpunkt sicher, daß sie ihn liebte, und die Aussicht auf ihre bevorstehende Eheschließung verstärkte ihren Zwiespalt noch. Vermutlich hätte es ihr den Rest gegeben, wenn sie am Tag vor dem geplanten gemeinsamen Essen im Café *Coronet* Max mit seiner Sekretärin Etta Goodman hätte sehen können.

Etta arbeitete seit knapp eineinhalb Jahren für Max, als «Schreibfräulein», wie man sagte, bevor der schönfärberische Begriff «Sekretärin» üblich wurde. Da alle Maschinen Max faszinierten, hatte er eine Schreibmaschine erworben und brauchte folglich eine Kraft zu ihrer Bedienung. Freida hatte ihm Etta Goodman empfohlen, die zuvor in einem Textilunternehmen die Buchführung für 7 Dollar wöchentlich erledigt hatte. Max wußte von Etta, daß sie in der Abendschule Maschineschreiben gelernt hatte und bot ihr 10 Dollar die Woche. Ihr Äußeres gab ihm keinen Anlaß, an der Richtigkeit seiner Entscheidung zu zweifeln. Etta war knapp ein Meter sechzig, hatte dunkle Augen, noch dunkleres Haar und einen Körper, der Max an einen saftigen, reifen Pfirsich erinnerte. Sie hielt viel von Max, denn Freida hatte ihn ihr gegenüber in den höchsten Tönen gepriesen, bevor sie ihn überhaupt kannte. Etta war nicht die Art Frau, die sich beklagte, nicht einmal an diesem Nachmittag vor dem Abendessen im *Coronet*. Sie betonte lediglich mit einem gewissen Nachdruck, daß Max für sein Büro ruhig eine Couch hätte anschaffen können. Anlaß für diese Anmerkung war, daß Max mit ihr gerade auf dem Fußboden des Büros, wie sie behauptete, verkehrt hatte. Vergebens wies Max sie darauf hin, daß es keineswegs der Fußboden war, sondern ein dicker, wollener Teppich.

«Schwer bist du», sagte Etta und schob den Rock aus dem Gesicht. Max genügte es, daß sie auch dann lediglich den Schlüpfer auszog, wenn sowohl die Tür zum Vorzimmer wie die zu Fred Feldmans Büro verschlossen war. Das war nur zum Teil eine Vorsichtsmaßnahme gegen mögliche Störer – hauptsächlich erschien Max die Vorstellung zweier leidenschaftlich ineinander verschlungener nackter Leiber als Gipfel verderbter sexueller Phantasie, und ihr entsprach in seiner Welt die Wirklichkeit selten – eigentlich sogar nie. So legte er selbst bei solchen Gelegenheiten nur Schuhe und Hose ab, behielt aber das Hemd an, was bedeutete, daß er sich seiner einteiligen Unterwäsche nicht entledigte, eine Kombination aus langer Unterhose und Unterhemd.

Jetzt hielt er Etta entgegen, daß er nicht mehr als gut sechzig Kilo wiege.

«Das ist doch schwer! Du würdest glatt den ganzen Nachmittag auf mir liegenbleiben, wenn ich dich ließe.»

Max löste sich von ihr und stützte sich auf die Knie. «Besser so, Mäuschen?»

«Schon, aber Fußboden bleibt Fußboden. Du erzählst mir immer wieder, daß der Teppich besonders dicke Wolle ist, aber deswegen ist es trotzdem der Fußboden.»

«Ich geb's zu, Mäuschen, das ist meine Schuld. Ich hätte ein sauberes Laken mitbringen sollen, das hätten wir dann auf den Teppich legen können –»

«Nein!» rief Etta aus.

«Nein?»

«Nein. Ich will kein Laken auf dem Teppich! Ein richtiges Bett will ich, zumindest aber ein Sofa. Das wär immer noch besser als der Fußboden. Jedesmal haben wir es auf dem Fußboden gemacht.»

«Ich weiß», stimmte Max gequält zu.

«Nun?»

«Wozu noch was versprechen? Heute ist das letzte Mal.»

«Was? Wieso?»

«Ab heute ist Schluß», sagte Max.

«Heißt das, du schmeißt mich raus? Warum denn? Bist du mit meiner Arbeit nicht zufrieden? Freddie sagt, ich bin so gut wie der Buchhalter.»

«Reg dich bloß nicht auf. Kannst du dir vorstellen, daß ich dich rausschmeiße? Für was für einen Halunken hältst du mich eigentlich? Du könntest dich ruhig entschuldigen.»

«Ja, aber warum –» Ihre Augen füllten sich mit Tränen der Enttäuschung.

«Weil ich heirate.»

«Wen, etwa die dürre Lehrerin?»

«Genau die.»

«Als ob das ein Grund für uns wäre, es nicht mehr zu machen.»

Max stand auf und zog sich die Hose an. «Für mich ist es einer. Ich bin keiner von denen, die ihre Frau betrügen.»

«Max, wir haben es noch nie im Bett gemacht, nicht ein einziges Mal.» Sie begann zu weinen. Er hatte sie nie zuvor in Tränen gesehen.

«Hör auf. Ich hab von Anfang an mit offenen Karten gespielt. Immerhin hast du doch hier im Büro die besten Möglichkeiten. Freddy und Bert ham keine Frau. Sally würde mir den Kopf abreißen, wenn sie mich reden hörte. Freddy und Bert *haben* keine Frau, wollte ich sagen.»

«Wen interessiert, was deine Sally denkt? Freddy weiß nicht mal, wo hinten und vorn ist. Der hat bloß immer Angst, ich könnte ein Kind kriegen, und Bert hängt dauernd im Bijou rum. Soll ich da etwa dauernd hinrennen, bloß weil er was von mir will?»

Max mußte mehrere Male tief durchatmen, bevor er herausbrachte: «Da schlägt's doch dreizehn.»

«Wieso, was hast du?»

«Du hast's mit beiden getrieben! Hast dich von Freddy und Bert vögeln lassen!»

«Nicht das Wort, Max. Es ist schrecklich.»

«Die ganze Zeit!»

«Ich kann das Wort nicht leiden, es ekelt mich richtig.»

«Und aus mir machst du dir überhaupt nichts!» brüllte Max.

«Aber ja doch, ich mag dich viel lieber als die beiden, Max, das weißt du doch.»

«Schluß mit Max. Ab heute heiße ich für Sie Mr. Britsky.»

«Schön, du heiratest. Warum soll ich nicht ein bißchen Spaß mit Freddy und Bert haben?»

«Vögeln ist nicht ein bißchen Spaß.»

«Ist es doch.»

«Da hast du's, du bist total verrottet.»

«Bin ich nicht. Flieg ich jetzt raus?»

«Nein, aber mit dem Privaten ist Feierabend», sagte Max würdevoll. «Ab sofort nennen Sie mich Mr. Britsky und ich nenne Sie Miss Goodman.»

«Nun ja.» Sie stand auf und sah ihn lange an. Dann zuckte sie die Schultern. «In Ordnung, Mr. Britsky. Werde ich zur Hochzeit eingeladen?»

«Ganz bestimmt nicht.»

«Warum nicht? Bloß weil Sie sauer auf mich sind?»

«Ich schlage vor, Miss Goodman», sagte Max förmlich, «daß Sie sich wieder Ihren Aufgaben im Vorzimmer zuwenden.»

Im Café *Coronet* führte am nächsten Abend Sarah eine Gabel voll *gefilte fisch* zum Mund, kaute nachdenklich und schluckte dann. Ihr Gesicht verriet keinerlei Bewegung.

«Macht Ihre Mutter auch *gefilte fisch*?» erkundigte sie sich bei Sally.

«Gewiß, Mrs. Britsky, von Zeit zu Zeit.»

«Wieso von Zeit zu Zeit? Nicht etwa jeden Freitagabend?»

«Schon möglich. Ich weiß es nicht, denn ich bin nicht immer zu Hause.»

«Nein? Warum nicht?»

«*Mame,* Sally lebt in New York», erklärte Max. «Es ist ziemlich weit bis nach Brooklyn draußen.»

«Sie hat einen Mund. Laß sie selbst antworten. Wer seine Eltern liebt, fährt auch eine weite Strecke und sucht nicht nach Ausreden. Mein Mann ist mir gestorben, Gott hab ihn selig, sechs Kinder mußte ich aufziehen.» Sarah nahm wieder eine Gabel voll und kaute andächtig. «Nimmt Ihre Mutter auch Zucker für *gefilte fisch*?»

«Ich weiß es wirklich nicht.»

«Aber sicher doch Karpfen?»

«Ich kann es Ihnen nicht sagen», sagte Sally unbehaglich. «Ich habe sie nie gefragt.»

«Und hat sie es Ihnen nie gezeigt?»

«Nein, leider nicht.»

Alle sahen betreten auf ihre Teller. Max schloß die Augen und versuchte die Wut zu unterdrücken, die ihn überkam. Innerlich, nur innerlich, sagte er zu seiner Mutter: du dicke, blöde, faule Alte, schon seit mehr als fünf Jahren hast du nicht mal Teewasser heiß gemacht. Freida, Sheila und Esther müssen kochen und putzen, und deswegen leben wir in so einem Saustall, denn sie waren schließlich nur Kinder und konnten nicht richtig putzen, und du hast von unserer Arbeit und unserem Schweiß gelebt. Doch selbst den bloßen Gedanken wies ein Teil seiner Selbst schreckensvoll zurück, ein anderer ermunterte ihn, es ruhig laut zu sagen, und im weiteren Verlauf seines Gedankenspiels stellte er sich vor, wie die

Mutter laut aufschrie und alle im Restaurant Anwesenden zu ihnen hersahen, so daß alle am Tisch erschauerten. Später fragte er Sally: «Was hätte es denn genützt?»

Es war ein milder Abend, und Max begleitete Sally quer durch die Stadt nach Hause.

«Was hätte es denn genützt?»

«Ich weiß nicht», flüsterte Sally und begann zu weinen.

«Bitte, wein nicht», sagte Max. «Ich liebe dich. Ich weiß nicht, wie ich es besser sagen soll. Ich hab nicht viel zu bieten, aber ich liebe dich, und ich versteh überhaupt nicht, warum du mich heiraten willst.»

«Weil du einer der großartigsten Menschen bist, die mir je begegnet sind!»

Sie rief das fast mit lauter Stimme, und Max lachte hohl. «Du solltest eigentlich besser wissen, daß ich ziemlich mäßig bin! Wäre ein großartiger Mensch da am Tisch sitzen geblieben, während man sein Mädchen beleidigt? 'ne Flasche bin ich.»

«Ich habe deine Geschwister gesehen», sagte Sally. «Ich weine nicht über das, was deine Mutter zu mir gesagt hat, sondern wegen der ganzen Sache. Ich verstehe das alles nicht, die Kleinen sind reizend – es sind deine Geschwister, und sie leben nur, weil du dich um sie gekümmert hast.»

«So großartig sind die auch wieder nicht. Die Mädchen ja, die sind ganz in Ordnung, vor allem Esther, sie ist erst fünfzehn, macht sich aber gut raus. Aber Benny ist ein richtiger kleiner Lump und Ruby ein ausgewachsener *schlemihl,* und ein *ganew* obendrein.» Als Sally ihn fragend ansah, fügte er hinzu: «Ein Dieb, ein billiger Gauner. Es gehört sich vermutlich nicht, so etwas über seine Angehörigen zu sagen, aber du kannst ruhig wissen, mit wem du es zu tun bekommst. Meine beiden Brüder Benny und Ruby würden mir die Füllungen aus den Zähnen stehlen, wenn sie eine Gelegenheit hätten, mir die Hand in den Mund zu stecken. Schön, ich übertreib ein bißchen, aber ich will, daß du mich nicht für besser hältst wie ich bin, hol's der Teufel. Du kommst mir nicht in ein Haus neben meine Mutter, ich verkauf's, und wir suchen uns ein anderes.»

«Laß nur», sagte Sally entschlossen. «Ich kann mit deiner Mutter zusammen leben. Wie du hätte auch ich mir nie träumen lassen, daß ich einmal hier mitten in der Stadt in einem so feinen Viertel wohnen würde. Ich schaffe es schon.»

«Dann hör auf zu weinen.»

«Ich weine ja schon nicht mehr», sagte Sally, doch flackerte jetzt in ihr ein kleines Flämmchen der Furcht und der Ablehnung, das nicht verlöschen wollte. Sie hatte nicht den Mut zu fliehen, weil sie keinen Ort der Zuflucht gewußt hätte. Sie mußte heiraten, denn ihr fehlte die Kraft, den Fluch der Altjüngferlichkeit auf sich zu nehmen, und so war sie verloren, denn ihr blieb nur die Wahl, Max Britsky zu heiraten – oder niemanden.

Zwei Wochen vor dem für die Hochzeit festgesetzten Zeitpunkt wurde Britskys Orpheon, das erste Lichtspielhaus, das Max in einem Laden eingerichtet hatte, mutwillig zerstört. Während der Vorstellung zertrümmerten sechs Männer mit Äxten die Fenster und das Kassenhäuschen, so daß die Kartenverkäuferin schreiend entfloh, verbreiteten Furcht und Schrecken unter den Zuschauern, trieben sie hinaus, schlugen die Vorführkabine mitsamt dem Projektor in Stücke, machten anschließend systematisch Kleinholz aus dem Gestühl und zogen davon, als sie sich offenbar hinreichend ausgetobt hatten. Das Ganze dauerte mindestens zwanzig Minuten, und obwohl die Platzanweiserin sofort zur Polizeiwache gelaufen war, tauchten Polizeibeamte erst auf, nachdem die Vandalen fort waren.

Etwas später kamen Max, Ruby und Bert, und Max besah niedergeschlagen den angerichteten Schaden. «Wer war das?» fragte er den Polizisten Kelly, der gemeinsam mit seinem Kollegen Murphy den Tatort in Augenschein nahm.

«Weiß der Himmel», sagte Kelly. «Am besten sprechen Sie mit dem Captain darüber, denn wenn so was erst einmal anfängt, ist es wie ein Buschfeuer, dagegen ist man machtlos.»

«Diese Weisheit haben Sie wohl von Captain Clancy?»

«Vielleicht hat er mir etwas zugeflüstert, als er hörte, daß sein alter Freund Max Britsky Schwierigkeiten hat. Er hat sogar gesagt, Paddy und ich sollten die Sache im Auge behalten, damit nichts von dem verschwindet, was offen herumliegt.»

«Ja, tun Sie das, und sagen Sie, ich danke ihm», sagte Max. Als er draußen mit Bert und Ruby allein war, fragte er: «Was meint ihr?»

«Das war bestimmt der ‹Orang› mit seinen Männern.»

«Ohne Zweifel», stimmte Bert zu. «Die Affenbande schlägt alles zu Klump. Und Clancy kassiert. Das wird nicht billig für uns, Max.»

«Schon möglich. Trotzdem. Ich laß mir das nicht einfach gefallen, daß so ein hergelaufener Drecksack wie der Orang Eastman hier alles kurz und klein hauen kann, ohne daß er selber eine Abreibung bezieht.»

«Gegen den kommst du nicht an», sagte Bert. «Er ist für uns eine Nummer zu groß.»

«Quatsch mit Soße. Du und ich, wir haben uns doch schon mit den Großen geprügelt, kaum daß wir auf den Beinen stehen konnten.»

«Das könnte teuer werden. Vergiß nicht, daß er dreihundert bis vierhundert von seinen Schlägertypen zusammenrufen kann. Und was haben wir?»

«Ich weiß auch nicht recht», sagte Ruby niedergeschlagen. «Die ganze East Side tanzt nach seiner Pfeife.»

«Ihr beide denkt zuviel und macht euch zuviel Sorgen. Überlaßt das ruhig mir. Ich brauch keine Armee – ein halbes Dutzend Kerle genügt. Ruby, hol Shecky Blum mit seinem Wagen her und sag drei oder vier von den Strolchen Bescheid, mit denen du immer rumlungerst; ich zahl jedem, der mitmacht, 50 Dollar. Wir treffen uns alle um Mitternacht wieder hier. Bring auch ein halbes Dutzend Baseballschläger mit.»

«Da macht bestimmt keiner mit, wenn es gegen den ‹Orang› geht.»

«Für 50 Piepen treten die gegen alles an, was Beine hat. Aber keine Sorge, es gibt keine Schlägerei.»

«Und wozu dann die Baseballschläger?»

«Zum Baseballspielen, Idiot. Jetzt verdünnisier dich!»

Verständnislos schüttelte Ruby den Kopf und wechselte einen Blick mit Bert Bellamy. Er begriff nicht, was das sollte. Zu jener Zeit beherrschte der «Orang» Eastman die ganze Unterwelt New Yorks und einen großen Teil der «Oberwelt» im südlichen Manhattan. Sein Hauptquartier hatte er in einem alten Mietstall an der Chrystie Street, dessen Hinterausgang auf die Bowery ging, mitten ins Herz seines Reiches. Man sagte, daß die Menschen an der Chrystie Street lebend hineingingen und als Leichen in die Bowery hinausgekarrt wurden. Es hieß, der «Orang» könne notfalls über tausend «Revolvermänner» mobilisieren, die auf sein Kommando hörten – eine maßlose Übertreibung. Die Mehrzahl seiner Anhänger waren Herumlungerer, Alkoholiker, der Bodensatz des schlimmsten Lumpenproletariats, das an den Docks vor den Unbilden der Witterung unterkroch. Bei keinem seiner sogenannten Straßenkriege mit anderen Banden wie zum Beispiel Kellys West Side Breakers hatte Eastman bisher mehr als hundert oder allenfalls hundertfünfzig Männer aufgeboten. Doch das und die Legenden, die sich um ihn rankten, genügten, um Ruby und Bert zu beunruhigen, vor allem, weil sie wußten, daß der «Orang» mit Captain Thomas Clancy von der New Yorker Stadtpolizei – häufig als korrupteste Polizei der westlichen Welt bezeichnet – Hand in Hand arbeitete.

Eastman durfte sich also durchaus sicher fühlen. Er war Drahtzieher beim Glücksspiel und bei der Prostitution in seinem «Revier», bekam von jeder Poker- und Faropartie, jedem Würfelspiel, jedem Zuhälter, allen Strichmädchen und Puffmüttern seinen Anteil. Außerdem erpreßte er «Schutzgelder» von den meisten Ladeninhabern. Seine Einkünfte teilte er mit den Reviervorstehern der verschiedenen Polizeiwachen auf seinem Territorium. Seinen Spitznamen verdankte er einer nicht zu übersehenden Ähnlichkeit mit einem Menschenaffen. Er strotzte vor Muskeln und wog bei einer Körpergröße von lediglich einsfünfundsechzig an die hundert Kilo. Hauptmerkmale seines Gesichts waren die zerschlagene Nase, Zahnlücken, winzige Schweinsäuglein und Blumenkohlohren. Rühmenswert an ihm war lediglich seine Tierliebe, und als Aushängeschild und einzige rechtmäßige Einnahmequelle diente ihm eine Zoohandlung in der Broome Street. Sie war auf tropische Zierfische spezialisiert, die in ganzen Reihen von Aquarien den Laden füllten. Diesen Fischen galt seine ganze Liebe. Nahezu täglich konnte man dort sehen, wie sich der gefürchtete «Orang» Eastman an seinen tropischen Lieblingen freute. Vor dieser Zoohandlung versammelte Max um halb eins in der Nacht seine für 50 Dollar pro Kopf angeheuerte und ihre Baseballschläger schwingende Hilfstruppe. Als sein Kommando «Ran an den Feind» ertönte, rührte jedoch keiner von ihnen eine Hand, denn alle wußten, wem der verschlossene Laden gehörte. Shecky Blum faßte in Worte, was alle dachten: «Hör mal, Max, wir legen uns doch nicht mit dem ‹Orang› an. Du mußt den Verstand verloren haben.»

Max ergriff Sheckys Schläger. «Das wollen wir doch mal sehen», sagte er, zertrümmerte mit einem Schlag das Schloß der Ladentür und anschließend beide Schaufensterscheiben. Dann rief er Shecky zu: «Hier kannst du mit deinen Jungs rein, und da wieder raus! Wenn ihr gründlich arbeitet, seid ihr in zwei Minuten fertig. Ihr könnt dann nach Hause gehen und vergessen, daß ihr hier wart. Also los.»

Nicht einmal zwei Minuten waren nötig, um den Laden zu verwüsten. Nichts blieb heil. Fische in allen Regenbogenfarben zuckten auf dem Boden, aufgebrachte Hunde bellten, Perserkatzen fauchten, dann stürmten Shecky und seine Mannen das Fuhrwerk, und die Pferde galoppierten davon. Bevor sich vereinzelte Nachtschwärmer über das Vorgefallene klarwerden konnten, war der Spuk schon vorbei.

Max schlenderte nordwärts, der Houston Street zu. Er rauchte nur gelegentlich, doch jetzt genehmigte er sich eine erstklassige Havanna. Er biß die Spitze ab, setzte die Zigarre in Brand und sog den Rauch genüßlich ein. Unbefangen betrat er mit der brennenden Zigarre im Mund die Polizeiwache, was den diensthabenden Beamten, Finnigan, zu der Mitteilung veranlaßte: «Mr. Britsky, Sie wissen genau, daß hier nicht geraucht werden darf.»

«Es ist eine sehr gute Zigarre, ich lasse sie einfach ausgehen, in Ordnung?»

«Und was zum Teufel suchen Sie um diese Zeit hier?»

«Captain Clancy.»

«Der ist zu Hause.»

«Dann warte ich», sagte Max. «Der kommt bestimmt bald.»

«Warum sollte er?»

«Das hab ich im Urin.»

«Na, mir kann's ja egal sein. Wenn Sie unbedingt Ihre Zeit hier totschlagen wollen, bitte.»

Die nächste halbe Stunde saß Max auf der Bank des Vorraums und ließ an sich vorüberziehen, die da kamen: Diebe, Trunkenbolde, Ruhestörer, Taschendiebe, Dirnen, die gegen das Gesetz oder gegen Eastmans Gebot verstoßen hatten. Schließlich trat der «Orang» Eastman selbst ein, gefolgt von Captain Clancy. Die Wildheit in Eastmans Augen steigerte sich bei Max' Anblick noch.

«Da bist du ja, du verdammter jüdischer Scheißer!» brüllte er und stürmte auf Max zu. «Verfluchter Hurensohn, ich reiß dir die Eingeweide aus dem Leib und häng dich an deinem eigenen Gedärm auf!» Unartikuliert brüllend sprang er Max an. Dieser tat einen Schritt zur Seite und lief dann rasch zu Sergeant Finnigan, der das Ganze augenscheinlich unbeteiligt zur Kenntnis nahm. Eastman folgte Max, hatte plötzlich einen Revolver in der Hand und feuerte zweimal. Doch beide Geschosse drangen in das Pult ein, hinter dem Sergeant Finnigan amtierte. Der Anblick des Revolvers und der Hall der Schüsse in einem menschenerfüllten Raum brachten die Polizeibeamten dazu, eilends ihre Pflicht zu tun. Sie ergriffen Eastman, und Sergeant Finnigan kletterte über die Abschrankung, um ihm die Waffe zu entwinden.

«Da sehen Sie, was Sie angerichtet haben», sagte Clancy zu Max, «Sie haben den Mann so gereizt, daß er hier auf der Wache Amok läuft.» Er sah zum «Orang» hinüber, den drei Polizeibeamte kaum bändigen konnten. «Können Sie mir einen vernünftigen Grund dafür sagen, warum ich ihn nicht laufen lassen soll, damit er Sie in Stücke reißt?»

«Oben», sagte Max, «in Ihrem Büro. Sogar 'nen ganzen Haufen.»

«So? Na, mein Junge, dann lassen Sie die mal hören, sonst kann ich für nichts garantieren.»

«Ich hol ihn mir!» brüllte der «Orang».

Clancy trat zu ihm und sagte: «Jetzt halt mal die Luft an, ‹Orang›. Es dürfte wohl auch dir bekannt sein, daß hier nicht einfach jeder auf der Wache rumballern kann.»

«Ich bring den Kerl um.»

«Später, später – und vor allem nicht hier. Was für ein Aufsehen gäbe das! Sergeant Finnigan wird Sie jetzt für eine Stunde oder so in eine Zelle sperren, damit Sie sich beruhigen können. Anschließend lassen wir eine Kanne Bier kommen und reden unter vier Augen über die Sache.» Dann ging Clancy die Treppe hinauf, und Max folgte ihm.

In seinem Büro schlug Clancy die Tür ins Schloß, wandte sich zu Max und sagte verärgert: «Mein Gott, sind Sie ein blöder Kerl, Max. Wie können Sie dem Orang seinen Zooladen kaputtschlagen! An den Fischen hängt er mehr als Sie und ich an einer hübschen Fratze, und wenn er eine Seejungfrau finden könnte, wäre die ihm lieber als alle seine verlausten Huren. Er wird Sie umbringen, und der Teufel soll mich holen, wenn Sie das nicht auch verdienen.»

«Das wird er nicht.»

«Und warum nicht, wenn ich fragen darf?»

«Weil Sie ihn daran hindern werden.»

«Gott im Himmel, warum sollte ich, einmal angenommen, ich wäre dazu imstande?»

«Alles, was er tut, tut er mit Ihrer Erlaubnis. Er ist doch Ihr Werkzeug. Ich an Ihrer Stelle hätte ihn längst zu seiner Mutti zurückgeschickt, blöd wie der ist.»

«Sie nehmen den Mund ziemlich voll, junger Mann, und ich kann nicht sagen, daß mir Ihre Art zu reden gefällt. Warum setze ich Sie nicht einfach mit einem Fußtritt auf die Straße und laß den ‹Orang› auf Sie los?»

«Das will ich Ihnen sagen. Sie wollen doch sicher gern Leiter der New Yorker Stadtpolizei werden – und Sie werden es auch.»

«Ach so? Das ist wohl Ihre neueste Masche: Max, der Prophet?»

«Nein.»

«Was soll dann der Stuß?»

«Sobald ich Millionär bin, tu ich alles, damit Sie Leiter der Stadtpolizei werden. Wir können dann zusammenarbeiten.»

Clancy musterte Max eine ganze Weile mit kaltem Blick und fragte dann: «Wie alt sind Sie eigentlich?»

«23.»

«Und Sie hergelaufener Rotzlöffel von einem Juden, der noch nicht ganz trocken hinter den Ohren ist, wollen mich zum Leiter der Stadtpolizei machen?»

«Sie wissen genau, warum ich seinen Laden zu Kleinholz gemacht hab», sagte Max. «Es geht mir nicht um Rache am ‹Orang›, den soll der Teufel holen. Er mit seinem Spatzenhirn kann nicht für zwei Cent denken, aber ich wollte ihn hier haben, und Sie auch.»

«Mitten in der Nacht haben Sie mich aus dem Bett geholt.» Clancy erhob sich und beugte sich weit über seinen Tisch vor. «Ich weiß nicht, wer Ihr Theater verwüstet hat, aber daß Sie dem ‹Orang› seinen Laden zerlegt haben, steht fest. Dafür könnte ich Sie einsperren, wenn ich damit nicht dem ‹Orang› das Vergnügen nehmen würde, aus Ihnen Hackfleisch zu machen. Und jetzt raus!»

«Der ‹Orang› hat mich auf dem Kieker», sagte Max. «Erst ein Theater, dann das nächste und so weiter, wenn ich seinen Preis nicht zahle. 100 Dollar die Woche, damit er mich zufrieden läßt. Sie kassieren davon lächerliche 50 Dollar –»

«Ich hab gesagt, raus!»

«– ein Taschengeld! Von mir können Sie 500 bekommen, für den Anfang.»

Clancy wollte gerade um den Tisch herumkommen, um seiner Aufforderung körperlich Nachdruck zu verleihen, doch jetzt hielt er inne, sah Max eine Weile an und wies dann auf einen Stuhl.

«Setzen Sie sich», sagte Clancy.

Max nahm mit dem Anflug eines Lächelns Platz.

Clancy kehrte zu seinem Tisch zurück, stützte das Kinn auf die Fäuste und betrachtete Max mit neu erwachtem Interesse. «Wenn das ein Scherz sein soll, warte ich nicht, bis der ‹Orang› Sie in die Mangel nimmt.»

Max griff in die Tasche, nahm ein Bündel Geldscheine heraus, zählte zehn Fünfzig-Dollar-Noten ab und legte sie auf den Tisch. «Sieht das etwa wie ein Scherz aus, Captain Clancy?»

«Jede Woche?» wollte Clancy wissen, unverwandt den Blick auf das Geld gerichtet.

«Jede Woche, bis ich erhöhe. In einem Jahr kriegen Sie 700 Dollar.»

Clancy griff nach dem Geld und fuhr mit einem zärtlichen Finger über die Scheine. «Was kaufen Sie, Max? Ich verspreche nie etwas, was ich nicht liefern kann.»

«Nun schön, ich will den ‹Orang› vom Hals haben. Sagen Sie ihm, wenn er mich nicht zufrieden läßt, machen Sie ihm sein Geschäft kaputt.»

«Und Sie glauben, das kann ich?»

«Wie ich das seh – von heute auf morgen, Captain.»

Clancy lächelte. «Was noch?»

«Nachrichten verbreiten sich hier in Windeseile. Wenn Vaccarelli die Sache mit dem ‹Orang› hört, fängt er bestimmt an, mich auf der West Side zu bearbeiten. Ich möchte, daß ihm klargemacht wird, entweder läßt er mich zufrieden oder er fliegt aus dem Geschäft.»

«Das ist aber nicht mein Bezirk.»

«Nein, er gehört Captain O'Grady. Zahlen Sie ihm was. Ich möchte nur mit Ihnen zu tun haben.»

«Etwa von meinem Geld?» wollte Clancy empört wissen.

«Natürlich nicht. Das geht aus meiner Tasche, aber sorgen Sie dafür, daß er unter 200 Dollar die Woche bleibt.»

«Der Orang und Vaccarelli können unangenehm werden.»

«Sie auch», sagte Max. «Sind wir uns einig?»

Clancy nahm eine Flasche und zwei Schnapsgläser aus der Schreibtischschublade. Er füllte die Gläser und gab Max eines. «Runter damit, mein Junge. Ich bin bei einem Juden mit ins Geschäft eingestiegen.»

Max schluckte den Whiskey, verzog das Gesicht und wischte sich den Mund. «In ein paar Wochen heirate ich.»

«Herzlichen Glückwunsch.»

«Sie sind zur Hochzeit eingeladen.»

Clancy nickte und füllte die Gläser erneut.

«Und bringen Sie auch Ihre Frau mit.»

«Wird gemacht.»

«Kennen Sie Alderman Sweeney?»

«Wie mein eigenes Gesicht im Rasierspiegel.» Er hob das Glas. «Ex.»

Max leerte sein Glas erneut. Zwar hieß es, Juden vertrügen nicht viel Alkohol, doch Clancy sollte sehen, daß Max sich von ihm nicht unter den Tisch trinken ließ. «Ich möchte, daß Sie ihn mit seiner Frau zu meiner Hochzeit einladen.»

«Und warum sollte er kommen? Alderman Sweeney ist ein bedeutender Mann in dieser Stadt. Was hat er damit zu tun, daß Max Britsky heiratet?»

«Sie könnten ihm zum Beispiel sagen, daß er am selben Tisch sitzt wie Charles F. Murphy.»

«Was?»

«Sie haben richtig gehört, Captain Clancy.»

«Charlie Murphy?»

«Ja.» Max ließ das Wort gelassen fallen. Er lehnte sich zurück und beobachtete Clancy, der jetzt aufgeregt wirkte.

«Warum haben Sie nicht gleich gesagt, daß Sie sein Freund sind? Was soll denn das ganze Theater mit dem Orang? Sie hätten doch bloß ein Tönchen zu sagen brauchen.»

«Ich erledige meinen Kram gern selbst und bin nicht gern darauf angewiesen, daß mir jemand einen Gefallen tut.»

«Sie könnten bei Charlie Murphy ein gutes Wort für mich einlegen. Sie sollen nie wieder Ärger mit dem ‹Orang›, mit Vaccarelli oder irgendeinem der anderen Halunken haben, die in unserer schönen Stadt ihr Unwesen treiben. Das verspreche ich Ihnen.»

Charles F. Murphy war soeben als neuer Herr in Tammany Hall eingezogen, dem New Yorker Hauptquartier der Demokratischen Partei. Damit war er auf politischer Ebene der mächtigste Mann der Stadt. Er hatte sein Amt von Dick Croker übernommen, einem hemdsärmeligen Kraftmeier der Politik, dessen Sünden sich schließlich an ihm gerächt hatten. Murphy war, ganz im Unterschied zu ihm, ein freundlicher Ire von angenehmem Äußeren, dem Intelligenz mehr galt als rohe Gewalt, und der mit sanften Worten viel zu erreichen verstand. Bereits eine Woche, nachdem das Exekutiv-Komitee von Tammany Hall Croker abgesetzt und Murphy ins Amt berufen hatte, fand sich ein gutgekleideter junger Mann in Max' Büro ein und ließ ihn wissen, Mr. Murphy würde gern mit Mr. Britsky in Delmonicos neuem Restaurant an der Ecke Fortyfourth Street und Fifth Avenue speisen – wann immer es Mr. Britsky passe. Max nannte, völlig perplex, irgendeinen Termin, der ihm gerade einfiel. Da es sein erster Auftritt bei Delmonico war, hatte er sich von Bert in Fragen der Lebensart und von Fred Feldman in Finanzangelegenheiten gründlich beraten lassen.

«Blauer Serge», hatte Bert gesagt, «etwas anderes kommt gar nicht in Frage. Blauer Serge, schwarze Schuhe, weißes Hemd und dunkle gestreifte Krawatte. Selbstbewußt auftreten, und den Kellner nimmst du gar nicht zur Kenntnis.»

«Aber die verdammte Speisekarte», hatte Max gesagt, «die ist doch bestimmt auf französisch.»

«Gar nicht erst ansehen. Sag dem Kellner, du willst ein Entrecote mit Salat – erst das Steak, dann den Salat. Ich schreib's dir auf. Laß Murphy den Wein bestellen. Es ist schick zu bestellen, ohne vorher die Speisekarte anzusehen. Wenn Murphy dich wegen Nachtisch fragt, sag ihm einfach, du nimmst dasselbe wie er.»

Fred Feldman seinerseits hatte gesagt: «Ganz vorsichtig auftreten, Max, wie auf rohen Eiern. Man sagt von Murphy, er wolle von allem etwas haben. Croker wollte die Stadt beherrschen, aber Murphy scheint sie besitzen zu wollen. Er hat wohl davon gehört, daß wir eine Gans haben, die goldene Eier legt. Wir können nicht verhindern, daß er einen Anteil bekommt, aber sieh um Himmels willen zu, daß der so klein wie möglich ist.»

«Müssen wir denn unbedingt zahlen?»

«Wenn wir nicht nach Philadelphia oder Boston ziehen wollen, ja.»

Die freundliche Begrüßung und der angenehme Plauderton schienen Feldmans Warnung Lügen zu strafen. Murphy gab sich herzlich, nicht nur Max, sondern allen gegenüber, die ihn erkannten und grüßten, während er mit Max dem reservierten Tisch zustrebte. Zum Saalkellner, den er offenbar gut kannte, war er ebenso freundlich wie zu den anderen Kellnern. «Sie scheinen ja noch recht jung zu sein», wandte er sich an Max. «Darf man fragen, wie alt Sie sind?»

«23.»

«Nun, eine bessere Empfehlung kann es für einen strebsamen jungen Mann gar nicht geben. In Ihrem Alter war ich nichts, ein armer Schlucker.» Stück für Stück forschte er Max aus, erfragte seine Herkunft, ließ sich alles über seine Angehörigen berichten und sprach bewundernd von Max' Stehvermögen und Familiensinn. «Und nun wollen Sie also ein süßes junges Frauchen heimführen?» erkundigte er sich.

«Nächsten Monat», sagte Max.

«Wäre es unverschämt, wenn ich mit meiner Frau an der Feier teilnähme?»

«Nun – selbstverständlich wäre es uns eine Ehre, Mr. Murphy. Es ist aber nur eine ganz einfache jüdische Hochzeit draußen in Flushing.»

«Bei euch Juden und bei uns Iren gibt es doch gar keine einfachen Hochzeiten! Außerdem zählt das Herz mehr als der Aufwand. Höchste Zeit, daß ich mich mal wieder in Flushing sehen lasse. Wer den Überblick nicht verlieren will, muß von Zeit zu Zeit in alle Stadtteile gehen.»

«Sie sind uns willkommen», sagte Max beglückt, hätte aber gern gewußt, was der andere überhaupt von ihm wollte, warum er ihn hierher eingeladen hatte.

«Ich habe viel Gutes über Sie gehört. Man nennt Sie das junge Geschäftsgenie. Ich hätte allerdings nicht gedacht, daß Sie so jung sind.»

«Ich habe auch etwas Glück gehabt», räumte Max ein.

«Sie nennen es *masel*, für mich ist es *ssejchel*», sagte Murphy, indem er sich der jiddischen Wörter für «Glück» und «Verstand» bediente. «Sie besitzen schon eine ganze Reihe Lichtspielhäuser in der Stadt, und es werden ja wohl noch mehr?»

«Schon möglich», stimmte Max zu und entzündete die teure Zigarre, die Murphy ihm angeboten hatte. «Die siebzehn umgebauten Läden will ich in den nächsten fünf Jahren allmählich durch richtige Theater ersetzen. Das erste, das Bijou, ist ja schon in Betrieb. Wir richten gerade zwei weitere für unsere Zwecke her, eines in der Fourteenth und ein anderes in der Twenty-third Street. Außerdem haben wir zwei Grundstücke in Harlem gekauft, auf denen ich später einmal bauen kann.»

Unvermittelt wechselte Murphy den Gesprächsgegenstand und fragte Max: «Was wissen Sie über Tammany Hall?»

«Nun, es hat mit der Demokratischen Partei, mit politischem Einfluß in der Stadt und so zu tun, aber das weiß ja wohl jeder –»

«Leider wissen die meisten viel zuwenig. Vor gut hundert Jahren, als die Reichen und Mächtigen wieder die Zustände einführen wollten, die vor der amerikanischen Revolution hier herrschten, hat sich außer Tammany Hall niemand für das einfache Volk eingesetzt. Kaum einer von denen, die heute auf Tammany Hall schimpfen, denkt daran, daß es nach der Revolution Bestrebungen gab, auch hierzulande eine Aristokratenschicht ans Ruder zu lassen – ganz wie in England. Um das zu erreichen, haben Offiziere mit ihren Angehörigen den Cincinnatus-Orden gegründet, ein Schutz- und Trutzbündnis auf Gegenseitigkeit, das sie nach dem römischen Staatsmann Lucius Quinctius Cincinnatus nannten. Um den kleinen Mann, den Fußsoldaten, kümmerte sich niemand.

Wir gaben unserer Gesellschaft den Namen des wegen seiner Weisheit und Freiheitsliebe bekannten Delawarehäuptlings Tammanend. Sie ruhte auf den Schultern von dreizehn Vertrauensmännern, je einer für die ursprünglich dreizehn Gründerstaaten der Union. Sie hießen Große Sachems, so wie früher die Häuptlinge der Indianerstämme. Als es dann um die Freiheit ging, als üble Ränkeschmiede versuchten, alles Gute rückgängig zu machen, was die Revolution uns gebracht hatte, und eine auf Angst und Vorrechten gegründete Regierung ins Leben rufen wollten – wer außer Tammany Hall stand da Jefferson zur Seite? Man hört mancherlei Verleumdung gegen den hochanständigen Aaron Burr, dabei hat er seinen politischen Widersacher Alexander Hamilton im ehrlichen Kampf getötet. Tammany Hall hat sich nie von ihm abgewandt und ist mit ihm gemeinsam für die Freiheit eingetreten. Natürlich machen sich protestantische Pfarrer gern mit einem Angriff auf unseren guten William Tweed einen Namen, und wenn man sie hört, könnte man glauben, er wäre der Leibhaftige in Person. Sie schmükken ihre Märchen noch damit aus, daß sie genüßlich berichten, wie er die Stadt New York angeblich um Hunderte von Millionen Dollar gebracht hat. Sie brauchten nur ‹Boss Tweed› zu sagen, um die Leute glauben zu lassen, sie hätten damit den Teufel beschworen. Wir beide aber, junger Freund, Sie als Jude und ich als treuer Sohn der katholischen Kirche, wissen, was wir von diesen Brüdern zu halten haben.

Das ist in großen Zügen das Bild unserer Organisation. Ich dachte, es würde die Dinge etwas klären.»

Max hörte dieser langatmigen Darstellung des Hintergrunds von Tammany Hall ehrfürchtig und voller Verwirrung zu. Jedermann wußte, daß die Geschicke der Stadt von Tammany Hall aus gelenkt wurden. Jedem Wink von dort gehorchte die Polizei: sie erzwang die Beachtung der Gesetze, wenn Tammany Hall das wünschte, und drückte beide Augen zu, wenn das Gegenteil der Fall war. Im Volksmund hieß es, wer in New York aufs Klo wolle, müsse warten, bis ihm Tammany Hall erlaube, den Deckel hochzuklappen. Die Institution hatte die Stadt in den letzten fünfzig Jahren bis aufs Hemd ausgeplündert; was auf diese Weise beiseite geschafft worden war, hätte im Mittelalter als Lösegeld für alle Könige Europas genügt. Wer aber am Hungertuch nagte, durfte sicher sein, daß ihm Tammany Hall an hohen Feiertagen ein kostenloses Mahl bereitete – und warum auch nicht, bekam sie doch ihren unfrommen Zehnten von allen Dirnen, Zuhältern, Spielern und Verbrechern, die in jener großen Stadt ihrem Gewerbe nachgingen. All das war jedem bekannt, und auch Max wußte es. Das andere aber, wovon Murphy gesprochen hatte – die Sache mit Jefferson und Burr, den Sachems und den Delaware-Indianern – waren ihm böhmische Dörfer. Dennoch dankte er Murphy für die erteilte Aufklärung und wartete auf dessen Forderungen.

«Ich habe mich ein bißchen umgehört», sagte Murphy, «und dabei erfahren, wie rührend Sie für Ihre Mutter und Ihre Geschwister gesorgt haben. Das war wirklich sehr edel, Max, und Gott wird es Ihnen lohnen. Sie mit Ihrem klugen jüdischen Köpfchen wissen, daß die Geschichte mit den laufenden Bildern erst am Anfang steht.»

«Da muß ich Ihnen recht geben», sagte Max.

«Und sobald Sie mit Ihrer Firma wachsen, wird jeder billige Ganove versuchen, unter dem Deckmäntelchen des ehrlichen Geschäftsmanns auf dem Trittbrett mitzufahren. Die warten alle nur auf eine Gelegenheit, einem jungen Juden, der sie mit seiner Klugheit alle miteinander in die Tasche stecken kann, das Messer an die Kehle zu setzen.»

Max nickte und wartete schweigend.

«Sie brauchen Tammany Hall», sagte Murphy. «Mich brauchen Sie.»

«Was kostet mich das?» fragte Max gelassen.

«20 Prozent vom Gewinn.»

«Das ist zuviel.»

«Wenn wir Sie nur ein Jahr lang unterstützen, hat sich Ihr Gewinn schon verdoppelt.»

«Es ist trotzdem zuviel», beharrte Max.

«Sagen Sie was.»

«5 Prozent», machte Max sein Gebot.

«Das soll wohl ein Witz sein», sagte Murphy gleichmütig, «aber ich respektiere das. Sie sind ein zäher Kunde, Mr. Britsky. Wissen Sie was? Wir haben gerade Cappys Varieté in der West Twenty-third Street übernommen. Cappy hat durch sein Saufen und Spielen so hohe Schulden gemacht, daß er zum Schluß nicht mal mehr seine Steuern zahlen konnte. Also haben wir als Sicherheit für seine Steuerrückstände die Hand auf das Theater gelegt. Sie können es für 100 Dollar haben und uns die 3200 Dollar Steuern, die er der Stadt schuldet, auf zehn Jahre verteilt, zahlen; wert ist das Ganze mindestens seine 150000. Alles unter uns Pastorentöchtern und ganz legal. Nur damit Sie sehen, was es bedeuten kann, uns auf Ihrer Seite zu haben. 16 Prozent.»

«7 Prozent», gab Max zurück.

Eine halbe Stunde später schüttelten sie sich die Hände, Murphy würde 11 Prozent von Max' Gewinn bekommen und Max Cappys Varieté zu den genannten Bedingungen. Außerdem hatte Murphy versprochen, die Bezirke so einteilen zu lassen, daß Max' Konkurrenten das Nachsehen hatten.

«Sie werden es bestimmt nicht bereuen», sagte Murphy.

«Es ist wirklich nur eine einfache jüdische Hochzeit drüben in Brooklyn», wiederholte Max.

«Ich möchte sie um nichts in der Welt missen.»

«Captain Clancy vom Revier in der Houston Street und Alderman Sweeney würde ich auch gern einladen – würde es Ihnen etwas ausmachen, mit ihnen an einem Tisch zu sitzen?»

«Es wird mir ein Vergnügen sein», sagte Murphy.

Arthur und Lillian Levine stammten aus Österreich. Arthur war 1867 als Kind nach Amerika gekommen, Lillians Eltern waren drei Jahre später ausgewandert und hatten ihr Töchterchen mitgebracht. Da beide Familien erst eine Generation zuvor aus den Karpaten nach Wien gekommen waren, nahmen sie eine Mittelstellung zwischen den wohlhabenden und angesehenen deutschen Juden aus den vornehmen Stadtbezirken und den verhärmten armen «Gettojuden» der Lower East Side ein, denn weder gehörten sie zur Welle deutscher Juden, die von 1820 bis 1860 nach Amerika ausgewandert waren, noch konnte man sie zur großen Masse der Ostjuden zählen, die mit Beginn der siebziger Jahre New York überfluteten. Gerade weil sie auf Grund dessen nicht Fisch, nicht Fleisch waren, klammerten sie sich an ihre Mittelschicht-Achtbarkeit wie ein Schiffbrüchiger an seine Planke.

Dieser Drang nach gesellschaftlicher Anerkennung hatte bei ihnen geradezu die Stelle der Religion eingenommen. Sie hatten Anschluß an die deutsch-jüdische Gemeinde in Flatbush gefunden und sahen bisweilen in ihren Träumen Sally mit einem der bedeutenden deutsch-jüdischen Finanziers verheiratet, zumindest aber doch mit einem deutschen oder Wiener Arzt oder Zahnarzt. An jemanden wie Max Britsky hatten sie nie gedacht, und je näher der Hochzeitstag rückte, ohne daß Max von seiner beharrlichen Weigerung abging, sie mit seiner Mutter bekannt zu machen, desto drückender wurden ihre Bedenken. Sie wuchsen ins Ungemessene bei Sallys Mitteilung, die Trauzeremonie könne nicht in der Reformsynagoge stattfinden, der die Eltern Levine angehörten, weil Max' Mutter unter keinen Umständen ihren Fuß an einen Ort setzen würde, der für sie gleichbedeutend mit dem Wohnsitz des Leibhaftigen war.

Max tat das Beste, was er unter diesen Umständen überhaupt tun konnte. Er hatte erkannt, daß sich mit seinem geänderten Status in der Öffentlichkeit auch anderes ändern mußte, und dafür war ihm Sally mit einemmal von großem Nutzen. Sie verfügte über etwas, dem er bei bestimmten Geschäftspartnern immer häufiger begegnete: Auftreten, gutes Benehmen, eine gepflegte Sprechweise. Auch hatte sie gerade das richtige Maß an gutem Aussehen, war nicht von der üppigen Weiblichkeit der Art Frau, von der sich Max eigentlich angezogen fühlte. Mit anderen Worten, Sally war eine Dame, und so war er fest entschlossen, die Heirat unter keinen Umständen scheitern zu lassen. Er kaufte Sally einen Verlobungsring mit einem riesigen Brillanten sowie einen mit zahlreichen kleinen Rubinen besetzten Trauring und ließ ihr bei der Einrichtung des Hauses völlig freie Hand. Außerdem erwarb er eine viersitzige Kutsche mit Klappverdeck und stellte Shecky Blum als Kutscher und Stallburschen ein. Stall und Remise konnte er in der Nähe des Hauses mieten.

Sally, die von dieser Fülle ganz überwältigt war, beredete ihre Eltern dazu, einer Trauungszeremonie mit anschließender Feier in einem Vortrags- und Festsaal zuzustimmen, der einem gewissen Marcus gehörte und am St. Mark's Place lag; anschließend sollte ein Empfang im Hause Levine stattfinden.

Da in diesem Festsaal jeweils zehn Personen an einem Tisch Platz hatten, brauchte jede der beiden Familien drei Tische. Bei Max saßen an einem Tisch die Angehörigen einschließlich Sally und Rubys Freundin und an einem weiteren diejenigen seiner Mitarbeiter, die er meinte, nicht übergehen zu dürfen. Am «Tammany-Tisch» schließlich saßen Murphy, Clancy und Sweeney, jeweils mit ihren Frauen, sowie Bert Bellamy mit seiner Begleiterin und Sam Snyder mit seiner Frau Alice. Sie war mollig, wirkte fröhlich und trug über ihren rosigen Wangen das hellblonde Haar zu einer Hochfrisur aufgetürmt.

Da Max Sams Einladung zum Abendessen bisher nicht gefolgt war, lernte er Alice erst jetzt kennen. Ihre ungenierte Art verblüffte ihn: sie umarmte ihn, gab ihm einen Kuß und versicherte ihm, sie wisse alles über ihn und werde es nur schwer verzeihen können, wenn er und seine liebe Frau die Snyders nicht sehr bald besuche. Max wußte, daß Sam und Alice vier Kinder hatten – und es war deutlich zu sehen, daß das fünfte unterwegs war.

«Und dann ist Schluß, so Gott will», sagte Sam Snyder.

«Hört ihn euch an», lachte Alice, «hört euch den nur an!»

Sarah, die in einem aus ungeheuren Stoffmassen hergestellten, über und über mit unechten Perlen bestickten rosa Seidenkleid über dem Ganzen thronte, betrachtete diese Ansammlung von *gojim*, wie sie alle Nicht-Juden bei sich nannte, voller Verachtung und Herablassung.

Für Max waren die dreißig Leute von der Levine-Seite, auch nachdem man sie ihm vorgestellt hatte, nichts als leere Gesichter.

Nichts Besonderes in der *mischpoche*, dachte er bei sich. Wie meist bei solchen Gelegenheiten, hielt sich jeder zu seiner Gruppe. «Dankbar sollten sie sein», erklärte Sarah, «ein Junge wie Max, ein Millionär ist er schon, und heiratet ein Mädchen aus einer Familie von Habenichtsen.»

Allerdings war Max trotz Sarahs neuentdeckter Bewunderung für die Finanzkraft ihres Sohnes weit davon entfernt, Millionär zu sein. Seine Barmittel, die er als «Liquiditätsreserve» zu bezeichnen gelernt hatte, waren fast völlig zusammengeschmolzen. Den letzten Anstoß dazu hatte der Kauf von einem Dutzend Kisten Champagner gegeben, sein Beitrag zur Hochzeitsfeier. Doch versicherte er Sally, seine Verbindlichkeiten – auch eines der Wörter, die er seinem Wortschatz neu einverleibt hatte – würden durch die ununterbrochen fließenden Einnahmen mehr als ausgeglichen. Daß die Feier in zwei getrennten Geschossen von Marcus' Saalbau stattfand, nahmen die Levines resigniert hin. Sarah Britsky zu Gefallen sollte ein orthodoxer Rabbiner die Trauung vornehmen, und so saßen die sechzig Gäste im oberen Saal auf Klappstühlen, wobei der Mittelgang die Levines von den Britskys trennte. Das Brautpaar – Sally in einem Traum aus spitzenbesetztem Organdy und Max im Smoking – seinem eigenen – stand unter der *chupe*, dem Trauhimmel, und während der Rabbiner die Antrauungsformel anstimmte: *hare at mĕkuddeschet li bĕtabba'at so kĕdat Mosche wĕjisrael*, deren Bedeutung Sally kannte, auch wenn sie die hebräischen Worte nicht verstand, sie bedeuteten: «Du bist mir angelobt durch diesen Ring nach der Satzung Moses' und Israels», fragte sich Max, wie er diesen Saalbau auf seiner Suche nach für Lichtspielhäuser geeigneten Lokalitäten nur hatte übersehen können. Er überlegte, wieviel er dem Besitzer dafür bieten sollte, und wenige Minuten später waren er und Sally Mann und Frau. Dem Brauch entsprechend hatte Max ein Glas zertreten, dann der Braut den Ring angesteckt und sie geküßt. Während sich die Hochzeitsgäste um sie drängten, um ihnen zu gratulieren, versuchte Max sich genußvoll auszumalen, wie er am Abend mit der jungfräulichen Sally zu Bett gehen würde – eine Aussicht, die ihn eher entmutigte als erregte, denn er war im Umgang mit Jungfrauen gänzlich unerfahren.

Nach der eigentlichen Zeremonie begaben sich alle nach unten, wo die Tische schon im Halbkreis um eine Tanzfläche herum angeordnet waren, hinter der eine vierköpfige Jazzkapelle aufspielte. Als

Sally an Max' Arm die Treppe hinabging, sahen sie sich mit dem plötzlichen Erschrecken zweier Menschen an, die einander schon lange kennen und auf einmal feststellen, daß sie sich fremd sind.

«Boss» Murphy, der Gewaltige von Tammany Hall, Fürst und Feudalherr der Stadt New York, schlürfte Champagner und sagte zu Alderman Sweeney, während er zusah, wie Max und Sally allein den Brautwalzer tanzten: «Timothy, da haben Sie einen der bemerkenswertesten Männer in unserer Stadt.»

«Was, der kleine mickrige Jude?»

«Der kleine mickrige Jude hat mehr Verstand und Mumm im kleinen Finger als Sie in Ihren 140 Kilo Lebendgewicht.»

«Sie wollen mich wohl verscheißern?»

Lächelnd tätschelte Murphy Sweeneys riesige Hand. «So ist es, Timothy, so ist es.»

Am Tisch der Familie Britsky sagte Sarah, die voller unverhohlenem Stolz Max zusah, zu Freida: «Wer hat einen so schönen Sohn wie ich? Habe ich es nicht vom Tag seiner Geburt an gesagt?» Dann fuhr sie fort, die Stimme zu einem Flüstern gesenkt: «Das Mädchen, das Reuben mitgebracht hat, ist doch bestimmt eine *gojische*, eine *schickse*?»

«Ich weiß nicht, *mame*.»

«Sie sieht mir danach aus. Wenn er so eine heiratet, spring ich aus dem Fenster.»

Gemeint war Kathy Sullivan, Tochter eines Straßenbahnarbeiters, ein hübsches Mädchen mit rabenschwarzem Haar, leuchtend blauen Augen und rosigem Teint. Auch sie sah Max und Sally tanzen, dachte bei sich, daß sie den falschen Britsky erwischt hatte, lächelte Max zu, und dieser erwiderte ihr Lächeln.

«Wie alt ist dein Bruder eigentlich?» erkundigte sie sich bei Ruby.

«23.»

Dann ist ja noch nichts verloren, dachte sie. Noch viele Jahre lagen vor ihnen.

Einer von Bennys Lehrern hatte ihm ein gewisses Zeichentalent bescheinigt, und so war Benny endlich einmal in der Lage, etwas zu tun, was andere bewunderten. Jetzt gerade zeichnete er das Gesicht von «Boss» Murphy auf das Tischtuch, was ihm eine schallende Ohrfeige seiner Mutter eintrug. «Was sind das für Sitten, du Strolch, seit wann malt man auf Tischtücher?»

Alderman Sweeney sah ohne große Begeisterung auf den Teller mit gefülltem Rindsdarm und gefülltem Kohl, den man vor ihn gestellt hatte.

«Was das wohl ist?» wollte seine Frau wissen.

«Kischke», erklärte Bert Bellamy. Die rothaarige und sehr anziehend wirkende Mrs. Sweeney war gut und gern 90 Kilo leichter als ihr Mann und mindestens fünfzehn Jahre jünger. Sie hatte dem neben ihr sitzenden Bert schon durch einen leichten Druck ihres Knies zu erkennen gegeben, daß sie einer näheren Bekanntschaft nicht abgeneigt sei. «*Kischke* ist mit einer Mischung aus Mehl, Weizengrieß und Geflügelschmalz gefüllt und schmeckt besser, als es klingt. Im Kohl sind Fleisch und Rosinen – ist ganz vorzüglich.»

«Woher wissen Sie so viel über jiddische Küche?»

«Max und ich waren von klein auf zusammen.»

«Und wie alt sind Sie jetzt?»

«Ungefähr in Ihrem Alter, Mrs. Sweeney.»

«Na, na! Ich könnte Ihre Mutter sein», sagte sie lächelnd und verstärkte den Druck ihres Knies.

Bei den Levines ging es weniger aufgeräumt zu als an den beiden Britsky-Tischen. Sie sahen zu, wie Bert Bellamy mit Mrs. Sweeney und Max' Schwester Freida mit «Boss» Murphy tanzte, den sie nicht kannten. Als sie erfuhren, es handle sich um *den* Murphy aus Tammany Hall, wirkte das eher abschreckend auf sie, denn Tammany Hall galt Menschen ihrer Gesellschaftsschicht als Ansammlung von Räubern und Mördern. Ihnen erschien das bunte Durcheinander an den Tischen der Britskys ordinär und störend. Als sie dem mehr als fülligen Alderman Sweeney vorgestellt wurden, der alles, was atmete und sich bewegte, als potentielle Wähler ansah, wußten sie nicht, was sie auf das überschwengliche Loblied antworten sollten, das er auf Sally anstimmte – war er doch in ihren Augen ein Dieb und Halunke, der seinesgleichen suchte. Ebensowenig wußten sie, was sie davon halten sollten, daß die von zu viel Champagner beschwipste Kathy Sullivan Max umarmte und durchaus hingebungsvoller küßte, als es der Situation angemessen erschien.

«Ich mag die Leute nicht», flüsterte Lillian Levine ihrem Mann zu. «Diese Sarah Britsky ist eine schreckliche Person, und wen sie alles eingeladen haben – Murphy, Sweeney und Clancy. Er soll bei der Polizei sein, aber ich finde, er sieht nicht einmal wie ein

Mensch aus. In was für eine Räuberhöhle ist mein armes Kind da nur geraten?»

Ihr Gatte tröstete sie, so gut er es vermochte. Als Max seine Schwiegermutter zum Tanz aufforderte, schützte sie vor, dafür zu alt zu sein, und als gar Sarah Britsky versuchte, die Levines zum Mitmachen bei einem alten Volkstanz zu bewegen, ohne den eine jüdische Hochzeit keine Hochzeit war, enteilte Lillian Levine in die Toilette, wo sie in Tränen ausbrach, während ihr Mann sich mitziehen ließ, wie auch die Iren, die erklärten, der Tanz ähnele aufs Haar einem alten irischen Volkstanz. Sally ließ Max bei den anderen Tänzern und ging zu ihrer Mutter.

«Wie entsetzlich», jammerte diese durch ihre Tränen. «Was sind das nur für Leute?»

«Bitte weine nicht, Mama», bat Sally. «Es sind einfache Menschen. Ein wahres Wunder, daß Max und seine Geschwister überhaupt durchgekommen sind. Es stimmt, seine Mutter ist schrecklich, aber ihr Leben war es wohl auch.»

«Und neben dieser Frau sollst du wohnen!»

«Keine Sorge, Mama. Ich werde es schon schaffen. Deswegen brauchst du nicht zu weinen.»

Im vollständig neu eingerichteten Schlafzimmer ihres neuen Hauses stand das Gepäck bereit für die Hochzeitsreise zu den Niagarafällen. Max sank erschöpft in einen Sessel. Er hatte Champagner, Wein und Whiskey in buntem Wechsel getrunken und roch nach Alkohol und Zigarrenrauch. Mit stierem Blick sah er Sally an und überlegte, was man mit einer jungfräulichen Dame anstellte – für ihn war die Situation ebenso neu wie für Sally.

Sie saß ihm gegenüber auf der Kante des von ihr so liebevoll ausgesuchten Himmelbetts, ihr müdes Gesicht umgeben von zerknittertem Organdy. Was tue ich hier eigentlich? Und wie soll das weitergehen? überlegte sie. Dieser Mensch ist jetzt mein Mann, und ich muß mit ihm ins Bett gehen. Wie ist es nur soweit gekommen? Ich glaube, ich sterbe, wenn er mich anfaßt, aber warum empfinde ich so? Es hat Zeiten gegeben, da liebte ich ihn fast, allerdings war es damals nicht für den Rest meines Lebens. Jetzt aber ist es das. Worüber sollen wir nur reden, was werden wir einander zu sagen haben? Und was soll ich jetzt tun? Mich ausziehen? Warum sitzt er so da, statt etwas zu tun, irgend etwas?

Wie als Antwort auf ihre Frage ertönte ein leises Schnarchen.

«Max!»

Er rührte sich nicht.

Sie fühlte sich versucht, ihn zu wecken. Mit einemmal kam sie sich verlassen vor. «Max!» rief sie laut.

Nichts. Ihre Augen füllten sich mit Tränen. Sie wischte sie fort und ging dann zu Max hinüber. «Steh auf», sagte sie mit fester Stimme. Sie legte die Arme um ihn, zog ihn hoch und schleppte ihn förmlich zum Bett. Er war nicht schwer und kaum größer als sie, das machte es leichter. Sie zog ihm die Schuhe aus, dann das Hemd und die Hose. Der Anblick seines von der einteiligen Unterwäsche umhüllten mageren Leibs reizte sie zum Lachen. Immer noch kichernd, streifte sie ihm die Socken von den Füßen und schüttelte ihn dann. «Max, Max! Deine Hochzeitsnacht.»

Er murmelte etwas Unverständliches, aber seine Augen blieben geschlossen.

Sie setzte sich in ihrem Brautkleid neben ihn auf die Bettkante und sah ihn unverwandt an. Er sah gar nicht schlecht aus, sagte sie sich, und er hatte nicht den kleinsten Fettansatz. Zumindest das war ein Vorzug. Sie überlegte sich, wie es wäre, wenn sie mit Alderman Sweeney ins Bett gehen müßte, stellte sich den ungeheuren Fettwanst ausgezogen vor und mußte sogleich wieder kichern. Was aber sollte sie jetzt tun? Erneut betrachtete sie Max, und mit einer Kühnheit, deren sie sich selbst nie für fähig gehalten hätte, legte sie eine Hand auf den Teil von Max' Unterwäsche, der seine Geschlechtsorgane verhüllte. Sie spürte den Umriß seines Glieds und seiner Hoden, und in ihr wuchs die Begierde. Sie spürte, wie er auf ihre Berührung reagierte und hörte ihn durch seine trunkene Benommenheit etwas murmeln. Dann zog sie die Hand fort und kicherte erneut. Sie hatte im Laufe des Abends drei Gläser Champagner getrunken, und so konnte sie sich einreden, sie sei betrunken – nicht wie Max, aber doch leicht beschwipst.

«Das ist es, ich bin betrunken.»

Diese Selbsttäuschung brauchte sie. Sie ließ ihr Brautkleid zu Boden gleiten, nachdem sie eine Weile mit den Haken und Ösen gekämpft hatte, und entledigte sich anschließend ihres Unterkleids, des völlig überflüssigen Korsetts und ihrer riesigen Liebestöter. «Alles nur, weil ich betrunken bin.» Nie zuvor hatte sie diese Art von heißer körperlicher Erregung empfunden.

Schließlich stand sie im Licht der einzigen im Raum brennenden Lampe nackt da, die Knospen ihrer kleinen Brüste waren fest und hart, und sie sagte scharf: «Max, wach auf!»

Diesmal öffnete er die Augen und sah sie verständnislos an. Sie löschte die Lampe und legte sich neben ihn ins Bett. Da er schon wieder eingeschlafen war, ergriff sie sein Glied, streichelte es, und ihre Erregung wuchs mit ihm. Dann streckte Max im Halbschlaf die Arme nach ihr aus und umschlang sie.

SECHS

1906

Max mit siebenundzwanzig Jahren

Die Büroräume im Hobart Building waren erweitert, verbessert und renoviert worden. Drei Sekretärinnen bewältigten den Schriftverkehr, und unter Jake Stein, an dessen Bürotür jetzt ein Schild mit der Aufschrift «Leiter der Buchhaltung» prangte, arbeiteten zwei Buchhalterinnen. An die Stelle von Etta Goodman, jetzt Max' Direktionsassistentin, war eine neue Empfangsdame getreten, ein hübscher junger Rotschopf namens Della O'Donnell, eine entfernte Verwandte von «Boss» Murphy. Jake Stein wurde nicht müde, Max zu erklären, Murphy habe sie nur deshalb in Max' Unternehmen eingeschleust, um über alles, was dort vorging, genauestens informiert zu sein, doch vertrat Max die Ansicht, Miss O'Donnell könne da nicht viel Schaden anrichten. Überdies habe Murphy, falls der Verdacht stimme, durchaus einen Anspruch darauf, etwas über das Unternehmen zu erfahren, denn immerhin sei er ja daran beteiligt.

Max fand Della O'Donnell recht anziehend. Wie Alice Snyder war sie stets freundlich und voll mütterlicher Wärme. Er überlegte, wie es wohl wäre, mit einer solchen Frau verheiratet zu sein. Die Vorstellung, sie könne für Murphy spionieren, war ebenso lächerlich, wie sie für Jake Stein kennzeichnend war. Feldman, der ihn nicht mochte, hatte angeregt, Max solle einen anderen an seine Stelle setzen. «Jake macht seine Sache gut», wendete Max ein, was ihm von Feldman die Erwiderung eintrug: «Zu gut für meinen Geschmack.» Max erklärte sich bereit, über die Angelegenheit nachzudenken, doch je mehr er nachdachte, desto weniger erschien es ihm möglich, einen Familienvater vor die Tür zu setzen, der ausgezeichnete Arbeit leistete und in keiner Weise den Schurken erkennen ließ, den Feldman in ihm sah.

Schwieriger war da schon der Fall Etta Goodman. Nach wie vor unterstützte sie Max so gut sie konnte: mit Herz und Hand, und ganz allgemein auch mit ihrem Körper. Das allerdings geschah nicht mehr auf dem Fußboden, denn Max hatte bei der Renovierung seines Büros auch ein Sofa aufstellen lassen. Diese Erwerbung und was sonst damit zusammenhing, hatte mit Max' sexueller Beziehung zu seiner Frau zu tun, die als winziges Flämmchen begonnen hatte, bald immer schwächer flackerte und dann nahezu vollständig erlosch. Immerhin hatte ihm Sally während der Flackerphase zwei Kinder geboren, und nachdem Max' Beziehungen zu seiner Frau mehr oder weniger aufgehört hatten, erneuerte er sein Verhältnis zu Etta. Er hatte gerade eine «Übung», wie er es im stillen nannte, mit ihr auf dem Sofa beendet, als Della ihm über die Gegensprechanlage, auch eine neue Errungenschaft des Hauses, mitteilte, zwei Herren wünschten ihn zu sprechen, ein gewisser Frank Stanford und ein Jack Calvin. Zwar kamen ihm diese Namen bekannt vor, aber Max wußte nicht, in welchem Zusammenhang sie ihm etwas sagten. Max erklärte Della, da die Herren nicht angemeldet seien, sollten sie warten oder hinterlassen, in welcher Angelegenheit sie gekommen waren und sich einen Termin geben lassen. Della teilte nach einer Rückfrage mit, die Herren seien bereit zu warten.

Etta sah zu, wie Max seine Hose schloß und sich das Hemd zuknöpfte. «Es scheint dir keinen Spaß mehr zu machen», sagte sie.

«Ich hab andre Sachen im Kopf.»

«Das hast du nach deiner Hochzeit auch gesagt –»

«Jetzt aber Schluß», sagte Max. «Sally ist meine Frau. Das ist was ganz andres. Damen sind feinfühliger, und Sally ist nun mal 'ne Dame.»

«Das soll wohl heißen, daß ich nur zum Vögeln gut bin?»

«Jetzt sagst du das Wort selbst», warf Max ihr vor. «Ich mag nicht, wenn eine Frau es benutzt. Was hast du überhaupt in letzter Zeit – wieso bist du auf einmal so klapperdürr?»

«Mir gefällt es so. Was ist nun? Schmeißt du mich raus? Willst du mich los sein?»

«Hör doch bloß auf damit! Kein Mensch redet von Rausschmiß. Kaum tu ich den Mund auf, schon heißt es, ich will dich loswerden. Reiß dich gefälligst zusammen.»

«Wie würde es dir gefallen», klagte Etta, «wenn man dich dauernd auf die Folter schicken würde? Ich weiß nie, was du von mir hältst.»

«Du meinst nicht schicken, du meinst spannen. Sally hat gesagt, sie hatten da früher so Maschinen für Gefangene –»

«Ich scheiß auf das, was deine Sally sagt! Es steht mir bis hier!»

«Nun, nun», sagte Max freundlich und legte den Arm um sie.

«Ich bin ein Mensch, genau wie sie.»

«Natürlich.»

Er führte Etta in Fred Feldmans Büro, denn Fred war nicht da. «Setz dich», sagte Max. «Ruh dich ein bißchen aus. Trockne deine Tränen, dann kannst du nach Hause gehen, wenn du willst.»

«Ich möchte das sein, wofür ich bezahlt werde, deine Direktionsassistentin.»

«Schon gut. Wir reden noch darüber. Bestimmt.»

Er kehrte in sein Büro zurück und überlegte, was er mit ihr tun sollte. Er mochte sie. Sie war nicht klug – eigentlich eher dümmlich –, aber das verstärkte nur noch sein schlechtes Gewissen. Er brachte es nicht fertig, jemandem den Stuhl vor die Tür zu setzen. Man erwartete von ihm, daß er hart und entschlossen war. So sah man ihn auch in den Finanzkreisen der Stadt, dabei hatte er gerade erst zugestimmt, seinen Bruder Benny einzustellen, obwohl er nur zu gut wußte, was für ein Lump er war, und daß er auch nie etwas anderes sein würde. Seiner Mutter hatte er 400 Dollar pro Woche ausgesetzt, womit sie die Ausgaben für das Haus bestreiten sollte, in dem sie mit seinen drei Schwestern und mit Benny lebte, und obwohl das reichlich war, jammerte sie stets, es sei bei weitem nicht genug. Fred Feldman hatte ihm erklärt: «Ich sage das nicht gern, Max, aber irgend jemand muß es tun. Jake Stein sagt, daß Ruby klebrige Finger hat. Es kostet uns mindestens 100 Dollar die Woche.» Max tat das mit einem Schulterzucken ab. «Was soll's? Wir können es uns leisten. Letzten Endes ist Jake nicht besser als Ruby.» Sie alle waren Nägel zu seinem Sarg, und da kam es auf einen mehr oder weniger auch nicht an – Etta zum Beispiel. Er vermochte nicht zu sagen, wie es dazu gekommen war, aber so lagen die Dinge nun einmal. Jetzt also saß er an seinem Schreibtisch, sah auf die gegenüberliegende Wand und überlegte, warum er Sally betrog, und versuchte zu verstehen, wieso es ihn so völlig kalt ließ, daß er mit seinen 27 Jahren schon Millionär war. Dann erinnerte ihn Della über die Gegensprechanlage daran, daß die Herren

Stanford und Calvin noch immer darauf warteten, bei ihm vorgelassen zu werden.

«Worum geht es?» wollte Max von Della wissen.

«Um Filme», erläuterte Della. Wieder fiel ihm ein, daß die Namen ihn undeutlich an etwas erinnerten. «In Ordnung, schicken Sie sie rein», sagte er.

Kurz darauf traten zwei hochgewachsene Männer in mittleren Jahren ein. Sie trugen blaue Anzüge und weiße Hemden. Stanford hatte einen schmalen Schädel, blaue Augen und kurzgeschorene graue Haare, Calvin war etwas breitschultriger als er und hatte ein rundes Gesicht. Stanford zog eine goldene Uhr aus der Westentasche, richtete den Blick eine Weile auf das Zifferblatt und sagte dann zu Max: «Mr. Britsky, Sie haben uns 28 Minuten warten lassen. Das zeugt entweder von mangelnder Urteilskraft, unterentwickeltem Geschäftssinn oder einer schlechten Kinderstube.»

«Ich tippe auf schlechte Kinderstube», sagte Calvin und sah sich um.

«Kennen wir uns, Gentlemen?» erkundigte sich Max, der seine Verärgerung mühsam unterdrückte. «Sie waren nicht angemeldet.»

«Nein, nicht schlechte Kinderstube, mangelnde Urteilskraft», sagte Stanford. «Wir hatten uns bei Ihrer Direktionsassistentin Miss Goodman angemeldet.»

«Ach so?» Max spreizte die Hände. «Davon hat sie mir nichts gesagt. Es tut mir leid.»

«So etwas kommt vor.»

«Bitte nehmen Sie Platz», sagte Max. «Kann ich Ihnen etwas zu trinken anbieten?»

Die Besucher, die sich inzwischen gesetzt hatten, lehnten dankend ab und sahen Max aufmerksam an. Calvin erklärte, sie hätten vor Jahren mit Sam Snyder in Geschäftsverbindung gestanden. «Wir hatten damals gerade selbst angefangen, Rohfilm herzustellen», sagte Calvin.

«Ja, richtig, jetzt erinnere ich mich.»

«Zwar haben wir nicht mehr direkt mit Sam zu tun, aber trotzdem gehen zur Zeit etwa 90 Prozent allen Rohfilms und aller vorführfertigen Filme in diesem Land durch unsere Hände.»

«Wir stellen sie allerdings nur zum Teil selbst her», fügte Stanford hinzu, «aber unsere Vertriebsorganisation hat den Markt fest im Griff; Sie zum Beispiel beziehen fast alles von uns.»

«Das wußte ich nicht», sagte Max. «Darum kümmern sich Sam und Jake Stein, mein Buchhaltungsleiter. Bitte entschuldigen Sie, daß ich Sie habe warten lassen.»

«Schon gut. Natürlich sind wir darüber etwas verärgert, aber es hat nichts mit unserem Vorschlag zu tun. Wir vertreten die Firma National Distributors, und uns gehören Patente auf zwei Arten von Kameras.»

«Ich dachte, Edison –»

«Ja, schon, aber wir gehen davon aus, daß wir unsere Patentansprüche durchsetzen können. Aber darum geht es jetzt nicht. Sie betreiben vierzehn Nickel-Odeons und sieben Theater. Außerdem haben Sie drei Theater im Bau und lassen gerade neun Vortrags- und Festsäle umbauen. Damit werden Sie dann in den Vereinigten Staaten der größte Betreiber von Lichtspielhäusern sein, mit einem wöchentlichen Umsatz von 35000 bis 55000 Dollar.»

«Nanu – haben Sie einen Spion hier bei mir im Unternehmen?»

«Wir haben das überschlägig berechnet, Mr. Britsky, und wir scheinen ja ziemlich richtig zu liegen.»

«Na schön, nehmen wir das mal an. Was hat das mit Ihrem Besuch zu tun?»

«Wir wollen mit Ihnen über das Geschäft reden.»

«Wenn Sie über Abnahmeverträge und Preise sprechen wollen, hätte ich gern Sam Snyder und Jake Stein dabei, außerdem meinen Rechtsberater Fred Feldman.»

«Nicht nötig», sagte Calvin. «Noch nicht, Max.» Er ließ eine Pause eintreten, um die Wirkung zu beobachten, die der Gebrauch des Vornamens auf Max hatte. Dieser hielt die Lippen fest zusammengepreßt. «Max, Sie sind von unserem Blut Millionär geworden.»

«Wovon zum Teufel reden Sie?»

«Von Filmen.»

«Ich zahle dafür.»

«Nicht genug, längst nicht genug, Max.»

«Sie wollen sagen, daß Sie Ihre Preise erhöhen?»

«Augenblick mal», sagte Stanford. «Wir haben nichts von Preiserhöhung gesagt. Wir wollen etwas anderes, und wir meinen, einen Anspruch darauf zu haben.»

«Und das wäre?»

«Sie sollen uns mit 50 Prozent an Ihrem Unternehmen beteiligen.

Wir verlangen die Hälfte von allem, was Sie mit Ihren Lichtspielhäusern verdienen, außerdem 50 Prozent Anteil an den Häusern selbst. Sobald wir die Umwandlung der Britsky-Theater in eine Aktiengesellschaft organisiert haben, treten Sie 50 Prozent der Aktien an National Distributors ab.»

Mit einem Lächeln sagte Max: «Das ist ja wohl ein blöder Witz.»

«Es ist uns völlig ernst mit diesem Vorschlag.»

«Trotzdem ist es ein blöder Witz.»

«Ich sag's ja, doch schlechte Kinderstube», kommentierte Calvin.

«Sie sollten das nicht auf die leichte Schulter nehmen», warnte Stanford Max. «Wir sprechen in vollem Ernst. Wenn Sie uns hier ohne Abschluß rausschicken, haben Sie in drei Tagen keinen Film mehr in Ihren Häusern; die stehen dann leer.»

Max erwiderte nichts darauf. Die Gegenspieler sahen sich an, und als sich das Schweigen bis zur Unerträglichkeit gedehnt hatte, schlug Calvin vor: «Lassen Sie sich die Sache ein paar Tage durch den Kopf gehen.»

«Was soll ich mir denn Ihrer Ansicht nach durch den Kopf gehen lassen?» fragte Max ihn. «Daß ich mich sieben Jahre lang halb tot geschuftet habe, um diese Kette aufzubauen und sie Ihnen dann zu schenken? Wissen Sie überhaupt, daß meine Häuser sowieso schon halb leerstehen? Und warum? Weil Ihre Filme nichts taugen! Die Leute schlafen ein, wenn wir ihnen ein Pferd zeigen, das immer im Kreis läuft, eine Lokomotive, die auf sie zufährt, ein kleines Mädchen, das mit einem Ball spielt, oder irgendeinen Idioten, der sein Fuhrwerk in einen Fluß lenkt. Sie haben nicht nur zuwenig Grips, um ein Theater aufzumachen, Sie können auch keine anständigen Filme machen. Verschwinden Sie! Meine Theater kriegen Sie nur über meine Leiche!»

Calvin sprach als erster. «Sie sind ein mieser Saujude, Britsky. Eines kann ich Ihnen sagen: Damit haben Sie sich Ihr eigenes Grab geschaufelt. Wir holen uns Ihre ganze Kette spottbillig aus der Konkursmasse.»

Stanford warf eine Visitenkarte auf Max' Schreibtisch. «Falls Sie es sich überlegen sollten, können Sie uns ja anrufen.»

Die dreieinhalb Jahre seit ihrer Eheschließung hatten Sally verändert. Zwei Kinder hatte sie geboren: Richard, und neunzehn Monate später Marion. Das Haus in der Sixty-sixth Street, in dem sie schaltete und waltete, hatte sie ganz und gar nach ihren Vorstellungen eingerichtet und es damit zu einer Festung gegen den Geschmack Sarah Britskys und ihrer Töchter gemacht. Im Verlauf der bewußten dreieinhalb Jahre hatten Max' Schwestern Esther und Sheila geheiratet, und Max hatte den Schwägern Anstellungen in seinem Unternehmen verschafft. Freida gab, nachdem sie lange ihre ganze Wut, Verbitterung, Feindseligkeit und Eifersucht an Sally ausgelassen hatte, den Kampf auf. Sie wurde nicht nur Sallys Freundin und Vertraute, sondern auch ihre Verbündete im Kampf gegen Sarahs offenkundige Absicht, sie beide zu vernichten. Weder Sally noch Freida verstanden, warum Sarah Tochter und Schwiegertochter haßte – vermutlich wollte sie sich damit am Leben rächen. Unter diesen Umständen war es nicht verwunderlich, daß Sally nach lediglich drei Besuchen bei Sarah keinen Fuß mehr ins Nachbarhaus setzte. Sogar Max erkannte den himmelweiten Unterschied zwischen der einfachen und dabei eleganten Einrichtung, die Sally ausgewählt hatte, und der Ansammlung von Schwulst und Nippes, mit der Sarah und ihre Töchter das Haus vom Keller bis zum Boden vollgestopft hatten. Die beiden Dienstboten Sarahs zitterten vor ihrer Herrin, und Freida konnte Sally als Erklärung lediglich sagen: «Sie ist verrückt, aber ein bißchen war sie das schon immer.»

Auch hatte Freida zu Sally gesagt, nachdem Feindseligkeit und Eifersucht erst einmal überwunden waren: «Ich weiß, daß du am liebsten verkaufen und hier wegziehen würdest. Aber wenn du das tust, ist das mein Tod. Du brauchst nicht zu ihr hineinzugehen und mit ihr zu reden. Max versteht mich. Er besucht sie, und sie macht ihm Vorwürfe. Ich weiß nicht, warum er sich das gefallen läßt.»

Sally wußte es ebensowenig. Sie verstand Max immer weniger. Nach der Geburt Marions hatten Sally und er ihre eheliche Gemeinschaft nicht wiederaufgenommen. Beständig schützte Sally Schmerzen und bestimmte weibliche Beschwerden vor, ohne daß es Symptome dafür gab, und Max nahm ihre Ausreden kommentarlos hin. Besonders befriedigend war ihr von Anfang an sporadisches Geschlechtsleben ohnehin nie gewesen, zumal Max' Ansichten sich nach wie vor auf das gründeten, was er in seiner Kindheit auf der Straße gelernt hatte: entscheidend war, daß die Sache dem

Mann Spaß machte, bei der Frau – mit Ausnahme gewisser Frauen wie beispielsweise Etta Goodmann – war es unerheblich. Sallys Gleichgültigkeit gegenüber sexuellen Freuden verlieh ihr in Max' Augen geradezu eine Art Reinheit und Würde. Ihm gefiel die Vorstellung, daß seine Frau über derlei erhaben war. Sally wußte lediglich, daß die Furcht und Abneigung, die sie ursprünglich Max gegenüber empfunden hatte, in mancherlei Hinsicht überwunden war, nicht aber auf dem Gebiet der körperlichen Intimität. Näherte er sich ihr mit diesbezüglichen Absichten, erstarrte sie förmlich und verkrampfte sich, und das wiederum veranlaßte sie dazu, ihre eigenen Empfindungen abzulehnen.

Sie kannte niemanden, an den sie sich um Rat und Hilfe hätte wenden können. Ihre eigenen Vorstellungen vom Geschlechtsleben waren bestenfalls verworren, und ihr Hang, in einer romantischen Phantasiewelt zu leben, verstärkte diese Verwirrung nur noch: Ihre Mutter hatte nie mit ihr über diese Dinge gesprochen – das wäre völlig undenkbar gewesen, und auch unter den anderen Lehrerinnen, so viele Jahre hindurch ihre einzigen Bekanntschaften, war das Thema selbstverständlich verpönt gewesen, und mit Freida, ihrer Vertrauten und Freundin, konnte sie wohl kaum über ihre sexuellen Beziehungen zu deren Bruder reden. Daher nahm sie die Dinge, wie so viele Frauen jener Zeit, wie sie waren, und fühlte sich dadurch nicht einmal zum Unglücklichsein verdammt. Nach wie vor war Max in ihren Augen einzigartig; immerhin hatte sie ein schönes Heim, das alle Erwartungen übertraf, die sie je gehegt hatte, und zwei wunderbare Kinder. Im Haus wohnte eine Haushälterin, und eine Putzfrau kam dreimal in der Woche. Eine Zeitlang hatte sie auch ein Kindermädchen gehabt, doch kam sie sich dabei so überflüssig vor, daß sie Max veranlaßt hatte, es wieder zu entlassen. Freida, die Sallys Kinder förmlich vergötterte, kam ohnehin nahezu täglich und war nur zu gern bereit, sich um sie zu kümmern, wenn Sally einige Stunden für sich haben wollte.

Max achtete Sally nach wie vor, und er konnte noch immer nicht verstehen, daß sie einen Mann wie ihn geheiratet hatte. Zwar besaß er sie, doch war sie ihm ein sehr kostbarer und rarer Besitz. Als er Sally nach dem Gespräch mit Stanford und Calvin anrief und ihr mitteilte, er würde am Abend einige Leute zu einer Besprechung mit nach Hause bringen, bat er sie gleichzeitig, auf jeden Fall auch da zu sein.

«Muß das sein, Max? Ich habe Konzertkarten und wollte mit Freida hingehen, weil ich weiß, daß du dir nichts daraus machst.»

«Laß das Konzert sausen. Freida kann sich ja mal für einen Abend 'nen Kerl an Land ziehen. Heute mußt du mir unbedingt helfen.»

«Um wieviel Uhr?» fragte Sally zurück. Wie hätte sie sich über seine ausdrückliche Bitte um Hilfe hinwegsetzen können? Auf diese Weise hatte er sie vor langer, langer Zeit bereits einmal umgarnt.

«Am besten essen wir schon früh. Ich sag den Leuten dann, sie sollen um acht da sein.»

Um acht Uhr saßen sie bei Tee und Kuchen im Eßzimmer. Sally servierte selbst. Alle Anwesenden waren gedrückter Stimmung, denn inzwischen kannten sie, auch Sally, Stanfords und Calvins Ultimatum und Max' Antwort darauf. Sam Snyder, der Vizepräsident der Firma «Britskys Theater» war Mitte Dreißig und damit der Älteste in der Runde. Er war wohlgenährt und lebte, da auch er zu Wohlstand gekommen war, mit seiner Frau und fünf Kindern auf Brooklyn Heights in einem Haus ähnlich dem von Max.

Bert Bellamy, der für alle Theater zuständige technische Leiter, war nach wie vor unverheiratet; und Max hatte den Eindruck, er werde es auf immer bleiben. Um ihn herum war ein Panzer gewachsen, den kein Mann und keine Frau jemals würde durchdringen dürfen. Es hatte eine Zeit gegeben, da Max ihm ohne zu zögern sein Leben und allen irdischen Besitz anvertraut hätte, doch jetzt? Früher einmal, und Max kam es vor, als sei das schon sehr lange her, hatten sie alles gemeinsam getan – miteinander herumgealbert, sich gemeinsam mit Mädchen verabredet, einen Raum miteinander geteilt und keine Geheimnisse voreinander gehabt, sich kräftig umarmt, wenn sie sich lange nicht gesehen hatten. Jetzt aber steckte Bert in seinen Westenanzügen wie in einem Harnisch, versperrte aller Welt den Zutritt mit einer goldenen Uhrkette, mit Stehkragen und dunklen Krawatten, und nur selten kam es vor, daß er lächelte. Fred Feldman dagegen, ein rundliches Männchen, das fast aussah wie ein Teddybär, trug sein Herz auf der Zunge. Er war Max ergeben und stellte sich vor ihn. Im Unterschied zu Bert Bellamy und Jake Stein verstand er die eigentümliche Unschuld hinter Max' Härte und Unbeugsamkeit. Stein wirkte habgierig, seine Hände, sogar seine Augen schienen nach allem zu greifen. Wohl war er weit klüger, als es für einen einfachen Buchhalter nötig war, doch hätte er es wegen seines ungeschliffenen Wesens woanders als bei Max nicht weit gebracht. Unter seinem schmalen Gesicht lagen schwere Brauen, und er hatte die Angewohnheit, sich Härchen aus den Nasenlöchern zu zupfen. Sally mochte ihn nicht, und sie machte Anstalten, sich zurückzuziehen, als er zu den anderen an den Tisch trat.

«Bitte bleib», bat Max.

«Verträgt sie Zigarrenrauch?» wollte Bert wissen.

Während Max einen Humidor auf den Tisch stellte, kam ihm die ganze Szene mit einemmal wie ein Traum vor: diese Männer, die für ihn arbeiteten, saßen in einem holzgetäfelten Eßzimmer um einen schweren Eichentisch herum und entzündeten echte Havanna-Zigarren, während er aus einer Bleikristall-Karaffe Cognac eingoß. Über den Traum hinaus haftete der Szene keine Wirklichkeit an, und nicht einmal die von Stanford und Calvin angedrohte trübe Zukunft konnte sie irgendeiner Wirklichkeit annähern. «Max?» wandte sich Sally an ihn.

Alle sahen zu ihm hin, wie er bewegungslos mit der Cognac-Karaffe in der Hand dastand.

«Ich überlege», sagte er.

«Ich mag Zigarrenrauch», sagte Sally. «Sonst würde ich hinausgehen.»

«Frauen mögen so etwas nicht, du erträgst ihn nur.»

«Meine Frau würde nicht dulden, daß im Haus geraucht wird», sagte Snyder. «Ich muß entweder heimlich im Klo oder hinterm Haus rauchen.»

Sie verstummten wieder und sahen zu Max hin, der sich so vorsichtig setzte, als habe sich die von ihm empfundene Wesenlosigkeit dessen, was um ihn herum vorging, auf alles im Haus übertragen.

Er war Max Britsky. Die Vergangenheit stand ihm noch deutlich vor Augen; eine Vergangenheit aus Armut, Erniedrigung, Schmutz, Küchenschaben und dem der Wohnung in der Henry Street unablösbar anhaftenden Uringestank. Während er jetzt hier saß, war die Vergangenheit für ihn weit wirklicher als diese Gegenwart. Er hatte nicht gelernt, sich richtig oder gar gewählt auszudrücken, und er konnte immer noch nichts von dem in Worte fassen, was ihn quälte, nicht einmal sich selbst gegenüber. Nach wie vor war er ein armseliger kleiner Handelsjude – jedenfalls in den Augen der vornehmen Juden aus den feinen Vierteln der Stadt. Glaubensgenossen, deren

Namen wie Britsky auf -ky endeten, existierten für sie nicht, und den Nichtjuden der Stadt, die im Geschäftsleben eine Rolle spielten, galt er verächtlich als jüdischer Emporkömmling.

Max ließ den Blick schweifen und sah Sally unentschlossen am anderen Ende des großen Tisches stehen. «Setz dich doch bloß hin», fuhr er sie an. Sie überlegte noch, womit sie seinen Unmut erregt haben könnte, als Max bereits entschuldigend sagte: «Hol's der Teufel, es tut mir leid. Die beiden Schweine haben mir mächtig zugesetzt.»

«Max», wollte Fred Feldman wissen, «gibt es keine andere Bezugsquelle für vorführfertige Filme?»

«Sicher. Hier und da werden welche gemacht, das nützt uns aber nichts, denn wir brauchen an mehr als dreißig Stellen welche. Außerdem: wenn die von National schon nichts taugen, was glaubst du wohl, wie dann die anderen sind?» Er wandte sich zu Snyder. «Sam, könnten wir selbst Filme machen?»

«Schon möglich.»

«Was heißt ‹schon möglich›?»

«Das heißt, daß die Mistkerle bei der National uns ganz schön in die Scheiße reiten können.» Zu Sally gewandt fügte er hinzu: «Bitte, entschuldigen Sie meine Ausdrucksweise, Mrs. Britsky. Sie hängen bei Edison und Eastman mit drin, und wenn die dahinterkommen, daß wir Rohfilm und Kameras kaufen, können sie uns packen.»

«Ganz davon zu schweigen, wie lange das dauern würde», sagte Jake Stein. «Wir spielen schon jetzt vor halbleeren Häusern. Vermutlich wären wir nach einem Monat am Ende, wenn sie ganz leer stünden.»

«Was heißt hier vermutlich? Keiner von euch rückt mit der Sprache raus. Wären wir am Ende oder wären wir nicht?»

«Weiß nicht, Max. Ich müßte mich mal hinter die Bücher klemmen und das genau durchrechnen. Außerdem brauche ich dafür Entscheidungen: wer soll bleiben, wer muß gehen? Wir haben Portiers, Platzanweiser, Hausmeister, Vorführer, Kartenverkäufer – eine halbe Armee. Außerdem würde es viel länger als einen Monat dauern, selbst Filme zu machen, weiß der Geier, wie lange. Die Kosten und die Steuerzahlungen laufen aber währenddessen weiter.»

«Ich will mich nicht vordrängen», mischte sich Fred Feldman

ein, «aber ich meine, du hast Jake die falschen Fragen gestellt. Es geht nicht darum, wie lange wir durchhalten können, wenn die Häuser leer stehen –»

«Sondern worum?» knurrte Max.

«Frag ihn lieber, wie lange wir beim gegenwärtigen Stand der Dinge überhaupt durchhalten können. Vor fünf Jahren war Film so neu und unglaublich, daß sich die Leute jeden Mist angesehen haben, und wenn es nur ein Hund war, der auf den Hinterbeinen stand und um Freßchen bettelte. Außerdem war ein Nickel nicht viel Geld, und für 10 Cent konnte sich eine Mutter drei Kinder für eine Stunde vom Hals schaffen. Für die 25 Cent, die wir in den Theatern nehmen, wollen die Leute auch was geboten bekommen.»

«Na hör mal», sagte Max, «schließlich zeigen wir ja auch bessere Sachen als den bettelnden Hund. Sind *‹Der Feuerwehrmann›* und *‹Der große Eisenbahnraub›* etwa nichts?»

«Schon. Aber wie oft kann man das vorführen und erwarten, daß die Leute dafür zahlen? Unser anderes Zeug ist doch zum Gähnen. Die Sache stimmt vorne und hinten nicht mehr. Nehmen wir ruhig mal an, wir machten unsere eigenen Filme. Wenn die so werden wie die von National, sind wir mir nichts dir nichts aus dem Geschäft.»

«Siehst du das auch so?» wandte sich Max an Snyder.

«Ja, damit hat er wohl recht.»

«Bei den Besucherzahlen», sagte Bert Bellamy, «auf jeden Fall, denn die gehen ständig zurück. In den Nickel-Odeons merkt man das nicht so, aber in den Theatern trifft es uns voll. Wir spielen so gerade die Kosten ein, und was wir verdienen, kommt von den Nikkel-Odeons.»

«Das wird ja immer schöner», sagte Max. «Ich kann das einfach nicht glauben. Ihr erzählt mir hier, daß der Film eine vorübergehende Mode ist. Das will mir nicht in den Kopf! So etwas wie den Film hat es noch nie gegeben. Wenn du so klug bist, Fred, sag mir doch mal, warum in den richtigen Theatern, wo sie Shaw, Shakespeare und so 'nen Kram zeigen – und wenn ich Sally richtig verstanden habe, ist vieles davon nicht Shakespeare, sondern einfach billiger Plunder –, warum bei denen die Häuser voll sind und sie sogar Leute nach Hause schicken müssen?»

«Frag doch Sally», gab Fred zur Antwort.

Alle wandten sich ihr zu. Sally nickte und erklärte: «So ist es tatsächlich. Ich wollte Karten für *‹Hedda Gabler›* haben, in der vorigen

Woche war Premiere, aber sie sind schon auf Wochen im voraus ausverkauft, und zwar keineswegs, weil die Nasimova die Hedda spielt, sondern weil Ibsen eine wunderbare Geschichte über eine Frau erzählt und zu erklären versucht, warum sie so und nicht anders handelt.»

«In der Houston Street würden wir damit in 24 Stunden Pleite machen», sagte Max.

«Ich will damit auch gar nicht sagen, daß das der richtige Stoff für einen Film wäre. Ich meine nur, daß nahezu alles, was ihr zeigt, auch *‹Der große Eisenbahnraub›*, völlig inhaltsleer ist. Ihr habt keinen Handlungsfaden und packt das Publikum nie wirklich. Eines lernt man, wenn man sich mit Dramenliteratur beschäftigt, und das ist Eingehen auf das Publikum. Es muß in die Handlung mit einbezogen werden, muß dasselbe leiden und empfinden wie die dargestellten Personen. So geht es dem Publikum bei jedem guten Theaterstück, aber in euren sterbenslangweiligen Filmen sieht niemand eine Möglichkeit mitzugehen.»

Ein längeres Schweigen trat ein. Noch nie hatte Max Sally mit solcher Entschiedenheit reden hören, und ihr selbst erschien ihr Ausbruch als so peinlich, daß sie sich am liebsten in ein Mauseloch verkrochen hätte. Sam Snyder aber sagte, nach Worten ringend und indem er mit einem Wurstfinger auf Sally wies: «Das ist es, Mrs. Britsky. Wir brauchen eine Geschichte. Meine Frau sagt das auch immer. Aber in einem Film wird nicht gesprochen. Das ist der Unterschied zum Theater. Wie aber will man ohne Worte eine Geschichte erzählen, die die Menschen packt? Ich hab das neue Buch von O. Henry gelesen, und der kann erzählen, das reißt einen mit. Tolle Geschichten, wirklich prima, und alles über unsere Stadt New York – aber eben mit Worten. Auch er könnte ohne Worte keine Geschichte erzählen. Er nennt sein Buch *‹Die vier Millionen›* – vier Millionen Geschichten, die es hier bei uns in New York zu erzählen gibt.»

«Dafür sind Filme auch gar nicht da», sagte Jake Stein.

Feldman nickte zu ihm hin. «Sie sind ja auf einmal ein Filmexperte.»

«Ich würde gern hören, was Sally zu sagen hat», erklärte Bert Bellamy. «Immerhin hat sie sich darüber Gedanken gemacht.»

«Ich verstehe noch viel weniger davon als Mr. Stein», wandte Sally ein. «Immerhin kennt er die wirtschaftliche Seite des Geschäfts, ich sehe mir nur die Filme an.»

«Ich glaube, Sie wissen mehr als wir alle», sagte Snyder. «Sie sitzen als einzige vor der Leinwand, wir anderen stehen alle hinter dem Projektor.»

«Nun ja, ich habe in der Tat viel und lange darüber nachgedacht, und ich sehe eine Möglichkeit, eine Geschichte mit Worten zu erzählen, auch wenn man nicht hören kann, was die Leute sagen. Ich bin durch die französischen Filmhersteller darauf gekommen, die den Film mit Texten unterbrechen. Beispielsweise zeigen sie einen Film über ein Stahlwerk, und sie fotografieren eine Schrifttafel, auf der es heißt: ‹Ein Stahlwerk an den Ufern der Rhône› – oder dergleichen.»

«So was machen wir auch», sagte Max.

«Ja, manchmal. Sie tun es häufiger. Außerdem meine ich, daß wir es noch einen Schritt weiterführen könnten. Nehmen wir einmal an, Mr. Snyder tritt in einer Erzählung auf und sagt darin zu seiner Frau: ‹Laß uns spazierengehen, Schatzi.› Während er das sagt, wird er gefilmt, und sobald der Satz zu Ende ist, wird der Film geschnitten und eine Schrifttafel mit eben diesem Text eingefügt.»

«Augenblick mal», sagte Fred Feldman. «Ich hab da was nicht richtig verstanden, würden Sie das bitte noch mal erklären?»

Snyder hielt die Hände vors Gesicht und versuchte sich mit geschlossenen Augen vorzustellen, wie das auszusehen hätte. «Müßte der Text nicht kommen, bevor er spricht?»

«Nein, hinterher. Mr. Feldman, sehen Sie mal. Ich sage: ‹Ich glaube, es würde klappen.› In Wirklichkeit sehen Sie nur ein Bild von mir und hören nichts, ich vermute aber, daß Sie sich an das Bild erinnern werden, während Sie den Text lesen.»

«Aber Sally», sagte Max, «nehmen wir an, das geht. Die meisten Menschen, die zu uns kommen, können nicht lesen.»

«Doch, ziemlich viele», widersprach Bellamy. «Und wenn eine Mutter mit ihrem Kind hingeht, kann das Kind es ihr vorlesen.»

«Das wär mir ein schöner Krach.»

«Darüber müssen wir uns noch nicht in Einzelheiten unterhalten. Ich würde gern wissen, wie Sally das durch die ganze Geschichte durchziehen will», sagte Max.

«Max, ich habe das wirklich noch nicht gründlich durchdacht, und ich muß gestehen, daß mir vieles von dem, was ich gesagt habe, erst vorhin eingefallen ist, als ich darüber sprach. Die Handlung müßte vermutlich sehr einfach sein. Wir würden wohl auch nicht für alles solche erklärenden Texte brauchen. Nehmen wir an, du und ich hätten einen schrecklichen Streit und würden uns anschreien –»

«Das tun wir doch nicht», unterbrach Max. «Ich möchte nicht, daß jemand das denkt.»

«Natürlich nicht. Ich versuche ja nur, etwas zu erläutern. Nehmen wir also an, die Menschen in dem Stück streiten sich. Wir könnten zeigen, wie sie brüllen und mit den Armen in der Luft herumfuchteln. Dazu müßten wir kaum jedes Wort aufschreiben, das sie sagen. Ich bin nicht sicher, aber ich stelle mir das so vor.»

«Wie lang wäre ein solcher Film?» fragte Sam Snyder.

«Ich weiß nicht, darüber habe ich mir noch keine Gedanken gemacht.»

«Wenn es eine richtige Geschichte wäre», sagte Bellamy, «würde man sicher ungefähr eine Stunde dafür brauchen, und wenn das mit den Texttafeln klappt – nun, auch zum Lesen braucht man Zeit. Die meisten Leute lesen nicht besonders schnell.»

«Ich weiß nicht», sagte Stein. «Es klingt einfach verrückt: jemand redet, und anschließend zeigen wir gedruckt, was er gesagt hat.»

«Da liegt der Hund begraben», sagte Snyder. «Ich kann mir das nicht ganz vorstellen. Heißt das, jemand zieht einen Revolver und sagt: ‹Hände hoch›, dann kommt eine Texttafel, und der andere sagt: ‹Nein, Sir, ich nehme die Hände nicht hoch›, und wieder eine Texttafel? Inzwischen schießt der eine den anderen über den Haufen, aber wann – während wir den Text lesen?»

«Nun, Sally, was sagst du dazu?» wandte sich Max an seine Frau.

«Ich denke, daß Sie eine einfache Sache unnötig komplizieren. Erinnern Sie sich an den kurzen Film über Baby Lou vor vier oder fünf Jahren. Das sähe so aus: die Kleine schläft ein, dann bellt der Hund, und auf einer Texttafel stünde nicht etwa: ‹Das Hundegebell weckt das Baby auf›, sondern einfach ‹wuff, wuff, wuff› – das hätte denselben Aussagewert. In Wahrheit lesen die Leute schon seit Jahren solche Texte, nur ist noch niemand auf den Einfall gekommen, sie für Dialoge zu benutzen.» Sie sah von einem zum andern, stand dann auf, sagte: «Einen Augenblick bitte», und eilte aus dem Zimmer.

«Was meint ihr?» fragte Max seine Mitarbeiter.

«Ich versuche es mir vorzustellen», sagte Feldman.

«Es könnte klappen», sagte Snyder.

«Eine kluge Frau», stimmte Bellamy zu, «nur geht es nicht. Es ist unmöglich.»

«Warum?»

«Wir haben über dreißig Häuser. Es würde zwei bis drei Monate dauern, bis wir auch nur einen einzigen Film von der Art fertig hätten, wie ihn Sally sich vorstellt, einen Film von vielleicht neunzig Minuten. Bis zehn oder zwanzig fertig sind, hätten wir längst Bankrott gemacht.»

Max schüttelte den Kopf. «Kokolores», sagte er.

«Was heißt hier ‹Kokolores›?»

«Kokolores heißt Kokolores. Schon möglich, daß Sallys Vorschlag verrückt ist. Aber wenn das doch klappen sollte, würden wir ohne weiteres mit einem Film auskommen. Von dem lassen wir im Labor dreißig Kopien ziehen und zeigen in allen Häusern denselben Film.»

«Und woher kriegen wir das Publikum, wenn jeden Abend und in allen Häusern derselbe Film läuft?»

«Denk an die dreieinhalb oder knapp vier Millionen Leute hier in der Stadt, die noch nie einen Film gesehen haben. Denk an all die feinen Yankees, die immer wieder sagen, Filme sind was für Juden, Iren, Spaghetti- und Sauerkrautfresser, die sowieso nicht lesen können, nicht aber für feine reinblütige Amerikaner. Wenn man sich das richtig überlegt, hat Sally recht. Wir zeigen einen ziemlichen Tineff, dabei ist der Film womöglich Edisons bedeutendste Erfindung. Und was tun wir? Wir zeigen 250 Meter lange Stücke Tineff, wo Zauberer Vögel und Kaninchen aus dem Hut holen und verschwinden lassen, daß man bis ans Ende seiner Tage keinen Flatter mehr sehen will, durchgehende Pferde, Eisenbahnzüge und Autos, die sich nicht bremsen lassen. Ich habe gelesen, letzte Woche war Premiere von *‹Caesar und Cleopatra›*, und die verkaufen für jede Vorstellung 150 Stehplätze. Sag mal, Bert – wie viele Stehplätze hast du dies Jahr im Bijou verkauft?»

«Nun nimm doch Vernunft an, Max. Die Leute stehen, weil *‹Caesar und Cleopatra›* das neuste Stück von Shaw ist. Was sollen wir machen – Shaw für die Nickel-Odeons schreiben lassen?»

Sally kehrte mit einigen Papptäfelchen in der Hand zurück. Sie setzte sich wieder an den Tisch. «Ich werde jetzt etwas ausprobieren», sagte sie. «Bitte, haben Sie ein wenig Geduld, es wird nur ein oder zwei Minuten dauern.» Alle wandten sich ihr zu und warteten gespannt. Dann begann Sally zu sprechen. Ihre Lippen bewegten sich, aber man hörte kein Wort. Anschließend hielt sie eine der Papptafeln hoch, und auf ihr stand in großen schwarzen Buchstaben: «Ich versuche etwas zu demonstrieren.» Nach einigen Sekunden ließ sie das Stück Pappe zu Boden fallen, bewegte ihre Lippen erneut lautlos und hielt anschließend ein weiteres Stück Pappe mit der Aufschrift hoch: «Filme können Geschichten erzählen.» Wieder ließ sie die Schrifttafel nach einigen Sekunden fallen, sprach erneut, ohne daß man etwas hörte und hob dann die dritte Tafel: «Sind Sie jetzt überzeugt?»

In den allgemeinen Applaus hinein rief Sam Snyder begeistert: «Es funktioniert! Mrs. Britsky, es funktioniert großartig.»

«Vielleicht», versuchte Stein zu dämpfen.

«Ich bin überzeugt, daß es geht», bestätigte Feldman.

«Was hältst du davon?» wandte sich Max an Bert.

«Es könnte gehen. Riskant ist es, aber es könnte klappen.»

«Du hängst an Bert, nicht wahr?» erkundigte sich Sally bei Max, der gerade ins Schlafzimmer kam. Sally saß vor ihrer Frisierkommode und kämmte ihr dichtes braunes Haar. Sie trug einen weißseidenen Morgenrock, ein Geburtstagsgeschenk ihres Mannes, der sie jetzt mit seiner üblichen Mischung aus Zurückhaltung und Ungläubigkeit ansah. Sally war nicht schön, und was sie an gutem Aussehen besessen hatte, schwand zugleich mit ihrer Jugend dahin. Sie war eine kleine, dürre, verhuschte Frau.

«Ob ich an ihm hänge?» wiederholte Max. «Kann sein. Immerhin waren wir lange zusammen. Bert hat mich auf die Bühne gebracht und mir damit möglicherweise das Leben gerettet.»

Da Sally sich über sich selbst keinen Täuschungen hingab, wußte sie, wie andere sie sahen: als kleine, dürre, verhuschte Frau. Um so mehr hatte es sie überrascht, als Bert, der ihr, allem Anschein nach auf der Suche nach etwas Eis für seinen Whiskey, in die Küche gefolgt war, sie von hinten umarmt und mit seinen Händen ihre kleinen Brüste umschlossen hatte. Da sich ihr noch kein Mann außer Max in dieser Weise genähert hatte, wußte sie nicht, wie sie darauf reagieren sollte. Ihr erster Impuls war zu schreien, dann aber überlegte sie, daß das zu einer endlosen Kette unangenehmer Folgen führen würde, und daher flüsterte sie lediglich: «Lassen Sie das bitte sein, hören Sie auf, Bert.»

«Warum?»

«Weil ich es nicht möchte.»

«Da bin ich nicht so sicher.»

«Ich aber. Nehmen Sie sofort Ihre Hände da weg, oder ich schreie.» Bert drängte sich, ohne ihre Worte zu beachten, mit dem ganzen Körper dicht an sie, so daß sie den Druck seines sich versteifenden Glieds spürte.

«Du bist doch ganz versessen drauf, gib's ruhig zu. Max bietet dir nichts, und erzähl mir nicht, du wärst aus Stein.»

«Und Sie wollen Max' bester Freund sein.»

«Was hat das damit zu tun?»

«Fühlen Sie sich ihm nicht verpflichtet – nach allem, was er für Sie getan hat?»

«Was für eine Rolle soll das hier spielen? Sie sind eine Frau, und ich bin ein Mann. Und hören Sie bloß auf mit dem, was Max für mich getan haben soll.» Immerhin trat er einen Schritt von ihr fort. «Denken Sie mal drüber nach, Sally, denken Sie einfach mal drüber nach.» Dann wandte er sich um und verließ die Küche.

Wie verhält man sich in einer solchen Situation? fragte sie sich. Sagt man es seinem Mann? Tut man so, als wäre nichts vorgefallen?

«Wieso hat er dir das Leben gerettet?» wollte sie jetzt von Max wissen.

«Er hat mir gezeigt, wie man Brot stiehlt, ohne sich dabei erwischen zu lassen.»

«Max, es ist mir Ernst.»

«Mir auch.»

«Das mit dem Brotstehlen stimmt aber doch nicht?»

«Wieso nicht?»

«Weil du nicht stehlen würdest.»

«Was soll das heißen, ich würde nicht stehlen? Ich würde keine 10 Dollar stehlen, oder 100 oder 1000. Wozu wären die mir nütze? Das wäre dumm. Wer stiehlt, ist entweder ein Dummkopf, oder er pfeift auf dem letzten Loch.»

«Aber –»

«Ich weiß. Ich sagte, daß Bert mir gezeigt hat, wie man Brot stiehlt, ohne erwischt zu werden.»

«Immer machst du dich über mich lustig und vermittelst mir den Eindruck, als sei ich fern von der Welt aufgewachsen und wüßte nichts über sie.»

«Ist es denn nicht so?»

«Nein! Ich habe in der Clinton Street unterrichtet. Wenn du weißt, wo es schlimmer ist, sag es mir.»

«Du scheinst ja richtig wütend zu sein.»

«Das bin ich auch!» fuhr Sally ihn an. «Ich bin sehr wütend. Ich stelle dir eine Frage über Bert, und du beantwortest sie, als wäre ich schwachsinnig.»

So hatte Max sie noch nie erlebt, ihr Gesicht war weiß und angespannt, ihre Lippen zitterten und ihre Hände bebten. «Ich habe mich nicht über dich lustig gemacht», sagte er jetzt. «Ich war ein halbes Kind und mußte sieben Menschen ernähren – sieben! Und wenn nichts anderes im Haus war, haben wir von Brot gelebt, trokkenes Brot. Damals bekamen die Reichen, die in der Gegend von Gramercy Park, Madison Square, Washington Square und im südlichen Teil der Fifth Avenue wohnten, zwischen fünf und sechs morgens frisches Brot an die Haustür geliefert. Bert hat mir gezeigt, wie man es machen mußte. Wenn der Mann, der das Brot ausfuhr, zu einem der Häuser ging, haben wir einen Laib vom Wagen genommen – nie mehr. Meist haben sie nicht gemerkt, daß einer fehlte und deshalb auch nicht die Polizei gerufen.»

«Du hast das Brot also tatsächlich gestohlen?»

«Boss Tweed hat dieser Stadt mehr als 200 Millionen Dollar gestohlen. William Henry Vanderbilt hat sich damit gebrüstet, der reichste Mann auf der Welt zu sein. Murphy sagt, er wäre zu stolz, etwas zu stehlen, das weniger als eine Million wert ist, aber Jay Gould war nicht stolz, er hat alles gestohlen, was nicht festgeschraubt war, und Jim Fisk hat es sogar dann gestohlen, Fernando Wood übrigens –»

«Ich weiß Bescheid, ich kenne auch alle anderen, die du noch nennen kannst. Berechtigt deren Beispiel zum Stehlen?»

«Herrgott im Himmel», sagte Max gedehnt, «wenn du stiehlst, um nicht zu verhungern, ist das völlig in Ordnung!» Er war inzwischen richtig wütend. Der Teufel soll sie holen! Wie kam sie dazu, ihm Vorträge zu halten und sich aufzuspielen? Das hatte sie vom ersten Tag an getan, ihm Vorträge gehalten und ihre überlegene Bildung und Manieren vor ihm ausgebreitet. Er verließ das Schlafzimmer und schlug die Tür hinter sich zu. Unten im Wohnzimmer setzte er sich in einen Sessel und steckte sich eine Zigarre an. Die Dunkelheit paßte zu seiner Stimmung, doch da er im Dunkeln nicht rauchen mochte, schaltete er eine Lampe an. Wie einfach das jetzt war – keine stinkenden, zuckenden Kerosinlampen mehr, keine übelriechenden und gefährlichen Gasleuchten, man brauchte nur einen Schalter zu drehen, und schon ging das Licht an. Er war reich. Er brauchte nur auf etwas zu zeigen, und es gehörte ihm – nur war das Ganze leider inzwischen ein Kartenhaus. Aus all den klugen Worten, die nach dem Abendessen gesagt worden waren, entstand keine einzige Rolle Film. Es war so einfach, über etwas zu reden, das niemand je zuvor getan hatte, doch wenn er die Wirklichkeit mit dem Wunschbild verglich, sah er nichts als eine Katastrophe. In einer Woche würde in seinen Theatern das Licht ausgehen, es sei denn, er verschenkte die Hälfte seines Unternehmens an wildfremde Menschen.

Sally kam ins Zimmer und nahm ihm gegenüber in einem Sessel Platz. «Ich wollte dich nicht anschreien», sagte sie.

«Schon gut.»

«Ich vermute, du denkst jetzt, daß alles, worüber wir uns heute abend unterhalten haben, leeres Gerede war. Du denkst wohl, du könntest es nicht tun, weil es auch vorher noch niemand getan hat.»

Die Klarheit ihrer Wahrnehmung verblüffte ihn. «Ja, so geht es mir wohl.»

«Niemand tat je zuvor, was Max Britsky getan hat – war es nicht von Anfang an so?»

«Willst du mir Süßholz raspeln?» Er lächelte Sally breit an.

«Nein, aber du solltest nicht Trübsal blasen.»

«Sondern?»

«Zeig den Mistkerlen Stanford und Calvin, was eine Harke ist.»

«Ich hab dich noch nie so reden hören.»

«Es wurde Zeit», sagte Sally.

«Schon möglich. Und wieso meinst du, ich könnte das?»

«Ich kenne dich, sie kennen dich nicht. Wenn sie sich unbedingt an dir reiben wollen, mußt du ihnen eine Lektion erteilen.»

«Glaubst du das wirklich?»

«Ja.»

«Dann sag mir, wie ich deinen Einfall verwerten soll!»

«Das habe ich mir schon überlegt. Ihr braucht eine Geschichte – ich meine, eine schriftlich fixierte –, damit der Kameramann bei jeder Szene, die er aufnimmt, genau weiß, worum es geht, und auch die Schauspieler müssen es wissen. Außerdem müßte wohl jede Dialogtafel im voraus festgelegt werden. Ich meine, selbst wenn sie später geändert werden, sollten sie schon fertig sein, weil es sonst nur Durcheinander gäbe und nichts zueinander passen würde.»

«Sicher. Bloß woher kriegen wir das alles? Wer soll es machen, wenn es bisher niemand gemacht hat?»

«Wenn du möchtest, tue ich es.»

«Du?»

«Ja, warum nicht?»

«Ich dachte an jemanden, der die erfolgreichen Theaterstücke schreibt, wie Shaw, Ibsen und Wilde.»

«Oskar Wilde ist tot und dürfte kaum interessiert sein.»

«Na schön, dann ist er eben tot», sagte Max mürrisch.

«Max, ich meine nur, vielleicht wäre der eine oder andere von ihnen interessiert, aber sie würden viel Geld wollen, und es ist trotz ihres Ruhms gar nicht gesagt, daß sie es besser könnten als ich. Zumindest ist nichts verloren, wenn ich es versuche.»

«Nun gut, versuch's, um das übrige kümmere ich mich.»

«Leg die Zigarre weg und laß uns schlafen gehen», sagte Sally.

«Boss» Murphy hörte sich Max' Bericht mit finsterer Miene an. «Wenn die National in New York säße, könnte ich vielleicht etwas gegen die Burschen unternehmen. Aber in Philadelphia ... und gegen Edison kann sowieso keiner was ausrichten. Wollen Sie das wirklich durchziehen?»

Max hatte den Eindruck, daß Murphy mit der Sache nichts zu tun haben wollte. Auch wenn National 50 Prozent bekam, würden ihm seine 11 Prozent bleiben, denn sonst würde er Stanford und Calvin nicht gestatten, in New York zu arbeiten.

«Eher brenne ich alle Häuser nieder, als daß ich die Schweine da rein lasse.»

«Das scheint mir ziemlich extrem, Max.»

«Ich weiß nicht, ob Sie auf meiner Seite stehen», sagte Max und versuchte in Murphys Zügen zu lesen. «Ich möchte nur nicht, daß Sie gegen mich sind.»

«Wie kommen Sie auf den Gedanken, ich könnte gegen Sie sein?»

«Sie könnten es so ansehen, daß Sie dabei 11 Prozent verlieren.»

«Sie könnten 89 Prozent verlieren.»

«O nein», sagte Max. «Ich verliere nicht.»

«Na schön», erwiderte Murphy. «Verlassen Sie sich drauf, ich habe nichts gegen Sie. Von Stanford und Calvin weiß ich kaum etwas, aber mir ist klar, daß Sie mit Ihrem Mumm dem Teufel die Großmutter aus der Hölle stehlen würden.»

Einen ganz anderen Eindruck machte Max auf Alvin Berry, der in der Chase Bank am Broadway 177 für die Vergabe von Darlehen zuständig war und vor sich einen nüchtern wirkenden jungen Mann in einem blauen Sergeanzug sah. Berry hatte sein eigenes Einstufungsschema für Antragsteller, und der erste Eindruck hing stark von der Kleidung ab. Mit einem Anzug aus blauen Serge, wie ihn 90 Prozent der ehrbaren Bürger trugen, die südlich der Fulton Street ihren Lebensunterhalt verdienten, rangierte Max bereits ziemlich hoch auf Berrys Liste. Die Einschätzung wurde durch ein weißes Hemd und eine passende Krawatte noch günstiger, wie auch dadurch, daß Max saubere Fingernägel und kurzgeschnittenes Haar hatte. Mr. Berry hatte sich, nachdem er mit Max einen Termin vereinbart hatte, ein wenig umgehört und sah jetzt voller Interesse den jungen Mann an, der New Yorks jüngster Millionär war, einer von denen, die es über Nacht geschafft hatten. Es überraschte Mr. Berry keineswegs, daß der Millionär Max dringend Geld brauchte; eher überraschte ihn schon, daß dieser Jude, dessen Herkunft sich im Dunkel des Gettos der East Side verlor, gut gekleidet war, recht gut aussah und sich eigentlich auch ganz manierlich ausdrückte. Allerdings wußte er nicht, wie sorgfältig und verbissen Max auf seine Sprechweise und die Richtigkeit dessen achtete, was er sagte.

«Was die Sicherheiten angeht», hatte Max gerade gesagt, «wir betreiben zur Zeit 33 Häuser. Allerdings sind nicht alle von ihnen Theater im üblichen Sinne. Bei vierzehn handelt es sich um in ehemaligen Läden eingerichtete Nickel-Odeons und bei einigen anderen um umgebaute Vortragssäle. Ich weise auf diesen Punkt lediglich hin, um den Umfang unseres Unternehmens aufzuzeigen. Wir haben zehn richtige Theater, die ursprünglich für die Aufführung von Bühnenstücken errichtet wurden. Auf vier von ihnen liegen noch Hypotheken, die anderen sind belastungsfrei.» Er entnahm seiner Aktentasche eine Mappe, die bis zum Bersten mit Papieren gefüllt war. «Hier haben Sie alle Einzelheiten.»

Berry sah flüchtig in die Mappe und fragte: «An wieviel hatten Sie gedacht, Mr. Britsky?»

«Ich brauche eine halbe Million.»

«Lassen Sie uns doch die Unterlagen hier. Wir benachrichtigen Sie dann.»

Zwei Tage später rief Berry in Max' Büro an und teilte ihm mit, die Bank sei bereit, ihm einen Kredit von 500000 Dollar einzuräumen. Doch stand die Firma damit erst am Anfang. Jake Stein erstellte einen Kostenplan, aus dem hervorging, welche Beträge für die Theater aufzubringen waren, während sie geschlossen blieben. Stein neigte dazu, alles in schwärzesten Farben zu malen. Er sah sich nicht einfach als Buchhalter, sondern als den Hüter der Lebensflamme des Unternehmens, die, wie er meinte, niemand so zu bewahren verstand wie er, so daß zu befürchten war, sie werde erlöschen, kaum daß er den Rücken drehte. «Max», sagte er, «wir werden jeden Dollar brauchen, den wir haben. Ohne den Bankkredit wären wir schon pleite. Wir müssen allen kündigen.»

«Nicht so hastig mit den jungen Pferden. Als erstes trennen wir uns von den Nickel-Odeons. Verkauf das Gestühl und die Projektoren, wenn du niemanden finden kannst, der in die Pachtverträge einsteigen will. Aber ich glaube nicht, daß das nötig ist. Uns gibt National keine Filme, aber wenn wir verkaufen, wollen sie bestimmt mit den Käufern ins Geschäft kommen. Dasselbe gilt für die Vortragssäle. Die drei, die unser Eigentum sind, verkauf, beim Rest sieh zu, daß du aus den Pachtverträgen rauskommst. Gestühl und Projektoren müssen mit weg, wir brauchen knapp eine Million.»

«Max, du bist verrückt. Du redest von 23 Häusern. Was bleibt uns, wenn wir die verkaufen?»

«Wir haben die Theater. Die Zeit der Nickel-Odeons ist vorbei. Ich weiß, daß überall welche eröffnet werden, aber da ist die Luft raus. Wenn wir das hier nicht schaffen, bleibt uns nichts – das ist nicht weiter schlimm. Wenn wir es aber schaffen, sind die Nickel-Odeons endgültig erledigt. Wer will denn schon einen Hund durch einen Reifen springen sehen, wenn er dieselbe Unterhaltung haben kann wie im Theater?»

«Trotzdem sag ich, du bist verrückt. Wir behalten also die Theater. Was machen wir mit unseren Leuten: setzen wir die an die Luft oder legen wir sie auf Eis?»

«Jake, immer mit der Ruhe», sagte Max. «Erst mal sehen, wieviel Geld von den Nickel-Odeons reinkommt. Dann wissen wir, wen wir raussetzen. Vielleicht können wir alle behalten. Ich muß rauskriegen, wie viele wir brauchen, um einen großen Film zu machen, und ich weiß noch gar nicht, wie ich das anstellen soll.»

Fred Feldman versuchte es aus einer anderen Richtung. Nachdem er sich in der Kanzlei seines früheren Arbeitgebers mehrere Stunden lang mit juristischer Fachliteratur beschäftigt hatte, teilte er Max mit, sie könnten einen Prozeß gegen National Distributors gar nicht verlieren. «Nach dem Sherman-Kartellgesetz liegt der Fall völlig klar, es gibt keine Schlupflöcher für die Leute, Max. Wir haben sie beim Wickel – einwandfreie Behinderung unternehmerischer Tätigkeit. Ich schlage vor, wir verklagen sie auf 10 Millionen Dollar.»

«Du weißt», antwortete Max darauf, «daß Sam Snyder keine Kamera kaufen kann. Alle wissen von der Sache, und ich vermute, daß die Telefongesellschaft auch mit drinhängt.»

«Mensch! Ist dir klar, daß wir damit den größten Kartellprozeß des Jahres bekommen?»

«Schon möglich. Aber er findet nicht statt. Snyder nimmt den nächsten Dampfer nach Frankreich. Da kann er so viele Kameras kaufen, wie wir brauchen, und sie sind obendrein besser als alles, was hier auf dem Markt ist. Außerdem soll er an die 7000 Meter Rohfilm mitbringen. Wir haben Edison zwei Leute abgeworben, die mit seinen mickrigen Gehältern nicht zufrieden sind, die richten uns ein eigenes Labor ein.»

«Aber Max, wir müssen National einfach vor Gericht bringen! Wir können sie ein für allemal fertigmachen!»

«Freddie», sagte Max, «wozu?»

«Sie haben uns das Geschäft vermasseln wollen – den Gefallen müssen wir ihnen erwidern.»

«Wer weiß, ob sie uns nicht in Wirklichkeit einen Gefallen getan haben. Ich hab mich bei Murphy erkundigt, wie es mit einem Prozeß aussehen würde. Er sagt, wenn wir gegen Leute wie die National, die Telefongesellschaft, Edison und die Burschen in Rochester angehen, haben wir etwa ebensoviel Überlebensaussichten wie ein Schneeball in der Hölle. Laß sie sausen, Freddie. Ich habe Wichtigeres zu tun.»

Zu diesem Wichtigeren gehörten zwei Eintrittskarten zu Sir James Matthew Barries Stück ‹*Zurück zur Natur*›, das vier Jahre zuvor, 1902, bereits mit großem Erfolg in New York aufgeführt worden und jetzt im Clarion-Theater in der Fourteenth Street für eine Spieldauer von sechs Wochen neu inszeniert worden war. Das Clarion sollte abgerissen und ein Mietshaus an seiner Stelle errichtet werden, doch hatte Max ein Vorkaufsrecht auf das alte Theater erworben, das erst in drei Monaten erlosch. Bis dahin nahmen die Eigentümer des Theaters zeitlich begrenzte Inszenierungen herein. Die Hauptrolle des Stücks, einen Engländer namens Crichton, der mit seinem Diener auf eine einsame Insel verschlagen wird, spielte Will Fredrickson, ein durchaus fähiger, wenn auch nicht brillanter englischer Schauspieler, und Regie führte ein Theaterneuling namens Gerald Freedman. Es war in Amerika noch nicht lange üblich, Stücke von Regisseuren einrichten zu lassen, doch hatte Sally überlegt, es sei besser, etwas so Unerprobtes wie den Film, den sie herzustellen gedachten, von einem Theatermenschen überwachen zu lassen. Gerald Freedmans Eltern waren Nachbarn von Sallys Eltern in Flatbush, und als Sallys Mutter erfuhr, daß ihre Tochter an einer Filmvorlage schrieb und die Hilfe eines Theatermannes suchte, nannte sie ihr Freedman. Daß dieser just in einem Theater tätig war, auf das Max eine Kaufoption hatte, war ein bloßer Zufall, doch sorgte dieser Zufall dafür, daß sie erstklassige Plätze bekamen.

Sally war nicht sicher, wie Max auf Barries witzige Satire reagieren würde. Zu ihrer Überraschung gefiel ihm das Stück, ihn entzückte die Vorstellung, daß ein Diener seinem Herrn überlegen sein kann, und hinter der Bühne schüttelte er begeistert Gerald Freedman ohne eine Spur seines gewöhnlichen Mißtrauens und Zynismus die Hand und bestand darauf, daß er mit ihnen gemeinsam bei *Rector* aß.

Freedman war ein Jahr jünger als Max und deutlich größer. Dicke Brillengläser ließen seine traurigen braunen Augen größer erscheinen, als sie waren, und unter seinem schon schütteren Haar lag ein schmales Gesicht mit einer vorspringenden Nase. Dieser junge Mann strahlte eine Vertrautheit aus, die auf Max anziehend und ungewöhnlich wirkte. Die Neuinszenierung des Stücks von Barrie war seine erste größere Arbeit, zuvor hatte er, nachdem er sein Studium am City College abgeschlossen hatte, in *Palms Restaurant* in der Bleecker Street gekellnert und seine gesamte Freizeit im Theater verbracht. Anfangs war er Mädchen für alles, später Kulissenmaler, der auch gelegentlich kleinere Rollen übernehmen durfte, später war er an einigen Laienaufführungen beteiligt, die unter anderem in einem Kulturzentrum in der Henry Street gezeigt wurden.

Somit hatte er Max' Lebensweg schon zweimal gekreuzt, einmal in der Henry Street und nun wieder im Clarion-Theater. Dazu sagte Max: «Das muß was zu bedeuten haben, Gerry – ich darf Sie doch Gerry nennen? Sie können Max zu mir sagen, und Sally zu meiner Frau. Wenn wir schon zusammenarbeiten wollen, brauchen wir auch keine Förmlichkeiten.»

«Allerdings muß ich gestehen», sagte Freedman, «so begeistert ich von der Möglichkeit bin, die Sie mir bieten, ich habe bisher noch keinen Film von der Art gemacht, wie ihn Mrs. Britsky beschrieben hat –»

«Das geht uns allen genauso.»

«– und auch sonst keinen. Ehrlich gesagt, verstehe ich überhaupt nichts von Filmen und habe nur sehr undeutliche Vorstellungen davon, wie sie hergestellt werden.»

«Waren Sie schon einmal in einem Nickel-Odeon?»

«Klar, bestimmt schon hundertmal.»

«Haben Sie *‹Den großen Eisenbahnraub›* gesehen?» fragte Sally ihn.

«Aber ja, zweimal.»

«Nun, wenn Sie sich das darin Gezeigte als ein Einzelereignis in einer langen Geschichte vorstellen, die einen Zusammenhang hat und in sich sinnvoll ist, können Sie sich vorstellen, was wir beabsichtigen.»

«Ich sehe aber immer noch nicht, was ich dabei tun soll.»

Max klopfte ihm lachend auf die Schulter. Schon jetzt mit seinen 27 Jahren gab er sich väterlich und jovial. Saß er nicht in Rectors Restaurant an der Fortythird Street, war mit seinem Gast in der eigenen Kutsche vorgefahren und gab ein Abendessen in einem Lokal, das ihm bedeutender schien als Delmonico, wenn auch weniger glanzvoll? Max teilte die Untergangsstimmung seiner Mitarbeiter nicht. Als Charly Rector an seinen Tisch trat und ihn und Sally namentlich begrüßte, betrachtete Max diese Geste bereits als sein gutes Recht. Die Zweifel, die er nach seiner Unterredung mit Stanford und Calvin ursprünglich gehabt hatte, waren verflogen, und der Erfolg ihres Plans schien ihm keinesfalls fraglich. Er hatte seinen Platz errungen, saß hier mit seiner Frau und dem jungen Freedman unter glitzernden Kristallüstern, trank Champagner, aß Wachteleier und nahm nur einige Löffelchen von der *mousse au chocolat*, die er zum Dessert bestellt hatte. Anschließend entzündete er eine köstliche Havanna und dachte, laß die andern zweifeln. Er wußte, daß er diese Filme machen würde, weil er fest dazu entschlossen war, und was er sich vorgenommen hatte, das führte er auch durch.

«Wenn es soweit ist, Gerry, sag ich Ihnen, was Sie zu tun haben.»

Auch Max hatte in jenem Augenblick nicht mehr als eine undeutliche Vorstellung. Doch war das in seinen Augen nicht so wichtig. Entscheidend war, daß es vorwärts ging, daß etwas geschah.

Das kleine, enge Behelfsstudio, das Edison in New Jersey zur Herstellung seiner Zehn-Minuten-Filme eingerichtet hatte, wirkte auf Max verwirrend, ohne daß er eine klare Vorstellung davon gehabt hätte, wie ein richtiges Filmstudio aussehen mußte. Das Unternehmen in Philadelphia arbeitete in einem alten Schuppen und machte auf Max denselben nichtssagenden Eindruck wie Edisons Studio. Sein Denken war von den Theatern geprägt, die er übernommen und in Lichtspielhäuser umgewandelt hatte. Er bewunderte ihre räumliche Großzügigkeit, die es gestattete, nicht benötigte Kulissen durch einfaches Hochziehen verschwinden zu lassen. Er stellte sich die Wirkung von Aufnahmen vor, die eine Kamera aus zehn Metern Höhe machte, auch wenn noch niemand dergleichen gesehen hatte. Im Laufe der Zeit kam es dazu, daß er alles gleichsam durch den Sucher einer Kamera betrachtete, er sah um sich herum nur noch rechteckige Ausschnitte der Wirklichkeit, die er sich auf eine Leinwand projiziert vorstellte. Mit den Jahren hatte seine Abneigung gegenüber den in seinen Theatern oder Nickel-Odeons gezeigten kurzen Filmen zugenommen, und er stand ihrer Unbedarftheit gleichgültig oder gar ärgerlich gegenüber. Je mehr er nach einem Ort suchte, an dem er seine eigenen Filme herstellen konnte, desto mehr stieg seine Begeisterung. Tag für Tag durchstreifte er die Straßen des südlichen Manhattan, obwohl ihm alle Welt einreden wollte, er werde nur in New Jersey oder der Bronx etwas Passendes finden. In diesem Teil New Yorks war er aufgewachsen, und hier mußte er bleiben. Zu guter Letzt fand er, was er suchte.

Es war ein ehemaliges Eislagerhaus in der Eighteenth Street, zwischen der Ninth und der Tenth Avenue, ein Gebäude von zwölf auf dreißig und einer Innenhöhe von knapp zwanzig Metern. Die Decke war zugleich das Dach des Gebäudes, und mit Ausnahme von Treppen und Treppenabsätzen an seiner Rückwand war der ganze Innenraum frei. Hinten ging eine Laderampe zur Seventeenth Street. Als in dem Gebäude noch Eis lagerte, wurden die Blöcke, durch

Sägemehl voneinander getrennt, bis zur Decke hochgestapelt und von oben nach unten verkauft. Jetzt war es leer, lediglich Haufen von Sägemehl auf dem Boden zeugten noch von seiner alten Bestimmung. Der Makler, der es Max zeigte, nannte eine Forderung von 15000 Dollar. Neue Eislagerhäuser verfügten über hydraulisch betriebene Aufzüge, dies hier war zu klein und zu eng, als daß deren Einbau sich gelohnt hätte. «Und deshalb frage ich mich», fügte der Makler hinzu, «was Sie mit dem Gebäude wollen.»

«Geld verdienen», antwortete Max knapp.

Feldman betrachtete zweifelnd den Entwurf des Kaufvertrags für das Eislagerhaus. «Es ist ein Gebäude, mit dem nicht viele etwas anfangen können, Max. Wer würde es kaufen, wenn wir es abstoßen müßten?»

«In fünf Jahren wird das Grundstück allein doppelt so viel wert sein, wie wir heute für das Ganze zahlen. Dein Fehler ist, daß du dir über alles mögliche den Kopf zerbrichst.»

«Dafür bezahlst du mich schließlich.»

Sam Snyder hingegen, der einige Tage nach dem erfolgten Gebäudekauf mit Kameras und Tausenden von Metern Rohfilm aus Frankreich zurückkehrte, war vom Eishaus begeistert. Er barst vor Neuigkeiten. Zu ihnen gehörte, daß der französische Produzent Georges Méliès eben die Art von dramatischem Film herzustellen plante, die Sally vorgeschlagen hatte. Zweifellos lag das in der Luft. «Die Leute von der National», sagte Sam, «können unsere Häuser auf Dauer gar nicht blockieren, denn auch in England und Frankreich wird es Filme wie unsere geben.»

Hinsichtlich des Eislagerhauses veranlaßte Snyder eine ganze Reihe von Maßnahmen: so waren elektrische Leitungen für eine besonders gute Ausleuchtung zu legen, Ventilatoren zur Entlüftung einzubauen, Kulissen herzustellen, sobald der Handlungsrahmen der Geschichte bekannt war, Elektriker und andere Handwerker mußten eingestellt werden. «Geredet ist schnell», sagte er zu Max, «aber zu machen ist es verdammt schwer. Wenn das mit Sallys Texttafeln nicht klappt, können wir den Laden dichtmachen.»

«Das klappt schon», beruhigte ihn Max.

Inzwischen war Gerry Freedman ein nahezu täglicher Besucher im Haus an der Sixty-sixth Street geworden. Sally hatte noch nie jemanden wie ihn kennengelernt. Er verfügte über ein ähnliches Selbstvertrauen wie Max, war aber zugleich von einer Einfühlsamkeit, die Max nie an den Tag gelegt hatte. Er schien zu ahnen, was Sally dachte, zu wissen, wie sie auf etwas reagieren würde, was er noch gar nicht gesagt hatte. Ohne seine Hilfe und Unterstützung hätte sie das Projekt gewiß aufgegeben und alles bereits Geleistete als sinn- und wertlos verworfen.

Freedman war, seit er Sally bei Rector kennengelernt hatte, förmlich in sie vernarrt. Die Geschmäcker waren nun einmal verschieden. Bert Bellamy nannte sie ein verschrecktes Mäuschen, andere wieder sahen in ihr eine anziehende Frau. Max tat alle Komplimente, die er bezüglich Sallys Aussehen bekam, mit den Worten ab: «Alles kalter Kaffee. Die wollen mir bloß hinten reinkriechen», denn sie kamen meist von Männern, die mittelbar oder unmittelbar mit Tammany Hall zu tun hatten. Doch wäre Max nie auf den Gedanken gekommen, Gerald Freedman oder sonst jemand könne sich in Sally verlieben. Sie war seine Frau und die Mutter seiner Kinder, auch wenn sie ihm sexuell nie besonders verlockend erschienen war und ihre Beziehung nach Richards und Marions Geburt praktisch aufgehört hatte. Marion war inzwischen zwei Jahre alt, und noch immer schob Sally Max gegenüber die Nachwirkungen der Geburt als Ausrede vor.

Da Max bei Etta Goodman bekam, was er brauchte, nahm er Sallys Ausreden hin. Die geradezu panische Angst vor Geschlechtskrankheiten hatte ihn seit seiner frühen Jugend nicht verlassen, doch war Etta in seinen Augen eine saubere, frische junge Jüdin, und damit sie das blieb, erklärte er ihr: «Ab sofort siehst du keinen anderen Mann mehr an, hast du das verstanden?»

«Natürlich habe ich das verstanden. Laß doch die klapprige Tante einfach sausen und heirate mich!»

«Du weißt, daß du nicht so reden sollst.»

«Jetzt laß mich mal was sagen. Glaub ja nicht, ich hätte noch nie in einen Spiegel geschaut. Ich bin bestimmt fünfmal so hübsch wie deine Lehrerin, und wenn ich auch nicht studiert hab, so klug wie die bin ich schon lange. Also erzähl mir nicht, ich darf keine anderen Männer ansehen.»

Bei ihrem nächsten Zusammensein schenkte er ihr eine Brosche, die 200 Dollar gekostet hatte. Etta aber murrte unbesänftigt: «Die hat ein Haus und eine Kutsche, und ich krieg 'ne Brosche.»

Als Sally den Vorschlag machte, Einzelbetten anzuschaffen, weil sie gewiß für beide angenehmer seien, widersetzte Max sich nicht.

Seine Mutter hatte allerdings ihre eigene unumstößliche Meinung dazu: «Es ist geradezu widerlich, man muß sich ja vor den Leuten schämen.»

«Sally wünscht es so.»

«Holst du ihr auch den Mond vom Himmel, wenn sie ihn haben will?»

«Seit Marions Geburt schläft sie nicht besonders gut.»

«Der Himmel verhüte, daß sie einmal ihren Nachtschlaf nicht bekommt. Hast du auch nur einen Finger krumm gemacht, wenn deine alte Mutter eine ganze Woche lang nicht schlafen konnte? Aber Sally schläft nicht besonders gut, also kriegt sie ein Bett für sich.»

Untreue aber wäre Sally nie in den Sinn gekommen, nicht einmal in Form eines harmlosen Flirts. So etwas tat man in ihrer Welt nicht. Freedman war ein Freund, mit dem sie reden konnte, und daran war nichts Verwerfliches. Max sah das ebenso. Es gefiel ihm, daß Freedman und Sally so gut miteinander auskamen, denn er wußte, daß er für sein neues Vorhaben eine Begabung wie Gerald Freedman brauchte, und ihm war durchaus klar, daß er dabei mit seinem mangelnden Bildungshintergrund ins Hintertreffen geraten würde. Er gab sich nicht der Täuschung hin, seine inzwischen erreichte oberflächliche Geläufigkeit des Ausdrucks könnte einen Ersatz für Wissen darstellen. Das gehörte zu einer Welt außerhalb der seinen, der des Theaters, der Literatur und der Kunst. Sie aber lag für ihn in einer Dunkelheit, die ihn verwirrte und beunruhigte. Freedman war ein ebensolcher Aktivposten wie Sally, und noch wichtiger, er war ein Mann. Max behagte die Vorstellung nicht, daß eine Frau in der Lage sein sollte, komplexe schöpferische Aufgaben zu lösen, er vermochte sich das ebensowenig vorzustellen wie die Möglichkeit, daß Sally ihm untreu sein könnte. So sehr er Freedmans Bildung, Fähigkeiten und Geschmack bewunderte, so wenig konnte er sich ihn als Bewerber um Sallys Gunst vorstellen, denn er entsprach in keiner Weise Max' Vorstellungen von anziehender Männlichkeit.

Fünf Wochen lang arbeiteten Sally und Freedman gemeinsam an diesem Projekt. Zwar hatten sie keine Vergleichsmöglichkeiten, doch das war auch ein Vorteil, denn sie konnten mit einer Unbefangenheit zu Werke gehen, die sie bei einem Theaterstück keinesfalls aufgebracht hätten. Daß keiner von beiden Erfahrungen oder Fertigkeiten besaß, die für die Abfassung eines herkömmlichen Theaterstücks nötig gewesen wären, behinderte sie nicht. Sie wetteiferten nicht mit Shaw oder Ibsen und auch mit sonst niemandem – nicht einmal mit sich selbst, denn wirkliche Kritikfähigkeit ging ihnen ab. So arbeiteten sie angespannt und in freundlichem Einvernehmen auf ihr Ziel hin.

In diesen fünf Wochen hatte Max ziemlich viel erreicht: die Pachtverträge für die Nickel-Odeons und die Besitzrechte an den umgebauten Vortragssälen waren verkauft; er hatte das Eislagerhaus erworben, und schon eine Weile arbeitete unter Sam Snyders Anleitung ein ganzer Trupp von Handwerkern darin. Die zehn Theater waren vorläufig geschlossen und wurden renoviert. Nach ihrer Wiedereröffnung wollte Max 50 Cent im Parkett und 30 im Rang nehmen. Damit würden ihre Einnahmen überschlägig mindestens doppelt so hoch werden wie die der ganzen Kette zur Zeit der Schließung. Er hatte mit vollen Händen Geld ausgegeben, denn er war überzeugt, daß ihm dieser Wurf gelingen mußte. Nach Ablauf von fünf Wochen kamen alle Beteiligten im Hause Britsky zusammen, um zu hören, was Sally und Gerald Freedman erreicht hatten.

Sally blieb im Hintergrund. Ihr war klar, wenn auch wohl unbewußt, daß eine Frau, die als Hauptperson auftrat, Widerstand und Ablehnung hervorrufen würde. So sagte sie lediglich, sie werde, während Freedman den Ablauf und die einzelnen Phasen der Kameraarbeit erläuterte, im gegebenen Augenblick jeweils die eine oder andere Texttafel hochhalten, von denen ein ganzer Stapel auf dem Pult vor ihr lag. Zu diesem Vorgehen hatte sie sich trotz Freedmans Einsprüchen entschlossen, und obwohl der größte Teil der schöpferischen Leistung auf ihr Konto ging.

«Und diese Tafeln werden also fotografiert?» wollte Fred Feldman wissen.

«Ja, so denken wir uns das.» Sie wandte sich Snyder zu. «Das wird doch ohne Schwierigkeiten möglich sein, Sam?»

«Aber ja. Wie lange sollen wir die Tafeln denn projizieren?»

Sally sah auf Freedman, der erläuterte: «Wir haben versucht, jede Dialogtafel auf zwölf Wörter zu beschränken, abgesehen von Präpositionen, Konjunktionen und Pronomina. Die meisten haben weniger –»

Sally deutete den Ausdruck auf Max' Gesicht richtig und sagte rasch: «Wörter wie ‹in›, ‹auf›; ‹und›, ‹aber›; ‹ich› oder ‹er›. Die zählen wir nicht mit, weil wir meinen, daß die jeder rasch erfaßt. Trotzdem haben wir uns bemüht, die Dialogzeilen sehr kurz zu fassen. Immer geht es allerdings nicht.»

«Ich weiß nicht», sagte Max. «Kein Mensch redet so. Man sagt doch nicht immer nur ein oder zwei Wörter.»

«Hier ist es aber nicht wie in der Wirklichkeit», sagte Freedman. «Ich denke schon, daß es in der gewünschten Weise wirken wird. Jetzt zu Sams Frage: wir haben den Dialog in zwei Richtungen entwickelt. Zuerst haben wir eine Tafel so gelesen, wie man ein Buch liest, still für uns selbst. Dabei hat sich herausgestellt, daß wir die zwölf Wörter bequem in sechs Sekunden lesen konnten. Dann haben wir sie mitgesprochen, so wie Menschen, die erst als Erwachsene lesen gelernt haben – ich meine zum Beispiel Einwanderer, die noch Schwierigkeiten mit der Sprache haben –, da dauert es doppelt so lange, etwa zwölf Sekunden.»

Sally fügte hinzu: «Vermutlich werden viele Menschen laut mitlesen. Ich denke mir, wenn jemand sich den Film mit seinen Eltern ansieht und das Einwanderer sind, die nicht Englisch lesen können, würde er ihnen die Titel doch wohl laut vorlesen, oder?»

«Hoffentlich mit Flüsterstimme», sagte Freedman.

«Wenn wir mehr als zwölf Wörter brauchen, können wir natürlich die Projektionszeit für die Tafel verlängern.»

«Darum kümmern wir uns später», sagte Max. «Weiter.»

«Gut», stimmte Freedman zu. «Zuerst der Titel. Wir nennen den Film *‹Jennifer, das Mädchen aus den Slums›*.»

«Jennifer? Was soll denn das sein?»

«Ein Mädchenname. Im Film heißt sie kurz Jenny.»

«Und warum dann nicht im Titel?»

«Warte doch, Max», sagte Bert. «Laß ihn erst mal weitermachen.»

«Wir können sie auch im Titel schon Jenny nennen», sagte Freedman. «Diese Jenny also wohnt mit ihren Eltern in einem Elendsquartier in Manhattan. Der Vater heißt Joe Kent, er ist ein Trunkenbold und ein Tyrann. Gelegentlich arbeitet er als Stauer im Hafen, meist aber sitzt er untätig herum, und die Familie lebt ärmlich von den Näharbeiten der Mutter und von dem, was Jenny mit dem Verkauf von Bleistiften an Straßenpassanten verdient. Die Mutter heißt Alice und ist gelähmt. Das ist natürlich nur der Hintergrund zur eigentlichen Handlung –»

«Und wie wollen Sie den Hintergrund zeigen?» erkundigte sich

Fred Feldman. «Sie quetschen das doch wohl nicht alles auf Tafeln?»

«Nein, keineswegs, wir bringen es im Handlungsablauf unter. Er ist ja das A und O unseres Films. Ich habe damit nur erläutert, wie Jenny einzuordnen ist.»

Sally hielt die erste Tafel hoch: «Joe Kent kommt nach Hause: er hat wieder alles vertrunken.»

«Diese Szene spielt in der Wohnung», sagte Freedman. «Das wäre also der erste Handlungsort. Alice, die Mutter, sitzt am Nähtisch. Dann wird der Zwischentitel gezeigt. Zwar ist auf den meisten Tafeln Dialog, aber wir brauchen auch einige, die den Zuschauer in die Handlung einführen. Zuerst blickt Alice mit einem Lächeln auf, das aber erstarrt, als sie sieht, daß Joe stockbetrunken ist. Sie breitet zum Zeichen ihres hilflosen Ausgeliefertseins die Arme aus. Er bedroht sie mit geschwungener Faust. In dem Augenblick kommt Jenny ins Zimmer gelaufen.»

Sally hielt die zweite Tafel hoch: «Laß Mutter zufrieden. Du bist ja betrunken.»

«Er wendet sich zu Jenny und ohrfeigt sie. Die Mutter erhebt sich mit übermenschlicher Anstrengung und stürzt dann zu Boden. Jenny steht auf und läuft zur Mutter hinüber, kniet sich neben sie und nimmt sie beschützend in die Arme, als der Vater sich ihnen nähert.»

Sally hielt eine Tafel hoch: «Faß sie nicht an.»

«Würde man denn merken, daß Jenny spricht?» wollte Bert wissen.

«Ja, zweifellos. Wir würden die Kamera unmittelbar auf Jenny richten. Erst wenn sie gesprochen hat, zeigen wir die Tafel. Jetzt richtet sich die Kamera auf Joe Kent, der wütend durchs Zimmer stapft, die Einrichtung demoliert und sich dann wieder wutschnaubend auf Frau und Tochter stürzt. Die Kamera zeigt deren verängstigte und hoffnungslose Gesichter und kehrt zu Joe Kent zurück, der die beiden noch einmal unflätig beschimpft, dann zum Schrank geht, dort eine Flasche Schnaps findet, sie leert und gegen die Wand wirft. Erneut beschimpft er Frau und Tochter und verläßt dann türenknallend den Raum. Jetzt drehen wir die Kamera so, daß Alice und Jenny zu sehen sind. Alice spricht zu ihrer Tochter.»

Sally hielt eine Tafel hoch: «So war er nicht immer. Bevor er trank, war er ein gütiger Mensch.»

Freedman sah von seinem Manuskript auf. «Ich muß dazu sagen, bei näherer Beschäftigung mit der Sache haben wir gemerkt, daß wir

Dinge tun konnten, an die wir vorher nicht gedacht hatten – zum Beispiel, daß man die Kamera von einer Stelle zur anderen verschieben kann. In der nächsten Szene geht Jenny Bleistifte verkaufen. Ich würde gern zeigen, wie sie in dem heruntergekommenen Haus die Treppe hinabgeht. Wäre das technisch möglich, Sam?»

«Ich glaube schon», sagt Snyder. «Das einzige Problem ist, genug Licht dahin zu bringen.»

«Und könnte man ihr auch auf die Straße hinaus folgen?»

«Warum nicht?»

Er wandte sich wieder seinem Entwurf zu. «Ich habe hier zahlreiche Einzelheiten», sagte Freedman, «aber das Wichtigste ist, daß diese arme, kranke Kleine auf die Straße geht, um dort ihre Bleistifte zu verkaufen, damit ihre Angehörigen leben können.»

«Kleine? Wieso Kleine?» wollte Max wissen. «Wie alt ist sie denn?»

«Achtzehn», sagte Sally.

«Und was für eine Krankheit hat sie?» erkundigte sich Feldman.

«Wir gehen da nicht in Einzelheiten, das ist nicht erforderlich. Es könnte ja einfach Unterernährung sein, weil sie nicht genug zu essen bekommt. Auf jeden Fall steht sie da auf der Straße und bittet die Vorübergehenden, ihr Bleistifte abzukaufen, die aber kümmern sich nicht um sie. Auf einmal fällt sie dann ohnmächtig um.»

«Sie sehen», sagte Sally, «daß es geht. Wir sind mit lediglich drei Zwischentiteln und einer Expositionstafel bis hierher gekommen. Gefällt es dir, Max?»

«Ja, bis jetzt schon, aber man muß ja auch wissen, wie es weitergeht. Ich sehe es vor mir, der alte Trunkenbold, die Mutter und die arme Kleine – aber wie geht es weiter?»

Freedman nickte. «Kommt gleich. Wir sind also an der Stelle, wo sie ohnmächtig wird und eine Schar von Gaffern sie umsteht. Wir wissen ja alle, wie das hier in New York ist: alle sehen zu, aber keiner rührt einen Finger. Hier drin», sagte er, auf das Szenarium klopfend, «haben wir Anweisungen über die Stellung der Kameras, und das findet sich durchgehend, aber das wollen Sie wahrscheinlich gar nicht alles hören, weil wir auf diese Weise den Handlungsfaden aus dem Auge verlieren können. Das sehen Sie doch auch so, Sally?»

«Unbedingt. Erzählen Sie einfach die Geschichte, und ich halte an der jeweiligen Stelle den zugehörigen Zwischentitel hoch.»

«Das klingt vernünftig», stimmte Max zu. «Ich glaube, wir haben begriffen, wie die Tafeln funktionieren, jetzt wollen wir uns also die ganze Geschichte mal anhören.»

«Nun, mehr oder weniger in dem Augenblick, in dem Jenny ohnmächtig zusammenbricht, kommt eine riesige Limousine vorbei. Sie gehört dem Helden unserer Handlung, Manfred Van Dyme. Er ist etwa 26 Jahre alt und der einzige Sohn einer steinreichen alten New Yorker Familie, die bis auf die holländischen Einwanderer zurückgeht. Selbstverständlich hat er einen Chauffeur, denn er ist so reich, daß er keinen Finger krumm machen muß, trotzdem ist er ein anständiger Kerl.»

«Nicht wenn er so ist wie die Bankfritzen, mit denen ich zu tun habe», sagte Max.

«Er braucht für sein Geld nicht zu arbeiten, kann tun und lassen, was ihm gefällt, und wenn er nicht gerade einen kleinen Bummel macht, läßt er sich von seinem Chauffeur spazierenfahren. Entscheidend ist, daß dies Auto genau in dem Augenblick an Jenny vorbeikommt, als sie in Ohnmacht fällt.»

Sally hielt eine Tafel hoch: «Halten Sie an, Johnson.»

«Johnson heißt der Chauffeur. Der Wagen bleibt stehen, Manfred springt heraus, drängt sich durch die Menge und beugt sich über Jenny.»

«Warum hat denn keiner einen Krankenwagen gerufen?» wollte Jake Stein wissen.

«Jake, das ist eine erfundene Geschichte!» blaffte ihn Max an.

«Nun, Manfred sieht das hübsche junge Mädchen ohnmächtig daliegen und ist tief gerührt. Er sieht wütend auf all die Menschen, die herzlos und neugierig herumstehen, statt dem armen Mädchen zu helfen. Also hebt er Jenny auf und trägt sie zu seinem Auto. Johnson hält ihm den Schlag auf, Manfred legt sie auf den hinteren Sitz und steigt ein. Sally und ich meinten, wir könnten an dieser Stelle etwas tun, was uns ganz praktisch erscheint, das wir aber noch nirgendwo gesehen haben. Vermutlich kann Sam uns sagen, ob es möglich ist.»

«Laß hören, Gerry, ich tu, was ich kann.»

«Nun, die Sache sieht so aus. Er lädt sie, sagen wir, an der Fourteenth Street in sein Auto. Wenn nun das Haus der Familie Van Dyme an der Fifth Avenue steht, sagen wir, es ist eines dieser neuen Gebäude um die Fiftieth oder Sixtieth Street, und er nimmt sie mit nach Hause –»

«Nach Hause?» warf Max ein. «Augenblick mal. Schon möglich, daß ich keine Ahnung habe, wie die feinen Pinkel da oben leben, aber die nehmen doch ganz bestimmt kein Mädchen von der Straße mit nach Hause und stellen sie Mama und Papa vor. Jedenfalls nicht den Papas, mit denen ich zu tun hatte.»

«Max», sagte Sally, «du darfst nicht voreilig sein. Manfreds Eltern machen gerade eine Europareise, das ist bei solchen Leuten üblich. Immer wieder liest man davon. Außerdem ist Manfred ein sehr ungewöhnlicher Mensch.»

«Aha, vermutlich der Weihnachtsmann in Zivil – aber warum nicht? Ich vermute, daß alle Armen von so was träumen.»

«Was war mit Ihrer Frage, Gerry?» erinnerte ihn Snyder.

«Ja, wir hatten gedacht, vielleicht könnte man eine Kamera auf ein Fuhrwerk oder einen Lastwagen stellen und von da aus Manfreds Wagen aufnehmen, während er von der Fourteenth Street bis zum oberen Ende der Fifth Avenue fährt. Wahrscheinlich brauchen wir dafür die Hilfe der Polizei, aber Max hat gesagt, das wäre kein Problem. Ginge das technisch?»

«Daß noch niemand darauf gekommen ist! So was Ähnliches hat man schon mal gemacht: eine Kamera auf einen Eisenbahnwaggon gestellt, dann sind sie neben galoppierenden Pferden hergefahren. Aber das hier wäre ja was ganz anderes. Wenn wir die Kamera vor Manfreds Wagen hätten, würde es aussehen, als führe er ins Publikum hinein –»

«Man könnte zwei oder drei Kameras unterwegs aufstellen – oder eine Kamera an verschiedenen Stellen einsetzen», unterbrach Sally aufgeregt, «dann würde man das Auto von verschiedenen Standpunkten aus sehen.»

«Augenblick mal!» rief Max aus. «Warum stellt ihr nicht die Kamera einfach in den Wagen zu Manfred, gleich neben den Chauffeur?»

«Zu nah.»

«Kein Platz.»

«Ja, aber wenn das ginge», rief Sam Snyder mit zunehmender Erregung in der Stimme aus, «ich meine, auch wenn wir dafür eine Art Spezialfahrzeug mit einer Plattform oder dergleichen bauen müßten – das wäre sensationell –»

Alle hatten sich von dieser Begeisterung mitreißen lassen und sahen eine endlose Folge von Bildern und Möglichkeiten zwischen der

Fourteenth Street und der Fifth Avenue. Plötzlich waren Manfred Van Dyme und Jenny Kent keine albernen papierenen Gestalten mehr, sondern Wirklichkeit, waren Säulen, auf denen die Hoffnung ihrer Zukunft ruhte. Mit mehr Festigkeit und Vertrauen in der Stimme als zuvor fuhr Gerald Freedman in der Handlung fort, und Sally hielt stolz die Zwischentitel hoch. «Manfred bringt Jenny in seinem Luxusautomobil zum elterlichen Haus an der Fifth Avenue, trägt sie auf den Armen hinein und legt sie sanft und behutsam auf ein riesiges Himmelbett. Sie ist sehr schwach, ihre Augenlider zittern. Die Dienstboten sind entsetzt. Wer ist dies Geschöpf, das der junge Herr da ins Haus gebracht hat? Manfred schert sich nicht um ihr aufgebrachtes Flüstern. Er ruft einen Arzt, denn er hat sich bereits in Jenny verliebt. Der Arzt kommt, untersucht Jenny und teilt Manfred mit, daß ihre Überlebensaussichten nur sehr gering sind, möglicherweise liegt sie schon im Sterben.»

Auf dem Zwischentitel, den Sally jetzt hochhielt, stand: «Solche Schönheit soll sterben? Ausgeschlossen! Sie müssen sie retten!»

«So spricht Manfred, und als der Arzt zum Zeichen der Hoffnungslosigkeit die Arme ausbreitet und den Kopf schüttelt, spricht Manfred erneut. Es ist der längste Zwischentitel des Films: ‹Sie darf nicht sterben! Ohne sie wäre mein Leben so sinnlos wie bisher. Wir müssen sie um jeden Preis retten!›»

«Laßt ihr sie sterben?» wollte Max wissen.

«Aber nein. Hör nur weiter zu.»

«Manfred wacht an Jennys Krankenlager. Seine Mühe wird belohnt, sie gesundet, und er nimmt sie mit in die teuersten Geschäfte, kauft ihr schöne Kleider und einen Pelzmantel. Seine Eltern sind noch immer in Europa. Der alte Kent spürt seine Tochter auf und beschuldigt Manfred, sie entführt zu haben. Jenny fleht den Vater unter Tränen an, sie dazulassen, doch da sie minderjährig ist, muß sie ihm folgen: der Trunkenbold holt einen Polizisten, der Manfred zwingt, das junge Mädchen herauszugeben.»

«Und das läßt der Bursche sich gefallen?» rief Max empört dazwischen.

«Was könnte er tun?» sagte Sally. «Das Recht ist auf der Seite des Vaters.»

«Aber das Schicksal ereilt ihn, er gerät unter die Hufe von Pferden, die ein schweres Fuhrwerk ziehen, und kommt dabei um. Von alldem weiß Manfred nichts, sein Leben ist trübe und leer, auch nachdem seine Eltern aus Europa zurückgekehrt sind. Jenny ist wieder die einzige Stütze ihrer kranken Mutter. Manfred sieht sie erneut, wie sie auf der Straße Bleistifte zum Kauf anbietet. Seine Bitte, mit ihm zu gehen, lehnt sie ab: sie leben in verschiedenen Welten. Doch Manfred geht ihr nach, um festzustellen, wo sie wohnt. Dann schickt er seinen Anwalt zu ihr, der ihr mitteilen soll, eine entfernte Verwandte sei gestorben und habe ihr 10000 Dollar hinterlassen. Mit Freudentränen in den Augen nimmt sie den Scheck entgegen. Jetzt wird man der Mutter, deren Zustand sich bedrohlich verschlimmert hat, im Krankenhaus helfen können. Doch trotz aller Bemühungen stirbt die Mutter. Auf dem Friedhof steht Jenny als einziger Trauergast am Grab.»

Sally hielt eine Tafel hoch: «Jetzt bin ich allein auf der Welt. Was soll aus mir werden?»

«Während sie so dasteht», fuhr Freedman fort, «tritt Manfred hinter einem Baum hervor, wo er sich verborgen gehalten hat. Sie dreht sich zu ihm, Manfred spricht.»

Sally hielt die letzte Tafel hoch: «Nein. Das warst du nie. Stets war ich bei dir, und ich will es jetzt immer bleiben.»

«Das wär's», sagte Sally.

Die Anwesenden waren gerührt und bewegt und spendeten langen und begeisterten Beifall. Als einziger außer Sally hatte Fred Feldman eine über die Schule hinausgehende formale Ausbildung, doch war es dabei kaum um Literatur oder Theater gegangen, und kritische Würdigung dramatischer Literatur war auch nicht Teil von Sallys Lehrerinnenausbildung gewesen. Weder sie noch Freedman waren besonders begabte Dramatiker, sie konnten ihr Werk an nichts Vorhandenem messen. Hinzu kam, daß Sally und Freedman sich begreiflicherweise scheuten, der Realität zu deutlich ins Gesicht zu sehen. Die Wirklichkeit um sie herum, die sie von klein auf mit angesehen hatten: Schmutz, Elend, Sozialdarwinismus, Armut und Hunger, und die Hoffnungslosigkeit so vieler verhärmter Menschen, fand in ihren künstlerischen Bemühungen keinen Niederschlag. Ihre Fähigkeit mitzuempfinden wurde überlagert von Sentimentalität, und aus ihr entsprangen die Zustimmung und der Beifall der anderen. Sally war so glücklich über ihren Erfolg, daß ihr Tränen in die Augen stiegen, und Bert Bellamy sagte: «Max, du hast völlig recht. Etwas in dieser Art – und wir bringen es in allen Theatern gleichzeitig. Die Burschen zwingen wir in die Knie.»

Fred Feldman meinte, die wohlhabenden Eltern seien zu sehr vernachlässigt worden. «Wir müßten auch noch sehen, wie sie Jenny kennenlernen», sagte er.

Doch für Max war der Zeitfaktor das Wichtigste. «Wir müssen uns ranhalten», sagte er den anderen. «Meine Theater stehen leer. Entweder klappt es oder wir gehen unter. So oder so – wir müssen aufs Tempo drücken.»

Zwei Tage später sah Max, als er sein Büro betrat, Etta Goodman hinter seinem Schreibtisch sitzen und den Filmentwurf lesen, den Sally und Freedman verfaßt hatten. «Bleiben Sie ruhig sitzen, Miss Goodman», sagte er. «Aber Sie hätten ruhig ein Tönchen davon sagen können, daß Sie jetzt der Chef sind – das hätten wir dann im Büro nett gefeiert.»

«Max, laß doch den Unsinn. Ich hab das nur hier liegen sehen, und hab mich hier hingesetzt.»

«Du steckst deine Nase wohl in alles, was auf meinem Schreibtisch liegt?»

«Natürlich nicht.» Sie kam um den Tisch herum und küßte ihn auf die Wange. «Es gefällt mir.»

«Was?»

«‹*Jennifer, das Mädchen aus den Slums*› – aber was für ein bescheuerter Name das ist!»

«Ach, du verstehst auch was von Namen?»

«Er klingt unecht.»

«Laß das nur unsere Sorge sein. Jetzt schwing dich, ich hab noch zu tun.»

Doch statt den Raum zu verlassen, ging sie, ihn immerfort ansehend, rückwärts, bis sie wieder an seinem Schreibtisch stand und sagte fast aggressiv: «Macht ihr einen Film daraus?»

«So ist es, mein Kind.»

«Es ist großartig.»

«Zu gütig. Jetzt aber raus.»

Etta aber rührte sich nicht. «Max, du hast mich all die Jahre benutzt wie ein Büromöbel, das hier in der Ecke steht. Ich hab nie etwas haben wollen und nie etwas bekommen –»

«Immerhin hast du einen Arbeitsplatz und wirst bezahlt!»

«Was willst du damit sagen?» platzte es aus ihr heraus. «Ich bin doch keine Nutte. Mein Geld bekomme ich für die Arbeit, die ich hier tu. Schon möglich, daß ich nicht besonders klug bin, aber ich hab mir immer Mühe gegeben, alles richtig zu erledigen, was du von mir wolltest. Ich streng mich an. Aber gevögelt hast du mich immer umsonst! Sally hat alles – das große Haus, die Kinder, einen Wagen, mit dem sie rumkutschieren kann, Kleider, Schmuck, Pelzmäntel –, und was hab ich? Einen Dreck. Ich kümmre mich um dich, laß mich von dir vögeln, wenn du Lust dazu hast, mach Kaffee, hol Brote, und wenn du spät abends noch arbeitest, wer geht dann zu Rosenstein rüber, um zu sagen, was du essen willst, und bringt es dir dann auch noch? Ich, ich, ich – und was ist der Dank?» Sie brach in Tränen aus. Da Max keine Frau weinen sehen konnte, ging er zu ihr hin und legte die Arme um sie.

«Hör mal, das mit dem Haus in der Sixty-sixth Street hat nichts weiter zu bedeuten. Wenn ich Glück hab, krieg ich die Kinder mal ein paar Minuten am Tag zu sehen, und dann heißt's Hände weg. Sie haben doch das verdammte deutsche Kindermädchen, die Deutsch mit ihnen redet, weil meine Frau will, daß sie ein paar eingebildete deutsche Juden werden. Das ist mein feines Leben.»

«Und was hab ich?»

«Eine Arbeitsstelle und mich.»

«Und was wird aus mir? Eine verbrauchte und verschrumpelte alte Schachtel.»

«Aber nein», beruhigte Max sie. «Wir besorgen dir schon 'nen Mann.»

«Was zum Teufel soll das heißen, du besorgst mir 'nen Mann?» rief sie aus und tat einen Schritt von ihm fort.

«Du sollst doch keine alte Schachtel werden.»

«Ich will keinen anderen, ich liebe dich.»

«Schon gut, schon gut. Dann wisch dir die Tränen weg und wasch dein Gesicht.»

«Nein!»

«Was zum Teufel ist bloß in dich gefahren?»

Sie beugte sich über den Tisch, nahm das Szenarium in die Hand und stieß es Max entgegen. «Das da.»

«Das versteh ich nicht.»

«Du machst doch einen großen Film damit, nicht wahr?»

«Ja.»

«Dann brauchst du also eine Schauspielerin für die Jennifer.»

«Da hast du recht.»

«Die will ich sein. Ich will die Jennifer spielen.»

«Was!»

«Jawohl», sagte Etta, ließ das Szenarium wieder auf den Schreibtisch fallen und war mit einem Schlag ganz gelassen.

«Etta, Etta, ich gebe Tausende von Dollar dafür aus, und dann soll auch etwas draus werden. Ich brauch 'ne Schauspielerin.»

«Das bin ich ja.»

«Wieso denn?»

«Seit zwei Jahren nehme ich auf der Second Avenue über Moshes Restaurant Schauspielunterricht bei Mr. Adler und Mr. Emmelman. Gut möglich, daß ich nie eine Sarah Bernhardt werde, aber für deinen Film kann ich genug, du mußt es mich nur zeigen lassen.»

«Du bist ja verrückt.»

«Ach, jetzt bin ich verrückt. Max, warum siehst du mich nicht einfach mal an? Seit Jahren gehst du mit mir ins Bett, aber angesehen hast du mich noch nie.»

Sie hat recht, dachte er, er hatte sie noch nie so angesehen wie eine Frau, die man zum erstenmal sieht. Sie war etwas größer, als sie auf ihn wirkte und auch schlanker. Vielleicht war ihm die vollbusige Etta im Vergleich mit der knabenhaften Sally rundlicher vorgekommen, als sie in Wirklichkeit war. Ihr brünettes Haar war voll und dicht, sie hatte leicht geschwungene Augenbrauen, große, dunkle Augen, eine gerade kleine Nase und über einem runden Kinn volle Lippen. «Mein Schauspiellehrer Fritz Emmelman sagt immer, daß ich schön bin», erklärte Etta.

«Doch, doch, du siehst ganz gut aus. Das ist schon richtig. Hab ich je was anderes gesagt? Aber Schauspielerin –» Max schüttelte den Kopf. «Kommt nicht in die Tüte.»

«Kommt es doch, Max», sagte Etta mit entschlossenem Gesicht. «Du weißt, was ich denke –»

«Das will ich überhaupt nicht wissen. Ich will nur, daß du mir nicht mehr auf den Wecker gehst und schleunigst verschwindest.»

«Weißt du, Max, früher hatte ich immer Angst vor dir, weil ich mir gesagt hab, wenn ich was täte, was dir nicht recht wäre, würdest du mich nicht mehr lieben und rausschmeißen. Jetzt bin ich aber dahintergekommen, daß du mich gar nicht liebst: es ist einfach praktisch für dich, eine Frau im Büro zu haben, die du nach Lust und Laune vögeln kannst, und rausschmeißen würdest du mich auch nicht. Und weißt du auch warum? Weil ich dann sofort zu der feinen Mrs. Sally Britsky gehen und ihr sagen kann: ‹Wissen Sie eigentlich, daß Ihr Max es seit Jahren mit mir treibt, sogar am Abend vor Ihrem Hochzeitstag, und auch eine Woche später schon wieder –›»

«So was würdest du doch nie tun!»

«Wer weiß?» erklärte Etta ungerührt.

«So ein Charakterschwein bist du nicht, das trau ich dir nicht zu. Und wann hab ich je gesagt, ich setz dich an die Luft?»

«Vielleicht heute zum erstenmal, aber ich will dir sagen, was ich denke, ganz gleich, ob du das hören willst oder nicht. Die meisten jungen Frauen bekommen nie eine Gelegenheit, manchmal hat man in seinem ganzen Leben nur eine einzige. Das hier ist meine. Ich will die Rolle in deinem Film haben, und wenn ich die nicht kriege, ist mir egal, was passiert.»

«Aber das entscheide ich nicht allein», wandte Max ein. «Das muß mit Freedman geklärt werden, der Regie führt, mit Sally, mit Sam Snyder –»

«Hör doch bloß auf, Max, erzähl mir nichts. Hier traut sich doch keiner zu pinkeln, wenn du es ihm nicht erlaubst.»

«Na ja, ich weiß nicht. Vielleicht.»

Nachdem Max begriffen hatte, daß es für ihn nur die Möglichkeit gab, Etta entweder die Rolle zu geben oder einen bezahlten Mörder zu finden, der sie ihm vom Hals schaffte, kam er ihrem Verlangen ohne Umschweife nach. An die zweite dieser Möglichkeiten mochte er nicht einmal denken, nicht nur, weil er durchaus an Etta hing, sondern weil er nicht einmal am Tod eines kleinen Hündchens hätte schuldig sein mögen, geschweige denn an dem eines Menschen. Nachdem seine Entscheidung getroffen war, rief er Freedman in sein Büro und setzte ihn ins Bild.

«Das soll wohl ein Scherz sein», sagte Freedman verblüfft.

«Keineswegs, Gerald, ich bin nicht zu Scherzen aufgelegt. Etta Goodman soll in diesem Film die Jennifer spielen.»

«Aber sie ist doch gar keine Schauspielerin.»

«Wer sagt das?»

«Wo hat sie gelernt? Wo hat sie gespielt?»

«Ich will Ihnen mal was sagen, Gerald», erklärte Max, «vielleicht gibt es zwischen uns beiden eine lange und fruchtbare Verbindung, das wird sich zeigen. Sie sind klüger als ich und haben mehr Bildung und Kultur, aber eines sollten Sie sich von Anfang an merken, sonst wird das mit uns nichts.»

Freedman wartete.

«Schreiben Sie sich hinter die Ohren: *ich* finanzier die Sache und halt meinen Kopf hin, also bestimm ich auch, was gemacht wird. Ihnen ist ja hoffentlich klar, wer diesen Film macht, falls er je fertig wird – nicht Sie, nicht Sally, nicht die Schauspieler und auch nicht Snyder und seine Leute, sondern ich. Und wissen Sie auch warum? Weil ich das will. Wenn ich das nicht wollte, wenn ich nicht das Geld aufbringen und jeden antreiben würde, würde er nie gedreht. Und falls Sie das für Quatsch halten, dann sagen Sie mir, warum hier in den Vereinigten Staaten Nickel-Odeons von Kalifornien bis Kansas und Philadelphia stehen und niemand außer Max Britsky auf die Idee kommt, daß man eine richtige Geschichte von vielleicht neunzig Minuten zeigen könnte statt dem dämlichen Tineff, den sie in allen Nickel-Odeons zeigen.»

Da Freedman die Besprechung, bei der Sally den Einfall vorgetragen hatte, nicht miterlebt, und da Sally auch später nie über ihre Urheberschaft gesprochen hatte, konnte er dem, was Max sagte, nichts entgegensetzen. Auf jeden Fall ließ es dessen Machtwillen deutlich erkennen.

«Miss Goodman», fuhr Max fort, «ist also keine Schauspielerin? Kann schon sein, das ist Ihre Sache. Bringen Sie sie dazu, vernünftig zu spielen. Sie ist eine hübsche junge Dame. Ich habe es», fügte Max hinzu, «ihrem Vater versprochen, dem ich verpflichtet bin. Ich muß zu meinem Wort stehen.» Max nahm sich vor festzustellen, ob Ettas Vater überhaupt noch lebte.

«Es tut mir leid, daß Sie so in der Tinte sitzen», sagte Freedman, der ihm mehr oder minder Glauben schenkte, voller Verständnis und Mitgefühl.

«So ist es nun mal. Noch was. ‹Etta Goodman› klingt ungefähr genauso aufregend wie ‹Max Britsky›. Die Kleine braucht 'nen neuen Namen. Denken Sie sich was aus, das so klingt, als wäre sie eine neue Duse.»

«Eine neue Duse?»

«Ja.»

Halb im Scherz und nicht ahnend, daß er damit Filmgeschichte machen würde, antwortete Freedman: «Feona Amour.»

«Was für ein komischer Name soll das denn sein? Feona? Ich hab noch nie was von 'ner Feona gehört.»

«Das ist ein englischer oder walisischer Name, jedenfalls heißen manche Mädchen in England so, und Amour ist französisch für Liebe. Ich hab das nur so gesagt, es war nicht mein Ernst. Ich kenne Miss Goodman ja gar nicht. Ich sollte sie mir wohl erst einmal ansehen, vielleicht würde es mir dann leichterfallen, einen Namen vorzuschlagen.»

«Lassen Sie nur, der ist in Ordnung. Er klingt gut. Lassen wir's bei Feona Amour.»

So bekam Etta einen Namen, mit dem sie in die Reihen der Unsterblichen aufrückte. Das aber war erst der Anfang des Trubels um die Entstehung des Films, der schließlich den Titel ‹*Die Waise*› bekam. Nicht Freedman, sondern Bert Bellamy erwähnte Sally gegenüber, daß hinter dem Namen Feona Amour Etta Goodman stecke, Max' persönliche Assistentin. Bei der Verwendung dieser schönfärberischen Bezeichnung kräuselte Bert leicht die Lippen. Sally verlangte eine Erklärung von Freedman, doch verschanzte sich dieser hinter Max und teilte ihr mit, seines Wissens schulde Max Ettas Vater einen Gefallen. Das führte zum ersten unbeherrschten Ausbruch Sallys gegen Max. Sie schrie ihn an: «Es geht mir nicht um das, was du im Büro mit ihr anstellst, aber daß du mir die Früchte meiner Arbeit fortnimmst und ihr gibst, ist gemein. Es ist niederträchtig und gemein!»

Hier lernte Max eine Seite Sallys kennen, die ihm völlig neu war. War das die zurückhaltende, freundliche, sanfte Frau, die er kannte und geheiratet hatte?

«Du verkommener Hurenbock!» schrie sie ihn an.

Nicht im Traum hätte er angenommen, daß sie solche Wörter überhaupt kannte. Damen fluchten nicht – das taten höchstens Straßenmädchen.

«Ins Bett bist du mit ihr gegangen, mit diesem Flittchen», zischte Sally.

«Ich schwöre bei Gott, es stimmt nicht! Sally, ich schwöre es dir beim Leben meiner Mutter!»

«Deine Mutter!»

«Sally –»

Sie entschwand zornbebend in ihr Zimmer, das neben dem Schlafzimmer lag. Als Max ihr einige Minuten später zu folgen wagte, sah er, daß sie systematisch alle Exemplare des Szenariums Seite um Seite in Fetzen riß.

Er faßte sie am Arm. «Bitte, tu das nicht!»

«Laß mich los!» Sie nahm eine Schere vom Tisch und richtete sie drohend auf Max.

«Das würdest du doch nicht tun.»

«O doch, das würde ich, da kannst du sicher sein.»

In den nächsten drei Wochen sprach Sally kein Wort mit Max, wohl aber schüttete sie Freida ausführlich ihr Herz aus. Da Scheidungen zu jener Zeit äußerst ungewöhnlich waren, suchten Frauen, die ihre Männer bei einem Ehebruch ertappten, ihre Zuflucht im allgemeinen nicht in dieser Lösung. Zu lange schon lebte Sally in Max' Welt, als daß ihr etwas von der Naivität geblieben wäre, mit der sie in die Ehe gegangen war. Freida versicherte ihr, bei den meisten anderen ihr bekannten Ehepaaren sehe es nicht viel anders aus als bei Sally und Max.

«Immerhin treibt er sich nicht herum», sagte sie tröstend, «er prügelt dich nicht, betrinkt sich nicht, und er hat die Kinder gern. Ich bin sicher, daß er dich auf seine Weise liebt.»

Zum Glück befand sich ein Exemplar des Szenariums in Max' Büro, und ein weiterer Glücksumstand war, daß die Zwischentitel bereits bei einem Schildermaler waren, der die zu fotografierenden Texte auf Papptafeln schreiben sollte, so daß sie Sallys Zerstörungswut nicht hatten zum Opfer fallen können. Die meisten der Tafeln mußten, wie sich herausstellte, ohnehin bis zur Fertigstellung des Films durch neue ersetzt werden, da während der Dreharbeiten alle Beteiligten immer neue Änderungsvorschläge zu den Dialogen hatten.

Freedman brachte Eric Sims, der die Kulissen für Gounods *‹Faust›* in der Metropolitan Opera entworfen hatte, dazu, die Innendekorationen zu dem Film zu gestalten. Als Max die Honorarforderung von 3000 Dollar hörte, bekam er einen Tobsuchtsanfall, befand dann aber, es sei diesen Betrag wert, einen so illustren Namen im Zusammenhang mit seinem Film nennen zu können. Er gab das Geld fast schneller aus, als es hereinkam, aber wie ein Kind freute er sich über das Durcheinander und die Geschäftigkeit, die im ehemaligen Eislagerhaus herrschten – Tischler bauten die Kulissen, Elektriker hantierten mit ihren Leitungen, Kulissenmaler, Bühnenbildner und Schauspieler eilten hin und her, ohne daß jemand genau zu erkennen vermochte, was eigentlich vor sich ging. Max hatte dergleichen noch nie erlebt. Er hatte aus Läden Nickel-Odeons gemacht und aus Vortragssälen Lichtspielhäuser, aber jetzt etwas aus dem Nichts zu schaffen, eine Schöpfung aus einem Guß – das war neu und erregender als alles, womit er sich zuvor beschäftigt hatte.

Immer wieder ärgerte ihn sein Mangel an Wissen und Kenntnissen, seine mangelnde Urteilskraft bei schöpferischer Tätigkeit, seine fehlende Bildung, die Unkenntnis der technischen Verfahren, mit denen sie arbeiteten. Er glich das dadurch aus, daß er die Menschen um ihn herum in geradezu diktatorischer Weise herumstieß und von oben herab behandelte. Dabei hatte er mehr als jeder andere eine klare, wenn auch unbewußte Vorstellung davon, daß das, was sie zu tun im Begriff standen, die Geschichte der Menschheit beeinflussen würde. Nicht daß er es so hätte formulieren können, aber schon seit Jahren hatte er einen Sinn für die Macht entwickelt, die von den Schatten auf der silbrigen Leinwand ausging, und diese Macht hatte zugenommen und war Teil seiner selbst geworden.

Vielleicht aber war auch sein Unvermögen, sein Leben und Tun kühl und gelassen zu betrachten, der Grund dafür, daß er nicht in der Lage war, die sich verschärfenden Kanten seines Wesens zu glätten und einen Sinn in seinem Leben zu finden. So antwortete er bissig, als Bert Bellamy ihn fragte: «Was zum Teufel ist mit dir los, Max? Du bist in letzter Zeit ein richtiger Schweinehund geworden.»

«Vielleicht war es höchste Zeit dafür.»

Er hatte gerade Sam Snyder angefahren, nachdem einige Probeaufnahmen die Ausleuchtung als unzulänglich erwiesen hatten. Der Film war dunkel und unscharf aus der Entwicklung gekommen, und das bedeutete, daß sie drei Tage mit der Neuinstallierung der Beleuchtungsanlage verlieren würden, von den zusätzlichen Kosten ganz zu schweigen. Snyder sah Max bei seinem unerwarteten Ausbruch verständnislos an.

Der rundliche und gutmütige Snyder lebte für seine Frau und seine fünf Kinder, zufrieden mit seiner Arbeit und den exzellenten deutschen Gerichten, die Alice auf den Tisch zauberte. Sam war vom ersten Tag an das Bindeglied zwischen der Quelle Thomas Edison und Max Britskys Antriebsstärke gewesen. Seit Max das Eislagerhaus an der Eighteenth Street gekauft hatte, sahen Snyders Angehörige ihn kaum noch. Erst fuhr er nach Europa, und nach seiner Rückkehr brachte er zwölf bis vierzehn Stunden am Tag damit zu, aus dem Gebäude ein Studio zu machen. Gerade weil er Max so ergeben war, nahm er sich dessen Ausbruch zu Herzen. Bert hatte der Szene beigewohnt und wollte von Max wissen: «Was soll das? Ohne Sam sind wir alle erledigt.»

Max ging zu Sam und entschuldigte sich. «Ich weiß nicht, was in mich gefahren ist», sagte er. «Dabei bist du doch mein bester Freund.»

«Das dachte ich bis vorhin auch.»

«Nimm es mir bitte nicht übel. Weißt du, Sam, wenn du mich sitzenlassen würdest, könnte ich mir nur noch 'ne Kugel durch den Kopf jagen.»

«Du weißt, daß ich das nie tun würde, Max.»

Max entschädigte Sam mit Geld für die erlittene Unbill, wie es seiner Art entsprach. Er erhöhte Snyders Gehalt auf 10000 Dollar im Jahr, für die damalige Zeit ein fürstlicher Betrag, und brachte damit Jake Stein an den Rand des Wahnsinns. «Weißt du überhaupt, wieviel wir jeden Tag ausgeben?» wollte Stein von Max wissen. «Wir machen Ausgaben um Ausgaben, und nichts kommt rein.» Außerdem schenkte Max Sally einen Hermelinmantel, und das bedeutete, daß er zwei kaufen mußte, weil ihm sonst seine Mutter keine ruhige Minute gelassen hätte. Natürlich weigerte sich Sally, den Mantel zu tragen, als sie dahinterkam, daß ihre Schwiegermutter den gleichen hatte. Zu allem Überfluß forderte Freedman, Sally müsse bei der Besetzung der einzelnen Rollen hinzugezogen werden. Die Auseinandersetzung darüber tobte hin und her.

«Ich will sie hier nicht sehen», sagte Max. «Eine Ehefrau gehört ins Haus. Sie hat alles, was sie braucht und muß sich um die beiden Kinder kümmern.»

Freedman wurde sich täglich mehr darüber klar, was für ein ungeheures Unterfangen er sich aufgehalst hatte. «Sie verstehen das nicht richtig, Mr. Britsky», sagte er zu Max. «Ihre Frau hält sich immer im Hintergrund, aber in Wirklichkeit ist das Ganze ihr Werk. Natürlich habe ich ihr dabei geholfen, aber sie hat sich die Sache ausgedacht, und ihre Hilfe ist mir sehr wertvoll.» Er hätte hinzufügen können, daß sich Eric Sims, der ihnen die Innenräume entwerfen sollte, ein Mann in mittleren Jahren mit homosexuellen Neigungen, an ihn herangemacht und Freedman ihn recht brüsk zurückgewiesen hatte. Weil nun Sims nicht mehr mit Freedman sprach, waren Sallys Vermittlungsdienste unentbehrlich, denn von ihr war Sims geradezu bezaubert.

Ganz und gar nicht bezaubert war Sally allerdings von Max' schließlich an sie ergangener Aufforderung, im Eislagerhaus mitzuarbeiten. «Nicht solange dein kleines Flittchen da den Ton angibt!»

«Hör mal, Sally, wie sprichst du von Etta Goodman!»

«Ach, ich vergaß, sie ist ja die Tochter eines bedeutenden Gentleman, dem du einen Gefallen schuldest. Du bist ein wichtiger Mann, Max.»

«Laß doch, Sally –»

«Ich habe selbst mit dem Vater gesprochen.»

Max sagte nichts darauf – Ettas Vater war seit fünf Jahren tot.

«Weißt du», sagte Max kläglich, «dieser Film ist für uns alle wichtig, nicht nur für dich und für mich. Die Kinder müssen ja auch leben. Ich habe zehn Theater, die leer stehen. Wenn es jetzt nicht klappt, ist alles aus. Alles.»

«Schärf deiner kleinen Hure ein, sie soll mir ja nicht unter die Augen kommen.»

Nicht nur Sallys Wesen hatte sich geändert, sondern auch ihre Ausdrucksweise. Im Verlauf einer kurzen Auseinandersetzung hatte sie die Wörter «Flittchen» und «Hure» benutzt, das war geradezu unglaublich. Aber eine solche Metamorphose war nicht nur an ihr zu beobachten, sondern auch an Etta Goodman. Die Direktionsassistentin Etta Goodman starb eines raschen und schmerzlosen Todes – und aus dem Grab erhob sich glanzvoll Feona Amour.

Als Feona wies Etta alle Merkmale auf, die einen Star ausmachen, obwohl es den Begriff nicht einmal gab. Nicht daß sie irgendeine Art von Vorauswissen besessen hätte oder der Ansicht gewesen wäre, sie sei die Begründerin einer Dynastie; es war einfach so, daß ihr zuvor unterdrücktes Wesen sich jetzt in einer Weise auslebte, die ungeheuerlich wirkte. Es begann mit den Kostümproben bei der Schneiderin, setzte sich bei der Maskenbildnerin fort und erreichte seinen Gipfel, als es um die Besetzung der anderen Rollen ging. Freedman mußte mit beschränkten Mitteln möglichst viele Rollen besetzen und konnte nur sehr grob abschätzen, wie lange die Dreharbeiten dauern würden. Das ließ sich aber keineswegs absehen, und so zögerte er, bedeutende Schauspieler von den großen Bühnen New Yorks zu engagieren und wandte sich statt dessen an das jiddische Theater, das damals auf der Höhe seines Ruhms stand und in der Second Avenue südlich der Fourteenth Street mit seinen Inszenierungen den englisch sprechenden Theatern Konkurrenz machte. Auch standen die Schauspieler des jiddischen Theaters in der osteuropäischen Tradition, waren häufig nicht nur brillante Darsteller, sondern hatten eine ausgeprägtere Gestik als die englischsprachigen Akteure, die stark vom britischen Stil beeinflußt waren. Auch verliehen sie ihren Empfindungen ungehemmt Ausdruck, ruderten mit den Armen, ballten Fäuste, spreizten Hände und benutzten ihren ganzen Körper als Ausdrucksmittel, und da niemand die von ihnen gesprochenen Wörter hören würde, war Freedman der Ansicht, diese besondere Eigenschaft könne ihm nur zum Vorteil gereichen. Da man sie nicht hören konnte, spielte es keine Rolle, daß ihr Englisch unzulänglich und oft stark akzentgefärbt war.

Feona erhob Einwände. «Wenn die sprechen, klingt es wie bei meinem Großvater, das ist lächerlich. Und die da –» damit wies sie auf Julia Schwartz, die in Europa neben Sarah Bernhardt gespielt hatte und jetzt mit 55 Jahren eine der bedeutenden Schauspielerinnen des jiddischen Theaters war – «ist einfach unmöglich.»

So entsteht ein Star. Freedman argumentierte, intrigierte, steckte Kränkungen ein und kam irgendwie über die Runden. Sally lebte durch die Mitarbeit an dem Film förmlich auf. Sie merkte, wie langweilig ihr Leben geworden war, seit sie nicht mehr unterrichtete. Sie fand keine Erfüllung in der Rolle als Hausfrau und als Mutter zweier kleiner Kinder, und ihre zunehmende Verbitterung hatte ihre Wurzeln vor allem in ihrem unausgefüllten Dasein. Bei der gemeinsamen Arbeit mit Freedman an einer Aufgabe, die sie fesselte und die ihre schöpferischen Energien freisetzte, fand sie zu sich selbst zurück. Doch erst als die einzelnen Szenen vor der Kamera gespielt wurden, erkannte sie, wie neuartig und umwälzend war, was sie taten. Stück für Stück erprobten sie das Unbekannte und betrachteten voller Staunen und Spannung jeden Meter Film, der entwickelt aus dem Labor kam. Manchmal waren Aufnahmen völlig mißlungen, weil nicht alle Bildebenen scharf waren, und dann mußten Szenen nachgedreht werden. Gelegentlich, wenn einer Szene Spannung fehlte, steuerten alle Beteiligten ihre Einfälle bei, einschließlich der Schauspieler, und es war verblüffend zu sehen, wie scharfsichtig und rasch Max jeweils erkannte, was mit der Kamera aus einer bestimmten Szene herauszuholen war. Auf seine Anregung hin wurde eine zweite und schließlich eine dritte Kamera eingesetzt, Sally regte den Gebrauch eines Kugelgelenks an, mit dessen Hilfe die Kamera frei geschwenkt und geneigt werden konnte. Nachdem sich der kurzsichtige Fred Feldman beklagte, er könne Gesichter nicht deutlich erkennen, probierten sie eine neue Art der Beleuchtung aus und versuchten dann, die Kamera dicht an einzelne Personen heranzuführen. Sam Snyder, der sich über das Problem der Scharfeinstellung Gedanken gemacht hatte, fuhr nach New Jersey und beriet sich mit seinen früheren Kollegen, die nach wie vor für Edison arbeiteten. Sie kamen zu dem Ergebnis, daß neue Objektive gebraucht wurden, doch da die Zeit nicht reichte, sie zu berechnen und herzustellen, mußte man improvisieren.

An manchen Tagen ähnelte das ehemalige Eislagerhaus einem Schlachtfeld, die Schauspieler schrien Max auf jiddisch an und er schrie in seiner eigenen unbeholfenen Variante der Sprache zurück, Freedman versuchte die Wogen zu glätten, und Feona wedelte majestätisch mit den Armen, während Isadore Melchik, der berühmte Tragöde von der Second Avenue, den man dazu gebracht hatte, die Rolle des Dr. Anthony Leighton zu übernehmen, flüsterte: «*Gewalt, meschuggene* Menschen! Ich bin in eine Höhle von Wahnsinnigen geraten, und dazu gehört auch die geistlose Null Feona.» In diesem Fall erwies es sich als wahres Glück, daß Feona kein Jiddisch verstand, für andere Fälle war es weniger günstig, nämlich immer dann, wenn sich die jiddisch sprechenden Schauspieler gegen Etta und ihren Partner Pasquel Massoni zusammenschlossen. Freedman hatte Massoni, einen hochgewachsenen, gutaussehenden schwarzäugigen Italiener für die Rolle des Manfred Van Dyme verpflichtet, da keiner der jiddischen Schauspieler Sallys diesbezüglichen Vorstellungen entsprach und die wenigen Schauspieler vom englischen Theater, die ihrer Ansicht nach für die Rolle in Frage gekommen wären, bereits anderweitige Verpflichtungen eingegangen waren. Massoni behauptete, zu den ersten Kräften des recht bedeutenden Vittorio-Repertoiretheaters in Mailand gehört und die Truppe anläßlich einer Amerika-Tournee im Jahre 1905 verlassen zu haben, um sein Glück auf amerikanischen Bühnen zu versuchen. Wegen seines kläglichen Englisch allerdings, und da er bis zu seiner Verpflichtung für Max' Film Kellner in einem italienischen Spaghettilokal gewesen war, zweifelte Freedman am Wahrheitsgehalt dieser Aussage. Doch sah Massoni so gut aus, hatte ein so klassisches Profil und einen so wunderschönen dunklen Lockenkopf, daß Freedman beschloß, es darauf ankommen zu lassen – nur sein Name fand keine Gnade und wurde in Warren Heart geändert. Wie Freedman zu Sally sagte: «Wenn ich Feona dazu bringen kann, die Jennifer zu spielen, bringe ich es auch fertig, daß Pasquel den Manfred Van Dyme ordentlich hinlegt.» Sally war mit seiner Wahl einverstanden, und sie meinte, das Publikum werde bei Massonis blendendem Aussehen über seine mangelnde schauspielerische Begabung hinwegsehen.

Die jiddischen Schauspieler belegten ihn sogleich mit dem Spitznamen *loksch*, Singular von *lokschen*, was auf jiddisch Nudeln bedeutet, womit man auch Spaghetti bezeichnen kann. Nachdem sie Pasquels erste Versuche als Manfred begutachtet hatten, änderten sie seinen Spitznamen ab in *narischer loksch*, was sich frei als «Nudelkopf» oder «Trottel» übersetzen läßt. Die Außenseiter Pasquel und Feona verbündeten sich gegen die Sticheleien der anderen, und Sally sah befriedigt, wie die beiden sich gegenseitig bewunderten und eine Neigung zueinander entwickelten. Die ihnen gemeinsame Unkenntnis des Jiddischen ermöglichte es den anderen, den Hauptdarstellern offen Verwünschungen entgegenzuschleudern, die zum größten Teil nicht gesellschaftsfähig waren. Wenn Pasquel wegen seiner großen Zartfühligkeit und Empfindsamkeit gelegentlich in Tränen ausbrach, mußte Feona ihn bemuttern. Freedman fragte Sally: «Kommen Sie sich hier nicht auch manchmal wie im Irrenhaus vor?»

Sally hatte gerade eine halbe Stunde damit zugebracht, Yussel Shimkowitz, der den Chauffeur der Familie Van Dyme spielte, dazu zu bringen, daß er den Satz: «Gewiß, Mr. Van Dyme, mit Vergnügen», ordentlich und verständlich aussprach.

«Was für eine Rolle spielt es eigentlich?» wollte Shimkowitz wissen, «ob ich das auf jiddisch sage oder nicht? Wer hört mich denn? Elf Wochen lang habe ich den Falstaff auf jiddisch gespielt und dreimal Beifall auf offener Szene bekommen. Kann ich Shakespeare auf jiddisch spielen, kann ich auch den idiotischen Text eines dämlichen Chauffeurs auf jiddisch sprechen.»

Sally selbst verstand so gut wie kein Jiddisch, aber es verstand auch niemand der Anwesenden Italienisch. «Ist es denn wirklich wichtig?» wollte sie von Freedman wissen. «Wie viele Leute werden denn den Schauspielern den Text von den Lippen ablesen?»

Um die Frage zu klären, gingen sie in eine Garderobe, schlossen die Tür, und während der eine stumm mit den Lippen Wörter formte, versuchte der andere sie zu verstehen. Der Erfolg war so erheiternd, daß sie einander nach wenigen Minuten laut lachend in die Arme sanken; es war für Sally der erste Augenblick völliger Gelöstheit und ungetrübter Freude, an den sie sich seit ihrer Eheschließung erinnern konnte. Als ihnen bewußt wurde, was sie taten, lösten sie sich und traten steif auseinander.

«Verzeihung», sagte Freedman.

«Für was? Dafür, daß Sie gelacht haben?»

«Wohl eher dafür, daß ich mich in Sie verliebt habe.»

«Soll das ein Scherz sein?»

«Klingt es wie einer?»

Sally sah ihn eine Weile wortlos an, wandte sich dann um und verließ raschen Schritts die Garderobe. Freedman folgte ihr etwas langsamer und sagte, als beide wieder bei den Schauspielern waren: «Ich habe es mir überlegt, Sally. Wahrscheinlich spielt es keine große Rolle, was sie sagen – ich glaube, Manfred kann ruhig Italienisch sprechen.»

«Was?» Sie war mit ihren Gedanken ganz offensichtlich woanders. «Wovon reden Sie?»

«Worüber wir uns unterhalten haben, über das Ablesen von den Lippen. Das wird wohl keiner tun. Jedenfalls filmen wir morgen auf der Fifth Avenue und in den kleinen Sträßchen. Max hat mit Boss Murphy alles geregelt, die Avenue wird gesperrt, und 50 Polizisten sorgen dafür, daß alles in Ordnung geht. Das muß man Max lassen: er packt die Dinge richtig an.»

«Ja, das tut er», sagte Sally knapp.

Fred Feldman wollte Max unbedingt in einer wichtigen Angelegenheit sprechen. Da dieser ihm aus dem Weg ging, sprach Feldman mit Stein und sah gemeinsam mit ihm die Bücher durch. Bert Bellamy hatte zusammen mit Ruby Britsky den Verkauf der neun ehemaligen Vortragssäle organisiert, die von Max zu Lichtspielhäusern umgebaut worden waren. Fünf hatte die Jessup Nickelodeon Company gekauft, und die Maklerprovision für den Vertrag war an eine Cynthia Collins, wohnhaft in der William Street, gegangen, eine anziehende Frau von etwa vierzig. Bei der Abfassung der Verträge hatte Feldman keinen Anlaß gesehen zu vermuten, sie könne etwas anderes sein, als wofür sie sich ausgab, doch als er einige Wochen später mit ihr über einige unbedeutende Vertragsänderungen sprechen wollte, stellte er fest, daß sie nie an der angegebenen Adresse in der William Street gewohnt hatte – und auch sonst konnte er sie nirgendwo finden. Die Provision hatte immerhin nahezu 5000 Dollar betragen, und Feldman unterhielt sich mit Jake Stein über den Fall.

«Ich weiß», sagte Stein.

«Was heißt, Sie wissen? Was wissen Sie?»

«Ich habe schon mit Hymie Brockman darüber gesprochen. Er kennt jeden Immobilienmakler südlich der Fourteenth Street. Es gibt keine Cynthia Collins und es hat nie eine gegeben.»

«Was sagen Sie da?»

«Es ist so.»

«Warum haben Sie uns nichts davon gesagt, mir und Max?»

«Sehen Sie mal, Freddy, ich mag Max. Auch wenn er sich ziemlich oft wie ein wildgewordener Handfeger aufführt, so ist er doch gut zu mir. Meine Frau mußte zur Kur, und ich brauchte dringend 500 Dollar. Max hat sie mir sofort gegeben und sie mir bis heute nicht vom Gehalt abgezogen. Ruby veruntreut seit Jahren Kassengelder. Er hatte ein Abkommen mit den Kartenverkäufern sämtlicher Theater. Jeden Abend hat jeder von ihnen 2 Dollar von der Einnahme abgezweigt – einen für Ruby und einen für sich selbst. Keine großen Beträge, aber Kleinvieh macht auch Mist. Benny, der jüngere, wollte nicht nachstehen und hat auch zugelangt – ein bißchen hier, ein bißchen da. Max weiß das, aber jedesmal, wenn ich versucht habe, mit ihm darüber zu reden, hat er mich runtergeputzt. Möglicherweise steckt Bellamy hinter der Geschichte – aber er ist Max' bester und ältester Freund, weil sie schon als kleine Jungen in der Spielhalle zusammengearbeitet haben. Was können wir also tun? Sollen wir Max sagen, daß sein Bruder und sein bester Freund Halunken sind?»

«Bei Bert wissen wir es ja auch gar nicht. Sie sagen, es ist möglich – das genügt nicht. Aber wenn Max dahinterkommt –» Feldman schüttelte den Kopf.

«Wie soll er dahinterkommen, Freddy? Es sind ein paar lumpige tausend Dollar. Lassen Sie es gut sein. Im Augenblick gibt Max jeden Tag doppelt so viel aus – darüber müßte man mit ihm reden. Wenn der Film nicht in einer Woche fertig ist, stehen wir alle auf der Straße.»

Es war keineswegs leicht, Max davon zu überzeugen, daß diese Dinge besprochen werden mußten. Daß Feldman und Stein sich über die finanzielle Seite des Unternehmens Sorgen machten, berührte ihn nicht, er war glücklich mit seinem riesigen Spielzeug, dem Eislagerhaus mit seinen Kulissen, Scheinwerfern, Kameras und Schauspielern, glücklich wie nie zuvor, und wohl auch glücklicher, als er es je wieder sein würde. Als ihn Feldman schließlich einmal dazu bringen konnte, ihm zuzuhören, sagte Max lediglich: «Freddy, hör mit dem Jammern auf. Morgen nehmen wir die Zwischentitel auf, dann pappen wir alles zusammen und brauchen nur noch 10000 Dollar für die Kopien, 50000 für Werbung und Tamtam und 5000 Dollar, damit wir für die Eröffnung Rectors Restaurant mieten und eine Party schmeißen können, die die Stadt nie vergessen wird. Haben wir also noch lächerliche 65 Riesen in der Kasse, oder muß ich schnorren gehen?»

«Es sind an die 52000 Dollar da, und das Betteln ist meine Sache. Ich geh zur Chase Bank, bei denen sind wir sowieso schon bis über die Halskrause verschuldet. Mal sehen, ob sich aus den Theatern noch eine letzte Hypothek rausquetschen läßt. Ich frag mich nur, was ist, wenn das Ganze ein Rohrkrepierer wird?»

«Dann sitzen wir alle auf unserem breiten *toches*.»

Die nächste Woche brachten sie damit zu, alles, wie Max gesagt hatte, «zusammenzupappen». Sam Snyder konstruierte gemeinsam mit einem jungen Mann namens Martin Kellogg ein Gerät, auf dem sie den Film während der Bearbeitung vor- und zurückspulen und ihn zugleich durch eine Vergrößerungseinrichtung betrachten konnten. Niemand – weder Sam Snyder noch Sally, Freedman oder Max – hatte die Schwierigkeiten vorausgesehen, die bei diesem letzten Arbeitsgang auftreten würden. Da es noch keine erfahrenen Schnittmeister gab, mußten sie selbst alles erfinden und ausprobieren und konnten nur hoffen, daß alles gutging.

Der fertige Film sollte 100 Minuten dauern. Da sie aber Material für 183 Minuten belichtet hatten, die Zwischentitel nicht gerechnet, hieß die Frage: was sollte bleiben, was fallen? Da war eine Szene, in der ein kleines, schmuddeliges Kind auf der Straße weinte. Sie hatte mit der eigentlichen Handlung so gut wie nichts zu tun und war eher zufällig in den Film geraten, aber sie gefiel Sally. Mit Tränen in den Augen sah sie sie unter den Schneidetisch fallen, der erste von Millionen von Filmmetern, die sich im Laufe der Jahre unbenutzt und überflüssig auf dem Boden von Hunderten von Schneideräumen ansammeln würden. Es gab erbitterten Streit, man schrie sich an, argumentierte und feilschte mit einem ebenso großen Aufwand an Gefühl, wie er in den Film geflossen war, doch schließlich war die Arbeit getan: sie hatten einen abendfüllenden Spielfilm mit dem Titel ‹*Die Waise*›, dessen Hauptrollen Feona Amour und Warren Heart spielten. Für die Besetzungslisten hatten auch die jiddischen Theaterschauspieler angelsächsische Namen bekommen, sie hießen zum Beispiel Thomas Morton, James Spalding, Oswald Smith, Joan Ashley, Alice Henderson und so weiter. Doch die Anregung, seinen eigenen Namen zu ändern, wies Max wutschnaubend zurück. «Bei Schauspielern ist das was anderes, aber Britsky bleibt Britsky. Gefällt ihnen der Name nicht, sollen sie ihn sich in den Hintern stekken.»

Zum erstenmal gezeigt wurde der vorführfertig bearbeitete Film auf einer improvisierten Leinwand im Eislagerhaus, die ihnen dazu gedient hatte, das jeweilige Ergebnis ihrer Tagesarbeit zu begutachten. Das Publikum bestand aus Max, Freida, Ruby, Benny, Sally, Freedman, Feldman, Stein, Snyder, Bellamy und dem größten Teil der Schauspieler. Obwohl die meisten von ihnen jede Szene schon viele Male gesehen hatten, waren sie bewegt. Sie wischten sich die Augen, klatschten Beifall, riefen Bravo und verharrten am Schluß in achtungsvollem Schweigen. Es wollte ihnen kaum glaublich erscheinen, daß sie die Urheber dieser eindrucksvollen Leistung waren.

Aber das Schweigen währte nicht lange. Julia Schwartz brach es mit ihrer volltönenden Stimme und wollte wissen: «Seit wann heiße ich Joan Ashley? Nach 55 Jahren als Julia Schwartz, in denen ich auf der Bühne richtiger Theater in Berlin und Paris Triumphe gefeiert habe, von Warschau ganz zu schweigen, soll ich plötzlich Joan Ashley sein?»

«Und was ist mit Thomas Morton?» dröhnte Isadore Melchik. «Es genügt nicht, daß Melchik Hamlet, Macbeth und Lear spielt, gar nicht von George Bernard Shaws ‹*Caesar und Cleopatra*› in meiner eigenen Übersetzung zu reden, in der Melchik den Julius Caesar spielt – auf einmal soll ich Thomas Morton sein, den es überhaupt nicht gibt. Entweder heiße ich Melchik, oder ich gehe gerichtlich gegen die Sache vor!»

«Aber ich bitte Sie», legte sich Max ins Mittel. «Weiß ich denn nicht, daß Sie bedeutende Schauspieler sind? Wenn Shakespeare noch lebte, würde er an der Second Avenue ins Theater gehen, daran gibt's für mich keinen Zweifel. Und ganz gleich, wen man in New York fragt, sogar die Kritiker der großen Theater bestätigen, was für bedeutende Schauspieler Julia Schwartz und Isadore Melchik sind. Das wissen wir doch alle. Aber der Erfolg unseres Films hängt davon ab, daß er in jedem Lichtspielhaus von Maine bis Minnesota läuft, in South Dakota und in Oklahoma – und damit, das können Sie mir glauben, ist das Nickel-Odeon und der Mist, den sie da zeigen, am Ende. Und wenn es kein Ende ist, dann ist es ein neuer Anfang. Nur haben die da noch nie von einem jiddischen Theater gehört, und wenn man Second Avenue sagt, wissen die nicht, wovon man redet, ebensowenig wie bei Namen wie Schwartz oder Melchik, ganz abgesehen davon, was die womöglich von Juden halten. Sehen Sie das doch bitte als den Anfang einer neuen und bedeutenden Karriere in hundert Max-Britsky-Filmen –»

Die Auseinandersetzung wogte noch eine Weile hin und her, aber schließlich setzte sich Max durch. Als Sally ihn später fragte: «Wieso machst du dir eigentlich keine Sorgen über den Namen Britsky?», sah er sie eine Weile an, bevor er zur Antwort gab: «Ich hab mich wohl dran gewöhnt.» Damit aber meinte er in Wirklichkeit: wenn er ihnen nicht paßt, soll sie der Teufel holen!

Am folgenden Tag sagte er, als er mit Fred Feldman und Jake Stein in seinem Büro saß: «Manchmal redet man und hört sich gar nicht zu.»

«Was soll denn das heißen?» erkundigte sich Feldman.

«Das will ich dir sagen. Als ich gestern Melchik erklärt habe, warum er Thomas Morton sein soll, habe ich mich richtig in die Sache reingesteigert und bin über mich selbst rausgewachsen.»

«Du warst gut», stimmte Stein zu.

«Ihr sollt mir nicht einfach immer recht geben. Darum geht es gar nicht. Hört mal zu. Ich habe zu Melchik gesagt, was für ein großer Erfolg der Film wird, daß er in jedem Kino von Maine bis Minnesota gezeigt wird oder so was.»

«Es war sehr überzeugend», sagte Feldman. «Nur wird man ihn höchstens in unseren zehn Häusern spielen, und vielleicht nicht einmal da, wenn du für eine Riesenfete bei Rector ein Vermögen zum Fenster rauswirfst, wie du es vorhast.»

«Heul doch bloß nicht den paar Kröten hinterher, Freddy. Ich will dir mal was sagen. Geh in eine Bank und sag, du willst 20 000 oder 30 000 Dollar, dann wissen die gleich, du bist ein Hungerleider und kriegst gar nichts. Verlang aber 'ne halbe Million, und schon nehmen sie dich ernst. Also gehst du morgen mit Jake hin und besorgst 'ne halbe Million.»

«Max, du bist total übergeschnappt.»

«Meinst du? Du hörst mir nicht zu, so wie ich mir gestern auch nicht zugehört habe. Ich hab zu Melchik gesagt, in jedem Lichtspielhaus von hier bis Grand Rapids, und du sagst, ich soll aufhören zu träumen, weil wir in Grand Rapids oder sonstwo keine Theater oder Nickel-Odeons haben, nur hier in Brooklyn. Genau das ist es ja. Wir werfen Pennies gegen die Hauswand, wie die Kinder, die in der Henry Street spielen. Wir haben was, was keiner sonst in diesem Land hat, einen Film von neunzig Minuten Spieldauer. Es gibt in ganz Amerika bestimmt kein einziges Lichtspielhaus, was *‹Die Waise›* nicht mit Freuden zeigen würde, und wir sitzen hier und unterhalten uns über die paar Cent, die er in unseren läppischen zehn Theatern einspielen kann.»

«So läppisch sind sie nun auch wieder nicht», wandte Jake Stein ein. «Es sind gute Häuser.»

«Werd doch wach! Hör mir doch zu! Ich will ja gar nicht unsere Theater heruntermachen. Ich sag nur, es gibt noch tausend Theater, und ihre Besitzer würden ihr Herzblut geben, wenn die unseren Film zeigen dürften statt dem Tinnef, den sie von der National kriegen.»

Feldman sah ihn nachdenklich an.

«Bist du mit mir einig, Fred?»

«Ja, aber das ist ein verdammt dicker Brocken, Max.»

«Ich hab die Pfennigfuchserei satt. Wo steht eigentlich geschrieben, daß National, Edison und ein paar andere ein Patent darauf haben, ihren Zehn-Minuten-Quatsch zu verkaufen, und andere dürfen ihr Zeug nicht anbieten? Wir könnten zum Beispiel eine Prozentbeteiligung ausarbeiten statt dem Leihvertrag, wie ihn National hat. Dann würden wir einem, der, sagen wir, in Oklahoma City drei Nickel-Odeons hat, anbieten, er kriegt von uns drei Kopien, wenn er uns mit 50 Prozent an seinen Einnahmen beteiligt. Meinst du nicht, daß er vor Begeisterung drei Meter hoch springen würde?»

«Max, Max», sagte Stein, «du träumst, und so schön das für dich ist, ich muß dafür sorgen, daß Einnahmen und Ausgaben sich dekken. Im Labor kostet uns jeder Meter Kopie 20 Cent, das macht etwas mehr als 400 Dollar für eine Kopie von *‹Die Waise›*. Das wären allein für Oklahoma City 1200 Dollar. Und wenn du tausend Kopien willst, mußt du erst mal 400000 Dollar auf die Beine bringen.»

Feldman ergänzte: «Noch etwas. Das einzige Labor, auf das wir uns verlassen können, ist das von Tucker in Hoboken, und das auch nur, weil es uns zur Hälfte gehört. Wenn Tucker alles andere stehen- und liegenläßt, braucht er für eine vollständige Kopie eine ganze Woche. Alle anderen Labors haben Verträge mit National, Edison und Movieland und würden unter Garantie keine Aufträge von uns annehmen. Glaub bloß nicht, daß keiner weiß, was wir gemacht haben. Reporter von allen Zeitungen haben hier im Eislagerhaus rumgeschnüffelt, und die anderen Filmfirmen warten nur darauf zu sehen, wie es weitergeht. Wenn *‹Die Waise›* einschlägt, fangen die alle sofort an, Spielfilme von neunzig Minuten Länge zu drehen, nachdem wir ihnen gezeigt haben, wie es geht.»

«Hörst du zu?» drang Stein in ihn. «Sag, Max, hörst du zu?»

«Ich höre zu. Aber es interessiert mich nicht. Wenn du dich an meiner Schulter ausheulen willst, kannst du ein Taschentuch haben.»

«Wir versuchen realistisch zu sein.»

«Ach ja? Ich will euch sagen, was realistisch sein heißt: keiner tut etwas, bis ein anderer ihm zeigt, wie es gemacht wird. Ich habe Sam schon gesagt, daß ich die Produktion bei Tucker verdoppelt, noch mal verdoppelt und wieder verdoppelt haben will.»

«Womit denn bloß?»

«Ich hab ihm einen Scheck über 20000 Dollar gegeben, damit er die andere Hälfte aufkauft. Ich will nicht, daß jemand herkommen und sagen kann, Tucker arbeitet nicht mehr für uns. Dann hab ich ihm gesagt, er soll alles mieten, was wir brauchen, damit wir daraus das größte Labor im ganzen Land machen können.»

«Max», flüsterte Stein, «du bist ja verrückt. Wie kannst du ihm einen Scheck über 20000 Dollar geben? So viel haben wir nicht mehr.»

«Du hörst mir nicht zu», sagte Max. «Ich hab doch gesagt, daß du morgen mit Freddy zu Mr. Alvin Berry in die Chase Bank am Broadway gehen und 'ne halbe Million aufnehmen sollst. Verpfände ruhig alles, was wir haben – die Theater, ‹*Die Waise*›, das Labor in Hoboken, und wenn du die beiden Häuser in der Sixty-sixth Street drauflegen mußt, tu das auch. Gib ihm noch 'nen halben Liter Blut dazu, wenn er das unbedingt für seine verdammte Yankee-Sicherheit braucht – aber komm ja nicht ohne die halbe Million wieder. Während du mit der Bank verhandelst, stell ich zwei Vertreter ein, die ‹*Die Waise*› und drei andere Filme im ganzen Land an den Mann bringen sollen –»

«Augenblick mal, was für drei andere Filme?»

«Man kann kein Haus mit einem einzigen Film an sich binden. Der läuft eine Woche, und was dann? Dann gehen sie zu National, und die sagen ihnen, rutscht uns den Buckel runter, wenn ihr mit Britsky Geschäfte machen wollt, dann geht doch auch zu Britsky. Was soll ich denen also sagen? Sie sollen unseren Film kaufen und dann ihren Laden dichtmachen? Ich hab mich heute morgen mit Freedman und Sally besprochen und ihnen gesagt, sie sollen sofort mit drei neuen Filmen anfangen.»

«Wo nehmen wir das Geld her?» klagte Stein.

«Weißt du was, Jake, darum kümmerst du dich mit Fred. In zehn Tagen läuft ‹*Die Waise*› an, zuerst eine Eröffnungsveranstaltung im *Palace* an der Twenty-third Street, wie eine richtige Theaterpremiere mit dem Bürgermeister, vielleicht sogar dem Gouverneur und wen Murphy sonst noch für richtig hält, anschließend gehen wir mit 300 Leuten zu Rector. Am nächsten Tag läuft der Film in allen Häusern an. Hier haben wir einen Dukatenesel, wie ihn die Welt noch nicht gesehen hat.»

Richard Britsky war drei Jahre alt und seine Schwester Marion neunzehn Monate. Beide hatten die blauen Augen ihres Vaters, beide waren gesunde Kinder mit runden Gesichtern. Ihre Gouvernante, eine deutsch-jüdische Witwe namens Berger, brachte ihnen bei, ihre Großmutter Sarah mit *Oma* anzureden, was Sarah in tiefster Seele zuwider war. Da Mrs. Berger auf diese Weise zum kleinen Teil die Unbill ausglich, die Sally von ihr erdulden mußte, fand Sally sich mit der Strenge der Gouvernante ab, zumal diese so vornehmer Herkunft war. Trotz allem aber konnte sie sich nie wirklich daran gewöhnen, daß sie für ihre beiden niedlich herausgeputzten Kinder eine eigene Gouvernante hatte, für Max hingegen war es eine Selbstverständlichkeit, eine ganz natürliche Entwicklung. Wenn er

Zeit für seine Kinder hatte, bewunderte er sie. Er verstand nicht, mit ihnen zu spielen, sorgte aber mit allem Nachdruck dafür, daß ihre Kindheit das genaue Gegenteil der seinen wurde.

Freedman hingegen spielte gern mit den Kindern. Die Gouvernante hatte Ausgang, und so mußte Sally sich um die beiden kümmern. Freedman erklärte: «Max sagt, wir dürfen keinen Tag verlieren. Er ist sehr dahinter her.»

«Ja, er möchte alles am liebsten schon gestern bekommen. Zum Glück gibt es so jemanden wie ihn nicht noch einmal.»

«Er ist in der Tat ein ungewöhnlicher Mensch.»

«Wenn Sie mich weiter so anstarren, werden wir nicht viel fertig bekommen.»

«Wie? Ach so, mein hingerissener Blick. Es liegt aber nicht nur daran – ich habe in der Gemäldegalerie das Bild einer Frau gesehen, der Sie in diesem gestreiften Kleid zum Verwechseln ähnlich sind –» Er unterbrach sich, um Richard einzufangen, der davonlief. Da Marion zu weinen begann, nahm Sally sie auf und wiegte sie in den Armen.

«Bald schlafen sie, dann können wir uns unterhalten.»

Jetzt begann Richard laut plärrend zu weinen. Freedman schnitt ihm Gesichter und streckte die Zunge heraus.

«Ich weiß, daß es Ihnen peinlich ist, wenn ich über meine Empfindungen für Sie spreche», sagte Freedman, «ich werde mich also zusammenreißen und –» Richard brüllte erneut los.

«Ich glaube, sie müssen ins Bett», sagte Sally. «Ich bin keine besonders gute Mutter, sonst würde ich sie nicht dieser schrecklichen deutschen Gouvernante überlassen, aber sie ist wirklich tüchtig.»

Sie trugen die beiden Geschwister, die inzwischen fröhlich krähend lachten, zum Kinderzimmer hinauf. Es war deutlich zu sehen, daß sie Gerry mochten. Er sang ihnen Liedchen vor, schnitt ihnen Grimassen und schwang sie durch die Luft. «Sie sollten sich selbst Kinder zulegen», sagte Sally zu ihm. «Sie können wirklich großartig mit ihnen umgehen.»

«Das liegt nur daran, daß es Ihre sind.»

«Jetzt fangen Sie schon wieder an. Sie dürfen so nicht reden, Gerry.» Er sah und hörte zu, während Sally den Kindern etwas vorsang, und als sie eingeschlafen waren, schlich er wie Sally auf Zehenspitzen aus dem Zimmer.

Sally war kühl und geschäftsmäßig. «Sie wissen, wie Max ist, wenn er sich etwas in den Kopf gesetzt hat. Er will in zehn Tagen mit den Aufnahmen anfangen, und zwei Wochen danach mit dem nächsten Film beginnen.»

«Er will das Unmögliche. Bei solchen Dingen verliert er leicht den Blick für die Wirklichkeit. Wir müssen ihm sagen, daß es so nicht geht.»

«Na ja, vielleicht. Ich bin nicht sicher. Kennen Sie eigentlich das Gefühl», fragte Sally, «daß etwas um so aufregender ist, je unmöglicher es erscheint? Heute nacht habe ich stundenlang wach gelegen und mir all die großartigen Dinge durch den Kopf gehen lassen, die man mit einer Filmkamera anstellen kann. Zum Beispiel habe ich mir den schrecklichen Untergang der ‹General Slocum› ausgemalt, es war einfach gräßlich. Wenn wir *das* verfilmten –»

«Aber Sally – all dies entsetzliche Elend!»

Sally hatte auf einen Unfall angespielt, der vier Jahre zurücklag. Zwischen Tompkins Square und dem East River gab es eine reiche Gemeinde deutscher Einwanderer, unmittelbar nördlich des Judenviertels. Alljährlich veranstaltete die lutherische Markusgemeinde, deren Kirche in der Mitte dieses Gebiets stand, einen Ausflug aller Kindergottesdienstgruppen und mietete dazu in jenem Juni 1904 einen alten Raddampfer, mit dem die Mütter und ihre Kinder nach Locust Grove am Long Island Sound fahren sollten. Da nur wenige Männer sie begleiteten, waren die 1400 Personen, die man auf den alten Kasten gepfercht hatte, vorwiegend Frauen und Kinder. Auf dem East River brach ein Feuer aus, das den Dampfer im Nu in eine Flammenhölle verwandelte. Es war die schlimmste Schiffskatastrophe in der Geschichte des New Yorker Hafens. Über tausend Frauen und Kinder verloren dabei ihr Leben, und von diesem Schlag erholte sich die betroffene Gemeinde viele Jahre nicht.

«Ja», pflichtete Sally bei, «es war unvorstellbar schrecklich – aber liegt solcher Schrecken nicht auch zahlreichen Büchern und Stükken zugrunde? Ich will nicht, daß wir wiederholen, was auf der ‹General Slocum› vorgefallen ist, aber wir könnten einen Film über ein brennendes Schiff machen – das Ereignis ist allen Menschen in der Stadt noch so gegenwärtig. Natürlich müssen im Film die meisten überleben.»

«Ich weiß nicht, es ist noch gar nicht lange her.»

«Und wie lange liegt der Krieg in Kuba zurück, den Sie vorgeschlagen haben?»

«Ach, Sie haben wohl recht. Vermutlich muß man den Menschen schreckliche und aufregende Dinge zeigen, wenn man sie fesseln will. Haben Sie schon einen Handlungsrahmen? Wir könnten uns ja dann darüber unterhalten.»

Damit begann die Entstehung des zweiten Max Britsky-Films, *‹Die Tragödie auf der Lucy Gray›*.

Inzwischen beschäftigte Max sich damit, das Anlaufen von *‹Die Waise›* zu organisieren. Fred Feldman entwarf folgenden Brief: «Als Theaterkritiker haben Sie vermutlich bisher die Welt des Films nicht zur Kenntnis genommen, die Nickel-Odeons, die Lichtspielhäuser in umgebauten Ladenlokalen, und gewiß hatten Sie gute Gründe, bei dieser Haltung zu bleiben, wenn Sie zufällig einmal etwas sahen, was hochtrabend als Filmdrama bezeichnet wird. Doch meine ich, daß wir einen Film geschaffen haben, der über all das hinausgeht und es weit hinter sich läßt, ja, geradezu eine neue Dimension der Unterhaltung eröffnet. Er ist der erste seiner Art und damit von historischer Bedeutung. Ich füge zwei Karten für die Eröffnungsvorstellung bei und erlaube mir zugleich, Sie und Ihre Begleitung im Anschluß an die Uraufführung unseres bedeutenden Spielfilms *‹Die Waise›* zu einem Empfang bei Rector einzuladen.»

Diesen Brief bekamen die Theaterkritiker der wichtigsten Zeitungen, der *New York Times*, der *New York Tribune*, der *Sun*, des *Journal* sowie des *Herald*. Feldman erhob Einwände gegen die Formulierung «bedeutender Spielfilm», doch Max bestand darauf, daß das Epitheton beibehalten wurde. «Wir stellen unser Licht nicht unter den Scheffel», sagte er.

«Boss» Murphy brachte Max mit Stephen Allison zusammen, der eine Art Bindeglied zwischen Tammany Hall und den oberen Zehntausend darstellte. Allison nannte ihm die Namen von etwa zwei Dutzend Größen, die zu den wichtigsten Personen der Stadt gezählt wurden und die höchstwahrscheinlich bereit sein würden, an der Eröffnungsvorstellung wie auch an der anschließenden Gesellschaft teilzunehmen. Außerdem ergingen Einladungen an die politischen Spitzen und an führende Männer des jiddischen und des englischsprachigen Theaters. Max warf mit Geld um sich, als sei es nichts wert, ließ mit riesigen Anzeigen in allen Lokalblättern die Uraufführung im *Palace* ankündigen und einen Tag später die Eröffnung in den anderen neun Theatern. Außerdem ließ er 200 Männer mit Reklametafeln durch die Straßen der Stadt ziehen. Schon Tage vor dem Ereignis war das *Palace* ausverkauft, und die allgemeine Spannung war so groß, daß auch für die anderen Häuser ein Vorverkauf eingerichtet werden mußte. Max hatte praktisch jeden Dollar ausgegeben und lieh sich Geld von Bert, Snyder und jedem zusammen, der bereit war, ihm etwas zu geben. Glücklicherweise bewilligte die Chase Bank zwei Tage vor der Uraufführung das beantragte Darlehen von einer halben Million Dollar.

Inzwischen hatten Max' Mutter und seine drei Schwestern das Ihre zur Vergrößerung seiner Schuldenlast getan: mit nach Maß gefertigten prunkvollen Abendroben, neuen Schuhen und neuen Stolen. Sheila war mit einem gewissen Donald Greenway verheiratet, den Max nicht nur eingestellt, sondern auch mit der wenig freundlichen Bezeichnung «der Affe Donald» belegt hatte, und alles, womit sie sich schmückte, ging ebenso auf Max' Rechnung wie das, was Rubys Frau brauchte, die ehemalige Kathy Sullivan, die Sarah wegen ihrer irischen Abstammung immer noch mied, als wäre sie aussätzig. Max war es gleichgültig, wieviel er ausgab. Geld hatte in seinen Augen keinen Eigenwert, sein Besitz als solcher lockte ihn nicht. Bedeutung hatte Geld für ihn lediglich und ausschließlich als Mittel zum Zweck. Vielleicht hing es mit seiner Vergangenheit zusammen, daß er es nicht über sich brachte, nach dem Preis zu fragen, wenn er etwas kaufen wollte. So hatte er beispielsweise mit den Schauspielern nicht über ihre Gagen verhandelt, sondern ihnen einfach gezahlt, was sie verlangten.

Was auch immer die Eröffnung von *‹Die Waise›* Max kosten mochte, alles geriet ihm nach Plan. So zahlreich drängten sich die Schaulustigen in der Twenty-third Street, daß die Polizei den vorfahrenden Kutschen und Automobilen, denen elegant gekleidete Menschen entstiegen, einen Weg bahnen mußte. Da die Gaswerke die Straßenlaternen für diese Gelegenheit mit besonders hellen Leuchtstrümpfen ausgerüstet hatten, war alles deutlich zu erkennen. Max stand in einem Cutaway, den er sich eigens für diesen Tag hatte schneidern lassen, am Eingang, und wenn er auch den größten Teil der Besucher nicht kannte, so sonnte er sich doch im Glanz dieses Ereignisses und erlebte etwas, das sich in den nächsten Jahren noch oft wiederholen sollte – hier genoß er das Bewußtsein, daß *‹Die Waise›* seine Schöpfung war, bei deren Entstehung ihm zwar Sally, Freedman, Snyder sowie Schauspieler und Kameraleute,

Bühnendekorateure und allerlei Handwerker zur Hand gegangen waren, letztlich aber war alles sein Werk – «Max Britsky zeigt». «Ihr alle, die ihr dies Theater betretet, denkt daran und vergeßt es nicht: ‹Max Britsky zeigt› –»

Schließlich ging er selbst hinein, nahm aber nicht etwa Platz, sondern stellte sich zu Sally, Freedman und Snyder hinter die letzte Parkettreihe. Auf der linken Nebenbühne – immerhin war das *Palace* einmal ein bedeutendes Theater gewesen – begann, nachdem das Publikum Platz genommen hatte, ein Stehgeiger, auf dem Flügel begleitet von keinem geringeren als Isadore Lubel, dem ersten von Max' Pianisten, ein Potpourri aus *‹Die schöne Helena›* von Offenbach zu spielen, das Lubel selbst arrangiert hatte. Zwar vermittelte das nicht gerade eine Einstimmung in *‹Die Waise›*, doch hatte sich Max durch den Umstand, daß Offenbach Jude gewesen war, von Lubel die Zustimmung dazu abringen lassen. Wenn Max' musikalischer Geschmack auch stark zu wünschen übrig ließ, sein Sinn für Prunk und Pomp war hoch entwickelt. Er hatte für die Eröffnung Programme drucken lassen, und es gefiel ihm, daß darauf stand: «Ouvertüre von Offenbach, arrangiert von Lubel». Wichtiger noch war, daß Lubel einen Violinvirtuosen gefunden hatte, der sich sofort auf Änderungen der Stimmung, des Tempos und der Ausdrucksstärke einzustellen vermochte, die Lubel auf dem Flügel vollführte.

Der Film begann und lief die vorgesehenen 86 Minuten. Max, Sally, Freedman und Snyder standen und sahen zu, besorgt wie liebende Eltern. Sie lauschten auf das Schneuzen und Räuspern im Zuschauerraum und flüsterten sich triumphierend zu: «Sie weinen.» Nach der Vorführung brach im Publikum ein wahrer Beifallssturm los, und Bravo-Rufe erschollen. «Vorwärts, Max», drängte ihn Snyder, «du mußt jetzt auf die Bühne. Sie wollen, daß jemand sich verbeugt. Wir sind hier nicht im Nickel-Odeon, das sind feine Leute, dieselben, die zu Theaterpremieren gehen.»

«Komm mit», forderte Max Sally auf und nahm ihren Arm. «Du hast den Anstoß gegeben, du verdienst den Dank.»

Sie wich zurück und bat: «Nicht, Max. Das brächte ich nie und nimmer fertig.»

«Ein Genuß ist es. Sie sollen ruhig sehen, daß ich eine Frau habe.»

«Nein, bitte nicht!»

«Na schön», erklärte Max und dachte, nichts hab ich – nichts.

Dann schritt er den Gang entlang, sprang auf die Bühne und gebot dem Applaus mit ausgebreiteten Armen Einhalt.

«Ich danke Ihnen», sagte Max. «Ich danke Ihnen von ganzem Herzen. Ab morgen läuft ‹*Die Waise*› in allen zehn Britsky-Theatern. Unser zweites filmisches Meisterwerk ist bereits in Arbeit, und über einem dritten brüten die Drehbuchautoren. Ich danke Ihnen, daß Sie sich heute abend das Ergebnis unserer Bemühungen angesehen haben.»

Die Gesellschaft bei Rector war ein mindestens ebenso großer Erfolg. In Amerika – einige sagten sogar, auf der ganzen Welt – gab es nichts, das man mit Rector vergleichen konnte, und Max hatte dort nach einem Zusammentreffen mit Charley Rector Zugang gefunden, das «Boss» Murphy zustande gebracht hatte. Für Max war das gleichbedeutend mit der Aufnahme in den Himmel. Er und Charley Rector verstanden sich sofort, wohl weil sie einen ähnlichen Weg gegangen waren. Charley Rector hatte als Pferdebahnfahrer auf der Seventh Avenue angefangen, aber das Glück hatte ihm gelächelt, als er in Chicago ein Restaurant mit Meeresfrüchten eröffnete und zufällig ein Rezept entdeckte, mit dem man auch bei einem König Ehre einlegen konnte. Er stellte das Gericht ganz einfach her, indem er Austern kurz in Sahne mit Kräutern kochte. Sein Rezept machte ihn berühmt und reich, und er kehrte mit seinem Geld nach New York zurück, wo er das berühmteste Restaurant seiner Epoche ins Leben rief, eben *Rector's*, ein langgestrecktes gelbes zweistöckiges Gebäude, das zwischen der Forty-third und Forty-fourth zum Broadway hin lag. Im Erdgeschoß waren inmitten zahlreicher Spiegel und unter wuchtigen Kristallüstern 100 Tische gedeckt, an denen die Vornehmen, die Berühmten und Berüchtigten, die Begabten, die Reichen und die Mächtigen speisen durften, während der erste Stock denen vorbehalten war, die nicht jener Kategorie angehörten, aber dennoch nicht auf das Vorrecht verzichten mochten, bei Rector zu essen. Gelegentlich wurde auch der gesamte erste Stock für geschlossene Gesellschaften vermietet, wie auch jetzt für Max' Feier zur Uraufführung des Films ‹*Die Waise*›. Zwar kostete ihn das 6000 Dollar für 60 Tische, dafür aber begrüßte auch Charley Rectors wohlbeleibter Sohn George mit einem freundlichen Lächeln auf seinem Mondgesicht jeden Gast einzeln mit einem warmen und feuchten Händedruck, in der New Yorker Gesellschaft eine Art Ritterschlag – in den Kreisen derer, die zählten, untrüglicher

Beweis dafür, daß man dazugehörte. Es war keineswegs selbstverständlich, von Vater und Sohn Rector persönlich begrüßt zu werden – und daß Max zum Kreis der Auserwählten gehörte, war ihm jetzt wichtig, denn er war nicht allein. Sallys Angehörige füllten zwei Tische: ihre Eltern, Tanten, Onkel, Vettern und Kusinen. Sie alle waren Max' Einladung gefolgt und zu Rector gekommen, ein Restaurant, das für sie ebenso in einer Traumwelt lag wie Delmonico, letzteres war möglicherweise elitärer, aber weniger berühmt und verlockend. Max begrüßte sie in seinem Cut mit einem verzeihenden Lächeln; mit diesem Lächeln vergab er ihnen die Meinung, die sie früher von ihm und seinen Angehörigen gehegt hatten.

Die anderen Britskys sonnten sich im Glanz von Max' Erfolg: Sarah hielt Hof wie eine Königinmutter, sie trug ein goldbesticktes weißes Atlaskleid, das sie mit seiner ungeheuren Stoffülle umrauschte. Die Geschwister mit ihren Ehepartnern waren gleichfalls da, und Rubys Frau Kathy flüsterte, während sie Max mit einer nicht ganz schwesterlichen Umarmung begrüßte: «Gib mir eine Filmrolle, Max.» Quid pro quo. Nicht was gesagt wird, ist entscheidend, sondern der Klang der Stimme, die Intonation, die Färbung. Hier hörte Max den auf diese Weise vorgetragenen Wunsch zum erstenmal, er sollte ihn aber in seinem späteren Leben noch häufiger hören.

Er nickte lächelnd. «Wir reden mal darüber.» Kathy Britsky, geborene Sullivan, war eine reizend anzuschauende junge Frau, mit rötlichem Haar, dennoch drehte sich an jenem Abend ohne Zweifel alles um Feona Amour. Etta Goodman hatte das Zeitliche für immer gesegnet, und selbst Max war angesichts der strahlenden Schönheit seines Stars Feona verblüfft. Prunk und Schaugepränge bewirken durchaus Veränderungen, und Max fragte sich, wie sie all die Jahre für ihn hatte arbeiten können, ohne daß er ihr hinreißendes Aussehen erkannte.

Selbstverständlich kam dem Friseur, dem Maskenbildner und der Schneiderin eine wichtige Rolle zu, doch ließ sich Etta Goodmans Schönheit in keiner Weise bestreiten. In Gedanken ging Max die Ereignisse der unmittelbaren Vergangenheit noch einmal durch. Hatte er es nicht immer schon gewußt? Hatte er sie nicht wegen ihres verborgenen Talents und der Schönheit ausgewählt, die niemand außer ihm zu sehen vermochte?

Selbstverständlich waren auch alle anderen anwesend – die übrigen Schauspieler, Max' Mitarbeiter, die führenden Größen von

Tammany Hall – wie auch Dutzende von Menschen, die zwar Max nicht kannte, denen aber nach diesem Abend der Name Max Britsky etwas sagen würde. Sie würden ihn mit endlosen Strömen von Champagner und riesigen Bergen dunklen Kaviars in Verbindung bringen. Als Herr über diese verschwenderische Fülle breitete Max, Sohn von Abe Britsky, die Arme aus. Mochten alle essen, trinken und fröhlich sein, selbst der Nudelkopf Pasquel Massoni, den Max für einen Vollidioten hielt, ob nun unter seinem eigentlichen Namen oder als Warren Heart. Er mußte allerdings zugeben, daß er in seinem Frack Zoll für Zoll äußerst eindrucksvoll wirkte. Er begrüßte Max mit einer so kräftigen Umarmung, daß dessen Knochen knirschten. «Ich begrüße Sie, mein Freund, Maestro. Mein Herz fliegt Ihnen entgegen.»

Nur Sally schien nicht in der Lage, sich den Freuden dieses Abends einfach hinzugeben. Als sie über Kopfschmerzen klagte, sagte Max zu ihr: «Das ist unser großer Triumph, Sally. Wir feiern den wichtigsten Tag in unserem Leben.»

Sally jedoch war nicht nach Feiern zumute. Ihr Kopf schmerzte, ihr Magen drehte sich um, und wenn sie Max ansah, fragte sie sich im stillen, wer er eigentlich war. Auch sich selbst stellte sie verschwommen in Frage. Sie hatte, da sie durstig war, zwei Gläser Champagner getrunken, und das hatte die Klarheit ihres Denkens nicht geschärft. Kaviar vertrug sie gar nicht. Sie versuchte freundliche Antworten für Menschen zu finden, die ihr mitteilten, wie großartig sie aussehe. Und das entsprach der Wahrheit. Sie war zum Metropolitan Museum of Art gegangen, um sich das Gemälde anzusehen, von dem Freedman gesprochen hatte, eine Mutter mit Kind von Mary Cassatt, und sie fühlte sich von der tatsächlich bestehenden Ähnlichkeit geschmeichelt. Da sie einen Punkt in ihrem Leben erreicht hatte, an dem sie der Schmeichelei dringend bedurfte, hatte sie sich für jenen Abend ein Kleid nach dem Vorbild dessen machen lassen, das die Frau auf dem Bild trug, aus weißer Seide mit senkrecht verlaufenden hellblauen und aquamarinblauen Streifen. Sie sah richtig rührend aus, und darüber hinaus hatte sie in Max' Augen Stil. Zwar erregte Stil ihn geschlechtlich nicht, aber er hob sein Selbstbewußtsein und verlieh ihm das Gefühl der Sicherheit in jenem riesigen, festlichen Raum, in dem sich berühmte und anrüchige Menschen drängten, und mit ihnen selbstverständlich auch die Reichen. Er wollte Sally gern fröhlich sehen, sie sollte lächeln, als Gastgeberin dem Fest vorstehen wie die Damen aus der feinen Gesellschaft. Er wollte, daß die Anwesenden hörten, wie gepflegt sie sprach, denn damit konnte er von seiner eigenen Sprechweise ablenken, die nach wie vor zu wünschen übrig ließ. Allenthalben brauchte Max Bestätigung, und er fand sie im Besitz von Geld und Macht, aber keines von beiden wirkte so unmittelbar auf ihn wie Sally. Sie gab ihm eine weit größere Selbstbestätigung als alles andere, und nun fühlte sie sich elend. In seinen Augen war das Verrat, und so sagte er nörgelnd und verdrießlich: «Hör mal, du kannst doch jetzt nicht einfach verschwinden. Trink noch ein Glas Champagner, es ist echter, der beste, den Charley Rector auf den Tisch bringt, und dann muß er wohl so ziemlich der beste überhaupt sein.»

«Ich kann nicht, Max, das weißt du doch. Vermutlich kommt das alles überhaupt von dem Champagner.»

«Jedenfalls kannst du nicht so dasitzen, die Leute sehen ja schon herüber.»

«Max, ich möchte bitte heimgehen.»

«Es hat doch gerade erst angefangen. Das geht noch bis in die frühen Morgenstunden.»

«Max, ich halte das nicht durch. Ich fühle mich so elend.»

Schließlich fügte sich Max in das Unvermeidliche, suchte Gerry Freedman und sagte zu ihm: «Ich bitte Sie ungern um diesen Gefallen, Gerry, da Sie der Held des Abends sind –» Es war ihm nicht ernst damit, in Wirklichkeit sah er sich als den Helden des Abends, aber Freedman sprach gerade mit dem Theaterkritiker von *Harper's Magazine*, wobei drei elegant gekleidete Frauen an seinen Lippen hingen, und es hätte Freedman kränken können, wenn Max ihn einfach so da weggezogen hätte. Max wollte Freedman nicht kränken. «Es tut mir leid», flüsterte er, «aber Sally geht es nicht gut.»

«Was hat sie denn?»

Max bemerkte nicht, daß seine Worte Freedman beunruhigten. «Wohl zu viel Champagner getrunken. Würden Sie sie bitte nach Hause bringen, Gerry. Kümmern Sie sich nicht weiter um die Gesellschaft hier, die geht von selbst weiter, Sie können ja wieder –»

«Hat nichts zu bedeuten», sagte Freedman und versuchte, etwas in seine Stimme zu legen, das wie Enttäuschung klang. «Selbstverständlich bringe ich sie nach Hause.»

Als sie in einer Droschke saßen, sagte Sally: «Ich kann Ihnen gar nicht genug danken, Gerry. Es ist meine Schuld, daß Sie jetzt von dieser glänzenden Gesellschaft fortgehen, und ich komme mir so töricht und so selbstsüchtig vor –»

Er fiel ihr ins Wort. «Wieso denn! Ich wäre jetzt nirgendwo lieber als hier neben Ihnen. Was die Gesellschaft angeht – nun, das ist doch nichts als ein aufgedonnerter Affenzirkus, und den gönne ich ihnen. Ich unterhielt mich gerade mit jemandem, der für *Harper's* schreibt, als Max mich aufgespürt hat, aber die richtigen Kritiker, die für die Tagespresse schreiben, sitzen schon in ihren Redaktionen – vorausgesetzt, sie äußern sich überhaupt über ‹*Die Waise*›.»

«Ach? Finden Sie unseren Film nicht gut?»

«Ich weiß nicht recht», gestand Freedman. «Gewiß hätten wir es nicht besser machen können, aber wir stecken ja auch mittendrin. Womit ließe es sich vergleichen – etwa mit Ibsen oder Shaw?»

«Nein, es ist etwas gänzlich anderes.»

Freedman warf im Dämmerlicht der Droschke einen Blick auf Sally und sagte: «Sie sehen richtig schön aus. Fühlen Sie sich besser?»

«Viel besser, die Kopfschmerzen sind schon fort.»

Er berührte ihre Wange mit seinen Fingerspitzen. Dann legte er einen Arm um ihre Schultern und zog sie zu sich heran.

«Sie brauchen mich nicht hineinzubegleiten», sagte sie. «Sie können gleich mit der Droschke zurückfahren.»

Er tat so, als habe er das nicht gehört, entlohnte den Kutscher, und Sally erhob keine Einwände. Von der Eingangsbeleuchtung abgesehen, lag die ganze Fassade des Hauses im Dunkeln, doch in den hinteren Räumen, wo die Kinder schliefen, brannte Licht. Freedman begleitete Sally, als sie einen Blick in die Kinderzimmer warf. «Wenn sie schlafen, sind sie wie Engel.»

«Sind wir das nicht alle?»

Sie legte Schweigen gebietend einen Finger auf die Lippen, als sie am Zimmer der Gouvernante vorbeigingen. Sallys Schlafzimmer lag im Stock darunter, und an der Tür sagte sie zu Freedman: «Sie kehren jetzt besser zurück. Sie waren sehr freundlich. Ich danke Ihnen vielmals.»

Er umarmte Sally und küßte sie. Sie wehrte sich nicht. Während er sie an sich drückte und immer wieder küßte, bat sie ihn leise, er möge doch gehen.

Als alle ihre inständigen Bitten auf taube Ohren stießen, erklärte Sally: «Dann möchte ich wenigstens die Tür abschließen.» Er ließ sie also los, und Sally drehte den Schlüssel im Schloß, ging zu ihrem

Bett und warf die bestickte Tagesdecke zurück. Als sie sich in ihrem Ankleidezimmer auszog, zitterte sie am ganzen Leib. Was war nur mit ihr los? Sie war eine verheiratete Frau, Mutter zweier Kinder, schon eine richtige Matrone, aber noch nie in ihrem Leben hatte sie so eine drängende Begierde verspürt. Sie warf einen Morgenrock über, ihr Körper barst förmlich vor Verlangen. Freedman hatte das Licht gelöscht. Langsam und vorsichtig tastete sie sich im Dunkeln zum Bett vor und ließ sich darauf fallen, und als er sie in seine Arme schloß, war ihre Zurückhaltung wie weggeblasen. Voller Wildheit warf sie sich auf ihn und krallte die Finger in seine knochigen Schultern, daß ihm die Nägel ins Fleisch drangen.

Als ihrer beider Leidenschaft verebbt war, lag sie wie ein kleines Mädchen an ihn gedrängt, lallte sinnlose Worte, streichelte seine langen, mageren Arme, seine Rippen. Als er sprechen wollte, legte sie ihm die Hand auf den Mund.

«Wir reden nicht darüber, Gerry. Es ist geschehen, das genügt. Ich möchte nicht darüber reden und auch nicht, daß du darüber sprichst.»

«Einverstanden. Wie spät ist es eigentlich?»

Sie tastete nach der Lampe, schaltete sie ein, schloß vor dem grellen Licht die Augen, öffnete sie dann wieder und betrachtete neugierig seinen schlanken, nackten Leib, verglich ihn mit Max' Körper und fragte sich zugleich, wieso sie das so distanziert und gefühllos tun konnte, überlegte, ob sie Gerry Freedman liebte – oder war er einfach wie ein Arzt, der mit einer Wundermedizin zu einem Kranken kam?

«Wie geht es dir jetzt?» fragte er.

«Besser. Ich versuche etwas Bestimmtes zu verstehen. Du wolltest wissen, wie spät es ist. Ein Uhr.»

«Was? Ich meine, was möchtest du verstehen?»

Wie ein Aufschrei brach es aus ihr: «Ich hasse ihn!»

«Wen?»

«Max, Max, Max!» Sie war nicht mehr objektiv, sie war jetzt voller Selbstmitleid und begann zu jammern wie ein Kind, dem man etwas getan hat. «Er hat mir alles genommen, alles – meine Seele, meinen Leib, meine Jungfräulichkeit – mein ganzes Wesen.»

«Sally, Sally», sagte Freedman, «sei doch gerecht. Max ist kein Engel, du liebst ihn nicht mehr, aber deshalb ist er doch nicht der Teufel. So etwas kommt vor.»

«Ich habe ihn nie geliebt!» Sie spie die Wörter förmlich aus.

«Warum hast du ihn dann geheiratet?»

«Warum? Verstehst du das nicht? Ich bin nicht stark. Alle haben gesagt, ich müßte ihn heiraten – Mama, Papa und er selbst.»

«Du brauchst nicht mit ihm verheiratet zu bleiben.»

«Wir sind schon so lange nicht mehr, so lange nicht mehr –» Da sie es nicht zu sagen vermochte, tat Freedman es für sie. «Miteinander ins Bett gegangen», vollendete er gelassen ihren Satz.

«Ja, schon seit Monaten nicht mehr. Und ich werde es auch nie wieder tun, nie! Glaubst du mir das?»

«Selbstverständlich.»

Erneut schlug ihre Stimmung um. «Schon ein Uhr! Du mußt unbedingt sofort zu *Rector's* zurück.» Sie war jetzt ruhig, kühl, sachlich, als sei der Ausbruch, der erst Sekunden zurücklag, nie erfolgt. «Sei bitte vernünftig, Liebling, und geh ganz schnell zu *Rector's* zurück.»

«Ich will aber nicht, Herrgott noch mal.»

«Und was soll Max denken?»

«Zum Teufel mit Max.»

Sally stand auf und warf ihren Morgenrock über. «Gerry», sagte sie, «wir wollen jetzt vernünftig sein. Wir arbeiten zusammen, und ich hoffe, dabei bleibt es. Das letzte, was ich wünschte, wäre, daß etwas zwischen dich und Max käme.»

«Ich bin jetzt schon über eine Stunde fort, was soll ich Max denn sagen?»

«Das merkt er nie, nicht bei dem Betrieb. Zieh dich also an und geh rasch zurück, wir treffen uns dann morgen.»

Am nächsten Tag erschien folgende Rezension in der *New York Times*:

Man neigt dazu, alle künstlerischen Schöpfungen – und dazu gehört *‹Die Waise›* auf jeden Fall – im Vergleich mit etwas anderem zu sehen. Wir messen das elisabethanische Theater an Shakespeare, ebenso wie wir die heutige Dramenliteratur an Shaw, Ibsen und Tschechow messen. Wir vergleichen, werfen einen Blick in die Vergangenheit, im Bewußtsein, daß wir in einer Tradition stehen. Was also ist dann zu *‹Die Waise›* zu sagen, dem Film, dessen Uraufführung im *Palace-Theater* wir gestern beiwohnten? Ohne Frage ist er ungewöhnlich. Dies Urteil wird allein schon durch seine Einzigartigkeit gerechtfertigt. Zum erstenmal wurde hier ein dramatischer Stoff im theaterüblichen Sinn in das neue und faszinierende Medium des Films umgesetzt.

Es darf als sicher gelten, daß damit die Tür zu zahlreichen anderen Filmen dieser Art aufgestoßen ist. Mit einem kühnen Riesenschritt hat dieser Spielfilm das neue Medium vom Status der technischen Jahrmarkts-Kuriosität auf die Ebene des Dramas gehoben. Die hier erstmals verwendeten Zwischentitel zur Darstellung des Dialogs scheinen ihre Aufgabe zu erfüllen, und wenn das System verfeinert und in seinen technischen Zusammenhängen völlig beherrscht wird, könnte das ohne weiteres zu einer neuen Ära verfilmter Dramen führen. Auch die Kameratechnik eröffnet neue Perspektiven. Kamerafahrten liefern dem Zuschauer prickelnde und völlig neuartige Eindrücke, und ganz offensichtlich wird in Zukunft aus der Verwendung der sich mitbewegenden Filmkamera eine völlig neue Kunst entstehen.

Es besteht also aller Anlaß, vor dem Produzenten Max Britsky den Hut zu ziehen und seinen Mut und Unternehmungsgeist zu loben. Zugleich aber muß dieser Film, der uns als künstlerisches Ereignis auf dem Gebiet des Dramas vorgestellt wird und den Welten von den Handlungsfetzen trennen, die uns die Nickel-Odeons boten, und der durchaus auch etwas anderes ist als frühere ehrgeizige Versuche in der Art von Edwin S. Porters *‹Großer Eisenbahnraub›*, als Kunstwerk beurteilt werden. Dabei ist allerdings zu berücksichtigen, daß alle an dieser Produktion Beteiligten Neuerer sind.

Soweit wir wissen, geht der Einfall, Dialogtext in Form von Zwischentiteln einzusetzen, auf die Gattin des Produzenten, Sally Britsky, zurück. Ich verwende mit voller Absicht das Wort «Einfall» statt «Erfindung», da sich schon früher erläuternde Texttafeln in Filmen fanden, allerdings noch nie in einer so neuartigen und das dramatische Element hervorhebenden Weise. Die Abfolge der einzelnen Handlungsabschnitte, die in einem «Szenarium», einer Art Drehplan mit den wichtigsten Handlungselementen, zusammengefaßt wurden, sind die Leistung von Mrs. Britsky und Mr. Gerald Freedman, dem Regisseur des Films. Diesen Film darf nicht einmal der als wertloses Machwerk abqualifizieren, der ausdrücklich auf seine Kitschigkeit, seinen süßlichen Schwulst und die holzschnittartige Herausarbeitung von Arm und Reich hinweist. Trotz dieser Mängel strahlt *‹Die Waise›*

Ernsthaftigkeit und Mitgefühl aus, und der Film hat ein keineswegs ungebildetes Publikum so in seinen Bann geschlagen, daß um uns herum im Theater kaum ein Auge trocken blieb.

‹Die Waise› muß als Schritt auf dem Weg zur Weiterentwicklung des amerikanischen Dramas gesehen werden, und zwar als bedeutender Schritt. Es wäre ungerechtfertigt, an dem herumzumäkeln, was er nicht erreicht hat – wir müssen uns vielmehr mit dem auseinandersetzen, was er erreicht hat, ganz davon abgesehen, daß er allen Besuchern einen Abend leicht rührseliger Unterhaltung geschenkt hat.

Zwar hat Mr. Freedmans Regie das Gefühlvolle sehr deutlich herausgearbeitet, doch muß man andererseits berücksichtigen, daß sich eine Darstellungsweise, der die Sprache nicht zu Gebote steht, erst als neue Kunst finden, festigen und bestätigen muß. Die Hauptrolle der Jennifer wurde in bewundernswerter und mitreißender Weise von Miss Feona Amour gestaltet, die wir wohl nicht zum letztenmal gesehen haben. Obwohl sie bisher im amerikanischen Theater nicht in Erscheinung getreten ist, spielte sie ungezwungen und ausdrucksstark, war aber nicht nur dadurch eine wahre Augenweide.

Was ihr an Theatererfahrung und -handwerk fehlt, macht sie nahezu vollständig durch ihr einfallsreiches Spiel wett. Sie und Warren Heart, der die männliche Hauptrolle verkörperte, haben möglicherweise Gestik und Mimik etwas überbetont, doch ist zu bedenken, daß dieser «stummen Kunst» mit solcher Übertreibung wohl durchaus gedient sein dürfte. Auch die weiteren Rollen waren gut besetzt, allen voran seien hier Thomas Morton und Joan Ashley genannt.

Die anderen Zeitungen berichteten in ähnlicher Weise: der Empfang, den man dem Film *‹Die Waise›* bereitete, übertraf Max' kühnste Erwartungen.

SIEBEN

1912

Max mit dreiunddreißig Jahren

Max hatte den Architekten Clifford Abel zusammen mit Sam, Snyder und Fred Feldmann zum Essen im Café *Coronet* an der Second Avenue eingeladen. Clifford Abel hatte sich trotz seiner erst 37 Jahre bereits im ganzen Land einen Ruf als Wegbereiter der neueren Architektur erworben; sein Name wurde in einem Atemzug mit denen von Stanford White und Frank Lloyd Wright genannt, jedoch waren ihm Gespreiztheit und steinerne Düsterkeit ein Greuel. Seine Bauten wurden gelegentlich als Paläste bezeichnet, und genau deshalb hatte Max sich an ihn gewandt. Obwohl Abel durchaus in der Welt herumgekommen war, saß er zum erstenmal in einem koscheren «milchigen» Restaurant.

«Fleischgerichte gibt es auf der Karte nicht», erklärte Max. «Probieren Sie den Fisch, der ist ausgezeichnet. Warum kein Fleisch? Der Wirt will uns nicht etwa wie Upton Sinclair alle zu Vegetariern machen, sondern es hat mit den jüdischen Speisegesetzen zu tun. Ich selbst halt mich nicht dran, aber jüdische Restaurants wollen orthodoxe Juden nicht vor den Kopf stoßen, und weil bei der Zubereitung ‹Milchiges› nicht mit ‹Fleischigem› zusammenkommen darf, müßte jedes Restaurant, das beides anbieten will, zwei Küchen haben, zwei Köche, und jeweils zweierlei Geschirr, Küchengerät und Besteck. Also ist es viel einfacher, wenn man sich für das eine oder das andere entscheidet. Das Café *Coronet* nun ist ein ‹milchiges› Restaurant.»

Abel war nicht sicher, ob er Max wirklich verstanden hatte, aber er nickte verständnisvoll, entschied, daß er ein Fischgericht haben wolle und bat Max, der die Küche des Restaurants kannte, für ihn etwas auszusuchen.

Dann kamen sie auf den eigentlichen Anlaß ihres Dortseins zu sprechen, und Abel erklärte, er habe noch nie ein Theater gebaut. «Es ist eine besondere Kunst, müssen Sie wissen. Es heißt zwar, Akustik sei eine Wissenschaft, aber das bezweifle ich. Sie hätten sich wohl am besten Bill Tuthill geholt, seine Carnegie Hall hat eine wunderbare Akustik.»

«Ich will aber keine Carnegie Hall, kein Metropolitan Opera House und kein Theater, wie die fünfzig anderen, die wir schon haben. Die Britsky-Kette besteht im Augenblick aus achtzehn Theatern hier in New York City, elf in Philadelphia, zwei in Albany, zwei in Pittsburgh, sechs in Boston, zwei in Atlanta und sieben in Chicago – das sind fast fünfzig. Die meisten waren früher Sprech- oder Musikbühnen, einige waren Konzertsäle, andere Varietés, und ein paar haben wir selbst gebaut. Ich bin gar nicht sicher, daß Tuthill verstehen würde, wovon ich rede. Es geht um die Filme, natürlich ist die Akustik da wichtig, aber entscheidend ist etwas anderes. Ich bin zu dem Ergebnis gekommen, daß Bühnenunterhaltung wie Varieté und so weiter auf der Verliererstraße ist und ums bloße Überleben kämpft. Bis jetzt hat sich niemand getraut, das Vaudeville einfach beiseite zu schieben. Natürlich, bei den Nickel-Odeons war das was anderes, aber seine Tage sind gezählt, und alle Besitzer scheinen zu glauben, wenn sie nicht mindestens fünf Vaudeville-Stücke zeigen, wär ihr Laden nichts wert. Und warum? Weil sie alle miteinander nicht verstehen, worum es beim Film geht. Entweder sieht jemand den Film nur als Möglichkeit, Geld zu verdienen – und das ist es, das dürfen Sie mir glauben – oder er fühlt sich minderwertig. Ich bin da anders. Ich meine, daß wir jetzt erst am Anfang von etwas stehen, was sich noch überhaupt niemand ausmalen kann, und deswegen rede ich jetzt auch mit Ihnen. Was halten Sie von kaltem Weißfisch süßsauer? Er ist hier besser als alles, was Sie bei Delmonico oder Rector finden.»

«Klingt gut», stimmte Abel zu.

Eli selbst nahm die Bestellung entgegen, das tat er allerdings nur bei bestimmten wichtigen Stammgästen. Gerade jetzt sagte er zu Max: «Mein jüngerer Sohn Bernard sagt, Sie hätten in *‹Geschichte zweier Städte›* das Wichtigste ausgelassen. Sie nehmen das Buch gerade in der Schule durch.»

«Plötzlich verstehn sie alle was davon», erklärte Max. Zu Eli sagte er: «Sag ihm, wir drehen demnächst ’ne Fortsetzung. Die

Französische Revolution ist viel zu teuer, glaub mir das. Wir haben uns ohnehin bis zum Stehkragen in Unkosten gestürzt. Ich hoffe, daß euer Weißfisch erstklassig ist.»

«Das ist er immer.»

«Sie müssen sehen», fuhr Max, zu Abel gewandt, fort, «es geht um etwas völlig Neues. Millionen von Menschen, die nie zuvor mit solchen Dingen etwas zu tun hatten, sehen sich das an. Zum Beispiel hat Synges Stück *‹Ein wahrer Held›* oder *‹Der Gaukler von Mayo›* kürzlich seine Uraufführung erlebt. Haben Sie es gesehen?»

Abel nickte. «Ein wunderbares Stück.»

«Meine Frau hat mich hingeschleppt, weil sie meint, man könnte es verfilmen. Ich schlag mich nicht drum. Aber stellen Sie sich vor, wie Elis Junge sich in so was reinsteigern würde – und dabei kennt er es noch gar nicht. Sie müssen mich unbedingt unterbrechen, denn über Film kann ich den ganzen Tag reden. Das Wichtigste für Sie ist, daß Sie verstehen, was ich meine, wenn ich sage, ich möchte einen Palast haben. Ich brauch ein Theater, aber eins, wie es noch keins gegeben hat, und da stell ich mir eben einen Palast vor.»

«Nun, es hat ja auch bereits einige recht aufwendige Häuser gegeben.»

«Aufwendig genügt mir nicht. Erstens muß es groß sein, mit mindestens 2000 Plätzen. Es darf in dem Saal nur einen Rang geben, und der Saalboden muß zur Leinwand hin ausgerichtet sein und nicht zur Bühne. Mr. Snyder ist unser technischer Berater, und er kann mit Ihnen zusammen die Einzelheiten ausarbeiten. Außerdem möchte ich eine richtige Orgel haben, so groß, daß die Wände auseinanderfliegen, wenn man sie spielt. Wir ersetzen den Klavierspieler durch einen Organisten, und ich hab mir sagen lassen, man kann mit einer Orgel sogar Schlachtszenen wiedergeben.» Zu Snyder gewandt, fragte er: «So war das doch, Sam, nicht wahr?»

«Stimmt. Es müssen vielleicht ein paar Sondereinrichtungen her, aber im Prinzip stimmt's, Mr. Abel. Bis jetzt haben wir nur mit Klavierbegleitung gespielt, und gelegentlich hatten wir in den größeren Häusern ein Trio aus Klavier, Geige und Schlagzeug. Ich habe mich mit der Orgel beschäftigt und meine, daß sie für uns wirklich Vorteile hat. Haben Sie unseren Film *‹Die Schlacht an der Brücke von Concord›* gesehen?»

«Nein, leider gehe ich nicht so oft ins Kino, wie das wohl nötig wäre», sagte Abel mit entschuldigendem Unterton.

«Wenn Sie wollen, zeigen wir Ihnen den mal. Ich habe einen Bekannten, der in der St. Catherine-Kirche die Orgel spielt, und er hat mir einige Klangeffekte vorgeführt, mit denen er eine Art von Schlachtenlärm erzeugen kann. Es war wirklich bemerkenswert.»

«Das glaub ich Ihnen», stimmte Abel zu. «Ich habe selbst schon eindrucksvolle Klangeffekte auf Orgeln gehört, und falls ich diesen Auftrag übernehme, werde ich auf jeden Fall mit einer großen Orgelbaufirma zusammenarbeiten müssen – möglicherweise in Europa, wenn es hier nichts Passendes gibt. Mir ist aber immer noch nicht ganz klar, wie Sie sich das mit Ihrem Palast vorstellen, Mr. Britsky. Man hat zwar einige meiner Bauten als Paläste bezeichnet, aber damit wollten eigentlich Leute ihren Unmut ausdrücken, denen ornamentale Elemente am Bau ein Greuel sind.»

«Schön, diesmal sollen Sie aber einen Palast ‹Palast› nennen. In meinen Augen ist es keine Sünde, wenn man zeigt, was man hat. Und meine Häuser sollen nicht wie nette kleine Theaterchen aussehen, sondern wie richtige Filmpaläste.»

«Wie in etwa stellen Sie sich das konkret vor, Mr. Britsky?»

«Sie haben doch bestimmt schon mal Bilder vom Taj Mahal gesehen?»

«Aber natürlich.»

«So in der Art. Natürlich ohne die Türme und auch nur so ähnlich, aber jedenfalls so, daß ein Kind zu seiner Mutter sagt: sieh mal, Mutti, was für ein hübscher Palast. Drinnen sollen Besucher als erstes in einen großen Vorraum kommen, der 1000 Menschen faßt, nicht so dunkle, enge, stinkende Foyers wie in den Theatern, und zu beiden Seiten müssen sich riesige Treppen nach oben schwingen –» er breitete zur Untermalung dessen, was er sich vorstellte, die Arme aus und beschrieb mit den Händen einen Halbkreis – «so, Sie sehen, was ich meine?» Das Essen wurde aufgetragen, und Max sagte: «Essen Sie nur. Wenn Sie bloß dasitzen und mir zuhören, können Sie glatt verhungern. Noch etwas. Im Zuschauerraum sollen die Leute, wenn sie nach oben und um sich blicken, diese spitzen Dinger sehen – Sie wissen schon, die kleinen Zacken.»

«Zinnen?»

«Genau, Palastmauern und Zinnen, als ob man drinnen nach draußen sehen würde. Die Leute sollen den Himmel über sich sehen – natürlich nicht den richtigen, sondern wie im Theater. Wenn dann das Licht ausgeht, flackern am dunklen Himmel Lichtpünktchen wie Sterne.»

Abel kümmerte sich nicht um sein Fischgericht. Er sah Max aufmerksam an und zitierte dann mit halb geschlossenen Augen, fast unhörbar, als sage er es zu sich selbst:

«In Xanadu schuf Kubla Khan
Einst einen Prachtbau, hoch und hehr,
Wo Alph, der Heilge Fluß einst rann,
Durch unzählbare Schluchten, dann
In sonnenloses Meer.»

Er hörte auf, Max lächelte ihm zu und sagte: «Das ist schön, das paßt dazu. Sie sehen die Dinge genau wie ich. Wollen Sie den Auftrag?»

«Wir haben noch nicht einmal über die Kosten gesprochen.»

«Der Preis spielt keine Rolle. Wenn das hinhaut, stelle ich in jede große amerikanische Stadt einen solchen Palast, jeder etwas anders als der andere. Wie gefällt Ihnen das?»

«Ein zu Stein geronnener Traum. Wohin soll der erste Ihrer Paläste?»

«Ich hab da ein Grundstück an der Ecke Seventh Avenue und Fifty-second Street, in einem vornehmen Viertel, und da gehört der Film in Zukunft auch hin. Wie ist es, Mr. Abel, wollen wir uns die Hand darauf geben?»

«Ich denke schon», sagte Abel.

Max hatte das Hobart Building erworben, als es 1911 zum Verkauf stand, aber sein eigenes Büro beibehalten, obgleich die Firma Britsky Productions sich jetzt über drei volle Stockwerke ausdehnte. Ihm schien es eine Sache, einen Palast für Menschen zu bauen, die sich beim Anblick eines Films entspannen wollten, eine andere aber, die tägliche Arbeit in einer palastähnlichen Umgebung zu verrichten.

Della O'Donnell, die seit acht Jahren für Max arbeitete und entfernt mit Charlie Murphy, dem Herrn von Tammany Hall, verwandt war, saß jetzt nicht mehr am Besucherempfang, sondern war Max' rechte Hand, seine persönliche Sekretärin. Diese freundliche, etwas rundliche, vollbusige, rothaarige, mütterlich wirkende Frau war von ihrem Mann, einem Alkoholiker, sitzengelassen worden und, obwohl nur ein Jahr älter als Max, verschwendete nun all ihre Fürsorge an ihn wie an ein Lieblingskind – Max' Phantasien hingegen gingen in eine ganz andere Richtung.

Jahrelang hatte Max sie mit äußerster Korrektheit behandelt, fest entschlossen, nicht gleichzeitig mit zwei in seinem Unternehmen beschäftigten Frauen ein Techtelmechtel zu haben. Dies Verhalten stand im krassen Gegensatz zu allem, was Della von anderer Seite je über Max gehört hatte, zumal er sie mit einfach überwältigender Liebenswürdigkeit behandelte. Der Grund dafür war einfach: Zum erstenmal in seinem Leben war Max unsterblich verliebt wie ein Jüngling. Was ihn in jungen Jahren zu Sally getrieben hatte, war etwas ganz anderes gewesen, das verzweifelte Streben nach Eigenschaften, die ihm fehlten, keinesfalls aber diese Mischung aus Zärtlichkeit und Leidenschaft, die er Della gegenüber empfand. Dennoch gingen Jahre ins Land, in denen er Della täglich sah, ohne ihr seine Gefühle auch nur mit einer Silbe zu verraten.

Um aber irgend etwas zu tun, erhöhte er mehrmals jährlich ihr Gehalt um jeweils 5 Dollar, was Jake Stein zur Verzweiflung trieb, da er wie die anderen im Büro wußte, daß zwischen Della und Max nichts war. Zu Weihnachten ließ ihr Max jeweils einen riesigen Präsentkorb ins Haus schicken, da er annahm, etwas Persönlicheres würde eigentümlich wirken und sich nicht ohne weiteres erklären lassen. Als er schließlich herausbekommen hatte, wann ihr Geburtstag war, schickte er ihr zwei Dutzend langstielige Rosen. Am Tag danach sagte Della sehr steif und förmlich zu ihm: «Könnte ich unter vier Augen mit Ihnen sprechen, Mr. Britsky?»

In seinem Büro fragte sie ihn mit leicht zitternder Stimme: «Warum sind Sie so gütig zu mir, Mr. Britsky?»

Max sah sie stumm an und suchte nach einer angemessenen Antwort.

«Das muß ich unbedingt wissen», sagte sie, während ihre großen blauen Augen sich allmählich mit Tränen füllten. «Ich muß das einfach wissen, denn noch niemand war so gut zu mir, und ich verstehe nicht warum.»

Max schüttelte den Kopf. «Ich weiß nicht, was ich dazu sagen soll, Della. Ich mag Sie, ich bin wohl in Sie verliebt.»

«Was!»

«Entschuldigung», murmelte Max mit einer an ihm völlig ungewohnten Schüchternheit. «Ich hätte das vielleicht nicht sagen sollen.»

«Oh, Mr. Britsky», rief Della aus, «wissen Sie denn nicht, was ich für Sie empfinde?»

«Nein. Was denn?»

«Sie sind großartig, Sie sind der beste Mensch, dem ich je begegnet bin.»

«Das meinen Sie doch nicht im Ernst», sagte Max und strahlte vor Vergnügen.

«Ich habe einfach nicht zu hoffen gewagt, daß Sie etwas für mich empfinden könnten.»

«Aber Sie haben doch gewußt, was zwischen mir und Etta war?»

«Das verstehe ich doch. Schließlich sehe ich ja, wie Ihre Frau Sie behandelt. Manchmal möchte ich sie packen und schütteln, wenn ich das sehe.»

«Es ist aber vorbei», sagte Max mit Nachdruck. «Seit aus Etta Feona geworden ist, spielt sich da überhaupt nichts mehr ab. Ich denke, wir beide sollten heute abend miteinander essen gehen – das wünsche ich mir schon seit Jahren.»

So begann es. Es kann keine Rede davon sein, daß Max Della verführt hätte, sie kamen ohne Ziererei und aus freien Stücken aufeinander zu. Della behielt ihre Arbeit bei, weil ihr sonst, wie sie Max erklärte, die Decke auf den Kopf fiele, wenn sie den ganzen Tag allein herumsitzen müßte, und Max war überglücklich, den Rotschopf mit den rosa behauchten Wangen den ganzen Tag um sich zu haben. Als Max jetzt in sein Büro kam, erhob sich Della und flüsterte: «Sie ist da drin.»

«Wer?»

«Rubys Frau. Ich wollte sie nicht reinlassen, aber du kennst sie ja.»

«Nur zu gut. Sonst noch was?»

«Neue Pläne von Mr. Abel. Sie liegen auf deinem Schreibtisch.»

«Hast du sie dir angesehen?»

«Nur rasch einen Blick draufgeworfen. Sie sind wunderschön.»

«Nicht zuviel Geschnörkel?»

«Ich mag Geschnörkel. Übrigens hat deine Frau auch angerufen und gesagt, du sollst nicht vergessen, daß ihr heute beim Bürgermeister zum Essen eingeladen seid. Ist er nett?»

«Es gehört zum Beruf unseres Bürgermeisters Jay Gaynor, daß er nett ist, zu meinem nicht. Mußtest du sie reinlassen?»

«Immerhin ist sie Mr. Rubys Frau. Ich weiß einfach nicht, wie ich sie richtig behandeln soll.»

«Wie eine Schlampe, dann machst du nichts falsch.» Mit diesen Worten ging Max in sein Büro. Da Kathy mit dem Rücken zur Tür in seinem hochlehnigen Drehstuhl saß, konnte er sie nicht sehen.

«Mach die Tür zu, Max», kam ihre Stimme aus dem Drehstuhl.

«Sie ist zu», sagte Max ergeben. «Was ist schon wieder los?» Dann sah er ihre säuberlich auf dem Schreibtisch aufgeschichteten Kleidungsstücke und seufzte: «Ach du großer Gott.»

Sie drehte sich mit dem Stuhl um, stand auf und trat ihm gegenüber, wie Gott sie geschaffen hatte. Natürlich war sie nicht mehr das schöne junge Geschöpf, das Ruby zwölf Jahre zuvor geheiratet hatte, aber ihre Figur konnte sich nach wie vor sehen lassen, ihre wohlgeformten Brüste waren fest und ihre Hüften nicht zu breit.

«Was zum Teufel soll das?» knurrte Max.

«Was soll das, was du tust, Schwager? Seit zehn Jahren verschlingst du mich mit den Augen, und genauso lange warte ich darauf, daß du mir in einem von deinen Filmen eine Rolle gibst. Weil mir das Warten zu blöd geworden ist, biete ich dir jetzt ein Geschäft an.»

«Zieh dich vor allem erst mal an!» forderte Max sie ungehalten auf.

«Warum? Bin ich dir etwa nicht gut genug? Hat Etta Goodman oder das Flittchen O'Donnell da draußen etwas, was ich nicht habe?»

«Zum Teufel, du bist meine Schwägerin!»

«Na und? Kennst du deinen Bruder Ruby so schlecht? Der hätte bei einer Weltmeisterschaft im Seitensprung keine schlechten Aussichten, spar dir also deine Krokodilstränen.» Sie ging auf Max zu, er wich zurück.

«Du möchtest also eine Rolle in einem Film haben?»

«Ich hätte nie gedacht, daß du mich danach fragst. Nur zu, Max, ich bin genausogut wie jede andere, die du gesehen hast.»

«Schon gut, schon gut. Sieh zu, daß Ruby einverstanden ist, dann hast du deine Rolle, das ist versprochen. Vor allem zieh dich erst mal an.»

«Kann ich mich bestimmt darauf verlassen, Max?»

«Ich schwör's.»

Sie rannte zu ihm, schlang die Arme um ihn und küßte ihn.

«Zieh dich jetzt endlich an!»

Sie hing an seinem Hals. «Du geiler Bock, du hast ja den reinsten Christbaumständer.»

Er löste sich aus ihrer Umarmung. «Wenn du dich nicht sofort anziehst, wird nichts aus der Sache. Also los.»

Sie seufzte, zuckte die Schultern, ging zum Schreibtisch und begann sich anzuziehen. «Hilf mir mal», forderte sie Max auf. «Hier hinten.»

Er biß sich auf die Lippen und hakte ihr das Kleid zu. «Wie geht's den Kindern?» brachte er heraus.

«Alles in bester Ordnung. Was für ein Film wird es, Max?»

«Laß das meine Sorge sein und verschwinde jetzt.»

«Von mir aus, aber leg mich nicht aufs Kreuz, Max. Ich kann verdammt gemein werden, wenn es sein muß.»

«Davon bin ich überzeugt.»

Als sie gegangen war, sagte er zu Della: «Wenn du die noch mal hier rein läßt, dann – dann –» Er fand nicht die rechten Worte.

«Aber sie ist die Frau deines Bruders», sagte Della noch einmal.

Es wäre schwergefallen, zwei ihrem Wesen nach verschiedenere Männer zu finden als Max Britsky und Sam Snyder. Snyder, dessen Eltern aus Thüringen stammten, war ein frommer Lutheraner und treuer Ehemann, dessen einzige Laster Zigarren und Bier waren. Mit seinem Mondgesicht, dem flachsblonden Haar und den blauen Kinderaugen konnte er recht töricht aussehen, doch trog dieser Eindruck: In Wirklichkeit war Sam, obschon anders als Max, auf seine Weise auch ein Neuerer, und ein glänzender dazu. Dieser bedächtig redende Mann, dessen Leibesfülle im Laufe der Jahre durch die nahrhafte deutsche Küche seiner Frau beachtlich zugenommen hatte, hatte in den Theatern die Projektionskabinen eingerichtet, die Projektionswinkel ermittelt und bestimmt, völlig neue Projektoren entwickelt, als die Firma National Distributors einen Gerichtsbeschluß erwirkte, der es Max untersagte, ihre Geräte weiterhin zu verwenden, und er hatte das erste Filmstudio geplant und auf die Beine gestellt. Sam Snyder war nach Frankreich gefahren und hatte mit Auguste Lumière bei einem riesigen Gänsebraten und drei Flaschen Wein einen Abschluß erreicht, der Max zu einer Zeit, als

Eastman Kodak ihm entsprechend einem Abkommen mit der Verleihfirma nicht mehr lieferte, so viel Rohfilm sicherte, wie er brauchte. Bei der Zusammenarbeit mit Lumière achtete Snyder darauf, daß Lumières Kamera keines von Edisons Patenten verletzte, damit Max in keinen Rechtsstreit hineingezogen werden konnte – anschließend gab er bei Lumière vierzehn Kameras in Auftrag.

Was Max und Sam Snyder voneinander unterschied, diente offensichtlich zugleich als Kitt ihrer Bindung aneinander. Snyder verehrte Max geradezu und hielt ihn allen Ernstes für fähig zu erreichen, was auch immer er sich in den Kopf setzte. 1912, als Max 33 Jahre alt war, zahlte er Snyder 400 Dollar die Woche, für einen Produktionsleiter ein wahrhaft fürstliches Gehalt. Max traf inzwischen keine Entscheidungen über die Produktion von Filmen mehr, ohne Snyder hinzuzuziehen. Als es um die Notwendigkeit ging, sechs Spielfilme pro Monat herzustellen, überzeugte Snyder ihn, daß das möglich sei, woraufhin sie in East Harlem einen riesigen Komplex von verfallenen Ställen und Schuppen aufkauften, diese abrissen und an der Hundredth and Twenty-seventh Street das erste für diesen speziellen Zweck gebaute Filmstudio errichteten. Durch Snyders Beziehung zu den Brüdern Lumière gelang es Max, auch Filme aus Europa zu kaufen, und so erwarb er den der französischen Gattung «Kunstfilm» zuzurechnenden Spielfilm *‹Königin Elisabeth›* mit der großen Sarah Bernhardt. Inzwischen hatte Max fast ein Monopol auf die besseren Filme aus dem Ausland. So hatte er in den letzten Monaten Ambrosios *‹Quo Vadis›* aus Italien und Gončarovs *‹Krieg und Frieden›* aus Rußland in die Vereinigten Staaten gebracht.

Sarah Bernhardt als Elisabeth aber brachte Max und seine Umgebung dazu, sich Gedanken über das zu machen, woraus später das «Starsystem» wurde, und Sam Snyder faßte es in Worte. Drei Jahre zuvor hatte Max mit vier anderen Filmproduzenten einen Austausch vereinbart, bei dem jeder Beteiligte die Filme der anderen vorführen durfte – bis die Firma National Distributors sich dazwischendrängte und den anderen Produzenten drohte, ihnen weder Rohfilm zu liefern noch den Gebrauch ihrer Projektoren zu gestatten, wenn sie mit Britsky zusammenarbeiteten – National hatte durch verschiedene Manipulationen ein Monopol auf alle im Land patentierten Filmprojektoren. So kam es, daß die anderen Produzenten zwar interessiert waren, als Max *‹Königin Elisabeth›* zeigte, aber nicht den Mut aufbrachten, diesen Film ins Programm zu nehmen. Einige der noch mit Max verbundenen unabhängigen Theater jedoch kauften ihn und zeigten ihn mit ungeheurem Erfolg.

«So etwas brauchen wir», sagte Max zu Freedman. «Wir brauchen die Bernhardt. Wir brauchen mehrere Bernhardts. Sie könnte spielen, was sie wollte – wir würden es an den Mann bringen.»

«Max, wir können sie aber nicht kriegen, und der Film taugt überhaupt nichts. Unsere Filme sind besser. Ich habe versucht, mit berühmten Bühnenschauspielern zu arbeiten, und es geht nicht.»

«Warum nicht?»

«Sie können es einfach nicht. Sie sind zu unaufdringlich. Es klingt verrückt, aber Etta Goodman macht es genau richtig. Sie ist keine Schauspielerin, aber als Feona macht sie mit ihrem Rumgehampel genau, was wir brauchen.»

Am Abend nach dieser Unterhaltung mit Freedman war Max zum Essen bei Sam Snyder eingeladen. Snyder bewohnte in der Thirty-seventh Street, zwischen der First und Second Avenue, ein sich breit hinlagerndes Backsteinhaus aus der Mitte des 19. Jahrhunderts mit jeweils vier Schlafzimmern im ersten und zweiten Stock – für einen Vater von fünf Kindern ein wichtiger Gesichtspunkt. Max fühlte sich bei den Snyders wohl, er fand es weit gemütlicher als in der klinisch reinen Atmosphäre seines eigenen Hauses. Bei Snyders war nie alles aufgeräumt, es blitzte nicht immer vor Sauberkeit, aber es war gemütlich, und wenn Alice Snyder kein Putzteufel war, so kochte sie vorzüglich und ließ sich in der Küche nie von ihrer einzigen Hausgehilfin vertreten. Dort brachte sie Knödel und Dampfnudeln hervor, Sauerbraten und zahlreiche verschiedene Wurstsorten, lauter Dinge, die Max gern aß, und er konnte sich an dieser schweren deutschen Hausmannskost, die er so liebte, rundum satt essen, denn er nahm nie zu.

Nicht nur beklagte sich Sally nie über Max' Gewohnheit, abends gelegentlich fortzubleiben, es schien ihr ganz im Gegenteil durchaus recht zu sein, vor allem, da sie selbst an zahlreichen Abenden mit Freedman über immer neuen Drehbüchern brütete. Sie hatte nur wenig gemein mit Alice Snyder, einem deutschstämmigen, warmherzigen, breithüftigen Landmädchen aus Pennsylvania, das die Grundschule nicht zu Ende besucht hatte und deren Interessen ausschließlich um ihren Mann und ihre Kinder kreisten. Daher war es Sally durchaus recht, wenn Max die Snyders ohne sie besuchte.

Max seinerseits empfand in Sams und Alices Haus ein Wohlbehagen, das er nie zuvor kennengelernt hatte, weder in der Henry Street noch in seinem eigenen eleganten Stadthaus. Dies Wohlbehagen steigerte sich noch, als Snyder ihn eines Tages einlud, nach Feierabend zum Essen mit zu ihm zu kommen, was Max dankend ablehnte.

«Warum kannst du nicht?» wollte Sam wissen. «Wartet Sally auf dich?»

«Nein, sie und Freedman treffen sich bei Rector mit zwei neuen Autoren, die sie vielleicht anstellen wollen. Weil einer von denen Romane schreibt, wollen sie ihn beeindrucken. Nur–» Er sah Snyder unsicher an. «Ehrlich gesagt, wollte ich mit Della zum Essen ausgehen.»

«Della O'Donnell?»

«Ja», sagte Max unwirsch.

«Bring sie doch einfach mit. Ich finde Della nett, und sie wird Alice sicher sehr gefallen.»

«Woher willst du das wissen?»

«Ich kenne meine Alice doch, verlaß dich auf mich.»

Snyder hatte recht. Alice und Della waren einander in vielem ähnlich, da beide zwar wenig gelernt hatten, aber vieles wußten. Beide waren zu einer Zeit, als das Schönheitsideal noch keine knabenhaft schlanken Frauen forderte, fraulich, um nicht zu sagen mollig-rund. Sie waren freundlich, stellten die Überlegenheit des Mannes nie in Frage und hatten beide das Herz auf dem rechten Fleck. Della ließ sich weder durch die Unordnung noch durch die Anwesenheit der Kinder stören, und so war das gemeinsame Essen rundum ein Erfolg, denn Alices Entenbraten mit Rotkohl und Äpfeln war einfach köstlich, das schwere, dunkle Starkbier mundete vorzüglich, und Max wirkte entspannter und zufriedener, als Della ihn je gesehen hatte. Er und Snyder steckten sich dicke, lange Havannazigarren an und erfüllten das Eßzimmer mit Rauchwolken, ohne daß eine der beiden Frauen dagegen protestierte, und Max sagte verträumt: «Wenn ich fünf Sarah Bernhardts unter Vertrag hätte, würde ich sagen, *wos felt mer?*»

«Was heißt das?» wollte Della wissen.

«Daß ich keinerlei Sorgen hätte. Außer daß dieser Schweinehu-, Entschuldigung, außer, daß sich Frank Stanford mit seinen National Distributors für nächste Woche noch mal bei uns angemeldet hat. Ich kann's kaum erwarten.»

«Was will er denn diesmal?» erkundigte sich Snyder.

«Sein Pfund Fleisch, und soviel Blut wie er kriegen kann. Sehen Sie, Alice», sagte er zu Mrs. Snyder, «diese *ganews* können nicht mit ansehen, daß es uns noch gibt. Vor zehn, zwölf Jahren hatten sie nur Mist im Verleih, die Zweihundertfünfzig-Meter-Streifen, die sie selbst gedreht und hochtrabend Spielfilme genannt haben. Damals haben sie nach unseren Theatern gejiepert, und als ich ihnen gesagt hab, sie könnten uns den Buckel runterrutschen, haben sie uns nicht mehr beliefert: kein einziger Film mehr von National für die Nickel-Odeons. Ihr wißt ja, daß wir uns dann von denen getrennt und *‹Die Waise›* gemacht haben. Kann sein, daß damit die Nickel-Odeons endgültig gestorben sind, jedenfalls sind sie nach und nach eingegangen. Kaum hatten wir den anderen gezeigt, wie man so was macht, sind sie auf den Zug aufgesprungen. Wir haben dann mit den anderen Produzenten Filme ausgetauscht, denn niemand kann so viele herstellen, daß man ein ganzes Jahr lang jede Woche einen neuen Film zeigen könnte.»

Max sog an seiner Zigarre, und Snyder sagte: «Und wenn wir müssen?»

«Das wird sich zeigen. Wie gesagt, andere Firmen sind in das Geschäft mit eingestiegen und haben sich unserem Tauschring angeschlossen, bis auf National. Diese verdammten – wenn ich über National rede, rutscht mir das automatisch raus.»

«Die Kinder schlafen», sagte Alice ruhig, «sprechen Sie also, wie's Ihnen ums Herz ist. Ich bin sicher, Della und ich werden es überleben.»

«Man muß das so sehen», fuhr Max fort, «daß National gar nicht in der Lage war, einen anständigen Film herzustellen. Mit dem ganzen Geld und ihrer ganzen Macht, mit der Unterstützung von der Telefongesellschaft, von Morgan und den Leuten in Rochester, und auch Edison, haben sie nicht einen einzigen anständigen Film zustande gebracht. Also haben sie den Tauschring aufgekauft.»

«Nur uns nicht», sagte Snyder.

«Nein, uns nicht. Aber sie lecken sich derart die Finger nach unserer Firma, daß Stanford nachts nicht schlafen kann. Nächste Woche will er kommen und uns endgültig fertigmachen. Er hat begriffen, was mit dem Bernhardt-Film los ist. Wenn ich jetzt zehn Schauspielerinnen wie die Bernhardt hätte –»

«Mach sie dir doch», sagte Sam Snyder plötzlich. «Nimm einfach ein Mädchen wie Etta – Etta Goodman», erklärte er seiner Frau, «sie heißt jetzt Feona Amour. Bring sie durch Werbung groß raus: Wenn ihr Gesicht auf jeder Anschlagtafel und auf allen Bierdeckeln in der Kneipe zu sehen ist, hast du was genauso großes wie die Bernhardt.»

«Möglich», stimmte Max zu.

«Max, du hast doch die kleine Welonsky, die Polin, die Gerry in Renée Favour umgetauft hat –» mischte sich Della erregt ein. «Mit ihr und Mary Malone könntest du das doch machen.»

«So was geht nicht von heute auf morgen. Das braucht Zeit.» Er schüttelte trübsinnig den Kopf. «Wir müssen abwarten, was für Knüppel sie uns diesmal zwischen die Beine schmeißen. Dieser Schurke Stanford», erklärte er Alice, «kommt nie mit leeren Händen. Immer hat er eine Pistole mit, die er uns auf die Brust setzen kann. Keine richtige, Sie verstehen schon, was ich meine, zum Beispiel hat er einen Gerichtsbeschluß in der Tasche, in dem es heißt, daß unsere Projektoren seine Patente verletzen – das hat er uns schon zweimal geboten, und jedesmal mußte der arme Sam den Projektor ändern, damit der Gerichtsbeschluß aufgehoben werden konnte. Dasselbe Spielchen treiben sie mit unseren Kameras. Freddy Feldman könnte glatt im Gerichtssaal übernachten, ganz davon zu schweigen, was das alles kostet.»

«Da fällt mir ein», sagte Snyder, «Feldmans Vetter Barney ist bei der *Tribune*. Er hat doch damals den Bericht über Etta und Pasquel gemacht. Erinnerst du dich: ‹Liebt Feona ihren Warren?› Der Junge steht wie eine Eins auf Film. Du könntest ihn einstellen und ihm sagen, er soll aus all den Mädchen Sarah Bernhardts machen.»

«Ohne daß sie Theaterspielen lernen», konnte Della sich nicht verkneifen zu sagen. «Das wäre eine beachtliche Leistung.»

«Theaterspielen!» schnaubte Max verächtlich. «Wer braucht denn so was? Ein guter Gedanke, Sam, ich probier's mal.»

«Ich muß andere schicken, damit du mich mal besuchst», sagte Sarah zu Max. «Du bist Millionär, und was interessiert einen Millionär schon eine alte Jüdin?»

«*Mame*, ich bin dir nicht aus dem Weg gegangen, ich hab geschäftliche Schwierigkeiten bis hier.»

«Dabei wohnst du nebenan. Auch jetzt mußte ich erst deiner feinen hochnäsigen Dame schöntun und sie bitten zu sagen, daß deine alte Mutter mit dir sprechen möchte. Nicht irgend jemand, kein wildfremder Strauchdieb von der Straße, sondern deine eigene Mutter, die sich für dich geschunden und gequält hat.»

«*Mame,* Sally ist nicht hochnäsig. Sie hat selbst gesagt, daß ich dich vernachlässige.»

«Ach schau, wenn sie es sagt, stimmt es, und dann kommst du gelaufen. Wenn nicht, kann ich von dir aus verrecken. Iß etwas, ich hab bis Mitternacht gebacken.» Sie wies auf ein rundes Tischchen, das mit einer Spitzendecke bedeckt war und auf dem außer einer Teekanne und Tassen ein großer Teller mit Kuchen und Gebäck stand. Max saß mit seiner Mutter davor auf einem riesigen samtbezogenen Sofa. Obwohl sein Geschmack nicht besonders entwickelt war, zuckte Max jedesmal zusammen, wenn er das Haus seiner Mutter betrat. Das Wohnzimmer stand voller protziger Möbel, und auf dem Boden lag ein Teppich in schreienden Farben. Auf Marmorpodesten standen eine ausgestopfte Eule, ein ausgestopftes Eichhörnchen und eine Bronzeskulptur, die eine junge Frau in fließenden Gewändern zeigte. Ein weiterer Tisch war vollständig mit allerlei Muscheln bedeckt, und an den Wänden hingen bis fast unter die Decke, die immerhin drei Meter sechzig hoch war, zahlreiche Ölgemälde, die Freida von verschiedenen Versteigerungen mitgebracht hatte.

Max aß von dem Gebäck und erklärte, es sei vorzüglich, woraufhin Sarah sagte: «Siehst du, ich hätte Zeit zum Backen, wenn meine Kinder glücklich wären.»

«Was ist denn, *mame*?»

«Deine Schwester Esther, meine hübsche Esther mit dem roten Haar, hat zwei kleine Kinder. Willst du, daß sie verhungern?»

«Was heißt, ich will, daß sie verhungern?»

«Wo Manny keine Arbeit hat, das weißt du doch?»

«Soll das heißen, der Liederjan, den sie geheiratet hat, sitzt schon wieder auf der Straße? Ich hab Plotkin bearbeitet, damit er ihm die beste Vertreterstelle gibt, die ein Mann sich wünschen kann, und er ist schon wieder raus?»

«Was für ein Leben hat sie denn, wenn er die ganze Zeit unterwegs ist?»

«Zumindest ist er aus dem Weg.»

«Manny ist ein lieber Junge.»

«Schon möglich.»

«Du bist hartherzig und gemein. Von dir aus können sie verhungern.»

«*Mame,* ich laß sie doch nicht verhungern. Aber er ist doch wirklich ein *chamer*, der dämliche Sack.»

«Red nicht so vor mir.»

«Entschuldige, *mame*. Schön, ich besorg ihm was.»

Er stand auf und wollte gehen.

«Noch einen Augenblick. Ich möchte etwas über das Haus nebenan sagen.»

«Was meinst du mit ‹das Haus nebenan›?» Max war bereits auf dem Weg zur Tür, und bei jedem Schritt kam es ihm vor, als ziehe er einen Fuß aus heißem Teer.

«Dein Haus, was denn sonst? Hast du noch eine Minute Zeit für deine alte Mutter?»

«Sicher.»

«Dann setz dich.»

«Ich steh lieber. Was ist mit meinem Haus?»

«Dich seh ich nie hineingehen, aber Freedman: rein und raus, außer, wenn sie nicht da ist. Statt ihre Kinder aufzuziehen, treibt sie sich in der Weltgeschichte rum.»

«Sie treibt sich nicht herum, sie arbeitet.»

«Das ist es ja. Sie ist eine Dame. Hat ihr Mann nicht genug Geld, und sie muß arbeiten?»

Er ging, die Hände so fest zu Fäusten geballt, daß die Nägel tief ins Fleisch drangen. Am nächsten Tag rief er Della O'Donnell in sein Büro und bat sie, Platz zu nehmen. «Erzähl mir über deine Mutter, Della», forderte er sie auf. «Ich weiß gar nichts von deinen Eltern.»

«Einfach so, Max? Warum willst du etwas über meine Mutter erfahren?»

«Ich hab meine Gründe.»

«Wie du willst. Geschwister habe ich keine, mein Vater war ein Quartalssäufer und hat meine Mutter verprügelt, wenn er einen sitzen hatte. Damit sie das Leben überhaupt aushielt, hat sie dann auch getrunken. Du kannst dir denken, daß ich nicht viel für meinen Vater übrig hatte, und ich rede nicht gern über die ganze Geschichte. Meine Mutter mochte ich auch nicht besonders, aber sie hat mir leid getan. Mein Vater war Fuhrmann, und eines Tages, ich war gerade elf, sind ihm die Pferde durchgegangen und haben ihn mitgeschleift, bis er tot war. Ein Jahr später starb Mama auch, und die Murphys haben mich in eine Klosterschule geschickt, zu den Ordensfrauen vom Heiligsten Herzen Jesu. Punkt. Da hast du meine Lebensgeschichte, Max.»

«Ich hätte dich nicht darauf ansprechen sollen.»

Er sah so niedergeschlagen drein, daß Della um seinen Schreibtisch herumging und ihm einen Kuß gab. «Sonst tu ich das ja nicht während der Arbeitszeit.»

«Warum hab ich dich nicht schon als kleiner Junge kennengelernt?»

«Vielleicht warst du nie ein kleiner Junge, Max.»

«Möglich. Liebe Della, laß mich jetzt bitte allein, ich muß nachdenken. In 'ner halben Stunde ist der Schweinekerl von Stanford hier. Schick mir auch Freddy und Sam, ich brauch Unterstützung.»

«Diesmal», sagte Feldman, während sie zu dritt in Max' Büro auf Stanford warteten, «müssen wir uns auf die Hinterbeine stellen – wir müssen National wegen Verstoß gegen das Sherman-Kartellgesetz vor Gericht bringen. Die unterscheiden sich in nichts von anderen Konzernen. Sie haben das Gesetz bestimmt schon hundertmal übertreten und tun das munter weiter, weil sie meinen, ihnen kann keiner an die Karre fahren. Damit muß jetzt Schluß sein, wir müssen handeln.»

«Das gefällt mir nicht», sagte Max. «Ich will mit Gerichten nichts zu tun haben, und ich traue ihnen auch nicht. Ich kann mir nicht vorstellen, daß National, die Telefongesellschaft, die Bande in Rochester und Edison – daß dies Riesenkartell zusammenbricht, weil eine Handvoll Juden ohne einen Penny Kapital etwas auf die Beine gestellt haben, von dem sie selbst nie geträumt hatten. Das ist unser Werk, wir haben den Film geschaffen, und jetzt, wo alles läuft, sollen wir es ihnen in den Rachen stopfen. Der Teufel soll sie holen!»

«Ganz meine Meinung! Aber warum dann nicht so, wie ich es vorgeschlagen habe?»

«Augenblick mal», sagte Snyder vermittelnd. «Max, erinnerst du dich noch, wie es war, als wir *‹Die Waise›* gedreht haben? Damals hast du alles auf eine Karte gesetzt, die Nickel-Odeons und die Säle verkauft und alles, was wir hatten, in den Film investiert – und es hat geklappt. Natürlich. Natürlich mögen die Dreckskerle keine Juden – aber wen mögen die schon? Die haben was gegen Iren, Deutsche, Polacken, Spaghettis, das spielt bei denen alles keine Rolle.

Wir müssen ihnen in den Arm fallen, Max. Damit können wir nicht mehr leben. Ich kann nicht jedesmal einen neuen Projektor erfinden, wenn sie uns mit einer einstweiligen Verfügung kommen.»

«Weißt du denn, was das kosten würde? Sag's ihm, Freddy.»

«Eine halbe Million könnte es schon kosten.»

«Und gerade jetzt», sagte Max, «drehen wir vier Spielfilme, zwei in Harlem und zwei im Eishaus. Woher soll das Geld kommen? Und was ist, wenn es eine Million oder zwei Millionen kostet?»

«Und was ist, wenn sie uns per Gerichtsbeschluß den Gebrauch der Kameras verbieten lassen, während wir mitten in den vier Filmen stecken?»

«Schön, denken wir's mal durch», sagte Feldman. «Hol doch mal Della rein.»

«Wofür?»

«Das wirst du schon sehen. Verlaß dich nur auf mich.»

Max drückte auf den Rufknopf, und Della kam herein. «Ist er schon da?» erkundigte sich Max.

«Sitzt draußen und hat eine Stinkwut. Es gefällt ihm wohl nicht, daß er warten muß.»

«Laß ihn noch ein bißchen in seinem Saft schmoren. Was ist also, Freddy?»

Freddy wies zur Tür, die in sein Büro führte. «Ich laß die Tür einen Spalt weit offen, Della, und stell dann in meinem Büro einen Stuhl an die Tür. Sobald Stanford hier drin ist, gehen Sie mit Ihrem Stenoblock außen herum in mein Büro, setzen sich ganz dicht an die Tür und versuchen, so viel wie irgend möglich von dem mitzuschreiben, was hier drinnen gesagt wird.»

Della schüttelte zweifelnd den Kopf. «Ich weiß nicht, Mr. Feldman, ich weiß wirklich nicht, ob ich so schnell schreiben kann.»

«Versuchen Sie's. Wichtig ist, daß Sie aufschreiben, was Stanford sagt. Bei dem, was wir sagen, können Sie auch mal etwas auslassen.»

«Ich probier's.»

Als der hochgewachsene, elegant und weltgewandt wirkende Frank Stanford hereinkam, ließ er sich die Verärgerung, die Della an ihm wahrgenommen hatte, nicht anmerken. Er begrüßte Snyder und Feldman mit Handschlag, Max hinter seinem Schreibtisch rührte sich nicht, und Stanford unternahm keinen Versuch, ihm die Hand zu schütteln. Er erklärte, Max sehe gut aus, worauf Max kühl antwortete: «Ich habe ja auch ein reines Gewissen.»

«Mein Gott», sagte Stanford darauf, «Sie brauchen doch nicht so gereizt zu sein. Bei ‹*Königin Elisabeth*› haben Sie uns doch um Längen geschlagen. Wir haben uns die größte Mühe gegeben, den Film zu bekommen, aber offensichtlich haben Sie eine Art Liebesgeschichte mit den Franzosen.»

«Keine Liebesgeschichte», sagte Feldman, um die Spannung aufzubauen. «Wir verkaufen ihnen gute Filme und sie uns ihre besten.»

«Einfach so?»

«Mehr oder weniger.»

«Wir haben ihnen doppelt so viel geboten wie Sie.»

«Vielleicht mögen die Ihre Gesichter nicht», sagte Max. «Kann ja sein, daß den Franzosen solche Halunkenvisagen gegen den Strich gehen.»

Feldman sah Max flehend an, und Stanford erklärte: «Das ging wohl etwas zu weit.»

Max zuckte die Schultern: «Möglich. Ich kann's nun mal nicht ausstehen, daß Sie immer mit geschwungener Streitaxt hier aufkreuzen.»

«Ich komme mit Angeboten, wie das im Geschäftsleben üblich ist. Natürlich hätten wir ‹*Königin Elisabeth*› gern gehabt, aber wir können natürlich verstehen, daß ihr Juden zusammenhaltet. Das macht Ihnen auch niemand zum Vorwurf.»

«Was zum Teufel soll das schon wieder heißen, daß wir zusammenhalten?»

«Nun, es ist ja kein Geheimnis, daß Sarah Bernhardt Jüdin ist –»

«Ach so, und Sie meinen, deswegen hätten wir den Film gekriegt?» sagte Max mit eisiger Stimme.

«Nun, nun», versuchte Stanford ihn mit ausgebreiteten Armen zu beschwichtigen. «Wir wollen doch nicht streiten. Ich bin mit einem Angebot gekommen, und es sieht wie folgt aus: wir hätten gern Ihre Filme. Uns ist es gleich, ob auf Kauf- oder Mietbasis. Dafür können Sie von uns haben, was Sie wollen. Aber die europäischen Filme sind für uns allein. Ziehen Sie sich vom Europa-Markt zurück, und wir öffnen Ihnen unsere Türen.»

Max lachte schallend.

«Ich sehe nicht, was es da zu lachen gibt.»

«Leckt mich doch am Arsch», sagte Max.

«So etwas hatte ich erwartet. Sie stecken immer noch bis zum Hals in der Gosse, Britsky, was? Na schön, wir haben uns das lange genug mit angesehen – jetzt reicht es. Wir werden Sie ausradieren. Wir werden Sie mit Gerichtsbeschlüssen eindecken, daß Sie keine Luft mehr kriegen. Wir werden es Ihnen unmöglich machen, Rohfilm zu bekommen – und wenn wir dafür die halbe französische Produktion aufkaufen müssen. Wir werden dafür sorgen, daß jeder Film, den Sie ins Land bringen wollen, unter Zollverschluß bleibt. Wir haben die Möglichkeiten dazu. Wir haben das Geld und die Verbindungen, und wenn Sie glauben, Sie können einen Konzern wie unseren zerschlagen, dann sind Sie einfach verrückt. Hinter uns stehen die Telefongesellschaft und die Leute aus Rochester. Sie werden in Ihren Studios kein Kamera-Stativbein an die Erde kriegen, verlassen Sie sich drauf. Wir werden Ihnen schon zeigen, daß dies Geschäft für einen lächerlichen Zweigroschen-Juden von der East Side ein paar Nummern zu groß ist. Glauben Sie wirklich, ausgerechnet Sie Würstchen könnten etwas gegen den Konzern ausrichten? Wir machen Sie fertig!» Mit diesen Worten drehte er sich auf dem Absatz um, schritt zur Tür, riß sie auf und schlug sie krachend hinter sich zu.

Eine Weile herrschte Schweigen. Dann setzte Feldman versuchsweise ein Lächeln auf. Snyder sah ihn an, das Lächeln wirkte ansteckend. Max lachte dröhnend und brachte mühsam heraus: «Der ändert sich auch nie, er ist und bleibt ein blöder Hammel!»

Feldman rief Della herein, während Max noch mit seinen Lachanfällen kämpfte. Inzwischen war allen klar, was Feldman beabsichtigt hatte. Max hätte den rundlichen kleinen Anwalt umarmen und abküssen können. Er wäre nie auf den Gedanken gekommen, Feldman könne eine eigene Methode haben und nach ihr vorgehen. Snyder sah vergnügt Della mit ihrem Stenoblock in der Hand ins Büro treten.

«Haben Sie alles?»

«Wort für Wort.»

Max sprang um den Schreibtisch herum und gab ihr einen Kuß auf die Wange.

Feldman sagte zu ihr: «Schreiben Sie das Ganze mit drei Durchschlägen ab, lassen Sie aber Mr. Britskys letzte Bemerkung heraus – Sie wissen, was ich meine?»

«Selbstverständlich, Mr. Feldman.»

«Gut. Überschrift: Protokoll der Besprechung vom 11. April 1912 in den Büroräumen der Firma Britsky Productions im Hobart Building. Anwesend: Max Britsky, Präsident; Samuel Snyder, Vizepräsident, und Frederick Feldman, Justitiar. Protokolliert von Della O'Donnell –»

«Aber der wußte doch gar nicht, daß ich hier war, Mr. Feldman.»

«Hat überhaupt nichts zu bedeuten. Machen Sie die drei Durchschläge, bringen Sie das Original und zwei Durchschläge hierher und schicken Sie Jake herein, damit er sie beglaubigt. Den dritten Durchschlag geben Sie Millie, die soll Abschriften herstellen, ich brauche drei Dutzend.»

Della ging hinaus, und die drei Männer sahen einander schweigend an. Dann trat Max an ein Schränkchen und holte eine Flasche alten Whiskey und drei Schnapsgläser heraus. Er goß sie voll und sagte: «Du warst einmal mein Gewissen, Freddy: der Ehrliche Fred. Sollte man es für möglich halten?» fragte er Snyder.

«Eigentlich nicht.»

«Auf Stanford, den armen Sack», sagte Max. Sie tranken. «Weißt du, was ich vorhabe, Fred? Ich möchte die Sache als Anzeige in der *Tribune* bringen, Wort für Wort. Spricht was dagegen?»

«Nein, wenn die *Tribune* es bringt.»

«Wenn nicht sie, macht es die *Post*. Die *Times* würde sich für so was nicht hergeben, aber die *Post* bestimmt. Was hast du jetzt mit Stanford noch vor?»

«Er ist mir nicht so zuwider wie dir, Max. Ich will nur dem Konzern an den Kragen, Stanford ist auch nur ein armer Hund, er ist lediglich das ausführende Organ. Diese Mitschrift geht heute beglaubigt an Clyde Hillering, den Präsidenten von National, mit einem Begleitschreiben, in dem wir mitteilen, daß wir seinen Konzern auf 20 Millionen Dollar verklagen – das ist eine hübsche runde Summe. Grund: Behinderung des freien Handels und Verletzung des Kartellgesetzes.»

«Was ist mit Rochester?» wollte Snyder wissen.

«Die bekommen Abschriften, auch Mr. Edison. Ich hatte nicht an eine Anzeige gedacht, Max, sondern wollte jeder Zeitung eine Abschrift schicken, die sie im redaktionellen Teil verwerten können. Es ist denkbar, daß sie es aus Angst vor einer Verleumdungsklage so oder so nicht bringen wollen.»

«Wie ich Hillering kenne», sagte Snyder, «macht er Stanford zur Schnecke.»

«Außer –» setzte Max ein.

«Außer was?»

«Außer sie sind beide ganz geriebene Schurken.»

«Ich habe den Eindruck», erklärte Feldman, «daß das der Anfang vom Ende des Konzerns ist. Wenn die unabhängigen Produzenten das erfahren, kriechen die bestimmt wieder aus ihren Löchern heraus. Zwar kann der Prozeß Jahre dauern, aber es kommt auf den ersten Eindruck an, den die ganze Sache macht. Zum Schluß werden wir gewinnen, glaub mir, Max.»

Die *Tribune* brachte am folgenden Tag Max' Anzeige, außerdem behandelten so gut wie alle New Yorker Zeitungen wie auch einige hundert Blätter im ganzen Land den Vorfall im redaktionellen Teil.

Der frühere amerikanische Präsident Theodore Roosevelt ließ es sich trotz des bevorstehenden Wahlkampfs nicht nehmen, folgendes Telegramm an Max Britsky zu senden: GRÜSSE UND BESTEN WÜNSCHE VON EINEM ALTEN ANTI-KARTELLKÄMPFER STOP PAKKEN SIE SIE MAX STOP WENN ICH WIEDERGEWÄHLT WERDE HILFT IHNEN DIE REGIERUNG BEIM KAMPF GEGEN NATIONAL UND DIE TELEFONGESELLSCHAFT STOP GUT GEMACHT. Max ließ in der *Times* und der *Tribune* Roosevelts Telegramm ganz groß als Anzeige herausbringen; dann spendete er zum erstenmal für eine politische Partei: er schickte einen Scheck über 5000 Dollar an das örtliche Organisationskomitee der Progressive Party, die Roosevelt von der Republikanischen Partei abgespalten hatte.

Einige Tage später teilte Snyder Max mit, ihm sei aus Branchenkreisen gerüchtweise zu Ohren gekommen, daß die National Stanford entlassen habe.

«Weißt du, eigentlich tut mir der arme Kerl leid.»

«Du bist ja verrückt», sagte Snyder.

«Schon möglich.»

Noch einen Tag später rief Dan Silverman, der bedeutendste Filmproduzent und Besitzer von Lichtspielhäusern in Boston, Max an.

«Was kann ich für Sie tun?» erkundigte sich Max.

«Max, ich fühle mich wieder stark. Ich hab dem Konzern gesagt, sie sollen mir den Buckel runterrutschen und mir meine

Filme wiedergeben. Nur krieg ich jetzt von denen keine mehr, brauch aber dringend welche für meine 32 Lichtspielhäuser.»

«Bieten Sie mir einen Tausch an?»

«Wenn Sie mich nicht wieder mit reinnehmen, stehe ich im Regen.»

«Ich sage Freddy, er soll die Papiere fertig machen. Seit Sie uns dem Konzern zuliebe im Stich gelassen haben, hab ich 24 Spielfilme auf Lager genommen. Wie viele davon wollen Sie haben?»

«Alles, was wir noch nicht gezeigt haben.»

Der Präsidentschaftsbewerber Roosevelt kam nach New York, um vor der Cooper-Gesellschaft zu reden. Er bat Max zu sich aufs Podium und umarmte ihn vor einem Saal voller jubelnder Anhänger der Progressiven Partei, die den Großen das Handwerk legen wollte. Am nächsten Tag brachen Abe Cohen in St. Louis und Frank Immelman in Chicago mit dem Konzern und schlossen sich Max' Tauschring an. Feldman ging wie auf Wolken. Max lud ihn und Sam Snyder mit ihren Frauen zu einer Art Siegesfeier zu sich ein. Feldmanns Frau Leah war so schüchtern, daß sie den ganzen Abend kaum ein Wort sagte, höchstens einmal «bitte», «danke» oder «Entschuldigung», aber es fiel auf, daß Alice Snyder ungewohnt still und in sich gekehrt dasaß.

Gern durfte Max Della O'Donnell mit zu den Snyders bringen, aber mit Sally an einem Tisch zu sitzen, war mehr, als Alice ertragen konnte, zumal sie Sally nicht mochte, die sich sehr förmlich und reserviert gab.

Feldman vertrug nicht viel Alkohol. Er hatte etwas mehr getrunken, als gut für ihn war, und brachte einen verworrenen Trinkspruch auf «die beiden großen Männer unserer Zeit, Teddy und Max!» aus.

«Ich würde Theodore Roosevelt nicht in einem Atemzug mit Max nennen», sagte Sally.

Snyder spürte den beißenden Spott und die Feindseligkeit hinter den Worten, doch Max, der ebenfalls etwas zuviel getrunken hatte, breitete die Arme aus und sagte: «Da ist doch wenigstens mal eine Frau, die ihren Mann achtet. Aber Teddy ist auch ganz in Ordnung.»

Als Max Snyder eine lange Havanna anbot und im Begriff stand, selbst gleichfalls eine anzustecken, sagte Sally scharf: «Ihr könntet wenigstens warten, bis die Damen den Raum verlassen haben.»

Frank Stanford lud Bert Bellamy telefonisch zum Mittagessen ein, und Bert nahm an: nicht etwa aus mangelnder Treue zu Max, sondern weil er ein Gespür für Veränderungen um sich herum besaß. Weniger deutlich spürte er, wie sehr er selbst sich geändert hatte, und irgendwo in seinem Inneren lebte auch noch ein Schatten der früheren Beziehung zwischen ihm und Max, allerdings war es ein sehr blasser Schatten. Früher hatte es ihm nichts ausgemacht, daß Max klug und manchmal sogar ziemlich gerissen war. Diese großzügige Haltung hatte er sich leisten können, denn er war größer als Max, sah besser aus, und sie hatten beide gleich wenig Geld. Jetzt aber war Max Millionär, und er, Bert Bellamy, lediglich dessen Angestellter – ein Unterschied, über den sich fraglos auch andere Menschen im Filmgeschäft klar waren: Sally, Fred Feldman eben und auch Frank Stanford. Das war auch der Grund, weshalb er sich nun an Bert wandte.

Wie Max hatte Stanford den größten Teil seines Berufslebens im Filmgeschäft zugebracht, und er kannte sich in dieser aufblühenden Industrie aus wie kaum ein anderer. Stanford war ein ansehnlicher Mann, über ein Meter achtzig groß, hatte blaßblaue Augen und leicht angegrautes Haar. Zu Bellamy sagte er: «Wir verstehen uns, Bert. Mit Ihnen kann ich viel besser reden als mit Max. Vielleicht meinen Sie, ich hätte was gegen Juden, aber das stimmt nicht. Wenn mir mal die Galle überläuft und ich jemand einen Juden nenne, ist das doch kein Beinbruch. Wer kann denn wissen, daß die Burschen so empfindlich sind?»

«Das sind sie», stimmte Bert zu.

«Was die Sache angeht, die Max da so maßlos aufgebauscht hat – mein Gott, wenn einen jemand reizt, vergißt er sich schon mal. Ich hatte keinen Schimmer, daß das alles mitgeschrieben wurde.»

Bert nickte und wartete.

«Gedruckt sieht es scheußlich aus.»

«Das kann man wohl sagen.»

«Ich verstehe überhaupt nicht, wieso ich jetzt der Prügelknabe für den Konzern sein soll. Irgend jemand mußten sie ja haben, aber ich bin jetzt seit drei Monaten arbeitslos, und außerdem hängt mir der angebliche Judenhaß um den Hals wie ein Sack Zement. Sie kennen mich lange genug und wissen, daß ich bei Geschäften schon mal fünfe gerade sein lasse, aber ein Judenhasser war ich nie. Ich arbeite schon seit Jahren mit Juden, und wenn

Max meint, er wäre im Filmgeschäft der einzige Jude, hat er sich geschnitten.»

Bert nickte. Er ahnte schon, was kommen würde, und war gespannt, wie Stanford es formulieren wollte.

«Ich brauche unbedingt eine Stelle. Könnten Sie nicht Max bitten, mir eine Chance zu geben? Ich höre, daß der Tauschring jeden Tag größer wird, und ich bin wirklich ein guter Filmverkäufer. Das weiß er auch.»

«Wie kommen Sie auf den Gedanken, ausgerechnet Max würde Sie einstellen?»

«Das hab ich so im Gefühl. Er bringt einen eiskalt um, aber er ist nicht nachtragend. Ich möchte wirklich nur, daß Sie ein gutes Wort für mich einlegen. Bringen Sie ihn dazu, daß er mit mir spricht. Ich werde es Ihnen nie vergessen.»

Bert zuckte die Schultern. «Ich weiß nicht, Frank. Max ist ein komischer Kerl, und man weiß nie, was er tut. Aber ich kann's ja mal probieren.»

Eine Woche später kam Della in Max' Büro und sagte: «Du rätst nie, wer draußen ist und behauptet, bei dir angemeldet zu sein.»

«Frank Stanford.»

«In voller Größe.»

«Schick ihn rein», sagte Max. Als Stanford eingetreten war, ging Max zur Tür, schloß sie hinter ihm und forderte ihn zum Sitzen auf. «Fangen Sie jetzt bloß nicht an zu heulen», sagte Max. «Ich mag keine Arschkriecherei, also sagen Sie mir ja nicht, es tut Ihnen leid. Die Scheißkerle im Konzern haben Sie fallenlassen, weil irgend jemand schuld sein mußte, und jetzt will keiner mehr was mit Ihnen zu tun haben. Bert hat mir das schon erklärt. Können Sie mir sagen, warum ich Ihnen eine Stelle geben sollte?»

«Ich denke schon», sagte Stanford. «Meine Dummheit hat es Ihnen ermöglicht, National beim Wickel zu kriegen, und jetzt fällt der Konzern schon auseinander, bevor der Prozeß richtig in Gang gekommen ist.»

«Das wäre nicht mal falsch – aber wer stellt Leute wegen ihrer Dummheit ein?»

«Ich bin nicht dumm, Max, das wissen Sie. Ich habe im Auftrag gehandelt.»

«Ja, schon gut. Melden Sie sich bei Bert, er leitet die Theater.»

«Einfach so?»

«Ja, einfach so.»
«Ich weiß nicht, wie ich Ihnen danken soll –»
«Lassen Sie es gut sein.»

Als Della später den Grund für seine Handlungsweise wissen wollte, sagte Max: «Ich weiß nicht, Mädchen. Es ist eine schlimme Welt, und wer erst mal nach unten saust – ach was, Frank ist nicht schlechter als jeder andere auch. Er hat einfach auf der anderen Seite gestanden und denen den unsauberen Kram erledigen müssen. Jetzt erledigt er unseren unsauberen Kram – er kann uns von Nutzen sein.»

Es konnte nicht ausbleiben, daß die Sache früher oder später ans Licht kam, denn der Mensch neigt zur Sorglosigkeit. Vier Filme waren gleichzeitig in Arbeit, zwei im Eislagerhaus und zwei im großen Studio in Harlem. Sally und Freedman arbeiteten oft bis Mitternacht in Max' Haus, und Max selbst verbrachte immer mehr Abende in Dellas winziger Wohnung, die ihn an Sallys ehemaliges möbliertes Zimmer erinnerte. Wie seltsam, daß die Zeit, in der er Sally kennengelernt und sich in sie verliebt hatte, so weit zurückzuliegen schien, als gehöre sie einem anderen Leben an. Sein Gefühl Della gegenüber war gleichmäßiger. Er nannte es vor sich selbst nicht Liebe, und ihm war noch gar nicht aufgefallen, daß er mit keiner anderen Frau mehr etwas zu tun gehabt hatte, seit er zum erstenmal mit Della ins Bett gegangen war – weder mit seiner Ehefrau noch mit einem der hübschen jungen Dinger, die sich stets um die Studioeingänge drängten, weil sie unbedingt für 2 Dollar am Tag in der Filmbranche arbeiten wollten und bereit waren, mit jedem unter die Decke zu kriechen, der ihnen eine solche Arbeit verschaffen konnte. Max neigte nicht dazu, sich Rechenschaft über die Gründe seines Tuns abzulegen. Er tat, was er für richtig hielt, ohne darüber nachzudenken, und was Della betraf, so genügte es ihm, daß er sich bei ihr wohl fühlte. Zum einen war sie etwas kleiner als er, Sally hingegen, wenn sie hohe Absätze trug, etwas größer – ihm war das wichtig, und zum anderen verehrte und bemutterte Della ihn und unternahm vor allem nie den Versuch, seine Sprechweise zu verbessern.

Da nun Sally und er ihre eigenen Wege gingen, war es geradezu unausweichlich, daß Max, als er eines Tages unerwartet nach Hause kam, Sally und Freedman im Vestibül seines Hauses in leidenschaftlicher Umarmung überraschte. Zu jener Zeit versuchte man noch nicht, alles und jedes mit Hilfe von Sigmund Freuds Theorien zu analysieren, und so hätte Max jeden für verrückt erklärt, der behauptet hätte, er habe sie in dieser Situation ertappt, weil sie ertappt werden wollten. In seinen Augen war es ein reiner Zufall, weiter nichts.

Als die beiden Max' Anwesenheit bemerkten, lösten sie sich voneinander, dann standen alle drei einige Sekunden lang bewegungslos wie bei einem lebenden Bild. Niemand sagte etwas. Sally und Freedman sahen auf Max, und dieser sah durch die beiden hindurch. Dann trat er zwischen sie, und sie machten ihm Platz. Max ging ins Wohnzimmer, blieb dort stehen und hörte nach einer Weile, daß die Haustür geschlossen wurde. Die Hände in den Taschen, sah er unverwandt vor sich hin. Sally betrat den Raum.

«Es tut mir leid, daß du es auf diese Weise erfahren hast», sagte sie.

«Mhm.» Ein langes Schweigen.

«Sag doch um Gottes willen etwas.»

«Was denn? Ich könnte dir sagen, daß man nicht auf die eigene Schwelle scheißt – aber dazu ist es ja schon zu spät. Willst du die Schießbudenfigur etwa heiraten?»

«Nein!»

«Dann geh schlafen!»

Von jenem Tag an hatten Sally und Max getrennte Schlafzimmer. Max erwähnte den Vorfall mit keiner Silbe mehr, und er war sich auch keineswegs über seine eigenen Empfindungen klar. Seine geschlechtliche Beziehung zu Sally hatte schon vor Jahren aufgehört, und wenn er auch nie der Ansicht gewesen war, sie leide an einer unstillbaren Begierde, konnte er ihr kaum einen Vorwurf machen. Doch war ihm der Gedanke an gleiche Rechte noch nie in den Kopf gekommen, und obwohl er Sally nicht gerade für untreu hielt, schien es ihm doch, als habe Freedman Eigentumsrechte verletzt. Auch von sich selbst war er enttäuscht. Er hätte wüten und toben, Freedman mit Fußtritten aus dem Haus jagen sollen, zumal er ihn schon immer für verachtenswert gehalten hatte. Aber er war nicht wütend, und er verspürte keinen Wunsch, Freedman zu verprügeln. Eigentlich war er erleichtert, und das ärgerte ihn doch. Nicht einmal kündigen konnte er dem Kerl, denn er war für alle vier im Entstehen begriffenen Filme verantwortlich und führte bei einem oder zweien sogar Regie.

Mehr als alles andere ärgerte Max, daß Freedman nicht wenigstens den Versuch machte, sich zu entschuldigen oder die Situation zu erklären – soweit sich derlei erklären läßt –, sondern sich gab, als sei nichts Besonderes vorgefallen. Freedman hatte sich im Laufe der Jahre verändert, aber so allmählich, daß es Max nicht aufgefallen war. Inzwischen genoß er im ganzen Land und in bescheidenem Umfang auch im Ausland schon einen gewissen Ruf. Als er in ‹*Die Reitertruppe*› Regie führte, einem Film über den amerikanischen Bürgerkrieg zwischen den Nord- und den Südstaaten, der nahezu ausschließlich aus auf Long Island gedrehten Außenaufnahmen bestand, beschäftigten sich die Rezensionen nicht nur mit dem Film, sondern auch mit der Arbeit des Regisseurs. In Presseinterviews erwähnte Freedman mit keiner Silbe Sam Snyder und die von ihm eingeführten Neuerungen, zum Beispiel Fahraufnahmen, die erst durch eigens gelegte Schienen ermöglicht worden waren, oder neuentwickelte Objektive für Nahaufnahmen, und er hielt es auch nicht für erforderlich, die Kameramänner oder einen glänzenden jungen Autor namens Jo Stefenson namentlich zu nennen, der das Drehbuch – zu einem solchen hatten sich die Szenarien inzwischen verfeinert – verfaßt und auch eine Möglichkeit gefunden hatte, den größten Teil der Zwischentitel durch Handlung zu ersetzen. Freedman stellte den Streifen ausschließlich als sein Werk hin – als seine ureigene Schöpfung. Seine Unsicherheit war geschwunden. Bei den Dreharbeiten auf Long Island trug er Reithosen und lederne Wickelgamaschen, und obwohl er nie ein Pferd bestieg, gefiel er sich darin, seine Anweisungen damit zu unterstreichen, daß er sich mit einer Reitgerte in die Handfläche schlug. Wo er ging und stand, mußte ihn ein junger Mann mit einem Megaphon und einer Kanne heißen Kaffee begleiten. Es war Freedman klar, daß er eine Rolle spielte, denn zu Beginn seiner Tätigkeit als Filmregisseur hatte es den, den er jetzt darstellte, noch nicht gegeben. Er hielt es für richtig, auf diese Weise zu posieren und tat es voller Hingabe.

Der also vögelt meine Frau, sagte Max zu sich. Ich sollte ihm alle Knochen im Leib zerschlagen oder ihn rausschmeißen – am besten beides.

Doch er tat keines von beiden. Es war ihm einfach nicht wichtig genug. Drei neue junge Regisseure arbeiteten unter Freedmans Oberleitung für ihn, und vier Monate später rief Max, der den Eindruck hatte, die neuen Männer würden gut allein zurechtkommen, Freedman zu sich und sagte: «Für mich sind Sie ein überbezahlter Hohlkopf, Gerry, und ein mittelprächtiger Hurensohn.»

«Max, warum setzen Sie mir nicht einfach den Stuhl vor die Tür, statt in die Gosse zurückzukriechen?»

«Der bin ich längst entwachsen, Gerry, sonst würde ich Ihnen in den Arsch treten, daß Ihnen der Schuh im Hals stecken bleiben würde. Natürlich sind Sie entlassen.»

Eine Woche später fand Freedman eine neue Anstellung bei der Firma Sunrise Productions in New Jersey, und etwa sechs Wochen darauf las Max, Gerald Freedman und der aufgehende neue Stern am Himmel der Firma Sunrise, Monica Legrange, würden heiraten. Ihm tat Sally leid. Sie wirkte plötzlich älter und sah erschöpft aus. Seit Wochen arbeitete sie an einem Drehbuch für einen Film über Charles Dickens *‹David Copperfield›*. Es war das erste, an das sie sich allein gewagt hatte, und Max versprach ihr, es werde der bedeutendste Film der Max Britsky Productions werden. Sein Zorn ihr gegenüber war verraucht; er hatte lediglich ein ungeheuer schlechtes Gewissen, und so kaufte er ihr eine traumhaft schöne und sündhaft teure Hermelinstola.

Ihr Dank klang gleichgültig.

«Du hättest *mame* nicht sagen sollen, daß wir in getrennten Zimmern schlafen.»

«Sie hat mich danach gefragt. Sie schnüffelt immer im Haus herum, wenn wir nicht da sind.»

«Sie ist nun mal gern mit den Kindern zusammen.»

«Es ist immer noch mein Haus. Sie kommt, kümmert sich um Dinge, die sie nichts angehen, und horcht die Dienstboten aus.»

«Die getrennten Schlafzimmer machen ihr eben zu schaffen», erläuterte Max.

Sally schnaubte verächtlich: «Wenn das alles ist!» Sie schleuderte die Pelzstola quer durchs Zimmer. «Mir macht auch einiges zu schaffen, das kannst du ihr ruhig sagen!»

«Du brauchst doch kein schlechtes Gewissen zu haben», versuchte Della Max zu trösten. «Immerhin hat sie dasselbe getan wie du.»

Er unterbrach sein nervöses Auf- und Abwandern in ihrem Wohnzimmer und sah sie an. Sie saß strickend in einem Lehnstuhl. Dellas Wohnung hatte nichts von der Farbigkeit und Atmosphäre, die so kennzeichnend für Sally waren; sie war wohnlich mit bequemen Gebrauchsmöbeln ausgestattet. An einer Wand hing eine Madonna mit dem Kind und ihr gegenüber ein gehäkelter Wandbehang, auf dem es hieß, der Betrachter möge ein kurzes Gebet verrichten und «Gott schütze unser glückliches Heim». Vor den Fenstern waren Spitzengardinen, und im Schlafzimmer hing über dem Kopfende des Betts ein Kruzifix. Max empfand immer ein gewisses Unbehagen, wenn er sich unter den Blicken des Schmerzensmanns den Freuden des Fleisches hingab, die ihm Della bot. Er hatte keinen Zugang zu ihrer naiven Religiosität. Sie war gern seine Geliebte, und ohne Frage liebte sie ihn auch, doch ließ sie keinen Zweifel daran aufkommen, daß sie ihn keinesfalls heiraten würde, wenn er sich von Sally scheiden ließe – sie war nicht einmal sicher, ob sie als Katholikin mit einem geschiedenen Mann weiter ein Verhältnis würde haben wollen.

Die Frage der Scheidung hatte Max allerdings nie ernsthaft angesprochen. Er konnte sich eine Trennung von Sally ebensowenig vorstellen wie eine Trennung von Britsky Productions. Beide waren Meilensteine seines Lebens, lebende Beweise dafür, daß sich Armut und Hoffnungslosigkeit, die bestimmend über seiner Kindheit gestanden hatten, überwinden ließen. In Wirklichkeit hatte Max sich nie gänzlich von dieser Kindheit gelöst; nach wie vor lebte in ihm als ständiger Begleiter der schmächtige Junge, der die Verantwortung für das Überleben einer siebenköpfigen Familie auf sich genommen hatte. Jetzt drehte sich mit dem erwachsenen Max auch der schmächtige kleine Junge um und sah Della mit großen Augen an.

«Was soll das heißen, sie hat dasselbe getan? Das müßtest du mir erst einmal erklären.»

Della ließ die Nadeln sinken und sah Max überrascht an.

«Sag mir, was du damit meinst», forderte er sie auf.

«Du bist ja wütend.»

«Du hast was gesagt», ließ Max nicht locker.

«Ich habe nur gesagt, daß du kein schlechtes Gewissen haben mußt, Max. Du scheinst sehr zu leiden, und ich weiß nicht warum.»

«Laß mein Leiden meine Sorge sein. Du hast gesagt, sie hätte dasselbe getan.»

«Ach –»

«Raus mit der Sprache!»

«Nun ja, du hast mir doch gesagt, du hast sie überrascht, wie sie Gerry leidenschaftlich küßte. Die beiden hatten ein Verhältnis, Max. Das wußte doch alle Welt – du etwa nicht?»

Er schnappte nach Luft, und als er endlich etwas sagen konnte, brüllte er die Worte fast: «Daß es jeder gewußt haben soll ist eine gottverdammte Lüge!»

«Max –» sagte Della erschrocken.

«Eine verdammte Lüge! Wer weiß es denn? Sag mir doch ein paar Namen! Woher willst du wissen, was andere wissen?»

Della legte das Strickzeug beiseite und breitete verzweifelt die Arme aus. «Max, Liebster, was soll ich sagen?»

«Du hast schon genug gesagt. Ich will nur wissen, wer behauptet, meine Frau läßt sich von Freedman vögeln.»

Della schüttelte den Kopf.

«Was steckt dahinter? Ein feiner Plan, damit ich mich von Sally scheiden lasse! Komm mir bloß nicht mit gleichen Rechten! Ein Mann kann sich mal was erlauben, wenn ihm danach ist, eine Frau auf keinen Fall! Hörst du, auf keinen Fall!»

Mit diesen Worten verließ er die Wohnung, nicht ohne die Tür dröhnend ins Schloß zu schmettern.

Im Büro behandelte Max sie mit kühler Förmlichkeit und nannte sie Mrs. O'Donnell. Sam Snyder lud beide zum Abendessen ein, Max machte Ausflüchte, aber Della ging hin, und nach dem Essen weinte sie sich bei Alice Snyder aus.

«So hatte ich es doch gar nicht gemeint», sagte sie. «Ich dachte, er wüßte, daß alle Welt sich die Mäuler darüber zerriß. Es gab doch keinen vernünftigen Grund anzunehmen, Max wüßte das nicht.»

«Auf Max Britsky machen vernünftige Gründe keinen Eindruck.»

«Er behandelt mich schon seit zwei Wochen wie Luft. Ich liebe ihn, ich liebe ihn wirklich.»

«Wenn das dein Ernst ist», sagte Alice, «bist du schön blöd. Ich rede nicht gern so zu dir, aber es wird höchste Zeit, daß dir mal jemand den Kopf zurechtsetzt. Du bist eine hübsche junge Frau –»

«Mach dich nur lustig. Ich und jung – 34 bin ich!»

«Davon sieht man nichts. Du solltest einen netten jungen Mann heiraten und Kinder kriegen. Dazu ist es nicht zu spät. Statt dessen hast du dich die letzten sechs Jahre an Max Britsky weggeworfen. Der gibt seine Sally nie auf.»

«Alice», sagte Della unter Tränen, «ich bin selbst verheiratet. Mein Mann ist ein Säufer und ein Strolch. Er hat mich sitzengelassen und lebt mit irgendeiner Schlampe in Yonkers – ich könnte also gar nicht heiraten.»

«Oh, das wußte ich nicht.»

Völlig unerwartet lud Max eine Woche später Della zum Abendessen ein. Sie nahm die Einladung ebenso freudig und bereitwillig an, wie sie auf seinen ersten Annäherungsversuch reagiert hatte. Er ging mit ihr zu Luchow an der Fourteenth Street, dort aßen sie Knödel mit Bratwurst und spülten alles mit süßem dunklem Bier hinunter. Della fragte sich, wie Max es fertigbrachte, so schlank zu bleiben, während sie immer mehr zunahm. «Bald sehe ich wie eine richtige dicke alte Irin aus, und dann willst du nichts mehr von mir wissen.»

«Du bist schön und wirst immer schön sein.»

Tränen stiegen in Dellas Augen. «Du warst so böse auf mich und hast so schreckliche Sachen gesagt. Ich hätte nicht gedacht, daß du mir noch einmal ein freundliches Wort gönnen würdest.»

«Du kennst meine Einstellung zu Sally.»

«Natürlich, Max.»

«Am besten reden wir nicht mehr darüber – einverstanden?»

«Gern, Max.»

Später, als sein Kopf auf ihrem üppigen Busen ruhte und er den animalischen Geruch ihres Leibes einatmete, fühlte Max sich so wohl wie nur je in seinem Leben.

Die Eröffnung des Britsky Xanadu war vom architektonischen wie auch von anderen Gesichtspunkten her ein wichtiges Ereignis in New York. Mit diesem Filmtheater wurde der erste einer ganzen Kette großer Märchenpaläste eröffnet, die zwischen 1912 und 1929 entstanden, Tempel zum höheren Ruhm des Films. Als die eigentlichen Bauarbeiten begannen, besorgte sich Max Coleridges Gedicht ‹*Kubla Khan*› und las es immer wieder, bis er schließlich zu dem Ergebnis kam, das Theater müsse «Britsky Xanadu» heißen. Sally war wie vom Donner gerührt und erklärte rundheraus, die Zusammenstellung dieser beiden Namen sei maßlos lächerlich.

«Dann bin ich eben lächerlich», sagte Max schulterzuckend.

«Außerdem wird niemand wissen, wie er es aussprechen soll.»

«Abel sagt, es wird ‹Sanadu› gesprochen – und selbst wenn die Leute ‹Xanadu› sagen, spielt das eine Rolle? Schließlich ist dieser

Coleridge schon lange tot und kann keinem mehr sagen, wie er das ausgesprochen haben möchte.»

«Ich bleibe bei meiner Ansicht, daß es lächerlich ist.»

Max seufzte. «Dann laß mich doch lächerlich sein, es ist ja nichts Neues für mich. Was stört dich denn daran?»

«Was willst du damit sagen?» fuhr ihn Sally an.

«Ich bin es gewöhnt, lächerlich zu sein. Es scheint, jeder in New York hat gewußt, daß Freedman meine Frau vögeln durfte, aber ich habe es als letzter erfahren – also bin ich lächerlich.»

«Das Wort sagst du wohl gern?» Sie schrie jetzt. «Du schwingst es über mir wie eine Keule! Na schön, aber du weißt es jetzt. Sieh dich doch an, du billiger, ordinärer Strolch von der East Side! Du wirst auch nie etwas anderes sein!»

Max verstand nicht, warum er sich erleichtert fühlte. Er hörte sehr gelassen zu, wie eine ihm völlig fremde Frau ihn anschrie. «Und warum hast du dann diesen Strolch geheiratet?» erkundigte er sich fast freundlich.

Sie gab keine Antwort, sondern begann wie ein kleines Mädchen zu weinen. Sie flüsterte: «Papa und Mama wollten es so.»

«Auch ein Heiratsgrund.» Mit diesen Worten ging er hinaus und ließ sie allein zurück.

Da die Namensfrage nach wie vor ungeklärt war, beschloß Max, sie Clifford Abel vorzulegen und seine Entscheidung zu akzeptieren. Mehr und mehr war er dazu übergegangen, ihm in Geschmacksfragen zu folgen, das gehörte zu dem zwischen ihnen bestehenden stillschweigenden Einverständnis und ihrer gegenseitigen Bewunderung.

«Vielleicht bin ich verrückt», erklärte Max, «aber ich wollte es gern Xanadu nennen. Manche Leute sagen, das ist lächerlich.»

Clifford Abel hielt es für ungewöhnlich, nicht aber für lächerlich. «Eigentlich», sagte er zu Max, «paßt es sogar, denn wie Kubla Khan haben Sie es geschaffen.»

Della war für «Palladium», weil sie irgendwo gelesen hatte, in London sei ein großes Theater dieses Namens errichtet worden, und Max gefiel der Klang des Wortes auch, doch wies ihn Abel darauf hin, daß er eher zum klassischen Stil passen würde. Das Theater, das sie bauten, hatte aber mit strenger klassizistischer Architektur so gut wie nichts zu tun. Max bestand darauf, daß irgendwo im Foyer in großen Schmuckbuchstaben stehen sollte:

«In Xanadu schuf Kubla Khan
Einst einen Prachtbau, hoch und hehr.»

Das gefiel Abel, und Barney Enfield, Fred Feldmans Vetter, der einst für die *Tribune* gearbeitet hatte und jetzt in Max' Diensten stand, nannte den Einfall genial. Nachdem Sam Snyder vorgeschlagen hatte, sie sollten einen eigenen Werbefachmann damit beauftragen, ihre Filmschauspielerinnen zu lauter Sarah Bernhardts auszubilden oder sie zumindest ebenso bekannt zu machen wie diese, hatte Max diese Absicht Barney Enfield vorgetragen, und dieser hatte sich bereit erklärt, die Aufgabe zu übernehmen. Er sah in einem Vergleich zwischen Max und Kubla Khan einen Werbeknüller und nahm sich vor, auch den Begriff «Prachtbau» werbeträchtig auszuschlachten.

Gelegentlich, allerdings nicht besonders häufig, beschäftigte sich Max mit seinen Kindern, auch wenn er sich mit ihnen nicht besonders leicht tat. Marion war inzwischen sieben und Richard achteinhalb Jahre alt. Die deutsche Gouvernante sah in Max nichts als einen ungehobelten Störenfried, und Max erschienen seine Kinder so fremd und anders, daß er keinen leichten Zugang zu ihnen hatte. Wenn er aber, was selten geschah, mit ihnen allein war, las er ihnen aus ihren bebilderten Geschichtenbüchern vor. Er selbst hatte nie solche Bücher besessen, und wenn er auch nicht besonders gut las, so faszinierten ihn doch die Textillustrationen: die Paläste und vieltürmigen Feenschlösser beeindruckten ihn, sie hatten ihn auf den Einfall mit den Felszacken gebracht, und so nahm er Abel eines der Bücher mit, um ihm zu zeigen, wie er sich die Sache dachte.

Clifford Abel gehörte nicht zu denen, die über Max' mangelnden Bildungshintergrund und Schliff sowie seine Hand in Hand damit einhergehende Kritiklosigkeit die Nase rümpften.

Ihn faszinierten Max' Begeisterung und seine unverbildete Betrachtungsweise der Dinge, und er erklärte mit Bedauern in der Stimme, eine Straße in der Stadt New York könne nicht annähernd den Eindruck der gezackten Felsnadeln wiedergeben, die in der Buchillustration zu sehen war.

«Aber die Türme können wir doch nehmen, Cliff», beharrte Max. «Wenn wir links und rechts vom Eingang zwei Türme und dahinter eine Kuppel haben, das wär doch schon was. Es soll anders sein als alle Theater, so wie auch die Filme anders sind.»

«Das müßte sich machen lassen.»

«Und drinnen sollen die Leute denken, sie träumen.»
«Mal sehen.»
Nachdem Max sich für einen der Entwürfe entschieden hatte, ließ Barney Enfield ihn in der *Tribune* zusammen mit einer ausführlichen Hintergrundgeschichte abdrucken. Während der gesamten Bauzeit von vierzehn Monaten fachte er die Anteilnahme der Leser immer wieder an, und kaum ein Tag verging, ohne daß Max auf der Baustelle erschien, neugierig und gespannt wie ein kleiner Junge, der ein neues Spielzeug hat.

Den unangenehmen Zwischenfall mit Della hatte Max längst vergessen, und Della hatte ihm verziehen. Sie verstand Max weit besser als er sich selbst – seine Befürchtungen, Zweifel und seine Phantasien, die sich so weit von der Wirklichkeit entfernten. Nie hatte sie von jemandem so viel Zärtlichkeit und Liebe erfahren wie von ihm, und obwohl er nie ein solches Maß an unkritischer Ergebenheit genossen hatte, war er unfähig, sich klipp und klar einzugestehen, daß er zum ersten- und einzigenmal in seinem Leben eine Frau, die ihn liebte, selbst wirklich liebte. Wohl erkannte er, daß er Della brauchte und ohne sie nicht leben konnte, daß er sich nur in ihrer Gegenwart sicher, geborgen und behaglich fühlte, trotzdem schob er sie auf einen Platz außerhalb seiner Welt. Er gab sich der Selbsttäuschung hin, in der wirklichen Welt sei er Sallys treuer Ehemann und sie seine treue Ehefrau, und es störte ihn kaum, daß es weder stimmte noch zueinander paßte.

Während sein Lieblingsspielzeug, eben das Britsky Xanadu, gebaut wurde, begleitete Della ihn häufig zur Baustelle, stieg mit ihm auf Gerüste und stand dabei, wenn er mit den Bauarbeitern sprach. Sie trug bei diesen Gelegenheiten derbes Schuhwerk und raffte ihre Röcke, so daß man gestrickte Wollstrümpfe erkennen konnte. Die Bauarbeiter genossen ihren Anblick: das flammendrote Haar und ihre üppigen Formen, und lächelnd ließ Della zu, daß sie ihr mit Pfiffen huldigten. Es dauerte nicht lange, bis alle sie kannten: das bunte Gemisch aus italienischen Steinmetzen, irischen Erdarbeitern, jüdischen Gipsern und Yankee-Zimmerleuten. Zeigte sich Della einige Tage nicht, beschwerten sie sich bitterlich darüber. Max sah ihr stets voller Stolz und Entzücken zu. So ungehemmt und offen wie Della hatten sich nur die Prostituierten gegeben, mit denen er in jungen Jahren zu tun gehabt hatte, doch entstammte diese Haltung Dellas der unverdorbenen Natürlichkeit ihres Herzens.

Die Aushubarbeiten hatten im Sommer 1912 begonnen, im Januar 1913 stand der Rohbau, und eine Vielzahl von Handwerkern machte sich an den Innenausbau. Sie errichteten Innenwände aus Holz, die etwa fünfzehn Zentimeter von den tragenden Mauern entfernt den Eindruck erweckten, als schaue man über eine Brüstung. Dahinter sollte auf die eigentlichen Wände ein Himmel gemalt werden, und rheostatisch gesteuerte Lampen sollten für die nötigen Lichteffekte und die Vervollkommnung der Illusion sorgen. Abel hatte damit Max' Wunsch erfüllt, die Menschen im Theater sollten den Eindruck haben, aus einem Palast nach draußen zu sehen, und als der erste Abschnitt dieser Wandkulisse stand, forderte er Max auf, sich ihn anzusehen. Aufgeregt wie ein kleiner Junge – denn Abel hatte ursprünglich Zweifel an der Durchführbarkeit dieses Plans geäußert – sagte Max, vor Dellas Schreibtisch stehend: «Komm, Mädchen. Wir wollen uns an der Seventh Avenue einen jüdischen Palast ansehen.»

Della schüttelte den Kopf. «Liebend gern, Max, aber ich habe rasende Kopfschmerzen, ich sollte besser nach Hause gehen.»

«Ich habe den Wagen draußen. Ich fahr dich schnell nach Hause. Außer –» Er legte ihr die Hand auf die Stirn. «Nein, ich wollte dich eigentlich überreden, aber du hast ja Fieber.»

«Nein, nein, mir geht es sonst ganz gut. Soll ich nicht doch mitkommen?»

«Nur wenn du es dir zutraust.»

«Es geht schon. Wenn ich umfalle, bringst du mich doch nach Hause, Max?»

«Selbstverständlich.»

Sie erwähnte ihre Kopfschmerzen nicht mehr. Max holte noch Sam Snyder, dann fuhren sie zur Baustelle, wo Clifford Abel schon auf sie wartete. Die Decke war mit einer ersten Schicht Himmelsblau bemalt, und auf Abels Wunsch hin hatten die Elektriker eine Gruppe Leuchten schon angebracht, so daß etwa drei Meter der falschen Wand indirekt beleuchtet werden konnten. Abel hieß sie sich auf umgedrehte Kisten setzen, so daß sie nach oben sehen konnten, und regulierte dann langsam den elektrischen Widerstand. Die Illusion war perfekt, man konnte wirklich glauben, die Sonne gehe hinter der Zinnenkrone der Mauer auf, und Della klatschte entzückt in die Hände.

«Max, das ist ja großartig, einfach himmlisch!»

Della kam nicht eine Sekunde lang der Gedanke, daß Clifford Abel etwas mit dieser Wirkung zu tun haben könnte. Soweit es sie betraf, stand Max hinter den Dingen, bestimmte den Lauf der Welt, war ihr, Dellas, Schutz und Schirm.

«Sehr beeindruckend», gab Abel zu. «Seltsamerweise ist noch niemand zuvor auf den Gedanken gekommen, das Draußen nach drinnen zu holen – es ist eine wirklich gelungene Sinnestäuschung.»

«Sie sind ein Genie», sagte Max großmütig.

«Aber keineswegs. Es war doch Ihr Einfall. Die Decke wird noch dunkler gestrichen, und ich habe 800 winzige Fassungen einsetzen lassen. Wenn alles fertig ist, kann man, nachdem man den Widerstand für den Sonnenuntergang heruntergeregelt hat, mit einem zweiten Widerstand die Sterne aufleuchten lassen. Übrigens sind die Fassungen so verteilt, daß der Eindruck eines Mittsommer-Nachthimmels entsteht, weil zu dieser Jahreszeit die meisten Leute zum Sternenhimmel emporsehen. Stellen Sie sich einfach mal vor, Miss O'Donnell», sagte er zu Della, «Sie sitzen hier und warten, daß der Film anfängt –»

«Die Orgel spielt», unterbrach Max ihn. «Die fünftgrößte Orgel in New York.»

«Ja, richtig», sagte Abel, «die Orgel spielt, und jetzt geht im Theater allmählich das Licht aus. Sie blicken nach oben, und auf einmal sind Sie nicht mehr in einem Theater, sondern in einem von Mauern umgebenen Palast, und jenseits der Mauern sehen Sie die letzten Strahlen der Abendsonne. Und nun», mit diesen Worten wies er auf die Decke, während er zugleich den Widerstand betätigte, «sehen Sie auf der ganzen Decke, wenn da erst mal die Lampen angebracht sind, den Sommernachtshimmel, zuerst blasse Lichtpünktchen, dann immer deutlicher, bis man den Großen und Kleinen Wagen, den Polarstern und so weiter erkennen kann –»

Dellas Augen wurden feucht. «Es wird der schönste Ort auf Erden sein.»

«Das hoffe ich», sagte Max.

Als Max sich mit Della zu ihrer Wohnung fahren ließ, kuschelte sie sich eng an ihn. Er streichelte ihre Wangen und merkte, daß sie glühendheiß und tränennaß waren. Max erkundigte sich, warum sie weine, und Della sagte: «Es war so schön, Max, einfach wunderschön. Übrigens war Sally da, aber sie wollte wohl nicht gesehen werden.»

«Nein, Sally war nicht da.»

«Hinter der künstlichen Wand. Sie hat uns über sie hinweg beobachtet.»

Max trug sie die Treppe zu ihrer Wohnung empor. Er wußte nicht, woher er die Kraft nahm, aber er schaffte es, dann zog er sie aus und legte sie ins Bett, breitete ein Federbett und eine Decke über sie. Er war richtig froh, daß er im Vorjahr darauf bestanden hatte, sie müsse sich ein Telefon legen lassen, und während er den Arzt anrief, lag sie zitternd unter den Decken.

Dr. Traub war klein und korpulent. Er untersuchte Della und nuschelte etwas von Lungenentzündung, und daß sie dringend ins Krankenhaus müsse.

«Bringen Sie sie ins beste, das es gibt», sagte Max.

Dr. Traub telefonierte bereits; anschließend erklärte er Max, er habe einen Krankenwagen bestellt.

«Ins beste Krankenhaus –»

«Das ist schon in Ordnung, Mr. Britsky. Es gibt keinen Grund zur Unruhe. Ich schicke sie ins Mount Sinai-Krankenhaus, dort habe ich Belegbetten, es ist so gut wie jedes andere.»

«Geld spielt wirklich keine Rolle», beharrte Max. «Sie können die besten Ärzte auf der Welt hinzuziehen. Ich möchte, daß sie gesund wird.»

«Geld hilft da nicht, sie hat eine Lungenentzündung. Wir tun, was wir können. Sagen Sie, Mr. Britsky, ist die Dame mit Ihnen verwandt? Sie sieht nicht wie eine Jüdin aus.»

«Sie ist meine Sekretärin und Teilhaberin.»

Dr. Traub nickte schweigend. Als Hausarzt der Familie Britsky brauchte er nicht nach weiteren Einzelheiten zu fragen. «Wenn der Krankenwagen kommt», sagte er, «wickeln wir sie in eine Decke, die können Sie nachher wieder mit nach Hause nehmen. Sie fahren doch mit ins Krankenhaus?»

Max nickte.

«Wissen Sie, wo es ist?»

«Ecke Fifth Avenue und Hundredth Street?»

«Ja.»

Nachdem der Krankenwagen gekommen und Della hinuntergebracht worden war, ging Max zu seinem Wagen. Shecky Blum, der schon seit sieben Jahren als hochherrschaftlicher Chauffeur fungierte, thronte erhaben, als sei er nie Droschkenkutscher gewesen, auf dem Fahrersitz von Max' neuem Buick. Am Mount Sinai-Krankenhaus angekommen, erkundigte er sich: «Welches sind Ihre Wünsche?»

«Warten Sie hier.»

«Mrs. Britsky wollte den Wagen heute nachmittag haben.»

«Sie haben gehört: Sie warten.»

Dr. Traub fing ihn auf dem Gang ab. «Es ist ein schwieriger Fall, Mr. Britsky. Wir tun, was wir können, allerdings haben wir bei Lungenentzündung kaum eine Möglichkeit, etwas zu tun.»

«Ich möchte sie sehen.»

«Sicher. Nur noch einen kleinen Augenblick», sagte Dr. Traub. «Sagen Sie mir, ist sie Jüdin oder nicht?»

«Was für eine Rolle spielt das?»

«Das werden Sie gleich hören, Mr. Britsky. Hat sie Verwandte? Ist sie womöglich katholisch?»

«Gott im Himmel –»

Dr. Traub nuschelte plötzlich nicht mehr. «Nun hören Sie aber mal auf, Mr. Britsky! Was ich jetzt sage, ist sehr wichtig. Wenn die Frau katholisch ist, braucht sie einen Priester. Wir als jüdisches Krankenhaus haben natürlich keinen, aber sollte Miss O'Donnell ohne Sterbesakramente sterben, könnte das für ihre Angehörigen schrecklich sein. Deswegen habe ich gesagt, daß man ihre Angehörigen benachrichtigen und einen Priester rufen muß – sofern sie Katholikin ist.»

«Das ist sie. Aber sie stirbt doch nicht! Hören Sie, Doktor, sie darf nicht sterben.»

«Das liegt in Gottes Hand, und bei Lungenentzündungen kann er offenbar auch nicht immer so, wie er gern möchte. Ihre Aussichten sind vielleicht eins zu eins, und selbst darauf würde ich keine Wette abschließen. Ich muß ganz offen zu Ihnen sein, immerhin hat sie bereits über 40 Grad Fieber. Doktor Solomon ist jetzt bei ihr, er ist unser bester Mann bei Lungenentzündungen, aber ich weiß nicht, was er tun kann.»

«Kann ich jetzt zu ihr?»

«Ja, aber sehen Sie zu, daß bald veranlaßt wird, was ich Ihnen gesagt habe.»

In Max' Gedanken schwirrte alles durcheinander, er merkte, was er für Della empfand, ohne daß er es sich eingestehen mochte, er hatte das Bedürfnis niederzuknien und sie anzuflehen, sie möge weiterleben und ihn nicht verlassen. Statt dessen stand er stocksteif neben dem Bett, während ihm die Tränen über das Gesicht rannen. Die beiden Ärzte sahen ihn eigentümlich an, bevor sie das Krankenzimmer verließen.

Della öffnete die Augen, erkannte ihn und flüsterte etwas. Er beugte sich über sie und hörte, daß sie sagte: «Wein doch nicht.» Die Anstrengung des Sprechens ließ sie husten, wobei dunkelbrauner, schaumiger Schleim aus ihrem Mund kam. Eine Schwester trat ins Zimmer und wischte Dellas Gesicht ab.

«Wo sind die Ärzte?» wollte Max wissen. «Warum sind sie nicht hier?»

«Sie können nicht helfen», sagte die Schwester. Sie hatte ein Bekken mit kaltem Wasser hereingebracht, in das sie Tücher tauchte, um Della Abkühlung zu verschaffen. «Wir tun, was wir können.»

Dellas Augen waren jetzt geschlossen. Sie schien etwas ruhiger zu atmen. Max ging hinaus, nahm den Hörer vom Telefon der Stationsschwester und begann eine Nummer zu wählen. Als eine Schwester ihn daran hindern wollte und ihn auf das Telefon am Haupteingang verwies, das für Besucher vorgesehen war, nahm er einen Zehn-Dollar-Schein aus der Tasche, warf ihn ihr zu und erklärte: «Ich spreche von hier aus.»

Er rief in Tammany Hall an und erfuhr, daß Charles Murphy im Rathaus war, wo der Bürgermeister dem neugewählten Präsidenten Woodrow Wilson die Schlüssel der Stadt aushändigte.

«Dann ziehen Sie los und holen Sie ihn!» brüllte Max. «Sagen Sie ihm, daß Max Britsky ihn sprechen will. Ich bin im Mount Sinai-Krankenhaus an der Hundreth Street, und es geht um Leben und Tod. Er soll unbedingt einen Priester mitbringen.»

«Was?»

«Einen Priester, gottverdammich! Einen Priester!»

Erst um neun Uhr abends kam Murphy. Della war am Nachmittag in ein Delirium verfallen und lag jetzt im Koma. Max begrüßte Murphy auf dem Gang, und Murphy stellte den hochgewachsenen breitschultrigen Mann, der neben ihm ging, als Bischof Brady vor.

«Wir brauchen einen Priester», sagte Max.

«Das bin ich», teilte ihm der Bischof mit.

Ganz seinem Schmerz hingegeben, fiel es Max schwer zu sprechen: «Ich glaube, es geht dem Ende zu.»

«Dann wollen wir keine Zeit verlieren», sagte der Bischof und trat als erster ins Krankenzimmer. Dr. Solomon stand über das Bett gebeugt. Er richtete sich auf, nickte Brady zu und sagte: «Sie müssen sich beeilen.»

Der Bischof versah Della mit den Sterbesakramenten. Zitternd und mit vor Kummer verzerrtem Gesicht sah und hörte Max zu. Als der Arzt das Laken über Dellas Gesicht zog, legte Murphy Max den Arm um die Schultern und führte ihn hinaus.

Bischof Brady kam zu ihnen ins Besucherzimmer. Da die Besuchszeit längst vorüber war, waren die drei Männer allein. Murphy reichte Max eine Taschenflasche und sagte: «Trink, du kannst es brauchen.»

Max nahm einen Schluck und gab die Flasche zurück.

«Es tut mir leid, aber es ging nicht eher. Ich konnte den Präsidenten ja nicht einfach stehenlassen. Immerhin haben wir es noch rechtzeitig geschafft. Die arme Kleine.»

«Der Herr sei ihrer Seele gnädig», sagte Brady. «Ich habe sie nur einige Augenblicke gesehen, aber auf ihrem Gesicht lag der Widerschein von Güte und Unschuld. Gott wird ihr vergeben und sie in sein Reich aufnehmen.»

Es kam nicht oft vor, daß Max weinte, und er spürte jetzt nicht, daß sein Gesicht tränennaß war. Er fragte sich, was Gott Della zu vergeben haben könnte. In all den Jahren, die er sie gekannt hatte, war nie ein böses Wort aus ihrem Mund gekommen, hatte er nie gesehen, daß sie irgend jemandem etwas zuleide getan hätte.

«Außer mir und meiner Frau hatte sie keine Angehörigen», sagte Murphy.

«Ich kümmere mich um alles», erklärte Max. «Beerdigungskosten und was sonst so nötig ist.»

Brady sah Max aufmerksam an. «Sie müssen die Frau von ganzem Herzen geliebt haben», sagte er.

Das habe ich ihr nie gesagt, dachte Max. Ich habe ihr nie gesagt, daß ich sie liebte. Warum eigentlich nicht? Er rieb sich die Augen und spürte die Tränen auf seinem Gesicht, suchte nach einem Taschentuch und hielt plötzlich zwei Eintrittskarten in der Hand. Er warf einen Blick darauf und gab sie dann Murphy. «Für morgen abend – vielleicht kannst du was damit anfangen. Es ist für George M. Cohan neues Stück *‹Broadway Jones›*. Sie mochte George M. Cohan.» Mit einem Ruck stand er auf. «Ach, es ist alles so sinnlos!»

ACHT

1914

Max mit fünfunddreißig Jahren

Natalie Love, die 23 Jahre zuvor als Alexa Vasovič zur Welt gekommen war, dehnte träge ihre Glieder, gähnte und lächelte zu Max hinüber. Dies Lächeln erinnerte ihn an Della O'Donnell, und immer wenn er an Della denken mußte, durchfuhr ihn ein stechender Schmerz. Alexa erinnerte ihn auch in anderer Hinsicht an Della: sie hatte dieselbe helle Haut, blaue Augen und rundliche Gliedmaßen. Ihr Haar allerdings war weizenblond, und sie war nicht ganz so mollig wie Della, was Max dazu veranlaßte, sie zu ermahnen, sie dürfe auf keinen Fall zunehmen.

«Bin ich etwa dick, Max?» Sie warf die Bettdecke zurück und ließ ihren völlig unbekleideten und überaus sehenswerten Leib erkennen.

«Deck dich zu. Ich möchte nicht, daß du dich erkältest.»

«Immer hast du Angst, man könnte sich erkälten.»

«Laß gut sein.» Er steckte sich ein Zigarre an. «Deck dich zu.»

«Es ist doch richtig schnuckelig warm hier drin.»

«Du hast gehört, was ich gesagt habe. Deck dich zu.»

«Na schön», seufzte sie. «Was mein Vater wohl sagen würde, wenn er das wüßte? All die Jahre hat er unten an den Docks geschuftet, Knochenarbeit für lumpige 6, 7 Dollar die Woche, bis er den tödlichen Unfall hatte. Und jetzt ist seine kleine Alexa ein Filmstar, verdient 300 Dollar die Woche und läßt sich von Mr. Britsky vögeln», überlegte sie laut.

«Alexa, so spricht eine Dame nicht.»

«Du meinst, ich soll nicht ‹vögeln› sagen?»

«Genau.»

«Du sagst es doch selbst immer.»

«Erstens stimmt das nicht, und zweitens ist das bei 'nem Mann was ganz andres. Eine Dame sagt so was jedenfalls nicht. Das mit deinem Vater wußte ich gar nicht. Er war also Hafenarbeiter?»

«Wo außer im Hafen oder im Schlachthof hätte man einem Polakken sonst Arbeit gegeben? Und weil es ihm im Schlachthaus nicht gefiel, hat ihm im Hafen eine gerissene Kette das Rückgrat zerschmettert.» Gedankenverloren sah sie zu Max hin. «Magst du mich wirklich, Max?»

«Was glaubst du, warum ich einen Star aus dir gemacht hab – zum Zeitvertreib? Als wir vor zwei Jahren *‹Die Sklavin›* gedreht haben, war da so eine Kleine mit weizenblondem Haar, und ich habe Mason gefragt, wer ist das? ‹Irgendein hergelaufenes Polackenmädchen›, das er für 3 Dollar am Tag eingestellt hatte. So was mag ich nicht. Ich kann es nicht haben, daß jemand hergelaufenes Polackenmädchen, dämlicher Ungar oder Drecks-Ire sagt, denn genau das sind die Mistkerle, die im nächsten Augenblick von mir sagen, ich wäre ein Saujude, und das kann ich auf den Tod nicht leiden. Also hab ich zu Mason gesagt: ‹Noch so 'ne Bemerkung, und Sie können in Philadelphia für die National filmen.› Da ist er mir dann gleich hinten reingekrochen und hat gesagt, er hätte keine Ahnung gehabt, daß ich mich für dich interessierte.»

«Und hattest du dich für mich interessiert?»

«Nein. Großer Gott, Alexa, ich hatte dich doch noch nie gesehen. Später schon. Immerhin hab ich aus dir 'nen Star gemacht, stimmt doch? Ich zahl dir 300 Dollar die Woche, und ich mag dich. Das Geld hat nichts damit zu tun, daß ich mit dir ins Bett geh. Ich hab das in meinem ganzen Leben mit keiner Frau gemacht, die mir nicht was bedeutet hat. Männer, die so was machen, kann ich nur verachten.»

«Ich hab gehört, Biograph zahlt Mary Pickford 800 Dollar die Woche –»

«Hast du sonst noch was gehört?» fiel ihr Max ins Wort. «Ich hab gehört, die Engel im Himmel sollen besser singen als der Chor in der Metropolitan Opera. Sicher lernst du noch was zu, Schätzchen, aber noch bist du keine Mary Pickford. Und bis dahin bist du bei den Britsky Productions viel besser aufgehoben als bei Biograph, die können uns mit ihren Filmen doch das Wasser nicht reichen.»

«Max, ich geh nicht zu Biograph, das weißt du doch.»

«Klar. Mein Anwalt weiß es auch.»

Alexa begann zu weinen.
«Warum heulst du denn? Hab ich was gesagt?»
«Du hast ‹Anwalt› gesagt. Du meinst, ich laß dich einfach sitzen, und deswegen drohst du mir mit dem Anwalt.»
«Schätzchen, Schätzchen, ich seh die Dinge, wie sie sind, sonst wär ich nicht geworden, was ich bin. Die Leute sagen, Britsky ist ein Schwein – kann sein, kann aber auch nicht. Jedenfalls muß ich mich um die Firma kümmern, weil es sonst keiner tun würde. Du weißt wohl gar nicht, wovon ich rede, was? Ich will es dir erklären. Jahrelang haben Vitagraph und Biograph die Namen ihrer Schauspieler geheimgehalten, damit die keine Möglichkeit hatten, ihre Gagen hochzudrücken. Es hat Mary Pickford viel Mühe gekostet, dagegen anzugehen. Ich hab so was nie gemacht. Meine Schauspieler sind berühmt geworden, denn ich weiß, es kommen um so mehr Leute in meine Kinos, je berühmter meine Schauspieler sind. Ich hab im ganzen Land neun Paläste von Clifford Abel stehen, wie sie kein König je hatte, und die krieg ich voll. Du sagst mir, Mary Pickford hat 800 Dollar die Woche, und ich will dir sagen, was der Direktor von der Bank am Broadway verdient, mit der ich arbeite: 40 Dollar die Woche weniger, als was ich dir zahle. Trotzdem, wenn Mary Pickford 800 Dollar kriegt, kriegst du ab nächste Woche 850.»
«Max –»
«Laß es dir durch den Kopf gehen.»
«Das ist doch nicht dein Ernst? Du machst dich doch bloß über mich lustig?»
«Keine Spur. Ich geh jetzt in mein Büro und sag's gleich Jake Stein. Der wird mich zwar für verrückt erklären, das liegt aber daran, daß er nicht weiter denken kann als bis zu seiner Nasenspitze. Dann laß ich Barney Enfield reinkommen und sag ihm, daß wir den höchstbezahlten Filmstar in den Vereinigten Staaten haben. Ach was, auf der ganzen Welt. Was die Franzosen zahlen, lohnt sich nicht nachzuzählen, wenn sie überhaupt was zahlen, wo doch jetzt in Europa Krieg ist. Britsky Productions hat Natalie Love unter Vertrag, die nicht nur schöner, begabter und verlockender ist als Mary Pickford oder Lillian Gish, sondern die auch besser bezahlt wird. Da hast du deine Amerikaner – die meinen immer, wer mehr verdient, muß auch besser sein. Dann spielt Barney allen Zeitungen und Illustrierten ein bißchen was zu, wir lassen ein paar Dutzend neue Aufnahmen von dir machen, und Oskar Bitterman soll mir ein

Szenarium schreiben. Sein neues Stück ist im Theater ganz groß rausgekommen. Barney kann der Presse dann sagen, der teuerste Star in Amerika spielt die Hauptrolle im teuersten Film. So krieg ich Reklame, die ein paar Millionen wert ist, und mach vielleicht 500 Millionen Dollar mehr Umsatz. Und was muß ich dafür tun? Ich brauch nur einer jungen Dame 850 Dollar die Woche zu zahlen – ich wüßte sowieso nicht, wo das Geld besser angelegt wäre –»

Alexa sprang aus dem Bett, umschlang Max und bedeckte sein Gesicht mit Küssen. «Ach, Maxie, ich liebe dich ja so, ich liebe dich, ich liebe dich.»

Er löste sich aus ihrer Umarmung und erklärte ungerührt: «Warum auch nicht – für so viel Geld?»

«Morgen, Max?»

«Ach, Schätzchen, morgen um diese Zeit sitz ich im Zug irgendwo zwischen hier und Chicago, von da geht's weiter nach Los Angeles, und vielleicht muß ich da die wichtigste Entscheidung meines Lebens treffen.»

Trotz langem Hin- und Herüberlegen hatte die Vorstellung erst wirklich Gestalt angenommen, nachdem Max zwei Wochen zuvor mit Irving Lunberg im Café *Coronet* zu Mittag gegessen hatte. Lunberg, ein dicklicher Kahlkopf mit unruhig auf und ab zuckenden Augenlidern, war ein kleiner Produzent, der im Jahr etwa ein halbes Dutzend nach Max' Ansicht drittklassige Filme herstellte, für deren Verleih er ganz und gar auf Max angewiesen war. Er hatte sich in einem nicht weit von Los Angeles gelegenen Ort namens Hollywood in der Gower Street ein Studio in einem alten Schuppen eingerichtet. Schon seit zwölf Monaten hatte er Max bestürmt, er möge sein Unternehmen aufkaufen, doch hatte sich Max diesem Wunsch stets widersetzt. Da er aber Lunberg mochte, lud er ihn stets zum Essen ein, wenn er nach New York kam.

Es goß in Strömen, den dritten Tag ohne Unterbrechung, und als Max erwähnte, ein Trupp, der Außenaufnahmen machen sollte, sitze schon seit drei Tagen mit den Händen im Schoß herum, erklärte Lunberg, so etwas sei in Hollywood völlig ausgeschlossen.

«Wieso? Regnet es da nicht?»

Offensichtlich waren die Köstlichkeiten der jiddischen Küche noch nicht bis Hollywood vorgedrungen, denn Lunberg wählte aus der Karte, die er in zitternden Händen hielt, eine abenteuerliche

Zusammenstellung aus gefüllten *blinsen* mit Sauerrahm, Kartoffel*chremseln*, den berühmten *klascha-knyschy*, ein Gericht, das im wesentlichen aus Buchweizen und Mehl besteht, sowie *bejgls* und fetten Käse. «Wenn ich nichts im Magen habe, bin ich immer schrecklich nervös», erklärte er Max.

«Das seh ich. Was ist nun mit dem Regen?»

«Natürlich regnet es da, das geht ja nicht anders, aber es ist vernünftig eingeteilt. Also kann man einen Drehplan aufstellen, der einen nicht ins Armenhaus bringt wie hier», sagte er, mit dem Finger aus dem Fenster weisend.

«Erzählen Sie mir, wie das funktioniert.»

«Gut. Von April bis November kann man *ziemlich* sicher sein, daß es nicht regnet und daß der Himmel nicht bedeckt ist. Von Mai bis Oktober gibt es *garantiert* keinen Regen. So was von Sonnenschein haben Sie noch nie gesehen – es ist ein helles, reines, wunderschönes Licht.» Mit den Worten: «Nehmen Sie auch welche» schob er Max den Teller mit Kartoffelpfannkuchen hinüber.

«Ich hab keinen Hunger. Erzählen Sie weiter.»

«Sie sind nicht so wie früher bei meiner *mame*.»

«Was?»

«Die Kartoffel*chremsel*.»

«Sie wollten über Hollywood erzählen.»

«Ich sagte ja schon: saubere, klare Luft, ohne den Dreck, den Sie hier haben. Hügel mit Kakteen und dergleichen, und viel Platz. Das Ganze ist völlig unberührt, nur Ölbohrfirmen waren schon da. Sollte man es für möglich halten, die haben doch tatsächlich gleich bei mir um die Ecke Öl gefunden, direkt an der Gower Street. Haben Sie schon mal was von Zane Grey gelesen?»

«Ich les nicht viel, hab den Namen aber schon gehört. Sally hat ihn wohl mal erwähnt.»

«Ach ja? Natürlich. Wie geht's ihr überhaupt?»

«Wohl ganz gut. Wir lassen uns scheiden, Irving.»

«Nein! Das tut mir aber leid.»

«Wir wollen weiter über Hollywood und diesen Zane Grey reden.»

«Gut. Also, ich hab ein paar von seinen Büchern gelesen – er schreibt über den Westen, mit Cowboys und Revolverhelden und so – und ein Drehbuch danach zusammengestellt. Ich würde nicht sagen, daß ich es von ihm abgeschrieben habe, denn er würde nie im

Leben auf den Gedanken kommen, es könnte etwas mit seinem Buch zu tun haben. Da ist also eine mexikanische Ranch im Süden des Bezirks Los Angeles, da sind wir mit den Kameras und Don Durango, unserm Cowboydarsteller, hingefahren. In Wirklichkeit ist er gar kein Cowboy. Er stammt aus Pittsburgh und heißt Frank Lutzman. Wir haben einen ziemlich guten Film gemacht, und ich denke, er wird Ihnen gefallen. Wahrscheinlich werden die Leute bald ziemlich wild auf Cowboyfilme sein.»

«Wieso?»

«Weil alle Welt nach Cowboydarstellern schreit.»

«Für den *‹Großen Eisenbahnraub›* brauchten sie aber nicht nach Hollywood zu gehen.»

«Max, das ist hier was ganz anderes», sagte Lunberg. «Da hat man Platz, es gibt Berge und eine Landschaft – so was hat sich noch kein Mensch träumen lassen.»

«Wann können wir uns den Film ansehen?» wollte Max wissen.

«Heute nachmittag. Ich hab ihn im Hotel.»

Der Westernfilm, den Lunberg gedreht und der nicht wortwörtlich bei Zane Grey abgeschrieben war, war das Argument, das Max schließlich überzeugte, er müsse sich Los Angeles ansehen und ernsthaft als Standort erwägen. Es war nicht gerade ein Meisterwerk, aber in seiner Art dennoch neu für Max: es war der erste Westernfilm, der nicht auf Long Island oder in den baumbestandenen Ebenen New Jerseys gedreht worden war, sondern wirklich und wahrhaftig im ehemaligen Wilden Westen. Das grandiose, gezackte Bergmassiv, das weite Land, der grenzenlose Himmel, die unglaublich geschickten mexikanischen *vaqueros*, all das rief in Max eine eigentümliche Sehnsucht hervor und vermittelte ihm zugleich eine Vorahnung davon, was vor dieser Hintergrundkulisse gedrehte gute Filme würden einspielen können. Wie er schon zu Alexa gesagt hatte: es war durchaus möglich, daß er sich der wichtigsten Entscheidung seines Lebens gegenübersah.

Als er an jenem Vormittag aus ihrer Wohnung kommend in seinem Büro im Hobart Building eintraf, erwartete ihn Fred Feldman bereits und begrüßte ihn mit den Worten: «Ich habe eine gute und eine schlechte Nachricht. Welche willst du zuerst hören?»

«Die gute.»

«Ist Sam im Haus?»

«Möglich.»

«Dann hol ihn und Bert rein. Ich will es in feierlicher Form sagen. Bring ruhig die Schnapsflasche aus deinem Schreibtisch mit und stell vier Gläser dazu.»

Max lächelte, während er dem schon fast kahlköpfigen, rundlichen Männchen zuhörte, das ihm so ans Herz gewachsen war. Feldman wurde jedes Jahr fülliger, er setzte förmlich Jahresringe an. Jetzt war er so aufgeregt, daß es ihn Mühe kostete, nicht im Büro herumzuhüpfen und zu tanzen. Max drückte den Rufknopf seiner Sekretärin – eine spitznasige Neue, Josie Levy, Mitte Zanzig und sehr tüchtig – und forderte sie auf, Snyder und Bellamy herzubitten. Als sie Max' Büro betraten, standen vier volle Whiskeygläser vor ihm auf dem Tisch.

«Hoch die Tassen», sagte Feldman.

«Was ist denn los?»

«Auf Felix Chapman.»

«Und wer zum Teufel ist das?»

«Ein Richter», strahlte Feldman mit unverhohlener Befriedigung. «Ein älterer Herr am Gericht des südlichen Bezirks von New York, der einen Fall entschieden hat. Und wißt ihr auch was?»

Feldman stürzte sein Glas hinunter, hustete, atmete tief durch und brachte heraus: «Vorwärts, ex!»

«Nun schön, auf den Richter», sagte Max.

«Und da ihr noch nicht wißt, was er entschieden hat, werde ich es euch erzählen. Erstens hat er erklärt, daß National gegen das Sherman-Kartellgesetz, das Clayton-Gesetz und ein oder zwei andere Gesetze verstoßen hat, ganz zu schweigen von ungesetzlichen Preisabsprachen, Behinderung des freien Handels und Verdrängungswettbewerb. Wenn das nichts ist! Freunde, der Trust ist am Ende, erledigt, kaputt. Und wer hat das zustande gebracht? Niemand anders als wir, die Firma Max Britsky Productions.»

Die anderen klatschten Beifall, während Max aufstand und sich verbeugte. «Fast könnten mir die armen Säcke leid tun», erklärte er, «aber was soll's! Die haben keinen einzigen vernünftigen Film auf die Beine gestellt. Wenn man bedenkt, was für Trottel sie waren, durften sie ganz schön lange frei rumlaufen. Sobald das hier bekannt wird, kommt jede Laus, die sich unter ihrem Daumen versteckt hatte, und will in unseren Tauschring aufgenommen werden.»

«Und wir nehmen sie alle», erklärte Bert mit leichtem Grinsen.

«Vielleicht lassen wir sie zuerst ein bißchen zappeln, aber nehmen wollen wir sie. Freddy, gieß nach. Diesmal sag ich den Trinkspruch. Max und ich sind schon sehr lange zusammen – seit wir in Rowdy Smiths Amüsierpalast angefangen haben. Stimmt's Max?»

«Klar. Armer Alter, ist wohl auch schon lange tot.»

«Da hat alles angefangen», fuhr Bert fort, «als wir die Kurbeln an den Kinetoskopen gedreht haben. Deswegen trinke ich auf den alten Rowdy Smith, Gott sei seiner irischen Seele gnädig.»

«Ich schließe mich an», sagte Max.

«Und was ist jetzt mit Kalifornien?» wollte Snyder wissen. «In ein paar Tagen werden wir mehr zu tun haben, als wir erledigen können.»

«Um so mehr Grund hinzufahren – nur mußt du jetzt hierbleiben. Der Verleih ist nun mal dein Bier, also schenk's auch aus. Wenn wir uns entschließen, im Westen Wurzeln zu schlagen, wirst du noch viel Gelegenheit haben, dich da in der Sonne zu aalen. Bis dahin muß sich jemand um die armen befreiten Produzenten kümmern.»

Feldman blieb in Max' Büro zurück, nachdem die beiden anderen gegangen waren, und sagte zögernd: «Max, ist dir eigentlich klar, was du Bert da anvertraust?»

«Ein für allemal Schluß damit! Was ist bloß mit dir und Bert los? Er ist für mich wie ein Bruder – 'nen ganzen Streifen mehr als die beiden Strauchdiebe, die sich meine Brüder nennen.»

«Schon gut, schon gut», beschwichtigte Feldman ihn rasch. «Reiß mir bloß nicht den Kopf ab. Schließlich hab ich dich nur gefragt.»

«Dann hör mit der Fragerei auf. Vorhin hast du gesagt, du hättest eine gute und eine schlechte Nachricht für mich. Was ist mit der schlechten?»

«Sally.»

«Hab ich mir gedacht. Was will sie?»

«Eine Million Dollar.»

«Du machst Witze.»

«Schön wär's, Max. Sie will eine Million Dollar und das Haus in der Sixty-sixth Street.»

«Damit habe ich gerechnet, sie kann es haben.»

«Sie weiß, daß wir zur Westküste rüberfahren und daß deine Mutter mitgeht, wenn du dich da endgültig ansiedelst. Sie will das

Recht zugesichert haben, das Haus deiner Mutter für 5000 Dollar zu erwerben.»

«Es ist zwar viermal so viel wert, aber von mir aus. Nur die Sache mit der Million versteh ich nicht, früher war sie nicht so. Sie war nie hinter dem Geld her.»

«Jetzt ist sie es aber. Außerdem will sie das Sorgerecht für die Kinder und 20000 Dollar im Jahr an Unterhalt.»

«Was, zu der Million?»

«So ist es, Max.»

«Die muß verrückt sein! Ich hab keine Million, du bist mein Zeuge, Freddy. Ich hab nichts. Jake Stein zahlt meine Rechnungen, und jeden Monat gibt er mir bar, was mir von meinem Gehalt noch zusteht, 700 oder 800 Dollar. Ich hab nicht einmal ein Bankkonto.»

«Max!»

«Was ist? Glaubst du, ich erzähl dir was? Du als mein Rechtsberater mußt es doch schließlich am besten wissen.»

«Max, wem gehört die Firma Britsky Productions?»

«Mir – wem sonst?»

«Genau. Und das ist die größte Kette von Filmtheatern und der größte Spielfilmhersteller nicht nur in den Vereinigten Staaten, sondern auf der ganzen Welt und weißt du auch, auf wieviel sich das Ganze beläuft?»

«Was hat das damit zu tun? Ich will doch nicht verkaufen!»

«Wer weiß? Vielleicht doch.»

«Du bist total bekloppt!» brach es aus Max heraus.

«Hörst du mir bitte mal zu?»

«Wenn du was Vernünftiges zu sagen hast, ja. Aber erzähl mir bloß nicht, ich soll meine Firma verkaufen, denn wenn du das meinst, verschwindest du besser gleich.»

«Hör doch mal eine Minute lang ruhig zu. Zwölf Jahre habe ich für dich gearbeitet, und bis jetzt hab ich dich nicht übers Ohr gehauen. Du könntest also ruhig davon ausgehen, daß ich zu dir halte und zu tun versuche, was in deinem wohlverstandenen Interesse ist. Manchmal allerdings frag ich mich, ob du überhaupt weißt, was alles hinter diesem Unternehmen steht, denn du führst es immer noch so, wie man wohl den Süßwarenladen in der Clinton Street geführt hat, wo du dich als Kind immer rumgedrückt hast.»

«Das ist doch alles Quatsch, Freddy. Keiner kennt die Firma wie ich, sie ist mein Leben.»

«Ja, du kennst sie, und du kennst sie nicht. Ich zähl dir mal auf, was du so hast. Neun große Filmtheater, die wir selbst gebaut haben und die uns gehören, dann 721 eigene oder gemietete. Uns gehören außerdem das Hobart Building und drei Studios: das Eislagerhaus und zwei weitere Studios: das in Harlem und das in Fort Lee, das wir im vorigen Jahr gekauft haben. Gegenwärtig produzieren wir vier Filme gleichzeitig und haben in den letzten zwölf Monaten 31 Spielfilme und Gott weiß wie viele Kurzfilme gedreht. Wir beschäftigen mehr als 3000 Leute, und ich hab mal zusammen mit Jake versucht herauszubekommen, was das Ganze in etwa wert sein könnte – wir sind auf gut 7 bis 8 Millionen Dollar gekommen, wenn wir uns auf das beschränken, was uns tatsächlich gehört. Möglicherweise ist es noch viel mehr wert.»

«Trotzdem habe ich keine Million Dollar für Sally übrig. Wie sieht es zur Zeit mit unserem Barbestand aus?»

«Etwa 160000 Dollar. Aber in die Richtung denke ich gar nicht, Max. Ich habe die ganze Zeit über etwas nachgedacht, was Alvin Berry in der Chase Bank mal gesagt hat. Er meint, wir sollten unseren Laden in eine Aktiengesellschaft umwandeln und an die Börse gehen.»

«Kommt überhaupt nicht in Frage! Ich hab das Unternehmen mit eigenen Händen aufgebaut, und ich denk nicht daran, es anderen in den Rachen zu stecken.»

«Du würdest es doch behalten. Mit 51 Prozent der Aktien wärest du unter allen Umständen Mehrheitsaktionär und könntest den Kurs des Unternehmens bestimmen. Das Ganze würde selbstverständlich nach wie vor dir gehören, aber wir könnten Sally mit 5 Prozent der Aktien auszahlen, und die wären schon sehr bald eine ganze Menge mehr wert als die Million, die sie haben will, wenn sie es nicht jetzt schon sind. Berry hat seinen Wirtschaftsfachmann mal ein Diagramm unserer Gewinne anfertigen lassen. Wir haben sie alle zwei Jahre verdoppelt, und der Nettowert unseres Unternehmens hat sich verdreifacht. So etwas ist überhaupt noch nicht dagewesen, und all die großen Alten, die mächtigen *gojim*, die Rockefellers, Morgans, Lamonts und Carnegies ärgern sich grün und blau. Trotz all ihrer Banken, Stahlwerke und Ölquellen haben sie noch nie so eine Goldgrube wie das Filmgeschäft gesehen. Deshalb wollten sie uns ja mit Hilfe des Trusts da herausdrücken und selbst groß einsteigen. Und dem haben wir jetzt einen Riegel vorgeschoben –

für alle Zukunft. Aber du kannst so ein Unternehmen unmöglich mit einem Notizbuch in der Westentasche führen und finanzieren, wie's gerade kommt.»

«Ich kann mir einfach nicht vorstellen, was in Sally gefahren ist, so eine isse nicht. Isse – da hast du's wieder. Als ich das letzte Mal mit ihr sprach, hat sie zu mir gesagt: ‹Max, deine Ausdrucksweise ist grauenhaft, und du weißt nichts mehr von dem, was ich dir beigebracht habe. Das hast du mit Absicht getan, weil du die schlampige Sprechweise als Waffe gegen mich einsetzt.› Damit hat sie übrigens recht, ganz und gar recht. Sie ist die klügste Frau, die ich kenne, aber auf Geld war sie noch nie aus.»

«Du mußt das richtig sehen. Sie fühlt sich unsicher und hat Angst vor der Zukunft. Aber glaub mir, Max, wenn die Sache vor Gericht geht, kann sie eine Menge mehr verlangen als eine Million. So weit will ich es nicht kommen lassen. Noch etwas: Männer wie Sam Snyder und Bert Bellamy, von mir zu schweigen, stehen dir seit Jahren zur Seite, und nichts auf der Welt bedeutet uns so viel wie die Firma, wenn man einmal von der Familie absieht –»

«Was ist denn?» wollte Max wissen. «Zahl ich etwa nicht genug? Sam verdient 40000 Dollar im Jahr, kein anderes Unternehmen in diesem Land zahlt einem Angestellten so viel, das müßtest du doch wissen. Und du selbst –»

«Kein Mensch sagt, daß wir nicht genug verdienen, aber wir haben Frauen und Kinder. Du bist gesichert, dir gehört die Firma, aber was ist, wenn ich einen Herzinfarkt kriege und tot umfalle? Dann steht meine Frau vor dem Nichts. Ich hätte nie gedacht, daß ich es dir einmal sagen müßte, aber uns steht ein Teil am Unternehmen zu, findest du nicht auch?»

«Sieht Sam Snyder das ebenso wie du? Und Bert? Glaubt er, ich hab ihn schlecht behandelt?»

«Sam würde das nie sagen, und wenn es ihn das Leben kostete, aber du kennst ihn ja. Er hält dich für den tollsten Hecht auf der ganzen Welt – andererseits: wo wären wir ohne Sam Snyder? Über Bert kann ich nichts sagen, aber möglich ist es schon, daß er die Dinge so sieht.»

«Und du denkst, du kannst ungestraft so mit mir reden, Freddy?»

«Was willst du denn tun – mich etwa rausschmeißen? Nur zu! Als ob du nicht wüßtest, daß ich mit einer freien Anwaltspraxis mehr verdienen kann als bei dir. Niemand spricht in deiner Gegenwart solche Dinge an, dabei ist es fünf Minuten vor zwölf.»

«Ruhig Blut, reg dich nicht so auf.»

«Vielleicht wird es Zeit, daß ich mich mal aufrege. Hättest du den Prozeß gegen den Trust mit Unterstützung einer der großen *gojischen* Anwaltsfirmen geführt, hätte dich das glatt eine halbe Million gekostet. Ich habe es für das Gehalt getan, das du mir zahlst, zusammen mit zwei jungen Angestellten, die nicht viel verdienen. Dafür haben wir in der letzten Zeit achtzehn Stunden am Tag gearbeitet, und Leah und die Kinder haben mich wochenlang nicht zu sehen bekommen, während du in unseren Studios jedes Weib gevögelt hast, was dir vor die Flinte gekommen ist –»

«Jetzt hör aber auf! So redet niemand mit mir. Was glaubst du eigentlich, wer du bist?»

«Das will ich dir genau sagen, dein früherer Rechtsberater!»

Brüsk drehte sich Feldman auf dem Absatz um und wollte den Raum verlassen, doch Max eilte flink wie ein Wiesel hinter ihm her und fing ihn noch vor der Tür ab. Er faßte ihn beim Arm, drehte ihn zu sich herum, und als Feldman ihn anknurrte: «Laß mich bloß zufrieden!», antwortete Max: «Du blöder Hund, wo willst du hin? Du bist mir wie ein Bruder, du kannst hier nicht einfach abhauen! Du bleibst, und wenn ich dich windelweich prügeln muß.» Er umarmte den kleinen Dicken so kraftvoll, daß Feldman vor Schmerz zusammenzuckte. Als Max ihn losließ, lachte Feldman laut heraus, und Max lachte mit.

«Na schön, na schön», sagte Max. «Setz dich hin, und wir reden drüber. Aber eines will ich dir sagen, Freddy. In all den Jahren, in denen ich mit Della zusammen war, hab ich keine andere Frau angerührt. Das jetzt ist reine Triebhaftigkeit, mehr nicht. Läßt Sally mich die Kinder besuchen?»

«Na klar, das kriegen wir hin. Aber wenn Sally hier lebt und du dich an der Westküste niederläßt – das ist 'ne lange Bahnfahrt.»

«Ich weiß nicht. Die Kinder kommen mir sowieso schon wie Fremde vor. Komisch, in dem großen Haus hab ich nie das Gefühl gehabt, mit Sally zusammen zu leben. Es wird schon schiefgehen.»

Feldman schüttelte unbehaglich den Kopf. «Ich muß auch noch über Ruby und Benny mit dir reden, und das tu ich nicht gern.»

«Warum nicht? Du redest doch über alles andere mit mir. Du sagst mir sogar, was für ein Mistkerl ich bin. Also vorwärts – und wenn Sally mit 5 Prozent der Aktien zufrieden ist, gib sie ihr, und nimm denselben Anteil für dich, Sam und Bert. Was ist also mit Ruby und Benny?»

«Ich hab's dir früher schon mal gesagt, Max, und ich möchte das ungern noch mal tun. Sie bestehlen dich.»

«Was kann das schon sein? Ein bißchen hier, ein bißchen da, und sie kommen sich ganz großartig dabei vor. Laß sie doch! Was meint Jake Stein dazu?»

«Ich hab ihm gesagt, er soll das überprüfen. Er sagt, es gibt keinen Grund zur Besorgnis, er weiß Bescheid und frisiert die Buchhaltung dementsprechend. Manchmal hab ich den Eindruck, er macht so seine eigene Art doppelte Buchführung.»

«Schon gut. Wenn es anfängt, mir weh zu tun, werd ich ihnen die Leviten lesen. Ich würde sie ja ohne weiteres raussetzen, aber es würde meiner Mutter das Herz brechen.»

Die Vorstellung, New York mit einem nur ungenau umrissenen Ziel irgendwo im Westen zu vertauschen, fiel Max nicht leicht. Nie zuvor war er in Kalifornien gewesen, und wenn er überhaupt daran dachte, stellte er sich es als ein ungastliches und ödes Wüstenland vor. Die Stadt New York hingegen war mehr als ein topographischer Ort. Dort hatte er seine Wurzeln, seinen Ursprung, dorther stammte seine Sprache, dort fühlte er sich sicher.

Wie Max reckte und dehnte auch die Stadt sich, wuchs und lebte mit grenzenloser Dynamik. Mit dem Woolworth Building hatte sie soeben das höchste Gebäude der Welt errichtet, mit seiner neuen und sich ständig erweiternden U-Bahn konnte man für 5 Cent weiter fahren als irgendwo im Land, und seine sich weithin spannenden Brücken galten als neue Weltwunder. Nie hatte Max sich von dieser Stadt bedrückt gefühlt. Hierher gehörte er, es war seine Welt, und alle anderen Städte lagen so weit außerhalb seiner Vorstellung, daß sie eigentlich gar nicht recht existierten. Während anderswo ein Krieg geführt wurde, in dem Millionen Männer töteten, zerstörten und plünderten, war in Max' Welt das Auftauchen eines jungen Mannes namens Charles Chaplin weit wichtiger, der soeben einen Film mit dem Titel *‹Man lebt wie man kann›* gedreht hatte, in dem neben ihm eine interessante Schauspielerin namens Marie Dressler spielte. Anderswo aber lag auch Kalifornien, und als Max nun im ganz neuen Grand Central-Bahnhof stand, mit seiner von riesigen

Bögen überspannten Weite sicherlich einer der aufregendsten Bahnhöfe der Welt, empfand er einen Schauder der Furcht, hatte das Gefühl, daß der Ruhm vielleicht schon hinter ihm lag und vorbei war. Nicht daß er das in seinen Gedanken klar formuliert hätte, aber er verfügte über genug Einfühlungsvermögen, um zu wissen, daß alle Dinge einen Anfang und ein Ende haben, und die Möglichkeit Kalifornien erschien ihm zu unsicher und zu schemenhaft, als daß er darin eine sinnvolle Fortsetzung hätte sehen können. Sam Snyder, der das Gepäck aufgegeben hatte, gesellte sich zu Max und Fred Feldman.

«Alles in Ordnung», sagte er. «Der Zug fährt in zehn Minuten, wir sollten also langsam auf den Bahnsteig gehen.»

«Kopf hoch», sagte Feldman zu Max. «Ich wollte immer schon nach Kalifornien. Wer weiß, vielleicht gefällt es uns.»

«Hollywood», knurrte Max. «Was für ein Name soll das um alles in der Welt bloß sein?»

«Das ist eine Stadt, Max. Außerdem sind wir ja nicht darauf angewiesen. Nach allem, was ich gehört habe, gibt es überall genug Platz, um Studios hinzustellen.»

Während der Zug am Ostufer des Hudson entlang nordwärts dampfte, brummelte Max in ihrem Abteil weiter vor sich hin. Schließlich teilte er den anderen mit dem finstersten Ausdruck schlechter Laune mit, er werde in den Salonwagen gehen und dort eine Zigarre rauchen, beim Abendessen würden sie sich dann wiedersehen.

«Freddy, was hat er nur?» erkundigte sich Sam Snyder, nachdem Max das Abteil verlassen hatte.

«Das geht schon lange so, seit Della tot ist.»

«Das ist doch schon über ein Jahr her.»

«Es hat wohl nichts mit der Zeit zu tun. Irgend etwas muß mit ihm passiert sein. Auf Weiber ist er richtig süchtig, er vögelt jede, die ihm in unserem Laden vor den Lauf kommt. Mir macht das Sorge, denn früher oder später haben wir mit Sicherheit 'ne dicke Vaterschaftsklage am Hals.»

«Komisch ist nur», sinnierte Snyder, «daß er keine andere angesehen hat, solange Della am Leben war – nicht mal Sally. Es muß schon fünf oder sechs Jahre her sein, da hat er Della mal mit zum Abendessen zu uns gebracht und war so gelöst und glücklich, wie man sich das kaum vorstellen kann. Dabei haben wir gar nichts

Besonderes gemacht. Allerdings kocht meine Alice hervorragend, und mir schmeckt es so gut, daß ich davon eine richtige Wampe gekriegt hab. Damals also haben wir gegessen und Bier getrunken, anschließend ist Della mit Alice ins Wohnzimmer gegangen, und Max und ich haben am Tisch eine Zigarre geraucht und uns über das Geschäft unterhalten, meistens wohl technische Fragen. Ich erinnere mich, daß ich damals nach etwas Besserem als den verdammten Quecksilberdampf-Lampen suchte, mit denen wir arbeiteten. In dem Licht sahen alle aus wie ausgekotzt. Wir mußten ihnen die Gesichter richtig bunt anmalen – wovon sprach ich gerade, Freddy?»

«Darüber, daß Max euch besucht hat.»

«Von da an sind sie regelmäßig jeden Mittwochabend gekommen. Die Kinder freuten sich schon immer. Er hat ihnen Geschenke mitgebracht, so daß Alice ihn schließlich bitten mußte, damit aufzuhören, er hätte sie sonst schrecklich verwöhnt. Er hat auch immer auf dem Fußboden mit ihnen gespielt, dabei ist er mit seinen eigenen Kindern nie so richtig warm geworden, wie ich gehört habe.»

«Das stimmt. Er sagt, sie sind ihm wie Fremde.»

«Ich versteh das nicht, außer, Sally hat sie gegen ihren Vater geimpft.»

«Ich kann mir nicht vorstellen, daß sie das tun würde», erklärte Feldman.

«Möglich. Aber sie hat gewußt, was los war, und sie hat auch ein paarmal bei uns unter irgendeinem Vorwand angerufen. Vielleicht hat sie ihn durch einen Detektiv beobachten lassen. Jedenfalls wußte sie Bescheid.»

«Warum hat er sich denn nicht scheiden lassen und Della geheiratet? Jetzt läßt sich Sally von ihm scheiden. Das hätte er doch tun können, als Della noch lebte.»

«Ach, das hast du wohl nicht gewußt? Della war verheiratet, muß ein richtiger Halunke gewesen sein. Und sie als Katholikin konnte sich doch nicht scheiden lassen. Ungefähr ein halbes Jahr, bevor sie dann gestorben ist, hab ich mit Steve Maguire darüber gesprochen, und der hat gemeint, ‹Boss› Murphy hätte genug Einfluß im Vatikan, um Dellas Ehe für ungültig erklären zu lassen, und es würde nur 2000 Dollar kosten. Als ich das Max gesagt hab, wollte er nichts davon wissen. Er hat gemeint, er könnte seiner

Mutter nicht mehr ins Gesicht sehen, wenn er Sally verlassen und Della heiraten würde.»

«Gott im Himmel, die Menschen sind wirklich seltsame Lebewesen. Und jetzt geht er hin und tut es doch.»

«Nicht er, Sally.»

Unterdessen rauchte Max im Salonwagen eine ausgezeichnete Havanna und bestellte ein Glas Whiskey dazu. Ein großzügig bemessenes Trinkgeld hatte dem Kellner seinen Namen unauslöschlich ins Gedächtnis eingebrannt, und während er ihm den Wiskey mit den Worten hinstellte: «Sagen Sie nur Bescheid, wenn Sie noch etwas brauchen, Mr. Britsky», sah eine Frau ihm gegenüber ihn voller Interesse an. Max hatte sie bereits bemerkt und vermutete, daß sie entweder eine Einkäuferin war oder mit dem Showgeschäft zu tun hatte, da in der ersten Klasse allein reisende Frauen, die nicht einem dieser beiden Berufszweige angehörten, gewöhnlich die Salonwagen mieden. Die Frau war um die Vierzig, gut, aber unauffällig gekleidet, ihr Make-up war dezenter, als man es von einer Frau im Showgeschäft erwartet hätte. Sie hatte gleichmäßige Züge, dunkle Augen, brünettes Haar und eine gute Figur – sie wirkte anziehend, wenn sie auch nicht schön war. Nachdem sie Max eine Weile angesehen hatte, blickte sie sich im Wagen um. Nur rund ein halbes Dutzend Männer saßen darin, und sie achteten weder auf die Frau noch auf Max, was ihr ganz recht zu sein schien. Jetzt kommt sie, dachte Max, und sie ist nicht daran gewöhnt. Sie stand auf, setzte sich ohne zu fragen neben ihn und sagte: «Ich habe Ihren Namen gehört, Mr. Britsky, und den kenne ich nur in einem anderen Zusammenhang. Auch wenn es nicht gerade damenhaft ist, möchte ich es gern wissen, es ist ja wohl ein ziemlich seltener Name. Sicherlich sind Sie mindestens sein Vetter.»

«Von wem reden Sie?»

«Von Max Britsky. Also, ich bin Einkäuferin für Altman's in New York. Ich heiße Frances Sohl und kaufe Schuhe. Manche Dinge im Leben sind einem wohl vorherbestimmt.»

«Max Britsky.»

«Dachte ich mir es doch. Schuhe und Handtaschen. Ich reise ziemlich viel an der Ostküste und auch nach Chicago, und in meinen freien Stunden gehe ich gern ins Kino. Ich bin richtig wild auf

Filme und seh am liebsten welche von Max Britsky Productions. Sind das etwa *Sie*?»

«So ist es, in Lebensgröße. Kann ich Ihnen etwas anbieten?»

«Wenn es Ihnen recht ist, bitte ein Glas Sherry.»

Max winkte den Kellner herbei und gab die Bestellung auf. «Was meinten Sie mit vorherbestimmt?» wandte er sich der Dame neben ihm wieder zu.

«Nicht Sie und ich, Mr. Britsky.» Sie lachte laut auf. «Nein, mein Name. Frances Sohl. Schuheinkäuferin. Schuh-Sohle. Ich bin eine geborene Smith, und dann mußte ich ausgerechnet einen deutschstämmigen Oskar Sohl heiraten. Glücklicherweise liegt das jetzt alles schon ein paar Jahre zurück. Kinder hatten wir keine, und wir haben uns gütlich geeinigt, wohl in erster Linie, weil ich auf Unterhaltszahlungen verzichtet habe. Der Haderlump hätte sowieso nichts zahlen können. Außerdem, was sollte ich mit ihm? Ich verdiene gut – für eine Frau sehr gut.»

Der Kellner stellte das Sherryglas vor sie, und Max bezahlte.

«Reisen Sie mit Ihrer Frau, Mr. Britsky?»

«Nein, mit zwei Teilhabern.»

«Selbstverständlich Herren?»

«Möglich.»

«Möglich? Ach, ich sehe schon, Sie haben Humor. Wissen Sie, ich finde Bahnreisen herrlich. Im Zug hab ich mit die interessantesten Menschen kennengelernt. Natürlich bis jetzt noch keinen bedeutenden Filmproduzenten, aber sonst allerlei interessante Leute. Bestimmt haben Sie schon Pläne für das Abendessen, aber danach –»

«Was ist danach?»

«Der Wagen hinter dem Speisewagen, Abteil D.»

«Wozu?» fragte Max erstaunt.

«Sie fragen wozu? Wir könnten ein bißchen trinken, ein bißchen fröhlich sein – was hat das Leben sonst schon zu bieten?»

«Ich weiß nicht, ich kenn Sie doch gar nicht. Vielleicht sollten Sie sich lieber von mir fernhalten, Mrs. Sohl. Könnte ja sein, daß Sie sich bei mir was fangen.»

«Sie brauchen doch nicht gleich gemein zu werden.»

«Nein, es tut mir leid, wirklich.»

«Nein», zischelte sie, «das tut es Ihnen nicht. Sie sind ein ekelhafter, fieser Jude.» Mit diesen Worten erhob sie sich und verließ den Salonwagen. Max steckte seine Zigarre wieder an, sie war ihm ausgegangen.

Die drei Männer saßen in Hemdsärmeln und Hosenträgern in ihrem Schlafabteil, die in Socken steckenden Füße weit von sich gestreckt. Sie tranken Bier, rauchten Zigarren und sahen durch das Abteilfenster auf die Trockentäler und Canyons Arizonas, die immer wieder die Bahnlinie kreuzten. Die eindrucksvollen gezackten roten, schwarzen und gelben Felsformationen, die tiefen Bodeneinschnitte und die Vegetation aus Riesenkakteen und Algarrobo-Sträuchern waren ihnen neu. Noch nie hatten sie ähnliches gesehen. Weder Snyder noch Feldman waren nach Westen über Chicago hinausgekommen. Zwar hatte Max einmal mit Bert Bellamy ein Zwei-Tages-Gastspiel in Denver/Colorado gegeben, doch erinnerte er sich nur an eine trübe und ziemlich tote Stadt inmitten einer riesigen und ziemlich toten Prärie. Das hier war anders. Es hob seine Stimmung, erregte ihn und ließ die tiefe Niedergeschlagenheit verfliegen, die ihn seit der Abfahrt von New York in ihren Klauen gehalten hatte. Eine solche Landschaft hatte er nicht einmal in seinen Träumen gesehen. Es war ein Wunderland, ein Traumland, und vor allem war es Filmland. Während er durchs Fenster in die Landschaft hinausträumte, erfüllte ihn ein seltsames Gefühl der Vollständigkeit, eine nahezu erhebende Leere, etwas, das er noch nie zuvor empfunden hatte. Er war wunschlos glücklich. Hier saß er bei gutem Bier und einer guten Zigarre in einem kleinen Bahnabteil, zusammen mit zwei alten Freunden, die ihm näherstanden als irgend jemand anders, und nichts auf der Welt ärgerte ihn oder störte seine Träume.

«Als Kind», erinnerte sich Sam Snyder, «hat mich mein Papa mit zu Buffalo Bills Wildwestshow genommen. Das war der schönste Tag meines Lebens. Ich hab ihm richtig die Hand geschüttelt, könnt ihr euch das vorstellen? Ich habe Bill Cody die Hand gegeben, das werd ich nie vergessen. Er trug einen weißen Lederanzug mit Fransen, das war wunderschön, und er hatte zwei Revolver mit Perlmutteinlagen in den Griffschalen.»

«Ich hab mal gehört», sagte Max, «daß die mit Schrot geladen waren, und deshalb hätte er immer getroffen.»

«Ich mag das nicht glauben.»

«Ich hab mit so jemand mal in der Kanzlei von Meyer Sonberg zu tun gehabt», erklärte Feldman. «Da kam einer rein, der hieß Bat Masterson, und wollte unser Mandant werden. Schon mal von ihm gehört?»

«Kennt doch jedes Kind», gab Snyder zurück.

«War das nicht so ein Desperado wie Billy the Kid?» ergänzte Max.

«Nein, aber nein. Billy the Kid war ein Desperado, aber Bat Masterson war ein Sheriff oder so was, in einer von den kleinen Städten, durch die wir gestern gekommen sind, ich glaube Dodge City. Jedenfalls hat er später irgendwo im Westen für eine Zeitung geschrieben – vielleicht in Chicago, das weiß ich nicht mehr so genau –, und jemand hat mit ihm ausgemacht, daß er seine Geschichte in einem Buch bringen will und ihn dann um seinen Anteil betrogen. Ich weiß die Einzelheiten nicht mehr, aber er brauchte einen Anwalt in New York, und jemand hat ihm Sonberg empfohlen. Sonberg hat mich dann reingerufen und gesagt, er wolle mich einem der Größten vorstellen. Wir haben uns dann die Hand geschüttelt. Netter Kerl.»

Ein längeres Schweigen entstand. Max sog an seiner Zigarre und sah unverwandt auf die Landschaft hinaus, die in verschiedenen Rottönen vor ihnen lag. Schließlich sagte Snyder: «Und ich hab Sitting Bull die Hand geschüttelt. Er gehörte zu derselben Show. Ich hab sein Bild auf einer Postkarte mit seiner Unterschrift. Immer will ich es für die Kinder rahmen lassen, und immer wieder vergeß ich es.»

«Wieso, konnte der denn schreiben?»

«Ich nehme an, nur seinen Namen. Hat ihm wohl mal jemand beigebracht. Mir hat man erzählt, Buffalo Bill soll gesagt haben, als er mit Sitting Bull vereinbart hat, daß er mit ein paar von diesen Kriegern in der Wildwestshow auftrat, er wollte kein Geld, sondern das ausschließliche Recht, Postkarten mit seinem Bild zu verkaufen. Er hat fürs Stück 25 Cent genommen.»

«Kein schlechter Geschäftsmann», erklärte Max, «aber ich glaube nicht, daß ich das im Szenarium haben will.»

«Was für ein Szenarium?»

«Ich hab mir das überlegt, während ihr geredet habt. *‹Buffalo Bills Abenteuer›* – der erste wirklich große Spielfilm über den Westen. Aber ordentlich, nicht so ’nen Klimperkram wie Lunbergs Filme mit seinen mexikanischen Cowboys. Ich will richtige Cowboys haben, Hunderte, außerdem ganze Indianerstämme.»

«Ich weiß nicht, ob es überhaupt noch ganze Indianerstämme gibt, Max», fiel Feldman ein.

«Wir werden sie schon auftreiben.»

«Wir brauchen Büffel», ergänzte Snyder. «Wo kriegen wir Büffel her?»

«Auch die werden wir auftreiben. Und wenn nicht, nehmen wir Kühe und putzen sie als Büffel raus. Deren Unterschied merkt kein Aas.»

«Na, ich weiß nicht, das würde doch bestimmt vielen auffallen», erklärte Feldman.

«Na schön, dann müssen eben richtige her. Außerdem brauchen wir jemand, der den Buffalo Bill spielt. Lebt der überhaupt noch?»

«Na hör mal», sagte Sam Snyder.

«Augenblick», mischte sich Feldman ein. «Wenn ich es mir recht überlege, lebt er wirklich noch. Ich hab erst vorige Woche in der *Tribune* etwas über ihn gelesen. Es war was mit einer neuen Show oder so.»

«Der Teufel soll mich holen.»

«Max», sagte Snyder. «vielleicht kann Fred irgendeine Art von Vertrag mit ihm aushandeln. Bestimmt würde Buffalo Bill das gefallen, und wir könnten ihn da womöglich mit reinarbeiten.»

«Auf jeden Fall ist General Custer tot», sagte Max. «Ich hab mir schon Gedanken über *‹Custers letzte Schlacht›* gemacht. So was müßte man mit den Zwischentiteln gerade noch schaffen – die Leute können ja sehen, was passiert.»

«Ich weiß, was du meinst», stimmte Snyder zu. «Ich weiß genau, was du meinst.»

Diese Eisenbahnfahrt quer über den Kontinent bescherte Max einige wundervolle Tage, und obwohl er die Fahrt in späteren Jahren noch häufig unternahm, wirkte sie nie wieder so eigentümlich verzaubernd auf ihn wie die erste. Als Snyder und Feldman an jenem Abend schlafen gingen, kehrte Max noch einmal in den Salonwagen zurück. Er war hellwach und konnte keinen Schlaf finden. Ihm kam es vor, als sei er am Tag zuvor als Erwachsener auf die Welt gekommen, und diesem Empfinden wollte er sich ganz hingeben. Es war nahezu Mitternacht, und Max war allein. Er hatte sich, bevor der Ausschank geschlossen wurde, einen großen Whiskey mit Wasser bestellt und zündete sich nun eine Zigarre an, deren Rauch sich mit der milden Kühle des verdünnten Whiskeys vermischte und zu seinem Gefühl grenzenloser Zufriedenheit beitrug. Er fühlte sich jung und stark, einem lebendigen Daseinsstrom zugehörig – nichts von dem vermochte er zu formulieren und anderen mitzuteilen.

Ihm kam der Gedanke, Sally könne ihn verstehen, die Sally, die er vor so langer Zeit gekannt hatte, aber sie gab es nicht mehr.

Als er etwa eine halbe Stunde im Salonwagen vor sich hin sinniert hatte, hielt der Zug an. Der Steward kam herein und fragte, ob er nicht etwas frische Luft schnappen wolle, da der Zug ungefähr zwanzig Minuten lang stehenbleiben würde.

«Wo sind wir denn?»

«In der Mojave-Wüste, Mr. Britsky. Wir müssen auf dem Ausweichgleis den Gegenzug abwarten, und bei dieser Gelegenheit wechseln wir die Lokomotive und übernehmen Wasser.»

«Richtig in der Wüste? Natürlich, das ist ein guter Gedanke.»

«Sie sollten aber auf jeden Fall Hut und Mantel mitnehmen, Mr. Britsky. Draußen ist es recht frisch.»

Max holte seinen Mantel und stieg aus. Es war tatsächlich so kalt, daß er die Hände in die Taschen stecken mußte, aber die Luft war rein und klar. Ein seltsames Aroma lag darin, das er noch nie zuvor gerochen hatte. Als er den Blick hob, sah er erneut etwas ihm völlig Neues, das geradezu unwahrscheinlich auf ihn wirkte: einen sternenhellen Nachthimmel. Er war richtig froh, daß er seine Zigarre im Aschenbecher des Salonwagens hatte liegenlassen. Alles um ihn herum verwunderte und erschreckte ihn: in einer solchen Umgebung rauchte man nicht. Man bewegte sich ganz vorsichtig und schweigend, so als könne jede unbedachte Bewegung den Traum zerstören. Er ging langsam an den dunklen und stillen Waggons entlang, bis ganz nach vorn, wo die große Lokomotive den überschüssigen Kesseldruck als zischenden Dampf entweichen ließ. Ein Eisenbahnarbeiter, der mit einer Ölkanne in der Hand vorbeikam, nickte ihm zu. Die Stille war gebrochen, und in der Ferne dröhnte warnend die Dampfpfeife einer Lokomotive. Max stand zwischen den Schienensträngen, während der ostwärts fahrende Güterzug vorbeidonnerte, Wagen auf Wagen, allem Anschein nach ohne Ende.

Als Max später wieder im Salonwagen saß und seine Zigarre erneut anzündete, empfand er ein warmes Gefühl der Geborgenheit, und bald darauf ging er zu seinem Schlafabteil, legte sich hin und schlief, eingelullt durch das gleichmäßige Räderrollen, nahezu augenblicklich ein.

Fred Feldman hatte einen entfernten Vetter namens Stanley Meyer – den genauen Grad der Verwandtschaft wußte Feldman selbst nicht –, der vor einigen Jahren der Gesundheit seiner Frau zuliebe nach Los Angeles gezogen war. Dort war er ins Immobiliengeschäft eingestiegen, bei dem, wie er einmal an Feldman geschrieben hatte, «sogar ein Vollidiot ganz zwangsläufig Erfolg haben muß». Feldman erklärte Max, daß Meyer keineswegs ein Vollidiot sei, sondern ein sehr kluger Geschäftsmann, der das Gebiet um Los Angeles bestens kannte. Als der Zug in den Bahnhof von Santa Fe einfuhr, erwartete Meyer sie bereits, ein hochgewachsener, schmalgesichtiger Mann mit ernstem Ausdruck, der in keiner Weise seinem Vetter aus dem Osten ähnelte.

Nach der gegenseitigen Vorstellung und nachdem sie ihr Gepäck geholt hatten, sagte Meyer, der sie gebeten hatte, Los Angeles nicht nach dem schäbigen Bahnhof zu beurteilen, er habe für sie alle Zimmer im Hotel *Alexandria* reserviert, an der Ecke Fifth und Spring Street. «Es ist ein hervorragendes Haus», erklärte er, «und es liegt schön zentral. Ich habe ihre einzige Suite mit drei Schlafzimmern bekommen können, so daß jeder hat, was er braucht. Ich habe mir die ganze Woche Zeit genommen, aber wenn wir in dieser Woche nichts finden, sage ich auch für die nächste Woche alle Termine ab. Wir hätten Sie gern hier in Los Angeles, Mr. Britsky. Mack Sennett ist mit seiner Keystone Company bereits hier, und auch Biograph und Mr. Lasky überlegen ernstlich, ob sie ihr gesamtes Unternehmen hierher verlagern wollen. Bis jetzt ist die Sache noch ganz unbedeutend, aber ich denke, daß wir irgendwann einmal bedeutender werden als New York – jedenfalls, was Filme angeht.»

«Das wird sich zeigen», sagte Max. «Man kann mir alles mögliche vorwerfen, nur nicht Engstirnigkeit, und Sie dürfen mir glauben, über den Sonnenschein und das schöne gleichmäßige Wetter beklage ich mich nicht.»

Vor dem Bahnhof stand Meyers Wagen, ein Pierce Arrow 66, ein starker, offener Tourenwagen mit einem Hubraum von über fünf Litern, wie Meyer ihnen stolz verkündete, und einer Leistung von mehr als hundert PS. «Das reinste Monster,aber so etwas braucht man hier draußen. Manche Straßen heißen nur so, und man braucht einen Wagen mit großer Bodenfreiheit, denn wenn es hier regnet, dann gießt es. Wie Sie sehen, habe ich vier Reservereifen dabei.»

«Ein schöner Wagen», sagte Max. «Kann man die hier auch kaufen?»

«Klar.»

«Bestellen Sie mir einen», sagte Max.

Meyer nickte respektvoll.

Auf dem Weg vom Bahnhof Santa Fe zum Hotel genoß Max alles, was er sah, mit wortreichem Entzücken. Ihn störten nicht die schäbigen, roh zusammengezimmerten Behausungen, die kaum besser waren als Hütten, die allenthalben verlassen dastehenden Ölbohrtürme, die ungepflasterten Straßen, die Züge der Vorortbahn, die auf den in der Mitte der Straße liegenden Gleisen an ihnen vorüberratterten. Er weidete sich am Anblick der Berge ringsum, mit ihrer üppigen, halbtropischen Vegetation, freute sich am Anblick der Rosen, die sich an alten Zäunen emporrankten, am Anblick des blauen Himmels und dem süßen Geruch, der in der Luft lag.

«Noch gestern», erklärte Meyer, «war all das hier nicht mehr als ein paar Erdöl-Bohrlöcher. Man sah nichts als Bohrtürme. Jetzt ist das Öl allmählich zu Ende, und vielleicht können wir eine Stadt auf das Gelände stellen. Es ist nicht überall so dicht, aber an einigen Stellen kann man auf der Fläche eines Häuserblocks immerhin zehn Bohrtürme zählen.»

Nachdem die drei Reisenden gebadet und im prachtvollen Speisesaal des *Alexandria*, der mit einer Vielzahl von Buntglasfenstern geschmückt war, ein ausgezeichnetes Mittagsmahl zu sich genommen hatten, versammelten sie sich am Nachmittag um einen Tisch in ihrer Hotelsuite. Meyer breitete eine große Karte der Umgebung von Los Angeles vor ihnen aus.

«Ich hab diese Karte hier mitgebracht», erläuterte er, «weil man ohne sie ganz schön durcheinanderkommen kann. Hier ist alles ziemlich riesig, ich glaube, irgend jemand hat mal gesagt, allein unser Bezirk wäre größer als der ganze Bezirk von Rhode Island. Das ist gut möglich. Also, Freddy hat von mir wissen wollen, welchen Umfang Lunbergs Unternehmen hat. Er hat einen alten Schuppen in einem Vorort namens Hollywood, eine verschlafene Kleinstadt, in der so gut wie nichts los ist.»

«Ist Lasky nicht auch da?» wollte Max wissen.

«Ja, er hat einen Schuppen ähnlich dem von Lunberg in der Vine Street gemietet, das ist einer von den Karrenwegen, die aus den Hollywood Hills herunterkommen. Aber das mit Lasky ist nur vorläufig. Soweit ich gehört habe, will er nur ein paar Filme hier drehen, im großen und ganzen aber im Osten bleiben. Freddy meint, Sie hätten es anders vor, Mr. Britsky, stimmt das?»

«Ja», sagte Max mit Nachdruck. «Ganz und gar. Ich behalte gern den Überblick, und unser Unternehmen ist schon jetzt viel zu weit verstreut. Wir haben unsere Verwaltung im Hobart Building an der Fourteenth Street, das Gebäude gehört uns. Dann haben wir Studios an der Eighteenth Street, drüben in Harlem und in New Jersey. Wenn ich noch hier in Kalifornien ein weiteres Studio aufmachen sollte, würde ich verrückt. Wenn Sie also was Passendes für mich finden, Stanley, zieh ich mit Sack und Pack hierher. Anders kann ich nicht arbeiten. Ich mache etwas ganz oder gar nicht.»

«Gut. Mir ist das ganz lieb, denn damit können wir viel Zeit sparen. Ich hatte ja schon gesagt, daß Lasky und Biograph möglicherweise herziehen wollten, aber zur Zeit mieten sie wahllos Schuppen und Scheunen, um ihre Sachen da unterzustellen. So etwas wollen Sie doch wohl nicht?»

«Bloß nicht, Stanley. Sam Snyder ist unser technischer Leiter, er kann Ihnen erklären, wie das bei uns geht.»

«Wissen Sie», begann Snyder, «wir unterscheiden uns da etwas von den anderen. Unsere über hundert Theater im ganzen Land müssen ständig mit Filmen versorgt werden. Wir haben einen Tauschring, in dem wir mit anderen Produzenten Filme tauschen, aber Max könnte keine Nacht ruhig schlafen, wenn er anderen Filmproduzenten auf Gedeih und Verderb ausgeliefert wäre. Weil wir also die meisten Filme selbst herstellen, sind ständig mindestens sechs Drehteams gleichzeitig im Einsatz, und oft sind es bis zu zwanzig –»

«Und das genügt nicht mal – bei dem Tempo, mit dem wir neue Häuser eröffnen», fügte Max hinzu.

«So ist es. Was also würden wir brauchen, falls wir hierherkämen? Auf der ganzen Fahrt hierher haben wir drei uns über die Cowboy- und Indianerfilme unterhalten, die Mr. Britskys Ansicht nach das Filmgeschäft auf den Kopf stellen werden. Dafür würden wir viel Platz brauchen. Ich habe schon vorgeschlagen, daß wir eine Westernstadt bauen könnten, wie wir vom Zug aus ein paar gesehen haben, und er findet das auch. Wir brauchen also an die vierzig Hektar. Wir müssen Ateliers bauen, Garderoben für die Schauspieler, Büros, verschiedene Werkstätten: für unsere Tischler, Gipser, Kostümbildner und Gewandmeister, und wir brauchen ein großes Lagerhaus für Kulissen. Das ist natürlich noch nicht alles, wir brauchen auch Stromgeneratoren für die Scheinwerfer und eine funktionierende Wasserversorgung. Wie kalt wird es hier so?»

«Nun, nie wirklich kalt. Von Dezember bis März, also in unserem Winter, liegen die Temperaturen tagsüber zwischen 21 und 22 Grad, nachts kann es auch mal bis auf 4 Grad runtergehen, das ist aber selten. In den meisten Winternächten dürfte die Temperatur zwischen 7 und 16 Grad liegen. Im Sommer, und das heißt, von April bis November, ist es tags und nachts etwas wärmer. Auch an Regentagen scheint die Sonne meist ein paar Stunden, und manchmal hat man mehrere Wochen Sonnenschein zwischen den Regenfällen. Zwar ist es morgens im Mai und Juni manchmal neblig, aber das dauert gewöhnlich höchstens bis Mittag.»

«Und Sie meinen, Sie können uns besorgen, was wir brauchen?» wollte Max wissen.

«Ohne Schwierigkeit. Aber nicht in Hollywood, da gibt es zu viele Straßen und Häuser. Ihren Freund Lunberg haben die ziemlich schlecht behandelt. Haben Sie gewußt, daß keine Bank in Hollywood ihn als Kunden haben wollte – den Lasky übrigens auch nicht. Nicht etwa, weil sie an ihrer Kreditwürdigkeit gezweifelt hätten, sondern weil sie New Yorker Juden nicht mögen. Sollte man das für möglich halten? Die Banken wollten ihr Geld nicht haben. Es ist sowieso eine ziemlich verkommene Kleinstadt und meiner Ansicht nach nicht das, was Sie suchen, Mr. Britsky.

Aber ich kenne da einen Harry Culver. Der hat einen riesigen Besitz, den er parzellieren und verkaufen würde. Er nennt es Culver City; Sie sehen es auf der Karte gleich hier, unmittelbar nördlich von El Segundo und Inglewood. Gerade gestern war er noch bei mir, weil Lunberg ihm gesagt hatte, Sie würden herkommen. Einen Haken hat die Sache mit Culver: er möchte gern die Schürfrechte auf seinem Grund und Boden behalten, weil er meint, daß es da riesige Ölvorkommen gibt, er weiß nur nicht wo. Sie wollen aber wohl nicht erst einen Haufen Geld investieren und dann die Leute da Bohrtürme aufstellen lassen. Außerdem verlangt er meiner Ansicht nach mehr, als das Land wert ist, gut 2000 Dollar pro Hektar. Über den

Preis ließe sich reden, ich glaube aber nicht, daß die Sache für Sie geeignet ist.»

«Warum nicht?» erkundigte sich Max.

«Sie würden auf Harry Culvers Grund und Boden nicht die Art von Landschaftshintergrund und unendlicher Weite haben, die Sie suchen. Sehen wir uns mal hier im Norden Santa Monica und Beverly Hills an, auch da finden Sie nicht die Art von Landschaft, die Sie haben wollen.»

«Und was ist hier im Süden?» wollte Snyder wissen.

«Hier unten liegen Ölfelder und Tanklager und da hinten bei Palos Verdes Berge und parzelliertes Land. Weiter weg von der Küste ist es eben und nicht besonders anziehend. Ich erkläre Ihnen jetzt einfach, wie es aussieht, morgen können wir hinfahren, denn Sie sollen um Himmels willen nicht den Eindruck haben, daß ich Sie aus Gewinnsucht in ein bestimmtes Gebiet drängen will. Mir ist klar, daß Hunderte von Menschen Häuser und Grundstücke suchen werden, wenn Sie sich mit Ihrem ganzen Unternehmen hier ansiedeln, also kann ich damit rechnen, daß noch mehr Aufträge kommen, wenn ich mich Ihnen gegenüber anständig verhalte.»

«Klingt vernünftig», stimmte Max zu. «Sie müssen ziemlich gründlich über die Sache nachgedacht haben, Stanley. Was schlagen Sie vor?»

«Nun, hier haben wir die Santa Monica-Berge und weiter im Inland die Hollywood-Berge. Richtige Berge sind es eigentlich nicht, denn sie gehen kaum über 300 Meter, aber sie steigen steil an und sehen eindrucksvoll aus. Im Norden davon liegt das San Fernando-Tal. Es ist größtenteils eben oder leicht gewellt, praktisch nirgendwo parzelliert, und es ist billig. Sie können es für etwa 200 bis 300 Dollar pro Hektar bekommen, weiter nördlich sogar noch billiger. Sie haben viel freies Gelände, und hier, hier und hier –» damit wies er auf die östliche, westliche und nördliche Begrenzung des Tals – «haben Sie eine Berglandschaft, wie Sie sie aufregender im ganzen Westen nicht finden können. In Richtung Westen geht es zum Malibu Canyon, das Weideland da gehört zum besten in ganz Kalifornien und ist billig. Sie haben doch etwas von Cowboys und Indianern gesagt. Da drüben kriegen Sie eine Viehfarm von 200 bis 250 Hektar praktisch nachgeworfen, und wenn Sie noch ein Stück Wüste brauchen, das eindrucksvoller ist als alles, was Sie sich in Ihren wüstesten Träumen vorgestellt haben, haha, haben Sie einen

Katzensprung davon entfernt das Death Valley – es ist gerade eine Tagesreise. Und trotzdem braucht man über den Cahuenga-Paß bis zur Innenstadt von Los Angeles nur ungefähr eineinhalb Stunden. Ich würde den Ostteil des Tals vorschlagen, da hätten Sie ein hübsches Stück Ebene und dazu die Ausläufer der San Gabriel-Berge sozusagen vor der Haustür. Das wär's, wir können es uns ja morgen mal ansehen.»

Am folgenden Morgen sagte Meyer, als die drei Männer in seinem großen Pierce Arrow saßen, wohlversehen mit kalten Getränken, Bier und belegten Broten: «Lassen Sie sich von unseren Straßen hier nicht abschrecken. Es stimmt schon, die meisten sind nur Karrenwege, aber vergessen Sie nicht, daß hier vor zwanzig Jahren noch gar nichts war, und jetzt wächst unsere Stadt wie keine andere in den Vereinigten Staaten. Wenn Sie ein Studio bauen, sorgt die Stadt für einen Straßenanschluß. Sie müßten vielleicht jemanden mit ein paar Dollar schmieren, aber wo ist das nicht so? Wenn das stimmt, was ich über Tammany Hall gehört habe, dürften Ihnen kleine Gefälligkeiten nicht unbekannt sein.»

«Man hört dies und das», gab Max zu.

«Ich bemühe mich nur, offen und ehrlich zu sein», sagte Meyer.

«Mit Offenheit und Ehrlichkeit hat noch nie jemand Geld verdient. Zeigen Sie uns, was Sie haben.»

Die Besichtigung dauerte vier Stunden. Sie fuhren auf einer unbefestigten Straße nordwärts bis zum Dorf Hollywood, wandten sich dann nach Westen zum Hollywood Boulevard, seinerseits nichts weiter als ein zu beiden Seiten von Pecano-Bäumen gesäumter Karrenweg. In Fairfax wandten sie sich nach Süden, fuhren ins Wilshire-Tal, wo sie nur wenige Häuser, dafür aber sich weithin erstreckende Weizen- und Gerstenfelder sahen, die meisten völlig verunkrautet, denn zu ernten gab es nicht viel: auf ihnen erhob sich ein wahrer Wald von Bohrtürmen. Eine breite nach Westen führende Straße hieß hochtrabend Wilshire Boulevard, sie war größtenteils mit öligem Schotter befestigt, hier und da von kurzen Teilstücken unterbrochen, die aussahen, als seien sie asphaltiert. Die Bauern, denen die Felder um die Ölbohrtürme gehörten, hatten die Landwirtschaft zugunsten der einträglicheren Ölförderung aufgegeben und damit auch aufgehört, die Felder zu bewässern, so daß fast alles um sie herum braun und tot dalag. Die Bauernhäuser, die man vom Wilshire Boulevard sehen konnte, verfielen wie auch die

Schuppen neben der Straße, in denen einst die Ernteerträge verladebereit gelagert wurden. Nur hier und da zeugte eine neu errichtete Tankstelle von Wohlstand.

«Es sieht ziemlich schlimm aus», gab Meyer zu, «aber ein gewisser Burt Green hat sich etwas ausgedacht, das die ganze Sache ändern kann. Hier, wo wir jetzt sind, war früher eine Viehzuchtfarm, sie hieß Rodeo Las Aquas, und Green hat zusammen mit anderen die Rodeo Land- und Wassergesellschaft gegründet, die staatlichen Landzuweisungen aufgekauft und das ganze Beverly Hills genannt.»

«Wer ist Beverly?» erkundigte sich Feldmann. «Seine Frau?»

«Das ist eine komische Geschichte. Sie wissen ja wohl, daß Präsident Taft seine Ferien immer an einem Ort in Massachusetts namens Beverly Farms verbringt. Und aus irgendeinem Grund hat Green den Namen übernommen und, weil zu dem Stück Land auch die Berge im Norden gehören, das Ganze Beverly Hills genannt. Vor ein paar Wochen hat Green einige Grundstücksmakler eingeladen, ich war auch da, er hat uns ein königliches Abendessen spendiert und sich eineinhalb Stunden lang darüber verbreitet, was er mit seinem Stück Land vorhat. Es soll eine eigene Stadt werden, dabei liegt die Stadt Los Angeles auf allen Seiten um Beverly Hills herum. Aber das würde tatsächlich gehen, vorausgesetzt, er bringt 500 Einwohner zusammen. Er meint, daß er das in den nächsten paar Monaten schon schaffen wird. Anschließend will er das Ganze parzellieren und daraus eine der aufregendsten Städte Amerikas machen. Er verkauft Grundstücke von 4000 Quadratmetern für 1500 Dollar und 2000 Quadratmeter für 1000 Dollar. Falls Sie sich hier ansiedeln, könnte es eine lohnende Investition sein. Natürlich nicht für das Studio, aber für Wohnhäuser.»

Sie fuhren weiter nach Westen, die Straße wurde schlechter, die wenigen Häuser immer unansehnlicher, und aus dem Wilshire Boulevard wurde der Orange Boulevard. Die Zahl der Ölbohrtürme nahm zu, und der beißende Geruch von Rohöl füllte die Luft. Als sie sich dem Pazifik näherten, wurde die Luft angenehmer, und bei Santa Monica legten sie neben einer palisadenähnlichen hohen Böschung eine Pause ein, um einen Reifen zu wechseln. Man hatte von dort einen herrlichen Blick, und sie konnten an der Straße, die oberhalb des Steilufers verlief, schon einzelne Sommerhäuser sehen.

Meyer wies auf das sumpfige Land unter ihnen und sagte: «Wenn wir das in Ordnung bringen, haben wir vielleicht schon in einem Jahr einen der schönsten Strände im Land. Man muß sich darüber klar sein, daß diese Stadt vor Leben brodelt. Kommen Sie in zwölf Monaten wieder, und Sie werden sie nicht wiedererkennen.»

Sie aßen ihre Brote und tranken ihr Bier in Santa Monica, dann wandten sie sich südwärts und fuhren zurück zum Hotel. Meyer versprach, sie am nächsten Morgen schon früh wieder abzuholen.

Vor dem Abendessen telefonierte Max eine volle Stunde mit New York und verkündete am Eßtisch: «Ich hab mit Cliff Abel gesprochen und ihm gesagt, er soll schleunigst herkommen. Ich bleib also noch 'ne Woche hier, und das solltet ihr beiden wohl auch tun – vielleicht müssen wir uns auch auf länger einrichten.»

«Hältst du ihn für den richtigen Mann?» überlegte Snyder.

«Findest du nicht, daß du die Sache etwas überstürzt?» erkundigte sich Feldman. «Das ist hier anders, als wir es gewohnt sind, und wenn ich ehrlich sein soll, mir ist es irgendwie unbehaglich. Was wissen wir schon über den Ort hier? Wir sind doch richtig von der übrigen Welt abgeschnitten.»

«Du hast ganz recht, wir wissen überhaupt nichts, aber ich kann es richtig riechen. Es geht verrückt zu, aber das ist genau richtig für das Filmgeschäft. Wir können in Manhattan und Harlem nicht so weitermachen. Jedesmal wenn es schneit oder regnet, müssen wir die Kameras reinholen, und jeden dritten Tag schicken uns die verdammte Telefongesellschaft und Edison wieder einen Gerichtsbeschluß wegen dieser oder jener Sache, die Sam zurechtgebastelt hat. Wenn wir dann endlich wieder filmen könnten, geht es wegen des Mistwetters nicht. Das hier ist neu, wir haben Platz, und für uns ist es genau richtig, auch wenn es für andere Leute vielleicht nichts ist.»

Feldman sah zu Snyder hinüber, der nickte und sagte: «Max hat recht. Ich kann mir denken, wie du dich fühlst, Freddy, denn du hast ja alle deine Angehörigen in New York. Alice und ich sind aus Milwaukee, uns macht es nichts aus, den ganzen Kram zusammenzupacken und mit den Kindern hierher zu ziehen. Aber recht hat Max, wir müssen aus New York raus. Vielleicht bringt Eastman ja eines Tages einen Film auf den Markt, mit dem man ohne Sonnenlicht Außenaufnahmen machen kann, aber jetzt rennen wir immer wie verrückt hinter unseren Terminen her.»

«Du mußt verstehen, Freddy», sagte Max freundlich, «worum es bei einem Film geht. Ich fange auch erst an, es zu verstehen. Der Film ist etwas Lebendiges. Die Autoren liefern uns wundervolle Einfälle, die wir nicht verwirklichen können, weil das Wetter uns nicht erlaubt, draußen zu filmen. Wenn wir in New York bleiben, werden Lasky, Ince und Biograph und sogar ein Strolch wie Lunberg bald dafür sorgen, daß wir ganz schön alt aussehen. Nein, die Sache ist klar. Sobald wir wissen, wo wir bauen, bleibst du mit Sam hier, und ich fahre zurück, um alles in Gang zu bringen. Wir brauchen gar nicht lange um den heißen Brei herumzureden: ich will, daß nächsten Monat hier mit Dreharbeiten angefangen wird. Kümmert euch um Unterkunft und was sonst noch nötig ist. Inzwischen fängt Cliff mit dem Bau der Studios an.»

«Max, das ist doch Wahnsinn», wandte Feldman ein, «du kannst das unmöglich so überstürzen. Wir haben drei Studios im Osten, vom Hobart Building und den Theatern will ich gar nicht reden. So etwas kann man doch nicht über Nacht abstoßen.»

«Wer redet von abstoßen? Wir behalten die Studios und machen auch weiter Filme da. Darum kann sich Bert kümmern. Bis dahin bauen wir hier eine riesige Studiostadt, die so groß ist, daß wir alles darin machen können, so groß, daß wir fünfundzwanzig oder dreißig Filme gleichzeitig drehen können.»

«Ich geb's auf», sagte Feldman resigniert.

Am nächsten Vormittag lud Meyer sie erneut in seinen Pierce Arrow und kluger Geschäftsmann, der er war, fuhr er, nachdem er ihnen die scheußlichen Ölfelder und Tanklager von West Hollywood und West Los Angeles gezeigt hatte, mit ihnen nordwärts über den Cahuenga-Paß ins San Fernando-Tal. «Wir sind gar nicht so weit von der Stadt weg», erklärte er und wies auf einen großen roten Wagen der Vorortbahn, der neben ihnen die Paßhöhe überquerte. «Mit denen sind Sie in einer halben Stunde mitten in Los Angeles, ein großartiges Verkehrsmittel. Aber wir werden Anfang des Jahres auch eine befestigte Straße bis ins Tal hinunter haben.»

Fasziniert sah Max um sich, während sie ins Tal hinunterfuhren. Das war dem Garten Eden so ähnlich wie nur irgend etwas, das er je gesehen hatte. Die Luft roch süß wie Honig, das Auge erfaßte Apfelsinenhaine, Anpflanzungen von Pecano-, Birnen- und Pfirsichbäumen – kein Gedanke an einen Bohrturm – kurz, um sie herum lag ein fruchtbares, leuchtendes, üppiges Tal, rings umgeben von wunderschönen hohen Bergen. Alles wirkte unberührt, wie im Urzustand. Kein Zweifel, genau das hatte er gesucht. Hier würde er bleiben.

«Ich kann Ihnen für 25000 Dollar 40 Hektar besorgen», sagte Meyer.

«120 Hektar», gab Max zur Antwort, «ich brauche 120.» Dabei kam ihm das einzige Gedicht in den Sinn, das er auswendig kannte:

In Xanadu schuf Kubla Khan
Einst einen Prachtbau, hoch und hehr,
Wo Alph, der heilge Fluß einst rann
Doch unzählbare Schluchten, dann
In sonnenloses Meer.

Zehn Meilen Fruchtlands auf und ab
Bald Turm und Mauer rings umgab:
Gärten gabs hier, von Bächen rings durchwallt,
Drin blühte mancher weihrauchträchtge Baum;
Und Wälder gab es, wie Gebirg uralt,
Die bargen sonnenstrahlend grünen Raum.

«Mame», sagte Max, «das ist keine Wildnis voller Indianer. Niemand geht her und erschießt einen, ich schwör's dir. Glaub mir doch.»

«Freida hat sich die Augen ausgeweint. Hast du das gemerkt? Wahrscheinlich hast du nur deine *gojischen* Weiber im Kopf und hast ganz vergessen, daß du eine Schwester hast, 34 Jahre ist sie schon und hat keinen Mann. Was kann sie da finden, Cowboys?»

«Schön wär's.»

«So? Redet man so mit seiner Mutter?» Sarah brach in Tränen aus. «Bring mich doch um, dann brauchst du dich um nichts mehr zu kümmern.»

«*Mame*, wein doch nicht. Bitte, ich kann es nicht vertragen, wenn du weinst.»

«Mein ganzes Leben lang hab ich mich für meine Kinder gequält, mich abgeschuftet, und das ist der Dank –» Sie gab sich ihren Tränen hin.

«*Mame*, bitte.»

«Erst», schluchzte sie, «schleppst du mich aus der Henry Street weg hierher, wo ich keinen Menschen kenne. Kaum hab ich mich ein bißchen eingerichtet, meine Söhne und zwei Töchter sind verheiratet, ich hab Enkel, wie eine Frau sich das wünscht, und jetzt sagst du mir, ich soll das aufgeben und mich von Indianern umbringen lassen.»

«Es gibt keine Indianer in Kalifornien, so glaub mir das doch.»

«Was denn? Wilde Buffalo Bills?»

«Es ist genauso wie anderswo auch.»

«Was hält Sally von alldem?»

«Ich weiß es nicht.»

«Was heißt, du weißt es nicht?»

«Hat es dir niemand gesagt?» fragte Max unsicher.

«Was hätte man mir sagen sollen?»

«Sally und ich leben getrennt. Wir lassen uns scheiden.»

«Was!»

«Reg dich doch nicht auf, *mame*», bat Max sie.

«Hast recht, was passiert mir schon: man nimmt mir mein Haus und meine Enkel, und ich soll mich nicht aufregen.»

«*Mame*, ich nehm dir doch dein Haus nicht fort. Du kannst hier mit Freida wohnen bleiben, wenn sie das möchte, aber sie hat mir gesagt, sie will lieber in Kalifornien wohnen. Ruby und Benny gehen beide nach Kalifornien. Dem Lumpen, mit dem Esther verheiratet ist, übertrag ich die Leitung des Bijou-Theaters, er wird es schon zugrunde richten, aber Sheilas Mann will, wie es scheint, ganz gern mit nach Kalifornien –»

«Und ich soll hierbleiben!» fuhr ihn Sarah an. «Dann bist du mich endlich los, und ich hab deine hochnäsige, kaltschnäuzige feine Dame am Hals, die sich für was Besseres hält. Wozu die Umstände? Bring mich doch einfach um! Setz mich auf die Straße und laß mich da erfrieren! Das wär überhaupt am besten.»

«*Mame*, niemand will dich loswerden. Ich hab es dir doch erklärt, ich hab ein Grundstück in Beverly Hills gekauft, und Clifford Abel sitzt schon über den Plänen für ein Haus. Es hat sieben Schlafzimmer und ist groß genug für dich und Freida. Außerdem hat das ganze Zeit, denn das Haus ist frühestens in einem halben Jahr fertig, vielleicht dauert es auch ein Jahr.»

In Wirklichkeit dauerte es volle achtzehn Monate, bis Max' Haus in Beverly Hills fertig war, und den größten Teil jener Zeit lebte Max in einem Sommerhaus, das auf dem von ihm gekauften Hundertzwanzig-Hektar-Grundstück im San Fernando-Tal stand. Im

Verlauf jener achtzehn Monate unternahm er die lange Bahnfahrt von Los Angeles nach New York und zurück insgesamt fünfmal, aber schon nach seiner ersten Rückkehr aus Los Angeles sprach er mit seiner Mutter und mit Sally. Auch wenn beide Häuser nebeneinander standen – er selbst bewohnte inzwischen eine Suite im *Waldorf-Astoria* –, konnte er nicht einfach die wenigen Schritte vom Haus seiner Mutter zu Sally gehen, denn ihre Tür war ihm verschlossen, und als Sally seine Stimme am Telefon hörte, warf sie den Hörer auf die Gabel. Nach mehreren Gesprächen mit Fred Feldman erklärte sie sich zu einer Unterredung mit Max bereit, und zum erstenmal seit vielen Monaten ging er wieder die Treppe des Hauses hinauf, das er einst für sie und sich selbst erworben hatte. Sally hatte die Unterredung auf zwei Uhr legen lassen, weil da die Kinder noch in der Schule waren. Max hatte sich vorgenommen, seinen Aufenthalt im Haus möglichst so lange auszudehnen, bis sie zurückkamen. Andererseits konnte man nicht sagen, daß sein Sohn und seine Tochter ihm sehr fehlten. Richard und Marion waren ihm viel zu fremd, als daß ihre Abwesenheit ihm wirklichen Trennungsschmerz verursacht hätte, aber er empfand ihnen gegenüber ein mit schlechtem Gewissen vermischtes bohrendes Pflichtbewußtsein.

Sally öffnete ihm selbst. Sie trug eine weiße, spitzenbesetzte Batistbluse und einen knöchellangen grauen Rock aus dünnem Wollstoff. Ihr Haar war zurückgekämmt und wurde im Nacken von einem Samtband gehalten, und sie hatte eine winzige Spur Rouge und Lippenstift aufgelegt. Wenn man davon absah, daß ihr Gesicht strenger wirkte und ihr Mund schärfere Linien aufwies und an den Mundwinkeln von kleinen Fältchen umgeben war, sah sie genauso aus wie bei der Eheschließung vor zwölf Jahren. Sie hatte kaum zugenommen, war immer noch rank und schlank, doch als Max sie jetzt ansah, empfand er nichts, kein Gefühl gab ihm einen Hinweis auf das, was ihn vor Jahren so zu ihr getrieben hatte.

An Sally hingegen war eine Empfindung zu bemerken; sie betrachtete Max kalt, fast mit Abscheu und teilte ihm kühl und geschäftsmäßig mit, sie habe für seinen Besuch eine halbe Stunde vorgesehen. Das bedeutete, daß er seine Kinder nun doch nicht zu sehen bekommen würde. Er sagte einstweilen nichts dazu, nickte lediglich und betrat das Haus.

Nachdem Sally in einem der Sessel im Wohnzimmer Platz genommen hatte, sagte sie übergangslos: «Ich vermute, du bist wegen der finanziellen Regelung gekommen. Ich habe Feldmans Vorschlag zugestimmt, 5 Prozent Aktienanteil für mich sowie 20000 Dollar Unterhalt jährlich und die beiden Häuser. Ich möchte aber auch, daß jedes der beiden Kinder 5 Prozent der Aktien bekommt.»

«Wozu denn das?» Max verstand den Sinn der Forderung nicht. «Wenn ich sterbe, kriegen die doch sowieso alles.»

«Bis dahin hat es noch gute Weile, und wie ich deine Angehörigen kenne, werden sie mit Zähnen und Klauen um jeden Cent kämpfen. Außerdem weiß der Himmel, mit was für einem abartigen Geschöpf du bis dahin zusammen lebst.»

«Ich möchte mit dir nicht streiten, Sally», sagte Max, und seine Stimme klang müde. «Ich verstehe einfach nicht, warum du mich so sehr haßt.»

«Haß dürfte kaum das richtige Wort sein. Ich verachte dich.»

«Wird schon stimmen. Ich kenne nicht so viele Wörter wie du. Ich weiß trotzdem nicht, warum du mich haßt. Was hab ich dir denn nur getan?»

«Einmal davon abgesehen, daß du mich zum Gespött der ganzen Stadt gemacht hast, auch davon abgesehen, daß du mit jeder Schauspielerin schläfst, die in einem deiner Filme eine Rolle hat –»

«Das ist doch Unsinn! Was meinst du mit ‹jede Schauspielerin, die in einem meiner Filme eine Rolle hat›? Du weißt selbst, daß das absoluter Quark ist!»

«Deine elegante und geschliffene Ausdrucksweise fasziniert mich immer aufs neue. Willst du etwa bestreiten, daß du ein Verhältnis mit Della O'Donnell hattest und während all der Jahre unserer Ehe praktisch mit ihr zusammengelebt hast? Und was ist mit Etta Goodman? Du würdest eine solche Frau wohl eine *chonte* nennen. Und was ist mit dem Weibsstück Alexa, die bei euch Natalie Love heißt? Ach, wozu weiterreden?»

«Weil das alles ist, was du gegen mich vorbringen kannst. Schön, ich hab's getan. Hast du dich auch schon mal gefragt warum? Du warst im Bett wie ein gottverdammter Eisklotz, und seit die Kinder auf der Welt sind, war deine Höhere-Töchter-Möse für mich ja immer verriegelt wie ein Banktresor!»

Sally sprang erregt auf und fuhr ihn an: «Ich dulde solche zotige Ausdrucksweise in meinem Haus nicht! Ich finde, du könntest jetzt gehen!»

«Herrgott, Sally, was hab ich dir bloß getan? Warum haßt du mich nur so?»

Sally sah ihn mit wutverzerrtem Gesicht an. «Es ist besser, Sie gehen, Mr. Britsky. Ich wünsche Sie nicht mehr hier zu sehen.» Ihre Stimme bebte, und es schien, als koste es sie Mühe zu sprechen. «Ich wünsche Sie nicht hier zu sehen. Sie sind mir widerwärtig, Sie abscheulicher, ekelhafter Mensch.»

Seufzend erhob sich Max und sagte: «Es tut mir leid, Sally. Ich wollte nicht, daß es dahin kommt. Manchmal denke ich, ich werde verrückt, weil ich einfach nicht verstehe, was passiert ist. Wir haben uns doch einmal geliebt, oder nicht?»

«Nein, nein!» schrie sie. «Nein! Liebe? Du liebst doch nichts außer deinen elenden Filmen – und wenn ich dir nicht gezeigt hätte, wie man sie macht, hättest du nicht einmal die. Ich will dir sagen, was geschehen ist. Du hast mich zu dir herabgezogen. Du hast mich gezwungen, dich zu heiraten – der schmutzige kleine Max Britsky aus der Henry Street, der wie ein Tier in einer Familie von Tieren lebte – und ich habe mein Leben an dich fortgeworfen, und jetzt bleibt mir nichts, nichts.»

Er ging, ohne seine Kinder gesehen zu haben, und noch, als er mit Fred Feldman zu Abend saß, hatte er das Gespräch mit Sally nicht verwunden.

«Warst du bei ihr?» erkundigte sich Feldman.

«Ja.»

«Hat sie die Frage der Aktienanteile für die Kinder angesprochen?»

«Ja.»

«Wie ist euer Gespräch verlaufen?»

«Soso.»

«War sie freundlich?»

«Kann man nicht sagen.»

«Ach ja?» Feldman schüttelte den Kopf. «Schade. Ich hatte gehofft, ihr beide würdet zumindest eine Stunde lang miteinander auskommen.»

«Freddy, bist du verrückt?»

«Na ja, so ist das nun mal. Ich habe versucht, ihr klarzumachen, daß 5 Prozent der Aktien in ein oder zwei Jahren etwa 5 Millionen Dollar wert sein werden.»

«Hat sie es dir geglaubt?»

«Wohl nicht. Aber sie hat zugestimmt, daß wir die Anteile der Kinder – vorausgesetzt, du würdest mitmachen – mündelsicher anlegen, wobei das Stimmrecht für diese Anteile bis zum dreißigsten Lebensjahr der Kinder bei dir bliebe. Das ist gar kein schlechter Gedanke, Max. Immerhin bist du noch jung, du könntest wieder heiraten und Kinder bekommen, und damit wären Sally und ihre Kinder wenigstens finanziell gesichert.»

«Sehe ich aus wie ein Idiot, der sich zweimal die Pfoten verbrennt?»

«Das ist deine Sache. Aber wegen der Kinder müssen wir uns noch mal Gedanken machen, Besuchsrecht und so weiter. Wenn du in Los Angeles lebst und Sally hierbleibt, wird das alles nicht einfach sein.»

«Ich kenne die Kinder kaum, sie kommen mir vor wie Fremde. Ich weiß nicht einmal, was ich für sie empfinde, und sie sehen mich immer so seltsam an.»

«Was meinst du mit seltsam?»

«Als ob ich eine Art Zootier wäre, ich weiß nicht. Wahrscheinlich erzählt Sally denen Sachen über mich. Als ich Marion bei meinem letzten Besuch einen Kuß geben wollte, hat sie sich weggedreht. Weiß der Geier, für was für ein Tier mich die Kinder halten!»

«Max, du hast gesetzlich verbriefte Rechte.»

«Ich hab keine Rechte, Freddy. Keine. Was soll ich machen? Soll ich den Kindern erzählen, daß ich kein Mörder bin und sie ein gesetzlich verbrieftes Recht haben, das zu glauben? Ach, hol's der Teufel. Gib ihr, was sie haben will, sieh zu, daß die Sache aus der Welt geschafft wird.»

Hätte der Begriff par excellence zu Max' Wortschatz gehört, hätte er Clifford Abel als *goj* par excellence bezeichnet. Max war klein, Abel war einsachtundachtzig, Max' Haar war dunkel, Abels blonder Schopf wurde durch seine blasse Haut noch betont, und während Max schmal und drahtig war, war Abel grobknochig und sehnig. Beide hatten leuchtendblaue Augen, und ihre Träume waren einander ähnlich. Vor seinem inneren Auge sah Abel Max als einen Händler aus dem Orient, der einen hohen, juwelenbesetzten Turban und wallende seidene Gewänder trug, und dessen schwerbeladene zahllose Saumtiere aus allen Winkeln der Welt duftende Spezereien, Ballen kostbaren Tuchs und Juwelen von unschätzbarem Wert herbeitrugen.

Max seinerseits sah Abel ähnlich, wie Ludovico Sforza, Herzog von Mailand, einst Leonardo da Vinci eingeschätzt hatte: was das Geschäftliche betraf – Kaufen, Verkaufen, Festsetzen von Preisen – war Clifford Abel eine Null, und so blieb es Max überlassen, sein Honorar festzusetzen. Dem Künstler aber vertraute Max bedingungslos, und er versicherte ihm, er solle, sobald die Bauphase beendet sei, künstlerischer Leiter des fertigen Studios werden – Max hatte die jungen Yale- und Carnegie Institute-Absolventen satt, die er einstellte, hinauswarf und unablässig verfluchte.

Clifford Abel verstand Max. Als Max ihn nach Südkalifornien holte, damit er sich das 120 Hektar große Grundstück im San Fernando-Tal ansah, leckte sich Abel entzückt die Lippen. Wo man nichts sah als Apfelsinen- und Pecano-Bäume und vor allem viel Unkraut, sagte Max: «Hier kommen die Tore hin, sie müssen groß genug sein. Drei Meter sechzig breit.»

«Sechs Meter», sagte Abel.

«Holz?»

«Gußeisen», sagte Abel.

«Sie haben recht. Vielleicht gut zwei Meter hoch?»

«Drei.»

«Und oben drauf den Namen», sagte Max.

«In polierten Messingbuchstaben.»

Sie verstanden einander. Abel hätte die Studiostadt am liebsten Xanadu genannt, aber Max, der damit denen den Weg bahnte, die weniger in den Vordergrund strebten als er, also Lasky, Zukor, Laemmle sowie Warner und Mayer, wollte, daß alles ganz eindeutig und klar war, und bestand daher auf dem Namen Max Britsky-Studio. Hinter dem Sommerhäuschen, in dem Max wohnte, stand eine große Scheune, die Clifford Abel, nachdem erst einmal Elektrizität gelegt war, als sein Atelier herrichtete. Er stellte zwei geschickte junge technische Zeichner aus San Francisco ein und saß stundenlang mit Max über den Entwürfen. Max wollte eine vier Meter fünfzig hohe Backsteinmauer um die gesamten 120 Hektar herum ziehen lassen, doch überzeugte Abel ihn davon, daß nicht einmal mit dem Reichtum der Firma Britsky Productions ohne weiteres sechs oder sieben Meilen Ziegelmauer finanzierbar seien. Die Preise waren nicht mehr wie zu Zeiten des Kubla Khan, und so schlossen sie den Kompromiß, daß etwa fünf Hektar von einer Mauer umgeben wurden, für den Rest mußte es ein Maschendrahtzaun von zwei Meter siebzig Höhe tun. In New York hatte Max gesehen, wie unvernünftige Zuschauer sich beim Filmen verhielten, und wenn auch nach seinen Maßstäben das San Fernando-Tal noch eine unentdeckte Wildnis oder ein Garten Eden war – je nachdem, wie man es sah –, war ihm nur allzu bewußt, wie rasch Städte wachsen und sich verändern. Die Studiostadt sollte zwei große Zufahrtstore haben, beide gut bewacht, und im umfriedeten Gelände sollte Abel sechs Ateliergebäude errichten, jedes mit einer Grundfläche von knapp 500 Quadratmetern, so daß in jedem vier Kulissen von hinreichender Größe Platz hatten. Außerdem regte Max an, eine Stadtstraße zu errichten, doch war Abel der Ansicht, dafür genüge die Technik der potemkinschen Dörfer.

«Was bedeutet das?» wollte Max wissen.

«Nun, Fürst Potemkin war vor etwa 150 Jahren der engste politische Berater der Zarin Katharina der Großen, und ich nehme an, er wollte ihr den Eindruck vermitteln, daß es um ihr Reich besser bestellt sei, als es der Fall war. Wenn sie sich also auf Reisen begab, ließ er überall unterwegs hübsche kleine Dörfchen errichten. Da aber richtige Dörfer zu teuer gewesen wären, hat er immer nur die Fassaden hinstellen lassen – so eine Art Kulisse für Außenaufnahmen.»

«Großartig, einfach großartig.»

«Ein kleines Dorf könnten wir eigentlich auch bauen –»

«Ja, Cliff, aber mit richtigen Häusern. Wir müssen ja schließlich auch die Schauspieler und Techniker unterbringen, die demnächst herkommen.»

«Wissen Sie auch, was das kosten wird, Max?»

«Machen Sie sich über Geld keine Sorge. Freddy wandelt unser Unternehmen in eine Aktiengesellschaft um, und wir haben dann mehr Geld, als wir ausgeben können. Außerdem gehen die Banken mich förmlich an, ich soll von ihnen Geld leihen. Seit in Europa dieser Krieg ist, geht es bei uns mit der Wirtschaft aufwärts, wie sich das kein Mensch hat träumen lassen. Also bauen Sie nur und überlassen Sie mir das Bezahlen.»

Im Frühjahr 1915 waren Clifford Abels Pläne so weit gediehen, daß er von den Baufirmen Angebote einholen konnte, und Anfang Mai begannen die Erdarbeiten für die Gebäude, aus denen später einmal die Filmstadt entstehen sollte – das Max Britsky-Studio.

NEUN

1923

Max mit vierundvierzig Jahren

Einige der Facetten einer sich verändernden Welt nahm Max wahr, weil sie für ihn von großer Bedeutung waren, andere tat er als unwichtig ab. Der große Krieg in Europa war ein Wahnsinn, den er nicht verstand, und daß sich sein jüngster Bruder, Benny, nicht nur freiwillig meldete, als die Vereinigten Staaten auf der Seite der Alliierten in den Krieg eintraten, sondern auch tatsächlich nach Frankreich einschiffte, ließ ihn weder von seinem Bruder noch vom Krieg besser denken. Nachdem Benny mit heiler Haut und unerträglicher denn je vom europäischen Kriegsschauplatz zurückgekehrt war, hielt Max auch nichts mehr von der vielgerühmten Zucht des Soldatenlebens.

Es war einfacher, den Krieg als Szene aus dem Tollhaus zu verdrängen, mit der er nichts zu tun hatte, als die im eigenen Land unter dem Namen «Prohibition» grassierende Torheit. Im Unterschied zum Krieg konnte man aber gegen das entsprechende Gesetz mit Hilfe von Geld etwas unternehmen, und so flossen im Studio nach einigen finanziellen Handreichungen wie eh und je die besten ausländischen Spirituosen.

Änderungen auf dem Bekleidungssektor ließen Max kalt. Gerade war ein eigener südkalifornischer Stil geschaffen worden – man nannte ihn die Hollywood-Mode –, aber Max nahm sogenannte Sportkleidung zu keinem Zeitpunkt ernst, mit Recht.

In seiner Vergangenheit hatte es weder Sport- noch Freizeitkleidung gegeben. Als ersten Anzug, den er nicht aus den Beständen eines Trödlers oder aus dem Laden eines Altkleiderhändlers gekauft hatte, erwarb er in Barney Schlochters Herrenausstattergeschäft in der Canal Street einen Westenanzug aus blauem Serge. Er kostete ihn 4 Dollar. Sein neuester Anzug aus blauem Serge war von Mort Singleton aus der Vine Street in Hollywood maßgefertigt, dem exklusivsten Schneider in Los Angeles, und Max hatte 195 Dollar dafür bezahlen müssen. Abgesehen davon, daß Material und Paßform deutlich besser waren, unterschied er sich nicht besonders vom ersten blauen Anzug. Max trieb keinen großen Aufwand mit seiner Bekleidung. Wohl besaß er zwei Dutzend Anzüge, doch waren sie einer wie der andere entweder aus blauem Serge oder dunkelgrauem Kammgarn. Zu ihnen trug er schwarze Schuhe, weiße Hemden und Binder mit Schrägstreifen in allen möglichen Grau- und Blautönen. Seine ständige Kopfbedeckung war ein Homburg. Den ersten hatte er gekauft, nachdem er bei Charles Murphy einen gesehen hatte, und seither hatte er keinen Grund gesehen, auf eine andere Art der Kopfbedeckung überzugehen.

So trug er an jenem Tag im Jahre 1923, während er gemächlich über den Fußweg dahinschlenderte, der parallel zum Strand von Santa Monica verlief, einen Westenanzug aus blauem Serge und einen Homburg. Es war etwa halb sechs abends, und er war vom Studio bis dorthin gefahren, wo der Sunset Boulevard an den Pazifik stößt. Dort hatte er seinen Wagen abgestellt und ohne Eile seinen einsamen Strandspaziergang aufgenommen. Ihm gefiel dieser Teil des Strands besser als der im Süden gelegene, wo die anderen Finanzgrößen ihre großen Strandhäuser hatten. Hier war alles noch unberührt. Max hatte kein Verlangen nach einem riesigen den eigenen Stil widerspiegelnden Haus, nach den seltsamen Herrensitzen, die sich seine Kollegen am Sunset Boulevard, in Beverly Hills und am Strand errichten ließen. Er hatte ein großes, praktisches Haus für seine Mutter, Freida und sich selbst bauen lassen, aber er schlief selten dort. In seinem Sommerhäuschen auf dem Studiogelände fühlte er sich wohler.

Clifford Abel hatte es nach Max' Angaben umgebaut und es im Inneren nach seinem eigenen Geschmack ausgestattet und eingerichtet. Im Erdgeschoß lag Max' Büro und ein kleiner Empfangsraum gleich am Eingang sowie ein kleiner Arbeitsraum für Max' Sekretärin. Da das Sommerhäuschen im spanischen Kolonialstil mit Stuckverzierungen gebaut worden war, hatte Abel beschlossen, es in einem einfachen, nahezu streng wirkenden maurischen Stil einzurichten: so waren die Böden gekachelt, die Wände weiß gestrichen, und die Möbel beschaffte er aus dem mexikanischem Guadalajara, wo er die Inhaber einer kleinen Möbelfabrik kannte. Das Haus hatte drei Badezimmer, und im ersten Stock zwei recht große Schlafräume. Max hing an dem Haus. In gewisser Hinsicht war es sein erstes eigenes Heim, das erste Haus, das ganz sein war, das seinem Geschmack entsprach und das er mit niemandem teilen mußte. Er hatte daran gedacht, das zweite Schlafzimmer aufteilen zu lassen, damit die Kinder es benutzen konnten, falls sie ihn je besuchten, dann aber kam er zu dem Ergebnis, daß eine Studiostadt kaum der richtige Aufenthaltsort für sie sei. Sie kamen ohnehin nur ein einziges Mal, und da wohnten sie im Haus Sarahs, wo es ihnen nicht gefiel. Sie spielten die Rolle zweier mürrischer, stummer Kinder, verabscheuten ihre Großmutter, ihre Tante Freida und womöglich auch Max. Es nützte nichts, daß Freida ihm zuflüsterte, Sally habe sie gegen die Familie aufgehetzt, Max litt wie noch nie zuvor. Marion war zwölf und Richard vierzehn, als sie kamen, um zwei Sommermonate bei ihrem Vater zu verbringen, hübsche, gesunde Kinder. Sie hatten seine blauen Augen, und ihr Anblick ließ Max sich elender fühlen als je zuvor in seinem Leben. Sie ahmten die Sprechweise ihres Vaters nach, machten sich heimlich lustig über seine Unfähigkeit, bestimmte Laute richtig auszusprechen und über die jiddischen Wörter, die er spontan in seine Rede einflocht. Aufgeweckt, wie sie waren, brachten sie all das, wie auch ihre anderen Spitzen, so geschickt an, daß nie eine Situation entstand, in der Max sie hätte packen und offen darauf ansprechen können. Allerdings trug er auch kein Verlangen danach, sie hart anzufassen oder zu maßregeln. In seinen Augen hätten diese beiden Kinder ebensogut von einem anderen Stern kommen können. Auf Betreiben Sallys besuchten sie seit drei Jahren eine exklusive New Yorker Privatschule.

Nach zwei qualvollen Wochen im Haus in Beverly Hills, während deren es zu einer überaus unerfreulichen Szene mit der Großmutter gekommen war, ließen die beiden Kinder wissen, daß sie nach Hause wollten. Max erhob keine Einwände, rief Sally an, traf alle erforderlichen Vorbereitungen und setzte die beiden, mit teuren Geschenken überhäuft, in den Zug zur Ostküste. Im Jahr darauf teilte Sally mit, die Kinder hätten sich gegen eine Wiederholung des Besuchs ausgesprochen, woraufhin er ohne langes Hin und Her auf sein Recht verzichtete, und so stellte sich die Frage eines zusätzlichen Schlafzimmers im Sommerhaus auf dem Studiogelände erst gar nicht.

Andere Dinge waren zu erledigen, und dazu mußte er allein sein. Hätte ihn jemand nach dem Grund gefragt, würde er, sofern er die richtigen Worte gefunden hätte, darauf geantwortet haben, sein ganzes Leben sei ein Traum geworden und die einzige Möglichkeit für ihn, zumindest für einige Augenblicke aus diesem Traum aufzutauchen, bestehe darin, daß er mit sich allein sei, wenn irgend möglich am Meer, wo er, während der sanfte, kühle Wind vom Wasser her wehte, zu einer Art geistiger Gesundheit gelangte. Dort spazierte er, die Hände in den Taschen, den schwarzen Homburg in den Nacken geschoben und den Kopf vorgereckt, eine peinlich korrekt gekleidete kleine Gestalt, die sich in der Weite der Landschaft verlor.

Er merkte an jenem Abend, daß ihm bei seinem Strandspaziergang jemand im Abstand von gut zehn Metern folgte. Wenn Max ging, bewegte sich der Schatten hinter ihm, blieb Max stehen, stand auch der Schatten. Schließlich drehte Max sich um, um zu sehen, wer ihm da folgte, und so standen die beiden einander in der frühen Abenddämmerung gegenüber und sahen sich an.

Vor ihm stand eine junge Frau von etwa zwanzig Jahren. Sie hatte kurzgeschnittenes, glattes, blondes Haar, große blaue Augen und ein breites, hübsches Gesicht. Sie war schlank, fast schon mager, trug ein billiges blaues Baumwollfähnchen sowie Sandalen und sah ihn mit einer Art von rührendem Trotz an. Sie unterschied sich um kein Haar von den ungezählten anderen jungen Frauen, denen Max täglich auf den Straßen von Los Angeles begegnete.

Max ging zu ihr hinüber – sie rührte sich nicht.

«Für eine junge Frau wie Sie kann es äußerst unangenehme Folgen haben, wenn sie hinter einem unbekannten Mann hergeht», sagte er.

«Sie sind mir nicht unbekannt.»

«Ach ja? Hat man uns denn vorgestellt?»

«Nein.»

«Und wieso bin ich Ihnen nicht unbekannt?» wollte Max von ihr wissen.

«Sie sind doch Max Britsky, oder?»

«Sind Sie mir etwa deshalb gefolgt?»

«Ja.»

«Sie meinen, wenn Sie hinter ihm hergehen, lernen Sie ihn vielleicht kennen?»

«Ja.»

«Und dann wollen Sie, daß er Ihnen Arbeit gibt.»

«Ganz so ist es nicht, Mr. Britsky. Sind Sie auch bestimmt Mr. Britsky?» erkundigte sie sich mit einem kaum hörbaren Zweifel in der Stimme.

«Vielleicht nur jemand, der so aussieht.»

«Niemand sieht aus wie Sie, Mr. Britsky.»

«Ein hübsches Kompliment. Mit der Art Bemerkung macht man sich Freunde.»

«Nein, Sie verstehen das falsch», beeilte sie sich zu sagen. «So habe ich das nicht gemeint, ganz bestimmt nicht. Sie sehen sehr nett aus, Mr. Britsky. Nur wie Sie sich anziehen, mit dem komischen Hut. Ich hab so was nur im Film gesehen, niemand sonst trägt hier so einen komischen Hut. Ich meine –»

«Schon gut», sagte Max. «Wie heißen Sie?»

«Sind Sie auch wirklich Mr. Britsky?» wollte sie noch einmal wissen.

«Ja. Zwei solche Hüte gibt es hier nicht.»

«Ich bin Schauspielerin.»

«Hätt ich's mir doch denken können», sagte Max. «Sie überraschen mich, Kind. Als ob ich nicht wüßte, daß jedes junge Mädchen mit blonden Haaren und blauen Augen, die in ihrer Schule einen Schönheitswettbewerb gewinnt, vielleicht hat ihr auch nur jemand gesagt, sie sieht gut aus, nach Hollywood kommt, wie zehntausend andere, nur um mich mit der Erklärung zu überraschen, daß sie Schauspielerin ist. Ich rate Ihnen: hängen Sie die Schauspielerei an den Nagel und fahren Sie zu Ihren Eltern zurück.» Mit diesen Worten wandte Max sich ab, um seinen Spaziergang fortzusetzen. «Und laufen Sie nicht mehr hinter mir her, es macht mich nervös.»

Sie zupfte ihn am Ärmel und sagte flehentlich: «Bitte, Mr. Britsky.»

«Was gibt's da zu bitten?» knurrte Max und machte sich los.

«Was Sie wollen, Mr. Britsky. Ich würde sogar mit Ihnen ins Bett gehen. Alles was Sie wollen. Alles.»

Max wandte sich wieder zu ihr um und sah sie aufmerksam an. «Wirklich alles?»

«Ja, bitte.»

«Wofür?»

«Damit Sie mir eine Rolle geben – egal, was für eine. Ich muß einfach eine haben. So kann ich nicht weitermachen. Bitte –» Sie begann zu weinen.

«Großer Gott», sagte Max. «Ich kann es nicht sehen, wenn eine Frau weint. Vielleicht bin ich doch nicht Max Britsky, ich bin selbst nicht mehr ganz sicher.»

«Sie machen sich über mich lustig.»

Mit den Worten: «Wischen Sie sich die Tränen weg und hören Sie auf zu weinen», gab Max ihr sein Taschentuch. «Wie heißen Sie überhaupt?»

«Gertrude. Gertrude Meyerson.» Sie trocknete ihre Tränen und gab Max das Taschentuch zurück.

«Woher kommen Sie, Gertrude?»

«Aus Milwaukee.»

«Wie alt sind Sie?»

«Zwanzig.»

«Mhm. Jetzt sagen Sie mir, wo Sie wohnen. Ich hab meinen Wagen da hinten stehen und fahre Sie nach Hause. Halten Sie in Zukunft bloß keine Leute mehr auf der Straße an und sagen ihnen, daß Sie mit ihnen ins Bett gehen wollen. Vielleicht ist der nächste nicht Max Britsky, sondern jemand, der Ihnen wegen dem goldenen Kettchen da Ihren hübschen Hals durchschneiden will.»

«Es ist kein Gold, nur Doublé.»

«*Masel-tow!* Es ist also kein Gold.»

«Und Sie können mich auch nicht nach Hause bringen.»

«Wieso nicht?»

«Weil ich kein Zuhause habe. Ich hatte eine Stelle als Kellnerin, und weil ich mit dem Kerl, dem der Laden gehörte, nicht ins Bett gehen wollte, hat man mich rausgesetzt. Dann hat meine Wirtin mir gekündigt, weil ich kein Geld mehr hatte. Die letzte Nacht hab ich am Strand geschlafen, mein Gepäck hab ich auch da.»

«Mit dem also wollten Sie nicht ins Bett gehen, aber mit Max Britsky –»

«Ich bin Schauspielerin.»

«Wenn es um 'ne Rolle im Film geht, ist es also was andres?»

«Ja.»

«Und Sie meinen wohl, Sie sind die erste, die mir so ein aufregendes Angebot macht?»

Sie sah ihn eine ganze Weile an, legte dann die Hände an die

Schläfen, schloß die Augen und blieb einige Sekunden lang regungslos stehen. Schließlich ließ sie die Hände mutlos sinken, wandte sich um und ging fort. Kaum hatte sie einige Schritte getan, als Max ihr nachrief: «Gertrude!»

Sie blieb stehen und drehte sich zu ihm um.

«Gertrude», sagte Max, «holen Sie Ihr Gepäck.» Sie kam auf Max zu, als gehe sie barfuß auf Glassplittern. «Ich lade Sie zum Abendessen ein, und dann gebe ich Ihnen meine Karte. Mit der läßt man Sie morgen früh ins Besetzungsbüro. Vielleicht bekommen Sie da eine Rolle, vielleicht auch nicht. Ich sollte mich auf meinen Geisteszustand untersuchen lassen. Und merken Sie sich: ich gehe nie mit kleinen Mädchen ins Bett, die am Strand hinter mir herlaufen. Das müssen Sie als erstes lernen, wenn Sie es sich nicht mit Max Britsky verderben wollen.»

«Das ist doch nicht Ihr Ernst!»

«Mein völliger Ernst.»

«Und Sie warten hier?»

«Selbstverständlich.»

Der Ausdruck ihres Gesichts veränderte sich schlagartig, und auch ihre Körperhaltung, als habe sie ein Lebenselexier getrunken. Mit langen Schritten rannte sie den Strand entlang und blickte immer wieder über die Schulter, um zu sehen, ob Max auch bestimmt wartete. Bald darauf kam sie mit ihrem einzigen Gepäckstück zurück, einem alten Marine-Seesack.

«Ist das alles?» fragte Max. «Sonst haben Sie nichts?»

«Das ist alles.»

«Und wenn Sie nicht zufällig heute abend hinter mir hätten hermarschieren können und ich nicht so bestußt gewesen wäre, was dann?»

«Ich weiß nicht. Irgendwas findet sich. Vielleicht gibt mir jemand 5 Dollar dafür, daß ich mit ihm schlafe.»

«Haben Sie das schon mal gemacht?»

«Ein- oder zweimal. Ich könnte Sie ja belügen, aber was würden Sie tun, wenn Sie Hunger hätten, Mr. Britsky?»

«Genau dasselbe.»

«Laden Sie mich jetzt immer noch zum Essen ein?»

«Soll ich mich über Sie erheben, weil Sie sich für ein paar Dollar hingelegt haben? Mein Gott, Gertrude, dann hätte ich die Beziehung zu fast allen Frauen abbrechen müssen, die ich kenne, und das ist nicht übertrieben. Immerhin hatten Sie einen Grund – Hunger ist ein Grund.»

Vor Max' Wagen blieb Gertrude in stummer Bewunderung stehen. Es war ein eleganter, offener schwarzsilber lackierter Packard mit Zwölf-Zylinder-V-Motor.

«Werfen Sie Ihren Seesack hinten rein.»

«Atemberaubend.»

«Er kostet auch atemberaubend. Von dem Geld hätte ich früher fünf Jahre leben können. Steigen Sie ein.»

Während Max den Packard die Steigung des Sunset Boulevard nach Pacific Palisades hinaufsteuerte, erkundigte sie sich, wo sie essen würden. «Ich kann an nichts anderes denken, vielleicht, weil ich solchen Hunger habe.»

«Großen Hunger? Wenn es ganz schlimm ist, können wir anhalten und Ihnen ein belegtes Brot kaufen. Sonst würden wir mit einem König zusammen essen. Auch was, das kann neun Uhr werden, vielleicht sollten wir ruhig schon jetzt was essen.»

Max hielt in Pacific Palisades an einem kleinen Stand, wo ein Schild IA NACHOS UND TACOS versprach. «Außer in Mexiko bekommen Sie nirgendwo bessere, das können Sie mir glauben.» Der Besitzer, ein kleinwüchsiger Mann von südländischem Aussehen, kam herangehumpelt und begrüßte Max strahlend.

«Schön, Sie zu sehen, Mr. Britsky. Wie geht es Ihnen?»

«*Bueno, bueno*, ich kann nicht klagen, Pedro. Gertrude hier hat Hunger, mach ihr also ein paar ordentliche *nachos* zurecht. Ein Schluck Bier wär auch nicht schlecht. Sie mögen doch Bier?» wandte er sich zu Gertrude.

«Gern.»

«Sie kriegen nirgends besseres mexikanisches Bier, und das ist vielleicht sowieso das beste auf der Welt. Mir auch eines, Pedro.»

Max bezahlte mit einem Zehn-Dollar-Schein und wollte von Wechselgeld nichts wissen. Gertrude verschlang die beiden *nachos* förmlich und ließ sich gern noch einen dritten geben.

«Die wollen mich hier weghaben, Mr. Britsky», sagte Pedro.

«Was?»

«Die haben jetzt eine Handelskammer. Pacific Palisades wird eine feine Gegend. Vor kurzem gab's es noch gar nicht, aber jetzt wollen sie sich ihre schöne Landschaft nicht mehr von einer popeligen mexikanischen Würstchenbude verschandeln lassen.»

«Wenn du einen Anwalt brauchst, Pedro, sag mir Bescheid. Ich setz dann Freddy auf die Sache an.»

Als sie wieder im Wagen saßen, fragte sie: «Essen Sie hier oft, Mr. Britsky? Das ist doch nichts für Sie.»

«Hat es Ihnen etwa nicht geschmeckt?»

«Doch, aber Sie sind Max Britsky.»

«Sie dürfen Pedro Sandez nicht als das sehen, was er jetzt ist. Früher war er Aufseher meiner *vaqueros*. Falls Sie das Wort nicht kennen, es ist spanisch für Cowboy, nur sind die mexikanischen *vaqueros* 'nen ganzen Streifen besser als unsere Cowboys. Für Cowboyfilme nehmen wir keine anderen, und Pedro hat sie für mich ausgesucht und ihnen gesagt, was sie machen sollten. Eines Tages ist er vom Pferd gestürzt und hat sich eine Hüfte gebrochen. Weil er seitdem nicht mehr reiten kann, hab ich ihm die Bude besorgt. Eines lassen Sie sich gesagt sein, Mädchen, bei Pedro haben Sie besser gegessen, als Sie heute abend mit dem König speisen werden.»

«Was für ein König soll das sein? Etwa ein richtiger?»

«Aber klar.»

«Sie machen sich über mich lustig.»

«Kein Spur. Ihnen geht es heute abend wie in den Aschenputtel-Geschichten, die ich mit meiner Traumfabrik unters Volk bringe. Jemand sitzt mit nichts am Strand von Santa Monica, und im nächsten Augenblick hat er den Bauch voll *nachos* und ist auf dem Weg zum Diner mit König Alfonso XIII. Na, ist das nichts? Dreizehn Alfonsos, und Nummer XIII ist der jetzige König von Spanien.»

«Sie nehmen mich auf den Arm, Mr. Britsky. So dumm bin ich nicht.»

«Wer ist das schon? Dafür weiß ich nicht mal genau, wo Spanien liegt. Es stößt wohl an Frankreich?»

«Ich glaube schon.»

«Sicher waren Sie auf der höheren Schule?»

«Ja.»

«Das Komische ist, daß ich Ihnen genau sagen kann, wie es auf dem spanischen Filmmarkt aussieht. Wir arbeiten mit einem Don Francisco Sergova zusammen, er hat 33 Theater oder was die da in Spanien haben. Mein Buchhaltungsleiter könnte Ihnen genau sagen, was sie im vorigen Jahr umgesetzt haben. Sonst weiß ich nichts über Spanien, außer daß die den Mexikanern so lange auf den Wekker gegangen sind, bis die sie rausgesetzt haben.»

Gertrude war ganz verwirrt und fragte Max, ob er sie mit zu sich nach Hause nähme.

«Ich nehme Sie mit zum Essen, Kleine, wie vereinbart, in Pickfair. Das ist der feine Palast, den sich Mary Pickford und Douglas Fairbanks in Beverly Hills haben hinsetzen lassen. Ich bin da heute abend eingeladen und soll die Bekanntschaft von König Alfonso XIII. machen. Eigentlich wollte ich nicht, aber wie ich Sie da unten so am Strand gesehen hab, hab ich wohl eine Harun-al-Raschid-Anwandlung gekriegt, wie Clifford Abel das nennt, und beschlossen, mit Ihnen zusammen hinzugehen.»

«Ich verstehe kein Wort, Mr. Britsky. Sie hatten doch gesagt, Sie wollten mich in Ihr Besetzungsbüro reinlotsen.»

«Das tu ich auch, das ist versprochen.»

«Und wir fahren gar nicht zu Mary Pickford?»

«Warum denn nicht?»

«Das kann nicht sein! Das ist bestimmt ein Scherz.»

«Da muß ich Ihnen recht geben. Es ist so eine Art jüdischer Scherz, aber wir gehen hin. Heute abend essen Sie mit Mary Pickford, Douglas Fairbanks und König Alfonso von Spanien, der uns Juden alle miteinander 1492 aus seinem Reich verjagt hat – wußen Sie das – und jetzt ist er hier, und es ist ihm egal, daß fast die ganze Filmindustrie in unseren Händen ist. Der hohe Herr ist sehr liberal, vor allem wenn es darum geht, in Häusern wie Pickfair zu essen. Es würde ihm wohl auch nichts ausmachen, wenn Fairbanks Jude wäre – man munkelt da so allerlei, aber ich hab ihn noch nicht gefragt.»

«Mr. Britsky», jammerte Gertrude, «ich verstehe überhaupt nicht, wovon Sie reden. Aber so, wie ich herumlaufe, können Sie mich unmöglich mit zu Douglas Fairbanks nehmen. Sehen Sie mich doch nur an!»

«Ich finde, Sie sehen ziemlich gut aus.»

«Das ist mein einziges Kleid.»

«Es wird Sie garantiert niemand nach den anderen fragen.»

«Und ich habe nur Sandalen an.»

«Das halten die bestimmt für den letzten Schrei. Glauben Sie mir, die Leute da sind so strohdämlich, daß sie nicht unterscheiden können, was schick ist und was nicht, und da nehme ich den König nicht aus. Außerdem würden sie Max Britsky auch dann noch hinten reinkriechen, wenn Sie sich einen Zementsack über den Kopf gezogen hätten.» Er sah zu ihr hinüber. «Sie sehen besser aus als die meisten von denen. Die machen glatt eine Entdeckung aus Ihnen. Bestimmt hören Goldwyn, Mayer und Lasky heute noch vor dem Schlafengehen von Max Britskys neuer Entdeckung und glauben womöglich, wenn Sie meine Entdeckung sind, müßten sie sich ranhalten. Vielleicht brauchen Sie morgen gar nicht zum Britsky-Studio zu kommen, sondern haben dann schon ein richtiges Angebot. Hier in Hollywood ist die Welt eine Art Irrenhaus. Es spielt überhaupt keine Rolle, wie jemand angezogen ist. Tom Mix war schon mal in Kleidern da, die nach Stallmist stanken, und er hatte sich drei Tage lang nicht rasiert. Da sind schon Mädchen rumgehüpft, die hatten so gut wie nichts an. Es spielt also wirklich keine Rolle, wie Sie da hingehen.»

Also sie vom Sunset Boulevard nordwärts in den Benedict Canyon einfuhren, bat Gertrude sehr kleinlaut: «Ich möchte bitte aussteigen, Mr. Britsky.»

«Bei Max Britsky sind Sie zu allen Schandtaten bereit, aber vor Mary Pickford haben Sie Schiß. Na schön, Ihre Sache. Wie lange sind Sie eigentlich schon hier?»

«Zwei Jahre.»

«Na gut.» Er hielt an. «Wenn Sie bei diesem Irrsinn mitmachen wollen, kommen Sie mit mir. Wenn Sie aussteigen wollen, auch gut. Aber fahren Sie dann um Himmels willen nach Milwaukee zurück.»

«Ich komme mit», flüsterte sie.

«Gut.» Er fuhr wieder an. «Da, wo wir hingehen, gibt's keine Prügeleien von Besoffenen, und auch keine Orgien. In Pickfair kommt kein Tropfen Alkohol auf den Tisch, nicht mal Wein. Schlimmstenfalls kriecht Fairbanks unter den Tisch und beißt ein paar von den Damen ins Bein.»

«Sie machen Späße.»

An der Kreuzung Benedict Canyon und Summit Drive stand ein Polizeifahrzeug mit eingeschalteter Rundum-Blinkleuchte, und zwei mit Gewehren bewaffnete private Wachmänner sicherten die schmale Zufahrt, die den Hügel hinauf zur Villa Pickfair führte, dem Heim von Amerikas Publikumslieblingen: Herzensbrecher und Märchenprinzessin. Einer der Wächter sah kurz in den Wagen hinein und winkte ihn dann weiter. «Man wird Ihnen oben einen Parkplatz anweisen, Mr. Britsky.»

«So, jetzt wissen Sie bestimmt, daß ich es bin», sagte er zu Gertrude, während er die schmale, unbefestigte Straße hinauffuhr. «Das hier oben war früher eine Jagdhütte für Leute, die in Beverly Hills jagen wollten, und jetzt ist es eine Geldanlage. Was würden die bloß mit ihrem Geld machen, wenn sie Pickfair nicht hätten? Vor ein paar Jahren hat Mary Pickford bei Biograph in New York 25 Dollar die Woche verdient und kein Schwein kannte sie. Sie hieß einfach ‹die Kleine mit den Locken›. Fairbanks heißt eigentlich Ullman, er ist von Haus aus Theaterschauspieler, und zwar ein ziemlich mieser. Am besten ist er, wenn er den Mund hält. Die beiden sind dann zu Zukor gegangen und verdienen jetzt zusammen im Jahr zwei Millionen brutto. Nur keine Angst, Mädchen. Vielleicht geht es Ihnen in ein, zwei Jahren so gut wie denen, es kann aber auch sein, daß Sie bis dahin wieder in Milwaukee gelandet sind. Bei mir war mal eine, Alexa Vasovič, in der Branche hieß sie Natalie Love. Sie hatte das Zeug, die größte von allen zu werden, aber sie war verrückt nach Pralinen und hat sich über zwanzig Kilo angefressen. Armes Mädchen.»

Mein Gott, was sabble ich da eigentlich alles, dachte Max, während ihn rotbefrackte Diener auf dem Parkplatz einwiesen. Da liest man eine arme Kleine am Strand auf und muß sie gleich mit allem beeindrucken, was man über die Branche weiß. Sie würde tun, was man von ihr verlangt – sich erniedrigen, demütigen, vermutlich auch auspeitschen oder an andere weiterreichen lassen, würde jeder krankhaften Laune folgen und jeder Abartigkeit zu Willen sein – nur damit sie eine Rolle in einem Film bekommt, ganz gleich, was für eine. Mein Gott, fragte er sich unwillkürlich, was ist da bloß passiert? Habe ich damit was zu tun? Das wäre wohl zuviel der Ehre.

Als er Gertrude aus dem Wagen half, sagte er: «Glady Smith.»

«Was ist damit?»

«Mary Pickfords richtiger Name. Sie können unmöglich Gertrude Meyerson bleiben.»

Man geleitete sie ins Haus, und Max wurde von allen Seiten begrüßt. Gertrude sah auf die goldenen Locken von Amerikas Publikumsliebling. Fairbanks umarmte Max. «Max, Max, es ist uns stets ein Vergnügen, dich bei uns zu sehen.» Mit einer Umarmung und den Worten: «Und wer ist dies bezaubernde Geschöpf?» begrüßte er Gertrude. Falls Mary Pickford den Schmutz an Gertrudes in abgetretenen Sandalen steckenden Füßen bemerkt hatte und sich fragte, was für ein hergelaufenes Weibsbild Max Britsky da eigentlich angeschleppt hatte – man konnte ja richtig sehen, wie die dürre kleine Blonde unter all den Damen in Seide, Nerz und Zobel in ihrem billigen blauen Baumwollfähnchen bibberte –, falls sie das dachte, ließ sie sich nichts davon anmerken. Sie war reserviert und lebhaft zugleich. Dann trat der dunkelhaarige Herr auf, Alfonso XIII., König von Spanien, Nachfahr von Ferdinand und Isabella, die gemeinsam mit Torquemada ihre Konquistadoren nach Amerika geschickt hatten, unter ihnen Cortés und Pizarro. Er zeigte sich geehrt von der Einladung in eine umgebaute Jagdhütte, in einer Stadt, die es zehn Jahre zuvor noch gar nicht gegeben hatte. Er verbeugte sich, wenn man sich vor ihm verbeugte, und murmelte, wie entzückt er sei. Es war ihm eine Ehre, einem Mann vorgestellt zu werden, der auch so klein war wie er und Charles Chaplin hieß. «O ja, ja», sagte der König, der des Englischen offenbar nicht mächtig war, «ich Ihr Film sehen.» Dann fuhr er auf spanisch fort und erklärte, daß er *‹Das Kind›*, also *‹The Kid›*, meinte. Herrlich, herrlich, herrlich! So klingt das Lob eines gekrönten Hauptes. Tom Mix überragte den kleinen König, neben ihm stand Hoot Gibson, und den Hintergrund zu diesen beiden breitschultrigen und von Männlichkeit strotzenden Viehhirten bildeten die bunten Lichtergirlanden rund ums Haus, die den gepflegten Rasen und die üppige Pflanzenpracht beschienen. Wußte der kleine König, daß Kalifornien einst seinen Vorfahren gehört hatte? Max sagte auf spanisch zu ihm: «Das da ist Tom Mix und der hier ist Hoot Gibson. Beides sind berühmte Schauspieler aus Westernfilmen. *En español vaquero. S Comprende Usted?*» Das Gesicht des Königs hellte sich auf, und die Umstehenden applaudierten. Unglaublich! Max spricht Spanisch. In Wirklichkeit war es sehr wenig und sehr dürftig, Brocken, die er irgendwo einmal aufgeschnappt hatte.

Fairbanks beugte sich über Gertrudes Hand und drückte einen flüchtigen Kuß darauf. Sie folgte seiner Bewegung mit den Augen, und ihre schmutzigen Fingernägel fielen ihr ein. Max konnte sich gut vorstellen, warum sie plötzlich vor Scham zusammenzuckte. Fairbanks wirkte mit seinen übertriebenen Bewegungen wie ein anmutiger Tänzer oder ein Schmierenschauspieler – je nachdem, ob man ihn voll Ehrfurcht oder voll Spottlust betrachtete. Max tat keines von beiden, er beobachtete, ohne zu urteilen. Irgendwie hatte sich das in seinem Leben so ergeben, und es war nicht seine Aufgabe herauszubekommen, wie und warum. Fairbanks zwinkerte Max mit einem Blick zu, der so viel heißen sollte wie: alter, schlauer Fuchs, dieser Max.

Der riesige Tisch war für sechzehn Personen gedeckt, jeweils an den Längsseiten. Der Herr und die Herrin des Hauses saßen am Kopf und am unteren Ende der Tafel. Gern nahm der König, den Dolmetscher neben sich, zur Rechten Mary Pickfords Platz. Alle flüsterten sich zu, wie demokratisch er sei, und als ihn diese Mitteilung erreichte, nickte er sich selbst Bestätigung. Die schönen Frauen um ihn herum entzückten ihn, man saß in bunter Reihe um den Tisch, und alle lächelten Seiner Majestät zu.

Gertrude saß zwischen Max und einem kürzlich erst aus England herübergekommenen, gutaussehenden und hochgewachsenen Schauspieler. Max hatte ihn nicht beschäftigen wollen, er fand ihn mit seinen knapp einsneunzig zu groß. Max hatte nichts dagegen, daß Menschen größer waren als er, aber einsachtzig schien ihm eine angemessene Obergrenze. Außerdem war der Mann ein Schürzenjäger, und Max hatte den Begriff, als er im Zusammenhang mit diesem Mann gefallen war, folgendermaßen definiert: «Der würde die Eichhörnchen im Park vögeln, wenn er sie kriegen könnte.» Wenn Max auch nicht mit moralischen Vorstellungen an geschlechtliche Dinge heranging, so verachtete er doch jeden, der mit Frauen ins Bett ging, die ihm nichts bedeuteten. Jetzt führte sich der Engländer dadurch bei Gertrude ein, daß er seine Hand, so weit es ging, über ihren Oberschenkel schob. Max teilte ihr mit, als sie ihm das verzweifelt zuflüsterte, daß gewisse Risiken einzugehen bereit sein müsse, wer einen Platz auf dem Thron von Schönheit und Macht anstrebte. Dann beugte er sich hinter ihrem Rücken zu dem Mann hinüber und flüsterte ihm mit lächelndem Gesicht zu: «Hör mal zu, du versauter Tommy, wenn du die Kleine noch mal anfaßt, sorg ich dafür, daß in keinem Studio an der Küste ein Hund mehr einen Knochen von dir nimmt.» Sogleich versicherte dieser, das sei versehentlich und völlig unbeabsichtigt geschehen. «Klar, alter Scheißer», flüsterte Max zurück, nach wie vor lächelnd.

Ein breitschultriger Franzose mit weißem Haar und weißem Schnurrbart, der als Comte de Poicte vorgestellt worden war und nicht ein Wort Englisch konnte, saß dem König gegenüber. «Ich glaube», flüsterte Max Gertrude zu, «der kriegt das Kleckerglas. Ich kann mich täuschen, aber – nein, er dürfte es sein.»

«Wer ist das, und was ist das Kleckerglas?»

«Ein französischer Graf. Douglas sammelt Adelige. Sehen Sie nur», damit wies er in eine bestimmte Richtung, «der Kleine da hinten, Charly Chaplin.» Max sah zu dem Grafen hinüber, und Chaplin nickte. «Er meint das auch. Passen Sie auf.» Ein livrierter Diener füllte die Weingläser. Die Augen aller Eingeweihten richteten sich auf den Grafen, dann erhob sich Tom Mix und brachte einen Trinkspruch auf die Gastgeber aus. «Das ist kein Wein», flüsterte Max. «Traubensaft in einer Weinflasche. Passen Sie jetzt auf.» Alle erhoben die Gläser. Der König von Spanien verzog das Gesicht, als er das süße Zeug schmeckte, aber so weit kam der Comte de Poicte gar nicht. Gerade, als er den Gastgebern zuprosten wollte, lief ihm der Traubensaft durch ein im Glas befindliches Loch über die Weste. Großes Gelächter erhob sich, während das Opfer völlig verdattert am Tisch stand.

«Wie können sie nur so etwas tun?» fragte Gertrude.

«Lernen Sie, Mädchen, lernen Sie. Wer im Dschungel mit den Eingeborenen ums Lagerfeuer tanzen will, muß deren Bräuche kennen.»

Ein weiterer livrierter Diener wischte dem Grafen die Reste des Traubensafts ab, und mit törichtem Lächeln setzte sich Monsieur de Poicte. Niemand sprach Französisch, keiner konnte ihm erklären, was vorgefallen war. Die Mahlzeit ging unter lärmenden Gesprächen weiter. «Wer hierher zum Essen eingeladen wird», erläuterte Max, «läßt sich meistens schon vorher ordentlich vollaufen. Sie haben auch noch Nachschub in ihren Autos draußen. Ein ziemlich idiotisches Spiel.»

Gertrude mußte immer noch an das Kleckerglas denken. «Ist der arme Mensch ein richtiger Graf?»

«Ich denke schon. Sie würden sich wundern, wenn Sie wüßten, wie viele von diesen adeligen Einfaltspinseln hierherkommen und sich noch wer weiß wie geschmeichelt fühlen, weil man sie nach Pickfair einlädt. Jetzt ruhig Blut – gleich beißt Sie jemand ins Bein.»

«Was?»

Max nickte zum Kopf der Tafel hinüber. Douglas Fairbanks war verschwunden, und diejenigen unter den Anwesenden, die das Spiel schon kannten, hielten im Verzehr ihrer riesigen Portionen Erdbeereis mit Sahne, süßem Sirup und Maraschinokirschen inne, um zu sehen, wer diesmal Opfer von Fairbanks' abartigem Humor sein würde.

«Er ist schon unter dem Tisch», flüsterte Max Gertrude ins Ohr.

Sie kreischte auf, und die alten Pickfair-Hasen schlugen sich unter brüllendem Gelächter auf die Schenkel.

Als sie wieder in Max' Wagen saßen, weinte Gertrude Meyerson und wollte wissen, wohin Max sie zu bringen gedachte.

«Irgendwo müssen Sie ja bleiben. Und wenn Sie kein Zuhause haben, bringe ich Sie erst mal zu mir. Worüber weinen Sie? Hat es wehgetan?»

«Nein, es hat nicht mal geblutet.»

«Na also. Nicht jedes junge Mädchen aus Milwaukee wird von einem berühmten Filmstar gebissen.»

«Ich weiß nicht.»

«Was wissen Sie nicht?»

«Ich weiß nicht, warum ich weine. Es ist alles so eigentümlich, nicht nur, weil ich kein Zuhause und kein Geld habe, sondern weil ich nicht daran denken möchte, wie schrecklich sich diese Menschen aufführen, denn vielleicht haben sie ja recht.»

«Womit sollen sie recht haben?»

«Ich weiß nicht mal, was ich eigentlich sagen will. Ich weiß auch nicht, warum ich Angst hatte, denn vor Ihnen hatte ich keine. Ich weiß auch nicht, warum ich weine.»

«Eigentlich müßten Sie sich doch glücklich fühlen. Zwei Jahre haben Sie auf eine Gelegenheit gewartet, zum Film zu kommen, und jetzt haben Sie sie.»

«Wirklich?»

«Wenn ich es Ihnen sage.»

«Ich werde versuchen, nicht mehr zu weinen.»

Während er über den Paß ins San Fernando-Tal und durch die von Palmen gesäumte Straße zum Studio fuhr, verhielt sie sich still. Max hatte diese Palmen selbst gepflanzt, 400 Stück, und sich dabei vorgestellt, wie das Ganze eines Tages eine breite Allee sein würde. Palmen übten einen eigentümlichen Reiz auf ihn aus. Außer Drehbüchern, die aber für ihn Pflichtlektüre waren, las er nicht viel. Er hatte in seinem ganzen Leben keinen Roman von literarischem Wert gelesen, und die Lesebücher seiner wenigen Schuljahre waren in der Erinnerung längst verblaßt. Da er auch keine tiefer gehenden Kenntnisse seiner eigenen Religion besaß, hatte er nur ganz undeutliche Vorstellungen von der Heimat der Juden, verband diese aber unbewußt mit Palmen und trockenem Wüstenstaub. Er hatte Palmen gern, auch Agaven und die zahllosen Kakteenarten, die es in Südkalifornien gab. Dem Süden Kaliforniens selbst trat er mit einer gewissen Haßliebe gegenüber. In den neun Jahren, die er jetzt hier lebte, hatte sich Los Angeles aus einem verschlafenen Dorf über Nacht zu einer Stadt gemausert und wuchs mit geradezu explosiver Gewalt. Nachdem er im San Fernando-Tal seine 120 Hektar gekauft hatte, wurde Studio auf Studio gegründet, jeder Produzent erwarb ein großes Stück Land – in Culver City, in West Los Angeles und Hollywood, aber auch im San Fernando-Tal – und mit den Studios kamen befestigte Straßen, Häuser und Tausende von Menschen, die dort arbeiteten, weitere Tausende, die die Häuser bauten und die Waren verkauften, die die anderen brauchten, und so waren aus den wasserlosen Landstücken, die Harry Culver und Burt Green sich gesichert und hochtrabend Culver City und Beverly Hills genannt hatten, jeweils in wenigen Jahren richtige Städte geworden. Culver City lag um drei große Studios herumgesprenkelt, und Beverly Hills war zum begehrtesten Wohnsitz der Menschen aus der neuen Industrie geworden, die Stars, Produzenten und Regisseure ebenso schnell hervorbrachte, wie Pilze nach dem Regen aus der Erde drangen, wobei die meisten von ihnen Gehälter bezogen, von denen die Mehrzahl derer, die in der amerikanischen Industrie Führungspositionen bekleideten, nie träumen durften.

Als nun Gertrude Meyerson, die vor sich in die stygische Dunkelheit des San Fernando-Tals sah, Max fragte, wohin sie fuhren, antwortete er: «Zum Studio.»

«Zu Ihrem Studio?»

«Man sagt, es gehört mir.»

«Wohnen Sie denn da, Mr. Britsky?»

«Manchmal. Sie können da schlafen, dann brauchen Sie morgen gar keinen Passierschein. Sie sind drin, und ich ruf Melvin Dubberman an, den Leiter meines Besetzungsbüros, und husch die Lerche sind Sie beim Film. Schön, daß Sie nicht mehr weinen.»

Am Zufahrtstor zur Studiostadt leuchtete ein bewaffneter, uniformierter Wächter mit seiner Taschenlampe in den Wagen, nickte, als er Max erkannte, und öffnete einen Torflügel. Im Scheinwerferlicht konnte Gertrude die Studiostraße erkennen, sah undeutlich die hoch aufragenden Ateliergebäude und die zahlreichen anderen Häuser, eine Straße mit Häusern, wie in einem verschlafenen Dorf, und schließlich ein weißes Haus im spanischen Kolonialstil. Dort hielt Max an. Er stieg aus, schaltete die Eingangsbeleuchtung ein und führte dann Gertrude ins Wohnzimmer.

«Hinter der Tür da», sagte er, «liegt mein privates Büro. Wenn Sie mal ganz oben sind, empfange ich Sie da drin. Jetzt wird aber erst mal geschlafen.» Er ging voraus, vorbei an Möbeln aus der spanischen Kolonialzeit, über einen kostbaren Teppich, dann die Treppe hinauf, neben der die dezent gestreifte Tapete eine optische Verbindung vom Vorraum zum ersten Stock herstellte. Beide Schlafzimmer, jedes mit einem eigenen Bad, gingen von dem kleinen Treppenabsatz ab. In Max' Schlafzimmer bedeckte ein Stickteppich mit Orientmuster den Fliesenboden, an den Wänden hingen Tapeten mit Leinenstruktur, und die Einrichtung bestand aus einem schweren Bett mit halbhohen Pfosten sowie zwei Kommoden aus dem frühen 18. Jahrhundert. Das andere Zimmer war weniger streng eingerichtet, es enthielt ein Himmelbett, gleichfalls einen Teppich, und die Tapete war hellrosa und gelb gestreift. Max schaltete das Licht ein und sah Gertrude an. Auf ihrem Gesicht lag jetzt nicht mehr Niedergeschlagenheit, sondern helles Entzücken.

«Wie hübsch», sagte sie.

«Ja, das sagen alle.»

«Und hier leben Sie, Mr. Britsky, ganz für sich allein?»

«Eigentlich wohne ich in Beverly Hills, im Haus meiner Mutter, aber wie die Dinge liegen, bin ich meistens hier. Es ist so praktisch, ich muß dann morgens gar nicht erst zur Arbeit fahren. Ich geb Ihnen einen von meinen Schlafanzügen, und im Badezimmer da drüben finden Sie alles, was Sie brauchen, Zahnbürste, Zahnpasta und so weiter.» Sie stand noch immer an der selben Stelle, als er mit einem Schlafanzug wiederkam. Dann ging er und schloß die Tür hinter sich. In seinem eigenen Schlafzimmer öffnete er das Fenster, um die kühle Nachtluft hereinzulassen. Da er den Duft von Jasmin liebte, hatte er einen großen Jasminstrauch gleich neben das Haus pflanzen lassen. Er entkleidete sich, putzte sich die Zähne, zog seinen Schlafanzug an und ging zu Bett. Genießerisch wählte er eine Havanna, schnitt das Ende ab, entzündete sie, lehnte sich behaglich auf zwei Kissen zurück und sog genußvoll den aromatischen Rauch ein. Seine Begegnung mit Gertrude Meyerson erschien ihm recht amüsant. Sie hatten gerade einen sehr teuren Film mit dem Titel ‹*Der Kalif*› abgedreht. Darin ging es um die Geschichte eines orientalischen Herrschers aus dem Mittelalter, der sich, als einfacher Bauer verkleidet, unter seine Untertanen mischt und dabei allerlei aufregende Abenteuer erlebt. Wie zahlreiche andere Menschen ohne wirkliche Geschichtskenntnisse nahm Max den Stoff der albernen Filme seines Studios für bare Münze und identifizierte sich in gewisser Weise mit jenem Kalifen. Wegen seines instinktiven Widerwillens gegen alles Geschmacklose, Ordinäre und Überladene hatte er ursprünglich die Abendgesellschaft in Pickfair nicht besuchen wollen. Obwohl er über die Filmgrößen und Regisseure, die letztlich aus seinen Nickel-Odeons hervorgegangen und die Idole des 20. Jahrhundert, ja, gleichsam dessen Könige und Königinnen geworden waren, keine Urteile fällte, so ging er ihnen doch, wo immer das möglich war, aus dem Weg, wenn sie sich feiern ließen. Das Alleinsein störte ihn nicht, zumal er nach wie vor mindestens zweimal wöchentlich im Haus Sam Snyders Alices köstliche deutsche Küche und das süße dunkle Bier genoß, das Sam kistenweise aus Seattle bezog. Die wenigen Abende, die er in seinem Haus allein verbrachte, das übrigens in die festen Kulissen auf dem Gelände einbezogen war, genoß er rückhaltlos. Bei Sally hatte er nie im Bett rauchen dürfen, und wenn er sich im Haus auf Beverly Hills eine Zigarre anzustecken wagte, rief das bei seiner Mutter einen ihrer üblichen Wutanfälle hervor, an deren Heftigkeit das Alter nichts geändert hatte. Dies alte Haus auf dem Studiogelände war das erste, in dem er wirklich zu Hause war und in dem sein Wort galt. Gelegentlich hatte er mit dem Gedanken gespielt, in Beverly Hills für sich selbst ein Haus zu kaufen oder bauen zu lassen, verwarf den Gedanken aber nach reiflicher Überlegung. Da er nicht wieder geheiratet hatte, sah er keinen Sinn darin, ein großes Haus zu bewohnen, dessen Räume weitestgehend leerstehen würden. Eine Weile hatte er sich gesagt, er werde wohl wieder eine andere Frau finden, die Della O'Donnell zumindest in manchem ähnlich wäre, aber mit der Zeit verklärte die Erinnerung Dellas Bild immer mehr, so daß die Aussicht, einen Ersatz für sie zu finden, zunehmend schwand.

Vielleicht hinderte ihn aber auch die Lust an der Art Macht, die ein Filmzar ausübte, daran, eine neue Della O'Donnell zu finden. Auf den ausgebeuteten Ölfeldern im Westen von Los Angeles, auf denen Hunderte von Bohrtürmen gestanden hatten, erstreckte sich jetzt eine Stadt, die schöne junge Frauen von überallher aus den Vereinigten Staaten, ja sogar aus der ganzen Welt geradezu magnetisch anzog. Zu Tausenden strömten sie dorthin, entschlossen, beim Film berühmt zu werden. Und so groß war ihre Begierde, daß sie für die Garantie eines Filmvertrags ihre Seele dem Teufel verschrieben hätten. Inmitten dieser Industrie saß Max an den Schalthebeln, die das Geschick des Max Britsky-Studios und der rund tausend Filmtheater bestimmten, die es belieferte. Er hätte nur mit den Fingern zu schnippen brauchen, und beliebig viele dieser schönen jungen Frauen hätten ihm ihre Gunst gewährt. Während Max dies nur sehr sparsam ausnutzte, schwelgten zahlreiche seiner Kollegen in dieser Fülle von Lust. Da alles, was in dieser seltsamen neuen Welt Hollywoods geschah, maßlos übersteigert dargestellt wurde, und da Max stets im Mittelpunkt der Mythenbildung stand, verschmolz die Wahrheit mit der Legende.

Gertrude Meyerson glaubte der Legende nicht nur, sie wollte auch daran teilhaben, und so klopfte sie leise an Max' Tür.

«Herein.»

Max, ohnehin schon von kleinem Wuchs, wirkte im Schlafanzug noch kleiner. Die Ärmel hingen ihm über die Hände herab und die Hosenbeine hatte er aufgerollt. Gertrude kam barfuß herein und blieb bewegungslos an Max' Bett stehen.

«Stört Sie der Rauch?»

«Nein, mein Vater hat auch Zigarren geraucht.»

«Lebt er nicht mehr?»

Sie schüttelte den Kopf.

«Setzen Sie sich.»

Sie setzte sich auf die Bettkante und fragte schüchtern: «Warum finden Sie mich nicht anziehend?» Sie hatte das billige und ungekonnt aufgetragene Make-up von ihrem offenen, bleichen und traurigen Gesicht gewaschen, in dem die großen blauen Augen weit auseinanderlagen und dessen Mund vollippig und wohlgeformt war.

«Sie sehen hübsch aus. Sie stammen wohl von einem Bauernhof?»

«Ja, er liegt aber ganz in der Nähe von Milwaukee.»

«Sie haben nie Schauspielunterricht gehabt.»

«Nein.»

«Sind einfach hergekommen, um es zu probieren.»

«Weil ich es kann», rief sie aus. «Ich weiß, daß ich es kann.»

«Klar.»

«Ich möchte zu Ihnen ins Bett», sagte sie ohne Umschweife. Sie ließ keine Verführungskünste spielen, hatte nicht einmal ein natürliches Empfinden für die Lockungen, die dem Weib zu Gebote stehen.

«Weißt du, Mädchen», sagte Max zu ihr, «meine eigene Tochter Marion ist etwa so alt wie du. Es gibt Männer, denen das gefällt, sie fühlen sich dann wohl jünger. Wenn ich dich so ansehe, muß ich daran denken, daß ich meine Tochter schon seit acht Jahren oder so nicht mehr gesehen habe. Eine böse Geschichte, nicht wahr? Wenn ich mit einem kleinen Bauernmädchen, das noch ganz unverdorben ist, ins Bett gehen würde, käm ich mir vor wie eine alte Drecksau.»

Tränen traten in ihre blaßblauen Augen.

«An solche Ausdrücke bist du wohl nicht gewöhnt, Mädchen», sagte Max. «Meine Mutter hat immer gesagt, man müßte mir den Mund auswaschen, am besten mit Kernseife. Hör mal, Mädchen, du bist keine Schauspielerin. So was seh ich. Du bist zwar ganz niedlich, aber der Film verlangt heutzutage einen anderen Typ Mädchen.»

Erneut begann sie zu weinen.

«Hör doch bitte damit auf. Ich mach dir einen Vorschlag. Morgen kriegst du eine Stelle. Kannst du Maschineschreiben?»

Sie schüttelte den Kopf.

«Was kannst du, vielleicht nähen?»

Sie nickte.

«Dann kommst du in die Kostümschneiderei. Da fängst du mit 35 Dollar die Woche an. Das ist ganz gutes Geld, glaub mir. Wir haben hinten am Ventura Boulevard ein halbes Dutzend Wohnheime. In einem davon kriegst du ein anständiges, sauberes Zimmer, zahlst 15 Dollar die Woche und kriegst Frühstück und Abendessen dazu. Wir haben einen eigenen Schauspiellehrer hier, der gibt einmal die Woche nachmittags Unterricht. Geh hin, vielleicht lernst du was, denn wenn auch die meisten Schauspieler hirnlose Trottel sind, wird man doch nicht mit allem geboren, was man braucht, man muß was lernen.»

Die Tränen rannen ihr jetzt unaufhörlich über das Gesicht.

«Und hör bitte auf zu weinen.»

«Warum sind Sie so nett zu mir?» brachte sie durch ihre Tränen hervor.

«Weil ich ein Trottel bin. Jetzt hör mit dem verdammten Geheule auf und verschwinde.»

«Und Sie wollen mich wirklich nicht?»

«Gott im Himmel, Gertrude», schnauzte er sie an, «heute will ich mit keiner ins Bett – nicht mit dir und nicht mit der Königin von Saba. Raus mit dir und ab in die Heia.»

Er fühlte sich bemerkenswert wohl, nachdem sie den Raum verlassen hatte. Er stand auf, holte aus einer der Kommoden eine Flasche spanischen Sherry, goß sich ein Gläschen ein und ging dann wieder zu Bett, stützte sich auf die Kissen, rauchte seine Zigarre und nippte in kleinen Schlucken an dem Sherry. Den Genuß an einer Zigarre konnte man mit niemandem teilen, denn für jeden anderen stank sie, und die kurze Anwesenheit des großäugigen Mädchens vom Strand unterstrich ihm diese Beobachtung. Max fühlte sich besser als seit langem. Der Sherry war süß und lieblich. Er kannte einen zuverlässigen Schwarzbrenner, der ausschließlich auf dem Gelände seines Studios arbeitete und ihm zum Dank für diese Möglichkeit das Beste brachte, was an Alkoholika ins Land geschmuggelt wurde. Auf dem Nachttisch lagen zwei Drehbücher, die unbedingt gelesen werden mußten, aber Max war nicht in der Stimmung dazu. Er war voll Trauer, unzufrieden und zufrieden zugleich, dachte an das kleine blonde Bauernmädchen, das nebenan schlief, bedauerte fast, nicht mit ihr ins Bett gegangen zu sein, stellte sich aber zugleich vor, daß Sally neben ihm lag, die Sally aus längst vergangenen Tagen.

Am folgenden Morgen erwachte Max erst spät. Er klopfte an die Tür des Nebenzimmers, bekam aber keine Antwort. Als er vorsichtig nachsah, stellte er fest, daß Gertrude es verlassen hatte, nicht ohne das Bett ordentlich zu machen. Er ging nach unten. In der Studiostadt herrschte bereits hektisches Leben und Treiben. Max fragte seine Sekretärin, die an ihrem Tisch im Vorzimmer saß: «Haben Sie –»

«Ja, Mr. Britsky. Sie ist vor etwa einer Viertelstunde heruntergekommen und hat gesagt, sie wolle sich draußen ein bißchen umsehen.»

«Wenn sie zurückkommt, sagen Sie ihr, ich bin zum Frühstück in die Kantine gegangen. Sie soll sich da nach mir durchfragen.»

Er trat hinaus in den grell leuchtenden Sonnenschein Kaliforniens. Dieser riesige Komplex aus Hallen, Werkstätten, Pappmachépalästen, Elendshütten, Vorstadtstraßen, Laufkränen, Kameras und Generatoren war sein Reich, seine Welt, sein Werk. Auf einer der Straßen dieser großen künstlichen Welt, Max Britskys Studiostadt, stand inmitten Hunderter von Männern und Frauen – Indianer, Cowboys, Spieler, Bauchtänzerinnen aus Tausend und einer Nacht, britischen Husaren, Handlangern, Zimmerleuten, Kameraleuten, Elektrikern, Drehbuchautoren und Regisseuren – bezaubert und verwirrt eine blonde junge Frau namens Gertrude Meyerson.

Sacht berührte Max ihren Arm. «Kommen Sie, wir gehen frühstücken, und dann bekommen Sie Ihre Stelle.»

ZEHN

1927

Max mit achtundvierzig Jahren

Der erste Besucher des Tages war ein Drehbuchautor. Er war noch jung, nicht ganz dreißig Jahre alt, Absolvent der Syracuse University. Dieser Name rief in Max dunkle Vorstellungen von der Antike hervor, ließ ihn an die Wagenrennen denken, wie sie sie im Studio gedreht hatten. Max fragte ihn, wo das College lag, und erfuhr, daß es sich im Norden des Staates New York befand. Der Autor umgab sich mit einer Aura kaum verhohlenen Überlegenheitsgefühls, er zeigte die Geduld, die man bei Unterhaltungen mit ungebildeten, unwissenden, kulturlosen Banausen an den Tag legt. Da Max dergleichen kannte, berührte ihn das nicht weiter. Der junge Mann, er hieß Dudley Langham, hatte in der Zeitschrift *Atlantic* einen Roman und zwei Kurzgeschichten veröffentlicht und für eine Ziegfeld-Revue einen Sketch verfaßt. Er war nach Los Angeles gekommen, weil er, wie er Max anvertraute, den Film für die Kunstform mit den größten Möglichkeiten hielt, und Fulton Hazig, der für die Autoren zuständig war, hatte ihn mit einem Gehalt von 200 Dollar die Woche eingestellt. «Er ist zwar noch nicht trocken hinter den Ohren und ein ziemlich eingebildeter Fatzke», teilte Hazig Max mit, «aber zumindest kann er seinen Namen schreiben und noch dazu richtig – gemessen an dem, was hier so rumläuft, ist das immerhin schon etwas.»

Max hatte Langhams erstes Drehbuch gelesen und beschlossen, mit dessen Verfasser zu sprechen. So stand der langbeinige, schlaksige junge Mann in seiner Tweedjacke nun vor ihm und sah ihn durch dicke Brillengläser an.

«Ich kann zwar», sagte Max, «meinen Namen auch schreiben, aber nicht so gut wie Sie, also versuche ich auch nicht zu kritisieren.

Ohnehin spielt sich hier alle Welt als Kritiker auf, also kann das Unternehmen auf diesem Gebiet wohl auf meine Dienste verzichten. Dafür hab ich Hazig eingestellt, das ist sein Geschäft.»

«Ich würde aber sehr gern wissen, was Sie davon halten.»

«Das wäre schon Kritik. Sag ich, es taugt nichts, ist es Kritik; sag ich, es ist großartig, ist es auch Kritik. Ich kann nur sagen, ob es mir gefällt oder nicht – es gefällt mir nicht. Ich sag Ihnen auch warum. Für mich gibt es bei einem Film nur zwei Möglichkeiten. Entweder gefällt einem der Held – ganz gleich, ob Mann oder Frau –, so daß man bereit ist, mit ihm zu bluten und zu sterben, oder man haßt ihn so, daß man ihn am liebsten selbst umbringen würde, wenn man an ihn rankommen könnte. Bei dem da –» und damit klopfte er auf Langhams Drehbuch – «empfinde ich nichts davon, ich hasse nicht, und ich liebe nicht. Wenn ich ehrlich sein soll, würde es mir mehr geben, wenn ich mir 'ne Schallplatte anhörte.»

«Legen Sie da nicht doch Ihre eigenen subjektiven Wertmaßstäbe an, Mr. Britsky? Das scheint mir doch eine sehr unbedarfte Art der Literaturbetrachtung zu sein.»

Das war mutig, gestand Max sich ein. Mayer oder Zukor hätten Langham dafür sofort vor die Tür gesetzt. «Nur isses keine», sagte Max ohne Schärfe. Bei Menschen wie Langham war sein Bemühen um eine einigermaßen gepflegte Sprechweise vergeblich, es mußte eine Art Abwehrmechanismus sein. «Vielleicht isses nich mal 'n Drama wie auf'm Theater. Wissen Sie, Jungchen, der Film is was andres, das sind Geschichten in Bildern. Denken Sie mal drüber nach – Geschichten, die mit Hilfe von Bildern erzählt werden. Und probieren Sie's noch mal.»

Er gab ihm das Drehbuch zurück, öffnete die Tür und komplimentierte Langham hinaus, bevor diesem eine passende Antwort eingefallen war. Dann wählte er Hazigs Nummer und brüllte ihn durch die Leitung an: «Ich will von Ihren verdammten Genies keinen mehr hier sehen – und ihre Drehbücher auch nicht!»

«War Langham bei Ihnen?»

«So heißt das Arschloch wohl.»

«Max, er ist nicht unbegabt. Du weißt auch, wie man so was rauskitzelt.»

Diese Erklärung stimmte Max milder.

«Haben Sie mit ihm geredet?»

«Das hab ich.»

«Und ihm gesagt, was nicht stimmt? Ich hab das probiert, aber er wollte es mir nicht abkaufen.»

«Hab ich ihm gesagt», sagte Max.

«Danke.»

Während Max den Hörer hinlegte, schüttelte er lächelnd den Kopf. Fulton Hazig ging sehr geschickt mit ihm um, und Max wußte das zu schätzen. Draußen im Vorzimmer wartete Sam Snyder auf ihn. Zumindest brauchte Sam ihn nicht mit Samthandschuhen anzufassen – sie wußten genau, was der andere jeweils dachte, und Sam sagte jetzt zu ihm: «Es wäre mir lieb, wenn du Mike Benson nicht zur Schnecke machtest. Er ist ein glänzender Techniker, und er hat schon sechzehn Stunden am Tag an der Sache gearbeitet.»

«Ich hab ihn nicht zur Schnecke gemacht», knurrte Max. «Mir geht nur auf den Keks, daß das schon vor zwanzig Jahren hätte passieren müssen, gleich am Anfang. Hätte Edison auch nur die Spur von Kunstempfinden und nicht nur seine verdammten Maschinen im Kopf, hätte er das auch gleich gemacht.»

«Max, du bist zu gereizt. Du gehst bei der kleinsten Kleinigkeit in die Luft.» Snyder war wie immer durch nichts aus der Ruhe zu bringen. An seinen schneeweißen Haaren war jedoch zu sehen, daß die Jahre nicht spurlos an ihm vorübergegangen waren, auch wenn seine Leibesfülle noch zugenommen hatte. Neben ihm wirkte Max noch kleiner und dürrer, er schien förmlich zusammenzuschnurren.

«Du hast recht», sagte Max.

Gemeinsam gingen sie die Studiostraße entlang zum Versuchs-Tonstudio. Es war eine Art Labor, das Max fünf Jahre zuvor eingerichtet hatte, weil er endlich das aus dem Film heraushaben wollte, was ihn am meisten ärgerte – die Zwischentitel. Seine Abneigung dagegen, daß die Handlung immer wieder unterbrochen werden mußte und daß man trotz der Lippenbewegung nichts hören konnte, hatte schließlich dazu geführt, daß er zu dem Ergebnis kam, wenn *er* die Aufgabe nicht löste, würde es keiner tun. Also hatte er auf dem Studiogelände ein Versuchslabor einrichten lassen und eine Gruppe von Tontechnikern und -ingenieuren auf die Sache angesetzt. Jetzt, zu Beginn des Jahres 1927, waren sie dem Erfolg dicht auf der Fährte, sie waren fast schon imstande, einen Spielfilm herzustellen, bei dem die Sprache der Schauspieler die Stelle der Zwischentitel einnehmen konnte. Das Drehbuch lag bereits fertig vor, sie hatten einige Schauspieler ausgewählt, die tatsächlich etwas von Theaterspielen verstanden, und eines der großen Ateliergebäude auf dem Gelände war für Tonaufnahmen hergerichtet worden.

Da seine Verbitterung gegenüber Gerald Freedman im Laufe der Jahre geschwunden war, hatte Max sich von seinen Kollegen dazu überreden lassen, ihn wieder einzustellen. Freedman hatte in den vergangenen zwölf Jahren bei einer Reihe von Filmen Regie geführt, die von der Kritik als künstlerische Triumphe gefeiert worden waren. Max hatte seine eigene Ansicht über diese Filme, aber Freedmans Ruf konnte auch ihm nützen, und so gab er Barney Enfields Bitten nach, der diesen ersten Schritt hin zum Tonfilm mit allen nur erdenklichen werbeträchtigen Maßnahmen unterstützen wollte. Einzelkämpfer war Enfield nicht mehr, er stand inzwischen innerhalb der Gruppe Britsky Productions einer riesigen Abteilung für Öffentlichkeitsarbeit und Werbung mit achtzehn Mitarbeitern vor. Er ahnte, welch eine ungeheure Revolution auf dem Gebiet der Unterhaltung der Tonfilm bedeuten würde. Da ihm ihr Ausmaß möglicherweise deutlicher vor Augen stand als Max, bestand er darauf, daß der erste Tonfilm mit lauteren Paukenschlägen an die Öffentlichkeit kommen müsse als je ein Film vor ihm. Max erklärte sich einverstanden. Irgendwann im zurückliegenden Jahrzehnt hatte sich das, was in den Kinetoskopen und den Nickel-Odeons begonnen hatte, aus einer einfachen und billigen Unterhaltung für analphabetische Einwanderer zu einer Kunstform gewandelt und eine ganze Generation neuer Kritiker auf den Plan gerufen hatte. Max hatte den Eindruck, der Tonfilm werde diesem Übergang die Krone aufsetzen.

Jetzt sagte er zu Sam Snyder: «Du hast recht. Ich bin kribbelig, weil ich der erste sein muß. Es war mein Einfall, und ich habe mehr als eine Million da reingesteckt. Inzwischen versuchten Hinz und Kunz auf den Zug aufzuspringen, nur hat eben noch kein Studio ein Tonfilmgerät. Unseres, sagt Freddy, ist keines, also kann man es auch nicht patentieren. Wir haben keine Wahl: entweder sind wir die ersten oder wir sitzen bis zum Hals in der Scheiße.»

Während sie nebeneinander zum Ton-Versuchsstudio gingen, waren sie in das wirbelnde Durcheinander einbezogen, aus dem die Traumfabrik bestand – Max wie stets in gedecktem grauem Anzug mit weißem Hemd und gestreifter Krawatte, Sam Snyder in blauer Arbeitshose und kariertem Wollhemd, am Gürtel ein riesiges

Schlüsselbund und eine Taschenlampe. Auch wenn er in der Hierarchie keine durch eine Arbeitsplatzbeschreibung genau definierte Position einnahm, war er doch der Mann, dem das Funktionieren dieses riesigen Unternehmens anvertraut war, das über einige Sicherheitskräfte, eine mechanische Werkstatt, Maler- und Tischlerwerkstatt, Feuerwache, Wasserversorgung, Müllabfuhr, Gipserei, Fahrbereitschaft und Kleiderfabrik sowie über ein Kraftwerk, Lagerhaus und selbstverständlich auch über nachgebaute Straßen, Schlösser, Stadtviertel, Vororte sowie Atelier- und Bürogebäude verfügte. Trotz aller Hektik sagte er, der sich nie hetzen ließ, gelassen wie immer: «Ist doch Blödsinn. Du weißt genau, daß das nicht stimmt. Uns kann keiner schlagen, Max. Immerhin haben wir vorsorglich schon 500 Lichtspielhäuser für den Tonfilm ausgerüstet und sind damit der ganzen Konkurrenz um mindestens ein Jahr voraus. Du kannst es dir also leisten, die Dinge auf dich zukommen zu lassen.»

«Meinst du wirklich? Ich habe Mike Benson 50 Riesen gegeben, damit er das für uns fertig macht.»

«Das Geld ist gut angelegt, ein erstklassiger Mann. Aber was ist mit Jake Stein?»

«Was soll mit ihm sein?»

«Sie haben ihn gestern ins Krankenhaus gebracht. Seine Frau sagt, sie können nicht operieren, weil der Krebs schon zu weit fortgeschritten ist. Ich glaube, es geht mit ihm zu Ende, Max.»

«Ja, der arme Kerl. Ich hab ein fürchterlich schlechtes Gewissen, ich konnte ihn nie ausstehen.»

«Wir müßten ihn besuchen.»

«Ich hasse Krankenhäuser. Gott im Himmel, wie ich Krankenhäuser hasse.»

«Schon, aber er war lange bei uns. Warum hast du ein schlechtes Gewissen?»

«Das will ich dir sagen. In all den Jahren hab ich keine zwei privaten Worte mit dem Mann geredet, hab ihn nie besucht, und als ich vorige Woche höre, daß er krank ist, erfahre ich, daß er nach wie vor nur 300 Dollar die Woche kriegt. Stell dir das vor, er hat nie eine Gehaltserhöhung verlangt. Keinen Cent für sich, und geschuftet hat er wie ein Niggersklave – wofür eigentlich? So was erwarte ich doch von keinem Menschen.»

Snyder zuckte die Schultern. «Wir werden mit seiner Frau reden und sehen, was sie braucht.»

Sie waren jetzt am Ton-Versuchsstudio angekommen, einem rechteckigen, fensterlosen grau verputzten Gebäude. Es ähnelte in vielem den Ateliergebäuden an den Studiostraßen, nur war es kleiner. Als sie aus dem hellen Sonnenlicht in die höhlenähnliche Dunkelheit des Eingangs traten, blieben sie augenzwinkernd eine Weile dort stehen, und Mike Benson begrüßte sie. Er war ein Mann in mittleren Jahren, alles an ihm war rundlich, auch das Gesicht, und wie so viele andere erfahrene Tontechniker hatte er seine Ausbildung bei Edison gehabt. Er hatte auf Max und Sam gewartet und schüttelte ihnen freundlich die Hand.

«Diesmal packen wir's.» Er nickte bestätigend. «Ganz sicher. Wir haben alles fertig, die anderen sind schon da.»

Das Ton-Versuchsstudio verfügte über einen kleinen Vorführraum mit drei Reihen von je sechs Sitzen. Freedman war mit seinem Regieassistenten und dem Drehbuchautor, Eugene Cape, anwesend, der drei Broadway-Erfolge aufzuweisen hatte und in der Theaterwelt einen ausgezeichneten Ruf genoß. Fred Feldman, Bert Bellamy, Barney Enfield, Clifford Abel, der den Film ausstattete, und Max' Bruder Ruby waren gleichfalls anwesend. Max und Snyder setzten sich in die letzte Reihe. Ruby nahm neben seinem Bruder Platz und fragte aufgeregt: «Stimmt es, daß Jake im Krankenhaus liegt?»

«Hat man mir vorhin gesagt. Er soll es nicht mehr lange machen.»

«Was? Heißt das, er stirbt?»

«Ja. Er hat Krebs», sagte Max mit sachlicher Stimme. «So was kommt vor. Wenn du dich darüber unterhalten willst, tun wir das später. Jetzt möchte ich das hier mitbekommen.»

«Ich verstehe das nicht. Wieso hat man mir nichts davon gesagt?»

«Ich kann verstehen, wenn du um Jake weinen willst», sagte Max mit Teilnahme in der Stimme. «Vielleicht sollte das ruhig jemand tun – aber nicht jetzt.»

«Ich will ja nur wissen, ob das stimmt, daß er im Sterben liegt.»

«Später!» sagte Max mit Schärfe in der Stimme.

Ruby erhob sich und verließ den Vorführraum mit den Worten: «Ich muß ihn anrufen.»

«Nanu», erkundigte sich Snyder, «seit wann sind er und Jake denn so dicke Freunde?»

«Ruby konnte immer gut mit Jake», erklärte Bert Bellamy.

«Warten wir auf ihn?» wollte Benson wissen.

«Nein, fangen Sie ruhig schon an.»

«In Ordnung, Chef.» Benson erhob sich und erklärte: «Beim Plattenwechsel könnte es Ärger geben. Ich hoffe es natürlich nicht, aber ich kann die Möglichkeit nicht ausschließen. Wir haben die Schwierigkeit durchaus erkannt und wissen auch, wie wir sie in den Griff kriegen können. Weil wir aber alle Teile für den langsamlaufenden Mechanismus selbst bauen müssen, sind wir noch dabei, einiges auszuprobieren. Also bitten wir um Nachsicht, wenn es zwischendurch mit der Synchronisierung ein bißchen hapert.»

«Kommt gar nicht in Frage», sagte Max. «Das hab ich schon fünfzigmal erlebt. Ich wüßte nicht, was es da noch nachsichtig zu sein gibt.»

Benson nickte seufzend und begab sich in den Steuerraum. Snyder sah zu Max hinüber.

«Schön, es ist nicht nett von mir. Aber ich bezahl den Mistkerl dafür, daß er es hinkriegt, nicht dafür, daß er Ausreden sucht», sagte Max. «Hast du je erlebt, daß ich um Nachsicht gebeten hätte?»

Lächelnd erklärte Snyder: «Nein, das nicht, Max.»

Das Licht erlosch, die Kennummern zuckten über die Leinwand. Dann kam einige Sekunden unbelichteter Film und schließlich das Bild einer hübschen jungen Frau, die auf einer Bühne mit vier Plattformen unterschiedlicher Höhe stand. Außerdem war ein Schlagzeug zu erkennen, mehrere Klappstühle und ein Tischchen.

Die junge Frau lächelte, nickte und sagte an: «Das ist die Synchronlaufprobe Nummer 47. Ich heiße Sandra Johnson und gehöre zur Metropolitan Opera Company in New York. Man hat mich auf Anregung Mr. Bensons hierhergebracht, nicht weil ich besonders gut, sondern sowohl in der Mittellage als auch in der hohen Lage singen kann. Außerdem sind wir alte Bekannte – das darf ich doch sagen, Mike? – Entschuldigung. Jetzt also zur Sache. Als erstes singe ich ein einfaches Liedchen, Stephen Forsters *‹Jeannie mit dem braunen Haar›*.»

Max hörte mit offenem Mund zu, sein Blick sog sich förmlich an den Lippen der Frau fest, suchte nach der nahezu unvermeidlichen Asynchronlücke, fand nicht die kleinste Spur davon und jauchzte vor Vergnügen. «Benson, Sie elender Schurke, Sie haben es ja geschafft!»

«Warten Sie auf den Übergang», hörte man Bensons Stimme durch das Lied.

Nach *‹Jeannie›* sang Sandra Johnson eine Arie aus *‹La Traviata›* sowie ein munteres Liedchen aus einem Stück von Gilbert und Sullivan. Während sie sang, ging sie von einer Plattform zur nächsten, rannte einige Schritte, blieb stehen. Als nächstes kam ein Tontechniker auf die Bühne, breitete seine Instrumente auf dem Tischchen aus und erklärte: «Ich werde verschiedene Geräusche erzeugen, die Sie erkennen sollen. Ich mache also zuerst das Geräusch, dann sage ich, was es ist.»

«Hörst du auch das leise Nebengeräusch?» flüsterte Sam Snyder Max zu, «so ein Kratzen?»

«Das spielt doch überhaupt keine Rolle. Hol's der Henker, Sam, ihr Techniker wollt wie der liebe Gott sein. Wir haben einen Tonfilm.»

«Das war eine Tür, die geschlossen wird», sagte der Tontechniker. Dann klingelte ein Telefon. «Bestimmt muß ich nicht sagen, was das ist.»

Bert Bellamy hatte nach dem neben ihm stehenden Telefon gegriffen. «Der Teufel soll mich holen!» rief er aus. «Hast du das gesehen, Max? Ich hab doch tatsächlich nach dem Hörer gegriffen, weil ich dachte, es hätte hier bei uns geläutet.»

«Ich kann es nicht glauben», sagte Max bedächtig. «Mir ist es genauso gegangen. Es ist einfach unglaublich.»

Der Tontechniker packte seine Ausrüstung zusammen und verstreute einige Nußschalen vor sich. «Dafür muß ich ein paar Schritte tun», sagte er, ging über die krachenden Schalen und verschwand von der Leinwand. Dafür erschien ein riesiger Schwarzer auf ihr. Er hieß Art Jones, und er spielte eine Nebenrolle in einem Dschungelfilm, den sie gerade drehten. Max kannte ihn flüchtig.

«Ich heiße Art Jones», sagte er. «Ich bin kein ausgebildeter Sänger, aber singe von klein auf sonntags in der Kirche. Ich bin hauptsächlich hier, weil ich einen tiefreichenden Baß habe. Ich singe jetzt ein altes Spiritual *‹Go Down Moses›*, und Mr. Benson hat gesagt, ich soll alles reinlegen, was ich habe. Jetzt also.»

Die Stimme barst förmlich in den kleinen Vorführraum und füllte ihn mit einem nahezu körperlich fühlbaren Klang: «Als Israel im Ägypterland –»

Die dröhnende Stimme fuhr fort, Benson kam aus dem Steuerraum und setzte sich neben Max. «Winzige Nebengeräusche sind noch da», gab er zu. «Das kann ich bei diesen niedrigen Frequenzen und der großen Lautstärke nicht ändern. In einem Theater würde aber nie so laut gespielt, und ich kann es so weit zurücknehmen, daß das Nebengeräusch praktisch nicht zu hören ist. Haben Sie nach dem Übergang gesucht?»

«Wann kommt der?» wollte Max wissen.

«Kommt? Der war längst. Und nicht etwa in einer Pause, wir haben die Platten umgelegt, während Art gesprochen hat.»

«Unmöglich.»

«Großes Ehrenwort.»

In Max' Augen standen Tränen. Mit den Worten: «Benson, Sie alter Halunke», umarmte er ihn und küßte ihn auf die Wange.

Die anderen hatten mitgehört und applaudierten. Nachdem der Schwarze seinen Gesang beendet hatte, traten vier Paare auf, die durcheinanderredeten und schrien, acht Stimmen, die der Auflösungsfähigkeit des Tonsystems alles abverlangten. Auch damit wurde die Anlage fertig, doch hörte schon niemand mehr zu. Alle Anwesenden drängten sich um Max und Benson.

«Das ist ein historischer Augenblick», verkündete Bert Bellamy. «Wir machen Geschichte, Max. Weißt du, was das bedeutet?»

Max war nicht ganz sicher, ob er es wußte, obwohl er bestimmt schon hundertmal darüber nachgedacht hatte. Vielleicht spürte er deutlicher als die anderen, daß die Welt nie wieder so sein würde wie früher, daß ein neuer und etwas erschreckender Geist aus der Flasche gekommen war, den man nicht wieder würde hineinpraktizieren können. Selbstverständlich konnte man das Leben in Bildern darstellen und widerspiegeln, aber das dem Menschen angemessene Ausdrucksmittel war der Ton. Sein ganzes Leben hatte er sich mit einer halben Sache zufriedengeben müssen, und jetzt, da er das Ganze vor sich sah, mußte er sich fragen, wie es weitergehen sollte.

«Ich will euch was sagen», schrie Barney Enfield. «Das wird die aufregendste Nachricht in der Geschichte des Films. Wir setzen eine Pressekonferenz an und bringen unsere vier bedeutendsten Stars mit hin. Ruft alle an – Presse, Nachrichtenagenturen –»

«Barney, hier geht es um Tonfilm», sagte Freedman. «Wissen Sie, wie sich Ihre vier größten Stars anhören?»

«Ob das mit der Pressekonferenz nicht übereilt ist? Vielleicht sollten wir die Sache noch eine Weile geheimhalten.»

«Unmöglich. Nicht nur die Techniker, jeder im Studio weiß Bescheid. Wie willst du so was geheimhalten?»

«Was sagst du dazu, Max?»

«Ich würde sagen, wir fangen ruhig mit dem Film an und lassen es die Öffentlichkeit wissen. Wir haben doch nichts zu verbergen.»

«Also volle Pulle?» wollte Enfield wissen.

«Wir schreien hier alle rum», sagte Max und wies auf die Leinwand, «und die schreien uns an. Ich versuche, das Ganze zu ordnen. Klar, volle Pulle. Mir tun nur die Klavierspieler leid. Stellt euch doch nur vor, wir müssen jetzt 500 Klavierspielern kündigen. Das tue ich nicht gern.»

Alle brachen in Gelächter über diesen Witz aus. Dabei hatte Max es ernst gemeint.

Sam Snyder zog seine Arbeitskleidung aus und den Anzug an, mit dem er morgens ins Studio kam. Max und er waren zu dem Ergebnis gekommen, daß ein Besuch im Krankenhaus das mindeste war, was sie für Jake Stein tun konnten, ganz gleich, ob sie ihn ausstehen konnten oder nicht. Daß hier ein Mensch im Sterben lag, warf einen dunklen Schatten auf ihren Triumph und ernüchterte sie. Immerhin gehörte Stein zu den wenigen Getreuen, die von Anfang an dabei gewesen waren. Auf ihrem Weg zum Krankenhaus fuhren sie durch den tiefen Einschnitt des Cahuenga-Passes. Es hatte vor kurzem geregnet. Alles war noch naß und grün, die Luft schmeckte wie Honig. Am blauen Himmel sah man vereinzelte Schäfchenwolken – eine Seltenheit in Kalifornien. Die Ereignisse des Tages hatten Max und Sam nachdenklich gestimmt, und so schwiegen beide.

In Hollywood machten sie eine kleine Pause, um in einem winzigen Lokal namens *Leons East Coast Delicatessen* etwas zu essen. Dort gab es eine Suppe mit Knödeln aus Mazzemehl, die Max an die Küche seiner Mutter erinnerte, aber besser schmeckte. Sarah war nie eine auch nur mittelmäßige Köchin gewesen. Snyder aß bei Leon gern Schweinebraten mit Kartoffeln, die äußerste Annäherung an deutsche Küche, die es in Los Angeles gab. «Warum nimmst du keinen von den Fahrern im Studio?» wollte Snyder wissen, als Max seinen großen Cadillac auf dem schlammigen Grundstück hinter dem Lokal abstellte.

«Ich fahre gern. An der Ostküste hatte ich einen Fahrer, Shecky Blum – erinnerst du dich?»

Snyder schüttelte den Kopf.
«Großer, breitschultriger Kerl. Verstand seine Fäuste zu gebrauchen. Angefangen hat er mit einem Einspänner. Mein Gott, wie die Welt sich ändert. Damals waren wir die reinsten Raufbolde, haben Streitigkeiten mit Knüppeln ausgetragen. Du hast die Zeiten noch miterlebt.»
«Am liebsten möchte ich nicht daran denken.»
«Ich hätte Shecky gern hier gehabt. Ich hab ihm auch ein gutes Gehalt angeboten und ihm gesagt, daß er seine Frau mitbringen kann. Er hätte auch ein Haus gekriegt – aber er wollte unbedingt in New York bleiben. Er hat gemeint, ohne die East Side würde er eingehen.»
«Manche Menschen hängen nun mal am Ort, wo sie wohnen. Wie lange sind wir eigentlich schon hier, Max?»
«Zwölf, dreizehn Jahre.»
«Ich hab mich immer noch nicht daran gewöhnt. Wenn ich die verdammten Palmen und Mesquite-Sträucher seh, muß ich immer erst überlegen, wo ich eigentlich bin.»
«Tja.»
«Du bist wohl nie über Dellas Tod weggekommen», fing Snyder erneut an. Er fühlte sich bei diesem Thema nicht ganz wohl, aber er hatte den Eindruck, daß es angebracht war. «Es gibt mehr im Leben als das Studio und das Filmgeschäft.»
«Was du nicht sagst.»
«Ich meine», fuhr Snyder fort, und sein Unbehagen hatte sich keineswegs gelegt, «ich will damit sagen, daß du ohne Frau nicht leben kannst. So gut kenn ich dich, und wir sind schon ziemlich lange zusammen. Ich wollte das endlich mal sagen, und immerhin sind hier draußen doch bestimmt mehr schöne Frauen als an jedem anderen Ort der Welt –»
«Hör auf, Sam», sagte Max. «Kein Wort mehr.»
«Du bist jetzt wohl wütend?» wollte Snyder wissen.
«Sam, wann wäre ich schon mal wütend auf dich gewesen?»
«Vielleicht wäre das zur Abwechslung gar nicht schlecht. Jedenfalls finde ich das mit dem Ton prima. Nicht nur weil die verdammte Kiste endlich klappt, sondern auch, weil ich seit Monaten nicht gesehen habe, daß du dich so gefreut hast.»
«Ja, und weißt du, worüber ich mich noch freuen würde? Wenn ich mal wieder bei euch essen könnte.»

«Du hast ja nie Zeit.»
«Ja, leider.»
«Aber irgendwann klappt's mal.»
«Da bin ich gespannt.»

An der Pforte des Krankenhauses teilte man ihnen mit, daß Jake Stein zwei Stunden zuvor verschieden war. Seine Angehörigen waren beim ihm gewesen, waren aber nicht mehr da.

Nach Jake Steins Begräbnis, das bereits am folgenden Tag stattfand, fuhr Max zum Studio zurück, saß zwei Stunden unruhig in seinem Arbeitszimmer herum und ging dann zu Fuß hinüber zu der Stelle, wo die Schlacht um den Argonner Wald für einen Film über den Ersten Weltkrieg nachgestellt wurde. Er hatte den Arbeitstitel ‹*Inferno*›, und es ging darin um die Erlebnisse einer amerikanischen Infanterieeinheit in diesem Krieg, der der letzte aller Kriege sein sollte. Max gefielen Kriegsfilme nicht. Der entsetzliche Schrecken des Ersten Weltkriegs war ihm sehr nahegegangen, obwohl er das diesem Krieg zugrunde liegende Ursachengeflecht nicht durchschaute. Bisher hatte das Britsky-Studio keinen größeren Kriegsfilm hergestellt, lediglich eine Anzahl Militärklamotten. Max hatte sich bereit erklärt, diesen aufwendigen Film zu drehen, weil Anthony Clark, ihr Spitzenmann, ein Drehbuch verfaßt hatte, das nahezu ohne Zwischentitel auskam. Handlungsrahmen und Handlungselemente wurden durch die Bilder wiedergegeben, und in Max' Augen wurde hier das Medium Film in nahezu vollkommener Weise eingesetzt. Obwohl ihm der Gegenstand zuwider war, lag ihm daran, die Grenzen des Stummfilms zu erkunden, und so hatte er sein Einverständnis gegeben.

Es fiel ihm an jenem Tag, an dem man Jake Stein zu Grabe getragen hatte, trotz der vom Himmel brennenden kalifornischen Sonne nicht schwer, sich an einen der Orte zu versetzen, die Schauplatz dieses irrsinnigen Gemetzels gewesen waren. Die leichte Seebrise trug den Geruch von Schießpulver zu ihm hinüber. Während er zu den Kameras ging und dabei die nahezu vier Meter hohe hölzerne Plattform erkletterte, auf der sie montiert waren, blickte er in einen verschlammten Schützengraben hinunter, in dem mit aufgepflanztem Bajonett eine Anzahl von Schauspielern in amerikanischen Landseruniformen hockte. In einer bestimmten Anordnung vor dem Graben ausgelegte Pulverladungen wurden gezündet, als Max in die Nähe der Kameraplattform kam, und die Detonationen bewegten sich so auf den Graben zu, daß es aussah wie Artilleriefeuer, das einen gegnerischen Vorstoß decken sollte. Von zwei weiteren Kameraplattformen wurde die Handlung aus unterschiedlichen Winkeln aufgenommen. Max blieb stehen und sah inmitten des Pulverrauchs und der von den Detonationen hochgerissenen Dreckfontänen eine Schützenlinie aus vorrückenden deutschen Soldaten auftauchen. Gifford Brown, der Regisseur, brüllte in sein Megaphon: «Wollt ihr verdammten Mistkerle euch wohl erschießen lassen! Sieben, vier, neun, sechzehn, zweiundzwanzig, ihr seid tot! Hört ihr mich! Tot! Tot! Tot!»

Die fünf aufgerufenen Statisten warfen die Arme in die Luft, taumelten und brachen zusammen. Brown streckte die Hand aus, und sein Assistent hielt ihm eine Merktafel hin, von der Brown ablas: «Zehn, zwölf, vierzehn, drei! Ihr verdammten Hundesöhne!»

Weitere deutsche Soldaten fielen im Gewehrfeuer der amerikanischen Verteidiger. Brown gab seinem Assistenten die Tafel zurück. «Ich kann nicht mehr schreien. Sagen Sie den Kerlen, sie sollen aus dem Graben raus und den Gegenangriff vortragen.»

Die Szene ging weiter. Max stand am Rand der Plattform, niemandem im Weg, ein kleines, hageres Männchen in einem Anzug aus dunkelblauem Serge. Der Regisseur und sein Assistent tobten, die Ladungen detonierten, die amerikanischen Landser kletterten zum Gegenangriff aus dem Schützengraben, und schließlich ruderte der Regisseur mit den Armen und rief: «Schnitt!»

Dann brüllte er in sein Megaphon: «Alles fertig machen für den Schwenk auf die Gefallenen. Nahaufnahme! Los, los, die Toten auf ihre Plätze. Fünf genügen!» Zum Regieassistenten gewandt, fuhr er dann fort: «Sehen Sie zu, daß die Dreckskerle anständig aussehen! Ich will sie schmutzstarrend und blutüberkrustet. Für die zerfetzten Gliedmaßen hat sich Pete was ausgedacht, davon brauch ich mindestens drei.» Er drehte sich um und erkannte Max. «Hallo, Mr. Britsky. Gar nicht gewußt, daß Sie hier sind. Tut mir leid, das ganze Affentheater, aber die verdammten Komparsen sind das letzte, Bauerntölpel. Sie halten ihr Gewehr, als wär's 'ne Heugabel. Tot sehen sie nicht echt aus und lebendig auch nicht.»

«Sie geben sich Mühe», sagte Max freundlich. «Sie kriegen nicht oft 'ne Rolle, und da haben sie zu kratzen, daß sie über die Runden kommen.»

«Stimmt wohl. Sie entschuldigen mich bitte, Mr. Britsky? Es wird eine schwierige Aufnahme.»

Max nickte und verließ die Plattform. Mit langsamen Schritten entfernte er sich von der Stille, die jetzt über der Westfront lag, und dachte bei sich: Wir haben schlimme und gute Träume, aber wer vom Geschäft mit Träumen lebt, den bedrücken die schlimmen mit den Jahren. Andererseits, so lange die Leute Eintritt bezahlen ...

Sarah rief ihn im Studio an. «Schon seit einer halben Stunde versuche ich, mit dir zu sprechen», sagte sie. Das Alter hatte ihren Scharfblick nicht getrübt und der Lautstärke ihrer Stimme nichts anzuhaben vermocht. «Und was haben die mir gesagt? Rate mal, was die mir gesagt haben!»

«Ich weiß nicht, *mame*», sagte Max.

«Die haben gesagt, sollte man es für möglich halten, Mr. Britsky will nicht gestört werden. Er läßt sich keine Anrufe durchstellen. Wenn ich hier am Telefon tot umfalle, einen Herzschlag kriege oder, Gott bewahre, Krebs kriege, völlig uninteressant, mein Herr Sohn wünscht nicht gestört zu werden!»

«*Mame*, hast du gesagt, wer du bist?»

«Willst du wissen, was die *schikse* am Telefon gesagt hat? Sie hat gesagt: ‹Halt die Luft an, Herzchen, das behaupten alle.›»

«*Mame*, es tut mir wirklich leid. Wahrscheinlich ist sie neu bei uns.»

«Sag ihr –»

«*Mame*, bitte», unterbrach Max sie, «wir haben hier sechzehn Telefonistinnen. Laß es gut sein, du hast mich doch jetzt am Apparat. Glaub mir, ich werd 'ne Aktennotiz an alle Telefonistinnen geben, daß sie dich durchstellen sollen, wenn du anrufst, ganz gleich, was los ist.»

«Na schön. Ich will versuchen zu vergessen, daß eine arme *almone*, eine hilflose Witwe, hier nichts gilt. Ich hab auch nur angerufen, weil ich dir was Wichtiges sagen muß.»

«Dann sag's mir doch, *mame*.»

«Deine beiden Kinder sind hier.»

«Was?»

«Aha! Auf einmal interessiert es dich.»

«Um Gottes willen, *mame*, wovon redest du? Heißt das, daß Richard und Marion jetzt bei dir sind?»

«Ich sag es dir doch. Und glaub mir, freundlich sind die nicht.

Ruht Gottes Fluch auf mir, daß er mir solche Enkel gegeben hat? Kein Kuß zur Begrüßung, und Mrs. Britsky nennen sie mich.»

«Wo wohnen sie?»

«Wo wohl? Natürlich im *Beverly Hills Hotel*. Deine Frau ist doch eine Reiche – eine Millionärin, hör ich – nicht wie deine Mutter und deine Schwestern, Gott behüte, es sollte ihnen gutgehen.»

«Aber jetzt sind sie doch bei dir?»

«Und wenn?»

«*Mame*, bitte. Sag ihnen, sie sollen dort bleiben. Ich schick 'nen Wagen.»

Anschließend schritt er nervös und gereizt in seinem Büro auf und ab, ging ins Vorzimmer und sagte zu Miss Shelly Green, der Sekretärin, einer altjüngferlich wirkenden Frau in mittleren Jahren: «Bitte, lassen Sie im privaten Speisesaal für drei decken und sagen sie den anderen, sie müssen heute woanders essen. Ich möchte mit meinen Kindern allein sein.»

«Ich wußte gar nicht, daß Sie Kinder haben, Mr. Britsky», entfuhr es ihr überrascht.

Er wußte es selbst kaum noch. Er hatte sie seit acht – oder waren es neun – Jahren nicht gesehen. Zu ihren Geburtstagen und jedes Jahr zu Weihnachten schickte er ihnen Geschenke, aber irgendwie war es Sally gelungen, ihre Reisen nach Kalifornien, die ohnehin nie regelmäßig stattgefunden hatten, gänzlich zu unterbinden. Max überlegte, wie alt sie jetzt waren. Richard mußte 24 oder 25 sein und Marion war eineinhalb Jahre jünger. Kinder waren es nicht mehr, aber wie sahen sie wohl aus? Wie sollte er mit ihnen sprechen? Sally war stets zu gerissen für ihn gewesen. Immer wenn er an die Ostküste gereist war und versucht hatte, mit den Kindern Kontakt aufzunehmen, waren sie für ihn nicht zu erreichen, und später wollten sie selbst nichts mehr von ihm wissen. «Ich kann sie doch nicht zwingen, zu dir zu fahren, wenn sie nicht wollen», hatte Sally ihm eins ums andere Mal erklärt: «Sie sind ja keine Kinder mehr.»

Sally hatte 1915 erneut geheiratet. Trotz ihrer 40 Jahre war sie schlank und anziehend geblieben. Mit dieser Eheschließung kehrte sie, wie ihre Mutter sich ausgedrückt haben würde, in die eigenen Reihen zurück, denn sie heiratete den fünfundfünfzigjährigen Witwer Felix Upperman, der selbst drei Kinder hatte und aus einer deutsch-jüdischen Familie stammte, die sich um 1820 in New York angesiedelt hatte. Die Uppermans waren Mehrheitsaktionäre der

Upperman-Lutze Bank und besaßen, wie man munkelte, mindestens 5 Prozent aller Grundstücke in New York, und zwar nur in den besten Lagen. Sally verkaufte ihre beiden Backsteinhäuser und zog in das Granithaus ihres zweiten Gatten, das an der Sixtysixth Street lag. Es war von Sally aus gesehen keineswegs eine Geldheirat, denn ihr Aktienanteil an der Firma Brisky Productions hatte inzwischen einen Börsenwert von mehr als zwei Millionen Dollar, außerdem besaß sie noch andere Vermögenswerte.

Wie es sich für ihre neue Stellung in der New Yorker Gesellschaft gehörte, schickte Sally ihre Kinder auf die besten Privatschulen: Richard zur Phillips Academy in Andover, Massachusetts, und Marion zu Miss Spences Schule in Manhattan. Anschließend studierte Richard in Harvard und Marion am Wellesley College, und damit betraten beide Kinder eine Welt, die Max völlig unbekannt war und in die er sich auch nicht hineinzuversetzen mochte. Daß sie so unerwartet und ohne Vorankündigung in Los Angeles erschienen, machte ihm fast angst, und er fragte sich, warum sie zum Haus in Beverly Hills gefahren waren, statt gleich ins Studio zu kommen. Zwar war das die Adresse, unter der er gemeldet war, aber nach all den Jahren der Zusammenarbeit mit Clifford Abel kannte Max den Unterschied zwischen gutem Geschmack und den Scheußlichkeiten, die Innenarchitekten in Beverly Hills verbrachen. Dies neu gewonnene Empfinden fügte er seinen natürlichen Gaben hinzu: dem Vermögen, zwischen richtig und falsch sowie zwischen schön und häßlich zu unterscheiden. Die Vorstellung, daß seine beiden Kinder, diese seltsamen und wohlerzogenen Geschöpfe der feinen Gesellschaft New Yorks, nach all diesen Jahren den Weg zu ihm über Sarah Britskys monströsen Palast in Beverly Hills finden sollten, war fast mehr, als er zu ertragen vermochte. Nachdem sich der Fahrer, der sie herbringen sollte, auf den Weg gemacht hatte, erwartete Max ungeduldig ihre Ankunft. Sicherlich würde das Studio sie beeindrucken, ganz gleich, wie gebildet und vornehm sie waren, denn es war das größte Filmstudio der Welt und produzierte mehr Filme als alle anderen. Bisher hatte es noch jeden Besucher beeindruckt – ganz gleich, ob das nun gekrönte Häupter waren, Präsidenten, Premierminister oder Finanzmagnaten.

Wo aber sollte er sie empfangen? Etwa am Zufahrtstor, wo ein bewaffneter Wächter jeden Wagen anhielt, der nicht zum Fuhrpark des Studios gehörte? Nein, beschloß er, das würde so aussehen, als wolle er sich anbiedern. Am besten war es wohl, er ließ sie vom Fahrer zum Haus bringen und empfing sie in seinem Büro. Es war schlicht und geschmackvoll eingerichtet, und das Haus selbst wirkte zurückhaltend, es schrie seine Bedeutung nicht hinaus. Doch auch nachdem er diesen Entschluß gefaßt hatte, verminderte sich seine Unruhe nicht. Alle Augenblicke sah er aus dem Fenster, vielleicht kam der Wagen ja schon durch das Tor, Als er ihn schließlich sah, trat er rasch einen Schritt zurück – er wollte nicht, daß sie sahen, wie er nach ihnen Ausschau hielt.

Er zwang sich dazu, ruhig an seinem Tisch zu sitzen. Die Sekunden dehnten sich, bis schließlich Miss Green über die Gegensprechanlage mitteilte: «Mr. Britsky, Ihre Kinder sind jetzt hier.» Es ärgerte ihn, daß sie Richard und Marion so ankündigte, obwohl sie wußte, auf wen er so unruhig gewartet hatte. Warum hatte die dumme Kuh sie nicht mit ihren Namen angekündigt?

War es besser, sitzen zu bleiben, oder sollte er ihnen entgegengehen? «Lassen Sie sie gleich herein.» Er erhob sich rasch und ging um den Schreibtisch herum.

Als erstes fiel ihm auf, wie groß sie waren. Richard war mindestens einsachtzig, vielleicht auch einige Zentimeter darüber. Auch seine Schwester war ziemlich groß, mit hohen Absätzen bestimmt gut einssiebzig. Beide waren hellhäutig, und beide hatten Max' blaue Augen. Richard sah auf eine nach Max' Vorstellungen *gojische* Weise gut aus, mit schmalem Kopf, schmaler und gerader Nase, und das Mädchen war von strenger Hübschheit, für Max' Geschmack zu mager, zu flachbrüstig. Aber daß seine beiden Kinder so hochgewachsen waren, erstaunte Max am meisten. Sie überragten ihn förmlich, und er konnte sich wie in einem Traum, in dem man über sich selbst schwebt, vorstellen, wie sie ihn sahen: als kleinen, dürren Juden, dem die Haare auszugehen begannen, mit seinem faltigen Gesicht und seiner Hakennase ein eher häßlicher Mann in mittleren Jahren. Zusammen mit dieser Erkenntnis kam ihm die Erinnerung an etwas, was die so sehr geliebte Della O'Donnell einmal zu ihm gesagt hatte: «Weißt du, Max, du siehst aus wie der Apostel Paulus.» – «Wer war das?» – «Weißt du das nicht? Ein Jünger Jesu.» – «Und woher willst du wissen, wie der aussah?» – «Jedes Kind weiß es, es steht doch in der Bibel.» Seinen beiden Kindern, das war ihm klar, würde diese Parallele, diese zweifelhafte

Ehrung, nie in den Sinn kommen, obwohl sie womöglich etwas über den Apostel Paulus wußten. Max' Mutter hatte stets erklärt, deutsche Juden seien in Wirklichkeit gar keine Juden.

«Guten Tag, Sir», sagte Richard.

Weder er noch seine Schwester lächelten. Max lächelte ihnen zu. Was hätte er sonst tun sollen? Sie etwa umarmen? Das war zwar denkbar, aber zugleich unvorstellbar. Er hielt ihnen die Hand entgegen, und beide schüttelten sie. Vielleicht waren sie etwas zurückhaltend. Das wäre nur natürlich einem Vater gegenüber, an den sie kaum Erinnerungen hatten.

«Ich freue mich, daß ihr da seid», beeilte sich Max zu sagen. Er konnte nichts von all den wichtigen Dingen sagen, die in ihm vorgingen – seine Freude über ihr gutes Aussehen, das ihn gleichzeitig einschüchterte und stolz machte, sein Sehnen nach ihnen, seine Vorstellungen, wie er ihnen nahe war und wie sie seine Nähe und Zuneigung erwiderten, all das vermischt mit seiner Bitterkeit darüber, daß sie nicht bereit waren, ihn zu besuchen oder als Vater zu akzeptieren – da sich das nicht in Worte fassen ließ, wurde nur das Belanglose gesagt.

«Wollt ihr etwas essen?» erkundigte er sich. «Es ist schon nach zwölf. Ihr könntet mit mir hier im Studio essen.»

Sie nickten ihr Einverständnis, offensichtlich fühlten sie sich auch nicht besonders wohl in ihrer Haut.

«Ich finde es sehr lieb von euch, daß ihr gekommen seid, ich bin wirklich glücklich.» Er hörte sich selbst zu, während er sprach und flehte, Gott, laß mich keine Schnitzer machen. «Anschließend würde ich euch gern die Studiostadt zeigen – sie ist wirklich ganz interessant. Wäre euch das recht?»

«Ich würde mich darüber freuen», sagte Marion mit einer wohlklingenden Altstimme.

«Wo wohnt ihr eigentlich?»

«Im *Beverly Hills Hotel*», erklärte Richard.

«Das Studio hat dort eine ständige Suite gemietet. Manchmal übernachte ich selbst dort.» Warum hatte er das nur gesagt? Die Kinder würden jetzt denken, die Suite diene ihm als Absteige für seine Abenteuer, was auch der Fall war. Hastig fügte er hinzu: «Sie hat zwei Schlafräume, und ihr könnt so lange dort wohnen, wie ihr wollt, kostenlos.» Auch falsch, denn schon vor Jahren hatte Felix Upperman die beiden adoptiert. Schön, Max war reich, aber die

Uppermans waren reicher. Was konnte den beiden da schon eine Hotelrechnung ausmachen?

«Das ist sehr freundlich, vielen Dank», sagte Richard, «aber du weißt ja, wie das ist. Wir haben schon ausgepackt und so, und außerdem bleiben wir ohnehin nur einen oder zwei Tage.»

«Nun, natürlich, wie ihr wollt. Eigentlich könnten wir jetzt zum Essen gehen.»

Sie erklärten durch Kopfnicken ihr Einverständnis, und als sie im Sonnenschein vor dem Haus standen, wies Max auf ein davorstehendes Elektrowägelchen. «Für größere Entfernungen nehmen wir die da. Immerhin ist man drei Meilen von hier immer noch auf Studiogelände. Aber zur Kantine isses nich weit.» Jetzt war es passiert: er hatte nicht aufgepaßt. Beinahe hätte er noch hinzugefügt: Ist es nicht weit, aber das hätte die Sache nur noch schlimmer gemacht. «Das Gebäude da drüben. Im großen Saal mit Selbstbedienung können 300 Leute gleichzeitig essen. Es ist –» diesmal fiel es ihm rechtzeitig ein, und er sagte: «Es ist hier nämlich nicht wie in New York, hier gibt es weit und breit kein Restaurant. Wir haben einen eigenen Speiseraum für die führenden Leute, die Stars und die Regisseure, aber das Essen ist in der Selbstbedienungs-Cafeteria genausogut. Es gibt auch noch einen kleinen privaten Raum, in dem wir für uns sein können.» Er sah auf seinen Sohn und seine Tochter. Warum blieben sie stumm? Zumindest hätten sie doch sagen können, daß es sie beeindruckte. Bestimmt hatte das fette Schwein von Felix Upperman in seinem Wolkenkratzer in der Nassau Street nichts Vergleichbares. Wahrscheinlich kümmerte der sich einen Dreck darum, ob seine Angestellten etwas Ordentliches zu essen bekamen. Wenn aber doch, dann bestimmt nicht zum Selbstkostenpreis.

Jetzt, zur Mittagszeit, wimmelte die Hauptstraße der Filmstadt von Menschen. Obwohl er es tausendmal gesehen hatte, konnte sich Max an der Parade kostümierter Schauspieler nicht sattsehen – Cowboys, Indianer, amerikanische Landser, deutsche Offiziere, Pilgerväter mit ihren abenteuerlich wirkenden Vorderladern und hübsche Mädchen in langen Röcken, kurzen Röcken sowie solche in Balletttrikots und mit vielen Armreifen. All das schien Richard und Marion nicht zu beeindrucken, sie verhielten sich, als gehe es auf jeder Straße in New York ebenso zu – kein Ausruf des Erstaunens kam von ihren Lippen. Immerhin, dachte Max, müßte ihnen doch auffallen, daß so zahlreiche Menschen ihn mit Namen begrüßten.

Als er schließlich Sam Snyder sah, rief er zu ihm hinüber: «Sam! He, Sam, komm doch mal her!»

Die beiden jungen Leute sahen, wie ein stämmiger, weißhaariger Mann zu ihnen herüberkam. Sein sehenswerter Bauch drängte so sehr gegen das ölverschmierte Arbeitshemd, daß er über den Bund der Arbeitshose hinaushing, an der er einen Werkzeuggürtel mit Hammer, Schraubenschlüsseln und Zangen trug. Mit breitem Lächeln streckte er die Hand aus und sagte: «Sie also sind die Kinder von Max. Ich hätte Sie im Leben nicht wiedererkannt. Als ich Sie das letzte Mal gesehen habe, waren Sie so klein.» Zu Max gewandt fügte er hinzu: «Shelly hat's mir gesagt. Wie wär's, du kannst sie doch beide als Hauptdarsteller herausbringen.»

Es war unmöglich, Sam Snyder das Wort abzuschneiden. Er war aufrichtig entzückt, die beiden jungen Menschen zu sehen. Max sagte erklärend: «Das ist mein Freund und Mitarbeiter Sam Snyder. Mein Sohn Richard, meine Tochter Marion.»

Richard nahm etwas zögernd Snyders ungewaschene Arbeitshand, Marion übersah sie.

«Ihr müßt wissen», sagte Max, «daß Sam Snyder die Seele vom Studio ist. Ohne ihn würde nichts laufen. Sollte ihm etwas zustoßen, kann ich den Laden dichtmachen.»

«Quatsch mit Soße», sagte Snyder. Es war zu erkennen, daß das Lob ihn freute. «Ich bin ein besserer Bastler. Den Vormittag hab ich damit zugebracht, unseren Hauptgenerator zu überreden, daß er es noch eine Weile tut.»

«Und?» wollte Max wissen.

«Er hat es versprochen. Aber früher oder später müssen wir einen neuen haben. Ein dicker Brocken, Max.»

«Was bleibt uns anderes übrig? Seht ihr», erklärte er Richard und Marion, «wir erzeugen unsere eigene Elektrizität, weil wir so viel Strom brauchen wie eine Kleinstadt. Auf die Dauer zahlt es sich aus, aber ein Generator ist nun mal teuer. Wir sprechen noch darüber, Sam.»

Beim Essen tauten die beiden jungen Leute etwas auf. Nicht daß sie ihr Herz auf der Zunge getragen hätten, aber sie erzählten etwas von sich. Marion war mit einem gewissen Peter Cogsall verlobt, Sohn des Präsidenten der Merchantman Bank in New York, nicht ganz so groß wie die Chase oder Morgan Bank, aber auch nicht viel kleiner. Richard hatte gerade sein Anwaltsexamen hinter sich gebracht. Da die Firma Upperman-Lutze eine Privatbank war, zu deren Geschäftsbereich auch Effektenemissionen gehörten, würde er dort sicher eine passende Anstellung finden.

«Und wenn sie nichts für dich haben», sagte Max und versuchte, es weniger ernst klingen zu lassen, als er es meinte, «komm einfach zu uns. Mein alter Freund Freddy Feldman ist Leiter unsrer Rechtsabteilung, aber in Wirklichkeit hat er noch viel mehr am Bein. Wir haben etwa tausend Verträge im Jahr, von säumigen Schuldnern, Bankbeitreibungen und hundert anderen Dingen gar nicht zu reden. Fred hat sechs junge Anwälte unter sich, und wir könnten ohne weiteres jemanden aus der Familie brauchen.»

Richard lächelte. Er war sehr höflich und wohlerzogen, merkte Max, denn es ging ihm weniger darum, seinem Vater nicht weh zu tun, als darum, eine angemessene und für einen Gentleman passende Antwort zu finden.

Mit möglicherweise mehr Einfühlungsvermögen begann Marion: «Wir waren immer so neugierig, was mit Hollywood eigentlich ist. Ich meine, das möchte doch jeder gern wissen. Wir hatten schon so viel über dein wunderbares Studio gehört, daß wir es einfach selbst sehen mußten.» Und dann fügte sie noch rasch hinzu: «Und dich natürlich auch.»

«Dir ist ja wohl bekannt, daß sich um dich schon zahlreiche Legenden ranken», fügte Richard hinzu.

«Legenden? Nie von gehört.» Max wollte diesen beiden gut aussehenden, gesunden jungen Menschen die Befangenheit nehmen. Warum sollte er nicht stolz auf sie sein und sich an ihnen freuen? Obwohl sie seine Kinder waren, konnte er nicht gut erwarten, daß sie ihn mit «Vater» oder «Papa» anredeten, sagte er sich. «Ihr könnt Max zu mir sagen», bot er ihnen an. «Schließlich seid ihr erwachsene Menschen.»

«Klar.»

«Wie geht's eurer Mutter?»

«Sehr gut», sagte Marion.

«Sie läßt herzlich grüßen», fügte Richard hinzu.

«Ach ja? Wie nett von ihr. Grüßt sie bitte auch. Gefällt es euch in Kalifornien?» denn er wußte nicht, was er noch hätte sagen können. Sie machten es einem nicht leicht.

«Nun, wir sind noch nicht lange hier –»

«Ich finde es unglaublich, überall stehen hier Palmen», sagte Richard. «Alles sieht aus wie eine gigantische Filmkulisse. Man könnte glauben, wenn man sich umdreht, wird alles wieder abgebaut. Das Wetter ist wirklich sehr schön.»

«Ja, das ist es», stimmte Max zu.

«Wollt ihr einige der Berühmtheiten hier kennenlernen – Stars, Regisseure? John Gilbert, Mary Pickford, die Garbo, Joan Crawford – ich könnte morgen abend eine kleine Gesellschaft geben oder eine Cocktailparty, wenn euch das lieber ist?»

«Ich fürchte, morgen fahren wir schon zurück», sagte Richard. «Wir wollten schon seit Monaten mal herkommen, aber es war nicht einfach, eine Zeit zu finden, zu der wir gemeinsam kommen konnten.»

«Natürlich. Verstehe ich», sagte Max. «Aber heute nachmittag seid ihr meine Gäste. Ich habe alle Termine abgesagt und würde euch gern herumführen. Schließlich wird es euch eines Tages ja gehören.»

Verblüfft sahen Richard und Marion ihn an.

«Ist euch der Gedanke noch nie gekommen?» wollte Max wissen.

«Ja, aber du hast doch noch Geschwister», sagte Richard. «Und außerdem ist es eine Aktiengesellschaft. Ich weiß, Mutter hat einen beträchtlichen Anteil –»

«Ihr seid meine Kinder, meine einzigen. Natürlich ist es eine Aktiengesellschaft, aber 51 Prozent des Kapitals gehören mir. Meine Geschwister brauchen nicht zu verhungern, das könnt ihr mir glauben. Aber das hier soll mein eigen Fleisch und Blut erben. Nun, noch lebe ich ja. Wir reden später darüber.»

Danach änderte sich ihre Haltung, und sie wurden zugänglicher. Selbstverständlich wollten sie das Studio besichtigen.

«Wir nehmen einen von den Elektrowagen», sagte Max. «Nach vier Uhr wird es etwas kühler, aber jetzt ist es zu heiß, um meilenweit zu laufen. Ich geh eigentlich ganz gern zu Fuß, es ist sowieso meine einzige körperliche Betätigung. Golf –» er zuckte die Schultern. «Für meine Golf spielenden Kollegen war es nicht ganz einfach, denn die meisten sind Juden, und die Golfclubs hier geben sich Juden gegenüber sehr exklusiv. Aber das ist anderswo genauso, was? Also haben wir ein Stück Land gekauft und unseren eigenen Golfplatz angelegt, ich gehöre zu den Mitbegründern. Golf spiel ich aber trotzdem nicht, und meist bin ich Tag und Nacht hier draußen. Ich kann mir gar nicht vorstellen, was ich ohne das Studio täte.»

Sie saßen links und rechts von ihm in dem Elektrowägelchen. «Ich möchte euch nicht langweilen», sagte er, «aber trotzdem will ich euch etwas über das alles hier erzählen. Ihr seht hier natürlich nur die Spitze des Eisbergs, aber es ist eine gewaltige Spitze. Von hier aus versorgen wir unsere Lichtspielhäuser mit Filmen, und es sind weit über tausend, die sich auf die ganzen Vereinigten Staaten verteilen. Die allein sind über 30 Millionen Dollar wert, und das Grundstück, auf dem das Studio steht, noch mal 10 Millionen. Was das Ganze wert ist, läßt sich schwer sagen. Pro Woche zahlen wir fast 300000 Dollar an Löhnen, Gehältern, Honoraren und Gagen, 6000 davon gehen an Glenda Lane, im Augenblick unser Spitzenstar. Das ist mehr, als ich mir selbst bewillige. Jemand hat mal ausgerechnet, daß hier Leute aus rund 95 verschiedenen Berufen arbeiten. Wir können alles selbst machen, was wir brauchen, wir haben Friseure, Perückenmacher, Näherinnen, Ärzte, Krankenschwestern, Schuster, Reitlehrer, Tischler, Zimmerleute – da seht ihr die Tischlerei. Wollen wir hineingehen?»

Sie standen vor einem riesigen zur Studiostraße hin offenen Schuppen, in dem es aussah wie auf einem Holzplatz. Neben den dort gebräuchlichen Maschinen standen darin Werkbänke, Motorsägen, Drechselbänke, Kopier- und Schleifmaschinen.

«Ihr würdet euch wundern, was man aus Holz alles machen kann», sagte Max zu ihnen. «Wir machen hier vieles aus Holz, das aussieht, als wäre es aus Eisen, Stahl oder Stein.»

Sie fuhren weiter, vorbei an riesigen Gestellen, auf denen Hunderte gerade nicht benötigter Kulissen gelagert wurden, hielten am Schauplatz des Ersten Weltkriegs an, an einer anderen Stelle sahen sie, wie drei Elefanten und ein Gurkhatrupp durch ein indisches Urwalddickicht zogen, verbrachten einige Minuten in einem Vorführraum, um sich eine Auswahl der im Laufe des Tages gedrehten Szenen anzusehen, stöberten in einem Lagerhaus voll französischer, englischer und amerikanischer Antiquitäten herum. «Die meisten sind echt», erläuterte Max, «was ihr hier seht, ist allein fast 3 Millionen Dollar wert.»

Der Nachmittag verlief recht angenehm. Unglücklicherweise schien menschliche Wärme Richard und Marion abzugehen. Sie taten, was sie konnten, um interessiert und freundlich zu erscheinen, doch Max mußte immer wieder an nicht jüdische Bekannte denken, die sich die größte Mühe gaben, freundlich zu ihm zu sein, eben weil er Jude war. Er drängte sie nicht, ihn am folgenden Tag noch einmal zu besuchen, und da sie von sich aus nichts über die Möglichkeit eines gemeinsamen Abendessens sagten, sprach er das Thema auch nicht an. Er bemühte sich, keine Erleichterung zu empfinden, als der Chauffeur sie zu ihrem Hotel nach Beverly Hills zurückbrachte.

Als er sein Vorzimmer betrat, hatte Shelly Green, eine pferdegesichtige Frau, die in dieser Umgebung aus weiblicher Schönheit fehl am Platz wirkte, gerade Feierabend gemacht und puderte sich die Nase. Nach Dellas Tod hatte Max keine attraktive Sekretärin um sich geduldet und auch keine, der an einer persönlichen Beziehung gelegen war. An jenem Nachmittag aber hatte er den Eindruck, daß ihn Miss Green mit einem gewissen Mitgefühl betrachtete. Sie fügte ihrem Abschiedsgruß hinzu: «Ich hoffe, es war ein angenehmer Nachmittag für Sie, Mr. Britsky. Es sind wirklich reizende junge Leute.»

Max dankte ihr für das Kompliment und setzte sich an seinen Schreibtisch, nachdem sie gegangen war. Am liebsten hätte er geweint, aber es kamen keine Tränen.

Eine Stimme rief: «Bist du da drin, Max?»

«Schon möglich.»

Sam Snyder steckte den Kopf durch die Tür und sagte: «Ich dachte, du wolltest vielleicht unsere heutigen Aufnahmen sehen.»

«Auch möglich.»

Während sie zum Vorführraum hinübergingen, erkundigte Snyder sich, wie der Nachmittag verlaufen sei.

«Schlimm. Die sind hier mit einem Eispanzer angerückt, zwei lebenstüchtige junge Aristokraten von der Ostküste, die mal sehen wollten, was ihr unwissender jüdischer Vater in diesem ordinären Dreckloch namens Hollywood so zusammengebastelt hat.»

«Hör mal, Max, ich fand sie ganz nett.»

«Kann ich nicht sagen. Bei mir wurden sie erst manierlich, als sie merkten, daß sie mal alles hier erben werden.»

«Du urteilst hart über sie.»

«Und warum nicht? Du mußt wissen, Felix Upperman hat sie adoptiert. Richard Upperman, Marion Upperman – klingt viel besser als Britsky. Er will möglicherweise für den Kongreß kandidieren.»

«Wer? Der alte Upperman?»

«Nein, Richard. Na ja, warum auch nicht? Er ist wahrscheinlich nicht dümmer als die anderen Abgeordneten.»

«Eher 'ne ganze Ecke schlauer.»

Sie sahen sich die Aufnahmen an. Eine der Schlachtszenen, bei der die Soldaten über den Grabenrand kletterten und dann vom feindlichen Maschinengewehrfeuer niedergemäht wurden, schien den Regisseur Brown besonders fasziniert zu haben, denn er hatte sie immer noch einmal wiederholen lassen. Nachdem er sie sich zweimal angesehen hatte, stand Max auf und ging hinaus. Snyder folgte ihm.

«Mir steht der verdammte Film bis hier», sagte Max.

«Es wird aber eine großartige Sache, Max. Alle sagen, es wird ein Kunstfilm.»

«Der Teufel soll die Kunst holen. Ein Film soll den Leuten das Gefühl geben, daß es sich lohnt zu leben. Sie finden es bestimmt nicht besonders lohnend, wenn sie aus dem Kino kommen und der Brown ihnen die ganze Zeit was vom Tod erzählt hat. Ich hab was gegen Regisseure, hab sie nie ausstehen können, weiß der Geier warum, und jetzt ist auch noch dieser Scheißer Freedman wieder hier bei uns im Studio.»

«Für einen einzigen Film.»

«Meinst du, er ist so was wie ein Genie, Sam?»

«Wer weiß? Jedenfalls behaupten das alle.»

«Dieser Tonfilm raubt mir den Schlaf. Überleg doch nur mal – der erste Tonfilm auf der ganzen Welt. Du weißt ja, diese Zeitungsfritzen hängen einem dauernd in den Ohren und wollen wissen, wieso alle Fortschritte von den Franzosen oder den Briten kommen. Alles kalter Kaffee, weiß keiner besser als du.»

«Das kannst du laut sagen», erklärte Snyder.

«Wieviel davon geht allein auf dein Konto, Sam – Fahraufnahmen, Bogenlampen, Gummilinse. Und wer hat als erster eine Kamera auf eine hydraulische Hubplattform gestellt? Von wegen die Franzosen oder die Tommies. Du warst das, Sam Snyder. Jetzt beim Tonfilm können sie nichts mehr sagen, und wir haben mindestens ein Jahr Vorsprung vor allen.»

«Bestimmt.»

«Na klar. Sicher muß ich heute abend bei meiner Mutter zu Abend essen und mir den Magen verderben, nur um ihr zu erklären, warum ihre Enkel so und nicht anders sind – als ob ich das selbst wüßte. Und morgen, Sam, mußt du dir den Nachmittag freihalten, wir machen einen Beileidsbesuch bei Jake Steins Angehörigen.»

«Hör mal, Max, ich hab den ganzen Nachmittag schon vollgepackt. Ist das denn so wichtig? Der arme Kerl ist tot, und ich kenn keinen von den Leuten.»

«Ich auch nicht, war nie bei ihm draußen. Aber die Angehörigen machen *schiwe sizn*, eine Art jüdische Totenwache, und ich kann mich da nicht gut drücken. Ich komm nicht darüber weg, daß er bis zum Schluß nur 300 Dollar die Woche gekriegt hat.»

«Wahrscheinlich mehr, als er wert war.»

«Das sagst du nur, weil du ihn auch nicht ausstehen konntest», sagte Max. «Er war ein verdammt guter Buchhalter. Jedenfalls vertreten wir die Firma, du und ich. Also müssen wir zumindest hin und unser Beileidssprüchlein aufsagen.»

«Hab ich doch bei der Beerdigung schon gemacht.»

«Dann tun wir's eben noch mal.»

Max wußte, daß Jake Stein irgendwo in Westwood Village wohnte, einer dünnbesiedelten Vorstadt von Los Angeles, deren einziger Anspruch auf Ruhm darin bestand, daß dort der neue Campus der University of California im Bau war. Den nördlich des Sunset Boulevard gelegenen Teil von Westwood nannten Immobilienmakler Bel Air, aber Max hatte noch nie davon gehört, daß jemand tatsächlich auf jenen niedrigen waldbestandenen Hügeln lebte, und bei seinem Besuch im Haus von Jake Stein kam er zum erstenmal in jene Gegend. Wohl hatte er gehört, Jake habe dort ein Grundstück von rund sechs Hektar erworben, aber auf die zwei Meter hohe Zementsteinmauer, die es umgab, war er nicht gefaßt, ebensowenig wie auf das eindrucksvolle schmiedeeiserne Tor, durch das der Blick auf Rasenflächen, Gebüsch, eine geschwungene, kiesbestreute Auffahrt und ein Haus fiel, das in seiner Art sehenswert war: eine stuckverzierte Scheußlichkeit, die aussah wie eine Kreuzung zwischen einem südeuropäischen Schlößchen und einem englischen Landsitz.

«Der Teufel soll mich holen», sagte Sam Snyder.

«Schwimmbad mit allem Drum und Dran, zwei Tennisplätze und einen Rasen groß wie ein Goldplatz – alles von 300 Dollar in der Woche.»

«Max, Freddy hat dir seit Jahren klarzumachen versucht, daß mit Jake was faul war.»

«Ist es doch mit allen in der Branche. Wer maust da nicht ein bißchen?»

«Das hier kannst du ja wohl kaum als ‹ein bißchen› bezeichnen.»

«Geb ich zu», erklärte Max. «Von den 300 Dollar hat wohl das meiste der Gärtner gekriegt. Eines versteh ich nicht: er scheint sich nicht die geringste Mühe gegeben zu haben, seinen Besitz zu verstecken. Schön, du und ich sind zum erstenmal hier, aber er hat doch sicher von anderen Besuch gekriegt.»

«Ich glaube, er hat das erst im vorigen Jahr gebaut.»

«Warum zum Teufel hat er nicht gesagt, daß er mehr haben will?» grübelte Max. «Das Doppelte hätte ich ihm gezahlt und mich nicht beschwert.»

«Konnte er das wissen? Er wußte doch nur, daß du ihn nicht ausstehen konntest. Vielleicht hat er gedacht, du würdest ihn vor die Tür setzen, wenn er eine Gehaltserhöhung verlangt. Dann wäre es mit dem Griff in die Kasse vorbei gewesen.»

«Elender Hundesohn», knurrte Max. «Schwamm drüber, über Tote soll man nicht schlecht reden. Sagen wir der *mischpoche* guten Tag und sehen wir zu, daß wir's hinter uns bringen.»

Sie stiegen aus, gingen ins Haus und bekundeten den dort versammelten trauernden Hinterbliebenen ihr Beileid: der Witwe, eine üppige Frau mit tränennassem Gesicht, der Tochter, den beiden Söhnen, der greisenhaft wirkenden Mutter Jake Steins, die nicht mehr ganz richtig im Kopf schien, sowie seinen Geschwistern, Vettern und Kusinen. Ganz offenkundig hatte Jake Stein, nachdem er im Zusammenhang mit der Verlagerung der Britsky-Studios an die Westküste gezogen war, im Laufe der Zeit seine gesamte Verwandtschaft nachkommen lassen. Sie saßen um einen riesigen Eßtisch versammelt, der sich unter der Last der auf ihm stehenden Speisen bog. Einer von Steins Söhnen, Herbert, den Max erst einmal zuvor gesehen hatte, der ihn aber dennoch mit Vornamen anredete, sagte: «Max, Sie könnten mir einen Gefallen tun. In Hollywood Hills lebt so ein Weib. Papa hat sie ausgehalten und ihr, soweit ich weiß, ein Vermögen an Pelzen und Juwelen geschenkt. Ich finde, das gehört uns.»

«Ach ja? Tatsächlich?»

«Natürlich.»

«Und woher wissen Sie das?»

«Ich hatte mal was mit einer Freundin von ihr.»

«Wenn Ihnen das gehört, mein Junge, holen Sie es sich einfach. Ihr Vater muß ein bemerkenswerter Mann gewesen sein, daß er einem Flittchen so viel schenken und trotzdem seinen Gärtner bezahlen konnte.»

«Was wollen Sie damit sagen?»

«Denken Sie mal darüber nach.»

Als sie wieder im Wagen saßen, sagte Max zu Snyder: «Am meisten stinkt mir, daß es alles Juden sind.»

«Wieso? Erwartest du, daß das lauter Engel sind, und kein krummer Hund dazwischen? Soll ich mich jetzt etwa für Kaiser Wilhelm entschuldigen? Du weißt selbst, daß das dummes Zeug ist.»

«Schon, trotzdem ärgert es mich. Dieser Rotzlümmel von Sohn – ich soll ihm holen, was sein Vater einer Hure in den Rachen gestopft hat.»

«So ist das nun mal. Max, was meinst du, wieviel er sich wohl unter den Nagel gerissen hat?»

«Eine interessante Frage.»

«Würden wir das nicht merken?»

«Hast du eine Ahnung, was bei uns so durchläuft, Sam? Vier, fünf, sechs Millionen die Woche, und das allein in Amerika – im Ausland vielleicht noch mal so viel. Da könntest du genug beiseite bringen, um alle naslang die britischen Kronjuwelen zu kaufen, und wir würden es nie merken, solange ein fähiger Kopf wie Jake Stein auf den Büchern sitzt und sie geschickt frisiert.»

Snyder überlegte. Nach einer Weile fragte er Max: «Und was machen wir?»

«Ich weiß nicht.»

«Aber wir müssen doch was tun.»

«Hast recht. Am liebsten würde ich den verdammten Schweinekerl ausbuddeln und ordentlich durchprügeln. Aber das nützt ja alles nichts. Am besten setzen wir uns heute abend mal mit Freddy zusammen und überlegen uns was.»

«Hat das nicht Zeit? Alices Schwester ist mit ihrem Mann zum erstenmal in Kalifornien, und sie erwarten mich zum Abendessen.»

«Das kann nicht warten, Sam. Das ist wie eine Stange Dynamit, die jeden Augenblick losgehen kann – falls es so ist, wie ich vermute.»

«Es ist so, wie du vermutet hast», teilte Feldman Max übergangslos mit. «Das Schlimmste, was in einer Firma überhaupt passieren kann.»

«Augenblick mal», mischte sich Sam Snyder ein. «Ich weiß genauso wie du, wie wir dastehen – prima stehen wir da, ganz bescheiden gesagt. Kein Unternehmen in den ganzen Vereinigten Staaten hat eine so gute Liquiditätslage wie wir. Unsere Außenstände sind höher als unsere Verbindlichkeiten, unsere Kassenbestände sind in Ordnung, und Stein, das verdammte Schwein, kann uns nicht mehr schaden, jetzt, wo er tot ist. Wenn wir was wiederhaben wollen, müssen wir seine Erben verklagen. Geht das überhaupt? Jedenfalls sind wir auf das Geld nicht angewiesen, wir können alles, was er beiseite gebracht hat, über Verlustkonto abschreiben.»

Das Gespräch fand im privaten Speisesaal der Kantine statt. Das Studio war geschlossen, alles Küchenpersonal und die Bedienungen waren nach Hause gegangen, nur die Torwachen waren noch da und die Nachtwächter, die auf dem Gelände nach dem Rechten sahen. Max und Snyder rauchten Zigarren, und Feldman, der sie durch den dichten Rauch kaum erkennen konnte, überlegte, daß er eigentlich schon von dem Rauch nikotinsüchtig sein müßte, den er im Laufe der Jahre von den beiden eingeatmet hatte.

«Warum also regt ihr euch so auf?» fuhr Snyder fort. «Ich sage, schreibt den Mist ab, und der Fall ist erledigt.»

«Abschreiben kann man erst, wenn man weiß, wieviel es ist», sagte Feldman mit Leichenbittermiene, «und nicht einmal dann ohne weiteres. Du bist lange genug bei uns, um das zu wissen, Sam. Wir sind als Aktiengesellschaft verpflichtet, eine Aufsichtsratssitzung einzuberufen. Wir müssen genau erklären, was los ist und Zahlen auf den Tisch legen. Der Aufsichtsrat entscheidet dann über das weitere Vorgehen. Nachlässigkeit und schlechte Geschäftsführung sind schlimm genug, aber es könnte noch viel dicker kommen.»

«Wieso?»

«Na ja, als erstes wird man uns Wirtschaftsprüfer auf den Hals schicken, und Gott im Himmel allein weiß, was die rauskriegen. Jake kann das unmöglich allein gemacht haben.»

«Warum nicht?»

«Es genügt nicht, die Bücher zu frisieren, nicht in unserer Branche. Man braucht auch draußen jemand, der zum Beispiel mit den Geschäftsführern der Kinos und bestimmten Schlüsselfiguren im

Studio unter einer Decke steckt. Jake war dafür ein paar Nummern zu klein, mit ihm hätte das niemand gemacht. Außerdem kannte er zwar die Bücher, aber von der Herstellung hatte er keine Ahnung.»

«Ruby, diese Kanaille», sagte Max niedergeschlagen. «Er meint meinen mißratenen Bruder.»

«Ruby? So ein –»

«Sag's nur. Mein Bruder Ruby ist ein Hochstapler und Betrüger. Wer hätte gedacht, daß Jake Stein, die kleine graue Maus Stein, in einem Haus in Hollywood Hills eine Schlampe aushält und sie mit Schmuck überhäuft? Eines muß man Ruby lassen – er hat mehr Stil als Jake. Und noch etwas ist sicher: wenn Ruby seine Hand in der Kassenschublade hat, ist auch Benny nicht weit.»

«Max, das darfst du nicht sagen, das ist nicht bewiesen», protestierte Snyder.

«Du brauchst gar nicht nett zu mir zu sein, Sam, dazu kennen wir uns zu lange. Wir haben hier einen ganz dicken Hund beim Schwanz, und die Frage ist: was machen wir?»

«Was auch immer wir tun», sagte Feldman, «wir müssen rasch handeln. Im Augenblick erledigt Joe Klepper Jakes Arbeit. Er ist jung und ehrgeizig, und wenn er mit der Sache nichts zu tun hat, dauert es nicht lange, bis er Jake auf die Schliche kommt. Es gibt noch ein halbes Dutzend Leute in der Buchhaltung, die beteiligt sein oder dahinterkommen könnten. Sobald einer von denen auch nur einen Ton sagt, ist unsere Position unhaltbar, also müssen wir die Sache selbst in die Hand nehmen. Vor Ruby habe ich dich schon immer gewarnt, Max. Ich habe dir schon vor Jahren gesagt, daß er klebrige Finger hat. Noch können wir ihm allerdings nichts nachweisen, ebensowenig wie Benny oder sonst jemandem.»

«Und wie kriegen wir das raus?»

«In zwei Wochen ist die nächste turnusmäßige Aufsichtsratssitzung, bis dahin müßten wir fertig werden können. Arnie Greenberg, ein Vetter meiner Frau, hat sich zusammen mit einem jungen Mann aus der Gegend hier, Mike Hendon, als Wirtschaftsprüfer niedergelassen, beides zuverlässige Leute. Ich schlage vor, wir betrauen sie mit der Untersuchung und zahlen ihnen so viel, daß sie alles andere stehen und liegen lassen und sich Tag und Nacht damit beschäftigen. Sie erstellen dann einen Bericht, den außer uns niemand zu sehen bekommt. In der kurzen Zeit werden sie wohl nicht hinter alles kommen, aber vielleicht werden die wichtigsten Punkte klar.»

«Und zumindest tappen wir nicht im dunkeln», sagte Snyder. «Max?»

Max ließ müde den Kopf sinken. «Ja, wird wohl das beste sein.»

Die beiden machten sich auf den Heimweg, und Max ging mit schleppendem Schritt zu seinem Haus. Dort wartete Fritzie Cooper auf ihn, mit der er sich für den Abend verabredet hatte. Von den Divas hielt er sich fern, allein schon, weil ihm widerwärtig erschien, was er über andere Männer aus der Filmbranche hörte, nämlich daß sie Druck auf arme, hilflose und unschuldige Stars ausübten, damit diese mit ihnen ins Bett gingen. Auch wenn er noch nie eine hilflose und unschuldige Hauptdarstellerin erlebt hatte, so hinterließen diese Geschichten einen schalen Geschmack in seinem Mund – einmal ganz davon abgesehen, daß ihm diese Art Frau viel zu dürr war. Fritzie Cooper war mit ihren gut sechzig Kilo gerade richtig, ein wohlgerundetes, angenehmes, freundliches Geschöpf aus Findlay, Ohio, die vom Rohölgeruch, der dort in der Luft hing, genug hatte und sich aufgrund ihrer Laienspielerfolge in der High School Hoffnungen auf eine Karriere in Hollywood gemacht hatte. Kennengelernt hatte Max sie als Kellnerin in einem einfachen Speiserestaurant am Hollywood Boulevard, und er hatte sie für eine Nebenrolle in einem Film eingestellt, ohne dafür Gegenleistungen zu erwarten. Er sah sie erst wieder, nachdem sie schon seit etwa einem Monat im Studio arbeitete. Da hatte er sie zum Abendessen eingeladen, und seither ging er etwa einmal die Woche mit ihr essen und ins Bett. Es war ihm stets schwergefallen zu glauben, Frauen könnten ihn um seiner selbst willen gern haben. Im Spiegel sah er ein schmales, sorgenzerfurchtes jüdisches Gesicht, über dem sich das Haupthaar lichtete, nicht jedoch die Wärme und Großzügigkeit, die er ausstrahlte, und auch nicht sein Vergnügen an Frauen, lauter Dinge, die Frauen an ihm gefielen. Obwohl Fritzie erst 25 Jahre und Max nahezu doppelt so alt war wie sie, bemutterte sie ihn – wie übrigens die meisten Frauen, zu denen Max eine engere Beziehung hatte.

Es war ein warmer Abend, über das Studiogelände strich eine von der Santa Ana-Wüste herüberwehende Brise, und sie saßen im Garten des *Beverly Hills Hotel*. Max war in sich gekehrt, und Fritzie sagte mindestens schon zum fünftenmal: «Was ist denn, Maxie, sei doch nicht so brummig.» Als Max in ihr von blonden Locken umrahmtes rundes, rosenwangiges Gesicht sah, mußte er wider Willen lächeln, worauf sie vergnügt auflachte.

«Warum redest du es dir nicht von der Seele, alter Freund, und vertraust mir deine Sorgen an?»

Max stipste mit einem Finger in ihre Richtung. «Das ist aus *‹Sandersons Freundin›*.»

«Woher weißt du das?»

«Schätzchen, mir gehört das Studio, ich les die Drehbücher und ich seh auch die Filme.»

«O Max, du mußt mich für sehr einfältig halten.»

«Ich finde, du bist wundervoll.»

«Wirklich? Meinst du das ernst? Dann möchte ich ein großes Steak mit gebratenen Zwiebelringen und Pommes frites.»

«Sollst du haben.»

Auf nicht näher beschreibbare, seltsame Weise erkannte Max, paßte alles zusammen – so sehr oder so wenig wie die meisten Dinge im Leben.

Feldman war gealtert. Es sah aus, als sei er in sich zusammengesunken, vielleicht aber wirkte er auch dadurch kleiner, als er war, daß seine breiten Schultern und sein Bauch förmlich aus seinem Westenanzug herausdrängten. Seinen nahezu kahlen Schädel umgab wie eine Tonsur ein Kranz aus grauen Haaren. Das war weiter nicht verwunderlich – immerhin war ein Vierteljahrhundert ins Land gezogen, seit Max ihn gefragt hatte: «Na, wie wär's, Freddy? Möchtest du mein Rechtsberater werden?»

«Das müßte ich erst mit meinen Chefs besprechen.»

«Was für Chefs? Meinst du etwa Meyer Sonberg und seinen Bruder? Du hast doch mehr Grips im kleinen Finger als die beiden zusammen. Das sind doch Winkeladvokaten, Korinthenkacker –»

«Na, hör mal, Max.»

«Erinnerst du dich noch, wie wir in der Henry Street immer die Iren vom St. Mark's Place verdroschen haben, wenn sie frech wurden? Und wenn sie dich allein erwischten, hast du so lange geredet, bis sie wieder abgezogen sind. Wie könnte man das vergessen! Jedenfalls möchte ich jemand in meiner Firma haben, der mit den bösen Buben so reden kann, daß sie friedlich werden.»

Das lag jetzt 25 Jahre zurück, doch Max erinnerte sich daran, als sei es gestern gewesen. Vielleicht erinnerte sich auch Feldman daran, der sich jetzt in Max' Büro umsah und dann sagte: «Schick Shelly nach Hause.»

«Wieso? Es ist erst halb fünf.»

«Heute brauchst du sie nicht mehr. Ich möchte, daß uns vom Vorzimmer aus niemand hören kann. Sie soll auf Zentrale schalten und nach Hause gehen.»

Max sah Feldman eine Weile an, ging dann zur Tür und wies dann Shelly Greene an, in der Zentrale Bescheid zu sagen, daß keine Anrufe mehr durchgestellt würden, und anschließend Feierabend zu machen.

«Ich will kein Risiko eingehen», sagte Feldman. «Niemand soll hören, worum es geht. Auf die Dauer werden wir es zwar nicht geheimhalten können, aber ich möchte, daß es über den richtigen Kanal an die Öffentlichkeit gelangt und auf keinen Fall als Gerücht und Gemunkel.»

«Meinst du nicht, daß jetzt schon alle Leute flüstern und spekulieren, seit Greenberg mit seinem Kompagnon hier überall rumschnüffelt und die Buchführung der letzten zehn Jahre durchgestöbert hat? Vor drei Tagen haben sie auch noch fünf junge Rotznasen mitgebracht, die sich aufführen, als ob ihnen hier alles gehört –»

«Das war in meinem Auftrag, Max. Ich hab ihnen erklärt, daß die Zeit knapp wird und daß sie mitbringen sollten, wen sie im Büro entbehren konnten.»

«Und bei dieser streng geheimen Schnüffelei haben sie was rausgekriegt?»

«Ja.»

«Na schön, sitz hier nicht rum wie ein Richter, der noch eine lange Begründung vorlesen will. Was hast du?»

«Fangen wir also mit Jake Stein an. Sie haben erst sieben Jahre aufgearbeitet, und es scheint – bitte, es *scheint*, denn es ist ja noch keine vollständige Revision –, daß er an die 5 Millionen Dollar beiseite geschafft hat. Du mußt das richtig verstehen. Jake Stein war der Kopf, und Greenberg und seine Leute haben noch zwei unmittelbar und eine ganze Anzahl mittelbar Beteiligter ausfindig gemacht.»

«Die beiden, das sind wohl Ruby und Benny?»

«Stimmt.»

«Das fürchte ich seit Jahren. Aber wie läßt sich bei einer Buchprüfung hier im Studio feststellen, was sie an den Kinokassen lokkergemacht haben?»

«Deswegen hab ich ja solche Sorgen, Max. Das können wir nicht feststellen. Wir können von hier aus lediglich die eine Seite beleuchten, zum Beispiel Scheinfirmen, die als Lieferanten dienen und nur auf dem Papier existieren. Beispielsweise soll es da eine Firma für Unternehmensberatung und Marktanalyse namens Creative Market Research geben. Seit sieben Jahren zahlen wir denen monatlich 3000 Dollar, und Ruby hat die Unterschriftsvollmacht für den Vertrieb und Verleih. In Wirklichkeit haben sie da nur veruntreute Gelder durchgeschleust. Sie hatten auch noch eine andere Masche: wenn der Etat für einen Film aufgestellt wird, bekommt der Regisseur 50000 Dollar, und 10000 davon fließen an Ruby zurück.»

«Hast du Beweise dafür?»

«Ralph Leone – fünf Filme, fünf Zahlungen, 50000 Dollar an Ruby. Ruby hatte Jake Stein über Jahre hin Rechnungen geschickt – Unternehmensberater, Produktionsleiter, Projektleiter und so weiter.»

«Und Benny?» fragte Max kalt.

«Benny. Willst du das wirklich wissen?»

«Ich bestehe darauf.»

«Na schön. Du weißt, daß wir für jeden Film, den wir an Originalschauplätzen drehen, 300 bis 500 Dollar täglich für ‹Sonstiges› vorsehen: Schmiergelder an Polizisten, Ablösegelder für dies und das –»

«Das ist mir doch nicht neu», unterbrach Max ihn ärgerlich.

«Kommt ja noch. Der jeweilige Projektleiter verwaltet das Geld. Sam Snyder hat mit zweien von ihnen gesprochen – beide zahlen an Benny, und das bedeutet wahrscheinlich, daß jeder Projektleiter, der außerhalb des Studios arbeitet, ihm täglich 50 Dollar zahlt. Gutes Geld – und, das Schlimmste, alle meinen, du hängst mit drin, du bereicherst dich am Unternehmen.»

«Der verdammte Halunke. Was noch?»

«Soll ich wirklich weitermachen? Es ist widerwärtig: vier Bürokräfte, die nicht existieren, zwei dito Wächter und Tischler – Jake Stein war ein Genie. Dabei haben wir uns den Verleih und den Vertrieb noch gar nicht angesehen, die Ruby unterstehen.»

Max' Kiefer bebten. Er schloß die Augen und schüttelte den Kopf. «Mein eigen Fleisch und Blut.»

«Sachte, Max, sachte», bat Feldman. «Wir werden die Sache in Ordnung bringen.»

«Aber wie? Sag mir doch um Himmels willen, wie!»

«Gut: in drei Tagen ist Aufsichtsratssitzung. Du erklärst, daß du erst nach Steins Tod von seiner Prunkvilla erfahren und daraufhin die Untersuchung angeordnet hast. Dann mußt du alles auf den Tisch legen, was wir wissen. Dabei darfst du nichts verschweigen. Ich werde dann beantragen, daß der Aufsichtsrat einschneidende Maßnahmen erst ergreift, wenn das Ergebnis einer vollständigen Revision vorliegt. Ich schlage vor, wir beauftragen eine Firma angesehener Wirtschaftsprüfer in San Francisco damit. Sie werden wahrscheinlich ein paar Wochen brauchen, das verschafft uns eine kleine Atempause.»

«Was kann uns die nützen?»

«Ich weiß noch nicht. Ich müßte mal verschiedenes nachlesen und mich mit einigen Kollegen besprechen.»

«Und was passiert mit meinen beiden lieblichen Brüdern?»

«Ich weiß nicht.»

«Werden die eingebuchtet?»

«Max, ich weiß es wirklich nicht. Gib mir Gelegenheit, darüber nachzudenken und mich umzuhören.»

Reuben Britsky war rund acht Zentimeter größer als sein Bruder Max und wirkte mit seinem gleichmäßigen, sonnengebräunten Gesicht, dem dunklen, gelockten Haar und dem sportlich durchtrainierten Körper nicht wie 44. Die eine oder andere der zahlreichen Frauen, die in seinem Leben auftauchten und daraus verschwanden, hatte auch schon erklärt, er könne unmöglich Max' Bruder sein, so unterschiedlich sähen sie aus. Da Ruby von Hollywood geformt worden war, kannte er nur zwei Gesprächsgegenstände: Frauen und Filme. Seine Interessen waren allerdings etwas breiter gestreut, denn er spielte Golf und Tennis und zeigte sich gern in Gesellschaft der Stars. Sein Name war in Zusammenhang mit einem halben Dutzend Divas gefallen, doch entsprach das nicht in allen Fällen der Wahrheit.

Von zwei Frauen hatte er sich scheiden lassen; die eine lebte in New York und die andere in Los Angeles.

Max fand Ruby auf dem Tennisplatz hinter dem Haus in Beverly Hills, das Max seiner Mutter gekauft hatte. Ruby war makellos in Weiß gekleidet und befand sich in Gesellschaft dreier fröhlicher Blondinen. Zwar hatte er eine Suite im *Beverly Hills Hotel*, doch erhob er zugleich Anspruch auf einige Räume des riesigen Hauses, das von Sarah, Freida, der einsamen, unverheirateten Schwester, und offiziell auch von Max bewohnt wurde, der allerdings seine Nächte nur selten dort verbrachte. Der jüngste der Britsky-Brüder, Benjamin, Benny, Leiter des New Yorker Büros, das sich nach wie vor im alten Hobart Building an der Fourteenth Street befand, wohnte, wenn er in Kalifornien zu tun hatte, lieber im Hotel als im Haus seiner Mutter, da er dort die Gunst der Frauen, die sein Bruder Ruby ihm so großzügig zuschanzte, besser auszukosten vermochte. Den Tennisplatz hatte Ruby anlegen lassen und zu Max gesagt: «Kostet dich keinen Penny, Bruderherz.» Sarah gewann eine eigentümliche Befriedigung daraus, ihren beiden jüngeren Söhnen dabei zuzusehen, wie sie hinter ihrem Haus dies seltsame Spiel betrieben. Schon zu Zeiten bitterster Armut in der Henry Street hatte sie nicht zur Selbstverleugnung geneigt, und es war einfach verblüffend zu beobachten, wie leicht und rasch sie sich in Beverly Hills eingelebt hatte. Mit ihren 71 Jahren war sie gesund und rüstig wie eh und je, entschlossen, aus ihrer Rolle als Max Britskys Mutter so viel wie möglich herauszuholen, und wie auch früher schon, war Ruby ihr dabei Stütze und Stab.

Einige Minuten lang sah Max dem Ballwechsel zwischen einer der Blondinen und Sarahs Stütze und Stab zu, dann trat er auf den Platz und sagte zu Ruby: «Schick die Frauen weg, ich möchte mit dir sprechen.»

«Einfach so?»

«Einfach so.»

«Herrgott im Himmel, Max, zumindest hättest du mich auf anständige Weise bitten können.»

«Wozu? Es genügt doch, daß *du* so verdammt anständig bist, warum soll *ich* dann noch anständig fragen?»

Einen Augenblick lang sah Ruby seinen Bruder an, seufzte und rief dann: «Schluß für heute, ich muß mit meinem Bruder über Geschäfte reden.»

«Und wer fährt uns nach Hause? Sollen wir etwa zu Fuß gehen?»

Ruby gab einer der drei einen Zwanzig-Dollar-Schein. «Laßt euch 'ne Taxe kommen. Ihr könnt vom Haus aus anrufen. Und jetzt zwitschert ab.»

Jede einzelne ging betont langsam an Max vorüber und sagte: «Auf Wiedersehen, Mr. Britsky» – nicht zu Ruby, sondern zu Max.

«Sind sie nicht niedlich, die süßen Kleinen?» sagte Ruby und sah ihnen nach.

Statt einer Antwort schlug Max ihm mit aller Kraft ins Gesicht.

«Was zum Teufel ist in dich gefahren!» schrie Ruby ihn an. «Hast du den Verstand verloren?»

«Schlag nur zurück, du Drecksack!» herrschte Max Ruby an, der die Hand schon erhoben hatte. «Versuch's, und du beziehst die Prügel deines Lebens!»

Ruby ließ den Arm sinken: «Max», fragte er ihn im jämmerlichen Ton, «was ist denn bloß los?»

«Das will ich dir genau sagen. Als Jake Stein gestorben ist, haben wir die Bücher prüfen lassen.»

Ruby stand mit offenem Mund da und sah Max sprachlos an.

«Was meinst du wohl, was sie gefunden haben, Kleiner?»

«Mein Gott, was ist denn schon dabei?» sagte Ruby, bei dem die Frechheit wieder Oberhand gewann. «Ich geb's ja zu – wir haben hier ein bißchen abgeschöpft und da ein bißchen. Das tut doch jeder in der Branche.»

«Du verdammter kleiner Stinker. 800 Dollar die Woche und Spesen zahl ich dir, dabei würdest du nirgendwo anders auch nur 50 Dollar verdienen, und dann sagst du mir, du schöpfst ein bißchen hier ab und ein bißchen da. Wie viele Millionen sind bei dir ein bißchen? Ich hab mich um euch alle gekümmert, seit ihr in die Windeln geschissen habt, hab dafür gesorgt, daß ihr zu fressen und Klamotten hattet. Ist das der Dank? Hast du mit Benny zusammen ein kleines Verbrechersyndikat gegründet?»

«Nun mach aber halblang, Max. Du tust ja gerade so, als hätten wir die Firma zugrunde gerichtet. Schön, wir haben ein bißchen abgesahnt, aber es ist ja wohl noch genug da.»

«Du ahnst ja nicht, wie recht du hast.»

«Und warum in drei Teufels Namen –» Ruby sah erstaunt, daß Max sich auf dem Absatz umgedreht hatte und rief ihm zu: «Augenblick!»

«Was gibt es noch?»

«Vorhin wolltest du mir den Kopf abreißen.»

«Ja.»

«Und?»

«Das ist erledigt. Es lohnt nicht, daß ich mich darüber aufrege. Wenn ihr Glück habt, kriegst du und Benny dieselbe Zelle. Da habt ihr dann ein paar Jahre Zeit zum Nachdenken. Ihr dürft mir anschließend sagen, ob es ein Verbrechen war, ein bißchen abzuschöpfen oder nicht.»

«Großer Gott, wovon redest du eigentlich?»

«Vom Knast, Brüderchen – K-n-a-s-t. Da landen Leute, die sich bei Verbrechen schnappen lassen, und unter Garantie landet ihr auch da.»

«Max, das ist doch nicht dein Ernst!»

«Nein? Wir werden ja sehen.»

«Max, du bist verrückt. Du kannst doch nicht Benny und mich ins Gefängnis bringen, wir sind deine Brüder.»

«Saubere Brüder!»

Dem aus neun Mitgliedern bestehenden Aufsichtsrat gehörten, wie das auch bei anderen Aktiengesellschaften üblich war, nicht nur im Unternehmen tätige oder mit ihm verbundene Personen an, es waren auch Institutionen darin vertreten, die enge Geschäftsbeziehungen mit der Firma Britsky Productions pflegten. Max, der Aufsichtsratsvorsitzende, war zugleich Generaldirektor des Unternehmens, die anderen in der Firma tätigen Mitglieder des Aufsichtsrats waren Sam Snyder, der stellvertretende Generaldirektor, Fred Feldman, Justitiar, Bert Bellamy, stellvertretender Generaldirektor für den Vertrieb und Verleih, und Clifford Abel, Atelierleiter. Auch Sally gehörte dem Aufsichtsrat an, hauptsächlich wegen ihres beachtlichen Aktienanteils; sie hatte aber seit der Scheidung an keiner seiner Sitzungen teilgenommen. Drei Aufsichtsratsmitglieder waren firmenfremd: Kurt Avanti, einer der stellvertretenden Generaldirektoren der Bank of America, Julius Holms, der in gleicher Position in der Chase Bank tätig war, sowie Royce Byron, einer der zahlreichen stellvertretenden Generaldirektoren der Telefongesellschaft.

Mit den Jahren war Bert Bellamy immer distinguierter geworden. Man sah ihm seinen Wohlstand förmlich an. Er hatte zugenommen, ohne wirklich dick zu sein, sein voller Haarschopf war nicht mehr aschblond, sondern weiß, und er trug einen Zwicker, der ihn würdig erscheinen ließ. Clifford Abel hatte sich am wenigsten von allen verändert, er wirkte noch ebenso jugendlich, lebendig und begeisterungsfähig wie früher. Avanti, je zur Hälfte deutscher und italienischer Abstammung, war distanziert und mißtrauisch, wie sich das für jemanden gehörte, der eine der größten Banken auf der Welt vertrat, und auch Julius Holms, der Max noch aus der New Yorker Zeit kannte, war sich durchaus der Macht bewußt, als deren Vertreter er anwesend war. Hochgewachsen, schlank und verdrießlich wirkte Royce Byron stets wie ein Grieche im Feldlager der Barbaren. Früher hatte die Telefongesellschaft den Trust unterstützt, was die Firma Britsky mit scharfen Gegenmaßnahmen beantwortet hatte, im Laufe der Jahre aber war es mit neuen Patenten zu einer neuen Zusammenarbeit gekommen.

Max hatte den Vorschlag gemacht, daß Feldman als Justitiar des Unternehmens am geeignetsten sei, die Ergebnisse der Untersuchung vorzutragen. Dabei hatte er gleichzeitig daran gedacht, daß kein vernünftiger Mensch Feldman mit seiner natürlichen Liebenswürdigkeit eines unrechten Tuns verdächtigen würde. Günstig war auch, daß Feldman bei allem, was er vortrug, stets die juristischen Gesichtspunkte hervorhob. Als er fertig war, erklärte Avanti: «Ich muß zugeben, daß ich überrascht und entsetzt bin. Ich würde gern unserem Aufsichtsratsvorsitzenden einige Fragen stellen.»

Die anderen nickten zustimmend. Alle hatten etwas dazu zu sagen, aber sie ließen Avanti den Vortritt. Die im Unternehmen Tätigen hatten eine ungefähre Vorstellung davon gehabt, was Feldman vortragen würde, den drei Außenstehenden mußte es wie ein Schlag aus heiterem Himmel erscheinen.

Max erhob sich und nickte. «Ich bin bereit, alle Fragen zu beantworten. Wir haben uns zu einer vollständigen Offenlegung entschlossen.»

«Wessen Entscheidung war das?»

«Mr. Feldmans und meine. Wir haben uns über die ersten Ergebnisse unterhalten.»

«Wann haben Sie oder Mr. Feldman diese Unregelmäßigkeiten entdeckt?»

«So war es nicht, wir haben keine Unregelmäßigkeiten entdeckt», sagte Max. «Mr. Snyder und ich haben nach Jacob Steins Tod einen Beileidsbesuch bei den Angehörigen gemacht und verblüfft gesehen, was für ein Haus Stein in einer der besten Gegenden von Los Angeles, nämlich in Bel Air, besaß. Dazu muß gesagt werden, daß weder ich noch einer der anderen leitenden Herren des Unternehmens gesellschaftlich mit Stein verkehrten, so daß wir noch nie dort gewesen waren. Unmittelbar zuvor hatte ich erfahren, daß Stein in den vergangenen zwölf Jahren nie um eine Gehaltserhöhung gebeten hatte, so daß er nach wie vor mit 300 Dollar wöchentlich auf unserer Gehaltsliste stand – für einen Mann seiner Fähigkeiten äußerst wenig.»

Diese Aussage erntete bitteres Gelächter von mehreren der Mitglieder des Aufsichtsrats.

«Ein Verbrecher, aber ein gerissener», fuhr Max fort. «Niemand im Unternehmen mochte ihn, und wir vermuten, daß er der Ansicht war, man würde eine Bitte um Gehaltserhöhung als Vorwand ansehen, ihm zu kündigen. Das wollte er nicht, und da er selbst Leiter der Lohn- und Gehaltsbuchhaltung war, hatte niemand einen Anlaß, sich zu diesem Thema zu äußern.»

«Aber Sie müssen es doch gewußt haben. Wie konnte Ihnen so etwas entgehen?»

«Wir sind ein sehr großes Unternehmen, Mr. Avanti. Mir entgeht vieles. Als wir aber das Haus der Familie Stein sahen, fiel uns sofort der Widerspruch zwischen dem auf, was er verdiente und was er offenbar ausgab.»

«Ihnen und Mr. Snyder?»

«Ja.»

«Und als nächstes haben Sie Mr. Feldman eingeweiht?»

«Er ist unser Justitiar.»

«Versteht sich.»

Dann wollte Holms von der Chase Bank wissen: «Ist es Ihnen möglich zu schätzen, welcher Betrag insgesamt veruntreut worden ist?»

«Zu diesem Zeitpunkt noch nicht.»

Royce Byron fragte Bert: «Mr. Bellamy, wie beurteilen Sie die finanzielle Lage der Firma Britsky Productions?»

«Es besteht keine Gefahr, weit davon entfernt. Grob geschätzt kann ich sagen, daß unsere Einnahmen genügen, um Kredite zu tilgen, Ausgaben zu bestreiten und den weiteren Betrieb zu gewährleisten. Unser Gewinn für das Jahr 1927 wird vermutlich höher sein als in allen Jahren davor.»

«Ich bin wirklich erleichtert, das zu hören. Ich denke, daß ich für die meisten von uns spreche, wenn ich sage, daß diese Enthüllungen entsetzlich, ja geradezu unglaublich sind. Die Höhe der unterschlagenen Beträge hat in der Geschichte der modernen Wirtschaftswelt kaum ihresgleichen –»

Max sprang auf und sagte: «Immer langsam, Mr. Byron. Ich möchte das hier nicht verniedlichen, dafür ist es zu groß. Aber ich habe die Zeiten Goulds und Vanderbilts erlebt. Immerhin wurden hier die Aktionäre bestohlen und nicht die Öffentlichkeit, und den größten Verlust habe ich als der Mehrheitsaktionär erlitten.»

«Sie können sich nicht beklagen – schließlich bleibt es ja in der Familie.»

«Das ist eine Ungezogenheit!» schrie Sam Snyder dazwischen.

«So kommen wir nicht weiter», mischte sich Avanti ein, «so nicht. Solange wir keine Tatsachen wissen, können wir gar nichts tun. Falls der Aufsichtsrat wünscht, will ich die Sache gern durch die Buchprüfer unserer Bank untersuchen lassen. Ich gehe davon aus, daß wir ihnen für eine vollständige Revision mindestens einen Monat Zeit lassen müßten. Ich würde das gern als Antrag formulieren.»

«Es liegt ein Antrag vor», sagte Feldman. «Werden dagegen Einwände erhoben?»

Da das nicht der Fall war, wurde dem Antrag stattgegeben, und der Aufsichtsrat vertagte sich um einen Monat. «Wir sollten», erklärte Holms, «Mrs. Upperman mit aller Dringlichkeit auffordern, an der Sitzung teilzunehmen. Es wäre in diesem Fall wohl angebracht, dafür zu sorgen daß alle Mitglieder des Aufsichtsrats anwesend sind.»

«Ich will es gern versuchen», erklärte Feldman.

«Sie verstehen, Max», sagte Avanti beim Abschied, «das richtet sich nicht gegen Sie persönlich. Einige der großartigsten Menschen, die ich kenne, haben eine durchwachsene Verwandtschaft – ich will mich da selbst nicht ausschließen. Es dauert eben ein paar Generationen, bis sich alles gesetzt hat, und die Yankees haben auf dem Gebiet einen Vorsprung vor uns. Ich persönlich bin der Ansicht, daß Sie das Unternehmen kaum besser hätten leiten können, als Sie es getan haben.»

«Alberner Sturm im Wasserglas», sagte Clifford Abel. «Von mir aus könnten die den ganzen Klumpatsch klauen, wenn wir dafür einen einzigen bedeutenden Film herstellen würden. Wen juckt das schon?»

Julius Holms schüttelte Max freundschaftlich die Hand, bevor er und Avanti gingen. Clifford Abel folgte ihnen, Bert Bellamy murmelte einige Worte und verließ mit Royce Byron den Raum.

«Daß er mit Byron zusammen weggeht», sagte Max zu Snyder und Feldman, «hat bestimmt was zu bedeuten.»

«Natürlich hat es das», sagte Feldman. «Gib dich keinen Illusionen hin, Max. Bellamy und Byron warten schon seit Jahren auf eine günstige Gelegenheit, und ich bin nicht sicher, ob unsere beiden Bankiers uns zur Seite stehen oder sich zumindest raushalten.»

«Ausgerechnet Bert – Gott im Himmel, er war mir wie ein Bruder!»

«Ruby etwa nicht?»

«Halb so schlimm. Noch leben wir», kommentierte Sam Snyder. In seinem blauen Serge-Anzug, in dem er sich nicht recht wohl zu fühlen schien, wirkte er fehl am Platz. Ganz er selbst war er nur, wenn er seine blaue Arbeitshose trug und die Ärmel seines karierten Baumwollhemds über seine kräftigen Arme hochgekrempelt hatte. So aber, sein umfangreicher Bauch, der sonst frei über den Werkzeuggürtel hing, in einen Westenanzug gezwängt, konnte er nicht einmal richtig atmen. «Wir sind neun, und falls Holms und Avanti zu uns halten, haben wir immer noch die Mehrheit, wenn es auf Biegen und Brechen geht. Vielleicht kommt Sally auch. Du kannst mir nicht erzählen, daß eine Frau, die so lange mit einem Mann zusammen gelebt hat, nicht etwas für ihn empfindet.»

Zum erstenmal seit Beginn der Sitzung lächelte Max. «Sammy, soll ich dir mal sagen, was du von Frauen verstehst? Alice. Das verstehst du von Frauen.»

«Was soll das heißen? Ist Alice etwa keine Frau?»

«Ein Goldstück. Was der liebe Gott an meinem Leben am meisten versaubeutelt hat, ist, daß er dich hat Alice heiraten lassen und nicht mich.»

«Max, du hast sie ja überhaupt erst kennengelernt, als wir schon Jahre verheiratet waren.»

«Ich weiß ja. Ich will dir damit nur klarmachen, wie Sally zu mir steht. Sie würde mir ohne Bedenken die Kehle durchschneiden – und dann gleich weglaufen, weil sie kein Blut sehen kann.»

«Jetzt übertreibst du aber.»

«Das ist doch Zeitverschwendung», wandte Feldman ein, «reine Spekulation. Entscheidend ist, daß Max 51 Prozent der Aktien gehören. Ich weiß nicht, was Bert und Byron aushecken, aber die Stimmenmehrheit hast du. Sie können dich vielleicht bis hart an den Rand drängen, aber sogar von da aus kannst du ihnen noch sagen, daß sie zum Teufel gehen sollen.»

«Freddy, warum erzählst du mir das?»

«Was soll ich denn sonst sagen?» wollte Feldman mit ungewohnter Schärfe wissen. «Manchmal redest du so klug daher, daß man glauben sollte, du brauchst keinen Rechtsberater.»

«Freddy, Freddy», sagte Max beschwichtigend und legte einen Arm um Feldman. «Ist das der richtige Zeitpunkt, sich aufzuregen? Du weißt ebensogut wie ich, wovon ich rede, und du weißt auch ganz genau, was Bert und Byron vorhaben.»

«Sag's mir doch.»

«Müssen Ruby und Benny ins Gefängnis?»

Feldman schwieg.

«Beantworte mir das bitte.»

«Sie werden nur dann gerichtlich belangt, wenn der Aufsichtsrat beschließt, einen Strafantrag zu stellen.»

«Siehst du! Und dafür ist nicht mal Stimmenmehrheit nötig. Ein einziges Mitglied könnte das beantragen, stimmt doch?»

«Ja.»

«Und dann kann ich zusehen, wo ich mit meinen 51 Prozent bleibe, stimmt's?»

«Falls der Aufsichtsrat gegen dich stimmt.»

«Und mir sagst du, ich soll mich keinen Illusionen hingeben?»

«Max, weißt du, was du gerade getan hast?» fragte Feldman ärgerlich. «Du hast eine ganze Reihe von Annahmen aufgestellt, denen ich nicht widersprechen kann, und hast aus ihnen eine übereilte Schlußfolgerung gezogen, die in keiner Weise gerechtfertigt ist. In Wahrheit wissen wir nicht, was geschehen wird. Wir haben nicht einmal die Frage einer möglichen Rückzahlung durch Ruby angesprochen.»

«Und was ist mit Benny? Warum läßt du den aus? Weißt du überhaupt, daß Ruby nicht mal soviel zurückzahlen könnte, was heute sein Frühstück gekostet hat? Von seiner Mutter und mir leiht er sich Geld für seine Pokerspiele. Damit Freddy mit Rückzahlungen anfangen kann, müßten wir das Geld von allen Nutten in Hollywood zusammenholen, und selbst dann wäre es ein Wunder, wenn mehr als zwei Cent pro Dollar dabei heraus kämen. So ein billiger Verbrecher kauft keine Schuldverschreibungen oder Aktien, und er bringt sein Geld auch nicht zur Sparkasse. Er haut es auf den Kopf. Ach, laß gut sein, wir wollen essen gehen.»

Max hörte, Benny sei in Los Angeles, aber soweit Max feststellen konnte, kam er nicht zum Studio. Im Unterschied zu seinem zweimal geschiedenen Bruder Ruby war Benny nach wie vor mit seiner ersten Frau verheiratet, die ihm drei Kinder geboren und alle Freiheiten gelassen hatte. Benny, mit einssiebenundachtzig der größte der drei Britsky-Söhne, stand mit seinen roten Haaren bei den Damen in hoher Gunst. Er hatte Max einmal in aller Ausführlichkeit erklärt, Ruby sei, was die Kunst des Seitensprungs angehe, ein hoffnungsloser Trottel. «Bleib verheiratet», hatte Benny gesagt, «dann bist du immer fein raus, ganz gleich, was passiert. Und was kostet es dich schon – vielleicht jedes zweite Jahr einen Nerz, ein Kabrio? Ist doch billig, wenn man bedenkt, was man dafür kriegt. Meine Stella würde sich nie beklagen, auch dann nicht, wenn ich mit allen Mädchen rummachte, die in den Modezeitschriften sind – ich könnte ihr sogar Ansichtspostkarten von denen und mir im Bett schicken, solange sie ihren Nerz, ihr Haus in Great Neck, ihr Schwimmbad und ihren Tennisplatz hat.»

Seit diesen wortreichen Ausführungen hielt Max sich von Benny fern und kam nur mit ihm zusammen, wenn es sich nicht vermeiden ließ. Bei solchen Gelegenheiten hörte er ihm weder wirklich zu noch sah er ihn an. Es kam ihm nicht in den Sinn zusammenzuzählen, was die Nerzjacken und Kabriolets für Stella, und was die Revuemädchen kosteten, mit deren Hilfe Benny seinen Beitrag zur Existenz illegaler Schnapskneipen und Nobelhotels leistete.

Als Max nun hörte, Benny sei in Los Angeles, versuchte er nicht, mit ihm Verbindung aufzunehmen. Wozu auch? Was ihn anging, wäre er nur allzu froh, seine beiden Brüder für den Rest des Lebens nicht mehr sehen zu müssen. An die Geschäftsführer aller Lichtspielhäuser waren Briefe hinausgegangen, in denen es hieß, daß unnachsichtig Anklage erhoben werden würde, sollten sich bei einer Buchrüfung Unregelmäßigkeiten ergeben, und da auch alle Produktionsleiter im Studio von der Revision in Kenntnis gesetzt worden waren, konnte kein Zweifel daran bestehen, daß Benny genau wußte, was vor sich ging. Über alles, was er möglicherweise nicht wußte, würde ihn sicherlich Ruby ins Bild setzen. Drei Tage später teilte Sam Snyder Max mit, Benny sei nach New York zurückgekehrt und im Hobart Building zu erreichen, falls Max mit ihm zu sprechen wünsche.

«Warum sagst du mir das?»

«Der Junge hat mich angerufen. Er wollte mal vorfühlen, wie du über ihn denkst», sagte Snyder.

«Und was hast du ihm gesagt?»

«Max, das sind Familienangelegenheiten. Damit will ich nichts zu tun haben. Ich hab ihm gesagt, er soll dich selbst anrufen.»

«Du weißt genau, was ich über ihn denke. Ich hätte den beiden die Achtung vor dem Gesetz einprügeln sollen, als sie noch klein waren. Ich hab meine Pflicht vernachlässigt.»

«Ja, mit zwölf Jahren.»

«Zwölf war ich nie.»

«Er wollte wissen, ob du sie ans Messer liefern würdest.»

«Wie könnte ich es denn verhindern?»

Die Frage, die Max sich stellte, hieß, ob er das überhaupt wollte. Er war im tiefsten verletzt. Man hatte ihn auch früher schon verletzt, aber nicht so. Es war ein Unterschied, ob man Theaterkarten an Huren weiterverkaufte, damit die sechs Angehörigen zu essen hatten, oder ob man sich in einer Weise um sie kümmerte, von der sie sich nie etwas hatten träumen lassen: nicht nur den Brüdern, sondern auch den Tagedieben von Ehemännern seiner beiden Schwestern gutbezahlte Anstellungen besorgte, der Mutter und der armen Freida ein Herrenhaus in Beverly Hills hinstellte – von Ruby ganz zu schweigen, der dort wohnte, wenn er nicht mit seinen Weibern im Hotel hockte – und Freida jede Woche 1000 Dollar Haushaltsgeld gab. Und dann kamen diese beiden Strolche noch her und bereicherten sich, stahlen ihm 2, 3 oder vielleicht auch 4 Millionen Dollar. Max hatte sich nie etwas aus Geld gemacht, der Besitz von Geld als solcher bedeutete ihm überhaupt nichts. Wenn sie ihn wenigstens darum gebeten hätten – aber ihn auf diese Weise vor aller Welt als Trottel hinzustellen und lächerlich zu machen, das ging zu weit. Er konnte kaum noch durch die Studiostraße gehen ohne das Empfinden, hinter seinem Rücken steckten hundert Menschen die Köpfe zusammen und tuschelten: «Da geht der Mann, der sich so hat übers Ohr hauen lassen wie noch keiner vor ihm.»

Ein Anruf unterbrach seine hierhin und dorthin eilenden Gedanken, und Shelly Green teilte ihm mit, seine Mutter wünsche ihn zu sprechen.

«Sagen Sie ihr, ich bin nicht da.»

Erneut wandte er sich der Frage zu, ob er wollte, daß seine Brüder ins Gefängnis kamen.

Am folgenden Tag sagte Shelly Green zu ihm: «Sie können sich doch nicht immer verleugnen lassen, Mr. Britsky. Es ist erst Mittag, und sie hat schon fünfmal angerufen.»

«Sie werden es überleben, Shelly.»

«Ich weiß nicht, was ich ihr noch sagen soll, Mr. Britsky.»

«Sagen Sie ihr, ich bin tot.»

«Das geht doch wirklich nicht. Das können Sie nicht von mir erwarten.»

«Na schön, sagen Sie ihr, ich komme heute nachmittag gegen vier zu ihr.»

Sie sah den Ausdruck auf seinem Gesicht und sagte so freundlich sie konnte: «Nun, Mr. Britsky, es ist doch keine Beerdigung, es ist Ihre Mutter.»

«O nein, Mädchen», sagte er, «eine Beerdigung ist es.»

Seine Schwester Freida begrüßte ihn, als komme er tatsächlich zu einem Begräbnis. Sie hatte verweinte, geschwollene Augen und wischte sich mit einem Taschentuch unaufhörlich die Tränen aus dem Gesicht. Zwischen Max und ihr hatte stets eine besondere Beziehung bestanden. Das Leben war mit Freida nicht besonders rücksichtsvoll umgesprungen. Die beiden anderen Britsky-Töchter, Sheila und Esther, waren verheiratet und hatten Kinder, und in Freidas Augen war es unerheblich, daß deren Männer nach Max' Ansicht Versager waren, die ohne seine Hilfe, ohne daß er ihnen die Leitung von Lichtspielhäusern übertragen hatte, nicht das Salz in die Suppe hätten verdienen können. Freida war das gleich, ihr Schoß war unfruchtbar, ihr Herz war leer, und nie kam sie von der Vorstellung los, Gott strafe sie für die Abtreibung, die sie vor langer Zeit hatte vornehmen lassen, obwohl Max ihr immer wieder erklärte, Gott habe Wichtigeres im Kopf als Freida Britskys Abtreibung. Max überschüttete die Schwester mit Geld und Geschenken. Er gab ihr verschiedene Dinge im Studio zu tun, obwohl sie nichts davon besonders gut erledigte, und er stellte sie auch Männern vor. Doch da von ihrer prallen jugendlichen Fülle nichts geblieben war als Fett, erwiesen sich alle diese Versuche als vergeblich.

Als er sie jetzt fragte, wo die Mutter sei, erwiderte sie weinend: «Im Bett. Erwartest du, daß sie vor Freude tanzt? Zwei ihrer Söhne sollen ins Gefängnis wie gewöhnliche Diebe, und du willst, daß *mame* Jubelgesänge anstimmt.»

«Laß den Quatsch, Freida», knurrte Max verstimmt.

«Natürlich, was macht es dir aus, daß mein schöner Bruder Benny sitzen soll wie ein gemeiner Verbrecher?»

«Laß dir ein für allemal gesagt sein, dein schöner Bruder Benny und dein schöner Bruder Ruby sind elende Verbrecher, das Gefängnis wäre noch viel zu gut für sie.»

Erneut brach sie in Tränen aus, Max legte den Arm um sie und sagte: «Schon gut, Kindchen. Mach dir darüber keine Sorgen.»

«Geh zu *mame*, sprich mit ihr. Sie wartet auf dich.»

Obschon Sarah Britsky inzwischen 71 Jahre alt war, hatte die Zeit, wie der Dichter sagt, ihren Zauber nicht dahinwelken lassen. Nach anfänglichem Sträuben und Schmollen hatte sie sich in Beverly Hills eingelebt wie ein Fisch im Wasser. Hätte Max einen Hang zur Philosophie besessen, hätte ihn das zum Nachdenken darüber veranlassen müssen, daß seine Mutter offenkundig über Wesen und Fähigkeiten der Frauen verfügte, die da in Palästen leben; da andere Dinge ihn beschäftigten, genügte es ihm, daß sie sich in dem riesigen, im Stil eines Herrensitzes aus Louisiana erbauten Haus wohl fühlte. Für den Wettstreit, in dem sie mit anderen älteren Damen der neu entstandenen Gesellschaft von Beverly Hills lag, nutzte sie eifrig die Dienste all jener guten Geister, die aus allen Richtungen dort zusammenströmten – teure Friseure, Schneiderinnen, Masseurinnen, Kosmetikerinnen, Pelzhändler – sie badete förmlich in den glitzernden Tropfen des Jungbrunnens, den der Besitz von Geld bedeutet. Sie hatte sich das mit knapp 30 Quadratmeter größte der Schlafzimmer vorbehalten, das über zwei begehbare Kleiderschränke verfügte, in denen sich ohne weiteres die Erwerbungen von zwei oder drei Jahren unterbringen ließen, und in eben diesem Zimmer empfing sie ihren Sohn, angetan mit einem blaurosa spitzenbesetzten seidenen Bettjäckchen, das an die 200 Dollar gekostet hatte. Ihr kastanienbraun getöntes Haar war kunstvoll gewellt, auf ihren Wangen lag Rouge, und ihren Mund hatte sie mit Lippenstift nachgezogen. Die spitzenbesetzte seidene Tagesdecke war zurückgeschlagen, und Sarah stützte sich auf drei Kissen. Den Boden des Zimmers bedeckte ein dicker weißer Teppich, die Wände waren mit Seidentapeten bespannt, und außer dem Bett standen in dem Raum noch eine Chaiselongue und zwei kleine weiße Korbsessel.

Beim Anblick seiner Mutter zog sich etwas in Max zusammen, aber was sollte er tun? Schließlich kann man seiner Mutter nicht sagen, sie sehe wie eine alte Vogelscheuche aus, und außerdem hatte er trotz allem seine tiefsitzende Furcht vor Sarah nie verloren.

«Komm und gib deiner Mutter einen Kuß, Maxilein», sagte sie und tupfte sich vorsichtig die Augen, um nicht ihr Augenmake-up zu ruinieren.

Während Max ihr einen Kuß gab, hatte er den Eindruck, in einem betäubendem Brodem starken Parfums zu versinken.

«Setz dich, mein Junge.»

Er setzte sich in einen Korbsessel.

«Ich könnte hier sterben, und du würdest keinen Finger krumm machen, um mir zu helfen.»

«Was sagst du da?»

«Wer hört den Ruf der Mutter? Die Welt geht weiter. Wer hört schon? Wer kümmert sich?»

«*Mame*, wovon um Gottes willen redest du eigentlich?»

«Siehst du? Ich rede, aber du hörst mich nicht.»

«*Mame*, ich höre dich. Natürlich höre ich dich. Ich wußte doch nicht, daß du krank bist. Du hättest meiner Sekretärin nur ein Wort zu sagen brauchen und schon wäre ich gekommen.»

«Weißt du auch, was für eine Krankheit ich habe? Mein Herz ist gebrochen.»

Danach trat ein längeres Schweigen ein, und Max sagte schließlich: «Daran stirbt man nicht.»

«Ha! So sprichst du mit deiner alten Mutter.»

«*Mame*, was möchtest du?»

«Ich möchte, daß deine Brüder, meine beiden schönen Söhne, nicht ins Gefängnis müssen.»

«*Mame* –», Max hielt inne. Sie richtete denselben machtheischenden Blick auf ihn, mit dem sie ihn als kleinen Jungen angesehen hatte. Er senkte den Blick und sagte: «*Mame*, deine beiden schönen Söhne sind Halunken, Diebe. Verbrecher, die sich erwischen lassen, wandern ins Gefängnis. Es geht hier nicht um das, was ich oder jemand anders tut. Es ist das Gesetz des Landes.»

«Was heißt Diebe? Ein paar Dollar haben sie genommen. Es bleibt in der Familie. Von Fremden nehmen – ja, das wäre gestohlen.»

«Nicht ein paar Dollar, *mame*», sagte Max langsam. «Ein paar Millionen Dollar.»

«Und? Und? Leidest du etwa Hunger? Wird deine Firma deshalb

pléjte machn? Aus dem Fenster kann ich sehen, du hast dich von einem Chauffeur in einem großen Wagen herfahren lassen. Du meinst wohl, du sollst die ganze Welt haben – du sitzt da draußen in deinem Tal ja wie ein König –, für deine Brüder aber soll nichts sein. Glaube nur nicht, ich wüßte das nicht. Du darfst Sarah Britsky nicht für dumm halten. Sam Snyder machst du zum Millionär und setzt ihn in den Aufsichtsrat. Dabei ist er keiner der unsrigen, ein *goj* ist er, wie Bellamy, der ein Hanswurst war im Theater, ein alberner *marschálek*, und auch Feldman hast du zum Millionär gemacht, sein Vater hatte einen Süßwarenladen in der Division Street, und auch er sitzt wie die anderen in deinem Aufsichtsrat. Glaube nicht, ich verstehe das nicht, denn Ruby und Benny sagen mir alles. Für deine Brüder, dein eigenes Fleisch und Blut nichts, nicht eine Aktie –»

Er unterbrach sie. «Das stimmt nicht. Du hast Aktien an meinem Unternehmen, und Freida auch.»

«Ich bin also eine Lügnerin?»

«*Mame*, ich habe nicht gesagt, daß du lügst.»

«Und Ruby und Benny hast du auch Aktien gegeben, also bin ich eine Lügnerin.»

«*Mame, mame* – warum drehst du mir die Worte im Mund herum? Ich habe Ruby und Benny keine Aktien gegeben, wohl aber eine gute Stelle in der Firma.»

«Und jetzt mußt du sie wegen ein paar Dollar umbringen, mußt sie ins Gefängnis schicken und ihr Leben ruinieren. Bring lieber mich um, denn an dem Tag, wo meine Kinder ins Gefängnis müssen, sterbe ich. Dann ist alles vorbei.»

«*Mame*, ich kann nichts für sie tun. Sie müssen selbst für das geradestehen, was sie getan haben.»

«Ruby sagt mir, es kommt auf dich an.»

«Auf mich kommt es überhaupt nicht an.»

«Wenn Ruby es doch sagt. Er sagt, du hast etwas, womit du die anderen unter Druck setzen kannst. Ihm glaube ich. Wenn du meinen Kindern das antust, Max, nehme ich Schlaftabletten, dann hast du mich auf dem Gewissen wie deine Brüder. Ich überlebe es nicht, wenn meine Söhne ins Gefängnis müssen.» Sie schluchzte auf, und jammerte unter Tränen: «Daß ich das noch erleben muß. Als ob ich noch nicht genug gelitten hätte.»

An jenem Abend aß Max bei den Snyders. Es gab Sauerkraut mit Würstchen und zum Nachtisch Bratäpfel. Snyder hatte eine Metzgerei in San Francisco entdeckt, die gute frische Wurst nach deutscher Art machte, und ließ sich regelmäßig von dort beliefern. Beide Männer aßen reichlich und tranken dazu das dunkle, süße Bier, das Max so liebte. Zum hundertstenmal fragte Alice sich, wie es kam, daß Max dürr wie eine Bohnenstange blieb, während der Umfang von Sams Bauch immer beachtlicher wurde – sie aßen doch dasselbe. Da Alice endlich durchgesetzt hatte, daß im Haus nicht mehr geraucht wurde, setzten sich die Männer nach dem Essen mit ihren Zigarren auf die Terrasse. Der Wind aus der Santa Ana-Wüste sorgte, was nicht allzu oft vorkam, dafür, daß der Abend, nicht wie sonst in Los Angeles üblich, kühl war, sondern angenehm warm. Die beiden Männer ließen sich behaglich in Liegestühlen nieder. Der Duft der Jasminblüten vermengte sich mit dem süßlichen Aroma der Zigarren, und von einem Haus in der Nähe hörte man Grammophonmusik.

«Weißt du», sagte Max, «so wohl hab ich mich schon lange nicht mehr gefühlt, höchstens als Della noch lebte. Aber ich hab den Traum aufgegeben, noch mal eine wie sie zu finden. Jedenfalls geht es mir jetzt ganz gut, und wenn man bedenkt, daß eine Havanna nur 50 Cent kostet – ist doch ein billiges Vergnügen.»

«Alices Küche hat sicher auch dazu beigetragen.»

«Das kannst du laut sagen.»

«Finde ich auch. Übrigens habe ich schlechte Nachrichten – Sally kommt zur Aufsichtsratssitzung.»

«Woher weißt du das?»

«Von Freddy. Er hat dich den ganzen Nachmittag gesucht, und bis er herausbekommen hatte, daß du bei deiner Mutter warst, warst du schon nicht mehr da.» Snyder sah Max nachdenklich an. «Ich versteh das einfach nicht, Max. Die Frau hat dich mal geliebt.»

«Wer?»

«Sally, wer sonst?»

«Wie kommst du darauf?» fragte Max mit einer Stimme, die bitter klang.

«Schon gut, schon gut, reiß mir nicht den Kopf ab.»

«Daß gut sein, Sam. Wenn ich mit dir mal Streit kriegen sollte, tauge ich nicht mehr für die menschliche Gesellschaft. Natürlich denken alle, Sally hätte mich geliebt, und es wäre das Paradies auf

Erden gewesen, bis ich alles dadurch versaut hab, daß ich sie wegen Della sitzenließ – aber Sally und ich wissen, daß es ganz anders war. Sie hat mich nie geliebt, und ich sie wohl auch nicht besonders. Als junger Kerl hab ich in ihr alles gesehen, was ich nicht war. In meinen Augen hatte sie Stil und Verstand. Schließlich war sie ja auch Lehrerin. Außer ihr kannte ich keine einzige jüdische Lehrerin. Weißt du, wie viele es davon in den neunziger Jahren gab? Null Komma null. Und ich war ein verrückter junger Kerl, der unbedingt haben mußte, was er sich in den Kopf gesetzt hatte, erst recht, als sie nichts von mir wissen wollte. Sie hat mir gesagt, sie hätte mich geheiratet, weil ihre Eltern sie dazu gedrängt haben, als sie merkten, daß ich ganz gut verdiente und daß ihre Tochter sonst sitzenbleiben würde. Das stimmt aber nicht, in Wirklichkeit war das ganz anders. Neben mir sahen die anderen Kerle, mit denen sie ausging, wie Bubis aus, wie Muttis Lieblinge – und das hat sie mir nie verziehen. Ich hab mein ganzes Leben darüber nachgedacht. Es ist typisch für sie, daß sie den Anstoß und die Anregung zu unserem ersten großen Film gegeben, ihn mit Freedman zusammen gemacht hat und mir dann mit allen Klauen ins Gesicht gefahren ist. Willst du wissen, warum sie mich haßt? Weil sie mich geheiratet und damit etwas getan hat, was sie sich nie vergeben kann.»

Max steckte seine Zigarre wieder an, die ausgegangen war. Snyder schüttelte den Kopf.

«Kommt dir wohl alles nicht sehr vernünftig vor, was?» fragte Max.

«Nicht besonders, nein. Ich hab zu viele Frauen gesehen, die verrückt nach dir waren.»

«Zuerst hab ich auch keinen Sinn drin erkannt, aber ich hab lange damit gelebt. Vielleicht hab ich es mir richtig zurechtgelegt, vielleicht auch nicht. Ich finde, ich war gut zu ihr, aber Sally meint, ich hätte mich ihr gegenüber wie ein Schwein aufgeführt. Wer weiß? Vielleicht hat sie recht. Ich habe versucht, nett zu meiner Mutter zu sein, aber das hat auch nicht viel gebracht.»

«Wie steht deine Mutter zu der ganzen Sache?»

«Sie sagt, wenn Ruby und Benny ins Kittchen müssen, bringt sie sich um.»

«Glaubst du das?»

«Meine Mutter?» Max schüttelte den Kopf. «Keine Angst. Wenn sie das täte, wer sollte mich dann piesacken?»

«Kannst recht haben.»

«Sam, sag mir, was soll ich bloß tun? Du weißt genausogut wie ich, was bei der Sitzung passieren wird. Sie werden nachweisen, daß Ruby und Benny für 3 oder 4 Millionen Dollar geradestehen müssen. Freddy hat mir gesagt, daß die beiden mich seit zwölf Jahren behumsen. Gott sei Dank läßt sich nicht feststellen, wieviel vom guten Baren die beiden Halunken aus der Kasse genommen haben.»

«Vielleicht ist es gar nicht so viel, wie du denkst, sondern nur eine Million oder so. Vergiß nicht, daß das meiste über Jake Stein gelaufen ist. Es wird also gar nicht so leicht sein, das Ruby anzuhängen.»

«Das spielt keine Rolle. Weißt du, warum Sally kommt?»

«Ich kann's mir denken.»

«Ihr verdammter Upperman ist ganz dick mit allen Großbanken in New York. Ich freß 'nen Besen, wenn der nicht mit den Leuten von der Chase Bank geredet hat. Es ist nun mal ein Unterschied, ob du ein feiner Großstadt-Jude wie Felix Upperman bist oder ein ordinärer Judenlümmel aus dem Getto wie Max Britsky. Den Telefonleuten bin ich sowieso schon lange ein Dorn im Auge, seit wir den Trust zerschlagen haben. Sally kommt bestimmt, denn immerhin sind ihre 5 Prozent nach heutigem Kurs mehr als 10 Millionen Dollar wert. Aber das genügt diesen Raffkes nicht. Sie wollen alles – das ganze Unternehmen, und endlich haben sie die Gelegenheit, auf die sie schon lange gelauert haben. Wahrscheinlich setzen sie mir die Pistole auf die Brust und sagen: ‹Her mit dem ganzen Schamott, oder wir stellen Ihre Brüder vor Gericht.› Sam, was soll ich bloß machen?»

«Meinst du wirklich, daß es so kommt?»

«Ich weiß es, todsicher.»

«Sie können doch nicht von dir verlangen, daß du ihnen die Firma überträgst. Damit würden sie sich auf eine Stufe mit Jake stellen.»

«Stimmt, und deswegen werden sie es nicht so machen, sondern einfach verlangen, ich soll alles zurückzahlen.»

«Kannst du das denn?»

«Ich weiß nicht. Das kommt darauf an, wie ihr Plan im einzelnen aussieht. Feldman sagt, Ruby und Benny haben nachweislich mit Jake Stein gemeinsame Sache gemacht. Dann wären nach dem Gesetz die beiden für den Gesamtbetrag verantwortlich – das sind immerhin 8, 9, vielleicht sogar 10 Millionen Dollar. Wie um alles in der Welt sollte ich so viel Geld auftreiben können?»

«Max, meine Aktien sind 3 Millionen Dollar wert. Ich kann sie morgen verkaufen, wenn du sie brauchst, um den Betrieb behalten zu können.»

«Sam, das ist sehr lieb von dir, aber so läuft das nicht. Eher schmeiß ich den ganzen Kram hin, als daß ich auch nur eine einzige Aktie von dir, Freddy oder Cliff anrühre. Außerdem haben diese raffinierten Brüder das garantiert einkalkuliert. Du brauchtest mir gar nicht die Aktien zu geben, das Stimmrecht würde schon genügen. Das wissen die auch, und die sorgen dafür, daß solche Lücken nicht bleiben. Ich hab die Wahl: entweder sag ich ihnen, sie sollen mich am Arsch lecken, und behalte die Firma, dann gehen Ruby und Benny ins Gefängnis, und wir haben den größten Skandal, den die Stadt seit der Fatty Arbuckle-Affäre erlebt hat – du weißt ja, der darf sich hier nicht mehr sehen lassen, oder – na, du kannst es dir denken ...»

Fred Feldman bestätigte am folgenden Morgen Max' Annahmen. «Du kannst ruhig wissen», sagte er, «daß Upperman zusammen mit Sally im *Beverly Hills Hotel* wohnt. Ich habe dem Portier ein Trinkgeld gegeben, damit er mich auf dem laufenden hält, und ich hab auch noch was draufgelegt, damit er sich ein bißchen merkt, mit wem die Uppermans zusammenkommen. Gestern abend haben sie lange mit jemandem zusammengesessen, der der Beschreibung nach Bert Bellamy sein könnte. Ich vermute, daß er zur Belohnung Generaldirektor der Britsky Productions werden soll.»

«So, wollen die mich beerdigen, bevor sie mich aufgehängt haben? Woher wollen sie wissen, was ich tun werde? Weiß ich es denn schon?»

«Sally wird ihnen gesagt haben, du würdest deine Brüder nie und nimmer ans Messer liefern.»

«Sollte die mich etwa für anständig halten? Das wäre das erste Mal.»

«Und was hast du nun vor?»

«Keine Ahnung.»

«Max, du mußt es dir doch schon überlegt haben. Du hast fast einen ganzen Monat Zeit dazu gehabt.»

«Was ist denn mit der Verschwörungstheorie, ist das juristisch einwandfrei?»

«Sieh mal, Max», sagte Feldman mit leiser Stimme, als wolle er dadurch dem Gesagten mehr Nachdruck verleihen, «das haben sie nur in die Welt gesetzt, um uns einen Stein in den Weg zu legen. Es hat eine gemeinsame Verabredung mit dem Ziel des Betrugs gegeben. Die Unterschlagungen wären nicht möglich gewesen, wenn nicht alle drei Hand in Hand gearbeitet hätten. Anfangs waren wir uns da nicht sicher, aber jetzt sind wir es. Stein hatte zwar die Buchhaltung unter sich, aber er war gewissermaßen Gefangener seines Büros. Er brauchte jemanden im Studio und jemanden in den Kinos. Diese Betrugsaffäre ist geradezu der klassiche Fall für ein Komplott. Es ist unerheblich, daß einer der Verschwörer nicht mehr lebt, denn das Gesetz kennt keine geteilte Schuldzuweisung bei einem gemeinsam begangenen Verbrechen – also sind Ruby und Benny für das Ganze verantwortlich. Hast du Ruby übrigens in letzter Zeit mal gesehen?»

«Nein, und ich lege auch keinen gesteigerten Wert darauf.»

«Nun, er war kürzlich bei mir. Ich wollte es dir eigentlich nicht erzählen, aber er ist zusammengebrochen und hat geheult wie ein kleines Kind. Er hat mich gebeten, ich soll meinen Einfluß bei dir geltend machen, damit du ihn laufen läßt.»

Max zuckte die Schultern. «Schön, mach ihn geltend.»

«Ich denke nicht im entferntesten daran, und das habe ich ihm auch gesagt. Außerdem kenne ich dich viel zu gut und weiß, daß ich dich unter keinen Umständen umstimmen könnte, wenn du dich zu etwas entschlossen hast.»

Als Tagungsort für die Sitzung des Aufsichtsrats war der den höheren Chargen vorbehaltene Speisesaal auf dem Studiogelände bestimmt worden. Max hatte den vier nicht im Studio bekannten Aufsichtsratsmitgliedern Passierscheine ausstellen lassen und angeordnet, Sally von einem Wagen der Fahrbereitschaft an ihrem Hotel abholen zu lassen, wohin er auch ihren Passierschein geschickt hatte. Am Nachmittag, an dem die Sitzung stattfinden sollte, arbeitete er in seinem Büro, als das Telefon klingelte. Pat Maguire, einer der Wächter am Westtor, war am Apparat und sagte: «Der Wagen mit Mrs. Upperman ist hier. Soll ich ihn durchlassen?»

«Pat, sie hat doch einen Passierschein, oder? Warum also rufen Sie mich an?»

«Es tut mir leid, Mr. Britsky, ich hätte es mir denken sollen. Ich hab auch nur rückgefragt, weil ihr Mann nicht mit draufsteht.»

«Augenblick mal. Soll das heißen, daß ihr Mann auch da ist?»

«Ja.»

«Mr. Felix Upperman?»

«Das sagt er jedenfalls.»

«Soso, Mr. Felix Upperman. Pat, Sie hatten vollkommen recht, mich anzurufen. Mrs. Upperman kann rein, Mr. Upperman bleibt draußen. Er kann am Tor auf sie warten, oder Sie können ein Taxi rufen, das ihn zum Hotel bringt.»

«Soll ihn nicht unser Wagen zurückbringen, Mr. Britsky? Ich meine, Sie haben doch noch nie gesagt, daß ich ein Taxi rufen soll–»

«Pat, der Wagen fährt im Auftrag des Studios. Ich kann mir beim besten Willen keinen Zusammenhang zwischen Mr. Upperman und dem Studio vorstellen.»

«Aber Mr. Britsky, es kann ohne weiteres eine Stunde dauern, bis ein Taxi kommt.»

«So ist es», stimmte Max ungerührt zu. «Manchmal sogar noch länger.»

Max legte den Hörer nieder und lächelte zum erstenmal seit Tagen. «Kleine Freuden», sagte er laut, «können herzerfrischender sein als die großen.»

Dann ging er zum Speisesaal hinüber. Feldman, Avanti und Sally waren bereits dort, und als Max eintrat, stürzte sich Sally wie eine Furie auf ihn. «Du hinterhältiger Schweinekerl!» schrie sie ihn an. «Einen Mann so zu erniedrigen, dessen Stiefel zu putzen du nicht wert bist!»

Max breitete die Arme aus. «Sally, Sally, ich konnte doch nicht wissen, daß er es so schwer nehmen würde. Immerhin muß er doch verstehen, daß eine solche Sitzung vertraulich ist.»

«Er ist ja gar nicht wegen der Sitzung gekommen. Er wollte nur ein wenig herumgehen und sich auf dem Gelände umsehen.»

«Er will sich wohl einen Überblick über sein künftiges Reich verschaffen?»

«Er war noch nie in einer solchen Studiostadt.»

«Armer Kerl. Aber er hat ja später noch genug Zeit dazu.»

Sally nahm sich zusammen. «Du bist noch genauso ungeschliffen wie früher, und ich hätte auch damit rechnen müssen. Immer noch der unverbesserliche Strolch aus der Henry Street.» Damit wandte sie sich auf dem Absatz um, ging zum anderen Ende des langen Tisches und setzte sich. Was Max verblüffte, war die Art, wie sie sich verändert hatte. Wie Sarah hatte sie sich offensichtlich die Vorzüge, die der Besitz von Geld bot, zunutze gemacht. Sie trug ein Chanelkostüm mit Seidenbesatz am Kragen und seidenen Aufschlägen an den Ärmeln, über einer Perlenkette ein lose geschlungenes Halstuch und an der Hand einen Solitär von mindestens vier Karat. Es war deutlich zu sehen, daß sie frisch vom Friseur kam, und ihr Haar durchzog kein Faden Grau. Schlank war sie immer gewesen, und obwohl die Jahre sie kaum verändert hatten, sah Max nichts von der Sally in ihr, die er früher gekannt hatte. Ihm kam der Gedanke, daß er möglicherweise an ihr vorbeigegangen wäre, ohne sie zu erkennen, wäre er ihr auf der Straße begegnet.

Sallys Ausbruch verblüffte Feldman und Avanti, und jetzt schämte Max sich seines albernen kleinen Triumphs. Er ging zu Sally hinüber und sagte: «Wenn es dein Wunsch ist, rufe ich an und sage, sie sollen deinen Mann reinlassen. Er kann sich im ganzen Studiogelände frei bewegen.»

«Laß mich zufrieden», war Sallys Antwort darauf.

Max griff nach einem Telefon auf einem der Tischchen und ließ sich mit der Torwache verbinden. «Pat», erkundigte er sich, «ist Mr. Upperman noch dort?»

«Ja, Sir, er wartet auf sein Taxi.»

«Sagen Sie ihm, er kann rein, oder unser Wagen bringt ihn zum Hotel zurück – was ihm lieber ist. Geben Sie dem Taxifahrer 5 Dollar für seine Bemühungen, und erinnern Sie mich, daß Sie es ausgelegt haben.»

Während er den Hörer niederlegte, höhnte Sally: «Was für ein großzügiger Gastgeber du doch bist.»

«Man tut, was man kann.»

Der Raum füllte sich. Als letzter kam Frank Humboldt von der Wirtschaftsprüferkanzlei Humboldt, Lee and Morrison aus San Francisco. Er entnahm seiner Aktentasche neun eingebundene Mappen, für jedes der Aufsichtsratsmitglieder eine.

«Die darin enthaltenen Berichte», erklärte Feldman, «liefern alle Angaben, die mit der Einberufung dieser außerordentlichen Sitzung zusammenhängen, nämlich die über einen Zeitraum von zwölf Jahren erfolgten Unterschlagungen. Ich bin diese Angaben zusammen mit Mr. Avanti durchgegangen, und wir sind beide der Ansicht, daß sie ein abgewogenes und im Rahmen des Möglichen vollständiges Bild liefern. Mr. Humboldt wartet im Nebenzimmer für den Fall, daß jemand Fragen an ihn richten möchte, da sowohl Mr. Britsky als auch Mr. Avanti, wie übrigens auch ich selbst, der Ansicht sind, daß diese Zusammenkunft ganz und gar geheim bleiben soll. Ich schlage vor, daß die neun Aufsichtsratsmitglieder sich während der nächsten halben Stunde mit dem Inhalt des Prüferberichts vertraut machen, anschließend kann dann in eine Diskussion eingetreten werden.»

Max sah sein Exemplar durch. Die Unterschlagungen beliefen sich auf insgesamt mehr als 7 Millionen Dollar. Er war erleichtert, daß die Prüfer auf die im einzelnen nicht nachweisbaren Bargelddiebstähle aus Einnahmen der Lichtspielhäuser nicht eingegangen waren und nicht einmal auf diese Möglichkeit hingewiesen hatten. Max hatte keine Zweifel daran, daß auf diese Weise Geld beiseite geschafft worden war, aber es gab keine Möglichkeit, das zu überprüfen. Ihn erstaunte die Zahl der Scheinfirmen, die Stein und Ruby gegründet hatten: ein Unternehmen, das Werbeflächen auf Anschlagtafeln vermietete, drei verschiedene Annoncen-Expeditionen, zwei Reisebüros, durch die mehrere hundert Europareisen gerechtfertigt werden sollten, die nie stattgefunden hatten, ein Kostümverleih, ein Bauholzlieferant, ein Industriereinigungs-Unternehmen. Max selbst hatte die Frage der Bestechungsgelder angesprochen. Händler, von denen sie Personen- und Lastwagen kauften, zahlten dafür beträchtliche Summen an Stein. Als Max gedroht hatte, sie bei der Auftragsvergabe nicht mehr zu berücksichtigen, legten sie die Karten auf den Tisch und beschuldigten Stein, aber das war zumindest im Prüfbericht nicht enthalten. Dennoch würde all das und noch viel mehr in einem ausführlichen Prüfbericht erscheinen, wenn Anklage erhoben und die Unterlagen Steins, Rubys und Bennys durch die Gerichte überprüft würden.

Was würde dabei wohl noch alles zutage gefördert? überlegte Max. 3, 4 Millionen Dollar – er schüttelte voll Staunen den Kopf darüber, was für Beträge bei dieser von ihm gegründeten Firma im Laufe der Jahre aufgelaufen waren, und ging den Bericht Seite um Seite durch, bis er die ganze traurige Bestandsaufnahme in sich aufgenommen hatte.

Nach Ablauf der halben Stunde erhob sich Feldman und sagte: «Mr. Britsky hat Mr. Avanti gebeten, heute den Vorsitz zu übernehmen, da er sich für befangen hält. Wie bei unserer letzten Sitzung halte ich es für besser, keinen Stenografen hinzuzuziehen, und da ich selbst einmal Kurzschrift gelernt habe, bin ich bereit, das Protokoll zu führen. Allerdings bin ich etwas aus der Übung und werde nur die wichtigsten Dinge mitschreiben können.»

Dann überreichte Max das hölzerne Hämmerchen des Vorsitzenden an Avanti, und dieser erklärte die Sitzung für eröffnet, nachdem er die Anwesenheit aller neun Aufsichtsratsmitglieder festgestellt hatte.

«Mr. Britsky hat mich gebeten, einige einleitende Worte sagen zu dürfen, bevor ich die allgemeine Diskussion eröffne. Erhebt jemand Einwände dagegen?»

Da das nicht der Fall war, stand Max auf und sagte: «Vor rund zwölfeinhalb Jahren ist die Firma Britsky Productions an die Aktienbörse gegangen, und seither hat jeder der Anwesenden nichts als Vorteile davon gehabt. Unsere Aktien, die wir mit einem Nennwert von 10 Dollar ausgegeben haben, sind heute das Vierfache wert, und wir haben vom ersten Jahr an ununterbrochen Dividenden ausgeschüttet. Jetzt haben wir eine riesige Unterschlagungsaffäre aufgedeckt, die fast bis zu dem Tag zurückgeht, an dem wir erstmals an der Börse notiert wurden. Auch wenn Stein noch lebte und keiner meiner beiden Brüder etwas damit zu tun hätte, würde ich sagen, wir wollen den Verlust selbst tragen. Durch eine gerichtliche Verfolgung wäre nichts gewonnen, es würde höchstens zu einem Skandal kommen, und diese Industrie hat weiß Gott genug Skandale erlebt. Ich möchte es einmal so sagen: Wenn ein Unternehmen eine Unterschlagung dieses Umfangs verdauen kann, ohne daß es Bauchschmerzen davon kriegt, ist das ein Zeichen einer robusten finanziellen Gesundheit. Daher stelle ich den Antrag, daß wir auf das von Mr. Humboldt vorgeschlagene neue Buchführungssystem übergehen und die Sache auf sich beruhen lassen. Selbstverständlich sind Reuben Britsky und Benjamin Britsky fristlos entlassen worden, und sie werden auch nie wieder für Britsky Productions arbeiten.»

Ohne ums Wort gebeten zu haben, merkte Byron an: «Das ist kein Beweis finanzieller Gesundheit, sondern ein Beweis unfähiger Geschäftsführung. Das könnten Sie ruhig hervorheben.»

«Wir sollten entsprechend der Geschäftsordnung vorgehen», sagte Avanti und schlug mit dem Hämmerchen auf den Tisch vor sich. «Gegenseitige Anwürfe und Beleidigungen führen zu nichts.»

Sowohl Sally als auch Snyder baten ums Wort, und Avanti ließ Sally als der Dame den Vortritt. Sie sprach, ohne Max auch nur einmal anzusehen.

«Mr. Britskys Vorschlag ist mir unverständlich», sagte sie und gab sich den Anschein, verwirrt zu sein. «Ist es denkbar, daß jemand einem Einbrecher, der sein Haus ausräumt, sagt, er solle mit seiner Beute in Frieden hinziehen, weil er bei einer Strafverfolgung auch selbst vor Gericht auftreten müßte? Auch Mr. Britsky müßte so viel vom amerikanischen Strafrecht wissen, daß jegliche Strafverfolgung eine öffentliche Angelegenheit ist und daß dies System nur funktionieren kann, wenn die Öffentlichkeit mit einbezogen wird. Ich fürchte, ich muß auch auf die moralischen Fragen hinweisen, um die es hier geht. Falls wir dies ungeheuerliche Verbrechen mit Stillschweigen übergingen, würden wir dann nicht selbst einer kriminellen Verschwörung schuldig, würden wir uns dann nicht auf eine Stufe mit den Verbrechern stellen?»

«Ich muß dazu etwas sagen», sagte Feldman, «das unmittelbar dazu gehört.»

«Sie bekommen nach Mr. Feldman das Wort», sagte Avanti zu Snyder.

«Hinsichtlich des von Mrs. Upperman angesprochenen Punktes», erklärte Feldman, «ist zu sagen: es kann keine Rede davon sein, daß wir uns an einer Verschwörung beteiligten, wenn wir uns entschlössen, Mr. Britskys Brüder nicht strafrechtlich zu verfolgen. Das ist unser gutes Recht, es gibt auch bereits Präzedenzfälle, in denen dieses Recht in Frage gestellt wurde, aber kein Gericht hat es bestritten. In Tausenden von Parallelfällen wurde keine Strafverfolgung beantragt –»

«Die hatten aber nicht diese Größenordnung», unterbrach Julius Holms.

«Schon möglich, aber das ist unerheblich. Wir haben das Recht, eine Strafverfolgung zu beantragen oder darauf zu verzichten, und jede gegenteilige Aussage ist haltlos. Muß ein Mann, dessen Frau ihm die Taschen ausleert, während er schläft, Anzeige gegen sie erheben?»

«Ein kräftiger Tritt in den Hintern wäre wohl besser», sagte Clifford Abel und löste damit die Spannung, die über der Versammlung lag. Einzelne lächelten, zum letztenmal im Verlauf der Sitzung.

Avanti erteilte Sam Snyder das Wort.

«Ich unterscheide mich von allen Anwesenden in einem Punkt», sagte Snyder. «Ich war mit Max von Anfang an zusammen. Ich habe seinen ersten Projektor zusammengebaut und seine erste Kamera scharf eingestellt. Ich habe zugesehen, wie er mit nichts angefangen hat und im Laufe der Jahre aus seinem Unternehmen einen der Wirtschaftsriesen Amerikas gemacht hat. Ich bin ein einfacher Arbeiter und verbringe einen großen Teil meiner Zeit damit, die Torfköpfe anzuschnauzen, die dafür sorgen sollen, daß die technische Seite in diesem Laden läuft. Aber eines weiß ich.» Er machte eine Pause und wies mit einem seiner Wurstfinger auf Max. «Wenn es 7 Millionen Dollar kostet, dem Mann etwas Seelenfrieden zu verschaffen, ist das nicht zu teuer. Was soll er denn Ihrer Ansicht nach tun? Seine Brüder ans Messer liefern? Natürlich sind sie Verbrecher, aber sie sind auch sein Fleisch und Blut, und das eigene Fleisch und Blut liefert man nicht dem Richter aus. So sieht er das, und so sehe ich es auch!»

«Hört, hört!» rief Royce Byron aus. «Wetten, daß Al Capone auch einen Bruder hat?»

«Stellen Sie Ihre Dreckschleuder ab!» forderte Abel ihn auf.

Max sah sich unter den Anwesenden um. Clifford Abel war offensichtlich etwas angetrunken. Das war verständlich, er hätte sonst diesen Affenzirkus kaum ertragen. Sam Snyder saß da und bemühte sich, seinen Wunsch zu unterdrücken, jedes einzelne der aus New York herbeigereisten Schweine zusammenzuschlagen, einschließlich der herausgeputzten Mrs. Upperman. Was hatte er ihr nur getan, fragte sich Max. Wie war es gekommen, daß sie ihn mit solch glühendem böswilligem Haß verfolgte? Selbst wenn er alle Schuld auf sich nahm und davon ausging, daß er sie zu einer Heirat ohne Liebe gezwungen hatte, was keineswegs der Fall war, zu einer Ehe mit einem hergelaufenen Strolch von der Lower East Side, was auch nicht stimmte, konnte er keinen Grund für ihren Haß erkennen. Er war ihr gegenüber nie hart gewesen, hatte sie nie geschlagen und nie gedemütigt. Er hatte sie reich gemacht und ihr eine recht angesehene gesellschaftliche Stellung verschafft, und sie hatte zum Schluß einen Mann geheiratet, der ihr das letzte gab, was ihr noch fehlte, Zutritt zur feinsten Gesellschaft von New York. Nun, das war nur einer der Hauptposten auf der langen Liste von Dingen, die Max nicht verstehen konnte. Bei Bert Bellamy war die Sache schon klarer. Er saß gelöster am Tisch als alle anderen, ein Prinzregent, der sich daranmachte, den frei werdenden Thron zu besteigen. Wie viele Stunden sie wohl damit verbracht hatten, das auszuhecken, jeden Schritt in allen Einzelheiten zu planen? Wann hatte er Bert Bellamy als Freund und Verbündeten verloren? Ging das alles auf jene Zeit zurück, als er ihn aus dem billigen Varieté-Theater herausgeholt, eingestellt und auf die erste Stufe des Wegs zum Millionär gestellt hatte? Jetzt war Bert jemand, mit seinem Zwicker und dem in London für ihn nach Maß gefertigten Westenanzug, ein Herr mit graumelierten Schläfen, den der Zank und Streit rund um den Tisch nichts anging – mochten sich ruhig die anderen in die Haare geraten, Bert würde den Mund auftun, wenn die Zeit gekommen war. Es lag wohl daran, daß Max ihm etwas gegeben hatte. Durch diese Gaben fühlte Bert sich in seinen Augen vermutlich erniedrigt. Ich habe dir gegeben, was du dir nicht selbst verdienen konntest, was du nie hättest auf die Beine stellen können, dachte Max. Der betrunkene Cliff Abel, Sam Snyder, dem gleich die Tränen kommen, der dicke kleine Freddy Feldman – wir alle haben etwas erschaffen, haben etwas gemacht, wo nichts war, aber du bist denselben Weg gegangen wie Ruby und Benny. Sie haben sich auf ihre Weise an mir gerächt, und du rächst dich jetzt auf deine Weise. Daß Max es mehr oder weniger verstand, machte es zwar etwas leichter für ihn, aber in Ordnung war es deswegen noch lange nicht.

Sally zischelte mit maliziösem Lächeln: «Auch Jesse James und sein Spießgeselle waren Brüder.» Selbst wenn es sonst niemand gehört haben sollte, Max hörte es. Royce Byron blaffte gerade Clifford Abel an.

«Mein lieber Junge», gab Abel zurück, «in meinen Augen bist du ein Elefantenarsch. Anständige Menschen interessieren sich für den Rüssel und die Stoßzähne, nur Maden beschäftigen sich mit dem anderen Ende.»

«Ich höre mir das hier keinesfalls an!» erklärte Byron.

Avanti gebot Ruhe.

«Arschloch», sagte Abel noch. «Renn doch raus. Dann ist eure verabredete Mehrheit aber im Eimer. Ich will dich nicht aufhalten, mein Junge.»

Zu Feldman gewandt, fragte er: «Muß ich mir das *gesejre* von dem eigentlich anhören?»

Feldman verwies ihn scharf: «Cliff, hör um Himmels willen auf, du machst alles nur noch schlimmer!»

«Geht das überhaupt?»

«Mensch, Cliff, halt doch bloß die Klappe», legte sich Snyder ins Mittel.

Avanti nutzte das kurze Schweigen, das eintrat, und sagte: «Ich denke, wir alle können uns wie erwachsene Menschen aufführen – auch Sie, Mr. Abel. Da das vermutlich die wichtigste Aufsichtsratssitzung in der Geschichte dieses Unternehmens ist, sollten wir sie auch als solche behandeln.» Er wies mit dem Hämmerchen auf Bert Bellamy. «Ich glaube, Mr. Bellamy hatte ums Wort gebeten.»

Jetzt also war Berts Zeit gekommen. Er erhob sich gemächlich, auf seinem ernsten Gesicht lag der Ausdruck von Mitgefühl, und er sagte salbungsvoll: «Ich kann verstehen, wie es Max zumute sein muß. Denn wer von einem Menschen erwartet, daß er seine eigenen Brüder fallenläßt, verlangt nicht nur Unsittliches von ihm, sondern auch Unchristliches und Schändliches –» Jetzt war die Katze aus dem Sack, jetzt wurden die Böcke von den Schafen gesondert, wurde das Messer gewetzt für den mageren kleinen Juden, der die Stirn gehabt hatte, für die Übeltäter um Gnade zu bitten. «– was mich betrifft, ich würde nicht im Traum erwarten, daß Mr. Britsky gegen seine Brüder Anzeige erstattet.» Er machte eine kunstvolle Pause und sah von einem der Anwesenden zum anderen. «Doch es muß auch Gerechtigkeit geschehen, sonst würde unser Gesellschaftssystem zusammenbrechen. Wir sollten den Fall zu den Akten legen, ganz wie Mr. Britsky vorgeschlagen hat, sollten alles, was war, hinter den verschlossenen Türen dieses Raums der Vergessenheit überantworten. Wir sollten auch, sofern Mr. Feldman keine juristischen Bedenken dagegen geltend macht, das Protokoll dieser Sitzung vernichten.»

Er ließ erneut eine Pause eintreten. Julius Holms rief: «Hört, hört!» Auf Max' Lippen trat ein bitteres Lächeln. Raffiniert ausgedacht, alter Junge, sagte er zu sich selbst. Auch früher im Theater warst du bei solchen Auftritten besser als ich, vor allem, wenn es um große Dinge ging. Und hier geht es ja wohl um das größte von allen.

«Dennoch muß», fuhr Bert fort, «der Gerechtigkeit Genüge getan werden. Niemand möchte Reuben und Benjamin Britsky hinter Schloß und Riegel bringen, aber die veruntreuten Gelder müssen sie zurückzahlen, daran gibt es keinen Zweifel.» Erneut sah er sich unter den Anwesenden um, nickte und nahm wieder Platz.

«Ich würde gern wissen», sagte Feldman, «wie viele Aufsichtsratmitglieder sich dieser Forderung anschließen. Ich sage das, weil es nicht wie ein Vorschlag klang, sondern wie ein Beschluß.»

«Ich habe selbst Rechtsauskünfte eingeholt, und man hat mir gesagt, jedes einzelne Mitglied des Aufsichtsrats, ja sogar jeder einzelne Aktionär könne Strafantrag gegen die Brüder Britsky stellen.»

«Das ist durchaus richtig. Ich habe in meinem Gespräch mit Mr. Britsky daran keinen Zweifel gelassen. Da ich aber das Protokoll führe, möchte ich gern wissen, wie viele Mitglieder sich dieser Forderung anschließen. Ich würde das gern als Antrag formulieren, Mr. Avanti.»

«Ein Antrag ist gestellt.»

«Ich unterstütze ihn», sagte Snyder.

«Mir wäre lieber, wenn darüber nicht einzeln abgestimmt würde», sagte Avanti. «Falls jemand gegen Mr. Feldmans Antrag ist, soll er die Hand heben.»

Keine Hand hob sich, und Feldman fragte: «Mr. Britsky, schließen Sie sich der Forderung an?»

«Nein.»

«Mr. Avanti?»

Mit einem Zögern: «Ich höre zum erstenmal von diesem Vorschlag, kann ich bitte noch warten?»

«Mr. Holms?»

«Ich glaube ja. Ich würde das gern erläutern.»

«Mr. Abel?»

«Aber nein, Freddy. Absoluter Blödsinn, ist doch wahr.»

«Mrs. Upperman?»

«Ja.»

«Mr. Byron?»

«Ja.»

«Mr. Snyder?»

«Selbstverständlich nicht, Freddy.»

«Und nun, damit es jeder weiß», sagte Feldman, «ich selbst stimme auch dagegen.»

Max bat ums Wort. «Ich habe mich gegen Berts Vorschlag ausgesprochen. Das Mitgefühl, das in seinen Worten lag, ist mir nicht entgangen, und ich hätte von einem guten alten Freund auch gar nichts anderes erwartet.» Er verkniff sich hinzuzufügen: der, nebenbei gesagt, der übelste Schleimer ist, mit dem ich je an einem Tisch gesessen habe. «Nur ist es so, daß eine Rückzahlung in Höhe von 7

Millionen Dollar, nun –» Max breitete die Arme aus und schüttelte den Kopf. «Meine Brüder haben nichts außer leeren Taschen. Benny spielt Poker und scharwenzelt um billige Mädchen herum, und Ruby hat in Reno mindestens eine Million am Spieltisch verloren. Kurz und gut, es sind Habenichtse, bei ihnen ist nichts zu holen.»

«Aber bei dir», sagte Sally.

«Vielen Dank für das Vertrauen, meine Liebe.»

«Ich denke», sagte Feldman, «daß eine Rückzahlung nicht in Frage kommt. Wir können uns die Zeit nehmen, Rubys und Bennys Arbeitsbereiche gründlich zu prüfen, das aber würde nichts ändern. Selbst wenn wir ihnen das letzte Hemd vom Leib wegpfändeten, ergäbe das höchstens ein paar hundert Dollar. Ich sehe einfach die Notwendigkeit einer Rückzahlung nicht ein. Wir haben ein großes, gesundes und ertragreiches Unternehmen. Jedes andere Studio hier – Fox, Metro, Columbia, Warners – hat bei schlechten Filmen und aufgrund unkluger Entscheidungen Millionen zugebuttert. Es liegt in der Natur dieser Industrie, daß gewisse Risiken einzugehen bereit sein muß, wer hier mitverdienen will. Wir bauen keine Autos, wir machen Filme. Es mag unglaublich scheinen, wenn ich sage, daß 7 Millionen Dollar ein unerheblicher Betrag sind, aber wenn Sie sich mit der Bilanz dieses Unternehmens beschäftigen, werden Sie selbst sehen, daß es so ist – sie sind wirklich unerheblich. Daher beantrage ich, der Aufsichtsrat möge angesichts der zahlreichen Jahre, die Mr. Britsky dem Unternehmen rastlos gewidmet hat, beschließen, keinen Antrag auf Strafverfolgung gegen Reuben und Benjamin Britsky zu stellen.»

«Ich unterstütze den Antrag!» rief Abel.

«Bevor wir abstimmen», sagte Royce Byron, «möchte ich die Anwesenden daran erinnern, daß niemand an das Ergebnis einer solchen Abstimmung gebunden wäre. Ich als Aktionär habe das Recht, Strafverfolgung zu beantragen.»

«Ist das Ihre Absicht?» fragte Avanti.

«Aber ja – außer wenn das Geld zurückgezahlt wird.»

«Das haben wir schon hinter uns, eine Rückzahlung ist nicht möglich.»

«Selbstverständlich ist sie das.»

Die Böcke und die Schafe, dachte Max. Er mochte Avanti, und er war froh, daß dieser nicht in das Komplott gegen ihn verwickelt war. Wer gehörte wohl dazu – Bert, Sally, Byron und höchstwahrscheinlich auch Holms? Das war es wohl schon. Schritt für Schritt mußten sie das geplant haben – nicht Bert, sein alter Kumpel, aber Royce Byron, die Banken in New York, Wall Street, die Telefongesellschaft – all die üblichen Schurken eines solchen Stücks. Bert ging unschuldig wie ein Lämmlein aus der ganzen Sache hervor, und damit war er der einzige, der jetzt die Zügel übernehmen konnte.

«Erklären Sie uns, wie Sie sich das vorstellen, Mr. Byron», sagte Avanti.

«Nur zu gern. Das größte Interesse daran, daß die Brüder Britsky nicht ins Gefängnis müssen, am meisten dabei zu gewinnen, hat Mr. Britsky, unser Generaldirektor. Mr. Feldman hat uns mitgeteilt, daß das Unternehmen nicht geschädigt worden ist. Ich frage mich, ob die Aktionäre eine solche Erklärung schlucken würden. Ich fühle mich durchaus geschädigt, moralisch wie finanziell. Also sage ich, wenn die Übeltäter nicht bestraft werden, wenn sie ihre Schuld der Gesellschaft gegenüber nicht zu büßen brauchen, und sie dem Unternehmen gegenüber nicht zahlen können, muß eben jemand anders für die veruntreuten Gelder aufkommen, und zwar der, der ein Interesse daran hat, daß ihnen nichts geschieht – Mr. Max Britsky.»

Es entstand Unruhe, ein halbes Dutzend Menschen redete erregt durcheinander. Avanti schlug mit dem Hämmerchen auf den Tisch, und Max lehnte sich zurück und sah fast unbeteiligt von einem zum anderen, hörte ihren wütenden Worten zu. Nachdem es Avanti schließlich gelungen war, eine Art von Ordnung wiederherzustellen, verlangte er, daß über den Antrag abgestimmt würde, unabhängig davon, ob das Ergebnis bindend war oder nicht.

Max, Snyder, Abel und Feldman sprachen sich dafür aus, die Sache fallenzulassen und keinen Strafantrag gegen die Britskys zu stellen.

Bert, Sally, Holms und Byron stimmten für den Antrag.

Avanti enthielt sich, und als Feldman ihn aufforderte, seinen Standpunkt zu formulieren, erklärte er, da seine Bank der Firma Britsky Productions einen hohen Kredit eingeräumt hatte, erscheine das kaum angebracht – jedenfalls nicht, bevor er sich mit seinen Vorgesetzten abgestimmt habe, und daher müsse er sich enthalten. «Außerdem», fügte er hinzu, «bin ich fast sicher, daß sie mir zu einer Stimmenthaltung raten würden.»

«Aber Sie sehen doch», sagte Byron, «daß die Abstimmung nur eine Formsache ist. Mr. Britsky hat gar keine Möglichkeit, sich dem zu entziehen.»

«Das scheint mir auch so», stimmte Max zu. «Also lege ich jetzt meine Karten auf den Tisch, Gentlemen. Britsky Productions zahlt mir ein Gehalt von 2000 Dollar die Woche. Das ist zwar nicht schlecht, aber eine ganze Anzahl unserer Stars bekommt weit mehr. Außerdem gehen gewisse Spesen aufs Konto des Studios – ein Wagen, wenn ich ihn benutze, gelegentlich Geschäftsessen, wenn ich nicht im Studio bin – das ist nie mehr als ein paar hundert Dollar die Woche, meist weniger. Von meinem Gehalt gebe ich meiner Mutter 1000 Dollar die Woche für ihren Haushalt, und der Rest – nun, es geht hierhin und dahin. Ich kann nicht gut nein sagen, heute kommt ein arbeitsloser Schauspieler, morgen sammelt jemand für mildtätige Einrichtungen, und es ist ganz erstaunlich, wie viele Menschen Geld geliehen haben wollen – wie ich schon gesagt habe, es geht hierhin und dahin. Ich bin nicht arm, ich habe etwa 80000 Dollar auf der Bank, aber 7 Millionen – die hab ich nicht.»

«Sie halten uns zum besten», knurrte Byron.

«Mr. Britsky hat einen eigenartigen Humor», sagte Sally.

«Max», sagte Bert, «ich vermute, sie wollen darauf hinaus, daß dir immerhin 51 Prozent der Aktien von Britsky Production gehören.»

«Das hab ich mir schon gedacht», sagte Max, «wie Mrs. Upperman angemerkt hat, ich habe durchaus Humor.» Snyder wollte etwas sagen, aber Max gebot ihm mit ausgestreckter Hand Schweigen. «Laß nur, Sam. Jetzt bin ich dran. Ich habe lange zugehört, jetzt will ich reden.» Er wandte sich wieder an Bert. «Was soll der Quatsch, Bert. Deine Schliche hab ich längst durchschaut. Laß uns also Tacheles reden. Einverstanden? Was soll das Versteckspiel – wir alle können die Wahrheit vertragen. Ihr habt euch das alles zurechtgelegt, bevor ihr hierhergekommen seid, du, die Frau dahinten, mit der ich mal verheiratet war, und der Pfeifenheini von der Telefongesellschaft. Also machen wir *ssachbakójl* – reinen Tisch, du verstehst ja wohl noch genug Jiddisch. Kurz gesagt sieht es so aus: Ihr Arschlöcher habt dafür gesorgt, daß ich bis zum Hals in der Scheiße steh und nichts dagegen machen kann.» Die gewählt ordinäre Ausdrucksweise war für Sally bestimmt. «Also spuck's aus, damit wir's hinter uns bringen. Mir hängt das Ganze sowieso kilometerweit zum Hals hinaus.»

«Nun schön, Max, es ist auch sicher besser so.»

«Da hast du verdammt recht.»

«Wir wollen, daß aus deinem Aktienanteil 7 Millionen Dollar zum Marktwert in das Unternehmen einfließen. Inhaber dieser Aktien wird das Unternehmen. Dann verlangen wir deinen Rücktritt, da wir nicht der Ansicht sind, daß diese neue Konstellation es dir ermöglichen würde, die Geschäfte weiterhin sinnvoll zu führen.»

«Wer ist ‹wir›?»

«Sally, ich und Byron.»

«Wer tritt an meine Stelle?»

«Ich, die Stimmen dafür bekommen wir zusammen.»

«Da irrst du dich, ich könnte immer noch eine Mehrheit hinter mich bringen.»

«Irrtum deinerseits, du selbst hast uns einen so großen Teil deines Stimmrechts abgetreten, daß wir die Mehrheit bekommen. Wir verhandeln und feilschen nicht, dafür ist der Einsatz zu hoch. Wir sind bereit, bis zum bitteren Ende zu gehen: entweder stimmst du zu oder wir fahren von hier aus zum Büro des zuständigen Staatsanwalts, übergeben ihm Humboldts Bericht und beantragen Strafverfolgung. Es ist sehr zweifelhaft, ob du den Skandal überstehen und anschließend das Unternehmen weiterführen könntest. Das Leben ist noch nicht zu Ende, Max. Du kannst dich immer noch mit mehr als 100 Millionen zur Ruhe setzen.»

«Bert, Bert, du bist ein ganz geriebener Stinkstiefel. Wie lange hast du das ausbaldowert?»

«Seit Ruby, Benny und Jake angefangen haben, dich vorn und hinten zu beklauen. Zuerst hab ich versucht, dich zu warnen, und als du nicht hören wolltest, habe ich beschlossen, daß ich es mir zunutze mache. Wenn Jake nicht gestorben wäre, wär die Sache im nächsten Jahr sowieso zum Platzen gekommen.»

«Und jetzt bekommst du und mein Schätzchen Sally alles?»

«Mehr oder weniger.»

«Na schön, Bert, ihr sollt es haben, mit allem Drum und Dran. Dafür hast du jetzt aber Max Britsky zum Feind – das ist nicht unbedingt ein Vorteil. Wollen mal sehen, was die Zukunft bringt. Jetzt gehe ich, das ist mein letztes Wort an dich und deine feine Komplicin. Freddy!»

Um den Tisch herum war es still geworden, man hörte keinen Laut. Dann fragte Feldman: «Ja, Max?»

«Mach die Papiere für den kleinen Scheißer da fertig. Die Sitzung ist beendet.» Mit diesen Worten verließ er den Speisesaal.

ELF

1937

Requiem

Max verabschiedete sich still und friedlich von der Welt: in der letzten Reihe des Bijou-Theaters am West Broadway in New York. Es war etwa vier Uhr an einem Nachmittag des Jahres 1937. Er war 58 Jahre alt, und wie die Autopsie später ergab, war der Herzinfarkt, dem er erlag, sein dritter, vermutlich hatte er die beiden ersten gar nicht bemerkt. Er saß zusammengesunken auf seinem Sitz, als schliefe er, und alle, die ihn gekannt hatten, sagten, es sehe ihm ähnlich, daß er sich davonschliche, ohne anderen Schwierigkeiten zu bereiten.

Zwei Wochen nach der Aufsichtsratssitzung, in der Bert Bellamy ihm die Firmenleitung entwunden hatte, hatte Max Los Angeles den Rücken gekehrt. Seine Freunde hatten erwartet, er werde in einer Art Gegenangriff Bellamy beiseite fegen und sich wieder an die Spitze des Unternehmens setzen, doch nichts dergleichen geschah. Vom Tag seiner Abreise nach New York an sah er keinen seiner Angehörigen, auch nicht seine Mutter, und er sprach auch mit keinem von ihnen. Da die Aktien der Firma Britsky Productions zu den wenigen gehörten, die den Schwarzen Freitag und die darauf folgende Wirtschaftskrise nahezu ohne Wertverluste überstanden, fehlte es Max nie an Geld, er war sogar recht wohlhabend. Er bewohnte eine Suite im alten *Murray Hill Hotel* an der Ecke Park Avenue und Thirty-ninth Street und fuhr nie wieder nach Los Angeles. Er unternahm keinen Versuch, ins Filmgeschäft zurückzukehren und beteiligte sich auch an keinen anderen Unternehmungen. Er machte lange Spaziergänge durch die Stadt, deren Produkt er war und die ihn faszinierte, und er staunte über die Veränderung, die während seiner Abwesenheit eingetreten war. Er trat dem *Players*

Club bei und wurde zu einer vertrauten Gestalt in dessen Salon: ein kleines Männchen in einem riesigen Clubsessel, das seine Zeitung las, eine Zigarre rauchte und hin und wieder einen Schluck aus seinem Bierglas nahm. Er wollte mit niemandem etwas zu tun haben und war, abgesehen von gelegentlichen Zusammenkünften mit dem einen oder anderen alten Freund, gänzlich allein.

Man sah ihn bei fast allen Theaterpremieren und Filmuraufführungen, stets in Begleitung attraktiver Frauen, gewöhnlich in mittleren Jahren, alte Bekannte aus den Zeiten, da seine Studios in New York lagen. Sie hatten damals Nebenrollen in seinen Filmen gespielt und später geheiratet. Nun waren sie geschieden oder ihre Männer waren auf und davon gegangen. Die eine oder andere war unverheiratet geblieben und im Leben herumgestoßen worden, aber alle waren gern mit Max zusammen, denn er war großzügig, urteilte nie und streute kein Salz in offene Wunden. Einige waren ein wenig in ihn verliebt, wußten aber, daß er allein war und es auch bleiben wollte.

Anfänglich kam etwa einmal im Jahr Sam Snyder oder Freddy Feldman nach New York, wurde von Max in ein gutes Lokal ausgeführt und berichtete ihm, was es in Kalifornien Neues gab. Doch einige Jahre, nachdem Max die Unternehmensleitung niedergelegt hatte, kündigte Feldman. Sam Snyder streckte bei einer Auseinandersetzung auf offener Studiostraße Bert Bellamy mit einem Faustschlag zu Boden, denn er war trotz seiner Leibesfülle kräftig und gewandt. Zwar stellte Bellamy, der dabei eine Verletzung im Gesicht davontrug und einen Zahn einbüßte, keinen Strafantrag, doch war klar, daß Snyders Bleiben im Studio nicht länger sein konnte. Er machte sich selbständig und erfand noch eine Anzahl beachtlicher Verbesserungen an der Filmkamera. Fred Feldman ließ sich als Anwalt in Los Angeles nieder, und Cliffort Abel begab sich auf eine Kreuzfahrt um die Welt, nachdem er im Studio das Entwurfsatelier niedergebrannt hatte. Zwar wurde ihm die Brandstiftung nie nachgewiesen, aber es war in der Studiostadt eine Art offenes Geheimnis.

Da die Öffentlichkeit in den Vereinigten Staaten ein kurzes Gedächtnis hat, wollte niemand Genaueres darüber wissen, was aus Max Britsky geworden war. Ihm war es recht so. Wäre er zu einem Psychiater gegangen, hätte er wohl erfahren, daß er in einem Zustand der Depression lebte, vermutlich hätte er das aber bestritten und darauf hingewiesen, daß er sich nicht besonders deprimiert fühlte. Andererseits gewann er keiner Sache wirkliches Interesse ab. Da die letzten Jahre seines Lebens in die Zeit der großen Wirtschaftskrise fielen, wurde er ständig um Geld angegangen. Nie wies er eine Bitte um eine milde Gabe zurück, und da er stets eine Manteltasche voller Halb-Dollar-Stücke hatte, kannte ihn jeder Bettler zwischen der Park Avenue und der Ninth Avenue sowie südlich der Forty-second Street.

Seltsamerweise hinterließ er kein Testament. Sein Vermögen war auf wenige hunderttausend Dollar zusammengeschmolzen – was verständlich ist, wenn man weiß, daß er durch Fred Feldman seiner Mutter weiterhin wöchentlich 500 Dollar zukommen ließ und mehrere Millionen Dollar verschenkt hatte.

Nach Max' Tod schickte die *New York Times* einen Reporter zu Clifford Abel, der inzwischen wieder in New York wohnte. Abel war 62 Jahre alt, recht wohlhabend und, wie er meinte, zu alt, um sich wieder als Architekt zu betätigen. Er eröffnete ein Atelier und suchte den Broadway nach Stücken ab, für die er die Ausstattung entwerfen konnte. In diesem Atelier fand ihn der Reporter.

«Wir wollen etwas mehr als den üblichen Nachruf auf Max Britsky bringen. Ich habe gehört, daß Sie ihn gut gekannt haben?»

«Das kann man sagen. Ich habe ihn 1912 kennengelernt und dann fünfzehn Jahre lang mit ihm zusammengearbeitet. Er war nicht leicht zu durchschauen – ich meine, wenn man hinter die Fassade blicken wollte. Ich würde sagen, daß er in seinem ganzen Leben nur zwei sehr enge Freunde hatte, mich und Sam Snyder.»

«Haben Sie ihn gemocht?»

«Bewundert und geachtet. Er war ein großer Mann, der sich seiner Größe in keiner Weise bewußt war.»

«Das müßten Sie mir erklären.»

«Ich will es versuchen», sagte Abel. «Sie müssen aber Max sehen, wie ich ihn gesehen habe, nicht in seinem albernen blauen Anzug, den er immer anhatte, sondern in einem Umhang aus Damast über seidenen Gewändern. Er sitzt auf einem Schimmel und trägt einen diamanten- und rubingeschmückten Turban. Ihm folgen zwölf mit Seidenballen, Spezereien und anderen Schätzen des Orients beladene Saumtiere. Das klingt wohl alles ein bißchen wie aus Tausendundeine Nacht, ich will es also etwas prosaischer sagen. Max hat etwas Neues in die Welt gebracht, und durch dies Neue wird die Welt nie wieder sein, wie sie früher war. Ich weiß, es hat auch andere gegeben, doch er war ihnen immer einen Schritt voraus. Von wie vielen Männern läßt sich das sagen?»

Howard Fast

«Die Lavettes und ihre Schicksale» – die große kalifornische Romanfolge. (Alle Bände sind in sich abgeschlossen.)

Die Einwanderer

Deutsch von Karl A. Klewer
438 Seiten. Gebunden und als rororo Band 5106

Die Nachkommen

Deutsch von Karl A. Klewer
477 Seiten. Gebunden und als rororo Band 5262

Die Arrivierten

Deutsch von Karl A. Klewer
400 Seiten. Gebunden

Die Erben

Deutsch von Karl A. Klewer
416 Seiten. Gebunden

«Wie die Fülle der Charaktere durch zwei, drei Generationen hindurch vom Autor verknüpft ist und über die Kontinente durch weittragende Handlungen bewegt wird, wie überhaupt das große Maß zeitgeschichtlicher Erfahrungen gegliedert und an die einzelnen Figuren gebunden wird, das alles zeigt Fasts meisterliche Beherrschung des erzählenden Handwerks.» *Klaus Schröter, Frankfurter Allgemeine Zeitung*

Die letzte Grenze

rororo Band 4646

Spartacus

gelesen

rororo Band 4784

Straße der Freiheit

rororo Band 4925

Rowohlt

Robert S. Elegant

Die Dynastie
Ein Handelshaus in Hongkong
Roman

Deutsch von Margaret Carroux
785 Seiten. Gebunden und als rororo Band 5000

«Ein lesenswertes Buch, nicht nur weil der Autor mit viel Feinfühligkeit über Liebe und Feindschaft, Intrigen, Eheskandale, Glück, Reichtum und Macht erzählt, sondern weil er auch einen guten Einblick in die Welt Chinas gewährt: Boxeraufstand, Kämpfe zwischen der Kuomintang und den Kommunisten, den Chinesisch-Japanischen Krieg bis hin zur Kulturrevolution Mao Tse-tungs. Bunte Kulisse der Handlung: Hongkong, einst das Tor zum rätselhaften Reich der Mitte, heute Handelsbrücke zwischen Ost und West und Ziel eines immer größer werdenden Touristenstroms.» *Hamburger Abendblatt*

«Nichts an diesem Roman ist seicht ... Welch fundamentales und reiches Wissen wird hier in erzählerische Realität umgesetzt!» *Mannheimer Morgen*

Mandschu
Roman

Deutsch von Margaret Carroux
607 Seiten. Gebunden

«Der faszinierend farbige Roman, der Glanz, Elend und Verfall der späten Ming-Dynastie plastisch beschreibt, hält sich eng an historische Gegebenheiten. Ein wichtiges Kapital der chinesischen Geschichte wird atemberaubend lebendig gemacht, was der Sachkenntnis des Autors ebenso zu verdanken ist wie seiner abenteuerlich-spannenden Erzählkunst. Ein Buch, das man bis zur letzten Seite ‹verschlingt›.» *Recklinghäuser Zeitung*

Mandarin
Roman

Deutsch von Margaret Carroux
720 Seiten. Gebunden

«Diese Familiensaga, geschrieben von einem Autoren, dessen Erfolg zum größten Teil auf seiner glänzenden Erzählkunst beruht, schildert prägnant den Zusammenprall chinesischer Tradition und Kultur mit der ungestümen Lebensart der sogenannten ‹zivilisierten› westlichen Welt, die eine der Ursachen für den völligen Verfall des Reiches ein halbes Jahrhundert später werden sollte.» *Harburger Anzeiger*